ALAN SAVAGE
im BASTEI-LÜBBE Taschenbuch-Programm:

13 661 Die Söhne des Sahib
13 761 Die Gesandten des Sultans

Alan Savage

Die weiße Lotosblüte

Historischer Roman aus dem alten China

Ins Deutsche übertragen
von Susanne Zilla

BASTEI-LÜBBE-TASCHENBUCH
Band 13 875

Erste Auflage: Juni 1997

© Copyright 1992 by Alan Savage
All rights reserved
Deutsche Lizenzausgabe 1997 by
Bastei-Verlag Gustav H. Lübbe GmbH & Co.,
Bergisch Gladbach
Originaltitel: The Eight Banners
Lektorat: Dr. Edgar Bracht
Titelbild: Archiv für Kunst und Geschichte
Umschlaggestaltung: Quadro Grafik, Bensberg
Satz: KCS GmbH, Buchholz/Hamburg
Druck und Verarbeitung: Elsnerdruck, Berlin
Printed in Germany
ISBN 3-404-13875-9

Der Preis dieses Bandes versteht sich einschließlich der
gesetzlichen Mehrwertsteuer.

Es war leichter, den Osten zu erobern, als herauszufinden, was man dort wollte.

> Horace Walpole
> Fourth Graf von Orford

Inhalt

ERSTES BUCH DAS REICH DES BAMBUS 9

Kapitel 1	Kraft und Herrlichkeit 11
Kapitel 2	Der Minister 43
Kapitel 3	Die Weiße Lotosblüte 68
Kapitel 4	Die Rebellen 100
Kapitel 5	Die Drachenlady 123

ZWEITES BUCH DAS HAUS DER TRÄUME 163

Kapitel 6	Die Lasterhöhle 165
Kapitel 7	Der wütende Löwe 189
Kapitel 8	Der Admiral 210
Kapitel 9	Die Kanonen des Zorns 225
Kapitel 10	Die Verträge 249

DRITTES BUCH DIE KLEINE ORCHIDEE 271

Kapitel 11	Die Brautwerbung 273
Kapitel 12	Das Königreich des Himmlischen Friedens 297
Kapitel 13	Die Konkubine 331
Kapitel 14	Die Mutter 355
Kapitel 15	Die Barbaren 399
Kapitel 16	Das Mädchen, das Königin wird 428
Kapitel 17	Die Immer-Siegreiche Armee 469

Die Familie Barrington

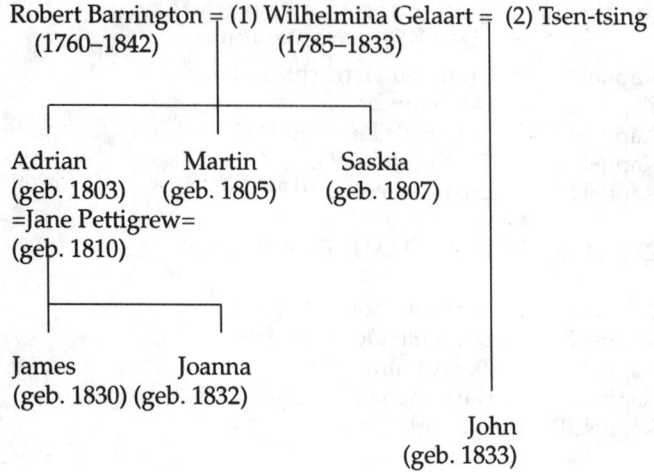

Erstes Buch

Das Reich des Bambus

What need we fear who knows it, when none can call our power to account?
William Shakespeare, *Macbeth*

1

KRAFT UND HERRLICHKEIT

»Zehn Minuten, Mr. Leach«, sagte Kapitän Gower.

»Aye-aye«, erwiderte der Navigationsoffizier. »Laßt das Großsegel reffen und Formation bilden.«

Die Marssegel waren schon vor längerer Zeit eingeholt worden, ebenso wie Bram- und Focksegel. Und so glitt der mächtige Ostindienfahrer – 200 Fuß vom Vordersteven bis zum Heck und mit vierundsechzig Kanonen bestückt – jetzt wie von Geisterhand gelenkt nur mit Hilfe der Klüversegel auf das Ufer zu.

Hinter dem Flaggschiff der Flotte segelten noch fünf weitere von ungefähr der gleichen Größe. An ihren Masten flatterten das Sankt-Georgs-Kreuz ebenso wie der Union Jack und die Wimpel der Ostindischen Kompanie.

Aber sie waren nicht allein in diesem weiten Golf, der laut Mr. Barrington Golf von Chi-li genannt wurde. Vor ihnen verdeckte eine Armada von Dschunken und Sampans, geschmückt mit bunten Flaggen in allen Farben des Regenbogens, die niedrige Steinmauer am Ufer. Das Feuerwerk, das von ihnen aufstieg, war nicht weniger farbenprächtig: Raketen schossen in den Himmel, Feuerräder drehten sich wild auf den oberen Decks, in der Hand gehaltene Wunderkerzen glühten und verloschen. »Wenn Ihr mir nicht versichert hättet, daß diese Menschen uns freundlich gesinnt sind, müßte ich annehmen, daß wir angegriffen werden«, meinte Gower nach einer besonders lauten Explosion, die die Möwen erschreckt in alle Himmelsrichtungen davontrieb.

Er warf dem Mann, der neben ihm stand, einen Blick zu. Aber Robert Barrington lächelte nur. »Sie werden uns nicht angreifen, solange wir sie nicht angreifen, Mr. Gower«, sagte er. »Die Chinesen greifen niemanden an, da sie der Meinung sind, daß verglichen mit ihnen niemand wichtig und daher solcher Mühen wert sein könnte.«

Gower schnaubte verächtlich und wandte sich ab. Dieser Kerl war wirklich unausstehlich. Er war weder ein Gentleman noch ein Offizier. Er hatte zwar das Steuermannspatent, aber er hatte noch nie das Kommando über ein Schiff gehabt. Barrington hätte darauf sicher erwidert, daß dafür sein Alter verantwortlich sei – er war nämlich erst dreiunddreißig. Das machte ihn in all seinen Belehrungen nur noch anmaßender.

Robert Barrington kümmerte sich nicht weiter um den Kapitän und sah sich den Strand genauer an. Er war wirklich so flach, wie man ihm erzählt hatte, und der Fluß, der Peiho, der sich dort rauschend und gurgelnd über die Sandbänke ins Meer hineinwälzte, sah tatsächlich völlig harmlos aus; davor hatte man ihn gewarnt. Es war eine Erleichterung festzustellen, daß seine Auskünfte sich bis jetzt als richtig herausgestellt hatten. Sicher, wenn die herannahende Flotte doch Böses im Schilde führte ... aber dann gäbe es für das schwere Geschütz unter ihm im Bauch des Schiffes wenigstens etwas zu tun.

Robert Barrington mußte lächeln bei diesem Gedanken. Seine Größe – ein Meter neunzig – und sein Gewicht von einhundertundachtzig Pfund schierer Knochen und Muskeln ließen schon vermuten, daß man einen selbstbewußten Menschen vor sich hatte, sein flächiges, offenes Gesicht bestätigte es nur noch weiter. Aber er war ehrgeizig und Ablehnung gegenüber durchaus nicht unempfindlich. Er wußte, daß er in dieser Gesellschaft von Lords und Rittern, Gelehrten und bigotten Kirchenmännern nichts zu suchen hatte. Sie repräsentierten Englands Führungsschicht, und sie duldeten ihn nur aus einem einzigen Grund: weil er eine fremde Sprache beherrschte, die sie nicht verstanden. Aber sämtliche Reichtümer der Welt lagen da vor ihm, und verflucht sollte er sein, wenn er es nicht fertigbrachte, sich davon einen Teil anzueignen.

»China«, bemerkte Lord Macartney, der am Rand des Achterdecks stand. »Schon der Name allein klingt so verheißungsvoll – wie ein großes Reich!«

In diesem Herbst des Jahres 1793 war seine Lordschaft, *the Right Honourable George, Our Well-Beloved Cousin and Counsellor, Baron of Lissanoure, Co Antrim and Viscount Macartney of*

Dervock, Member of the Privy Council of Ireland, Knight of the Most Honourable Order of Bath and of the Most Ancient and Royal Order of the White Eagle, Ambassador and Plenipotentiary sechsundfünfzig Jahre alt geworden. Er war mittelgroß und bis auf einen dünnen Haarkranz kahl; in seinen Gesichtszügen lagen eine gewisse Ruhe und Bedächtigkeit. Sein weinroter Gehrock war nicht mehr neu, Strümpfe und Halstuch hatten eine Wäsche bitter nötig. Seinen Dreispitz trug er als Schutz gegen die Sonne, aber seine Perücke hielt er in der linken Hand, so daß er sie sich gegebenenfalls sofort aufstülpen konnte, falls jemand Wichtiges daherkommen sollte. Aber er war bekannt als beherzter Mann, wie es sich für einen Iren gehörte, der als Folge gewisser Meinungsverschiedenheiten während seiner Amtszeit als Gouverneur in Madras ein Duell mit einem ehemaligen Untergebenen, General Stuart, ausgetragen hatte. Bei diesem Duell war er schwer verwundet worden, hatte sich aber wieder erholt und befand sich nun auf der wichtigsten Mission seines Lebens – dabei war er in seiner Jugend immerhin als außerordentlicher Gesandter zu Katharina der Großen, Kaiserin von Rußland, geschickt worden.

Aber konnte man Rußland wirklich mit dem China der Mandschus mit all seinen Reichtümern vergleichen? Wenn man den Gerüchten glauben durfte, wohl kaum. Jetzt blickte er mal die herannahende Flotte, mal den großen Seemann neben sich an. »Wird man uns empfangen, Barrington?«

»Ja, man wird uns empfangen, Mylord«, versicherte ihm Robert.

Sein Vertrauen war ansteckend, wie überhaupt seiner ganzen Person etwas unleugbar Attraktives anhaftete. Macartney wußte, daß eine ganze Reihe von Leuten mit seiner Wahl des Ersten Dolmetschers für so eine wichtige Mission nicht einverstanden war. Aber es war gerade die Bedeutsamkeit dieses Unternehmens, die ihn zu dieser Wahl veranlaßt hatte. Lord Macartneys Ansatz war sowohl praktischer als auch pragmatischer Natur. Man hatte ihn nach China geschickt, damit er ein Handelsabkommen mit dem Sohn des Himmels aushandelte, von dem einerseits die Ostindische Kompanie und Großbritannien profitieren sollte und mit dem andererseits die Niederlande und Portugal, die bereits früher in diese

Gewässer eingedrungen waren, weit zurückgedrängt würden.

Aber er wußte so gut wie nichts über diese Menschen, mit denen er verhandeln sollte. Die westliche Welt kannte China schon seit etwa zweitausend Jahren, und es gab Gelehrte in England, deren Phantasie vielleicht durch das plötzlich erwachte Interesse an der Antike beflügelt worden war, die behaupteten, daß schon die Römer mit den Chinesen Handel getrieben hätten. Wenn das den Tatsachen entsprach, dann waren diese Beziehungen offensichtlich in den darauffolgenden Jahrhunderten der Finsternis verloren gegangen. Erst unbeirrbare Abenteurer wie der Venezianer Marco Polo hatte die Legende vom Reich des Himmels, von Cathay, das der christlichen Welt angeblich an Macht und Größe so gewaltig überlegen war, wieder neu belebt.

Vieles von dem, was Marco Polo einst berichtet hatte, war als Legende abgetan worden. Erst als die Spanier und Portugiesen, gefolgt von den Holländern und Engländern, in den Pazifik vorgedrungen waren, war aus der Legende Wirklichkeit geworden. Da gab es doch tatsächlich diese unglaubliche Nation von gelbhäutigen Männern und Frauen in der östlichen Hälfte von Asien, das größte Volk der Erde; und alle waren sie dem Willen eines einzelnen unterworfen. Bedeutete das, daß sie auch die mächtigste Nation der Erde waren? Macartney konnte über so eine Idee nur lächeln. Aber vielleicht war sie die reichste ...

Hundertfünfzig Jahre zuvor waren die ersten englischen Abenteurer bis in die chinesischen Gewässer vorgedrungen, aber erst in den letzten fünfzig Jahren war der Handel mit China wichtig geworden. Die Briten waren dem Beispiel ihrer Rivalen, der Portugiesen, gefolgt und den Pearl River hinaufgesegelt. Nach etwa siebzig Meilen erreichte man so den bedeutenden Seehafen Kanton. Hier und nirgendwo sonst, so berichteten die Portugiesen, war es den sogenannten ›Barbaren der Ferne‹ erlaubt, mit dem Reich des Himmels Handel zu treiben, und wenn diese Bezeichnung für einen Untertanen George III. von Großbritannien, Frankreich und Irland auch noch so beleidigend sein mußte, sie wurde ohne Unterschied auf jeden angewendet, der aus dem Westen kam. Aber Lord

Macartney und seine sechs Schiffe waren an der Mündung des Pearl River vorbei weit in Richtung Norden in den Golf von Chi-li gesegelt.

Je näher die chinesischen Schiffe kamen, desto lauter wurde es. Die Briten lagen jetzt ruhig vor Anker, aber ihre Kanonen waren ausgefahren. Zwanzig davon waren auf jedem Schiff mit Platzpatronen bestückt, die anderen doppelschüssigen jedoch scharf geladen und gefechtsbereit – für alle Fälle. Kapitän Gower, der Admiral der Flotte, war ein vorsichtiger Mann.

Da sie im Augenblick von ihren Aufgaben befreit waren, konnte sich jeder der blau gekleideten Offiziere die Dschunken und Sampans durchs Fernrohr genau ansehen. Die Dschunken waren erstaunlich groß, einige hatten sogar drei Decks, und überraschend gut bewaffnet waren sie auch; man konnte die Kanonenrohre in den offenen Luken gut erkennen. Englische Seemänner gerieten angesichts einer Übermacht von Gegnern nicht in Panik, schließlich waren sie mit gutem Grund zu den Herrschern über die Weltmeere aufgestiegen, aber die Menschenmenge, die sich dort auf jedem Deck der Schiffe und der begleitenden Sampans drängte, war auch für ihre Augen respekterheischend.

Ein großer Teil der Mannschaft arbeitete hart. Der Wind war schwach und auflandig. Die englischen Schiffe waren mit seiner Hilfe sanft bis an ihren Ankerplatz geglitten, aber den Chinesen blies er geradewegs auf den Bug. Dafür waren ihre schwerfälligen, viereckigen Schiffe mit den ebenso viereckigen Segeln denkbar ungeeignet, aber die Chinesen versuchten auch gar nicht, die Engländer mit Hilfe ihrer Segel zu erreichen; sie halfen sich mit Körperkraft. Ein englisches Schiff hätte sich in einer solchen Situation von den Beibooten schleppen lassen, aber auch die größte Dschunke wurde von gigantischen Rudern angetrieben, die aus seitlichen Öffnungen, so groß wie Kanonenluken, herausragten. Allein fünfzig Mann waren nötig, eines dieser Ruder zu bewegen. Sie tauchten es ins Wasser, stemmten sich dagegen, wobei sie eine beträchtliche Strecke zurücklegen mußten, dann hoben sie es an und liefen die gleiche Strecke wieder rückwärts. »Habt Ihr so etwas vorher schon einmal gesehen, Barrington?« fragte Macartney.

»Ja, Mylord. Auf dem Pearl River. In diesem Land kostet Arbeitskraft so gut wie nichts.«

Robert Barrington kannte den Pearl River gut. Mehrmals hatte er ihn als erster Maat eines Handelsschiffes befahren, seit er vor zwanzig Jahren das erste Mal nach Asien gekommen war. Mit dieser Erfahrung gehörte er zu einer ausgesuchten Minderheit. Die Briten waren mit Indien, diesem verführerisch glitzernden Juwel, das so zufällig durch den Untergang der Moguln in ihre Hände gefallen war, viel zu beschäftigt gewesen. In Indien konnte ein Mann sein Glück machen. Wer es hingegen für nötig befand, sich wegen der chinesischen Seide den größeren Gefahren der von Piraten und Holländern verseuchten Straße von Malakka auszusetzen, wurde leicht für krankhaft ehrgeizig gehalten.

Während die Nabobs, die Angehörigen des in Indien reich gewordenen Geldadels, mit ihren unter zweifelhaften Umständen angehäuften Reichtümern nach der Heimkehr zu den reichsten Familien Englands aufstiegen, versank die Ostindische Kompanie selbst in finanziellen Morast. Jeder Krieg, der gekämpft und gewonnen, jedes Gebiet, das annektiert und verwaltet werden mußte, hatte enorme Summen verschlungen. Die Korruptheit der Beamten tat ein übriges, und so waren nie nennenswerte Steuereinnahmen zu verzeichnen. Also war es nötig geworden, sich auf der Suche nach Reichtum und Gewinn anderweitig zu orientieren. Daß die Wahl auf China fiel, war auch auf einen Zufall zurückzuführen. Mitte des 17. Jahrhunderts hatten die Portugiesen zum ersten Mal Tee nach Europa eingeführt. Damals waren die Blätter eine sonderbare Neuheit gewesen, die in Ermangelung anderer Verwendungsformen mitunter auch als Brotaufstrich verwendet wurden. Erst als jemand auf die Idee kam, sie zu kochen und den so entstandenen Aufguß zu trinken, wurden die seltsamen Blätter beliebt. In dem rauhen Klima Englands erkannten die Menschen schnell, daß eine wärmende Tasse Tee ebenso erfrischend war wie ein Krug Bier, ohne daß man dabei die Kontrolle über seine Sinne verlor. Im Verlauf der zweiten Hälfte des vorigen Jahrhunderts war die Nachfrage nach den wunderbaren Blättern ins geradezu Unermeßliche gestiegen. Den Teehändlern Englands erschien es, als wäre die Ostindische Kompanie über eine Goldmine gestolpert. Nur die Handelsgesellschaft selbst wußte es besser. Sie brauchte mehr und mehr Tee, um ihre Aufträge erfüllen zu können ... aber den Chinesen, die den Tee anbauten, konnte sie im Tausch nichts weiter bieten als Silberbarren. An allen anderen Waren waren sie nicht interessiert.

So hatte die Ostindische Kompanie die englische Regierung um Hilfe gebeten: Immerhin waren eine ganze Reihe einflußreicher Engländer Aktionäre. Die Regierung hatte daraufhin eine Teesteuer verfügt, die dem Verkaufspreis aufgeschlagen wurde, und diese Mehreinnahmen sollten der Handelsgesellschaft zufließen. Die Teetrinker Englands hatten keine Wahl. Wenn sie ihr Lieblingsgetränk weiterhin genießen wollten, mußten sie Steuern zahlen, aber die Teetrinker der amerikanischen Kolonien hatten sich dagegen gewehrt, und der daraus hervorgegangene Unabhängigkeitskrieg hatte Großbritannien um die Hälfte seines Reiches gebracht – und die Ostindische Kompanie war in der gleichen Lage wie zuvor. Also mußte man mit dem Sohn des Himmels zu irgendeiner Einigung kommen. Und so war es zu der Reise Macartneys und seiner Gesandtschaft gekommen, die über tausend Pfund kostete.

Ohrenbetäubender Lärm umgab die vor Anker liegenden britischen Schiffe, als die Dschunken und Sampans sich jetzt von allen Seiten näherten und sie bald vollständig eingekreist hatten. Trommeln dröhnten und Tambourine rasselten. Hörner erschollen und Feuerwerk explodierte unter lautem Krachen. Dünne Rauchfahnen fingen sich in den flatternden Segeln und hüllten die Schiffe ein. Ein Teil dieses Rauchs kam von den Räucherstäbchen, die auf jedem Achterdeck angezündet worden waren.

Auf ein Signal des Flaggschiffs hin erstarb jeglicher Lärm, und eine unheimliche Stille breitete sich in der gesamten Bucht aus. Das einzige Geräusch war der Wind im Tauwerk.

»Begrüßt die Gentlemen, Kapitän Gower«, sagte Macartney.

Gower nickte zu seinem Ersten Offizier, und die rote Fahne wurde halb eingeholt. Die anderen Schiffe folgten dem Beispiel.

»Bitte, Mr. Morley«, sagte Gower.

Die Salutschüsse ertönten in dichter Folge vom Bug bis achtern, und die anderen Schiffe folgten ihrem Beispiel. Die erste gewaltige Explosion und der dichte Rauch versetzten die Chinesen in helle Panik, und einen Augenblick lang sah es so aus, als ob sie den vermeintlichen Angriff erwidern wollten. Dann begriffen sie, daß die Kanonen nicht richtig geladen waren, und sie antworteten mit einer neuerlichen Salve von Feuerwerk in das Echo der britischen Salutschüsse hinein. Wieder war die Luft erfüllt von schier unerträglichem Lärm.

Beiboote wurden jetzt herabgelassen, die zur Lion ruderten. »Ihr werdet mit diesen Leuten sprechen, Barrington«, sagte der Viscount Macartney. »Wir möchten nur eine kleine Gruppe von ihnen gleichzeitig an Bord.«

Denn hierin lag der Grund für Barringtons Teilnahme an dieser Reise: Er konnte Mandschu sprechen.

In Indien hatte man Macartney gesagt, daß das für den Handel mit China unnötig sei, da man sich entweder im lokalen Dialekt oder in Mandarin verständigte, und in Kalkutta gab es genug Männer, die sowohl Kantonesisch als auch das überall gesprochene Mandarin kannten. »Aber werden meine Verhandlungspartner nicht Mandschus sein?« wollte der Viscount wissen. »Sie sind doch die Herrscher über das Land.«

»Das ist richtig, Mylord. Aber sie sprechen alle Mandarin.«

»Sicher, mit mir und den Dolmetschern. Aber was sprechen sie untereinander?«

»Nun ... ja, Mandschu, nehme ich an.«

»Eben. Also muß ich sicherstellen, daß ich ihre Nebenbemerkungen verstehe. Ich möchte jemanden bei mir haben, der Mandschu spricht, wann immer ich mit diesen Leuten zusammentreffe.«

Einen solchen Mann zu finden, war nicht leicht gewesen. Die Regierung in Kalkutta wußte sich nicht anders zu helfen als mit Anzeigen, und ihre schlimmsten Befürchtungen bestätigten sich, als sich Robert Barrington auf eine dieser Anzeigen hin meldete.

Britisch Indien war damals noch eine kleine, enge Gemeinde gewesen, in der jeder jeden kannte. Jeder Neuzugang wurde genau beobachtet, eingeschätzt und seiner gesellschaftlichen Kategorie zugeteilt, Ehefrauen der ihrer Männer. Robert Barrington hatte keine Ehefrau, was wohl ein Glück war, denn er gehörte schon lange in die unterste Schicht der Gesellschaft. Nicht, daß es ihm an Hintergrund fehlte, der ihm gesellschaftliches Format hätte ermöglichen können. Sein Vater war Pfarrer einer Gemeinde gewesen, der sich auf Grund ungünstiger Umstände gezwungen sah, seinen Sohn bereits im Alter von zwölf Jahren zur See zu schicken. Viele Jungen waren im Dienste der Ostindischen Kompanie vom Lehrling zum Handelskapitän und höher aufgestiegen, aber da Robert Barrington nun schon über zwanzig Jahre zwischen der Themse und den Straßen Bombays hin und herpendelte, hielt man einen ähnlichen Aufstieg in seinem Fall für unwahrscheinlich.

Auch an Begabung fehlte es ihm eigentlich nicht. Er hatte sein Kapitänspatent bereits im Alter von siebenundzwanzig Jahren erworben, aber er verfügte über keinerlei zusätzliche finanzielle Mittel, und sein Lebensstil war den Nabobs zu undurchsichtig. Man konnte Robert Barrington genauso oft in irgendeiner Hafenkneipe finden, wo er sich mit Chinesen und Kulis unterhielt, wie im Klub. Zweifellos träumte auch er von den Reichtümern des Fernen Ostens – das tat jeder. Aber auch nicht ein einziges Mal war er in den letzten fünf Jahren in seine Heimat zurückgekehrt – sein Vater war gestorben, und mit seinen Brüdern verstand er sich nicht gut. Statt dessen hatte er sich auf den Handel in Kanton konzentriert.

Und das hatte seinen Ruf in Britisch Indien endgültig verdorben. Drei Jahre zuvor war Barrington in Kanton schwer erkrankt, und der Kapitän hatte sich gezwungen gefühlt, ihn dort zurückzulassen. Niemand hatte damit gerechnet, ihn je wiederzusehen, aber ein Jahr später tauchte er in Kalkutta auf. Angeblich hatte ihn die Familie eines mandschurischen Hafenbeamten gesund gepflegt. Robert hatte voller Lob über die Zeit in Kanton gesprochen, aber man sah nur, daß er mehrere Monate wie ein Heide unter Heiden gelebt und Gott weiß was für heidnische Bräuche kennengelernt hatte. Man raunte, daß er sogar Räucherstäbchen anzündete, um das Schicksal günstig zu stimmen. Außerdem war sein Beharren darauf, daß es einen Unterschied zwischen den Chinesen und den Mandschus gebe, wo doch beide nichts weiter als gelbhäutige Heiden waren, ausgesprochen lästig.

Aber einen Vorteil hatte er aus dieser Episode gezogen: Robert Barrington war der einzige Weiße in Kalkutta, der fließend Mandschu sprechen konnte.

Als Robert nun in beste blaue Baumwolle gekleidet neben seine Lordschaft trat, war er sich der Wichtigkeit der nächsten Minuten vollends bewußt. Jetzt, da er sich für ihn entschieden hatte, behandelte ihn Macartney wie einen Freund, auch wenn die anderen ihm noch so mißbilligende Blicke zuwarfen. Aber Robert begriff, daß die Entschlossenheit seiner Lordschaft, sich auf seine eigene Einschätzung zu verlassen, ihn selbst unter großen Druck stellte, denn er würde nur um so wütender sein, sollte sich seine Einschätzung als falsch herausstellen.

Barrington starrte den Mann an, der in diesem Augenblick die Gangway auf sie zu kam, und er erkannte, daß sie gar keinen Mann vor sich hatten. Er warf Macartney einen hastigen Blick zu, aber keine Regung in dessen Gesicht deutete darauf hin, daß ihm irgend etwas Ungewöhnliches an dem mandschurischen Gesandten aufgefallen wäre. Prachtvoll genug gekleidet war der Eunuch jedenfalls: Er trug einen roten Kittel über grünen Kniehosen, beides aus reiner Seide, und weiche Stiefel aus feinstem Ziegenleder. Er war nicht bewaffnet, aber in der Hand hielt er einen lackierten Stock. Sein roter Hut war rund, jedoch mit vier kleinen seitlichen Spitzen versehen.

Seine Begleiter, die sich jetzt hinter ihm drängten, waren keineswegs weniger reich gekleidet.

»Mein Herr, Ho-chen, Herrscher über die Völker der

Untertanen, schickt seine Grüße«, sagte der Eunuch, dessen Stimme hoch und heiser klang. »Mein Name ist Wang Lu-tsching.«

Robert verbeugte sich. »Mein Herr, Lord Macartney erwidert den Gruß eures Herrn, des Ersten Ministers Ho, und er überbringt Grüße seines Herrschers, King George III. von Großbritannien, Frankreich und Irland, Fidei Defensor an seine Himmlische Majestät, Kaiser Ch'ien-lung. Mein Name ist Robert Barrington.« Er nahm an, daß Wang gebildet genug war, mit der britischen Nomenklatur vertraut zu sein.

Wang verbeugte sich erneut und wartete, bis Robert alles übersetzt hatte. Dann sagte er: »Wäre es vielleicht möglich, daß wir Platz nehmen?«

»Aber selbstverständlich, sagt ihm das«, stimmte Macartney zu. »Was glaubt Ihr, wird er wohl trinken mögen?«

»Wir könnten es mit etwas Rum versuchen, Macartney.« Wangs Augen weiteten sich kurz. Ein oder zwei Worte Englisch verstand er wahrscheinlich schon, dachte Robert. Der Chinese beobachtete nun mit großem Interesse, wie eine schattenspendende Plane auf dem Achterdeck angebracht wurde, und setzte sich mit den britischen Offizieren an einen Tisch. Einigen war mittlerweile klar geworden, was er war – oder besser gesagt, was er nicht mehr war, und sie waren deutlich schockiert.

Die Stewards brachten Tabletts mit Rumpunsch, und Macartney selbst bot Wang ein Glas an. Der Eunuch zögerte einen Moment, aber dann nahm er es vorsichtig in beide Hände. Robert ärgerte sich über seine eigene Nachlässigkeit. Macartney hatte sich in chinesischen Augen soeben schlechtester Manieren schuldig gemacht, als er das Glas nur mit einer Hand statt mit beiden angeboten hatte. Er hätte seine Lordschaft natürlich warnen müssen. Aber im Augenblick konnte er nichts weiter tun, als mit dem Gespräch fortzufahren.

»Sie haben ein Tribut ihres Herrschers an meinen Kaiser mitgebracht«, bemerkte Wang Lu-Ching.

Robert übersetzte, und Macartney räusperte sich. »Sagt ihm, daß mein Herrscher niemandem Tribut zollt.«

Robert übersetzte, und Wang lächelte.

»Alle Herrscher dieser Welt entrichten seiner Himmlischen Majestät Tribut. Es stimmt allerdings, daß einige Barbaren in dieser Angelegenheit sehr nachlässig sind, aber ohne Zweifel werden sie dafür gezüchtigt werden.«

»Bei meiner Ehre, ich glaube, der Kerl will mich provozieren«, grollte Macartney.

»Ich bin sicher, es handelt sich hier lediglich um eine Höflichkeitsform, die die Chinesen beibehalten«, meinte Robert. »Viel wichtiger ist doch, daß wir es erreichen, mit dem Kaiser Ch'ien-lung zu sprechen, nicht wahr?«

»Deswegen sind wir wohl hier«, gab Macartney zu.

Wang blickte von einem zum anderen. Sein großes, rundes, völlig haarloses Gesicht war vollkommen ausdruckslos.

»Tribut ist ganz sicher eines der Dinge, die mein Herr gerne mit dem Euren besprechen würde«, sagte Robert. »Wann wird es möglich sein, mit seiner Himmlischen Majestät zu sprechen?«

»Das ist *nicht* möglich«, sagte Wang.

»Wie?« Roberts Mut sank.

»Seine Himmlische Majestät befindet sich zur Zeit in Jehol. Das ist seine Heimat, versteht Ihr, Barrington. Es war Jehol, von wo der unsterbliche Nurhaci als erstes seine acht Banner der Mandschu zum Angriff gegen die Mauer geführt hat. Jedes Jahr im Herbst begibt sich der kaiserliche Hof dorthin, um zu jagen, und kehrt erst mit den ersten Anzeichen des Winters zurück. Dieses Jahr gibt es noch keinerlei Anzeichen, daß der Winter beginnt.«

»Zum Teufel«, meinte Macartney. »Können wir nicht nach Jehol gehen und dort mit dem Kaiser sprechen?«

Wang sah sich um. »Mit Schiffen kommt man dort aber nicht hin. Jehol liegt viele Meilen vom Meer entfernt.«

»Aber Ihr könntet meinem Herrn die nötigen Transportmittel zur Verfügung stellen«, drängte Robert.

Wang Lu-ching sah ihn ein paar Sekunden lang an. Dann sagte er: »Es freut mich zu hören, daß Euer König so außerordentlich viel Wert darauf legt, seiner Himmlischen Majestät, dem Kaiser, seine Ehrerbietung zu erweisen. Ich werde mit meinem Herrn, Ho-chen, sprechen und herausfinden, ob es möglich ist, eine solche Reise zu arrangieren.«

Er hatte bisher kaum an seinem Glas genippt. Jetzt nahm er einen Schluck. »Euer Getränk bringt das Blut in Wallung«, sagte er und erhob sich, um sich zum Abschied zu verbeugen.

»Was für ein unverschämter Gauner«, schimpfte Mr. Majoribanks, einer der Kaufleute aus Kanton, die an der Expedition teilnahmen. »Und dann noch einen Eunuchen zu schicken ... das ist die größte Beleidigung überhaupt.«

»Einen Eunuchen?« Macartney sah Robert fragend an. »Du lieber Himmel! Warum habt Ihr mir das nicht gesagt?«

»Weil ich annehmen mußte, daß er zumindest ein paar Worte Englisch versteht. Aber, Mylord, ein Eunuch ist nicht unbedingt eine verachtungswürdige Kreatur. Die intelligenten und ehrenwerten unter ihnen haben oft die höchsten Ämter inne. Dieser Wang ist ganz offensichtlich so eine Art Sekretär von Ho-chen.«

»Und das ist der Premierminister?« fragte Macartney.

»Nun, ja Mylord, so könnte man sagen. Er ist der Erste Minister des Kaisers.«

»Das ist ein ganz kleiner Emporkömmling von sehr zweifelhaftem Ruf, den alle im Land hassen«, kommentierte Majoribanks.

Macartney sah Robert stirnrunzelnd an.

»Wahr ist, daß Ho-chen noch sehr jung und ein Günstling des kaiserlichen Hofes ist, Mylord. Es ist allerdings auch wahr, daß er korrupt und deshalb alles andere als beliebt ist. Aber schließlich hat es auch bei uns in der Vergangenheit hohe Minister von ähnlich zweifelhaftem Ruf gegeben. Das einzige, was für uns in dieser Angelegenheit von Interesse sein darf, ist doch die Tatsache, daß er ein Liebling des Ch'ienlung Kaisers ist.«

»Wenn er das nur auch bleibt.«

»Nun gut, Gentlemen«, meinte Macartney. »Es bleibt uns wohl nichts anderes übrig, als zu warten, bis dieser so tragisch beraubte Mensch zurückkommt. Barrington, seid so gut, mein Gedächtnis im Hinblick auf diese Mandschus aufzufrischen.«

Das fiel Robert nicht schwer. Den Namen Mandschu gab es noch gar nicht so lange. Ursprünglich handelte es sich um Mitglieder der Tungus, eines Nomadenvolkes, das zweihundert Jahre zuvor durch die nördlichen Steppen gestreift war. Doch eines Tages hatte es einen großen Führer unter ihnen gegeben, durchsetzungsfähig wie einst Dschingis Khan. Sein Name: Nurhaci. Er hatte aus den Tungus ein kriegerisches Volk geformt. Seine Armee bestand aus den einzelnen Stämmen dieses Volkes, und jeder Stamm erhielt sein eigenes Banner. Die ersten vier waren rot, gelb, weiß und blau – gelb war die Farbe von Nurhacis eigenem Klan. Schließlich gab es noch weitere vier, die zwar die gleichen Farben trugen, deren Banner aber mit Rändern versehen waren; diese vier waren den anderen rangmäßig unterstellt.

Mit dieser Armee der acht Banner war Nurhaci ausgezogen, das zerfallene Reich der Ming zu erobern, das gerade erst durch den erbitterten Krieg mit den aufständischen Völkern der Insel Japan in wirtschaftliche Not getrieben worden war. Die Gründung einer neuen Dynastie war von Anfang an Nurhacis großes Ziel gewesen. Er nannte sein Volk Aisin Gioro, das goldene Volk, und er erklärte seine Mitglieder zu direkten Nachfahren der T'ang Dynastie, die China im Jahre 618 nach mehreren Jahrhunderten der Zersplitterung vereint hatte. Ihr Reich war 1234 von den Mongolen zerstört worden. Nurhaci selbst verlieh sich den Titel Chin Khan und ernannte sich zum T'ien-Ming, Herrscher über die Mandschurei. »Was für ein Glück, daß es unter den Schotten nie so einen Führer gegeben hat«, bemerkte Macartney trocken, nachdem Barrington ihn über diesen Mann aufgeklärt hatte, und seine Untergebenen lächelten gehorsam.

Nurhaci war 1627 an den Folgen einer Verwundung gestorben. Es war sein Nachfolger, Huang T'ai schi, der achte seiner vierzehn Söhne, der sich den Titel Tien-ts'ung, Herrscher der Mandschurei, verlieh und im Jahre 1636 die kaiserliche Ta sch'ing-Dynastie ausrief und Mukden zur Hauptstadt erklärte. Als Kaiser von China wählte er den Namen Tsch'ung-te. »Und dieses Ta Tsch'ing, was heißt das nun?« wollte Macartney wissen.

»Nun, Mylord, *Tsch'ing* bedeutet rein und *Ta* ist groß.«

Der Tsch'ung-te Kaiser war allerdings kein sehr einflußreicher Herrscher. Sowohl die Ausrufung der Dynastie als auch die nachfolgende Kampagne gegen das eigentliche China waren das Werk seines jüngsten Bruders, Dorgun, Prinz Jui, der nach Nurhaci der eigentliche Herrscher über die Mandschurei war. Es war Dorgun, der, kurz nachdem sich der letzte Ming-Kaiser, Chuang Lieh-ti, erhängt hatte, mit der Armee der acht Banner 1644 nach Peking zog.

Noch weitere zwanzig Jahre gingen ins Land, bis sich die Mandschus als Herrscher über ganz China richtig etabliert hatten. Aber mit dem Ch'ang-hi Kaiser Cheng-tsu 1662 begann eine Periode des Friedens und der Stabilität, die schon einhundertdreißig Jahre dauerte. In dieser Zeit hatte es nur drei Kaiser gegeben: den Ch'ang-hi Kaiser von 1662 bis 1722, den Yung-tscheng Kaiser von 1723 bis 1735 und den Ch'ienlung Kaiser seit 1736.

»Soll das etwa heißen, daß dieser K'ien-lung bereits seit 57 Jahren auf dem Thron sitzt?« wollte Macartney wissen. »Da muß er ja so alt sein wie Methusalem.«

»Ich glaube, der K'ien-lung Kaiser ist zweiundachtzig Jahre alt, Mylord. Aber das Land ist noch nie so gut regiert worden. Es ist das reichste Imperium der Welt.«

Majoribanks räusperte sich laut und vernehmlich. »Was für ein Unsinn.«

»Wir sind hier, um zu verhandeln«, sagte Macartney versöhnlich.

»Nun gut, Mylord. Solange man nur nicht von Euch verlangt, einen Kotau zu machen.«

»Was zu machen?« Macartney sah Robert fragend an.

»Jeder, der vor den Kaiser tritt, muß niederknien und den Boden neun Mal mit der Stirn berühren«, erklärte Robert zögernd.

»Du lieber Himmel.« Macartney stöhnte kurz auf.

»Das können wir nicht zulassen«, erklärte Kapitän Gower.

»Ich werde die Angelegenheit selbstverständlich mit Wang Lu-ching besprechen«, versprach Barrington.

»Erklärt mir doch bitte einmal, was es mit diesen chinesischen Namen auf sich hat«, bat Macartney.

»Nun, Mylord, zuerst einmal sprechen wir hier von Mandschu-Namen. Die Mandschus haben im Gegensatz zu den Chinesen keine Nachnamen. Wenn ein mandschurischer Prinz geboren wird, erhält er natürlich einen Namen. Im Falle des augenblicklichen Kaisers war das der Name Hung-li. Wenn er erwachsen ist, wird dieser Name von einem Titel abgelöst, so ist es zumindest bei einem Prinzen, der kein Thronfolger ist, beim Ch'ien-lung Kaiser war das Kao-tsung. Wenn ein Prinz aber Kaiser wird, dann nimmt er den Namen der Regentschaft an, man nennt das auch Devise. Im Falle dieses Kaisers ist das eben Ch'ien-lung. Dieser Name wird während seiner gesamten Regierungszeit beibehalten und erscheint auch in sämtlichen Dokumenten. Es ist fortan sein einziger Name, sein persönlicher Name wird nie wieder genannt. Man muß allerdings beachten, daß der Regentschaftsname ebenfalls ein Titel ist. Ich weiß, daß wir aus Gewohnheit sagen: der Kaiser Ch'ien-lung, aber es ist genaugenommen falsch. Es muß heißen: der Ch'ien-lung Kaiser.«

Majoribanks rollte die Augen.

»Wenn er aber stirbt, wird dieser Name wiederum von einem postumen Titel abgelöst«, fuhr Robert fort. Darüber wird allerdings erst nach seinem Tod entschieden, und so kann ich zu diesem Zeitpunkt nicht sagen, wie der Ch'ienlung Kaiser einmal heißen wird. Aber sein Vorgänger, der als Yun-Tscheng geboren wurde und als Yung-Tscheng Kaiser – Ihr hört sicher den Unterschied, Mylord – regierte, ist jetzt unter seinem postumen Titel Chi Tsung Hsien Huang-ti bekannt. Huang-ti bedeutet lediglich ›Kaiser‹, da alle chinesischen Herrscher ihren Titel auf den Kaiser Huang-ti zurückführen, der zweihundert vor Christus regiert hat. Ich nehme an, es ist mit dem Wort Caesar in unserer Sprache zu vergleichen. Wenn ich mir erlauben darf, es auf unsere Situation zu übertragen: Man nehme an, daß seine Majestät vor seiner Krönung zum König Prinz George hieß, danach vielleicht unter der Devise ›Schöpfer großer Reichtümer‹ regiert und postum in ›Bewahrer des Empires König‹ umbenannt wird.«

Macartney räusperte sich. Er war sich sehr wohl bewußt, daß sich sein Dolmetscher hier einen kleinen satirischen Spaß erlaubte, wenn er dem König, der die amerikanischen Kolonien verloren hatte, einen solchen Titel gab.

»Barbaren«, wiederholte Majoribanks.

Von der Interpretation dieses Wortes, soviel wurde Robert in diesem Moment klar, hingen Erfolg oder Mißerfolg ihres Unternehmens ab.

Nach so vielen Wochen auf hoher See konnte die Schiffsmannschaft es kaum erwarten, endlich wieder festen Boden unter den Füßen zu spüren, und da man frisches Wasser und Essensvorräte brauchte, waren Landausflüge auch unumgänglich. Allerdings war den Beibooten die Benutzung des Flusses untersagt. Sie mußten statt dessen am unbefestigten Strand landen, der von den Taku-Festungsanlagen beherrscht wurde, von denen auf jeder einzelnen mehrere tausend Mann stationiert waren. Die Hoffnung der Mannschaft auf Unterhaltung oder Frauen zerschlug sich somit.

»Um ehrlich zu sein, Mylord«, sagte Kapitän Gower, »ich weiß nicht, wie lange wir an diesem unwirtlichen Strand noch bleiben können.« Obwohl es noch warm war, gab es doch gelegentlich heftige Stürme, je weiter das Jahr fortschritt.

»Hm, Barrington, glaubt Ihr immer noch, daß man uns empfangen wird?« sagte Macartney.

»Ich glaube schon«, antwortete Robert mehr aus einer vagen Hoffnung als aus einer Sicherheit heraus.

Eine Woche später kehrte Wang Lu-ching zurück.

»Alles ist arrangiert«, sagte er.

»Mein Herr läßt danken.«

Wang verbeugte sich. »Es ist mir eine Ehre, solcher Größe zu dienen.«

»Fragt ihn, wieviel meiner Leute mich begleiten können«, drängte Macartney.

Wang Lu-ching schien überrascht. Er drehte sich um und betrachtete die Flotte von Sampans, die ihn zu den britischen Schiffen begleitet hatte. »Nun, soviel Euer Herr wünscht«, sagte er.

»Du lieber Himmel«, meinte Macartney.

Selbst Majoribanks konnte sich nicht über die Zahl der Sampans beklagen, die ihnen zugeteilt wurde. Fünfundneunzig Männer gingen mit ihren Dienern an Bord. Sie wurden in Zehner-Gruppen auf die Sampans aufgeteilt. Unter Deck fanden sie sich in luxuriös eingerichteten Räumen mit weichen Teppichen und noch weicheren Betten wieder. Man servierte ihnen köstlich gewürzte Speisen und eine Art von Bier, das eher an Sherry erinnerte, warm serviert wurde und deutlich stärker als englisches Bier war.

Sie wurden von sehr jungen Knaben und Mädchen mit schwarzem Haar und sanften Rehaugen bedient, die mit einem Blick deutlich machten, daß sie nichts unterlassen würden, um die Briten in jeder erdenklichen Weise glücklich zu machen.

Macartney blieb das nicht verborgen, und er warnte: »Denkt daran, daß wir die Würde des Königs vertreten – und das betrifft selbstverständlich auch den Umgang mit Bediensteten.«

Im Verlauf der Reise gab es eine ganze Reihe von Dingen, die einen wißbegierigen Menschen beschäftigen konnten, und Robert Barrington war ein solcher Mensch. Obwohl er bereits im Alter von nur zwölf Jahren als Lehrjunge zur See geschickt worden war, hatte er es sich schon damals zur Gewohnheit gemacht, ganze Passagen aus Büchern auswendig zu lernen. Dafür kam natürlich als erstes die Bibel in Betracht, das Handwerkszeug seines Vaters – und George Barrington hatte sichergestellt, daß alle seine Söhne mit dem Wort Gottes aufs beste vertraut waren. Als Lehrjunge an Bord eines Schiffs der Ostindischen Kompanie hatte Robert allerdings denkbar wenig Anwendung für die Lehre der Heiligen Schrift gefunden, sei es, daß er bei tosender See unter fortgesetzten Beschimpfungen der obszönsten Sorte des wachhabenden Offiziers in die Takelung steigen mußte, sei es, daß er mit heruntergelassenen Hosen über ein Kanonenrohr gezwungen – die Tochter des Kanoniers, wie seine Vorgesetzten es lachend nannten – entweder Schläge für irgendein Vergehen entgegennehmen oder auch die sexuellen Gelüste der Mannschaft befriedigen mußte, die nach Monaten auf See ohne eine einzige Frau entsprechend ausgehungert waren.

Diese beiden entgegengesetzten Einflüsse, das Wort Gottes und die Bedürfnisse und Ansprüche der Menschen, hatten ihn eine ganz persönliche Philosophie entwickeln lassen. Gott um Hilfe anzurufen, wenn man sich einem halben Dutzend Männern ausgeliefert sah, von denen ein jeder größer und stärker war als man selbst, erschien ihm schon bald als reine Zeitverschwendung, und als junger Mensch fehlte einem schlichtweg die Geduld, auf die mögliche Wiedergutmachung im Himmel zu warten. So hatte er gelernt, seine Mitmenschen an Bord zu hassen, und er hatte bald begriffen, daß man sie nicht mit Gebeten oder Resignation schlagen konnte, sondern indem man sich zu ihnen gesellte und sie schließlich, indem man sie übertraf, mit eigenen Waffen schlug. Es lag in seinem Wesen, daß er seine gesamte physische und psychische Energie einsetzte, wenn es ein bestimmtes Ziel zu erreichen galt, und so hatten sich im Lauf der Jahre in seinem Bestreben, die anderen zu übertreffen, seine Muskeln und seine Widerstandsfähigkeit, Mut und Wissen um die eigenen Möglichkeiten herausgebildet – und im besonderen Maße sein Ehrgeiz.

Navigation und Seefahrt hatte er ebenso gelernt wie den Gebrauch seiner Fäuste, den Umgang mit Pistole und Entermesser sowie Kanonen. Es gab kaum ein Schiff, dem auf der Reise nach Kalkutta und zurück nicht von Piraten aufgelauert worden wäre, und in einem Krieg gegen die Franzosen hatte Robert schon gedient – wenn man den Berichten aus Europa Glauben schenkte, hatte der nächste bereits begonnen.

In seinen Dienstjahren bei der Ostindischen Kompanie hatte er außerdem Hindustani gelernt, und als es notwendig wurde, auch noch Kantonesisch und Mandarin. Er hatte sich unter die Kulis und Chinesen gemischt, um ihre Sitten und Gebräuche kennenzulernen – eine ebenso lehrreiche wie unterhaltsame Erfahrung. Tatsächlich gab es keinen Kapitän, der auf seiner Reise in den Osten Robert Barrington nicht gerne als Maat angeheuert hätte; auf der anderen Seite aber würde keiner von ihnen ihm die eigene Tochter anvertraut haben.

Robert kümmerte das wenig; er bezweifelte, daß es in ganz England auch nur eine Frau geben könnte, die ihn so umfassend befriedigte wie die Hindumädchen oder eines aus Kanton, dem er so viel bezahlte, daß es nur noch einen Wunsch hatte: ihn zufriedenzustellen. Sollten die Engländer doch ihre Töchter unter Verschluß halten. Wenn er erst einmal die Million verdient hatte, würden sie ihm mit Freuden ihre behüteten Jungfrauen zur Verfügung stellen, auch wenn seine sexuellen Gewohnheiten noch so berüchtigt waren. Mehr als einmal schon hatte er gehört, daß man ihn einen ungehobelten Schurken nannte, und er mußte zugeben, daß diese Beschreibung nicht ganz unzutreffend war.

Was ihn vielmehr beschäftigte, war der Reichtum, den zu erlangen er sich in den Kopf gesetzt hatte. Angefangen mit Robert Clive hatte es viele gegeben, die in Indien zu großem Vermögen gekommen waren. Aber Robert Barrington erkannte, daß diese Männer nicht nur geniale Fähigkeiten, sondern auch eine gewisse Skrupellosigkeit besaßen, die ihm fehlte. Wenn man ihn auch noch so oft als rüpelhaften Gauner bezeichnete, an eine einmal getroffene Vereinbarung hielt er sich bis aufs i-Tüpfelchen. Die Art von betrügerischen Geschäften, die Clive so reich und berühmt gemacht hatten, würde ihm niemals gelingen.

Im übrigen war er auch kein Soldat wie Clive. Robert wußte, daß seine einzige Möglichkeit, sein Glück zu machen, in der Seefahrt lag.

Als er einmal als zweiter Maat nach Kanton gekommen war, hatte sich ihm eine Welt erschlossen, die selbst seine kühnsten Träume übertraf. Sicherlich, in Indien gab es Reichtum, Eleganz, Armut, Brutalität im Übermaß, aber ebenso eine große Unsicherheit; niemand, ob reich oder arm, konnte sich sicher sein, den nächsten Sonnenaufgang noch zu erleben. In China, so hatte Robert entdeckt, gab es ebenfalls Reichtum, Eleganz, Armut und Brutalität, aber darüber hinaus eine ungeheure Sicherheit – vorausgesetzt, man war mit einem Mitglied der herrschenden Mandschu-Elite befreundet. Diese Möglichkeit gefiel ihm außerordentlich.

Als er auf der letzten Reise so krank geworden war, daß der Kapitän ihn im örtlichen Krankenhaus zurückgelassen hatte, fand er sich nach längerem Fieberdelirium in einer hellen, luftigen Kammer, von hübschen, lächelnden Mädchen umsorgt, die die letzten Tage damit verbracht hatten, ihn nackt in eine Wanne mit eiskaltem Wasser zu tauchen, um das Fieber zu senken. Sie waren Sklavinnen, und der Name ihres Herrn lautete Hui-chan.

Hui-chan war ein Mandschu des Jehe Nara Klans, worauf er geradezu maßlos stolz war, obwohl das blaue Banner der Jehe Nara gerändert war und es sich somit nur um eine der rangniederen Sippen handelte, aber die Tatsache, daß er überhaupt einer der bannertragenden Sippen angehörte, reichte Hui-chan. Allerdings trug er auch den kristallenen Knopf, was bedeutete, daß er die Prüfung eines Mandarin fünften Ranges bestanden hatte. Zusätzlich zu dem Silberpfauenabzeichen seines Amtes trug er noch das Bärenabzeichen eines Militäroffiziers. Sein Amt war das eines Taotai oder Intendanten, der dem Vizekönig in der Verwaltung der Provinzen behilflich war.

»Warum interessiert Ihr Euch für einen gewöhnlichen Seemann?« hatte Robert ihn gefragt, als er wieder etwas zu Kräften gekommen war.

»Es ist die Pflicht eines jeden Menschen, sich für andere zu interessieren«, war Hui-chans Antwort. »Besonders, wenn sie von so weit her kommen. Ihr werdet mir von Eurem fernen Land erzählen, und ich werde mich freuen.«

Robert kam dem Wunsch des Intendanten gerne nach, und das nicht nur aus Dankbarkeit dafür, daß er ihm das Leben gerettet hatte. Allmählich begann er zu begreifen, wie die Menschen hier lebten, und sein Interesse wuchs, als er erkannte, wie sehr sich der Lebensstil hier von dem in England üblichen unterschied.

In der Heimat kaufte man sich, wenn man zu Vermögen gekommen war, ein Herrenhaus und lebte fortan das Leben eines Landedelmannes. Aber man mußte sich in einem solchen Maße den Konventionen der Kirche und der Etikette beugen, daß das Leben einer Gefangenschaft gleichkam. Zwar wurde auch in China der Alltag von einem Katalog von

Regeln bestimmt – vielleicht sogar noch stärker als in England –, aber diese Regeln erschienen Robert ungleich angenehmer. Das religiöse Leben war hier eher pragmatisch ausgerichtet; nicht sosehr Frömmigkeit als vielmehr die Erfüllung bestimmter Pflichten war wichtig. In China konnte es auch jemand von niedrigster Herkunft zu höchstem Ansehen und Wohlstand bringen, wenn er die Prüfungen bestand, die jeder zukünftige Mandarin durchlaufen mußte. Das Beste jedoch war, daß die allgemeine Moral die irdischen Freuden eher förderte, als sie zu unterdrücken, und die Abwesenheit jeglichen Schuldgefühls steigerte den Genuß.

In China zog sich eine Mahlzeit über mehrere Stunden hin, denn exquisit zubereitete Speisen gehörten zu den ganz großen Genüssen im Leben der Chinesen – ebenso wie die gesunde Verdauung. In England schlang man das Essen für gewöhnlich so schnell wie möglich hinunter, auch wenn man danach stundenlang darunter leiden mußte. In China betrank man sich in stiller Zufriedenheit, denn auch das Trinken gehörte zu den großen Genüssen des Lebens. In England wurde ein Betrunkener gewöhnlich aggressiv und trotzig und fing Streit mit seinem besten Freund an. In China rief ein Mann seine Sklavin oder Konkubine, die sich vor ihm verbeugte und ihn in die Schlafgemächer geleitete. In England mußte ein Mann sein Begehren unter einem dicken Mantel aus Täuschung und Heuchelei verstecken.

In England mußte ein Mann sich in Schulden stürzen, um eine schneidige Figur abzugeben, und dann den Rest seines Lebens vor den Gläubigern davonlaufen. In China reichte es, wenn man zu einer der acht Bannersippen gehörte oder Mandarin war, um ein lebenslanges Gehalt zu erhalten. Übermäßiger Luxus und zu verschwenderische Kleidung waren per Gesetz verboten, außer im Falle des Kaisers selbst, und daher war auch niemand versucht, den anderen in dieser Hinsicht auszustechen. Essen, Seide, Frauen und Trinken waren billig. Das Leben war leicht.

Zwar stimmte es, daß die Chinesen einem schweren Laster frönten, dem Glücksspiel nämlich, aber da sie von monatlichem Einkommen lebten, das ihnen vom Staat garantiert war, und so nicht ihr gesamtes Vermögen auf einmal aufs Spiel setzen konnten, war echte Mittellosigkeit schwer zu erreichen.

Sicher gab es auch in China Bettler und Verbrecher, aber sie schienen alle in diesen unglücklichen Zustand hineingeboren worden zu sein. Für einen solchen Menschen war das Leben allerdings ausgesprochen bitter. Die Chinesen hatten wenig Respekt vor dem menschlichen Leben, vielleicht, weil sie so zahlreich waren. Aber als Bettler oder Verbrecher lebte es sich auch in England nicht leichter. Die Chinesen selbst waren ein erobertes Volk, die sich das Volk der Han nannten, um sich von den herrschenden Mandschu abzusetzen. Aber auch wenn sie sich nach den goldenen Zeiten zurücksehnten, die schon so viele Jahre zurücklagen, so waren sie doch klug genug zu erkennen, daß die Mandschus das Chaos der letzten Ming-Dynastie durch ein geordnetes Regierungssystem ersetzt hatten. Das hielt sie allerdings nicht davon ab, sich über ihren Zustand der Unterwerfung unter ein Volk zu ärgern, das in ihren Augen genauso barbarisch war wie die weiß- oder braunhäutigen Völker. Ganz besonders ärgerten sie sich über einige der Gesetze ihrer neuen Herrscher; so etwa, daß kein Chinese eine Mandschu zur Frau nehmen durfte, oder daß alle chinesischen Männer als Zeichen ihrer Unterlegenheit ihre Stirn rasieren und einen Zopf tragen mußten.

In ihren Herzen hatten sie die Unterordnung nie akzeptiert. So machten sie gemeinsame Sache gegen ihre neuen Herren, schmuggelten und beraubten die Regierung auf jede nur erdenkliche Art und Weise und verbeugten sich tief, wenn ein Beamter der Mandschu vorüberritt. Sie arbeiteten zuerst für ihre eigene Tasche und erst ganz zuletzt für ihre Eroberer. Aber daß die Mandschu ihnen umfassenden Wohlstand gebracht hatten, konnten sie nicht bestreiten.

Alles in allem sagte Robert Barrington die Lebenseinstellung der Chinesen zu. Als er wieder ganz gesund war und Hui-chan ihm angedeutet hatte, daß er bald aufbrechen könne, hatte ihm der Gedanke an eine Trennung das Herz schwer gemacht. »Ich bin sicher, Ihr werdet zurückkehren«, hatte Hui-chan ihn getröstet.

Als Macartneys Schoßhund, dachte Robert jetzt bitter. Aber wenigstens war er wieder in China.

Aber dies war ein China, von dem noch nicht einmal er geglaubt hatte, daß es wirklich existierte, obwohl er soviel Zeit in Hui-chans Haus verbracht hatte. In der Hitze von Kanton, so weit entfernt von Peking, war das Leben ausgesprochen ruhig und friedlich gewesen. Im Norden dagegen war das Leben schneller – und rauher.

Die Sampans ließen die britischen Schiffe hinter sich und ruderten den schlammigen, engen Fluß Pei-ho hinauf, der so wenig Ähnlichkeit mit dem Pearl River hatte, auf dem sogar hochseetaugliche Schiffe Platz hatten. Aber auf dem Pei-ho herrschte ein deutlich regerer Verkehr, und Tientsin, Pekings Hafen, das etwas zwanzig Meilen flußaufwärts lag, war fast so groß wie Kanton selbst: Überall wimmelte es vor geschäftigen Menschen.

»Noch nie habe ich so viele Menschen auf einen Schlag gesehen«, meinte Macartney. »Kann Euer Freund ungefähr schätzen, wie viele Einwohner China hat?«

»Bei der letzten Volkszählung«, sagte Wang zu Robert, »waren es dreihundertundneunzehn Millionen. Aber das ist schon fast sechzig Jahre her. Man schätzt die Bevölkerung heute auf über vierhundert Millionen.«

»Volkszählung?« fragte Macartney.

»Jeder Hausbesitzer muß zu einem bestimmten Termin kurz nach der Thronbesteigung eines neuen Kaisers die genaue Zahl der in seinem Haus wohnenden Menschen, ob Mann, Frau, Kind oder Dienstpersonal, angeben«, erklärte Wang. »Ist das in Eurem Lande denn nicht auch üblich?«

»Du lieber Himmel, nein«, erwiderte der Lord. »Einmal hat es eine Zählung gegeben, aber das ist schon sechshundert Jahre her, und es war ein solch aufwendiges und zeitraubendes Unternehmen, daß es wohl nie wiederholt werden wird.«

»Und was Ihr da sagt, daß es vierhundert Millionen Chinesen geben soll«, sagte nun Majoribanks. »Nun, ich glaube nicht, daß in ganz Europa so viele Menschen leben.«

»Dann ist China wohl ein größeres Land als Europa«, meinte Wang milde lächelnd.

Die Abordnung blieb einige Tage in Tientsin, während die weitere Reise ins Land organisiert wurde. Obwohl die Engländer ihr Quartier an Bord ihrer Sampans beibehielten, erlaubte man ihnen, an Land zu gehen, was für die meisten – nicht zuletzt Macartney selbst – eine ganz neue Erfahrung war.

Mit den anderen staunte er über das Gedränge auf den Straßen, über den Reichtum der Waren: Speisen, exquisit bemaltes Porzellan, hervorragend gearbeitete Waffen wurden ebenso angeboten wie die verschiedenen Dienstleistungen von Wahrsagern, Barbieren, Zahnärzten, die alle mitten in diesem Gedränge arbeiteten.

Eine schier unglaubliche Vielfalt von Gerüchen stieg ihnen in die Nase: Der köstliche Geruch von gebratenem Schweinefleisch, aber auch der Gestank menschlicher Fäkalien, die überall herumlagen – und die ständig von allen möglichen Männern und Frauen vermehrt wurden, die sich ohne jede Scham oder Rücksicht für die Umstehenden mitten auf der Straße hinhockten und erleichterten.

Da der Lord in seiner Heimat selbst Friedensrichter war, beobachtete er mit Interesse eine Gerichtsverhandlung. Er hörte dem Geplapper der Anwälte zu und sah fassungslos mit an, wie vier Gerichtsdiener den ersten Mann, der schuldig gesprochen wurde, umgehend zu Boden warfen und ihm die Hosen herunterzogen. Daraufhin kamen zwei weitere Beamte und bearbeiteten das entblößte Gesäß des Schuldigen mit dicken Bambusrohren. Niemanden der Anwesenden schien das zu stören oder besonders zu interessieren – nur hin und wieder ging einer zu dem Schuldigen hin und verspottete ihn.

»Recht im Schnellverfahren«, murmelte er. »Und dann auch noch vor Frauen. Gibt es denn hier keinen Anstand?«

»Werden Schuldige in England denn nicht auch bestraft?« fragte Wang.

»Doch, natürlich. Aber sie erhalten Schläge auf den Rücken. Das Opfer muß sich nicht so peinlich entblößen.«

»Wohin sollte man einen Mann sonst schlagen, wenn nicht aufs Gesäß?« fragte Wang erstaunt. »Wenn er tausend Schläge auf den Rücken erhielte, würde er sicher sterben, aber tausend Schläge aufs Gesäß wird er wahrscheinlich überleben.«

»Tausend Schläge?« rief Macartney entgeistert. »Und Ihr glaubt, daß er das überlebt?«

»Wenn wir das nicht glaubten, würden wir uns die Mühe der Bastonade sparen«, erklärte Wang.

Einen Augenblick später wußte der Ire, was er damit gemeint hatte. Als der nächste Gefangene schuldig gesprochen wurde – offensichtlich handelte es sich um eine Vergewaltigung, wie man aus den wütenden Anschuldigungen einer jungen Frau entnehmen konnte – packte man auch ihn sofort, entblößte seinen Oberkörper und zwang ihn auf die Knie. Zwei Beamte hielten ihn bei den Schultern und ein dritter zog an seinem Zopf, bis der Hals so weit wie möglich gestreckt war. Bevor jemand aus der Gruppe der Engländer die Situation noch richtig erfaßt hatte, hatte einer der wartenden Scharfrichter ein riesiges, gebogenes Schwert gezogen und den Mann sauber enthauptet.

Macartney sah den Richter an, als wolle er Protest einlegen, aber der befaßte sich bereits mit dem nächsten Fall. Die Leiche des Mannes, aus dessen Rumpf noch das Blut herausschoß, wurde mit unsanften Fußtritten aus der Schlange der auf ihre Verhandlung wartenden Gefangenen entfernt.

»Laßt uns weitergehen«, murmelte Macartney.

»Werden Verbrecher in Eurem Land denn nicht auch hingerichtet?« fragte Wang.

»Doch, durchaus. Aber erst nach einem ordentlichen Prozeß.«

»Die Anschuldigungen der Frau wurden von Zeugenaussagen bestätigt.«

»Ich zweifle nicht daran, daß er schuldig war«, meinte Macartney. »Aber in England ist es eine so ernste Angelegenheit, einem Menschen das Leben zu nehmen, daß man ihn zuerst zurück ins Gefängnis gebracht und mögliche Berufungsverhandlungen erwogen hätte. Vielleicht hätte man auch die Zeugen noch einmal verhört.«

»Vielleicht gibt es in England mehr Zeit und weniger Menschen«, führte Wang an. »Hier gibt es so viele Menschen und so wenig Zeit.«

»Aber jemandem so einfach den Kopf abzuschlagen ...«

»Wenn jemand sterben muß, dann ist es der beste Weg. Es

gibt andere Methoden, die wesentlich unangenehmer sind.« Er zeigte auf einen hölzernen Käfig, der von einem Baum an der Straßenecke herabhing. In dem Käfig befand sich ein Mann. Als sie näher kamen, sahen sie, daß er auf Zehenspitzen stand, da sein Kopf, der oben aus dem Käfig herausragte, von einem hölzernen Ring unter dem Kinn und im Nacken gehalten wurde. Sein Gesichtsausdruck war grauenhaft, und an der Art, wie ihm die Zunge aus dem Mund hing, konnte man ablesen, daß er entsetzlichen Durst haben mußte.

»Nun, dieser Mann wird sterben«, sagte Wang. »Wenn er sich nicht länger halten kann, dann wird er ersticken – langsam. Aber es ist erstaunlich, wie lange ein Mann durchhält, wenn er weiß, daß er sonst sterben muß. Ich würde darauf wetten, daß er morgen immer noch am Leben ist.«

»Euer Herr ist nicht glücklich«, vertraute sich der Eunuch Robert an, als Macartney an dem Sterbenden vorübereilte. »Liegt das vielleicht daran, daß die Sampans nicht komfortabel genug sind? Warum kauft er sich nicht eine von denen da, um sich ein wenig zu zerstreuen?« Er zeigte auf eine Gruppe von Jungen und Mädchen.

»Was meint er?«

»Er schlägt Euch vor, einen von den Jungen oder Mädchen fürs Bett zu kaufen, Mylord.«

Macartney starrte die Gruppe von Kindern an, die jetzt auf der Straße vor ihn hingeschoben wurden. Es waren ungefähr ein Dutzend Jungen und Mädchen im Alter von vielleicht zehn bis fünfzehn Jahren. Sie wurden von einem älteren Mann und einer Frau geführt, die hier und da einen Klaps mit einem Stock austeilten.

Da sie das Interesse der Fremden bemerkten, versuchten sie zu lächeln, und eines der Mädchen hob auf Befehl der Frau die Bluse und zeigte ihre unreifen Brüste.

Peinlich berührt blickte sich der Ire um, aber wiederum kümmerte sich keiner der Passanten um das, was dort geschah. »Mein Gott!« sagte Macartney. »Diesen beiden Halunken sollte man nun wirklich den Kopf abschlagen.«

»Aber das sind die Eltern dieser Kinder«, protestierte Wang.

»Und sie bieten ihre Kinder zum Verkauf an?« rief Majoribanks empört. »Dürfen sie denn das?«

»Was sollen sie sonst tun, wenn niemand sie ernähren kann?« fragte Wang. »Ihr solltet welche kaufen. Ihr werdet feststellen, daß sie vorzügliche Diener sind, und sie werden Euch im Bett viel Freude bereiten. Ihr könnt ihnen beibringen, wie es Euch am meisten zusagt.«

Majoribanks schnaubte nur verächtlich.

»Wenn sie nicht als Diener verkauft werden können, dann werden die Mädchen zur Prostitution und die Jungen zur Kastration verkauft.«

Macartney schnappte vor Empörung nach Luft, aber er sagte nichts, da ihm gerade noch rechtzeitig einfiel, wen er vor sich hatte.

»O ja«, sagte Wang. »Meine Eltern haben mich verkauft, als ich zwölf Jahre alt war, weil mich niemand als Diener oder Bettknaben haben wollte.«

»Du lieber Himmel!« Mit einem tiefen Seufzer eilte Macartney in Richtung Hafen. Aber er wurde von einer kleinen Prozession von offenen Sänften aufgehalten, die die Straße blockierte. Jede Sänfte wurde von vier Mann getragen, und in jeder saß eine gut gekleidete, attraktive junge Frau. Sie verschwanden fast völlig hinter großen Fächern, die sie sich vors Gesicht hielten, und unter den riesigen Schirmen, die jeweils ein männlicher Diener hielt. Die Engländer beobachteten, wie sie vor einem recht luxuriös wirkenden Haus hielten. Die Sänften wurden abgestellt, die männlichen Diener hoben die Frauen von ihren Sitzen und trugen sie ins Haus.

»Ist dies ein Krankenhaus?«

»Nein, nein«, sagte Wang. »Dieses Haus gehört dem reichsten Kaufmann von Tientsin. Seine Töchter werden wohl zu einer Teeparty eingeladen haben.«

»Für Invaliden?«

Wang sah Robert fragend an.

»Mein Herr scheint sich Sorgen zu machen, daß offensichtlich keine der Frauen gehen kann.«

»Nun«, sagte Wang, »eine kurze Strecke können sie schon gehen, aber es ist nicht angenehm. Wegen des Lilienfußes, versteht Ihr?«

»Wegen des was?« wollte Macartney wissen.

»Wenn eine Tochter in reichem Haus geboren wird«,

erklärte Wang, »dann werden ihre Füße sofort nach der Geburt ganz eng gebunden, solange die Knochen noch weich sind, und zwar so, daß die Zehen die Fersen berühren. Wenn die Knochen dann hart werden, bleiben sie für immer in dieser Form.«

»O Gott! Was für eine barbarische Sitte. Und das sind reiche Leute, sagt Ihr?«

»Nur reiche Leute können sich den Lilienfuß leisten, denn es bedeutet, daß die Töchter dieses Hauses niemals arbeiten müssen. In einer armen Familie wäre das unmöglich; dort müssen die Töchter ständig auf den Beinen sein.«

»O Gott«, ächzte seine Lordschaft noch einmal. »Das ist wirklich ein sonderbares Land, mit dem wir da Handel treiben wollen, Barrington.«

Aber er konnte nicht bestreiten, daß es auch ein reiches Land war. Von Tientsin aus ruderten sie weiter flußaufwärts, an der Mündung des großen Kanals vorbei. Er war schon vor vielen Jahrhunderten angelegt worden, um den Handel zwischen Peking und dem Süden zu erleichtern. Er erstreckte sich über eine gewaltige Länge bis hin zum Fluß Jangtsekiang, von dem Wang ihnen versicherte, daß es der längste Fluß der Welt sei. Diejenigen unter den Engländern, die bereits den Nil gesehen hatten, waren skeptisch, aber der Kanal selbst war ohne Zweifel ein Meisterstück an Ingenieurskunst, selbst wenn er über die vielen Jahre hinweg recht baufällig geworden war. Etwas weiter flußaufwärts von der Kanalmündung gabelte sich der Fluß. Der Hauptarm verlief in einer Biegung nach Norden, während der kleinere, der Han-ho, ziemlich genau in westlicher Richtung floß. Man folgte dem Hauptstrom. Sanfte Hügel erstreckten sich zu beiden Seiten, auf denen in der Hauptsache Weizen und Gerste wuchsen. Sie kamen an einem wohlhabend aussehenden Dorf vorüber, wo sie von fröhlich rufenden Kindern und winkenden Frauen begrüßt wurden. Hin und wieder sah man auch ein Regiment von Bannersoldaten, die mit glitzernden Waffen am Ufer aufgereiht standen und in Ehrerbietung den Blick senkten.

Sie sahen Menschen, die in Seide gekleidet waren und ausschließlich mit Silber handelten. Sie machten einen kraftvollen, vitalen Eindruck und schienen mit sich und der Welt in vollkommenem Frieden zu leben.

»Das muß einen ja nicht wundern, wenn auch das geringste Verbrechen so barbarisch bestraft wird«, meinte Macartney dazu.

»*Wir* sind es, die Diebe hängen, Mylord«, sagte Robert vorsichtig.

Macartney hob mahnend den Zeigefinger. »So steht es zwar im Gesetzbuch, aber die volle Strafe wird selten verhängt, außer bei den wirklich Unbelehrbaren. Heutzutage schicken wir sie nach Australien. Das ist sicher angenehmer als die Bastonade.«

Wirklich? dachte sich Robert.

Peking lag nur noch fünfzig Meilen entfernt, aber die Stadt war nicht das Ziel ihrer Reise, die statt dessen immer weiter flußaufwärts führte, bis das Wasser selbst für die Sampans zu seicht wurde aber an der Anlegestelle stand bereits eine Karawane von Pferd und Wagen für sie bereit.

»Das habt Ihr wirklich gut organisiert«, sagte Robert zu Wang voller Bewunderung, als sie in Richtung Norden aufbrachen.

»Ich habe nur meine Pflicht getan«, sagte der Eunuch. »Ist Euer Herr zufrieden?«

»Da bin ich sicher. Aber es gibt einiges, was ihm trotzdem Sorgen bereitet.«

»Sagt mir doch, worum es sich handelt, Barrington. Es ist meine Pflicht, die Reise für ihn so angenehm wie möglich zu gestalten.«

»Ich glaube nicht, daß Lord Macartney irgend etwas an dieser Reise auszusetzen hat«, sagte Robert und zwang sich, nicht daran zu denken, wie lächerlich der Ire und seine Begleiter sich machten, wenn sie mit den Eßstäbchen aus Elfenbein kämpften, die die Chinesen an Stelle des europäischen Bestecks aufdeckten. »Aber er macht sich Sorgen, daß man auch von ihm den Kotau verlangen könnte, wenn er vor seine Himmlische Majestät tritt.«

»Aber das muß jeder«, erklärte Wang.

»Meinem Herrn ist das jedoch ganz und gar unmöglich. Er ist hier als Stellvertreter unseres Königs, und jede seiner Handlungen ist davon bestimmt. Wenn er also vor Eurer Himmlischen Majestät, dem Kaiser, hinkniet, dann ist das so, als ob König George selbst kniet, und er kniet grundsätzlich vor niemanden auf dieser Welt.«

»Ist Großbritannien denn ein so mächtiges Land, daß es Euren König zu einer solchen Haltung berechtigt?«

»Großbritannien ist kein sehr großes Land«, erwiderte Robert, »aber die Briten sind die größten Krieger der Welt. Unsere Schiffe habt Ihr ja gesehen. Haben sie Euch nicht beeindruckt?«

»Doch, sie sind sehr mächtig«, mußte Wang zugeben.

»Nun, das sind noch nicht einmal Kriegsschiffe«, sagte Robert. »Es sind reine Handelsschiffe. Unsere Kriegsschiffe sind noch größer und stärker. Und wir haben über hundert davon.«

»Ihr würdet mich nicht anlügen, Barrington?«

»Das liegt mir fern, Wang.«

»Ich werde sehen, was ich tun kann.«

Am nächsten Tag verließ Wang die Karawane und ritt mit einer kleinen Gruppe davon. Die anderen setzten ihren Weg nach Norden fort. Am Abend schlugen die Engländer ihr Nachtlager im Schatten der großen Mauer auf.

»Sie erstreckt sich über Hunderte von Meilen«, sagte Robert zu Macartney, als sie hinaufstiegen. »Man zählt sie zu den Weltwundern.«

Ist sie wohl gebaut worden, um die Barbaren draußen oder die Chinesen drinnen zu halten? fragte sich Macartney.

Jenseits der Mauer kamen sie in die Mandschurei. Hier war die Landschaft viel wilder, und es gab wenig Ackerbau, wohl aber riesige Herden, sowohl Vieh als auch Pferde. Hier trafen sie wieder mit Wang zusammen.

»Ich habe es arrangiert«, sagte er. »Euer Herr ist vom Kotau ausgenommen, aber nur er, vergeßt das nicht. Alle anderen sind dazu verpflichtet.«

»Dem werden wir gerne nachkommen«, versicherte Robert.

»Ihr müßt verstehen, daß dies ein gewaltiges Zugeständnis ist«, belehrte ihn der Eunuch. »Mein Herr Ho-chen, Herr über die Untergebenen Völker, hat es möglich gemacht.«

»Unser Dank ist Eurem Herrn Ho-chen gewiß.«

»Da bin ich sicher, denn darüber wird er mit Euch noch sprechen.«

»Eine Hand wäscht die andere, das ist sicher der Grund, warum er mit uns sprechen will«, sagte Macartney nachdenklich. »Nun, dem werden wir uns wohl fügen müssen. Aber Ihr habt es gut gemacht, Barrington.«

Majoribanks sah weniger glücklich aus. Die Gewißheit, vor dem Kaiser auf dem Boden herumkriechen zu müssen, verletzte seinen Stolz und stimmte ihn mürrisch.

»Schnallt Eure Hosenträger nicht zu kurz«, riet ihm Macartney amüsiert. »Jawohl, das ist die Antwort: lockere Hosenträger.«

»Ich bezweifle, daß ihr gut daran tut, diesem schleimigen Eunuchen zu vertrauen, Mylord – oder seinem Herrn«, warnte Majoribanks. »Man sagt, daß Ho-chens Geldgier schier maßlos ist. Hier geschieht nichts, ohne daß riesige Summen Geldes den Besitzer wechseln. Was er für das Privileg, daß er Euch ermöglicht hat, verlangen wird ...«

»Damit werden wir uns befassen, wenn es an der Zeit ist«, sagte Macartney. »Bis jetzt sind meine Erwartungen jedenfalls weit übertroffen worden.« Er lächelte seinen Dolmetscher anerkennend an. »Ich gratuliere Euch, Barrington.«

Am nächsten Tag erreichten sie Jehol.

2

DER MINISTER

Jehol lag ungefähr vierzig Meilen nördlich der großen Mauer am Fuß der Berge zwischen der nordchinesischen Ebene und dem Plateau der inneren Mongolei. Es war schon lange ein bevorzugter Sommersitz des Kaisers gewesen, nicht nur weil es auf Grund der Höhenlage so angenehm kühl hier war, sondern weil die Stadt am Ufer des Je-Ho-Flusses lag, einem Nebenfluß des Luan-ho. Je-Ho bedeutete heißer Fluß, und die warmen Quellen waren nicht nur angenehm, sondern angeblich auch gut für die Gesundheit.

Die Stadt selbst war klein, aber sie wirkte wesentlich größer durch den angegliederten Palastkomplex, der sich über ungefähr fünf Meilen ausdehnte. Außerdem war da noch das riesige tibetisch buddhistische Lamakloster. Die britische Abordnung durfte den Palast jedoch nicht betreten. Statt dessen brachte man sie zu einer Zeltstadt zu Füßen des Palastes. Hier herrschte der gleiche Luxus wie an Bord der Sampans – stellte Robert fest, als der Eunuch ihn zwischen den Zelten entlangführte.

»Wird es Eurem Herrn genügen, Barrington?«

»Es ist alles großartig«, antwortete Robert und betrachtete die beiden Mädchen, die in seinem Zelt warteten. »Wann werden wir mit dem Kaiser sprechen können?« Die Geschenke, die sie aus England mitgebracht hatten, waren schon in den Palast geschickt worden.

»Schon bald«, versicherte ihm Wang. »Gefallen Euch diese Mädchen? Und trotzdem nehmt Ihr sie nicht zu Euch ins Bett. Ihr seid wirklich ein eigenartiges Volk.«

»Mein Herr wünscht es so.«

»Wie kann jemand über etwas befehlen, das er gar nicht sehen kann?« fragte Wang.

Aber Robert war sich bewußt, daß Macartneys Wertschätzung seine einzige Chance auf Beförderung war, also schickte er die Mädchen fort. Zwei Tage später teilte ihnen Wang mit, daß der Kaiser bereit war, sie zu empfangen, und da sie den Palast nicht betreten durften, begab sich der Ch'ien-lung Kaiser eben zu ihnen.

Macartney versammelte hastig die ganze Abordnung in ihren besten Uniformen um sich, und aus dem Palast strömten jetzt die Menschen, um die Zeremonie mitzuverfolgen. Sie hörten Hörner und das laute Rasseln von Becken, und nur wenige Minuten später erschien die kaiserliche Prozession. Sie bestand aus einer langen Reihe von Sänften, die von Sklaven getragen wurden und von Eunuchen und Soldaten umgeben waren. Langsam und feierlich marschierten sie einmal um den Zeltplatz herum bevor sie anhielten. Diener eilten hin und her und rollten riesige gelbe Teppiche aus.

»Gelb ist die kaiserliche Farbe«, erklärte der Eunuch. »Nurhacis eigenes Banner war gelb, und daher ist es die höchste Farbe in ganz China. Nur ein Mitglied der kaiserlichen Familie darf gelb tragen.«

Die Teppiche waren ausgebreitet, und der Inhalt der Sänften ergoß sich nun darauf: ein ganzes Heer von hohen Beamten und Prinzen stellten sich einer festen Rangordnung entsprechend auf. Hinter ihnen verharrte jeweils ein Diener mit einem großen Schirm, denn die Sonne stand hoch am wolkenlosen Himmel, und obwohl es schon recht spät im Jahr war, wurde es immer heißer. Die Musik spielte weiter – für europäische Ohren eher mißtönend wegen der ständigen Wiederholung ein und desselben Themas. Die Sänfte in der Mitte des Zugs blieb geschlossen, bis die Musik verstummte. Dann wurden die Vorhänge beiseite gezogen, und zum Vorschein kam der Ch'ien-lung Kaiser.

Robert hätte sich diesen Mann – wahrscheinlich der mächtigste der Erde – gern genauer angesehen, aber wie alle anderen war auch der Dolmetscher gezwungen, auf die Knie zu gehen und mit der Stirn den Boden zu berühren. So konnte er nur einen flüchtigen Blick erhaschen und sah einen großen Mann mit plumpem Körper und ausdruckslosen Gesichtszügen. Der Kaiser trug einen dünnen Schnurrbart. Er war erstaunlich hochgewachsen und hielt sich gut für sein hohes Alter. Gekleidet war er in ein langes, gelbes Gewand, das mit einem roten Drachen verziert war, der bis hinunter zu seinen ziegenledernen Stiefeln reichte. Auf dem Kopf trug er einen runden Hut, der ebenfalls gelb war.

Von der englischen Abordnung stand wie vereinbart nur noch Macartney, der sich tief verbeugte.

Der Kaiser hob die Hand.

»Ihr müßt vorwärts gehen«, flüsterte Wang.

Robert wollte aufstehen.

»Nein, nein«, sagte Wang. »Ihr müßt kriechen.«

Robert warf Macartney einen Blick zu. »Ihr tut besser, was er sagt«, befahl der Viscount.

Er hatte leicht reden, dachte sich Robert, als er neben Wang mühsam an all den ebenfalls liegenden chinesischen und mandschurischen Beamten vorüberkroch, Macartney gemessenen Schrittes gleich hinter ihm. »Wie soll ich denn übersetzen, wenn ich auf dem Gesicht liege?« fragte er verärgert.

»Ihr dürft Euch aufrichten, aber nur auf die Knie, wenn es soweit ist«, sagte der Eunuch.

Sie hatten den gelben Teppich erreicht und legten sich wieder flach hin. »Wer kommt, dem Sohn des Himmels die Ehre zu erweisen?« fragte der Kaiser.

Seine Lordschaft war vorgewarnt, was der Kaiser sagen würde, und hatte sich in den letzten Wochen von Robert genug Mandschu beibringen lassen, um wenigstens diese Frage selbst zu beantworten: »Viscount Macartney, außerordentlicher Minister und offizieller Gesandter seiner Majestät, George des Dritten von Großbritannien, Frankreich und Irland.«

»Hat Er dem Sohn des Himmels Tribut von Seinem König gebracht?« fragte der Kaiser. Seine Stimme klang weich und ziemlich hoch.

Macartney sah Robert fragend an, der sich jetzt auf die Knie aufrichtete.

»Mein Herr bringt Angebote, Majestät, für Handelsbeziehungen zwischen unseren Ländern, die für beide von großem Vorteil sein werden.«

»Handel?« sagte der Kaiser. »Was hat denn die Welt der

Barbaren schon anzubieten, wo wir doch alles haben, was unser Herz begehrt?«

Seine Lordschaft mußte diese Antwort erst verdauen, und Robert runzelte die Stirn, als er seine Erwiderung hörte. Aber er war schließlich nur hier, um Macartneys Worte zu übersetzen, und nicht, um sich einzumischen. »Es gibt eine ganze Menge, was Europa China anzubieten hätte, Majestät«, sagte er. »Feinstes wollenes Tuch ...«

»Was heißt das, wollenes Tuch? Wird das nicht aus Schafswolle gemacht? Wir stellen selbst Kleidung aus Wolle her.«

»Ja, Mäntel und Umhänge, Majestät. Aber in England wird alles aus Wolle gewebt.«

Die Würdenträger, die um den Kaiser herum knieten, lächelten verächtlich. »In China tragen wir Seide«, erklärte der Kaiser.

Robert biß sich auf die Lippen und versuchte es auf Macartneys Geheiß noch einmal, aber diesmal war er noch unsicherer. »In Indien, von wo wir kommen, gibt es eine wunderbare Medizin, die die Macht hat, jeden Schmerz auszulöschen, so daß man chirurgische Eingriffe mit viel besserem Erfolg durchführen kann.«

Der Kaiser runzelte mißtrauisch die Stirn. »Ein solches Elixier soll es wirklich geben?«

»Es wird Opium genannt, Majestät.«

Daraufhin schnaubte der Kaiser verächtlich. »Dieses ›Wunderelixier‹ kennen wir bereits. Es hat die Eigenschaft, die Menschen in den Wahnsinn zu treiben.«

»Es erzeugt süße Träume, Majestät.«

»Das mag sein, aber es ist eine Droge, und eine schreckliche obendrein. Will er gar mein Volk ruinieren? Nein, nein, Barbar, Sein Land hat meinem gar nichts anzubieten außer Tribut. Es gibt genaue Regeln, die die Tributzahlungen für Gesandte aus den fernen Ländern an Peking festlegen. Macht und Ansehen der Himmlischen Dynastie haben sich überall verbreitet, und unzählige Könige aus aller Herren Länder kommen zu uns, zu Land oder zu Wasser, und bieten uns die kostbarsten Dinge an. Daher fehlt es uns an nichts. Bringe er also Tribut dar zu Füßen meines Thrones wie alle anderen Barbaren – die Männer des Südens und die Männer des Westens, die Männer des Nordens und die Männer, die auf den Inseln im Osten leben. Zahle er Tribut, dann erlauben wir ihm, von unseren überschüssigen Waren zu kaufen. Aber unsere Ware muß in Silber bezahlt werden. So soll es sein.« Wieder hob er die Hand, und seine Eunuchen eilten herbei.

»Zieht Euch zurück«, zischte Wang Lu-ching.

»Er kann uns doch nicht einfach so stehen lassen«, sagte Macartney empört. »Bin ich etwa um die halbe Welt gereist, um in ein paar Minuten abgespeist zu werden wie ein kleiner Dienstbote?«

Für diesen Mann seid Ihr auch nicht mehr, dachte Robert.

»Majestät«, protestierte Macartney, als der Kaiser wieder zu seiner Sänfte geleitet wurde.

»Bitte, sprecht jetzt nicht«, flehte ihn Wang an. »Ihr seid entlassen worden. Den Kaiser danach noch anzusprechen, wird mit der Todesstrafe geahndet.«

Macartney war im Gesicht hochrot angelaufen, teils wegen der Hitze, teils aus Verlegenheit. Seine Hände zitterten, als die Sänfte des Kaisers geschlossen wurde und die anderen Würdenträger wieder ihre Plätze einnahmen. Man führte ihn höflich vom gelben Teppich herunter, der sofort aufgerollt wurde. Die Musik war bereits wieder erklungen, und der Zug setzte sich in Bewegung.

»Unerhört«, meinte Majoribanks, »einen Botschafter des Königs mit solcher Verachtung zu behandeln.«

»Barrington«, sagte Macartney müde. »Ich glaube, Ihr solltet Mr. Wang fragen, wie wir seiner Meinung nach weiter verfahren sollen.«

»In China sagt man, daß man manchmal einen Fluß am schnellsten überqueren kann, indem man auf eine Dürreperiode wartet, Exzellenz«, war Wangs Kommentar.

»So ein Unsinn«, schimpfte Majoribanks wie gewöhnlich.

»Nicht unbedingt«, widersprach der Eunuch im Tone großer Gelassenheit, »wenn man weiß, daß eine Dürreperiode bevorsteht. Der Ch'ien-lung Kaiser, der größte aller Männer, ist trotzdem sterblich.«

»Und er scheint sich bester Gesundheit zu erfreuen...«
sagte Macartney.

»Das ist richtig, Exzellenz. Aber seine Majestät hat bekanntgegeben, daß er die Absicht hat, in zwei Jahren abzudanken, wenn er das Reich volle sechzig Jahre lang als Sohn des Himmels regiert hat. Er will nicht länger auf dem Thron bleiben als sein berühmter Großvater, Cheng Tsung Hsien Huang-ti, der sechzig Jahre lang als Ch'ang-hsi Kaiser regiert hat.«

Macartney sah Robert an. »Ist das möglich?«

»Durchaus, Mylord. Für die Chinesen unterliegt alles in der Welt einer klaren Ordnung, auch ihr eigener Platz in der Geschichte.«

»Dann wird dieser halsstarrige Kerl also in zwei Jahren verschwunden sein«, sagte Macartney nachdenklich. »Wer wird ihn ablösen?«

»Nachfolger des Kaisers wird sein ältester lebender Sohn, Prinz Yung-Yen sein«, sagte Wang.

»Und Ihr glaubt, daß dieser Prinz Veränderungen gegenüber vielleicht aufgeschlossener ist als sein Vater?«

»Wollen Söhne nicht immer alles anders machen als ihre Väter?«

»Großer Gott, da habt Ihr allerdings recht. Aber es sind immerhin noch zwei Jahre bis dahin. Ich kann unmöglich zwei Jahre in diesem heidnischen Land bleiben.«

»Nein, das könnt Ihr natürlich nicht, Exzellenz. Ich würde Euch raten, China so bald wie möglich zu verlassen, aber weiterhin mit mir in Verbindung zu bleiben, damit ihr von möglichen Veränderungen rechtzeitig erfahrt. In drei Jahren könnt Ihr zurückkehren, und dann wird Euch vielleicht größerer Erfolg beschieden sein.«

»Um die halbe Welt bin ich gesegelt – für ein Gespräch von zehn Minuten. Und nun geht's gleich wieder zurück«, meinte Macartney. »Nun, Gentlemen, so ist es wohl.« Und damit stapfte er zu seinem Zelt.

»Er ist schwer enttäuscht«, sagte Barrington, und er selbst war es nicht weniger.

»Ihr Barbaren verzweifelt viel zu schnell«, meinte Wang. »Aber Ihr, Barrington. Mit Euch möchte mein Herr sprechen.«

»Er wird seine Belohnung haben wollen«, meinte Macartney.
»Wofür denn?« fragte Majoribanks aufgebracht. »Wußte denn dieser Ho-chen nicht im voraus, daß wir zurückgewiesen werden würden? Er verdient nichts als unsere Verachtung.«

»Aber er hat uns in der Hand, bis wir wieder bei unseren Schiffen angekommen sind«, erklärte Macartney. »Wo soll das Treffen denn stattfinden, Barrington? Ist Ho-chen denn hier in Jehol?«

»Wenn ich es richtig verstehe, nein, Mylord. Er ist in Peking. Wang Lu-ching möchte, daß ich ihn dorthin begleite.«

»Peking also. Hm. Nun, ich denke, Ihr werdet wohl mit ihm gehen müssen«, sagte Macartney. »Meine Güte, wie ich Euch beneide, Barrington. Ich hätte diese sagenhafte Stadt gern gesehen.«

»Wie lauten meine Anweisungen, Mylord?«

»Nun, hört Euch an, was dieser Ho-chen zu sagen hat. Aber Ihr könnt natürlich keine Zusagen machen, bevor Ihr mir nicht berichtet habt. Bis dahin hoffe ich, an Bord unserer Schiffe und wieder mehr Herr der Lage zu sein. Ihr müßt ihn hinhalten, Barrington, Zeit gewinnen. Das ist das Geheimnis der Diplomatie.«

Robert hatte kein gutes Gefühl, als er am nächsten Morgen mit Wang Lu-ching und einer kleinen Eskorte aufbrach. Er hatte keine Angst; er verstand vollkommen, daß Wang und sein Herr etwas von ihm wollten, oder doch wenigstens von Macartney, und daher würde er solange in Sicherheit sein, bis die Chinesen annehmen mußten, daß ihre Forderungen nicht erfüllt werden würden. Die Tatsache, daß er Gast dieses Eunuchen war, störte ihn. Wenn er auch Macartney und den anderen gegenüber so getan hatte, als ob er mit Eunuchen wohlvertraut wäre, so entsprach es doch nicht der Wahrheit. In Wirklichkeit war es für ihn eine genauso neue Erfahrung wie für die anderen, denn er hatte noch nie jemanden wie Wang getroffen.

Zwar hatte er viele Eunuchen in Kanton gesehen, aber nur in weit untergeordneten Positionen und entsprechend ärmlich gekleidet. Und immer hatte sie dieser unangenehme, penetrante Körpergeruch umgeben, der so typisch für Eunuchen war. Nicht einer von ihnen hatte solch prächtige Kleidung getragen wie Wang oder war so angenehm parfümiert gewesen. Und schon gar nicht hatte sie diese Aura aus arroganter Selbstsicherheit umgeben.

Wang war ganz offensichtlich ein mächtiger Mann, und er reiste auch entsprechend. Wenn er für die Nacht in einem kleinen Dorf einkehrte, gaben die Bewohner ihm immer das beste Quartier, das sie finden konnten, und während sich seine Begleiter an saftigem Schweinefleisch und Pflaumenwein delektierten, sprach Wang in aller Ausführlichkeit über Größe, Reichtum und Macht Chinas. Ebensogern aber sprach er über sich selbst.

»In Peking werdet Ihr in meinem Haus zu Gast sein«, kündigte er Robert an. »Meine Frau hat noch nie einen Barbaren der Ferne gesehen.« Er beobachtete mit unverhohlener Freude Roberts verwirrten Gesichtsausdruck. »Wußtet Ihr denn nicht, daß Eunuchen auch Frauen haben können? Was hindert uns? Ich habe sogar Kinder, zwei Söhne und eine Tochter.«

Robert starrte ihn entgeistert an.

»Sie sind adoptiert, Barrington. Ich kann schließlich nicht zaubern. Aber glaubt Ihr denn, daß die Tatsache, daß man mich um einige meiner Körperteile gebracht hat, mich daran hindern könnte, die Freuden des Familienlebens zu genießen? Und was meine Frau angeht, habe ich keine Hände? Oft sind sie dem, was ich verloren habe, überlegen.« Daraufhin nahm er ein versiegeltes Glas aus seiner Reisetasche und hielt es hoch.

Robert schluckte. In dem Glas schwammen Penis und Hoden in irgendeiner Konservierungsflüssigkeit – was für ein Anblick!

»Ich hätte angenommen, daß ihre Konservierung nur die Erinnerung an das erlittene Unglück verstärkt«, sagte Robert vorsichtig.

»Vielleicht habt Ihr recht. Aber ich habe keine Wahl, denn ist es nicht so, daß nur ein *vollständiger* Mensch in den Himmel kommt? Deshalb ist das Enthaupten so eine furchtbare

Strafe. Wenn der Scharfrichter nicht so gnädig ist, den Kopf mit dem Körper bestatten zu lassen, dann ist die Seele des Opfers auf ewig verdammt, im Schattenreich umherzuwandern. Mit den Genitalien ist es das gleiche. Ich trage meine immer bei mir, damit sie, falls ich sterben sollte, mit mir begraben werden.«

Als sie am nächsten Tag das Tor der großen Mauer passiert hatten, sah Robert eine riesige violette Masse in der Ebene vor sich. Im Näherkommen erschloß sich ihm die unvorstellbare Pracht einer fremden Architektur, wie er sie noch nie zuvor gesehen hatte. Im Westen erblickte er einen riesigen Park mit Bäumen und Seen, herrlich gebogenen Brücken und prachtvollen Palästen aus Marmor.

»Das ist der Yuan Ming Yuan, die Sommerresidenz des Kaisers«, erklärte Wang. »Der jetzige Sohn des Himmels, der Ch'ien-lung Kaiser, hat ihn erbauen lassen, und er hat über zwanzig Jahre an seiner Vollendung gearbeitet. Das Grundstück ist gut sechzigtausend Morgen groß.«

»Das muß ein Vermögen gekostet haben.«

Wang zuckte die Achseln. »Was bedeutet dem Sohn des Himmels schon Geld?«

Im Umland von Peking gab es reichlich Seen, und die Stadt, die wesentlich größer war als London, war von einer hohen, violetten Mauer umringt. Ein Kanal, laut Wang ein Nebenarm des Großen Kanals, versorgte alle Seen der Verbotenen Stadt mit Wasser. Diese verbotene Stadt lag, von hohen Mauern umgeben, innerhalb der äußeren Mauern. Dort lebte die kaiserliche Familie der Ta Tch'ing-Dynastie, allen rangniederen Personen war der Zutritt verwehrt.

Sie zogen in südlicher Richtung weiter, denn nur durch das südliche Tor, das Yung-ting-men, gelangte man in die Stadt hinein. Umgeben von Unmengen von Männern, Frauen, Kindern, Hunden, Ziegen, Vieh und Geflügel, die auf beiden Seiten entweder auf Ein- oder Auslaß warteten, legte der Eunuch dem Hauptmann der Wache seine Ausweispapiere vor. Robert kannte das Gedränge indischer Städte wie Kalkutta und Bombay, aber noch nie hatte er solch wimmelnde Massen gesehen, und niemand schenkte den verwesenden, grinsenden Köpfen, die oberhalb des Tores angenagelt waren, die leiseste Beachtung.

Innerhalb des Tors fanden sie sich plötzlich auf einer breiten Straße wieder, der Großen Allee. Rechts davon lag der Tientan, der Altar des Himmels, auf einem Gelände von sechshundertundvierzig Morgen, und zu ihrer Linken der Scheng-neng-tan, der Altar, der dem Erfinder des Ackerbaus gewidmet war, auf einem Grundstück von zweihundertundzwanzig Morgen. Diese Paläste waren von grünen Parklandschaften umgeben. Nachdem sie den inneren Kanal auf der Großen Brücke überquert hatten, kamen Wang, Barrington und die übrigen in die Chinesische Stadt. In weit höherem Maße als in Tientsin waren sie dort wiederum umgeben von Häusern, Menschen, Tieren und Gestank.

Wangs Begleitwache bahnte ihnen einen Weg durch die Menge, und so erreichten sie bald die hohen inneren Mauern, welche die Tataren-Stadt umgaben. Am Tsien-men Tor mußten sie wiederum ihre Papiere zeigen und wurden eingelassen. Die Straße, die jetzt vor ihnen lag, war noch breiter und prächtiger als die vorige und auch wesentlich leerer, denn nur wenigen Chinesen war der Zugang erlaubt. Vor ihnen konnten sie das T'ien-an-men sehen, das Tor, durch das man in die Verbotene Stadt der Ta ch'ing gelangte.

»Dort dürfen wir nicht hinein«, sagte Wang, und sie bogen nach rechts in ein Labyrinth von engen Gassen ab, die im Schatten der Mauer lagen. »Mein Haus«, verkündete der Eunuch stolz.

Das Gebäude war von einer mächtigen Mauer umgeben. Man betrat es durch ein Tor, das auf einen kleinen Innenhof führte, an dessen Ende sich eine breite Veranda mit mehreren Sänften befand. Über die Veranda gelangte man in die Erste Halle, dem Empfangsraum für offizielle Anlässe. in seiner Mitte befand sich ein rechteckiger Tisch, an den Wänden standen Reihen von Stühlen mit geraden Rückenlehnen.

Der Eunuch führte Robert in die Zweite Halle, die Halle der Ahnen. Auf einer Seite gab es ein Podium mit einem Altar, auf dem eine Schale mit Weihrauch und eine Vase mit Blumen standen. An der Wand dahinter waren rotgoldene Tafeln von Wangs Vorfahren angebracht. Nach der unerträglichen Hitze und des Lärms der Straße war die Stille und Kühle wohltuend. Robert wurde von einer Reihe von Dienern empfangen, die sich tief verbeugten. Sie waren von einer kleinen, hübschen Frau hereingeführt worden.

»Meine Frau«, sagte Wang.

Robert verbeugte sich höflich.

»Meine Kinder«, sagte Wang stolz, und Robert begrüßte zwei Jungen und ein Mädchen, die ihm nacheinander vorgestellt wurden. Dann zeigte man ihm sein Gemach. Es war überraschend groß und luxuriös eingerichtet; das auffallendste Stück war ein riesiges Himmelbett. Außerdem hatte man Zutritt zu einem kleinen, gepflegten Garten, in dem man sich fern jeder Zivilisation wähnen konnte, wenn man vom Bellen der Hunde, dem gelegentlichen Knall eines Feuerwerkskörpers und dem allgemeinen Rauschen der Stadt einmal absah.

»Was für ein herrliches Haus«, sagte er zu Wang, als er ihn in seinem privaten Eßzimmer wiedertraf. Dort gab es einen runden Tisch, auf dem ein silberner Krug stand, den die Ehefrau mit in die Ehe gebracht hatte.

»Ich diene Ho-chen«, antwortete Wang und klatschte in die Hände, woraufhin Diener herbeieilten und Tee servierten. »Ihr wißt ja um den Ruf meines Herrn.«

»Ein Erster Minister macht gewöhnlich genausoviel Freunde wie Feinde«, entgegnete Robert.

»Das ist auch nötig«, stimmte Wang zu. »Aber es ist die erste Pflicht eines Ministers, *seinem* Herrn zu dienen und niemandem sonst. Denkt daran, wenn ich Euch morgen zu meinem Herrn mitnehme.«

»Könntet denn Ihr einem anderen Herrn dienen?« fragte Robert.

»Nein«, sagte Wang. »Ich wäre genauso bedeutungslos, wie Ihr, Barrington, wenn Ihr nicht Macartney dienen würdet.«

Ho-chen war erst Mitte Vierzig, schätzte Robert. Sein Gesicht war hager, der Ausdruck seiner Augen hart und er hatte Lippen unter einem dünnen Schnurrbärtchen. Er trug prächtige Kleidung, aber sein Haus schien nicht wesentlich luxuriöser zu sein als das seines Dieners. »Mein Herr möchte so unauffällig wie möglich erscheinen, wenn er in Peking ist, aber laßt Euch davon nicht täuschen. Es gibt nur einen Mann in China, der reicher ist als er, und das ist der Kaiser selbst.«

Aber es gab noch einen deutlichen Unterschied, in bezug auf ihre soziale Position. War Wang Lu-tschings Haus vollkommen unbewacht, so tummelte sich vor Ho-chens Haus eine große Zahl von bewaffneten Männern, die sich locker miteinander zu unterhalten schienen, in Wirklichkeit aber die Straße keinen Augenblick aus den Augen ließen. Wang kannten sie natürlich, aber den großen, weißhäutigen Seemann starrten sie mißtrauisch an. Erst als sie Wang sahen, schienen sie beruhigt zu sein.

Man bot Robert einen Stuhl direkt neben dem Ersten Minister an. »Wang erzählt mir, daß Ihr Mandschu sprecht«, sagte Ho-chen in ebendieser Sprache. »Wie habt Ihr es gelernt?«

Robert erzählte ihm von der Zeit, als er krank gewesen und in Kanton gepflegt worden war.

»Hui-chan«, sagte Ho-chen nachdenklich. »Er ist nicht sehr bedeutend. Er gehört zur Sippe der Jehe Nara, des blaugeränderten Banners. Von allen acht Bannern ist es das unbedeutendste.«

»Das hat mir Hui-chan selbst gesagt, Exzellenz.«

»Und hat er Euch auch gesagt, daß ein verleumderischer Wahrsager behauptet hat, sein Haus würde einmal das mächtigste im ganzen Land sein? Stellt Euch vor, welche Unverschämtheit! Und er glaubt den Unsinn auch noch. Was für ein Narr! Wenn der Sohn des Himmels über diese unglaubliche Geschichte nicht einfach nur gelacht hätte, dann wäre Hui-chan jetzt bereits enthauptet.«

»Ein solches Mißgeschick würde ich zutiefst bedauern, wenn es je einträte«, sagte Robert ruhig, »denn Hui-chan und seine Familie haben mir das Leben gerettet.«

»Wang hat mir auch von Euren Schiffen erzählt – wie groß und gut bewaffnet sie sind. Ist das wahr?«

»König George III von England erhebt Anspruch auf die Oberherrschaft über die Weltmeere, Exzellenz.«

Ho-chen schnaubte verächtlich. »Das muß ja ein mächtiges Reich sein, Barrington, wenn dieser Anspruch nur so aufrechterhalten werden kann. Vielleicht werde ich Eure Schiffe einmal besuchen.«

»Das wäre uns eine große Ehre.«

»Vielleicht werde ich sogar mit einem reisen? Ich habe schon viel von Indien gehört, wo Eure Handelsgesellschaft soviel Macht hat. Es würde mich interessieren, worin diese angebliche Macht besteht.«

Robert bemühte sich, nicht das Ausmaß seiner Überraschung zu zeigen. »Ihr wäret dort durchaus willkommen, Exzellenz.«

»Gut. Ihr versteht, daß die Vorbereitungen für eine solche Reise einiges an Zeit in Anspruch nehmen. Ich habe viele Pflichten hier zu erfüllen. Jedoch sollte es innerhalb der nächsten zwei Jahre durchaus möglich sein.«

»Wann immer Ihr es wünscht, Sire.«

»Dann hört, Barrington. Es wird bald Winter sein. Dann kommen Frühling, Sommer, Herbst – vor dem nächsten Winter. Ist Euch klar, daß das chinesische neue Jahr mitten im Winter beginnt?«

»Durchaus, Exzellenz.«

»Dann also nach dem zweiten chinesischen Neujahr von jetzt an. Ich wünsche, daß Ihr dann Eure Schiffe zur Mündung des Jangtsekiang bringt. Ihr kennt ihn sicher. Es ist der größte Fluß der Welt.«

»Ich habe davon gehört«, meinte Robert. »Aber ich weiß nicht, ob unsere Schiffe dort hinein können. Gibt es dort nicht viele Sandbänke?«

»Der Jangtsekiang ist über Hunderte von Meilen schiffbar«, erklärte Ho.

»Mehrere hundert ...« Robert konnte nicht glauben, daß es einen Fluß auf der Welt gab, der so lang war.

»Es gibt einen Hafen direkt in der Flußmündung. Er heißt Schanghai«, fuhr Ho fort. »Dort wird ein Lotse auf Euch warten. Denkt daran, nur er, kein anderer kommt in Frage.«

»Darf ich fragen, wie ich diesen Mann erkennen soll?«

»Er wird Euch erkennen, Barrington. Geht vor der Flußmündung vor Anker, und er wird Euch an Eurem Namen erkennen. Er wird Euch flußaufwärts geleiten bis zu einem Ort, an dem ich an Bord gehen werde. Habt Ihr das verstanden?«

Robert nickte. »In der Mitte des Winters 1795«, sagte er, »wird ein Schiff zu Euch kommen.«

»1795? Ich verstehe nicht, was Ihr da sagt. Es wird das Ende des sechzigsten Regierungsjahres des Ch'ien-lung Kaisers sein.«

»Ja, ich verstehe.«

»Dann gibt es noch zwei Dinge, die Ihr verstehen müßt, Barrington.« Ho-chens Augen waren nur noch winzige Schlitze. »Der Wunsch meines Gebieters, die Macht Eures Königs selbst zu sehen, ist ein Geheimnis, das nur seiner Himmlischen Majestät und mir bekannt ist. Und Wang natürlich. Und Euch jetzt. Ihr werdet Eurem Herrn Macartney meinen Wunsch übermitteln, aber niemandem sonst. Niemand sonst darf davon erfahren. Sollte das doch der Fall sein, dann werden mein Gebieter und ich bestreiten, daß es einen solchen Wunsch je gegeben hat, und jede weitere Aussicht auf Handelsbeziehungen zwischen China und England wäre damit für immer dahin.«

»Bitte entschuldigt, Exzellenz ... aber gibt es denn überhaupt Aussicht auf eine solche Handelsbeziehung?«

»Alles ist möglich, Barrington. Zeigt mir, wie mächtig Ihr wirklich seid, dann werden wir sehen. Aber hütet das Geheimnis. Wenn Ihr das tut, werdet Ihr reich belohnt werden, wenn Ihr mit dem Schiff zu mir zurückkehrt.«

»Nun ja«, sagte Macartney. »Was glaubt Ihr, hat der Kerl im Sinn, Gentlemen?«

Die Kaufleute und Offiziere hatten sich auf der *Lion* versammelt, nachdem sie wieder von ihren Schiffen Besitz ergriffen hatten, während Robert in Peking war. Die Erleichterung war groß, als sie feststellten, daß Kapitän Gower trotz des außerordentlich unwirtlichen Herbstwetters in der Bucht ausgeharrt hatte.

Jetzt meldete sich der Kapitän zu Wort: »Nichts Gutes jedenfalls, da bin ich sicher.«

»Es ist doch sonnenklar«, meinte Majoribanks. »Wir wissen ja bereits, daß dieser Ch'ien-lung vorhat, mit Vollendung des sechzigsten Jahres seiner Regentschaft abzudanken. Und wir wissen auch, daß sein Nachfolger Yung-yen seine eigenen Leute an die Macht bringen will, und daß dieser Ho-chen der meistgehaßte Mensch in ganz China ist. Er will einfach seine Haut retten, bevor ihn Yung-yen all denen ausliefert, die er die ganzen Jahre über beschwindelt und betrogen hat.«

So wenig er Majoribanks auch leiden mochte, so mußte Robert doch zugeben, daß diese Annahme mit hoher Wahrscheinlichkeit zutraf.

»Nun ja«, überlegte Macartney, »wenn er genug Geld hat ...«

»Mylord, das ist nicht der wesentliche Punkt. Vielmehr ist es die Tatsache, daß die Gesellschaft einem schuldigen Minister geholfen hat, seiner gerechten Strafe zu entkommen. Somit wird uns der zukünftige Kaiser von Anfang an als seinen Feind ansehen, und jede Hoffnung auf Handelsbeziehungen mit diesem riesigen Land wäre auf immer und ewig vertan.«

»Hmm«, sagte Macartney. »Hmm. Aber wenn ihre Annahme falsch ist, und Ho-chen diese Reise wirklich mit dem Segen und auf Befehl des Ch'ien-lung Kaisers unternimmt, wie er behauptet, dann würden wir den regierenden Monarchen beleidigen, wenn wir seinen Wünschen nicht nachkommen, oder?«

»Ich glaube nicht, daß Ch'ien-lung irgend etwas von diesen Plänen weiß«, beharrte Majoribanks.

»Sicher gibt es einen einfachen Weg, das herauszufinden, Mylord«, sagte Kapitän Gower. »Dieser Ho-chen behauptet, auf Befehl seines Kaisers zu handeln, und daß diese geheime Mission auch nur diesen beiden bekannt ist. Warum bittet Ihr nicht den Ersten Minister um eine schriftliche Anfrage aus der Hand des Kaisers selbst? Dann seid Ihr von allen Seiten abgesichert.«

»Ausgezeichnete Idee!« rief Macartney. »Ausgezeichnet. Barrington, Ihr werdet zu diesem Kerl zurückgehen und ihm sagen, daß wir diesem Unternehmen nicht ohne schriftliche Anfrage seines Herrn zustimmen können. Morgen brecht Ihr auf, und beeilt Euch. Wir können nicht mehr lange hier bleiben.«

Robert erklärte Wang Lu-ching die Situation, der ernst dreinblickte. »Diese Männer bezweifeln, daß mein Herr die Wahrheit spricht«, sagte er. »Zweifelt Ihr auch daran, Barrington?«
»Du lieber Himmel, nein«, protestierte Robert. »Aber ... ich muß den Anweisungen des Lords Folge leisten.«
»Natürlich«, pflichtete ihm Wang höflich bei. »Wir müssen uns beeilen, Peking zu erreichen, bevor der Winter hereinbricht.« Das Wetter wurde tatsächlich immer bedrohlicher. Jeden Tag hingen düstere Wolken am Himmel, es regnete häufig, und die Nächte waren bereits unangenehm kalt.
Noch kälter war allerdings Ho-chens Reaktion auf die Bedingung, die man ihm stellte. »Will dieser Barbar einen Narren aus mir machen?« wollte er wissen.
»Ich versichere Euch, Mylord, daß mein Freund Barrington nur die Befehle seines Herrn ausführt«, sagte Wang. »Hätte er selbst zu entscheiden, würde er Euren Wünschen sofort nachkommen.«
»Stimmt das, Barrington?«
»Aber selbstverständlich, Exzellenz«, versicherte ihm Robert. Aber da er weder ein Schiff besaß, noch in diesem Moment Einfluß auf Macartneys Entscheidung nehmen konnte, war es leicht, ein solches Versprechen abzugeben.
Ho-chen sah ihn jetzt eindringlich an, was ihm außerordentlich unangenehm war. Dann lächelte der Minister. »Ich glaube, Wang hat recht«, sagte er. »Ihr seid ein ehrlicher Mann, Barrington. Was man von Eurem Herrn allerdings nicht sagen kann. Ihr werdet mit mir zu Abend essen. Mehr noch, Ihr werdet in meinem Haus zu Gast sein, bis ich in der Angelegenheit eine Entscheidung getroffen habe.«

Das Abendessen bestand aus einer ganzen Reihe köstlichster Speisen, bei deren bloßem Anblick Robert bereits das Wasser im Munde zusammenlief. Zu trinken gab es Bier oder Sake, ein Getränk, das harmlos schmeckte und sehr heiß serviert wurde. Robert spürte die Wirkung jedoch schon bald, und ihm wurde ganz schwindelig. Mit ihnen am Tisch saßen noch andere Gäste oder Bewohner des Hauses, aber keine Frauen, und auch Wang fehlte. Als Robert sich endlich nach mehreren Stunden erhob und hinausging, um sich zu erleichtern, wartete der Eunuch schon auf ihn.

»Ihr gefallt meinem Herrn, Barrington. Er hat großes Vertrauen zu Euch. Darf ich Euch einen Rat mit auf den Weg geben?«

»Bitte sehr«, grinste Robert. »Ich muß ihn ja nicht annehmen.«

»Es würde sich aber auszahlen. Ihr seid jetzt weit entfernt von Lord Macartney und seinen Befehlen, die Euch einschränken. Was immer mein Herr Euch anbietet, sagt zu. Wenn Ihr ihm gut dient, dann werden Euch Reichtümer zuteil werden, wie Ihr sie Euch in Euren kühnsten Träumen nicht vorstellen könnt.«

Ho-chen dienen? Darüber dachte Robert nach, als man ihn zu seinem Schlafgemach geleitete. Hier war alles von leise raschelnder Seide bedeckt, und die Matratze war besonders weich. Ein angenehmes Parfüm lag in der Luft, und eine wohltuende Stille umgab ihn. Aber er war nicht allein. Als er die Tür geschlossen hatte und ins Bett gestolpert war, hörte er ein leises Geräusch. Erschrocken setzte er sich auf und sah vor sich ein Mädchen.

Sie war nackt und etwas größer als die durchschnittliche Chinesin oder Mandschu-Frau, die er bisher gesehen hatte; er schätzte sie auf etwa ein Meter siebzig. Sie stand dicht neben der Laterne, die am Kopf des Bettes angebracht war. Sie war schlank mit kleinen Brüsten und schmalen Hüften, aber ihre Brustwarzen standen aufrecht, und ihre dünnen Schamhaare waren wie feine Seidenfäden; sie hatte lange, kräftige Beine – keine Spur von Lilienfuß. Ihr Haar war rabenschwarz, vollkommen glatt und reichte bis zum Gesäß hinunter.

Noch nie hatte er eine so reizvolle Erscheinung gesehen

oder ein so faszinierendes Gesicht. Es war durchaus hübsch, die Züge waren regelmäßig und gut geformt, wenn auch ein wenig großflächig. Es waren die Augen und der Mund, der sie so unwiderstehlich machten. Die Augen waren genauso schwarz wie ihr Haar, unergründlich und nachdenklich, vielleicht sogar ein wenig traurig. Der Mund war gerade und flach, ein Mund, der unendliche sinnliche Genüsse versprach – aber ebenso zeugte er von einer großen Kraft und Entschlossenheit. Der Mund einer Dienerin?

»Ich bin Sao«, sagte sie leise. »Ihr seid Barrington.« Robert saß unbeweglich da und starrte sie an, als sie näher kam, bis ihr Oberschenkel sein Gesicht berührte. »Ich werde Euch sehr glücklich machen«, sagte sie.

Er bezweifelte das keinen Augenblick lang. Aber wie lauteten Macartneys Anweisungen? Aber dann erinnerte er sich an Wangs Ratschlag. Macartney würde nie erfahren, was sich im Hause Ho-chen zugetragen hatte.

Er erlaubte dem Mädchen, ihn auszuziehen; offensichtlich hatte sie es noch nie mit europäischer Kleidung zu tun gehabt.

»Ich bin noch Jungfrau«, sagte sie ihm.

Die Betonung liegt auf dem Wörtchen *noch*, dachte er. Er hatte nicht aufhören können, ihre Brüste und Schenkel zu streicheln, während sie ihn entkleidete, und er wußte, daß es für ihn kein Zurück mehr gab.

»Wie kommt das?«

Sie zuckte die Achseln. »Mein Herr Ho-chen kauft viele Mädchen und Jungen. Einige von uns werden für ganz besonders hohe Gäste zurückgehalten.«

Robert hatte Schwierigkeiten zu glauben, daß er ein solch hoher Gast sein könnte, und ihm wurde klar, wie unglaublich wichtig es Ho-chen sein mußte, aus China herauszukommen.

Inzwischen hatte Sao ihn ausgekleidet, und er war genauso nackt wie sie. Jetzt setzte sie sich rittlings auf ihn, so daß sein Penis ihren Unterleib berührte. »Möchtet Ihr mich schlagen?« fragte sie.

»Warum sollte ich das wünschen?«

»Ich weiß es nicht. Man hat mir beigebracht, daß es Männern gefällt«, sagte sie. »Möchtet Ihr das Jademädchen, das auf der Flöte spielt?«

»Nur kurz.« Er kannte die chinesischen Ausdrücke der Liebe gut genug, um zu wissen, was damit gemeint war. Sie kniete zwischen seinen Beinen nieder, nahm seinen Penis in den Mund und beobachtete ihn dabei. »Nur kurz«, erinnerte er sie, als sie mit wachsendem Interesse ihrer Aufgabe nachging. »Komm her«, befahl er ihr.

Sie zögerte, als müsse sie ihren Gast auf die kommende Qual vorbereiten. Dann glitt sie langsam auf ihm nach oben. Ihre Schenkel streiften seinen Penis, seinen Unterleib und Bauch, bis sie auf seiner Brust saß. Seine Körperbehaarung war dick und kitzelte sie.

»Findest du mich häßlich? Unappetitlich?«

Sie sah ihn überrascht an. »Ihr seid sehr schön«, sagte sie. »Ihr seid mein Gebieter.«

»Bin ich schön, weil ich dein Gebieter bin?«

»Alle Gebieter sind schön«, teilte sie ihm mit. Er hielt sie bei den Schultern und zog sie an sich. Als er sie zu küssen versuchte, war sie noch erstauner, aber es war ein herrliches Gefühl, wie sie so auf ihm lag.

»Wie alt bist du, Sao?«

»Ich bin fünfzehn Jahre alt, mein Gebieter«, sagte sie.

Das heißt, ich bin ein Ungeheuer, ein Monster, dachte er, *das man hängen sollte.* Aber nur in England. Hier in China war das Mädchen bereits alt für eine Jungfrau.

»Wie macht es Euch am meisten Spaß, mein Gebieter?« fragte sie.

Er suchte nach dem richtigen chinesischen Ausdruck. »Ich möchte die Fische, deren Schuppen sich verhaken.« Sie senkte den Kopf; er wußte natürlich, daß das die Lieblingsstellung der Chinesen war, und ob sie nun Jungfrau war oder nicht, man hatte ihr beigebracht, was den Männern Freude bereitete, und wie man sie befriedigte.

Sao richtete sich auf und glitt weiter nach unten, bis sie auf seinem Penis saß.

»Fürchtest du dich?« fragte Robert. Er konnte die Anspannung in ihrem Gesicht sehen.

»Ihr seid mein Gebieter«, sagte sie wieder.

»Ich habe über die Forderung Eures Herrn nachgedacht«, begann Ho-chen am nächsten Morgen, als sie zusammen aßen. »Es ist eine Beleidigung meiner Person und der meines Herrn. Ihr werdet zu Euren Schiffen zurückkehren und Eurem Herrn mitteilen, daß ich es mir anders überlegt habe. Ich werde seine Schiffe nicht besuchen – und auch Indien nicht.«

»Das tut mir leid, Exzellenz.«

»Ich glaube Euch. Barrington, seid ihr ein beherzter Mann? Ein Mann, der aufsteigen und sich in der Welt einen Namen machen will?«

»Wenn ich das erreichen kann, ohne dabei Gesetze zu brechen.«

»Gesetze, Barrington, werden von Menschen gemacht, damit sie ihren eigenen Interessen dienen. Daher können sie auch von anderen, denen sie nicht dienlich sind, gebrochen werden. Aber ich verlange gar nicht von Euch, Gesetze zu brechen. Ich frage Euch nur, ob Ihr Mut genug habt, reich zu werden.«

»Das will ich hoffen.«

»Dann hört mir zu. Euer Herr traut sich nicht, meinen Wünschen nachzukommen. Er ist ein Dummkopf. Aber warum kommt nicht Ihr meinen Wünschen nach? Ich werde Euch gut bezahlen.«

»Ich, Exzellenz? Ich habe kein Schiff.«

»Dann werdet Ihr eines beschaffen.« Ho-chen schnippte mit den Fingern, und zwei seiner Diener kamen eilig heran. Sie trugen eine kleine Truhe. Diese stellten sie neben Robert auf den Boden, und einer der beiden öffnete sie. Das Metall darin glänzte. »Das sind einhundert Tael. Es ist das reinste Silber, das es gibt. Wißt Ihr, was ein Tael ist, Barrington?«

»Ja. Es ist ein Gewichtsmaß und entspricht nach unserer Rechnung etwa einem Drittel Unzen.«

»Das heißt also, daß Ihr einhundertunddreißig Unzen Silber vor Euch habt. Das sind mehr als acht Pfund an Gewicht nach der Rechnung der Barbaren. Das ist eine Menge Geld.«

Robert schluckte. »Ja, Exzellenz, das ist es allerdings.«

»Es gehört Euch. Wenn Euer Herr kein Schiff nach Schanghai schicken will im nächsten Winter, dann werdet eben Ihr es tun, Barrington. Das Silber gehört Euch. Aber wenn Ihr mit dem Schiff zurückkehrt, werdet Ihr eintausend Tael erhalten, ebenso wie der Kapitän dieses Schiffes. Dreiundachtzig Pfund reinsten Silbers für jeden. Werdet Ihr da nicht für den Rest Eures Lebens ein reicher Mann sein?«

»O ja, Exzellenz.« Robert traute seinen Ohren nicht.

»Dann hört mir zu. Ihr werdet mit Eurem Schiff nach Schanghai kommen – an die Mündung des Jangtse, wie ich schon vorher beschrieben habe. Dort wird mein Lotse auf Euch warten, der Euch den Fluß hinauf bis nach Hankou geleiten wird, wo ich zu Euch stoßen werde. Habt Ihr das verstanden?«

»Ja, selbstverständlich.«

»Dann müßt Ihr auch verstehen, daß dies ein Geheimnis zwischen uns beiden bleiben muß. Besonders Macartney darf davon nichts erfahren.«

»Ja, Exzellenz. Soll mein Schiff Euch dann nach Indien bringen?«

Ho-chen lächelte. »Bringt Ihr mir nur das Schiff. Dann werde ich Euch sagen, wohin ich möchte. Aber denkt daran: Ihr müßt innerhalb eines Monats nach dem übernächsten chinesischen Neujahrstag an der Mündung des Jangtse sein.«

»Das habe ich verstanden.«

Ho-chen nickte. »Dann geht jetzt ... Habt Ihr gut geschlafen?«

»Ausgezeichnet, Exzellenz.«

Wieder schnippte Ho-chen mit den Fingern, und Sao wurde hereingeführt. Sie trug einen roten Umhang und einen Hut in der gleichen Farbe.

»Nehmt das Mädchen und genießt sie«, sagte Ho. »Sie wird Euch immer an das erinnern, was Ihr zurückgelassen habt – und was auf Euch wartet.«

Mit Sao zu reisen war eine reine Freude. Sie war sehr darauf bedacht, ihm zu gefallen, bereitete ihm das Essen zu und kümmerte sich um seine Kleidung, und ganz besonders bemühte sie sich, ihn in den Nächten zu verwöhnen.

»Könnt Ihr Euch irgendeine andere Frau vorstellen, die mir dermaßen entgegenkommt?« fragte er Wang.

»Nein, unmöglich«, erwiderte der Eunuch. »Wenn man eine hochgestellte Dame heiratet, sei ihr Rang nun finanzieller oder gesellschaftlicher Natur, dann sieht man trüben Zeiten entgegen. Nur politische oder gesellschaftliche Gründe sprechen dafür, daß man es überhaupt wagt. Aber dieses Mädchen hat nichts außer Euch. Solltet Ihr sie verstoßen, dann bleibt ihr nichts als die Straße. Krankheit und Tod wären unweigerlich die Folge. Um einem solchen Schicksal zu entgehen, wird sie Euch bis an ihr Lebensende eine treue Dienerin sein, und hoffen, daß Ihr Euch, wenn sie alt und runzelig ist, an das erinnert, was Ihr mit ihr geteilt habt, und sie nicht fortschickt. Aber natürlich wird es ihr unmöglich sein zu murren, wenn Ihr eine Jüngere zu Euch nehmt.«

»Das ist in der Tat eine angenehme Philosophie – sofern man als Mann geboren wurde«, meinte Robert.

Sao schrie auf vor Bewunderung, als sie die großen Schiffe sah, die im stürmischen Nordostwind hin und her schwankten. Robert war froh zu sehen, daß sie noch da waren.

»Hier verabschiede ich mich von Euch«, sagte Wang und faltete die Hände. »Ich freue mich darauf, Euch in Hankou wiederzusehen.«

»Ich werde dort sein«, erwiderte Barrington voller Inbrunst. Was er vorhatte, würde ihn zum unbeliebtesten Engländer im ganzen Fernen Osten machen – zumindest in den Augen seiner Landsleute. Aber für ihn war es die Chance, sein Glück zu machen und mehr Reichtum zu erlangen, als er es mit ehrlicher Arbeit je könnte.

Ein Sampan wurde angeheuert, Robert und Sao zur *Lion* zu bringen. Er tanzte auf den hohen Wellen, und Robert suchte nach Anzeichen von Furcht im Gesicht des Mädchens, aber bis auf ein gelegentlich an ihn gerichtetes Lächeln konnte er nichts entdecken. Sie ist wirklich ein Schatz, dachte er. Ihr kleiner Mund formte sich zu einem immer größer werdenden O, je mehr sie sich den Schiffen näherten, und bald schon hatte der Sampan die windabgewandte Seite der *Lion* erreicht, und man half ihnen an Bord. Die Matrosen sahen das chinesische Mädchen entsetzt an. Die kleine Truhe mit dem Silber war unter Roberts Kleidung versteckt.

Lord Macartney erwartete ihn an Deck. »Das wurde aber auch langsam Zeit«, sagte er. »Ich glaube nicht, daß wir auch nur noch eine weitere Woche hätten bleiben können in dieser stürmischen See. Nun? Habt Ihr den Brief von Ch'ien-lung?«

»Leider nein, Mylord. Ho-chen fühlte sich von Eurem Mißtrauen außerordentlich beleidigt und hat beschlossen, unsere Schiffe nicht besichtigen zu wollen.«

»Genau, wie ich es vorausgesehen habe«, rief Majoribanks. »Der Schurke wollte ohne das Wissen seines Herrschers seiner gerechten Strafe entkommen.«

»Ja, tatsächlich. Es scheint ganz so, als ob Ihr recht habt«, pflichtete ihm Macartney bei. »Ich muß sagen, dieses ganze Unternehmen hat wirklich einen höchst unglücklichen Verlauf genommen.« Er sah Robert an, als ob auch er zu diesem Mißgeschick beigetragen habe. Dann entdeckte er Sao. »Wer ist diese Person?«

»Sie gehört mir, Mylord«, erklärte Robert.

»Euch?«

»Ho-chen hat sie mir geschenkt aus Dank für meine Bemühungen, in seiner Angelegenheit zu vermitteln. Auch wenn diese Bemühungen nun doch gescheitert sind«, fügte er rasch hinzu.

»Du lieber Himmel«, sagte Macartney. »Geschenkt?«

»Das ist in China durchaus üblich, Mylord.«

»Diese Heiden«, brummte er. »Ich bin wirklich froh, daß ich nichts mehr mit ihnen zu tun haben muß. Aber Ihr werdet Euch dieser Frau selbstverständlich entledigen, Master Barrington. Und zwar umgehend.«

»Mylord?«

»Ich habe von Anfang an deutlich gemacht, daß ich keinerlei unmoralisches Verhalten an Bord dulden werde«, sagte Macartney. »Es überrascht und enttäuscht mich zu sehen, daß Ihr so tief gesunken seid, chinesische Sitten anzunehmen. Aber das werde ich nicht dulden. Schickt die Frau zurück, Barrington. In einer Stunde brechen wir auf!«

Robert starrte ihn bestürzt an. Obwohl sie erst eine Woche

in seinem Besitz gewesen war, konnte er sich ein Leben ohne Sao nicht mehr vorstellen.

»Mylord«, sagte er. »Ich bin durchaus willens, das Mädchen zu heiraten.«

»Was, eine heidnische Chinesin wollt Ihr heiraten? Das ist ja wohl unglaublich. Ihr werdet Euer Leben ruinieren. Ich kann das nicht zulassen. Außerdem will ich so etwas nicht an Bord meines Schiffes haben. Schickt sie an Land, oder ich werde Euch fesseln und sie über Bord werfen lassen!«

Robert war sehr versucht, Widerstand gegen den Befehl seiner Lordschaft zu leisten – ihm zu sagen, daß er ebenfalls gehen würde, wenn Sao nicht bleiben durfte. Aber was würde er schon damit erreichen? Wenn er in China festsaß, würde er weder Ho-chen noch Wang von irgendeinem Nutzen sein, und sie würden ihn fallenlassen. Von den hundert Tael könnte er eine Weile leben ... aber es wäre bald verbraucht, falls ihn Ho-chen nicht verhaften und hinrichten ließe, weil er zuviel von seinen Plänen wußte.

Er sah Sao an. Sie war so schön und willig. Sollte er sie je verstoßen, blieb ihr nur die Straße, hatte Wang gesagt, ein Leben in Krankheit und Erniedrigung. Aber sie würde sich um ihr eigenes Heil kümmern müssen, genau wie er. Nur Reichtum und Macht, die aus diesem Reichtum erwuchs, waren in dieser Welt von Bedeutung. Und er konnte immer noch reich werden, wenn er tat, was Ho-chen von ihm verlangte.

Außerdem war die Lage nicht so verzweifelt, wie es zuerst den Anschein hatte. Er arbeitete noch immer für Ho-chen, und Wang wußte das.

»Du mußt zurück an Land gehen«, sagte er zu Sao.

»Ich darf Euch nicht begleiten, Herr?«

»Nein, dieses Mal geht es nicht. Hör zu. Geh zurück an Land zu Wang Lu-ching. Erkläre ihm, daß ich dich unmöglich mit mir nehmen kann, weil mein Herr es nicht erlaubt. Sag ihm, daß ich dich in seine Obhut gebe, bis ich zurückkomme. Er weiß, wann das sein wird.«

Sao sah ihn an, und ihre Augen füllten sich langsam mit Tränen. »Ich werde Euch nie wiedersehen.«

»Doch, das wirst du«, versprach er. »Jetzt geh.«

Sie zögerte noch ein letztes Mal und sah von ihm zu Macartney, dann drehte sie sich um und ging zurück zu dem wartenden Sampan.

»Warum seid Ihr so traurig?« wollte seine Lordschaft wissen. »Ihr habt das Mädchen doch besessen, das sehe ich Euch an. Wollt Ihr sie vielleicht für den Rest Eures Lebens am Hals haben? Ihr seid ein Schurke, Barrington, aber Ihr habt noch mal Glück gehabt. Kapitän Gower, laßt die Segel setzen. Ich muß Euch sagen, Sir, ich kann es kaum erwarten, dieses heidnische Land hinter mir zu lassen.«

Robert stand an der Reeling und sah dem Sampan nach. Sao stand mit flatterndem Umhang im Heck. Sie drehte sich nicht um.

3

DIE WEISSE LOTOSBLÜTE

»Cheng Ji!« rief Lu Schan und verbeugte sich tief. »Willkommen in meinem bescheidenen Haus.«

Lu Schan war eine kleine Frau. Ihr schwarzes Haar berührte den Boden, als sie sich verbeugte, und verbarg ihren ganzen Körper wie ein Umhang. Ihre Augen waren weich und angenehm, so wie es auch ihr Körper vor Jahren einmal gewesen war. Nur wer Lu Schan sehr lange kannte, wußte, daß sie hart war wie Stahl, gnadenlos wie Feuer und grausam wie eine Bestie. Nur eines im Leben war ihr heilig: Geld.

Oder die Menschen, die als Mittel dazu dienen konnten. Manchmal war Cheng Ji reich, aber häufiger war er es nicht. Aber es war immer wahrscheinlich, daß er bald wieder reich sein würde. Außerdem war er ein Mann, mit dem sich noch weniger spaßen ließ als mit ihr, und Lu Schan hatte vor, im Bett zu sterben.

Also lächelte sie, als sie sich langsam wieder aufrichtete, und führte ihren Kunden ins Haus. Cheng Ji war für einen Han-Chinesen riesig. In seinen ziegenledernen Stiefeln maß er gut einmeterachtzig, und er hatte breite Schultern und einen kräftigen Brustkorb. Sein roter Umhang wölbte sich, als er tief Luft holte. Cheng Ji holte immer so tief Luft, als ob er die ganze Welt herausfordern wollte. Oft genug tat er das auch. Er warf ein paar Silbermünzen auf den Tisch. »Ich komme gerade aus den Bergen zurück.«

»Und nicht arm, wie ich sehe.« Sie zog es vor, nicht darüber nachzudenken, womit er das Geld wohl verdient hatte. »Ich habe ein paar neue Mädchen für Euch. Sie sind sehr reizvoll. Sie werden Euch die Berge vergessen lassen.«

Cheng Ji folgte ihr in die inneren Gemächer, wo mehrere Mädchen auf einem Diwan lagen. Sie trugen Pantalons und sonst nichts. Lu Schan schnippte mit den Fingern, und ein Krug mit Pflaumenwein wurde serviert.

»Also, dieses Mädchen hier«, sagte sie und zeigte auf eine der Prostituierten zu ihren Füßen, »ist eine Khitan. Die Khitans sind äußerst geschmeidig. Ihr werdet glauben, in den Armen einer Schlange zu liegen.«

Cheng Ji nahm einen Schluck von seinem Wein und betrachtete das Mädchen, das ihm das Getränk serviert hatte. Sie war größer als der Durchschnitt, und auch ihr Haar war ungewöhnlich lang. Ihre Augen schienen ihn förmlich in sich hineinzusaugen. Aber ihr Blick war feindselig.

»Oder wie wäre es mit dieser hier«, fuhr Lu Schan fort. »Sie kommt aus dem fernen Süden, aus Vietnam. Sie ist klein, aber niemand beherrscht die Kunst der Befriedigung so wie sie.«

Das Mädchen, das den Wein serviert hatte, senkte den Blick und wich zurück.

»Die da will ich«, sagte Cheng Ji mit entschiedener Stimme.

Lu Schan drehte sich verärgert um. »Sao wollt Ihr? Das ist doch bloß eine ganz kleine Dienerin. Sie war eine von Hochens Kreaturen.« Lu Schans Stimme klang beinahe klagend.

Cheng Ji grinste, wofür er lediglich seine dünnen Lippen etwas in die Breite zog. »Dann wird es mir noch mehr Spaß machen.«

»Er hat sie rausgeworfen«, sagte Lu Schan. »Nachdem er sie mit dem Stock geschlagen hat. Hundert Schläge. Man kann die Narben noch deutlich sehen.«

»Die werde ich mir ansehen«, sagte Cheng Ji.

»Ich habe sie von der Straße aufgelesen. Sie war schwanger, als sie zu mir kam.«

Cheng Ji kniff die Augen zusammen. »Sie hat ein Kind?«

»Es ist abgetrieben worden. Es ist nicht ordentlich gemacht worden. Jetzt haßt sie jeden, aber ganz besonders Männer.«

»Dann sagt mir, Lu Schan, warum behaltet ihr sie bei Euch, wenn sie Euch nicht von Nutzen ist?«

Lu Schan ließ den Kopf hängen; ihr Ruf stand auf dem Spiel. »Ihr Vater war ein guter Mann, den ein schweres Schicksal ereilt hat.«

»War das Euer Ehemann?«

»Er war mein Bruder.«

»Dann wird das Mädchen zweifellos genauso gut sein, wie Ihr es in Eurer Jugend wart.«

»Erzähle mir von Ho-chen«, sagte Cheng Ji, als er sich auszog.
Sao schüttelte sich. »Er ist ein Teufel.«
»Du wagst es, in diesem Ton von Ho-chen zu sprechen?«
Cheng Ji zeigte auf ihre Pantalons, und sie ließ sie zu Boden fallen.
»Er hat mich vernichtet«, sagte sie. »Was kann er mir jetzt noch antun?«
Cheng Ji drehte sie um, warf sie aufs Bett und sah sich ihr Gesäß an. Da waren tatsächlich häßliche Narben in der sonst glatten Haut. Narben, die einem Mann die Lust nehmen könnten, wie Lu Schan befürchtet hatte. Vielen Männern – aber nicht Cheng Ji. Er hielt die festen Hügel, jeweils einen in einer Hand, zog sie auseinander und spielte mit den Fingern dazwischen. »Hat er dich genommen?«
Sao schnaubte verächtlich. »Mir fehlt ein Körperteil, den seine Exzellenz bei seinen Opfern am meisten begehrt.«
»Nun, warum auch nicht?« fragte Cheng Ji.
Sao sah ihn verärgert über die Schulter an.
Cheng Jis schmale Lippen verzerrten sich wieder zu einem Grinsen, dann stieß er in sie hinein. »In den Bergen muß sich ein Mann auch mit dem zufriedengeben, was sich ihm bietet.«
Sao wartete auf seinen Höhepunkt und machte ihrerseits ein paar passende Geräusche. Schließlich war es soweit, und ihr Gesicht wurde vom Gewicht seines jetzt schlaffen Körpers ins Kissen gedrückt. »Seid Ihr ein Bandit?« keuchte sie halb erstickt.
»Mußt du eigentlich immer reden?« Er rollte von ihr herunter. »Ich begreife langsam, warum dich Ho-chen hat schlagen lassen. Ich selbst hätte durchaus Lust dazu.«
»Ho-chen hat mich schlagen lassen, weil ich dem Barbaren der Ferne nicht gut genug gefallen habe.«
Cheng Ji runzelte die Stirn. »Ein Barbar der Ferne war in Nanking?«
»Es war in Peking. Der Mann gehörte zu einer Gesandtschaft des Königs von England.«
»Erzähl mir davon«, sagte Cheng Ji.
»Ich weiß nicht viel darüber – außer, daß sie mit riesigen Schiffen gekommen sind.«

»Ich habe die Schiffe der Barbaren in Kanton gesehen«, sagte Cheng Ji. »Warst du je in Kanton?«

Sao schüttelte den Kopf, und ihr langes Haar flog hin und her. »Diese Schiffe waren größer als irgendeines in Kanton.«

»Alle Frauen lügen«, meinte Cheng Ji dazu. »Das liegt in ihrer Natur.«

Sao kletterte auf seinen Bauch. »Ich lüge nicht. Ich bin an Bord dieser Schiffe gewesen. Sie sind riesig.«

Cheng Ji hielt sie bei den Schultern. »Du bist an Bord eines Schiffes eines Barbaren der Ferne gewesen? Erzähl mir, wieso.«

»Ho-chen und dieser Barrington haben irgendein Geschäft miteinander gemacht, aber Barringtons Herr war dagegen und hat mich wieder an Land geschickt.«

»Ein Geschäft«, sagte Cheng Ji nachdenklich. Er schloß die Augen. »Werden diese Barbaren der Ferne zurückkommen?«

»Barrington hat gesagt, er würde zu mir zurückkommen.«

Cheng Jis Augen öffneten sich wieder. »Aber wer kann so einem rothaarigen, langnasigen Barbaren aus der Ferne schon trauen?« sagte Sao. »Und wenn er zurückkehrt, werde ich ihm dafür, daß er mich auf die Straße gejagt hat, persönlich die Lenden scheren.«

Cheng Ji setzte sie auf sich. Als er sich ein zweites Mal befriedigt hatte, lächelte er sie an. »Du gefällst mir, Weib. Ich werde dich deiner Tante abkaufen und dich mit mir nehmen.«

»Wohin mitnehmen?« fragte Sao argwöhnisch.

»Wenn ich Nanking verlasse, werde ich auf dem Fluß nach Hankou fahren. Dort habe ich Freunde. Von dort dann in die Berge von Schansi. Auch dort habe ich Freunde.«

»Seid Ihr ein Bandit?« fragte Sao noch einmal.

»Du stellst zu viele Fragen. Ich werde dich jeden Tag schlagen.«

»Ich kann nicht mit einem Mann mitgehen, wenn ich nicht weiß, was er tut.«

Cheng Ji runzelte die Stirn. »Wie alt bist du?«

»Ich bin sechzehn Jahre alt.

»Und du willst wissen, was ein Mann tut? Ist es nicht genug, daß er dir zu Essen gibt und mit dir schläft?«

»Nein, ich will es trotzdem wissen«, sagte Sao und weigerte sich, den Blick zu senken.

»Weil du alle Männer haßt. Lu Schan hat mir das erzählt. Also gut, du kannst dir mich als einen Chianghuk'o vorstellen.«

Sao starrte ihn an. Chianghuk'o könnte man übersetzen mit Mann der Flüsse und Seen, aber es bedeutete weit mehr als das. Ein Chianghuk'o war so etwas wie ein Ritter, aber ohne den damit verbundenen Ehrenkodex. Er mordete, raubte, vergewaltigte und leistete Treueeide, wann immer es ihm zum Vorteil gereichen konnte.

Und er wollte, daß sie mit ihm kam. In die Berge, wo sie vor Kälte zittern und als Diebe von rachedürstenden Bannermännern gejagt werden würden. Und irgendwann – bei dem Lebenswandel in sicherlich nicht allzu ferner Zukunft – würde er getötet werden, und damit wäre sie aufs neue auf sich gestellt.

Aber schließlich war sie, solange sie zurückdenken konnte, immer auf sich gestellt gewesen. Auch wenn Lu-schan im eigenen Interesse behauptete, daß ihr Bruder eine hochgestellte Persönlichkeit gewesen sei, dem das Schicksal übel mitgespielt hatte, so war er in Wirklichkeit nur Kapitän eines Sampans gewesen, der entlang des Großen Kanals Geschäfte gemacht hatte. Außerdem war er ständig betrunken gewesen und hatte regelmäßig sein ganzes Geld verspielt.

Sao hatte grundsätzlich nichts dagegen einzuwenden. Sie wußte, daß das Trinken mit guten Freunden und das Glücksspiel zu den bedeutendsten Genüssen eines Mannes gehörten – Frauen blieb solch angenehmer Zeitvertreib verwehrt; sie hatten sich im Haus aufzuhalten. Leider hatte auch er so wenig Geld verdient, daß nichts mehr für die Familie übriggeblieben war, und das ärgerte sie.

Dennoch glaubte sie, daß er ein recht kluger Mann gewesen sein mußte, schließlich war auch sie klüger als die meisten Frauen, die sie bisher getroffen hatte. Als das Unvermeidliche geschehen war, und sie und ihre Brüder zum Verkauf angeboten worden waren, hatte sie nie daran gezweifelt, daß sich ihr Schicksal wieder wenden würde, denn so waren die Regeln von Yin und Yang: Das Universum wurde von zwei Seiten ein und derselben Münze beherrscht, so daß es keinen Frieden ohne Krieg geben konnte, keine Liebe ohne Haß, keinen

Erfolg ohne Mißerfolg und kein Glück ohne ein unglückliches Schicksal.

Und ihr Schicksal hatte sich tatsächlich gewendet, wenn auch nur kurz. Sie war Ho-chen vorgeführt worden, und gehörte zu den wenigen Auserwählten. Aber zuerst hatte sie eine gründliche Untersuchung über sich ergehen lassen müssen, nach der sie sich in ihrem eigenen Körper wie eine Fremde fühlte. In der Zeit darauf hatte sie sich nach Kräften bemüht, dem Minister selbst zu gefallen, aber sie mußte bald feststellen, daß er so gut wie nie Mädchen zu sich ins Bett nahm. So schwebte sie sozusagen im leeren Raum und mußte die niedrigsten Arbeiten im Haus versehen, bis man etwas Sinnvolleres für sie finden würde.

Natürlich wußte sie, daß das letzten Endes bedeutete, einem Mann zu dienen, aber das dieser Mann, den man für sie bestimmt hatte, ein Barbar der Ferne war, hatte sie anfänglich erschreckt. Doch Barrington war ein eigenartig sanfter Mann gewesen, auch wenn er größer war als alle Männer, die sie bisher gesehen hatte. Nein, er hatte ihr nie Schmerzen zufügen wollen. Die Aussicht auf ein Leben als seine Dienerin war zugleich schrecklich und aufregend gewesen, doch sie hatte ihm zugetraut, daß er sie vor dem Elend, das sie aus ihrer Kindheit kannte, beschützen würde. Aber am Ende war er doch nur ein Mann gewesen und hatte sich ihrer in dem Moment entledigt, da sie unbequem wurde.

Fortan hatte sie sich geschworen, nie wieder einem Mann zu vertrauen. Und schon gar nicht würde sie Cheng Ji vertrauen. Aber auch wenn er nicht so groß war wie Barrington, so war er doch der größte Chinese, den sie je gesehen hatte, und er würde sie aus diesem elenden Haus befreien. Sie würde nicht länger die Launen der verhaßten Lu Schan ertragen müssen. Lu Schan mochte zwar ihre Tante sein, aber diese Hexe hatte entschieden, daß Sao ihr Kind nicht haben durfte. Das war schon schlimm genug gewesen, aber der wirkliche Alptraum hatte erst begonnen, als der Metzger, den ihre Tante für die Abtreibung gerufen hatte, sich mit ihr befaßte. Nach den Regeln des Universums durfte sie also durchaus auf etwas Glück für die Zukunft hoffen, und vielleicht wurde ihr das sogar durch einen Chianghuk'o zuteil.

»Sag mir, wo wir hingehen«, fragte sie.
»Wir machen uns auf die Suche nach der Weißen Lotosblüte«, antwortete Cheng Ji.

»Das gefällt mir nicht, Master Barrington«, erklärte Kapitän Petersen. »Das gefällt mir überhaupt nicht.«
Im Verlauf der letzten drei Tage hatte er das ziemlich häufig gesagt, denn der Briggschoner *Alceste* kämpfte gegen einen immer stärker werdenden Nordostwind an.
»Wie nennen sie hier noch diese heftigen Stürme?« wollte der Kapitän wissen, der mit besorgter Miene auf die grauen Wassermassen starrte, die sich vor ihnen auftürmten. Der Wind zerfetzte die weißen Schaumkronen. Mit gerefften Segeln kam die *Alceste* eigentlich recht gut mit der Situation zurecht. Geduldig arbeitete sie sich einen Wellenhügel nach dem anderen hinauf und fiel dann recht unsanft in das dahinterliegende Tal, wobei das Wasser um sie herum hoch aufspritzte. Das Holz ihres Rumpfes ächzte und stöhnte, aber nicht so, daß es Grund zur Beunruhigung gegeben hätte. Doch der kleine, nervöse Kapitän stand mit gebeugtem Rücken da und murmelte in seinen roten Bart. Er war ein Zauderer und für solche Abenteuer nicht geschaffen.
»Sie nennen die Stürme Taifun«, antwortete Robert Barrington. »Aber in dieser Jahreszeit gibt es keine.«
»Wir hätten den Pearl anlaufen sollen«, grollte Petersen. »Oder wenigstens Macao. Dieses unsinnige Rennen ...«
Robert seufzte. Auch dieses Thema war in den letzten Tagen häufiger aufgekommen, obwohl Petersen ganz genau wußte, warum sie weder den Pearl River noch Macao anlaufen konnten. Niemand durfte wissen, was sie vorhatten.
Nein, Joshua Petersen fehlte wirklich der Mut für ein solches Unternehmen, dachte Robert. Und auch sein Schiff war nicht ideal für diese Aufgabe. Im Vergleich mit dem gewaltigen East Indiaman mit seinen vierundsechzig Kanonen, von dem Wang Lu-ching seinem Herrn vorgeschwärmt hatte, bot diese kleine Nußschale mit ihren zwölf Kanonen und engen Kabinen einen kläglichen Anblick. Aber Petersen war der einzige Kapitän gewesen, den Robert gefunden hatte, der bereit

war, sich im Hinblick auf die unermeßlichen Reichtümer, die dabei zu gewinnen waren, auf ein derart gewagtes Unternehmen einzulassen.

Aber auch wenn die *Alceste* an Komfort zu wünschen übrig ließ, so war sie am Ende vielleicht sogar das bessere Schiff, denn sie war wesentlich schneller und wendiger als die *Lion*. Ein Briggschoner war, wie der Name schon sagte, ein Kompromiß zwischen den beiden Schiffsgattungen. Eine echte Brigg war ein kleines Schiff mit Rahtakelage, das nur zwei Masten statt der üblichen drei hatte. Bei einem Briggschoner trug der Hauptmast dagegen ein Fock- und Achtersegel anstelle nur eines Rahsegels. Trotz der konventionellen Rahsegel des Fockmastes, war das Schiff durch diese Takelung in Verbindung mit mehreren Klüvern besonders geeignet, auch gegen den Wind zu segeln. Tatsächlich war der Briggschoner von westindischen Piraten, genau für diesen Zweck, nämlich sowohl mit dem Wind als auch gegen den Wind größtmögliche Schnelligkeit zu erreichen, entwickelt worden. Robert selbst war von den Qualitäten des kleinen Schiffes so beeindruckt, daß er es für das beste hielt, auf dem er je gesegelt war, aber er rechnete nicht damit, daß er einen unerfahrenen, landgewohnten Mandschu damit beeindrucken konnte, solange sie nicht auf See waren.

Er hatte ein schwieriges Jahr hinter sich. Die Rückreise nach Kalkutta im letzten November war trist gewesen. Zwar hatte Robert Barrington seinen Zweck erfüllt, die Verhandlungen zu erleichtern, aber diese waren nun einmal erfolglos verlaufen. Auch ließ Macartney seinen Dolmetscher spüren, wie enttäuscht er davon war, daß dieser, wie er es ausdrückte, sich mit einem Chinesenmädchen hatte ›davonmachen‹ wollen.

Macartneys moralische und geistige Verachtung für Robert war natürlich von den anderen Mitgliedern der Gesandtschaft übernommen worden. Die Tage, da Robert mit Lord Macartney und den anderen gespeist hatte, und er zumindest die Illusion genießen konnte, daß er ihnen sozial gleichgestellt sei, waren vorbei. Auf der Rückreise mußte er mit der Mannschaft zusammen essen, die wiederum *nicht* vergessen hatte, daß er auf der Hinreise so unangemessen emporgehoben worden war.

Aber ihr Spott, ebenso wie der Umstand, daß Macartney und seine Kumpanen ihn einfach fallengelassen hatten, bestärkten ihn nur in seinem Vorhaben. Seine hundert Tael waren sicher in den Tiefen seiner Kleidertruhe versteckt. Mit diesem Wissen konnte er die Verachtung seiner Landsleute gut ertragen. Er verstand natürlich, daß hundert Tael für einen Mann wie Ho-chen nicht mehr bedeuteten als ein Penny, den Robert Barrington einem Bettler gab.

Hätte er Sao bei sich behalten können, dann wäre ihm auch noch der Neid der Mannschaft gewiß gewesen, aber Sao war fort. Entweder war sie zu Ho-chen zurückgekehrt und einem anderen Kunden übergeben worden, oder er hatte sie auf die Straße gejagt. Für ihn war sie in jedem Fall verloren. Wie auch immer seine Botschaft an Wang Lu-ching gelautet hätte, er bezweifelte, daß man das Mädchen in einer derart pragmatischen ausgerichteten Gesellschaft für ihn bis zu seiner Rückkehr verwahren würde. Schließlich gab es laut Wang Lu-ching viele Saos in China. Sie würde eine bezaubernde Erinnerung für ihn bleiben.

Er hatte das Geld ein ganzes Jahr lang nicht angerührt. Lieber wäre er verhungert als es anzurühren. Denn das hätte lästige Fragen und Nachforschungen nach sich gezogen.

Aber selbst einhundert Tael reichten nicht, ein Schiff zu kaufen. Um nach China zurückzukehren, hatte er all seine Überredungskunst einsetzen müssen. Es war keine leichte Aufgabe gewesen. Der Krieg zwischen Großbritannien und Frankreich war jetzt im vollen Gang, und obwohl es eine eiserne britische Regel war, daß der Handel mit Indien durch nichts beeinträchtigt werden sollte, gab es jetzt doch unweigerlich weniger Schiffe für private Zwecke. Und die Schiffseigentümer, die bereit waren, die Straße von Malakka zu durchqueren und bis in die südchinesische See zu segeln, waren nicht über Kanton oder Macao hinauszubewegen. Der Handel mit diesen Gebieten war schon riskant genug, aber zumindest hatte man Beweise, daß es sich lohnte. Viele der geschäftlichen Aktivitäten in Kanton waren nach dem Gesetz der Mandschu illegal, aber die Gerissenheit der kantonesischen Handelsleute und Beamten machte es trotzdem möglich: daß man die portugiesische Enklave überhaupt so nahe duldete, war dafür genug Beweis. Aber niemand wußte, ob die Situation weiter nördlich und damit näher am Regierungszentrum der Mandschu sich ebenso günstig darstellte.

Und so beschwor Robert Barrington mit Worten den unermeßlichen Reichtum dieser Region. Seine persönlichen Erfahrungen lieferten ihm hierfür genügend Material. Er mußte die Geschäftigkeit des chinesischen Nordens mit Städten wie Peking und Jehol und die selbst aus der Distanz schier unvorstellbare Pracht des Sommerpalastes nicht erfinden, und aufmerksame Zuhörer erkannten, daß es sich bei seinen Schilderungen eher um Erinnerungen handelte denn um Erfindungen.

Die Notwendigkeit zur Geheimhaltung seiner Mission erschwerte seine Aufgabe zusätzlich. Zwar konnte er offen davon träumen, einen verbotenen Handelsweg zu erkunden, und sich für die Unerreichbarkeit seines Traumes von den anderen belächeln zu lassen, aber wenn Macartney oder einer der anderen hohen Herren der Ostindischen Kompanie von seinen wahren Plänen erfahren hätten, wäre er zweifellos unverzüglich in Ketten zurück nach England geschickt und für alle Zeiten als Unruhestifter aus dem Osten verbannt worden. Also hatte er die Rolle des enttäuschten Trunkenbolds spielen müssen, während ihm der unglaubliche Reichtum Chinas und die Verachtung Macartney unablässig durch den Kopf spukten. Tatsache war: In den Augen seiner Vorgesetzten war er nichts weiter als einer jener zahlreichen gescheiterten Engländer, die sich zu Tode saufen und reden.

Einige Male war er kurz davor gewesen, diese Rolle für immer anzunehmen und sich aufzugeben, aber der Traum vom Geld und die Erinnerung an Sao hatten ihn davor bewahrt. Und dann hatte er endlich Joshua Petersen gefunden.

Robert stand neben dem Kapitän und packte vorsichtig seinen Sextanten ein. »Einunddreißig Grad, zehn Sekunden, nördlicher Breite«, sagte er und trug die Werte in sein Heft ein.

»Einunddreißig Grad, *zwölf* Sekunden, Sir«, verbesserte ihn Petersen.

»Wie Ihr meint, Sir«, sagte Robert. »Das reicht. Ihr solltet Nordwest Kurs halten.«

Petersen starrte mißgelaunt auf Robert und deutete auf die riesigen Wellen. »Wie denn bei dem Seegang, Sir?«

»Der Wind läßt schon nach, Kapitän Petersen, und der Seegang wird sich auch legen, je näher wir der Küste kommen.«

Er blieb den ganzen Tag an Deck, während sich die *Alceste* mit teilweise gerefften Segeln dem Land näherte. Bei einer Wassertiefe von vier Faden gingen sie schließlich vor Anker. Die Sonne war schon fast untergegangen, und in dem schwachen Licht war es schwierig, noch etwas zu sehen. Aber sie erkannten trotzdem ein paar Inseln, die der flachen Küste vorgelagert waren, und ein ziemliches Stück weiter landeinwärts sah man sogar die Pagodendächer einer Stadt.

»Ihr habt doch von einem Fluß gesprochen«, meinte Petersen.

»Der liegt hinter den Inseln.«

Petersen starrte weiter in sein Fernglas. »Ich sehe nur, daß sich die Wellen dort brechen. Erwartet ihr etwa von mir, daß ich mein Schiff in diese tödliche Falle hineinmanövriere?«

»Jemand wird zu uns kommen«, versprach Robert.

Es konnte keinen Zweifel geben, daß man sie gesehen hatte, durch ihre Ferngläser konnten sie erkennen, wie sich eine Menschenmenge an der steinernen Kaimauer südlich der Inseln versammelt hatte. Aber die Sonne war jetzt ganz untergegangen, und eine halbe Stunde später war es vollkommen dunkel.

»Jetzt müssen wir wohl auch noch damit rechnen, daß man uns in unseren Kojen ermordet«, jammerte Petersen.

»Es ist sicher kein Fehler, wenn wir ein paar gute Wachen aufstellen«, meinte Robert.

Petersen erteilte entsprechende Anweisung, jammerte aber noch weiter: »Wir könnten jetzt zufrieden und in Sicherheit in Macao sein.«

Im Laufe der Nacht näherten sich ihnen mehrere Boote, aber da sie mit brennenden Laternen und laut rufend herankamen, konnte es sich wohl kaum um Piraten handeln. Auf ihre Fragen rief Robert ihnen zu, daß sie frisches Wasser bräuchten, und ob sie den Fluß befahren könnten.

»O ja«, antwortete einer der Männer von einem Sampan. »Ihr könnt in den Fluß hinein. Kommt mit, wir führen Euch.«

»Morgen, wenn es hell ist«, erwiderte Robert, und damit schienen sie zufrieden zu sein.

Als die Sonne über dem Meer hinter der *Alceste* aufging, war die Bucht leer. Die See war jetzt ruhig, und das Schiff bewegte sich kaum. Der Wind hatte in der Nacht gedreht und blies jetzt nur noch ganz schwach anlandig.

Kapitän Petersen rieb sich den Schlaf aus den Augen und strich sich über den Bart. »Ich habe wirklich nicht damit gerechnet, daß ich diesen Tag je erleben würde, das kann ich Euch versichern«, sagte er. »Und was nun, Master Barrington?«

»Wir werden warten.«

Im Laufe des Tages erregte das Schiff viel Aufmerksamkeit an Land, und bald war es wieder von Sampans umringt. Einige von ihnen waren offensichtlich schon in der Nacht zuvor dagewesen.

»Kommt Ihr jetzt mit uns zur Flußmündung?« rief die Mannschaft.

»Kennt Ihr meinen Namen?« fragte Robert zurück.

»Namen? Namen? Woher sollen wir Euren Namen wissen?«

»Ich werde auf den Mann warten, der meinen Namen kennt«, sagte Robert.

Petersen wurde im Verlaufe des Tages immer mürrischer, und die Mannschaft schimpfte auch schon. Es war gerade Mittag, als sich ein fremder Sampan näherte. Er kam zwischen den Inseln hervor und ruderte direkt auf die *Alceste* zu.

»Alle Mann an die Kanonen!« rief Petersen.

»Kein Schuß, bevor ich nicht mit ihnen gesprochen habe«, befahl Robert und stellte sich an die Reling.

Der Sampan wurde jetzt langsamer, und Robert konnte an Deck einen in prächtige blaue Seide gekleideten Mann erkennen. »Wer ist Barrington?« wollte der Mann wissen.

»Ich bin Barrington«, rief Robert.

»Ich werde an Bord kommen.«

Petersen ließ es zu, wenn auch nur widerstrebend, und der Sampan näherte sich längsseits. Robert ging zur Gangway und beobachtete, wie der blaugekleidete Mann hinaufkletterte.

»Ich bin Jun Kai-lu.«

»Sagt mir den Namen Eures Herrn«, sagte Robert, der erkannte, daß er einen Han-Chinesen vor sich hatte und keinen Mandschu.

Jun Kai-lu verbeugte sich. Er war ein kleiner Mann mit einem hängenden Schnurrbart und kleinen, aber lebhaften Augen. »Mein Herr ist auch Euer Herr: Ho-chen.« Er sah sich um. »Ist dies das Schiff, auf das er wartet?« Offensichtlich hatte man ihm den East Indiaman beschrieben.

»Dieses Schiff ist für unsere Zwecke durchaus geeignet«, versicherte ihm Robert.

Jun blickte zum Hauptsegel hinauf. Selbst im gerefften Zustand war deutlich zu sehen, daß es kein Rahsegel war. »Ein solches Segel habe ich noch nie gesehen.«

»Wir sind dadurch sehr schnell«, versprach ihm Robert. »Wo ist unser Herr?«

»Unser Herr ist in Peking und dient dem Kaiser. Er hat nicht so bald mit Euch gerechnet.«

»Ich wollte lieber früher hier sein, das schien mir sicherer. Was für Pläne habt Ihr für mich?«

»Ihr werdet den Fluß hinaufsegeln bis nach Hankow.«

»Wie weit ist das?«

»Fünfzehnhundert Li.« Drei Li waren etwa eine Meile.

»Fünfzehnhundert.« Robert schluckte. »Ist das denn möglich?«

»Natürlich. Aber es ist gut, daß Ihr so früh gekommen seid. Es wird eine Weile dauern. Euer Schiff hat keine Ruder.«

»Man kann es schleppen«, sagte Robert. »Wer ist unser Lotse?«

»Ich bin Euer Lotse«, antwortete Jun Kai-lu.

Joshua Petersen erlitt fast einen Herzanfall, als man ihm mitteilte, daß er mit seinem Schiff mitten ins Herz von China vordringen sollte. »Aber bedenkt doch«, sagte Robert. »Kein europäisches Schiff ist dort je gewesen.«

Die Mannschaft war noch mißgelaunter – besonders, als sie erfuhren, daß sie das Schiff wahrscheinlich die halbe Strecke würden schleppen müssen. Der Jangtse hatte eine starke Strömung; sich ihr mit reiner Muskelkraft entgegenzustellen, wäre sinnlos gewesen. Jun empfahl ihnen, es den meisten chinesischen Schiffen gleichzutun und erst einmal auf die Flut zu warten, die mehrere Meilen weit in den Fluß hineinströmte.

Sie befanden sich jetzt innerhalb der Abwehranlagen der Küste, die die weite Ebene dahinter beschützten, die sich offensichtlich zu beiden Seiten über Hunderte von Meilen erstreckte. Der Fluß hatte sich allerdings im Verlauf der Jahrhunderte so tief in die Erde eingegraben, daß man selbst vom Deck der *Alceste* aus nicht über die Uferböschungen hinwegsehen konnte. Auf der südlichen Seite des Flusses gab es einen kleinen Seitenarm. Das war der Wang-pu, an dessen Ufern einige Meilen flußaufwärts Schanghai lag; bei gutem Wetter konnte man sogar die Pagodendächer in der Ferne erkennen.

Am nächsten Tag, als die Gezeiten gewechselt hatten, ließen sie die Beiboote zu Wasser, die das Schiff daraufhin den Fluß hinaufschleppten. Es war harte Arbeit, aber die englischen Matrosen, die von den rudergetriebenen Sampans und Dschunken umgeben waren, hatten nicht die Absicht, sich von ein paar ›gelbhäutigen Rotznasen‹, wie sie sich ausdrückten, schlagen zu lassen. Als der Wind gegen Nachmittag auffrischte, nahm die *Alceste* ihre Beiboote wieder an Bord und segelte den Sampans davon. Die Dschunken aber hielten immer noch mit; sie waren wesentlich schneller als die schwerfälligeren Sampans, und einige überholten sogar die *Alceste*. Als sie schließlich für die Nacht vor Anker gingen, war Petersen in bester Stimmung. »Ich hätte nicht gedacht, daß der Fluß so einfach zu befahren sein würde«, meinte er.

»Man muß nur etwas Geduld haben«, war Juns Antwort.

Geduld gehörte nicht gerade zu Petersens herausragenden Charaktereigenschaften, und seine gute Laune verlor er auch am nächsten Tag, als es völlig windstill war. Da die Wirkung der Flut so weit flußaufwärts nicht mehr auszunutzen war, mußte die *Alceste* vor Anker liegend zusehen, wie die Dschunken und Sampans ihre Reise ungerührt fortsetzten.

In den folgenden Wochen wurde das Warten zur Gewohnheit. Bei Ostwind kamen sie gut voran, aber wenn der Wind abflaute oder aus Westen kam, mußte das Schiff vor Anker gehen. Je weiter sie landeinwärts vordrangen, desto wichtiger wurde das Wetter. Für die englischen Seeleute eine ungewöhnliche Situation. Auf See kam man auch beim kleinsten Windhauch noch voran, besonders mit einem wendigen Briggschoner. Andererseits glaubten die meisten von ihnen, daß das Wetter auf offener See viel gefährlicher wäre als so weit landeinwärts, aber da wurden sie rasch eines besseren belehrt. Ohne die geringsten Anzeichen brausten plötzlich heftige Sturmböen über die Ebene heran und überrumpelten die ahnungslose Mannschaft mehr als einmal. Schnell war das Schiff dann auf eine Sandbank getrieben, bevor man noch Anker werfen konnte, und nachher war es harte Arbeit, den Rumpf mit Hilfe von Wurfankern zu befreien. Selbst wenn sie glaubten, sicher vor Anker zu liegen, konnte der Wind das Schiff zu weit seitwärts treiben.

Und dann waren da noch die heftigen Gewitter. Blitze schlugen ins Wasser ein, und mehr als einmal wurden die Masten getroffen und das ganze Schiff erbebte. Aber noch schlimmer waren diese dunklen, dreieckigen Wolken, die sich mit schier unfaßbarer Geschwindigkeit fortbewegten. Wo sie sich der Erdoberfläche näherten, zerstörten sie im Handumdrehen ganze Dörfer.

Von den Unannehmlichkeiten des Wartens einmal abgesehen, verlief die Reise eigentlich recht angenehm. Ho-chens Wimpel, den sie auf Juns Rat hin am Hauptmast gehißt hatten, verschaffte ihnen ausreichend Vorräte – frisches Wasser, Früchte und Gemüse. Fleisch gab es selten, und die Mannschaft beschwerte sich darüber, aber sie alle hatten seit Jahren schon nicht mehr so gesund ausgesehen.

Auch in anderer Hinsicht funktionierte die Versorgung,

denn es gab immer Mädchen an Bord der Sampans, die auch den Engländern gefällig waren. Mochte Kapitän Petersen selbst auch ein gottesfürchtiger Mann sein, der allen Versuchungen der Lust widerstand, so hatte er doch nicht die Mittel, die strikte Disziplin, wie sie an Bord eines Schiffs der Ostindischen Kompanie herrschte, durchzusetzen, und bei derart massiven Anschlägen auf die Tugend seiner Leute hatte er schon gar keine Chance. Regelmäßig gingen die Matrosen mit der Besatzung der Sampans an Land, während der Kapitän ihnen vom Deck aus leise schimpfend zusah ... aber bei Morgengrauen waren sie immer zurück, glücklich und zufrieden, wenn auch nicht unbedingt in der Verfassung, die harte Arbeit, die sie erwartete, zu erledigen. Eine größere Bedrohung waren da die ständigen Diebstähle, die mit diesen Landausflügen verbunden waren. Die Matrosen hatten schon bald kein Geld mehr, aber sie hatten herausgefunden, daß die chinesischen Mädchen im Tausch für die verschiedensten europäischen Gegenstände, besonders aber Gewehre und Munition, zu Liebesspielen bereit waren. Die Ladung der *Alceste* bestand vornehmlich aus Waffen. Das war auf Roberts Empfehlung hin geschehen, denn obwohl sie nicht mit der Absicht hierhergekommen waren, Handel zu treiben, war es doch wichtig, den Eindruck zu erwecken. Jetzt sah es so aus, als würde von ihrer Ware bald nichts mehr übrig sein.

»Schon wieder eine Muskete verschwunden«, schimpfte Petersen. »Was wollt Ihr dagegen unternehmen, Master Barrington? Wie soll das weitergehen? Ihr habt mir eintausend Tael Gewinn aus dieser Reise garantiert. So wie es jetzt aussieht, kann ich froh sein, wenn ich mein Schiff behalte.«

Sie lagen jetzt vor Nanking, einer großen Stadt, einige hundert Meilen vom Meer entfernt. Daher mußte Robert nicht befürchten, daß Petersen ihr Vorhaben zu diesem Zeitpunkt abbrechen könnte. »Ihr werdet Eure tausend Tael erhalten«, versprach er. »Setzt Euch, Sir, dann werde ich es Euch erklären.«

Und so erfuhr Petersen endlich den wahren Grund ihrer Reise. Sein zuerst bestürzter Gesichtsausdruck wich einer Mischung aus Sorge und Habgier. »Zum Teufel«, sagte er, als Robert fertig war. »Ihr habt mich reingelegt, Ihr Gauner.«

»Wäret Ihr denn zu dem Unternehmen bereit gewesen, wenn ich Euch gleich die Wahrheit gesagt hätte?«

»Nein, sicher nicht. Ich würde mich nie in die Politik irgendeines Landes einmischen. Das ist die schnellste Art, einen Kopf kürzer gemacht zu werden.«

»Und Ihr habt natürlich auch keinerlei Verwendung für achtzig Pfund reinen Silbers.«

»Du lieber Himmel!« Petersen sprang auf und ging erregt auf und ab.

»Niemand, auch nicht die Chinesen, wissen, warum wir wirklich hier sind«, beruhigte ihn Robert. »Sobald Ho-chen und seine Familie bereit sind, werden sie an Bord kommen, und wir werden den Fluß hinab natürlich viel schneller vorankommen als hinauf. Dann liefern wir den Minister an seinem gewünschten Ziel ab und segeln als reiche Männer davon ... ganz einfach.«

Petersen blickte hinüber zum Ufer auf eine Bande bewaffneter und berittener Bannersoldaten, die sie nicht aus den Augen ließen. Man sah sie häufig, und oft ritten sie dem Schiff etwas voraus. Aber Jun versicherte ihnen, daß sie mit Hochens Wimpel sicher sein würden. »Ganz einfach«, brummte der Kapitän und verschwand unter Deck.

»Er ist zu ängstlich, als daß er uns von großem Nutzen sein könnte«, meinte Jun. Auch wenn er die Sprache nicht verstand, so konnte er doch in den Gesichtszügen des Kapitäns lesen.

»Er wird seinen Teil der Abmachung schon einhalten«, beruhigte ihn Robert.

Wenn diese unterschwellige Spannung, die das unerhörte Wagnis ihres Unternehmens auslöste, nicht gewesen wäre, hätte Robert die Reise sehr genossen, denn nichts machte ihn glücklicher als Reisen in fremde Länder.

Wieder war er erstaunt über den hohen Entwicklungsstand der Region, die sie jetzt durchmaßen. Die riesige Ebene diente vornehmlich dem Reisanbau, die dafür nötigen weitläufigen Bewässerungsanlagen wurden vom Fluß selbst und von seinen zahlreichen Nebenflüssen gespeist. Der aufmerksame Betrachter aber erkannte in dieser Ebene auch die vielen Spuren der Geschichte Chinas.

Schanghai selbst war eine recht große Stadt; nur wenige Meilen flußaufwärts lag – fast gleichgroß – Tungtchou. Gegenüber von Tungtchou konnte man die Festungsanlagen von Kiancyin erkennen. Hier wurde der Fluß schmaler, und der gesamte Schiffsverkehr wurde kontrolliert. Wieder half ihnen Ho-chens Wimpel, die drohenden Gewehrläufe zu passieren. Auf den Zinnen wimmelte es nur so von Bannersoldaten, die das sonderbare Schiff nicht aus den Augen ließen.

Auf den etwa fünfzig Meilen zwischen Schanghai und Kiancyin verlief der Fluß in nördlicher Richtung; dann floß er in einer weiten Kurve westwärts und schließlich wieder nach Norden zur Stadt Chin-kiang, wo der Große Kanal auf den Fluß traf. Der Kanal verlief weiter in südlicher Richtung an den über hundert Meilen entfernten Städten Sutchou und Hangtchou vorbei, und mehr denn je war Robert beeindruckt von dem Ausmaß eines solchen Bauwerkes und der gewaltigen Arbeitskraft, über die der Sohn des Himmels herrschte, und die ihm jederzeit zur Verfügung stand.

Knappe vierzig Meilen flußaufwärts von Chin-kiang lag Nanking – die Stadt, die in der Geschichte Chinas schon mehrfach Hauptstadt gewesen und von ebensolchen gigantischen Mauern umgeben war wie jene. Obwohl die Stadt mehrere hundert Meilen vom Meer entfernt war, entstand doch der Eindruck einer Hafenstadt. Nördlich und südlich des Flusses erstreckten sich wiederum endlose Reisfelder. Hier herrschte ein Vizeregent in fast völliger Unabhängigkeit von der Hauptstadt.

Daher hatte Ho-chens Wimpel hier weniger Einfluß. Jun mußte an Land gehen und um ein Gespräch mit dem Vizekönig ersuchen. Er lud Robert ein, ihn zu begleiten. Der Lotse war zu dem Schluß gelangt, daß Robert die treibende Kraft des Unternehmens war, und die beiden waren inzwischen gute Freunde geworden. Jun hatte einen recht trockenen Humor, aber er war bei aller Gelassenheit doch angespannter, als er es nach außen hin zeigte. Nachdem sich der Vizekönig kurzerhand selbst auf die *Alceste* eingeladen, das Schiff von oben bis unten inspiziert und ihre Weiterreise genehmigt hatte, verkündete Jun: »Heute werden wir uns betrinken. Der schwierigste Teil der Reise liegt hinter uns.«

Petersen lud er dazu nicht ein, aber Robert glaubte, daß der Kapitän sowieso keine Freude daran gehabt hätte. Also ging er mit Jun an Land in ein erstklassiges Bordell. »Ich fürchte, ich bin ein bißchen knapp«, gestand Robert, da er immer noch nicht seine heimlichen Vorräte anbrechen wollte.

Jun sah ihn an, als ob er von den hundert Tael wüßte. Dann lächelte er. »Ihr werdet es mir zurückzahlen, wenn Ihr Eure Belohnung von Ho-chen erhalten habt.«

»Darauf gebe ich Euch mein Wort«, sagte Robert und streckte ihm die Hand hin.

Jun sah sie einen Augenblick lang verwundert an, aber dann ergriff er sie, und sein Lächeln wurde noch breiter. *Jetzt habe ich schon einen Freund*, dachte Robert. *Ich könnte hier wirklich glücklich sein.*

Es war der chinesische Neujahrsabend, und in ganz Nanking wurde gefeiert. Alle Straßen waren mit bunten Laternen geschmückt, und grellfarbige Feuerwerkskörper schossen pfeifend in den Abendhimmel: In der Stadt herrschte ein Gedränge wie auf einem Schlachtfeld. Die Chinesen waren bester Laune. Robert hielt sie für das glücklichste Volk der Erde.

Die Madame begrüßte sie mit einer tiefen Verbeugung. Offensichtlich gefiel ihr der großgewachsene weißhäutige Seemann. Sie war ausgesprochen attraktiv, und selbst inmitten der jungen Mädchen, die sie jetzt umringten, war sie mit ihren glänzenden, schwarzen Haaren, ihrer üppigen Figur und den Schlafzimmeraugen etwas Besonderes.

»Ihr möchtet die Alte?« fragte Jun, als man ihnen Sake und geröstetes Schweinefleisch servierte.

»Ist sie denn zu haben?«

»Lu Schan ist immer zu haben, aber sie hat ihren Preis.«

»Den Ihr mir freundlicherweise vorstrecken werdet«, erinnerte ihn Robert.

»Selbstverständlich, wenn Ihr es so wünscht.«

Robert hatte sich entschieden. Der Reiswein zeigte seine

Wirkung, und keines der jungen Mädchen sah Sao ähnlich. Sicher hatten sie auch nicht ihr Talent im Bett. Da war Lu Schan die richtige Wahl, und er wurde nicht enttäuscht. Lu Schan war eine Meisterin der Liebeskunst, und sie stieß einen Freudenruf aus, als er die Hosen auszog. »Ich habe schon gehört, daß er bei den Barbaren besonders groß ist«, vertraute sie ihm an.

»Wer hat Euch das erzählt?« fragte Robert besorgt, denn angeblich war noch nie ein europäisches Schiff den Jangtse hinaufgefahren.

Lu Schan lächelte verschmitzt. »Meine Nichte hat es mir erzählt.«

Das war sicher in Kanton gewesen, dachte Robert erleichtert. Sie ließ sich auch nicht von seinen wesentlichen Gewohnheiten beirren, ließ sich bereitwillig küssen, und es schien ihr sogar zu gefallen, daß er mit ihren Brustwarzen spielte. Ihr ganzes Interesse galt derweil seinen, mittlerweile riesigen Penis. Sie mußte mindestens fünfzig Jahre alt sein, aber an ihrer Figur gab es nichts auszusetzen. Im Vergleich mit ihr war selbst Sao ein naives, kleines Mädchen, dachte Robert, als sie ihn schließlich in sich aufnahm – aber das war sie ja auch wirklich gewesen.

Das Abenteuer mit Lu Schan war schon bald vergessen. Der Fluß machte einen weiten Bogen nach Westen, und sie erreichten Wuhu, eine weitere recht große Stadt, von deren Hafen aus Reis verschifft wurde. In der Stadt wimmelte es vor Geschäftigkeit, und die Einwohner wirkten recht wohlhabend. Am Ufer drängten und ballten sich die Sampans gleichsam zu Vorstädten auf Wasser zusammen. Robert fragte sich, wie viele große Städte, von denen jede einzelne größer war als London, es in diesem phantastischen Land wohl noch gab.

In Wuhu erfuhren sie, daß der K'ien-lung Kaiser abgedankt hatte.

»Wie weit ist es noch bis Hankow?« fragte Robert.

Wir haben ungefähr die Hälfte des Weges hinter uns«, sagte Jun.

»Dann ist unsere Mission mißlungen.«

»Nicht unbedingt«, entgegnete Jun. »Der Kaiser hat zwar abgedankt, aber er hat seine Macht noch nicht aus den Händen gegeben.«

Robert runzelte die Stirn. »Ich verstehe Euch nicht.«

»Es ist ganz einfach: Er hat zwar geschworen, nicht länger als sein Großvater im Amt zu bleiben, aber er hat nicht vor, die Herrschaft über das Land aufzugeben. Da gibt es durchaus einen Unterschied, mein Freund. Zwar hat Prinz Yung-yen den Thron bestiegen und ist jetzt der Chia-k'ing Kaiser, aber sein Vater wird weiterhin die wichtigen Entscheidungen treffen, und eine dieser Entscheidungen lautet, daß Ho-chen weiterhin Erster Minister bleibt. Ihr versteht also, daß wir ausreichend Zeit haben. Ho-chen wird seine Abreise vorbereiten, wenn er soweit ist.«

Robert kratzte sich am Kinn. Schon traten neue Sorgen an die Stelle der alten. »Und wie lange, glaubt Ihr, wird es dauern, bis er wirklich soweit ist?«

»Ich glaube nicht, daß es lange dauern wird. Der Ch'ienlung Kaiser, der jetzt den Namen Kao Tsung Chun Huang-ti annehmen wird, ist sehr alt. Jeden Tag könnte er den Himmlischen Wagen besteigen und zu seinen Ahnen aufsteigen, und das weiß Ho-chen natürlich. Ich würde sagen, daß er seine Vorbereitungen im Laufe eines Jahres abgeschlossen haben wird.«

»Ein Jahr?« rief Robert.

»Was ist schon ein Jahr, wenn es um so gewaltige Dinge geht?«

Das war eine sehr chinesische Denkweise. Wie Petersen die Nachricht aufnehmen würde, daß sie vielleicht ein ganzes Jahr in Hankou festsitzen würden, war gar nicht auszudenken. Robert entschied sich, dem Kapitän noch nichts von diesen Aussichten zu verraten. Wenn sie einmal in Hankow angekommen waren, würden sie die Stadt wahrscheinlich ohne Ho-chen ohnehin nicht wieder verlassen dürfen.

Jun war in seinen Berechnungen zu optimistisch gewesen. Die *Alceste* hatte bis Wuhu eine Strecke von einhundertundachtzig Meilen zurückgelegt, doch von Wuhu bis Hankow waren es noch einmal zweihundertundsiebzig Meilen. Da der Fluß mit dem einsetzenden Tauwetter in den Bergen immer weiter stieg, kamen sie jetzt überdies noch langsamer voran. Immer häufiger lagen sie ganze Tage lang fest, wobei drei Anker gerade genügten, die *Alceste* in dem immer rascher fließenden Wasser zu halten.

Sie passierten die Städte Kiukiang und Wusu, bis sie endlich die Stelle erreichten, wo der Han Kuang, der aus den Hügeln im Norden floß, sich mit dem Jangtse vereinigte, dessen Quelle noch viele hundert Meilen entfernt in den Bergen von Tibet lag. An dieser Stelle waren mehrere große Städte entstanden: Hankow am nördlichen Ufer, Wutchang am südlichen und auf dem Dreieck zwischen den beiden Flüssen die Festungsstadt Han-jang. Dominiert wurde das Bild von den hohen Mauern Hankows, einer Stadt, die fast so groß war wie Nanking und ebenfalls Provinzhauptstadt. Jun war hier offensichtlich wohlbekannt, und sehr zu Roberts Erleichterung wartete hier Wang Lu-ching auf sie.

»Geht es unserem Herrn gut?«

Der Eunuch nickte ernst.

»Wann wird er zu uns kommen?«

»Im Augenblick weilt er in Peking. Aber er weiß, daß Ihr eingetroffen seid, und er hat mir befohlen, Euch jeden Wunsch zu erfüllen.«

»Das sind wirklich gute Neuigkeiten. Aber ...« Robert warnte den Eunuchen, Petersen nichts davon zu sagen, sondern so zu tun, als würde er Ho-chen jeden Tag erwarten.

»Ist gut«, sagte der Eunuch. »Aber es gibt doch keinen Grund für die übertriebene Sorge Eures Kapitäns. Warum bleibt Ihr nicht hier, treibt Handel mit den Einwohnern der Stadt und gelangt zu Reichtum. Ich werde Euch immer mit frischem Proviant versorgen lassen. Es wäre das beste, wenn das Schiff jederzeit zum Aufbruch bereitgehalten würde, denn wenn die Entscheidung zur Abreise einmal gefallen ist, dürfen wir keine Zeit verlieren.« Er sah sich um und seufzte. »Dies ist kein sehr großes Schiff.«

»Ein größeres konnte ich beim besten Willen nicht auftreiben. Aber macht Euch keine Sorgen. Es wird Euren Herrn zuverlässig überall hinbringen, wohin er möchte.«

»Und seine Familie? Er hat eine ziemlich große Familie.«

»Auch seine Familie«, sagte Robert. »Er senkte den Blick zu Boden und fügte mit leiser Stimme hinzu. »Erzählt mir bitte von Sao.«

»Sao?«

»Das Mädchen, das mir Euer Herr geschenkt hat.«

»Und das Ihr fortgeschickt habt. Ah, ja, ich erinnere mich.«

»Man hat mich gezwungen, sie fortzuschicken, Wang. Lord Macartney hat sie nicht an Bord gelassen.«

»Ein eigenartiger Mann«, meinte Wang. »Bestimmt dazu, nie von den Früchten des Glücks zu kosten.«

»Aber was ist nun mit Sao?«

»Das weiß ich nicht. Wahrscheinlich ist sie tot.«

»Tot?« rief Robert.

»Das Leben auf der Straße ist schwer für eine junge Frau. Wenn sie nicht krank wird, dann läuft sie Gefahr wegen des bißchen Geldes, das sie vielleicht verdient, umgebracht zu werden. Und wenn sie nichts verdient, dann verhungert sie. Es ist wirklich nicht leicht.«

»Aber ... ist sie nicht in Ho-chens Dienste zurückgegangen?«

»Das hat sie versucht. Sie hat mich überredet, sie mit nach Peking zurückzunehmen, und ich Dummkopf habe eingewilligt. Aber Ho-chen hielt es für Verrat an seinem Wort, daß sie nicht bei Euch geblieben ist. Er befahl, sie schlagen zu lassen und anschließend auf die Straße zu werfen.«

»O mein Gott! Konntet Ihr denn nichts für sie tun?«

»Man hat mich auch mit Schlägen bestraft«, sagte Wang ernst. »Dafür, daß ich sie überhaupt wieder mit zurückgebracht habe. Aber warum denkt Ihr immer noch an Sao. Habe ich Euch nicht gesagt, daß es viele solche Mädchen in China gibt?«

Petersen schien sich mit der Version, daß Ho-chen – und das Geld – jeden Moment auftauchen könnte, zufrieden zu geben. In der Zwischenzeit konnte er sich damit beschäftigen, die gesamte Ladung des Schiffes zu verkaufen. Bevor sie nach Peking aufbrachen, hatte Wang Lu-ching öffentlich verkündet, daß das britische Schiff die Erlaubnis hatte, in Hankou zu handeln. Jun ging ebenfalls an Land. Wahrscheinlich hatte er Familie außerhalb von Hankow, die er besuchen wollte.

So mußte Robert am nächsten Tag die Aufgabe des Übersetzers übernehmen, als einige Händler an Bord kamen, um sich die Stoffe, die sie ebenfalls geladen hatten, anzusehen. Sie prüften sie sehr genau, schienen aber nicht sonderlich beeindruckt zu sein.

»Gewinne können wir nur mit den Musketen erzielen«, meinte Petersen, und noch am selben Nachmittag erhielten sie Besuch von einem Mann namens Sen Tu-kan, der die Waffen inspizierte. »Euer Schiff ist ein regelrechtes Waffenarsenal, Barrington«, stellte er fest.

»Unsere eigenen Soldaten sind mit den gleichen Musketen ausgerüstet«, versicherte ihm Robert.

»Ich zahle Euch fünfhundert Tael«, sagte Sen. »Für alles zusammen.«

»Es ist alles zu verkaufen außer den Waffen des Schiffes.«

Sen verbeugte sich. »Das verstehe ich. Euer Schiff muß schließlich bewaffnet sein.«

»Dann ist es abgemacht.« Er streckte die Hand aus, und ebenso wie Wang beim ersten Mal schaute auch Sen sie einen Augenblick lang verwirrt an, bevor er sie ergriff.

»Morgen komme ich mit einem Sampan und hole die Ware ab.«

»Und Ihr werdet das Geld mitbringen«, erinnerte ihn Robert.

»Ja, das Geld werde ich mitbringen«, erwiderte Sen.

Petersen jubelte. »Vierzig Pfund Silber. Da haben wir endlich unseren Gewinn gemacht. Und es kommt ja noch mehr. Master Barrington, ich muß mich bei Euch entschuldigen. Immer wieder habe ich an Euch gezweifelt, aber jetzt erkenne auch ich den Wert dieses Unternehmens. Es ist eine Schande, daß wir es nicht wiederholen können.«

Nachdem sie Ho-chen bei seiner Flucht geholfen hatten, würde ihnen die neue Regierung nicht gerade freundlich gesinnt sein.

Jun kam am nächsten Morgen zurück und sah noch gerade, wie Sen in seinen vollgeladenen Sampan stieg und davonruderte. »Was für Geschäfte habt Ihr mit diesem Mann gemacht?« wollte er wissen.

»Sehr gute. Wir haben ihm alle unsere Waffen verkauft.«

Jun starrte entsetzt hinter dem Sampan her. »Er muß sofort verhaftet werden. Ich werde an Land gehen und die Soldaten holen.«

»Ihn verhaften? Ist es denn verboten, Waffen zu verkaufen?«

»Jedenfalls ist es verboten, *ihm* Waffen zu verkaufen; das ist ein Rebell.«

»Ein Rebell? Ich dachte, dies sei das friedlichste, stabilste Land der Erde.«

»Kein Land ist jemals vollkommen friedlich und stabil, Barrington. Wir leben schließlich in einem besetzten Land, das wißt Ihr doch.«

»Ja, schon. Aber ich hatte angenommen, daß Ihr mit diesem Zustand nicht unzufrieden wäret.«

»Alle vernünftigen Männer, alle wahren Männer sind es auch nicht. Denn so steht es bei Konfuzius geschrieben, daß ein wirklicher Mann sich der gegnerischen Macht ergibt, wenn sich diese als zu stark erweist, und ruhig auf bessere Zeiten wartet. Aber es gibt viele Männer in meinem Land, die keine wahren Männer sind, besonders in dieser Region. Es gibt hier eine Vereinigung, die sich Weiße Lotosblüte nennt. Habt Ihr schon von ihr gehört?«

Robert schüttelte den Kopf.

»Es ist eine sehr alte Vereinigung. Und eine sehr böse dazu. Ihre Mitglieder halten sich für die einzigen wahren Chinesen. Ha! Sie behaupten, daß sie vor vierhundert Jahren die Mongolen, die Yuan, aus dem Reich der Mitte vertrieben und die Ming-Dynastie gegründet haben. In der Zeit der Ming-Dynastie ging es der Vereinigung sehr gut, aber dann kamen die Mandschu, die die Ming davonjagten. Die Weiße Lotosblüte hat gegen die Mandschu gekämpft und ist besiegt worden. Man nahm an, daß die Gruppe der Umstürzler vollständig zerstört wurde, aber in den letzten fünfzig Jahren ist sie wieder aufgetaucht. Man findet sie hauptsächlich nördlich des

Flusses, wo sie sich in den Bergen versteckten, neue Mitglieder anheuerten und die Einheiten der Mandschu angreifen, wo sie nur können. Ihr Führer ist ein Mann namens Cheng Ji. Sen ist einer seiner Mittelsmänner. Jetzt muß ich mich aber beeilen.«

»Aber wenn Ihr das wißt, dann müssen die Behörden in Hankow doch erst recht darüber informiert sein. Warum ist Sen nicht gleich verhaftet worden, als er die Stadt betreten hat?«

»Bestechung und Korruption«, erwiderte Jun darauf mit düsterer Miene.

Er eilte davon, während Robert den völlig verwirrten Petersen von den Neuigkeiten berichtete. »Er will doch wohl nicht mein Geld konfiszieren wollen?« fragte der Kapitän beunruhigt.

»Er weiß, daß wir keine Ahnung hatten, wer Sen ist. Wie auch immer, wir sind noch immer Ho-chens Chance zu überleben.«

Jun gelang es nicht, den örtlichen Befehlshaber der Bannersoldaten zu einem energischen Vorgehen gegen Sen zu überreden, und bald schienen alle den Vorfall vergessen zu haben. Robert, Petersen und die Mannschaft bezogen Quartier im Ort und warteten. In Hankow war es noch angenehmer als auf dem Schiff, denn, wie Wang versprochen hatte, wurden sie mit frischem Proviant und Wasser großzügig versorgt, ohne daß sie dafür bezahlen mußten. Obwohl sie kaum noch etwas zu verkaufen oder einzutauschen hatten, hatten sie auch keine Schwierigkeiten, käufliche Frauen heranzuschaffen, denn Jun gab ihnen, wann immer sie es brauchten, einen Vorschuß an ›Bargeld‹, einer kleinen Summe Papiergeldes, das hier offensichtlich frei zirkulierte.

Wenn sie gratis Unterhaltung suchten, konnten sie es den Chinesen nachmachen und ins Theater gehen, was ausgesprochen populär war. Allerdings dauerte es etwas, bis sie verstanden, worum es ging, denn es gab keine Bühnendekoration, und die Stücke waren stark stilisierte Fantasien. Jedes Kleidungsstück, jede Requisite standen als immer gleiches

Symbol für etwas. So befand sich ein Mann, der ein Ruder in der Hand hielt, auf einem Boot; jener, der einen Fächer trug, war ein Gelehrter, und wenn er auf einem Tisch stand, während die anderen Schauspieler um ihn herumliefen, dann bedeutete es, daß er unsichtbar war. Außerdem waren die Gesichter aller Schauspieler – Schauspielerinnen gab es keine – stark bemalt, wobei jeder Strich und jede Farbe wiederum eine Bedeutung, eine Aussage hatte, die dem Publikum natürlich geläufig war.

Wem die Deutung der Zeichen auf der Bühne zu verwirrend war, der konnte sich eine der täglich stattfindenden öffentlichen Bastonaden oder Hinrichtungen ansehen oder sich unter jene Rohlinge mischen, welche die Unglücklichen in ihren Käfigen quälten und sich dabei trefflich amüsierten. »Da kann einem ja das Blut in den Adern gefrieren«, meinte Petersen.

Magnetisch angezogen wurden die Seeleute aber vor allem von den Spelunken, in denen gespielt wurde, hier verloren die Matrosen im Handumdrehen ihre gesamte ›Barschaft‹.

Als der Frühling nahte, wurden die Männer nachdenklich, und sie begannen sich zu fragen, ob sie wohl jemals wieder nach Hause zurückkehren würden. Robert beruhigte sie immer wieder, aber mittlerweile war er selbst unruhig geworden, denn Jun wirkte von Tag zu Tag besorgter. »In den Bergen wird gekämpft«, verriet er Robert eines Tages. »Unser Herr ist gegen die Weiße Lotosblüte ausgeschickt worden.«

»Ist er denn auch ein General?«

»O ja. Und er hat früher schon gegen den Weißen Lotos gekämpft.«

»Und doch gibt es die Rebellen noch.«

Jun verzog das Gesicht zu einem schmerzlichen Lächeln. »Es gibt einige, die meinen Herrn beschuldigen, das Geld, das für den Kampf gedacht war, für eigene Zwecke veruntreut zu haben, anstatt gegen die Rebellen vorzugehen.«

»Habt Ihr Euch schon einmal überlegt, Jun, daß unser Herr vielleicht ein Gauner ist?«

»Er ist unser Herr«, erwiderte Jun verärgert.

Robert ging an Land und beobachtete, wie die örtliche Abteilung der Bannersoldaten auszog, um sich mit Ho-chens Armee zu vereinigen. Es waren natürlich alles Mandschus – große, starke Männer, zumindest im Vergleich mit den Chinesen. Sie trugen keine einheitliche Uniform, aber sie waren gut, wenngleich auch antiquiert bewaffnet mit Schwertern und Hellebarden. Eine Abteilung trug sogar Musketen. Voller Stolz und in dem Wissen um ihr prächtiges Erscheinungsbild marschierten sie unter dem roten Banner.

Aber schon drei Tage später kehrten sie zurück – einige von ihnen zumindest. Sie liefen aufgeregt durch die Stadt und riefen, daß Ho-chen besiegt worden sei und daß die Rebellen bald aus den Bergen herunterkommen würden.

»Ich glaube, wir sollten diesen Ort verlassen«, rief Jun.

»Und wohin sollen wir gehen?« fragte Petersen.

»Wir können den Fluß hinunter segeln, bis wir außerhalb der Reichweite dieser Banditen sind.«

»Und wie wird Euer Herr wissen, wo wir uns aufhalten?«

»Wir werden ihm einen Boten schicken«, schlug Jun vor.

»Der wird doch niemals durchkommen. Ho-chen weiß, daß wir hier sind, und nur hier kann er uns finden. Und hierher wird er auch kommen, wahrscheinlich sogar ziemlich schnell, wenn er wirklich geschlagen worden ist.«

»Aber die Weiße Lotosblüte kommt vielleicht noch vor ihm.«

»Wird denn die Stadt nicht von den Bannersoldaten verteidigt?« fragte Petersen.

Jun sah Robert ungläubig an. Dieser war nicht weniger überrascht als der Chinese auch über die plötzliche Entschiedenheit des Kapitäns, aber er war nicht unglücklich darüber. »Ich finde, Kapitän Petersen hat recht«, sagte er. »Wir sollten hierbleiben, wo unser Herr uns finden kann.«

»Das ist alles Eure Schuld«, schimpfte Jun leise. »Weil Ihr den Rebellen von der Weißen Lotosblüte Waffen verkauft habt.«

Am nächsten Tag wurde den Engländern klarer, warum Jun sich so aufgeregt hatte, denn die Bannersoldaten gingen an Bord der Sampans und flohen aus der Stadt. Die Garnison blieb in den Händen des grünen Banners, einer irregulären Truppe. Sie war zahlenmäßig recht stark, aber, so mußte ihnen Jun zerknirscht gestehen, es war allgemein bekannt, daß sie von Anhängern der Weißen Lotosblüte durchsetzt war. Ohne die regierungstreuen Truppen, die sie zusammengehalten hätte, waren sie nur ein Fähnlein im Wind.

»Glaubt Ihr nicht, daß wir besser auf das Geld verzichten und unsere Haut retten sollten?« fragte Robert den Kapitän.

»Jedermann weiß, daß wir zu Ho-chen gehören, und diese Banditen sind seine Feinde.«

»Mein Schiff werden sie nicht bekommen«, verkündete Petersen. Er gab entsprechende Anweisungen, und die *Alceste* legte ab und ging mitten im Fluß vor Anker. So waren sie auf beiden Seiten mehrere hundert Fuß vom Ufer entfernt. Die Kanonen wurden geladen und ausgefahren, und auch die Musketen standen an Deck bereit.

»Falls man unser Schiff angreift, kämpfen wir uns flußabwärts frei«, teilte Petersen seinen Männern mit. »Sofern sie es wirklich wagen, uns anzugreifen. Wir werden sehen.«

Robert wurde klar, daß er sich in Petersen getäuscht hatte. Er hatte geglaubt, daß es ihm an Mut für eine solche Mission fehlte, aber jetzt mußte er erkennen, daß sie der Eigensinn des Schotten vielleicht alle in Gefahr bringen würde. Trotzdem konnte er nicht anders, als den alten Geizhals zu bewundern.

Am nächsten Tag wurde es offensichtlich, daß die Rebellen Hankou einnehmen würden. Überall in der Umgebung tauchten plötzlich die Abzeichen der Weißen Lotosblüte auf, und die grünen Banner verschwanden. Vom Deck der *Alceste* aus sahen die Seeleute zu, wie immer mehr Menschen sich in Dschunken und Sampans drängten und die Flucht ergriffen. In der Hauptsache waren es Mandschus, aber auch chinesische Kollaborateure der Regierung.

Am Nachmittag hatten die ersten Rebellen die Stadt erreicht. Zuerst hörte man lautes Geschrei hinter der landseitigen Mauer, dann Jubelrufe, Feuerwerkskörper und Gewehrschüsse. Eine Stunde später tauchten die ersten Umstürzler im Hafen auf. Sie sahen die *Alceste*, und schon bald darauf näherte sich ein Sampon dem englischen Schiff.

Robert stieg auf die Reling, um das Boot in Augenschein zu nehmen, während die Mannschaft unter ihm die Zündhölzer für die Kanonen anzündete.

»Ihr da, Barbarenschiff!« rief jemand. »Ihr werdet Euch der Weißen Lotosblüte ergeben. So befiehlt es General Cheng Ji!«

»Wir ergeben uns niemandem«, erwiderte Barrington. »Wenn der General mit uns sprechen möchte, so soll er an Bord kommen oder einen bevollmächtigten Vertreter schicken.« Der Sampan war jetzt sehr nahe an der *Alceste* und die Rebellen starrten direkt in die Mündungen der Kanonen, die aus ihren Luken herausragten. »Wenn Ihr näher herankommt, werden wir das Feuer eröffnen.«

Der Sampan wich sofort zurück. »Wir werden dem General Eure Nachricht überbringen«, sagte der Mann, der auch vorher gesprochen hatte.

Petersen und Jun standen neben Robert, der jetzt von der Reling hinabsprang. »Meiner Meinung nach sollten wir hier verschwinden, sobald der Wind auf West dreht. Ho-chen hat jetzt keine Möglichkeit mehr, uns hier zu erreichen.«

»Ja, ich glaube, Ihr habt recht, obwohl es mir gegen den Strich geht, vor diesen Affen Reißaus zu nehmen«, sagte Petersen.

»Der Wind wird drehen«, sagte Jun.

Die Kanonen blieben den ganzen Nachmittag bis in die Nacht hinein bemannt, während der Lärm der Sieger Hankow erbeben ließ. Immer wieder hörte man zwischen dem Jubel auch Entsetzensschreie, und Robert befürchtete, daß nicht alle Mandschus oder ihre chinesischen Kollaborateure rechtzeitig hatten entkommen können. Kurz vor Sonnenuntergang waren mehrere Sampans ans südliche Ufer ausgeschwärmt, und die lauten Explosionen im Westen verrieten, daß die Rebellen auch das Waffenarsenal erobert hatten.

Niemand schlief an Bord der *Alceste*. Auf dem Fluß, sowohl

ober- als auch unterhalb von ihnen, herrschte geschäftiges Treiben; überall leuchteten die bunten Laternen der Sampans. Aber eine Stunde vor Sonnenaufgang drehte der Wind auf westliche Richtung. Sofort riefen Robert und Petersen die ganze Mannschaft zusammen. »Wir segeln beim ersten Licht«, sagte der Kapitän. »Wehe dem, der uns daran hindern will.«

Selten in seinem bisherigen Leben war Robert eine Stunde so lang erschienen wie diese, aber endlich verwandelte sich das tiefe Schwarz doch in Grau.

»Segel setzen«, befahl Petersen, der das Steuer übernahm. »Anker lichten.«

Die Winde ächzte, als der Wind in die Segel fuhr und das Schiff an der Kette riß, aber schließlich kam der Anker frei, und das Schiff machte einen regelrechten Satz vorwärts. Sie segelten den weiten Bogen des Flusses hinab ... und sahen sich plötzlich einer Barrikade aus Sampans gegenüber, die aneinandergebunden die gesamte Breite des Flusses blockierten.

»Jetzt ist es um uns geschehen!« rief Petersen und ließ instinktiv das Steuer fahren, so daß die *Alceste* sich drehte und vom Kurs abkam. So trieb sie mit der Strömung des Flusses auf die wartenden Sampans zu.

Robert stieß den Kapitän zur Seite und packte das Steuer. »Wir müssen durch sie hindurchbrechen«, schrie er.

Aber es war zu spät. Das Schiff hatte schon zuviel Geschwindigkeit verloren. Es drehte sich nur halb und trieb seitwärts auf die Blockade zu, die von dicken Seilen gehalten wurden.

»Feuer!« rief Robert, als ihm klar wurde, daß sie die Blockade nicht durchbrechen konnten. Die Kanonen auf der Steuerbordseite wurden gezündet, aber in dem schwachen Licht konnten die Kanoniere nicht richtig zielen, und keiner der Sampans wurde getroffen. Sekunden später hörte man das Geräusch von splitterndem Holz, und die Chinesen enterten mit wirbelnden Schwertern über die Kanonenluken das Schiff. Robert und Petersen hatten sich schon vorher mit Entermessern bewaffnet, ebenso Jun, und sie versuchten, das Achterdeck zu verteidigen, aber jetzt stürzten die Chinesen auch von hinten auf sie. Die kühle Morgenluft war erfüllt von einer unbeschreiblichen Kakophonie von Kreischen und Rufen, Schüssen aus Pistolen und Gewehren und dem Knallen und Pfeifen der unvermeidlichen Feuerwerkskörper. Robert hieb wahllos mit seinem Schwert um sich. Er spürte, wie es auf Knochen traf, und Blut spritzte auf seinen Arm. Dann wieder traf es klirrend auf eine andere Klinge. Schließlich aber wurde er von der schieren Übermacht des Feindes überwältigt.

Er ging zu Boden, und man riß ihm das Schwert aus der Hand. Mehrere Männer packten seine Arme und stellten ihn unsanft wieder auf die Füße. Keuchend vor Erschöpfung, aber sonst unverletzt, starrte er jetzt in die Gesichter seiner Widersacher und in das ihres Anführers – es war eine Frau.

Zuerst fiel ihm in seinem Erstaunen nur das auf – ihr langes, schwarzes Haar, die wogende Brust – denn sie war gekleidet wie die anderen Männer. Dann erkannte er, daß es Sao war.

4

DIE REBELLEN

Robert blinzelte ungläubig diese Erscheinung an, die da vor ihm stand. Sao trug Hosen, eine weite Bluse und Stiefel, alles in Feuerrot. Um ihren Kopf hatte sie ein Tuch von gleicher Farbe gebunden, aus dem ihr langes, schwarzes Haar nach hinten herauswallte. Zweifellos war ihre Figur jetzt weniger knabenhaft, aber am meisten hatte sich ihr Gesicht verändert. Ihre Lippen waren fester aufeinandergepreßt, als er sie in Erinnerung hatte, und der Ausdruck ihrer Augen hatte jegliche Unterwürfigkeit verloren; sie wirkten jetzt wie unruhig hin und herschießende schwarze Kohlen. Und sie hielt ein Schwert in der Hand, von dem das Blut heruntertropfte!

»Sao?« sagte er ungläubig. Als Antwort schlug man ihm mit einem Knüppel auf den Kopf, und er fiel wieder auf die Knie.

»Mein Name lautet Cheng Ji Sao«, belehrte ihn Sao. »Ihr werdet mich mit Lady Cheng anreden. Wer sind diese Männer?«

Petersen, Jun und der Schiffsjunge Tommy waren ebenfalls überwältigt worden. Robert schüttelte den Kopf, um die Benommenheit zu vertreiben. Er erinnerte sich schwach daran, daß der Anführer der Rebellen Cheng hieß. Konnte das denn sein? »Mein Kapitän, Joshua Petersen«, begann er.

»Sein Gesicht gefällt mir nicht«, sagte Sao und hob die Hand.

Die zwei Männer, die Petersen hielten, zogen ihn jetzt nach vorn. Ein dritter packte sein Haar, um den Hals freizumachen. Ein vierter schwang sein Schwert, und der Kopf fiel herunter. Dann schleiften die beiden Männer den leblosen Körper des Kapitäns, aus dem das Blut spritzte, zur Reeling und warfen ihn über Bord.

Es war alles so schnell gegangen, daß Petersen gar nicht gewußt haben konnte, daß er jetzt sterben würde.

»Um Gottes willen!« rief Robert. »Sao ...« Wieder schlug man ihn auf den Kopf, und er brach zusammen.

»Und dieser hier?«

»Ich bin Jun Kai-lu«, sagte Jun mit fester Stimme. Wenn er Angst hatte, so zeigte er es jedenfalls nicht.

»Ihr seid ein Verräter an Eurem Volk«, sagte Sao zu ihm und wiederholte die Handbewegung. Juns Kopf rollte über die Planken und stieß gegen Roberts Knie, der gerade versuchte, wieder auf die Beine zu kommen und seine ehemalige Sklavin und Geliebte entsetzt anstarrte.

»Und der da?« Saos Blick richtete sich jetzt auf Tommy.

Der Junge war wie die anderen auf die Knie gesunken, und Tränen strömten über seine Wangen. »Unser Diener«, sagte Robert keuchend.

Sao lächelte hinterhältig. »Ihn finde ich ganz nett. Fesselt ihn.« Sie blickte auf das Mitteldeck hinunter, wo ihre Leute die übrigen Überlebenden der Mannschaft zusammengetrieben hatten. Robert sah Armstrong, den Bootsmann, aber Johnson, der Maat, fehlte.

»Fesselt sie alle«, befahl Sao und wandte sich wieder an Robert. »Bringt ihn – und den Jungen.«

Man band Roberts Arme fest auf den Rücken und stieß ihn die Leiter hinunter aufs Mitteldeck. Tommy landete nur einen Augenblick später auf ihm.

»Was wird mit uns geschehen, Mr. Barrington?« rief einer der Matrosen.

»Betet«, riet ihm Robert, als man ihn vom Deck der *Alceste* in einen wartenden Sampan warf wie einen Sack Getreide. Es war ein Wunder, daß er sich noch keinen Knochen gebrochen hatte. Nur seine Lippe war aufgeplatzt, und aus seinem Mund lief Blut. Wieder landete Tommy ebenso unsanft gleich neben ihm. »Mein Gott, Mr. Barrington, ich habe solche Angst«, flüsterte der Junge.

»Ja, ich auch«, erwiderte Robert und versuchte nachzudenken – jetzt, wo sich der rote Schleier hinter seinen Augen langsam verzog. Sao mit einem Schwert in der Hand an der Spitze der Rebellen ... und sie behauptete, ihr Name sei Cheng. Tatsächlich schien sie alles unter Kontrolle zu haben.

Inzwischen war sie auch in den Sampan umgestiegen und

stand über ihrem früheren Herrn. Ihr blutiges Schwert hatte sie in den Gürtel gesteckt.

»Barrington«, sagte sie, und er fühlte sich wie eine hilflose Maus vor einer riesigen Katze. »Ihr habt mich verlassen.«

»Ich hatte keine Wahl«, sagte Robert und haßte sich dafür, daß er bettelte.

»Männer haben immer eine Wahl«, erwiderte sie darauf. »Aber jetzt seid Ihr zurückgekommen.« Sie lächelte, doch sofort verzerrte sich ihr Gesicht zu einer verächtlichen Fratze. »Um diesem Monster Ho-chen zu helfen, seiner gerechten Strafe zu entkommen.«

Robert spürte, daß er keinen größeren Fehler machen konnte, als sie anzulügen. »Ich bin nur wegen des Geldes zurückgekommen«, sagte er. »Und um Euch wiederzufinden.«

»Ihr lügt!« Sie spuckte ihm ins Gesicht und trat ihn in die Rippen. Dann drehte sie sich um und ging steif zum Heck des Sampans, wo sie reglos ausharrte, bis sie an Land waren.

Sie wurden von einer aufgeregten und bewaffneten Menschenmenge empfangen, die die beiden Engländer beschimpften. Roberts Interesse aber galt dem Mann, der jetzt auf sie zutrat. Die Menge wich ehrfürchtig vor ihm zurück, so daß sich eine Gasse bildete. Er war groß für einen Chinesen und ebenfalls in leuchtendes Rot gekleidet. Seine Stirn war hoch, und er trug einen dicken Schnurrbart. Als Zeichen seiner Rebellion gegen die Mandschu hatte er sich den Zopf abgeschnitten. »Cheng Ji!« rief die Menge. »Cheng Ji!«

Der Führer der Rebellen erreichte jetzt den Pier und sah zuerst die beiden Engländer und dann seine Frau an. »Wer sind diese Männer?«

»Meine Gefangenen«, antwortete Sao. »Das hier ist der Barbar, von dem ich Euch erzählt habe.«

Cheng Ji blickte über den Hafen hinweg zur *Alceste*. »Du hast von einem Schiff gesprochen, das größer als die größte Dschunke sein soll. Ich will es mir ansehen.«

Er stieg in den Sampan, während man Robert und Tommy eilig abführte. Die Menschen spuckten sie an und stocherten mit Stöcken an ihnen herum, als man sie durch die Straßen führte. Sie stolperten und keuchten, bis sie endlich den Palast des Vizeregenten erreicht hatten. Er war gründlich ausgeplündert worden, aber Männer und Frauen liefen eifrig herum und versuchten, wieder etwas Ordnung zu schaffen. Sie stellten alle Möbel wieder auf, die nicht vollständig zerstört worden waren.

Der Raum, in den man Robert und Tommy warf, war allerdings leer, und es gab auch nicht die geringste Möglichkeit zur Flucht, denn zwei Männer, die mit diesen schrecklichen Schwertern, den Henkerswerkzeugen, bewaffnet waren, begleiteten sie und stellten sich mit verschränkten Armen und grimmigen Gesichtern an der Tür auf.

»Werden wir sterben, Mr. Barrington?« fragte Tommy mit zitternder Stimme.

»Ich fürchte ja, Tommy«, sagte Robert. »Also mußt du dir jetzt vornehmen, sehr mutig zu sein, und vergiß nicht, daß du ein Christ bist.«

Tommy schluckte und starrte auf die Schwerter. »Ich bin so durstig, Mr. Barrington«, sagte er. »Glaubt Ihr, daß sie uns vielleicht etwas Waser geben würden?«

»Wir können es immerhin versuchen«, sagte Robert. Es war schwer zu glauben, daß es noch nicht einmal Mittag war. Soviel war geschehen, seit sie voller Zuversicht ihren Aufbruch geplant hatten. Ständig sah er die rollenden Köpfe seiner Kameraden vor seinem geistigen Auge.

Aber würde sein eigener Kopf schon bald ebenfalls rollen? Sicherlich, falls Cheng Ji Sao nicht noch etwas Unangenehmeres für ihn geplant hatte. Damit mußte er leider rechnen. Er war genauso durstig wir der Junge. »Wasser«, sagte er. »Wir brauchen Wasser.« Ihre Wächter verzogen nur verächtlich die Lippen.

Die Minuten vergingen, und mit jeder wurde der Durst quälender. Tommy fing wieder an zu weinen, und große Tränen rollten über seine Wangen. Roberts Hände wurden allmählich taub, und er dachte schon darüber nach, ob er sich nicht auf die Wächter werfen sollte – dann wäre es wenigstens schnell vorüber. Er hatte sich noch nicht vollends zum Selbstmord durchgerungen, da ging die Tür auf und Sao trat in Begleitung mehrerer Eunuchen herein. Er stellte erleichtert fest, daß sie ihr Schwert abgelegt hatte.

Sie stellte sich vor Tommy, der vor Angst zitterte. »Amüsiert euch mit ihm«, sagte sie zu den Wächtern. »Aber laßt ihn am Leben. Ich werde euch später genauere Anweisungen geben.« Dann wandte sie sich Robert zu. »Bringt diesen zu mir.«

Man packte Barrington bei den Schultern und schleppte ihn ein beträchtliches Stück durch den Palast. Schließlich warfen sie ihn in einem luftigen Gemach mit hohen Decken auf den Boden. Dort stand ein niedriger Tisch, auf dem Essen serviert war. Kissen lagen auf beiden Seiten des Tisches.

Sao trat herein und setzte sich. Sie zeigte auf den anderen Platz, wo Robert sich hinsetzen sollte. Einer der Eunuchen schnitt ihm die Fesseln durch und stellte sich dann mit den anderen in respektvollem Abstand in die andere Ecke des Raums. Robert rieb sich die Hände und wand sich vor Schmerzen, als das Blut wieder in sie hineinfloß.

»Eßt«, befahl Sao. »Seid Ihr nicht hungrig?«

Auch wenn es in seinem Magen noch so rumorte, so konnte er doch dem Reiswein nicht widerstehen – und auch nicht der Versuchung, nach seinem weiteren Schicksal zu fragen.

»Ho-chens Kreatur«, sagte sie verächtlich.

»Es ging mir nur um das Geld«, sagte Robert. »In meinem Land gehöre ich zu den Armen. Bloß ein bißchen Wohlstand habe ich gesucht. Ist das denn so verachtenswert? Die chinesische Politik hat mich nicht interessiert.«

»Und ich?«

»Mein Herr hat mich dazu gezwungen, Euch zurückzulassen. Ihr seid doch dabeigewesen.«

Sao griff anmutig ein kleines Stück Fleisch mit den Eßstäbchen und führte es zum Mund. »Ihr habt mich damit großen Entbehrungen ausgesetzt.«

»Das weiß ich. Wang Lu-Ching hat es mir erzählt.«

»Wang Lu-Ching«, schnaubte sie wütend. »Sein Kopf wird auch rollen, zusammen mit dem seines Herrn. Aber Ho-chen wird mehr verlieren als nur seinen Kopf. Er hat mich schlagen lassen. Versteht Ihr?«

Robert schluckte – einmal bei dem Gedanken, daß dieses herrliche Wesen nackt auf dem Boden liegend mit Stöcken geschlagen worden war, und das sicherlich auch noch in aller

Öffentlichkeit, aber auch, weil ihm klar wurde, daß ihm selbst große Martern drohten. »Ja, ich habe so etwas schon gesehen.«

»Sollte ich Euch nicht auch zu einhundert Schlägen verurteilen?«

Robert sah ihr in die Augen. »Das liegt in Eurer Macht.«

Saos Nasenlöcher blähten sich. »Dann hat er mich auf die Straße werfen lassen. Ich mußte meinen Körper verkaufen, um überleben zu können.«

»Glaubt Ihr mir, wenn ich Euch sage, daß ich jede Nacht von Euch geträumt habe?«

»Wollt Ihr wissen, wovon ich geträumt habe?« fragte sie ihn. »Ich habe geträumt, daß Ihr nackt und gefesselt vor mir liegt. Davon habe ich geträumt, während ich jede nur erdenkliche Erniedrigung, der man eine Frau aussetzen kann, über mich ergehen lassen mußte.« Sie lächelte, aber es war kein freundliches Lächeln. »Habe ich nicht Glück? Zumindest ein Teil meines Traums ist wahr geworden.«

»Ihr habt wohl noch mehr Glück gehabt«, sagte Robert. »Ihr seid jetzt berühmt und habt viel Macht.«

»Bin ich nicht die schönste Frau, die Ihr je gesehen habt, Barrington?«

»Ohne Frage.«

»Andere finden das auch. Cheng Ji hat mich gesehen und gleich gekauft, und dann hat er mich so sehr geliebt, daß er mich zu seiner Frau gemacht hat. Er ist ein *Mann*, nicht so ein nichtswürdiges Geschmeiß wie Ihr.«

»Und mit ihm rächt Ihr Euch jetzt an ganz China.« Er versuchte verzweifelt, das Gespräch aufrecht zu erhalten, denn er wagte nicht, daran zu denken, was passieren würde, wenn sie aufhörte zu reden.

»An allen Mandschus«, verbesserte Sao ihn. »Und an denen, die sie unterstützen. Die Weiße Lotosblüte wird ganz China befreien. Ihr habt genug gegessen.« Bevor er sich rühren konnte, hatten ihn die Eunuchen bereits gepackt. »In meinem Traum habe ich Euch schreien gehört, als man Euch das Geschlecht abgeschnitten hat«, sagte Sao.

»Mein Gott! Sao ...«

Sie winkte, und sie legten ihn ausgestreckt auf den Boden

neben dem Tisch. Dort wurde er von acht Eunuchen festgehalten, jeweils zwei an jedem seiner Gliedmaße. Sie grinsten ihn erwartungsvoll an, während zwei weitere ihm die Hosen auszogen.

Sao stand auf und stellte sich mit gespreizten Beinen über ihn. »Es ist Sitte in China, daß ein Mann noch ein letztes Mal eine Stunde lang die sinnlichen Freuden genießen darf, bevor er kastriert wird. Dieses Privileg gewähre ich nun auch Euch, Barrington. Ich werde mich ein letztes Mal an Euch erfreuen.« Saos Augen schienen ihn zu umhüllen, als sie auf ihn herabschaute.

Trotz seiner Angst hatte er eine Erektion, und er war sich sicher, daß seiner noch immer der größte Penis war, den sie je gesehen hatte.

Sie lächelte. »Ihr versteht, daß ich Euch vollständig leer melken muß, Barrington.«

»Ja, ich verstehe«, stöhnte er, als sie ihre Kleider zu Boden gleiten ließ.

Einer der Eunuchen verschwand und kam kurz darauf mit einer laut tickenden Uhr wieder; die anderen sahen voller Interesse zu – was sie beim Anblick einer nackten Frau empfanden, war unmöglich zu sagen. Wieder stellte sie sich mit gespreizten Beinen über ihn. »Bin ich nicht noch immer die schönste aller Frauen, Barrington?«

»Ihr seid noch schöner, als ich Euch in Erinnerung habe.« Das war nicht gelogen. Sie war jetzt eine erwachsene Frau mit vollen Brüsten und einladenden Hüften.

»Dann bringt mich in die richtige Stimmung, daß ich Euch auch begehre.« Sie kniete über seinem Gesicht, und er gab sich alle Mühe, wobei er verzweifelt versuchte, nicht an die Eunuchen zu denken. Sao seufzte genießerisch. »Ich erinnere mich auch«, murmelte sie und rutschte auf seinem Körper hinunter, bis sie auf seinen Schenkeln saß. Sie nahm ihn in sich auf und bewegte sich auf und nieder. Er selbst lag wie festgenagelt auf dem Boden und konnte wenig ausrichten.

Ihr Orgasmus war genauso heftig, wie er ihn in Erinnerung hatte, zumal er sich, wenn auch mühsam, zurückhielt. Das tat er zum einen, um seine Männlichkeit solange wie möglich zu erhalten, zum anderen, um Zeit zu haben, sie umzustimmen.

Sie hatte noch keine endgültige Entscheidung getroffen, was sie mit ihm tun sollte, da war er sich sicher. Genausowenig hatte sie sich überlegt, was mit der Mannschaft der *Alceste* geschehen sollte ... Cheng Jis brennendes Interesse an dem Schiff fiel ihm wieder ein.

Sao seufzte noch ein letztes Mal und sank dann in sich zusammen. Ihr Haar berührte seinen Bauch. Dann stand sie auf und setzte sich neben ihn. »Zehn Minuten«, sagte sie, »und Ihr seid schon geschrumpft. Da muß ich Euch wohl wiederherstellen.«

»Habt Ihr das schon vorher getan?«

»Als ich auf der Straße lebte, hat man mich oft dafür bezahlt, einem Mann die letzte Stunde zu versüßen. Aber das waren meistens Jungen, die unerfahren waren und Angst hatten. Habt Ihr Angst, Barrington?«

Sie begann jetzt, ihn zu streicheln. »Ja«, sagte er.

»Es gibt aber gar keinen Grund dafür. Sicher, das Messer ist scharf, aber man wird Euch vorher Opium zu rauchen geben. Zugegeben, danach kommt eine etwas schwierigere Zeit. Ihr werdet anschwellen, so daß ihr nicht mehr Wasser lassen könnt. Das bedeutet natürlich, daß Ihr nichts trinken könnt, damit Eure Blase nicht platzt. Aber wenn es keine Infektion gibt, dann wird die Schwellung nicht länger als drei Tage anhalten.«

»Und wenn es eine Infektion gibt?«

Sie zuckte die Achseln. »Dann werdet Ihr sterben. Aber es ist sinnlos, daran jetzt zu denken. Wenn Ihr wieder Wasser lassen könnt, dann wird die Wunde rasch heilen, und Ihr werdet den Rest Eures Lebens in meinen Diensten bleiben. Und Eure letzte sexuelle Erinnerung bin auf ewig ich ... jetzt seid Ihr bald wieder soweit.« Sie spielte weiter mit ihm und ihre Finger drängten sanft. »Sagt mir, woran Ihr jetzt denkt, Barrington.«

Er hatte nicht mehr viel Zeit. »Ich denke an uns beide, wie wir in einem Schiff über den Ozean segeln.«

»Das habt Ihr mir schon einmal versprochen«, erinnerte sie ihn. Ihre Hände schlossen sich plötzlich, und er stöhnte.

»Ich habe jetzt mein eigenes Schiff«, sagte er. »Damit kann ich euch überall auf der Welt hinbringen.«

»Und die Stürme, die Felsen und die Meeresungeheuer?«

»Die *Alceste* ist die ganze Strecke von England bis hierher gesegelt. Das sind mehrere tausend Meilen. Da ist sie durch viele Stürme hindurchgesegelt. Was die Meeresungeheuer angeht, ich bin zur See gefahren, seit ich zwölf Jahre alt war, und ich habe noch nie eines getroffen, das ein Schiff zerstören könnte.« Sao hatte aufgehört, ihn zu streicheln. »Aber in kastriertem Zustand werde ich wohl kaum in der Lage sein, ein solches Schiff zu steuern«, fügte er hinzu.

»Wozu brauche ich Euer Schiff?« fragte sie. »Schließlich gibt es genug Dschunken, die ich benutzen kann.«

»Die *Alceste* ist schneller als jede Dschunke«, behauptete Robert. »Und unter meinem Kommando wird auch im Gefecht keine Dschunke gegen sie ankommen. Was wollt Ihr denn tun, wenn der Kaiser seine Truppen auf Euch hetzt?«

»Hat mein Mann denn nicht alle Truppen in Schansi besiegt?« wollte sie wissen.

»Das war ja nur ein kleiner Teil, der in der Provinz stationiert ist. Ihr könnt sicher sein, daß der Kaiser die Niederlage von Hankou nicht so klaglos hinnehmen wird. Er wird sein gesamtes Regiment von Bannersoldaten gegen Euch aufstellen.«

»Dann werden wir sie auch besiegen.«

»Das könnt Ihr nicht mit Sicherheit sagen, Sao. Und wenn sie Euch besiegen und vor den Kaiser oder Ho-chen schleppen, wie wird Euer Schicksal dann wohl aussehen? Der Tod der tausend Schnitte – aber sicher erst, nachdem jeder Mann in der Armee sich mit Euch vergnügen konnte. Solltet Ihr aber siegreich aus dem Kampf hervorgehen, dann wollt Ihr doch sicher den Fluß hinunter nach Nanking und zum Meer segeln. Dafür braucht Ihr ein Kriegsschiff und einen Admiral. Ihr werdet mich *brauchen*, Sao.«

Ihr Gesichtsausdruck war schwer zu deuten, aber er war sich sicher, daß er einigen Eindruck gemacht hatte. »Ihr könntet mein Admiral auch noch in anderen Dingen sein«, murmelte sie. Dann winkte sie die Eunuchen fort.

Er hatte einen Aufschub gewonnen – für sich und Tommy und den Rest der Mannschaft. Ob es mehr war als das, konnte er im Augenblick noch nicht beurteilen. Aber selbst wenn er sie im Augenblick vor dem sicheren Tod bewahrt hatte, so blieb ihre Lage doch weiterhin äußerst unsicher. Alle seine Träume waren zerstört. Er hatte nicht nur die tausend Tael nicht erhalten, sondern auch seine einhundert waren verloren. Natürlich war die *Alceste* von den Rebellen gründlich geplündert worden. Und sein Schicksal war abhängig von einer Frau, deren Schönheit nur noch von ihrer Blutrünstigkeit übertroffen wurde. Und wenn sie wirklich von den Mandschus besiegt werden sollten, dann wäre seine eigene Hinrichtung sicherlich nicht weniger schmerzhaft und langsam als Saos.

Es war das Reich der Mandschu gewesen, in dem er sein Glück hatte machen wollen, nicht dieses Chaos, das der politische Geheimbund brachte. Aber wenigstens war er noch am Leben – und nach wie vor ein ganzer Mann. Man erlaubte ihm und Tommy, zum Schiff zurückzukehren und es auf Saos Befehl zur Abreise herzurichten. Ab sofort waren jederzeit zwanzig Soldaten der Weißen Lotosblüte an Bord, und man hatte Roberts Leuten alle Waffen weggenommen, bis auf die Kanonen natürlich, die die Chinesen argwöhnisch betrachteten. Solche riesigen Waffen hatten sie noch nie gesehen, denn obwohl die chinesisches Armee schon lange mit Geschützen ausgerüstet war, so waren es bisher doch nur leichte Feldgeschütze.

Barrington hatte jeden Gedanken an einen Versuch, das Kommando an sich zu reißen und zu fliehen, längst aufgegeben. Selbst wenn er damit erfolgreich gewesen wäre, hätten die Rebellen, die an Land viel schneller vorankamen, das Schiff leicht eingeholt und die Besatzung beim ersten Anhalten überwältigt. Obwohl er Jun Kailu auf der Hinfahrt sehr genau beobachtet hatte, wußte er doch, daß auch die Fahrt flußabwärts ohne Lotsen sehr langwierig sein würde.

Nachdem er sich damit abgefunden hatte, daß er unfreiwillig zum Rebellen geworden war, setzte sich Roberts angeborene überschäumende Vitalität wieder durch. Während sie auf Ho-chen warteten, hatte er Hankow recht gut kennengelernt, und obwohl ihn die Chinesen vorher als eine Kreatur des verhaßten Ersten Ministers schief angesehen hatten, lächelten sie ihn jetzt, wo er in den Diensten des Generals der Weißen Lotosblüte, Cheng Ji stand, freundlich an. Die Einwohner von Hankow glaubten nicht daran, das begriff er schon bald, daß es bei dieser glücklichen Wendung des Schicksals bleiben würde – schließlich bestand das Leben aus einer Ansammlung von Unglück –, aber sie hatten nicht die Absicht, sich den Genuß an der Freiheit von der kaiserlichen Kontrolle dadurch schmälern zu lassen.

In Hankow und der umliegenden Region herrschte die totale Anarchie, aber es war eine glückliche Anarchie. Die Menschen hatten den Augenblick der grausamen Euphorie genossen, in dem die Mandschu und alle Chinesen, die der Kollaboration verdächtigt wurden, in Stücke gehackt wurden – Männer, Frauen und Kinder waren auf gräßlichste Weise verstümmelt worden. Dann war es etwas ruhiger geworden. Auch wenn die Weiße Lotosblüte vorhatte, eine Regierung zu bilden, schienen sie doch im Augenblick zu berauscht von ihrem Erfolg, um sich um solch alltägliche Dinge wie Steuern und Gesetze zu kümmern. Zwar schritt Cheng Ji mit gerunzelter Stirn durch die Straßen von Hankow und belästigte die anderen Generäle bei jeder Gelegenheit mit seinen Sorgen, aber obwohl er letztendlich die Stadt erobert hatte, so blieb er doch nur ein Führer unter vielen, und die anderen konnten sich seinen Befehlen ohne weiteres widersetzen.

Cheng Ji war kein uninteressanter Mann. Er war Mitte dreißig, also kaum älter als Robert. Sein Vater war ein reicher Kaufmann und Soldat gewesen, der die herrschende Mandschu-Elite haßte. Die chinesische Philosophie vertrat einen eher pragmatischen Standpunkt, und die Menschen hielten sich in der Regel daran: wenn sich ein Gegner als zu stark erwies, dann gab jeder vernünftige Mann seinen Widerstand auf, denn die Widersacher waren offensichtlich von den Göttern begünstigt; ebenso aber war es die Pflicht aller rechtschaffenen Männer, sich gegen eine schwache und korrupte Regierung aufzulehnen, da sie bei den Göttern in Ungnade gefallen war. Die Rebellen von der Weißen Lotosblüte waren der Meinung, da die K'ing mit der Abdankung des U'ien-lung Kaisers unfähig waren, daß Reich zu regieren. Das Himmlische Mandat war ihnen somit entzogen worden.

Allerdings schien sich Cheng Ji um solche Erwägungen nicht sehr zu kümmern. Zweifellos verstand er sich als den Begründer einer neuen Dynastie, die die besiegten Mandschu ablösen würde, und er war mit seiner dominanten Persönlichkeit wie geschaffen für diese Position. Aber er wußte einfach nicht, wie er diesen siegestrunkenen Haufen in eine disziplinierte Armee verwandeln sollte, geschweige denn, sie zu einer Nation zu organisieren.

Glücklicherweise war die Tradition des chinesischen Beamtentums, das seit Jahrhunderten strengsten Prüfungen unterlag, so stark, daß es – wie es in der Vergangenheit schon häufig bewiesen hatte – einer ganzen Reihe von gesellschaftlichen Mißständen und Unruhen widerstehen konnte. So wurden die Steuern auch weiter eingesammelt – wenn auch in geringerem Maße, da alles Eigentum der Mandschu oder Kollaborateure dem Erdboden gleichgemacht worden war. Auch die Gesetze wurden beibehalten bis auf solche, die die Mandschu den Chinesen willkürlich aufgezwungen hatten. So folgten etwa alle männlichen Einwohner von Hankow dem Beispiel der Rebellen und schnitten sich sogleich die verhaßten Zöpfe ab.

Aber Cheng Ji wußte natürlich genausogut wie Barrington, daß das alles sie nicht gegen einen Großangriff der Bannersoldaten schützen konnte. So machte er sich Sorgen und beriet sich mit seiner Frau, denn Cheng Ji Sao hegte niemals Zweifel daran, daß ihr das Glück auch in Zukunft hold sein würde. Ihre Zuversicht war ansteckend. Aber sie war auch so praktisch und bodenständig, daß sie viele Mitglieder der Bewegung verärgerte. Die Führer der Weißen Lotosblüte waren echte Patrioten, die an die Reinheit des konfuzianischen Ideals glaubten, was oft als Anlehnung an den Buddhismus mißverstanden wurde, aus dem die geheime Vereinigung vor vielen Jahrhunderten im wesentlichen hervorgegangen war. Von einer schwertschwingenden Frau in den Kampf geführt zu werden, war bereits eine Absage an alles, was ihnen wichtig war, und mehr und mehr regte sich in ihnen der Verdacht, daß die Prinzipien der Rebellion allmählich ausgehölt wurden. In ihrem Verständnis von konfuzianischer Disziplin war Saos farbenfrohe Erscheinung eine unerhörte Herausforderung.

Aber in den Augen der einfachen Männer, die in der Bewegung kämpften, war Sao unfehlbar. Sie war die Verkörperung der Anarchie, die, in viel stärkerem Maße als bei anderen Völkern, tief im Unterbewußtsein eines jeden Chinesen lauerte – vielleicht, weil das Leben an der Oberfläche so strengen Regeln folgen mußte.

Aber was noch viel wichtiger war, Sao war auch in den Augen des obersten Generals der Bewegung – ihres eigenen Ehemannes – unfehlbar. Der Anblick ihre blitzenden Augen, ihrer üppigen Brüste und wohlgeformten Schenkel machte es leicht zu verstehen, warum er sie von der Straße geholt hatte, aber um zu verstehen, warum er sie in eine so hohe Position gehoben hatte, wo doch das Haus seit jeher der angestammte Platz einer ordentlichen chinesischen Frau war, mußte man sich die Persönlichkeit der beiden genauer ansehen. Cheng Ji war ein ehrgeiziger Umstürzler, aber er hatte einen unglücklichen Hang zum Realismus, der ihn für düstere Stimmungen anfällig machte. Wenn er wieder einmal niedergeschlagen war, wurde auch die kleinste Aufgabe für ihn zum unüberwindbaren Berg. Sein ganzes Leben hatte er schon darunter gelitten – bis Sao kam und ihn mit ihrer überschäumenden, aggressiven Selbstsicherheit erlöste. So war dieser Aufstand in der Hauptsache auf ihren Einfluß zurückzuführen, und jetzt inspirierte sie auch deren Fortbestand. Aber Sao hatte wenig für die Lehren des Konfuzius übrig. Seit ihrer Geburt war ihr Leben ein ewiger Kampf gewesen. Jetzt waren ihr nur noch zwei Dinge wichtig: Rache an denen, die ihr Unrecht zugefügt hatten, und soviel Reichtum und Vergnügen wie möglich.

In ihrem Ehrgeiz, diese Ziele zu erreichen, wurde sie von Cheng Ji bestärkt, der damit zufrieden war, von ihr Kraft zu beziehen. Daher hatte er auch nichts dagegen, daß sie Robert hin und wieder zu sich ins Bett holte, oder daß dem Jungen Tommy die gleichen Ehren zuteil wurden. Aber Barrington wußte genau, an welch seidenem Faden ihr Leben hing – ihre Lust war es, die sie vorläufig am Leben erhielt.

Aber welche Lust! Übertraf sie nicht selbst die gewagtesten, erotischen Träume mit dieser aufreizenden Mischung aus sanfter Verführung der chinesischen Frau gepaart mit dem vor keiner Obszönität zurückscheuenden Wesen einer Prostituierten? Er kam nur zu ihr, wenn sie ihn rief und ging sogleich, wenn sie ihn entließ. Nie hätte er für möglich gehalten, einmal in eine so gefährlich erniedrigende Lage zu geraten, aber er brauchte nicht lange, um zu erkennen, daß Sao, mochte sie auch aus noch so einfachen Verhältnissen kommen, intelligenter war als ihr Mann und daher auch weitsichtiger. Sie wußte nur zu gut, daß der Erfolg der Rebellen nicht von Dauer sein konnte, und sie hatte nicht vor, ihr persönliches Fortkommen dadurch zu gefährden. Jeder drohenden Gefahr würde sie sich entziehen wollen, und er hatte ihr einen Weg gezeigt.

Aber Cheng Ji Sao war auch eine Frau. Sie war noch nicht einmal Zwanzig, aber der mütterliche Instinkt regte sich bereits in ihr. Mehr als alles andere wollte sie ein Kind – und das war das einzige, was ihr bisher versagt geblieben war. Vielleicht hatte es mit der Abtreibung zu tun, zu der man sie gezwungen hatte, aber jetzt machte sie den nicht unüblichen Fehler zu glauben, daß Robert schon wegen seiner Größe in der Lage sein mußte, sie zu schwängern. Aber auch er konnte das Unmögliche nicht möglich machen, ganz gleich wie viele scheußlich schmeckende Kräuter Sao auch einnahm. Auch die exotischen Positionen, die sie ausprobierten, damit er so tief wie möglich in sie eindringen konnte, halfen nicht.

Aber da sie die Hoffnung nie aufgab, hatte wahrscheinlich noch nie ein Gefangener physische Freuden in einem derartigen Übermaß genießen dürfen wie Robert. Er bekam nur das Beste zu essen und zu trinken, und seine einzigen Pflichten bestanden darin, daß Schiff in ständiger Bereitschaft zu halten und seiner Herrin im Bett zu dienen, wenn sie ihn zu sich rief. Nur die mögliche Eifersucht ihres Mannes machte ihm Sorge, aber Cheng Ji schienen die Kapriolen seiner Frau nicht zu stören.

die Zeit verstrich und es wieder Winter wurde, fragte sich Robert immer wieder, wie ihre Zukunft wohl aussehen würde. Es war jetzt ein ganzes Jahr her, daß sich die *Alceste* mit Jun Kai-lu als Lotsen vorsichtig in die Mündung des Jangtsekiang hineingetastet hatte. In Kalkutta hatte man sie sicher schon längst aufgegeben.

Aber, so dachte er, sind wir denn nicht wirklich verloren, so als ob wir in einem Taifun untergegangen wären? Er hatte wenig Hoffnung, daß sie England je wiedersehen würden, und der größte Teil der Mannschaft schien ebenfalls resigniert zu haben. Einige von ihnen hatten Chinesinnen zur Frau genommen und verbrachten mehr Zeit an Land als in der Enge des Schiffs – aber niemand beschwerte sich. Tommy hatte sich schon ganz an das Leben im Palast gewöhnt, und Robert fragte sich manchmal, ob Sao ihn sich als Nachfolger heranzog, wenn er selbst einmal alt und schwach geworden war. Nur Armstrong, der Bootsmann, hielt Distanz zu den Chinesen. Er verließ das Schiff fast nie und sann über ihre Lage nach. Und die spitzte sich zu, als Sao sich auf einem Sklavenmarkt, den sie zu diesem Selbstzweck veranstaltet hatte, einen sechsjährigen Jungen als Adoptivsohn aussuchte.

»Dann habe ich also versagt«, sagte Robert.

Sao lächelte. »Ihr habt noch nie versagt, Barrington. Ihr wärmt mein Bett so, wie es noch kein Mann zuvor getan hat. Aber ich muß an die Zukunft denken.«

Robert war sich nicht ganz sicher, was sie damit meinte, aber kurze Zeit später kam die Nachricht, auf die sie alle gewartet hatten: der Ch'ien-lung Kaiser war tot.

Der Tod eines Kaisers war ein Ereignis von höchster Bedeutung in China, auch ohne die Tatsache, daß die Regierung wechselte. Kein Kaiser konnte beerdigt werden, bevor nicht die Astrologen des Hofes einen Tag dafür festgesetzt hatten, und dieser Tag konnte bis zu einem ganzen Jahr später liegen. Daraufhin folgte eine Trauerperiode von siebenundzwanzig Monaten. In dieser Zeit durfte niemand heiraten, für die Toten gab es nur eine notdürftige Bestattungszeremonie, und Babies durften keine Namen erhalten.

Niemand schien zu wissen, wie man sich verhalten sollte, wenn der Kaiser bereits abgedankt hatte, aber in Hankow interessierte sowieso niemanden, was in Peking geschah. Cheng und seine Kumpanen waren lediglich erleichtert, daß der Mann, den sie mehr als jeden anderen gefürchtet hatten, tot war. Nun blieb nur noch Ho-chen. Aber dann erfuhren sie, daß Ho-chen vom neuen Kaiser aus sämtlichen Ämtern entlassen und in den Selbstmord getrieben worden war. »Jetzt ist unsere Revolution wirklich siegreich«, verkündete Cheng Ji.

»Es ist eine Schande«, sagte Sao nachdenklich. »Ich hatte mir gewünscht, ihn mit eigenen Händen zu kastrieren.«

Cheng fuhr fort: »Und jetzt, wo der Ch'ien-lung Kaiser tot ist, sind wir wirklich sicher. Der neue Mann hat weder die Kraft noch das Durchsetzungsvermögen seines Vaters. Das Reich der Mandschu wird in sich zusammenfallen, und wir werden hier in Chansi unser eigenes Reich gründen. Ich glaube nicht, daß wir das Barbarenschiff noch länger brauchen.«

»Ich werde darüber nachdenken, was in diesem Falle das Beste ist«, sagte Sao.

Robert versuchte noch ein letztes Mal, Sao zu beeinflussen. »Wenn Ihr uns nicht länger braucht, werdet Ihr uns dann erlauben, in unsere Heimat zurückzukehren?« fragte er vorsichtig.

»Ha«, entgegnete Sao. »Das werden wir sehen.«

Mit dieser nichtssagenden Antwort mußte er sich fürs erste zufriedengeben. Aber nur einen Monat später veränderte sich die Situation erneut, als die Nachricht in Hankow eintraf, daß der Chia-ch'ing Kaiser eine riesige Armee aus Bannersoldaten nach Chansi in Marsch gesetzt hatte, die das Problem mit der Weißen Lotosblüte endgültig aus der Welt schaffen sollte.

»Du hast gesagt, wir hätten einige Jahre des Friedens vor uns«, sagte Sao zu ihrem Mann.

»Ich verstehe es nicht. Kao Tsung Huang-ti ist tot. Der Chia-ch'ing Kaiser ist bekannt als Schwächling, der nur Frauen im Sinn hat.«

»Außerdem ist er ein Dummkopf«, meinte Sao. »Wir werden ihn ebenso besiegen, wie wir seinen Vater besiegt haben.«

»Aber die Truppen seines Vaters standen unter Ho-chens Kommando«, sagte Cheng nachdenklich. »Diesmal ist es vielleicht jemand, der wirklich kämpfen kann.«

»Pah«, meinte Sao und grinste verächtlich. »Wir werden in den Krieg ziehen!«

Ihr unerschütterliches Selbstvertrauen machte auch Cheng Ji wieder glücklich. Krieg und Blutvergießen war das einzige, wovon er wirklich etwas verstand. Aber nach all den mutigen Worten wurde Sao plötzlich nachdenklich, als sie ihren Adoptivsohn Bao ansah.

»Warum bleibt Ihr nicht hier und laßt die Männer allein kämpfen?« schlug Robert vor.

»Nein, ich muß dabei sein.« Sao sah den Engländer ernst an. »Und Ihr auch, Barrington.«

»Ich? Ich bin Seemann, kein Soldat.«

»Das kann Euch nur nützen, wenn Ihr das Soldatenhandwerk lernt. Außerdem möchte ich sichergehen, daß Euer Schiff hierbleibt, falls wir es doch noch brauchen.«

»Ich werde hier sein, Sao.«

Sie lächelte. »Ihr werdet bei mir sein, dort, wo Ihr hingehört.«

»Ich kann nichts dagegen unternehmen«, sagte er Armstrong. »Aber ich glaube, daß die Zeit unserer Gefangenschaft bald vorbei sein wird. Die Leute von der Weißen Lotosblüte glauben fest daran, daß sie gewinnen werden. Wenn dem so ist, dann brauchen uns die Chengs nicht mehr.

»Und dann werden sie uns die Köpfe abschlagen.«

»Ich glaube nicht, daß sie das tun werden. Vielmehr müssen wir uns überlegen, was wir tun, wenn sie besiegt werden. Jim ... ich möchte, daß Ihr mir ganz genau zuhört. Die Chengs werden jeden Mann, der eine Waffe halten kann, mit in den Krieg nehmen, also auch die Wachtposten des Schiffes. Ich möchte, daß Ihr das Schiff jederzeit für die Abreise bereit haltet, aber unternehmt nichts, bevor ich nicht zurück bin oder Euch die Nachricht von der Niederlage des Weißen Lotos erreicht. In dem Falle werdet Ihr Hankow sofort verlassen und langsam den Fluß hinuntersegeln. Eine Woche lang dürft

Ihr nicht mehr als fünf Meilen am Tag zurücklegen. Ihr habt die Kanonen, und ich werde dafür sorgen, daß man Euch auch die Gewehre zurückgibt. Laßt Euch also jeden Tag fünf Meilen den Fluß hinuntertreiben und geht dann vor Anker. Ich werde Euch schon finden.«

»Was soll mit den Frauen geschehen?«

»Sie sollen natürlich bei ihren Männern bleiben.«

»Und wenn Ihr nicht innerhalb dieser einen Woche zurückkommt?«

»Wenn ich eine Woche nach der Niederlage des Weißen Lotos noch immer nicht zurückgekommen bin, dann setzt Segel und verlaßt China. Das Schiff gehört Euch.« Er klopfte dem Bootsmann auf die Schulter. »Aber ich habe die feste Absicht, zurückzukehren.«

Der bevorstehende Krieg kam Barringtons Abenteuerlust durchaus entgegen, und so wartete er mit Spannung auf den Abmarsch der chinesischen Truppe. Aber diese Euphorie hielt nicht sehr lange an, denn er mußte bald feststellen, daß es den Männern der Weißen Lotosblüte an jeglicher Disziplin mangelte. Sie zogen einfach in die allgemeine Richtung, die ihre Generäle vorgegeben hatten. Da sie keine Uniformen trugen, war es schwer, die Soldaten von ihren Begleitern, darunter auch Frauen jeden Alters und Knaben, die stolz hinter den im Wind flatternden, bunten Bannern hermarschierten, zu unterscheiden.

Eine ganze Armee von Tieren, hauptsächlich Schweine und Hunde, gehörten ebenfalls zur Marschkolonne, aber das hielt die Rebellen nicht davon ab, jedes Lebewesen, dem sie auf dem Marsch begegneten, zu verschlingen. Es herrschte keinerlei Ordnung unter den Soldaten. So konnte es geschehen, daß ein Feldwebel einen Mann, der eine Frau vergewaltigt hatte, enthaupten ließ, nur um sich diese Frau selbst zu sichern. Diese bedauernswerten Frauen stammten meist aus der oberen Gesellschaftsschicht und hatten besonders unter dem Haß und der Rachlust der Rebellen zu leiden. Robert fand es ganz besonders obszön, mitansehen zu müssen, wie eine solche Frau mit Lilienfuß und der damit einhergehenden

Feinheit und Vornehmheit ihrer Klasse von einer Gruppe von schmutzigen Rüpeln in den Schlamm geworfen und geschändet wurde.

Der größte Teil der Armee ging zu Fuß, aber für die Generäle und auch für Sao hatte man Pferde besorgt. Robert hatte keines, und so watete er neben Sao durch den winterlichen Schlamm. Er versuchte, so dicht wie möglich bei seiner Herrin zu bleiben, da er dies noch für den sichersten Platz hielt. »Werden diese Männer kämpfen?« fragte er sie, als sie das Nachtlager aufgeschlagen hatten. Rings um sie erschollen wütende Rufe, Verzweiflungsschreie, das Gebell der Hunde, das Blöken der Schafe, das Gackern der Hühner, Feuerwerkskörper krachten und der Regen trommelte laut.

»Zum Kämpfen sind sie hier«, erwiderte Sao. »Macht Ihr Euch Sorgen, Barrington? Habt keine Angst. Die Weiße Lotosblüte verliert niemals.« Ihr Vertrauen in die eigene Stärke blieb auch mitten im Chaos unerschütterlich. Sie marschierten weiter.

Robert versuchte herauszufinden, aus welchen Abteilungen sich die Armee zusammensetzte, aber das war unmöglich. Zwar gab es ein paar Geschütze, aber sie waren überall verstreut, ebenso wie die Musketen. Die meisten Männer waren mit Schwertern oder Speeren bewaffnet, aber sie alle folgten einfach irgendeinem General, dem sie besonders vertrauten. Es war zumindest beruhigend zu sehen, daß sich so viele hinter dem Banner des Generals Cheng versammelt hatten, aber Barrington konnte sich nicht sicher sein, ob diese Bevorzugung nicht hauptsächlich seiner Frau galt. Nur das eine wußte er immer sicherer: daß dieser lärmende Haufen nicht die geringste Chance gegen eine militärisch organisierte Armee haben würde.

Der Feldzug, wenn man ihn denn so nennen konnte, zog sich bis in den Frühsommer hinein, denn beide Armeen kamen nur sehr langsam voran. Der Troß des Weißen Lotos mochte sich vielleicht zwei oder drei Tage lang wie eine große Welle über die Landschaft ergießen, aber dann kamen sie zwangsläufig zum Halten, stöberten nach Nahrung oder plünderten ein Dorf. Manchmal hielten sie auch aus reiner Erschöpfung an – und jeder diese Aufenthalte konnte bis zu zwei Wochen dauern.

Die kaiserliche Armee hatte hingegen offensichtlich Befehl, nicht in den Kampf zu ziehen, bevor sie nicht vollständig war. Es dauerte einige Zeit, bis die einzelnen Bannerregimenter aus allen Teilen des riesigen Reichs, wo sie stationiert waren, zusammengeströmt waren. Aber es war offensichtlich, daß beide Seiten die Absicht hatten, den Gegner vollständig zu vernichten.

Es gab niemanden, dem Robert Barrington seine Ängste anvertrauen konnte, denn für die anderen war er nichts weiter als Saos Kreatur, beinahe so etwas wie ihr Spielzeug. Aber ihr zu sagen, daß dieser riesige, unordentliche Haufen Gefahr lief, über die eigenen Füße zu stolpern, würde sie entweder zum Lachen bringen oder sie wütend machen, und in seiner Position durfte er es sich mit ihr auf keinen Fall verderben.

Eines Tages, als sie wieder einmal Halt machten, kehrten einige der Männer, die auf Nahrungssuche gegangen waren, aufgeregt zum Lager zurück und berichteten, daß sie etwa zehn Meilen entfernt einen Wald von Bannern gesichtet hätten. Die Mandschu hatten völlig unbemerkt so nahe herankommen können, weil die Armee des Weißen Lotos über keine Kavallerie verfügte, die sie als Kundschafter hätte einsetzen können.

Jetzt blickten die Anhänger der Rebellen voller Begeisterung der bevorstehenden Schlacht entgegen. Hörner ertönten, Feuerwerk krachte, Männer liefen eifrig hin und her, und überall schnatterten die Frauen mit hoher Stimme.

»Ruft sie!« brüllte Cheng Ji. »Ruft sie, damit wir sie vernichten können.«

Robert wurde klar, daß Saos Mann den Kampf tatsächlich sofort beginnen wollte. »Sao«, schrie er und konnte sie noch gerade am Arm packen, als sie sich in den Sattel schwang. »Ihr müßt wenigstens erst Kundschafter losschicken.«

Sie sah ihn verständnislos an. »Was meint Ihr damit?«

»Ihr müßt Soldaten schicken, die die feindliche Armee inspizieren, ihre genaue Position feststellen, ihre Zahl, sowie Waffen und Munition.«

»Pah!« war Cheng Jis verächtlicher Kommentar. »Wir sind hergekommen, sie zu vernichten.«

»Es wird einfacher sein, wenn Ihr mehr über sie wißt, Großer Cheng«, versuchte es Robert noch einmal.

»Ich glaube, er hat recht«, sagte Sao. »Ich werde hinreiten und sie mir ansehen.«

»Du?« fragte ihr Mann.

»Wer weiß denn sonst, wonach er Ausschau halten soll? Aber Barrington wird mich begleiten. Besorgt ein Pferd für ihn.«

Man brachte ihm ein Pferd, und er stieg auf. Er war kein besonders guter Reiter und klammerte sich voller Verzweiflung fest, als es ohne Aufforderung Sao im raschen Galopp folgte. Erst dann wurde ihm klar, daß das gesamte Aufklärungskommando nur aus ihnen beiden bestand, aber es war zu spät, auf eine Änderung zu drängen.

Es war trocken, obwohl der Fluß, an dem sie entlangritten, noch nicht wesentlich gesunken war, wie Robert mit einiger Genugtuung feststellte. Er war sich sicher, daß sie ihn schon bald brauchen würden. Sie begegneten kaum Menschen oder Tieren; beide Dörfer, durch die sie ritten, waren geplündert und zerstört – über allem lag der Gestank des Todes. Riesige Felder lagen brach.

»Wird sich dieses Land je erholen?« fragte Robert, als Sao vor einer kleinen Anhöhe haltmachte.

»Dieses Land erholt sich immer.« Sie sah ihn an. »Habt Ihr immer noch Angst, Barrington?« Lachend trieb sie ihr Pferd an, zog aber schon bald wieder am Zügel. Auf dem Hügel vor ihnen waren ungefähr ein halbes Dutzend Reiter aufgetaucht. Obwohl sie noch verhältnismäßig weit weg waren, konnten sie die Lanzen mit den roten Wimpeln erkennen.

»Bannersoldaten«, knurrte Sao und löste ihr Schwert in der Scheide.

»Wir sollten hier lieber verschwinden«, protestierte Barrington. Zwar waren sie beide mit Pistolen und Schwertern bewaffnet, aber zahlenmäßig waren sie eindeutig unterlegen.

Sao zögerte – sie wich nie einem Kampf aus –, aber dann warf sie ihr Pferd herum und galoppierte davon. Die Bannersoldaten verfolgten sie nicht, und sobald sie außer Sichtweite waren, hielt Sao ihr Pferd wieder an. »Glaubt Ihr, daß sie zur Hauptarmee der Mandschu gehören?«

»Ja«, sagte Robert. »Hört nur!«

Selbst über das laute Schnaufen ihrer Pferde hinweg hörten sie ein Geräusch in der Entfernung; es klang nach einer gigantischen Menschenmenge. »Die brechen gerade auf«, meinte Sao und jagte davon. Robert folgte ihr etwas langsamer, da er jeden Moment mit weiteren Mandschu Truppen rechnete. Aber sie erreichten unbehelligt den Gipfel des Hügels und blickten auf die weite Ebene jenseits des Hügels hinunter. Sie war über und über mit sich bewegenden Bannern bedeckt: blau und blaugerändert, weiß und weißgerändert, rot und rotgerändert, gelb und gelbgerändert. Jedem Banner folgten jeweils etwa eintausend Reiter, die zu Schwadronen zusammengefaßt waren. Die Vorhut befand sich ungefähr eine halbe Meile vor der Hauptarmee, und auf die Reiter folgten die Massen der einberufenen Infanterie mit ihren grünen Flaggen. Robert warf Sao einen Blick zu, die mit leicht geöffneten Mund auf die näherkommenden Menschenmassen starrte. Plötzlich hatte sie die Aura der kampferfahrenen Kriegerin verloren und sah aus wie die verschreckte, noch sehr junge Frau, die sie ja in Wirklichkeit auch war.

»Das ist die Armee des mächtigsten Reiches dieser Erde«, sagte er.

»Wie viele?«

Er schaute durch sein Fernglas, das er vom Schiff mitgebracht hatte. Er konnte nur wenige Gesichter ausmachen, aber er sah die Generäle und ihre Offiziere unter den riesigen, bunten Bannern. Es gab Regimenter mit Musketen, mit Spießen, Schwertern und Artillerie ... »Ich glaube nicht, daß es weniger sind als einhunderttausend Mann. Habt Ihr irgendeine Vorstellung, wie viele wir auf unserer Seite haben?«

»Mindestens so viele.«

»Aber Ihr könnt es nicht mit Gewißheit sagen.«

»Ist das denn wichtig? Wir werden sie niedermähen wie Stroh.« Sie warf ihr Pferd herum und galoppierte den Hügel herunter.

Robert jagte ihr nach. »Sao ...« Ihre Knie berührten sich, als er ihr in die Zügel griff, um ihr Pferd anzuhalten.

»Ihr habt Angst!« rief die Rebellenführerin.
»Ja, ich habe Angst. Schließlich sind das Berufssoldaten.«
»Bannersoldaten!« Ihre Stimme war voller Verachtung.
»Männer, die vielleicht sonst zu nichts nutze sind, aber kämpfen können sie.«
»Wir werden sie besiegen.«
»Vielleicht, aber nicht, wenn Ihr jetzt gleich auf sie losmarschiert.«
»Was würdet Ihr mir denn raten?«
»Ihr müßt sie auf Euch zukommen lassen. Und Ihr müßt entsprechende Vorbereitungen treffen. Dafür ist gerade noch Zeit genug. Sie warten nur darauf, Euch angreifen zu können. Das ist Euer Vorteil. Eure Leute müssen sofort damit beginnen, eine Barrikade zu errichten und einen Graben dahinter anzulegen. Mit einem solchen Schutz haben sie eine Chance, die Bannersoldaten beim ersten Angriff zurückzutreiben.«

»Kämpfen so die Barbaren der Ferne?« Ihre Stimme klang jetzt noch verächtlicher.

»Den Barbaren der fernen Länder geht es darum zu gewinnen. In einer Situation wie dieser würden sie so kämpfen.«

»Wir werden so kämpfen, wie wir es immer getan haben.« Ihre Stimme klang jetzt freundlicher. »Wir haben keine Wahl, Barrington. Wenn ich meine Leute hinter eine Barrikade stelle, dann werden sie einfach davonlaufen. Sie können nur vorwärts marschieren. Und das werden sie auch tun. Entweder wir gewinnen, oder wir sterben. So einfach ist das.«

5

DIE DRACHENLADY

Unter ohrenbetäubenden Jubelschreien preschte die Armee der Weißen Lotosblüte vor. Cheng Ji zeigte lediglich mit seinem Schwert in die Richtung, die seine Frau vorgab, und schon liefen sie los. Es hatte keine nennenswerte Aufklärung oder taktische Überlegungen gegeben und nur einen einzigen Befehl: ›Angriff!‹

Unfaßbar war für Robert, daß die Schwert schwingenden Männer am Anfang noch von ihren Frauen, Kindern und Hunden begleitet wurden. Die Frauen und Kinder fielen bald zurück, als die Armee ein schnelleres Tempo einschlug, aber die Hunde zogen unter lautem Gebell weiter mit.

Die Rebellen hatten den Hügel erklommen und hielten einen Augenblick an, teils, weil sie vom schnellen Aufstieg außer Atem waren, teils, weil sie sahen, was sie erwartete. Sie waren die ganze Zeit von berittenen Patrouillen beobachtet worden, und der General der Mandschu hatte genügend Zeit gefunden, seine Vorbereitungen zu treffen. Die einzelnen Bannerregimenter waren unabhängige Einheiten, aber hinter jedem Banner stand eine komplette Division. Dort standen in ordentlichen Reihen mit Speeren bewaffnete Soldaten, auf beiden Seiten flankiert von Musketieren – aber es gab auch Bogenschützen. Die Kanonen – kleine Feldgeschütze – waren vor jeder Division aufgestellt. Hinter der Infanterie warteten die Reiter.

Es war eine ziemlich altmodische Aufstellung, und auch eine sehr unbewegliche. Offensichtlich hatte der Mandschu-General sich gegen solche taktischen Manöver, wie sie in Europa von Friedrich dem Großen eingeführt worden waren, entschieden oder gar nicht erst in Erwägung gezogen: dem Feind mit Hilfe eines verdeckten Manövers in die Flanke zu fallen, oder eine überlegene Streitmacht an einem ausgemachten Punkt innerhalb der feindlichen Stellungen zu konzentrieren. Zweifellos wußte der General genug über die Taktik des Weißen Lotos, um sich seines Sieges sicher zu sein. Als sich die Rebellen jetzt schießend und Säbel schwingend den Hang hinunter ihren Feinden entgegenwarfen und die unvermeidlichen Feuerwerkskörper zündeten, da antworteten ihnen die Kanonen mit lautem Donnern. Sie waren so hoch wie möglich gerichtet, so daß die Kugeln über die Köpfe der vorderen Ränge hinweg in die dichtgedrängte Masse hinter ihnen einschlugen. Plötzlich war die Luft erfüllt von lauten Schreien. Die Feuerwerkskörper verschwanden.

Die unverletzten vordersten Reihen näherten sich jetzt rasch den Musketieren der Mandschu, aber die Rebellen hatten ihre Munition längst verschossen und keine Zeit zum Nachladen. Die Bannersoldaten hingegen waren diszipliniert und warteten, bis die Feinde in Schußweite gekommen waren. Auf Kommando feuerten sie alle gemeinsam, was fast so wirkungsvoll war wie die Kanonenschüsse. Gleichzeitig ließen die Bogenschützen eine gigantische, mittelalterliche Wolke von Pfeilen auf die Rebellen niederprasseln. Nach Roberts Schätzung fiel jeder dritte der Rebellenanhänger. Einige versuchten, die Flucht anzutreten. Er hätte gerne das gleiche getan, als er jetzt neben Sao herlief. Sein Pferd hatte man ihm wieder abgenommen, da es einer der Rebellenführer brauchte. Plötzlich sank Saos Pferd in die Knie und brach völlig zusammen. Da sie sich nach vorn gelehnt hatte, wurde Sao aus dem Sattel geworfen. Barrington kroch zu ihr, packte sie unter den Achseln und zog sie rasch in den Schutz des toten Tieres.

»Wir müssen weiter angreifen!« murmelte sie.

»Möchtet Ihr denn unbedingt in den Tod gehen?«

Lautes Gebrüll brandete auf, und er sah die Bannersoldaten noch immer wohlgeordnet in Doppelreihen vorrücken. Ihre Schwerter und Hellebarden funkelten in der Sonne. Die Rebellen waren durch die feindliche Salve erst einmal zum Stillstand gekommen; jetzt schien die gesamte Armee zu zittern und zurückzuweichen. Dann drehten sie sich um und liefen einfach davon.

»Feiglinge!« schrie Sao und sprang auf.

Barrington war das Überleben wichtiger. Ein General der Weißen Lotosblüte versuchte, die Fliehenden aufzuhalten. Robert nahm sein Schwert, erstach ihn und zog ihn aus dem

Sattel. Dann schob er Sao hinauf und sprang hinter ihr auf. Die Mandschu waren jetzt sehr nah, aber sie hatten ihre Munition im Augenblick gerade verschossen und mußten erst nachladen. Robert trieb das Pferd an, und sie jagten im Galopp durch die Reihen der fliehenden Rebellen. Wer ihnen dabei im Weg war, wurde niedergeritten. Sao schleuderte ihren ehemaligen Gefolgsleuten dabei mit schrill kreischender Stimme wüsteste Beschimpfungen entgegen, aber sie wehrte sich nicht gegen die Rettung.

Auf dem Hügel hielt Robert kurz an und schaute zurück. Die Bannersoldaten hatten die ersten Reihen der Rebellen überwältigt. Jetzt enthaupteten sie jeden Feind, gleichgültig ob er tot oder verwundet war. Offensichtlich hatten sie Befehl, keine Gefangenen zu machen.

Dann sah er auf die andere Seite des Hügels, wo sich die riesige, ungeordnete Masse der besiegten Armee den Hang hinunterwälzte. Vielleicht würden sie sich noch einmal zum Angriff sammeln, aber er bezweifelte, daß sie dazu noch Zeit hatten – die Kavallerie der Mandschu war ihnen bereits dicht auf den Fersen.

In diesem Augenblick sahen sie eine Gruppe Reiter auf sich zukommen. »Es ist Cheng Ji«, sagte Sao erleichtert.

»Cheng Ji Sao«, rief Cheng Ji ebenfalls erleichtert, als er näher kam; auch wenn sie nur noch selten zu ihm ins Bett kroch, war sie ihm doch eine unschätzbare Stütze. Ungefähr ein Dutzend Männer waren bei ihm und alle waren beritten, obwohl keiner von ihnen ein General war. Robert nahm an, daß sie seinem Beispiel gefolgt waren und ihre Vorgesetzten kurzerhand aus dem Sattel gehoben hatten, um ihre eigene Flucht zu sichern.

»Diese Männer sind in die Berge gegangen. Wir werden ihnen folgen«, sagte Cheng, als er sie erreicht hatte.

»Um dort was zu tun, Exzellenz?« fragte Robert.

»Nun, sie wieder zu sammeln und erneut zum Angriff zu führen natürlich.«

»Selbst wenn sie Euch nach einer solchen Niederlage noch einmal folgten, würden sie denn nicht wieder besiegt werden?«

»Ich glaube, Barrington hat recht«, sagte Sao. »Die Revolution ist vorbei, zumindest mit diesen Leuten. Jetzt müssen wir unser eigenes Leben retten.«

»Und wie soll das gelingen, wenn wir nicht mit unseren Freunden gehen?«

»Wir werden nach Hankow gehen.«

»Nach Hankow? Da werden sie uns als erstes suchen.«

»Aber wenn sie kommen, sind wir schon nicht mehr da.« Sie drehte sich um und lächelte Robert an.

Robert hatte selbst Sao nichts von seinem Plan erzählt. Zum einen wußte er nicht, ob Armstrong es schaffen würde, zum anderen war er sich sicher, daß es einen größeren Eindruck machen würde, wenn sich ihnen die Klugheit seiner Organisation im Rückblick offenbarte. So schlug er vor, am Fluß entlang zu reiten, wo sie so am schnellsten nach Hankow gelangen würden. Die Chengs hatten keine Einwände.

Äußerste Eile war geboten, da Sao noch zurück ins Lager reiten wollte, um Bao zu retten. Zwar war der größte Teil der Mandschu Kavallerie zur Verfolgung der fliehenden Rebellen eingesetzt worden, aber man hatte sie auf dem Hügel entdeckt, und eine Schwadron von Reitern war ihnen dicht auf den Fersen.

Sie fanden Bao von sämtlichen Dienern verlassen, die sich davongemacht hatten, und Sao tobte vor Zorn. Während sie Rache schwor, suchte Barrington das Gelände ab und fand ein halbes Dutzend Feuerwerksraketen, die noch nicht abgefeuert worden waren. Er steckte sie in seinen Gürtel. Dann ritten sie weiter.

Die nächsten Tage spielten sie ein Versteckspiel mit ihren Verfolgern, die ihnen im Abstand von nur wenigen Stunden folgten.

»Wir sind verloren«, stöhnte Cheng. »Während wir versuchen, ihnen zu entkommen, haben sie längst Reiter direkt nach Hankow geschickt. Euer Schiff werden sie längst eingenommen haben.«

»Vertraut mir«, beruhigte ihn Robert.

Auch wenn sie nicht immer direkt am Ufer entlangreiten konnten, so trafen sie doch mindestens einmal am Tag auf den Fluß, und am vierten Tag nach der Schlacht sah Robert die *Alceste* in einer Biegung am Rande des Flusses neben einem Sandstrand vor Anker liegen. Robert war allein, da die anderen in einem ausgebrannten Dorf ihr Lager aufgeschlagen hatten. Robert ritt zum Wasser hinunter und winkte mit seinem Dreispitz. Nur wenige Minuten später wurde ein Beiboot zu Wasser gelassen und ruderte in seine Richtung.

»Gott sei Dank!« Armstrong stand selbst am Ruder. »Wir hatten Euch schon aufgegeben.«

»Wir sind ungefähr ein Dutzend Mann. Ich werde sie jetzt holen. Haltet Euch bereit zum Aufbruch. Sind die Kanonen geladen?«

»Meine Kanonen sind geladen, seit Ihr uns verlassen habt, Mr. Barrington.«

Robert nickte. »Ich werde morgen bei Morgengrauen zurückkommen. Als Signal werde ich eine einzelne Rakete abschießen. Wenn Ihr sie seht, schickt uns ein Boot, aber Ihr selbst müßt an Bord bleiben und das Kommando über die Kanonen übernehmen. Sie müssen mit Traubenschuß geladen sein, das ist wichtig. Richtet sie auf die höchste Stelle des Ufers, dann senkt sie etwas, um auch den Hang darunter abzudecken. Feuert, wenn ich mit dem Schwert winke. Habt Ihr verstanden?«

Armstrong nickte. Er war nicht glücklich darüber, noch eine Nacht warten zu müssen, aber er kehrte mit seinen Männern zum Schiff zurück, und Barrington machte sich auf den Weg zu den anderen.

Sao und ihr Mann waren fassungslos, als sie erfuhren, daß das Schiff nur wenige Meilen von ihnen entfernt war. »Ihr habt uns hereingelegt«, knurrte Sao.

»Wie denn? Wenn ich das vorgehabt hätte, dann wäre ich jetzt längst auf dem Schiff und hätte Euch dem Schicksal überlassen.«

»Ja, das stimmt«, sagte sie und lächelte. »Ihr laßt mich nie im Stich, Barrington. Laßt uns zum Schiff aufbrechen.«

So tasteten sie sich auf ihren Pferden durch die Dunkelheit, bis sie endlich im ersten grauen Schimmer das Gurgeln von Wasser hörten. Aber sie hörten noch etwas anderes: das leise Klirren von Rüstungen.

»Halt!« befahl Cheng.

Sie verhielten sich so still wie möglich, und nach einer Weile erblickten sie die Schatten von ungefähr vierzig Reitern, die am Ufer entlangritten.

»Wir sind verloren«, murmelte Cheng.

»Wir warten, bis sie vorbei sind«, erwiderte Sao.

»Das können wir nicht. Sie werden das Schiff entdecken und entweder versuchen, es einzunehmen, oder uns weiterhin den Weg versperren, weil sie nicht weiterreiten. Wir müssen durch sie hindurchbrechen.«

Sao zog Bao, ihren Adoptivsohn, enger an sich. »Das ist zu gefährlich.«

»Zwölf gegen vierzig!« Cheng zog an seinem Schnurrbart.

»Vierundzwanzig«, sagte Robert. An Bord des Schiffes sind ebenfalls zwölf Mann, und sie haben Kanonen.« Er entzündete die Lunte der Rakete, und kurz darauf sah man ihren leuchtenden Bogen am grauen Himmel.

Die Bannersoldaten sahen sie ebenfalls und drehten sich in ihren Sätteln um. Aber die Chengs kamen bereits im vollen Galopp mit gezogenen Schwertern und wilden Schreien auf sie zu. Bao hatte beide Arme um die Taille seiner Adoptivmutter geschlungen und hielt sich verzweifelt fest.

In ihrer Überraschung hatten die Bannersoldaten kaum Zeit, ihre eigenen Schwerter zu ziehen, bevor die Chengs durchgebrochen waren. Zwei Männer fielen von ihren Pferden, aber keiner der Rebellen war verletzt. Dann rutschten sie die Böschung hinunter zum Ufer. Es war jetzt so hell, daß man das Schiff deutlich erkennen konnte. Und ebenso das Boot, das auf das Signal hin sofort losgerudert war. Es waren sechs Mann an Bord, und sie hatten das Ufer schon fast erreicht.

»Wir werden nicht alle hineinpassen«, keuchte Sao und sprang vom Pferd.

»Ihr geht mit dem Jungen zuerst.« Robert war erleichtert zu sehen, daß Armstrong seinen Anweisungen entsprechend wirklich an Bord geblieben war.

»Ihr müßt auch kommen«, drängte Sao.

Robert sah Cheng an. Hinter ihnen formierten sich die Bannersoldaten zum Angriff. »Wir sind hier sicher«, versprach er und schwang sein Schwert, als die Bannersoldaten ihre Pferde die Böschung hinabtrieben. Die sechs Kanonen auf der Steuerbordseite feuerten gleichzeitig. Sie waren auf Roberts Geheiß mit Traubenschuß geladen, und die Bannersoldaten fielen wie die Fliegen in dem dichten Kugelhagel. Sao schrie auf vor Begeisterung, als sie mit Bao und sechs weiteren Leuten aus ihrer Gefolgschaft ins Boot stieg.

Cheng, Robert und die restlichen vier blieben am Ufer zurück. Dies war der gefährlichste Augenblick. Die Kanonen mußten erst wieder geladen werden, und obwohl die Hälfte der Bannersoldaten umgekommen war, kamen immer noch drei auf einen Rebellen. Aber die Bannersoldaten hatten ihren Mut verloren und zogen sich hinter den Schutz der Böschung zurück. Ein paar von ihnen hatten Musketen, aber auf die Entfernung konnten sie damit nicht viel ausrichten. Zehn Minuten später war das Boot zurückgekehrt, es dauerte nicht lange, und sie alle waren sicher an Bord der *Alceste*.

»Westwind«, sagte Robert. »Was könnten wir uns mehr wünschen?«

Zu diesem Zeitpunkt tatsächlich gar nichts. Denn *er* hatte jetzt das Kommando. Die Chengs wußten nicht, wie man ein Schiff steuerte, nicht auf dem Fluß und schon gar nicht auf hoher See. Ehrfürchtig beobachteten sie, wie die Mannschaft ihnen selbst völlig unbekannte Befehle ausführte und das Schiff rasch flußabwärts glitt. Sie schrien vor Entsetzen, als sie am nächsten Morgen auf Grund liefen, und es verschlug ihnen vor Bewunderung den Atem, als sie miterlebten, wie zwei Boote herabgelassen wurden, die die *Alceste* wieder herauszogen. Auch die Kanonen, die sie gerettet hatten, machten auf sie großen Eindruck. Sie waren soviel größer als die kleinen Feldgeschütze der Chinesen.

»Barrington?« fragte Sao. »Sind wir in Sicherheit?«

»Jedenfalls sicherer, als wir es vorher waren«, lautete seine salomonische Antwort.

Sie hatten noch eine lange Reise vor sich, aber sie hatten einen großen Vorsprung vor dem Feind, da das Heer der Bannersoldaten noch immer die Rebellen verfolgte, die in die Berge geflüchtet waren. So dauerte es eine ganze Weile, bis die Mandschu eine schlagkräftige Abteilung zu ihrer Verfolgung zusammengestellt hatten. Ihr Vorsprung betrug mehrere Tage.

Die Neuigkeit, daß Ho-chen abgesetzt worden war, hatte sich natürlich schnell verbreitet, und so waren sie nicht in gleicher Weise willkommen wie auf ihrer Hinreise. Aber es gab immer noch genügend Dörfer, die auch nach der Absetzung des korrupten und verschwenderischen Ministers noch mit dem Weißen Lotos sympathisierten. Nur einmal versuchte man ernsthaft, sie aufzuhalten. Sie lagen vor dem Großen Kanal nicht weit oberhalb von Nanking vor Anker, als in der Nacht einige Sampans mit bewaffneten Männern an Bord zu ihnen aufbrachen. Glücklicherweise war Vollmond, so daß Barrington und Armstrong den Feind kommen sahen. Sie fuhren die Kanonen aus, und zwei der Boote wurden getroffen und gingen unter. Die Schreie der Mannschaft hallten durch die Dunkelheit. Daraufhin zogen die restlichen Sampans schnell ab.

Natürlich mußten sie in einigen der Dörfer, an denen sie vorbeikamen, anhalten und Proviant einkaufen, aber Cheng hatte eine Satteltasche voller Silbermünzen. Solange das Geld reichte, würden sie kein Probleme haben. Wenn sich ihnen ein Bürgermeister widersetzte, dann konnte man ihn immer noch mit Hilfe der Kanonen umstimmen. Ein einziger Schuß auf eines der nahen Häuser führte jedesmal die bedingungslose Kapitulation herbei. Ausgesprochen lästig aber war das zu dieser Jahreszeit und bei dem niedrigen Wasserstand unvermeidliche Auf-Grund-laufen, das mit monotoner Regelmäßigkeit immer wieder eintrat. Außerdem gab es heftige Stürme und Gewitter, losgerissene Anker und kleinere Lecks, Tage, ja manchmal Wochen, in denen der Wind aus Osten wehte – aber flußabwärts konnten die Matrosen das Schiff sogar gegen den Wind ziehen. Nichts konnte sie wirklich aufhalten, und die Bewunderung der Chengs für die englischen Matrosen, die mit jeder Schwierigkeit fertigzuwerden schienen – und dabei von den neun chinesischen Frauen, die sich entschieden hatten, bei ihren Männern zu bleiben, begeistert unterstützt wurden – wuchs von Tag zu Tag.

Und sie näherten sich unaufhaltsam dem großen Meer.

»Wo möchtet Ihr denn hin?« fragte Robert eines Tages Sao, die neben ihm auf dem Achterdeck stand und die Pagodendächer von Chin-kiang, die aus der Ebene herausragten, betrachtete. Die Mündung des Großen Kanals lag zu ihrer Linken.

»Wo können wir schon hin, Barrington? Wir sind Gesetzlose.«

»Nun ...« Er hielt inne, weil Armstrong die Leiter heraufkam.

»Bitte, entschuldigt die Störung, Mr. Barrington«, sagte der Bootsmann. »Aber was haltet Ihr von dem Kerl dort drüben?«

Robert entdeckte eine große Dschunke, die von riesigen Rudern angetrieben jetzt aus dem Großen Kanal herauskam und von der Strömung des Flusses erfaßt wurde. An ihren Masten flatterten alle möglichen Fahnen und Wimpel, und an Deck herrschte ein geschäftiges Treiben. An ihrer Breitseite waren etwa zwanzig Kanonen zu sehen.

»Das ist eine Kriegsdschunke«, stellte Sao fest.

Cheng eilte herbei und murmelte wieder irgend etwas von einer unausweichlichen Niederlage. Sein ständiger Pessimismus ist wirklich schwer zu ertragen, dachte Robert.

Sao war ebenfalls tief besorgt. »Was sollen wir jetzt tun, Barrington?«

»Fahrt die Kanonen aus, Mr. Armstrong«, befahl Robert.

»Ihr wollt den Kampf mit der Dschunke aufnehmen?« fragte Cheng.

»Wir haben keine Wahl.«

»Aber das Boot ist um vieles größer als unseres.«

»Wir haben den Wind auf unserer Seite und sind dadurch viel schneller. Übernehmt das Steuer, Mr. Armstrong.« Er begab sich selbst nach unten, um die Kanonen zu überprüfen.

»Ihr geht am besten noch weiter hinunter«, riet er Cheng und Sao. »Sie werden sicher auf uns schießen.«

»Ich möchte hierbleiben und zusehen«, erwiderte Sao,

schickte jedoch Bao nach unten. Cheng sah sich verpflichtet, mit seiner Frau an Deck zu bleiben, aber seine Unruhe war unverkennbar.

Robert ließ die Topsegel setzen, denn der Wind war gut. Er wußte, daß er alles riskierte; wenn sie mit voll gesetzten Segeln auf Grund liefen, dann würden sie sehr wahrscheinlich ihre Masten verlieren. Das wäre das Ende. Aber er war zuversichtlich und genoß das Gefühl der Aufregung ... er war in seinem Element, das erkannte er jetzt. Und außerdem würden ihm die Chengs zu Füßen liegen, wenn er diesen Kampf gewann.

Die *Alceste* wurde jetzt schneller. Trotz der Algen und Pflanzenreste, die wie ein ungepflegter Bart von ihrem Rumpf herunterhingen, pflügte sie jetzt mit mehreren Knoten Geschwindigkeit durchs Wasser; über Grund waren es noch mehr, da sie ja auch von der Strömung getrieben wurden. Die Kriegsdschunke bewegte sich nicht. Ihr Bug zeigte flußaufwärts, und sie wurde von den Rudern gehalten, die gegen die Strömung ankämpfen mußten. So konnte sie nicht leicht manövrieren. Sie war mehr als doppelt so groß wie die *Alceste*, und ihr Kapitän nahm wohl an, daß schon ihre reine Anwesenheit das soviel kleinere Schiff aufhalten würde.

»Achtung«, rief Armstrong, und Robert überprüfte noch einmal sein Visier, bevor er über die Schanzkleider zur Dschunke hinübersah. An Deck der Dschunke lief alles hektisch durcheinander, was eher große Aufregung als eine geordnete Aktion verriet. Das mit erhöhter Geschwindigkeit unaufhörlich näherkommende Schiff schien die Besatzung der Dschunke aus der Fassung gebracht zu haben.

Die Zündstöcke brannten, und Robert, der durch die Luken hindurch angestrengt nach vorn starrte, sah plötzlich den Rumpf des chinesischen Schiffs vor ihm auftauchen. »Noch nicht feuern!« rief er, als er die Rauchwolken aus den chinesischen Kanonen aufsteigen sah. Wo die Kugeln der Mandschu einschlugen, konnte er nicht sagen, aber sie hatten offensichtlich viel zu hoch gezielt. Lediglich ihr Hauptsegel bekam ein paar kleine Risse ab.

Jetzt lag das ganze Schiff mit der Breitseite vor ihnen. »Feuer!« brüllte er. Die *Alceste* pendelte vom Rückstoß der

Kanonen heftig um die Längsachse, aber die schweren Eisenkugeln waren bereits auf dem Weg. Eine der chinesischen Kanonen wurde getroffen, eine weitere Kugel streckte den Steuermann und seinen Maat an Deck nieder und riß ihnen die Köpfe ab. Zwei Kugeln zerstörten die Ruder, deren Besatzung bereits in Panik geflüchtet war. Die Dschunke war jetzt außer Kontrolle und driftete mit der Breitseite in die Strömung.

Die *Alceste* war schon ein ganzes Stück weiter flußabwärts getrieben. Hier war der Fluß breit und tief. »Beidrehen, Armstrong!« rief er. Armstrong zögerte einen Moment, dann führte er den Befehl aus, und die Mannschaft bediente die Schoten.

»Was tut Ihr denn?« schrie Cheng, als sich das Schiff auf einer Strecke von nicht viel mehr als der eigenen Länge um hundertachtzig Grad drehte.

Robert und Tommy liefen an den Kanonen der Backbordseite entlang und richteten sie ein; Robert wollte, daß sie genau auf die Wasserlinie zielten. »Sie endgültig erledigen«, keuchte er.

Die Besatzung der Dschunke hatte ebenfalls begriffen, was geschah, aber da sie manövrierunfähig seitwärts drifteten, standen ihnen nur die leeren Kanonen auf der Backbordseite zur Verfügung. Einige versuchten in ihrer Verzweiflung, die Kanonen neu zu laden, die anderen flohen in Panik auf die Steuerbordseite.

Die *Alceste* hatte sich jetzt voll gedreht. »Kurs halten«, rief Robert und befahl den Männern an den Kanonen, die Zündstöcke anzustecken. Das Wasser schäumte, und der Briggschoner segelte jetzt hart am Wind, bis er eine gute Position erreicht hatte. »Gegensteuern!« rief Robert.

Armstrong reagierte sofort, und die *Alceste* begann sich wieder zu drehen. »Feuer!« befahl Robert. Die sechs Kanonenkugeln trafen den Rumpf der Dschunke unmittelbar oberhalb der Wasserlinie. Das große Schiff neigte sich sofort. Die Schreie der Besatzung vermischten sich mit denen der Zuschauer am Ufer.

»Sie sinken!« rief Sao und hüpfte vor Begeisterung auf und ab.

»Brassen«, lautete jetzt Armstrongs Befehl, und Robert half selbst mit, die Schote des Hauptsegels zu lösen, als die *Alceste* wieder ihren ursprünglichen Kurs flußabwärts einnahm. Zusammen mit Cheng und Sao konnte er von der Heckreeling gelassen beobachten, wie die Dschunke langsam sank, während die Mannschaft sich Hals über Kopf in den Fluß stürzte.

»Barrington«, sagte Sao voller Bewunderung. »Ihr habt gesiegt.«

Es gab keine weiteren Versuche, sie aufzuhalten, und schon wenige Tage später sichteten sie die Dächer von Schanghai und dann die Inseln. Robert entschied sich, für die Nacht vor Anker zu gehen und für die letzte Etappe ihrer Flucht auf den günstigeren Wind zu warten, der am frühen Morgen meist ablandig war.

Die Chinesen waren alle an Deck, als sie am nächsten Morgen den Anker lichteten und die Flußmündung verließen. Sie schrien entsetzt auf, als sie zum ersten Mal in ihrem Leben das offene Meer sahen. »Wo ist die andere Seite?« wollte Cheng wissen.

»Ungefähr achtzehntausend Li weit weg«, antwortete Robert.

Cheng starrte ihn ungläubig an. »Also sagt mir, wo ihr hinwollt.«

Sao lehnte sich über die Reeling und schaute zum Ufer zurück, das immer kleiner wurde. »Wie könnt Ihr wissen, wo Ihr seid«, fragte sie, »wenn Ihr kein Land mehr sehen könnt?«

»Ich habe einen Sextanten, mit dem ich den Breitengrad feststellen kann, und meinen Chronometer für den Längengrad; außerdem gibt es noch Karten. Die sind zwar nicht sehr genau, aber ich komme schon zurecht.«

»Das ist ja großartig.« Sie zeigte aufs Wasser. »Verfolgen uns die Dschunken dort?«

In der Ferne konnten sie ein kleines Geschwader von Schiffen erkennen, die sich in nördlicher Richtung fortbewegten. Der Wind war immer noch ablandig und wehte aus südwestlicher Richtung. »Nein, nein. Das sind Handelsschiffe. Wahrscheinlich sind sie auf dem Weg von Kanton nach Schanghai.«

»Nicht Peking?«

»Ihre Fracht mag durchaus für Peking bestimmt sein, aber sie werden sie höchstwahrscheinlich in Schanghai oder Chinkiang auf Sampans verladen und damit den Großen Kanal hinauffahren. Fast das gesamte chinesische Handelsgut wird auf dem Wasser transportiert. Es ist schneller und auch billiger, als es über die Berge zu bringen. Aber nördlich des Jangtse ist das Wetter sehr wechselhaft, daher gibt es den Großen Kanal.«

»Könntet Ihr eines der Schiffe dort erobern, Barrington, mit all seinen Waren?«

Robert runzelte die Stirn. »Das wäre Piraterie.«

»Aber, es würde uns in unserem Kampf gegen die Mandschu mehr als alles andere weiterhelfen, denn ein Land lebt vom Handel. Wenn wir den stören, könnten wir die Mandschu in viel größere Schwierigkeiten bringen, als wenn wir nur mit den Bannersoldaten kämpfen.«

Robert kratzte sich am Kopf; mit soviel Weitblick und Scharfsinn hatte er nicht gerechnet. »Ich dachte, Ihr wolltet aus China fliehen«, sagte er vorsichtig.

»Damit Ihr zu Eurem Volk zurückkehren könnt? Als was? Ohne Geld? Ihr solltet erst reich werden ... und *dann* zu Eurem Volk zurückkehren.«

Robert starrte in die Richtung der vollbeladenen Dschunken. Nie hätte er gedacht, daß aus ihm einmal das werden könnte, was man bei der Royal Navy einen Piraten nannte. Aber hier gab es keine Schiffe der Royal Navy, und in den Augen der Mandschu war er ohnehin längst ein Rebell. Selbst wenn er seinen ursprünglichen Plan verfolgt hätte, Ho-chen bei seiner Flucht zu helfen, wäre er ein Rebell gewesen. Nur daß er dann jetzt um eintausend Tael reicher wäre.

Sao sah, wie sich sein Gesichtsausdruck änderte, und wußte, daß sie gewonnen hatte. »Diese Schiffe dürfen nicht alle versenkt werden«, sagte sie. »Ich möchte wenigstens eines davon für uns selbst behalten.«

Robert erteilte entsprechende Befehle, und die *Alceste* änderte den Kurs in Richtung der Handelsschiffe. Deren Besatzungen hegten nicht den geringsten Verdacht und setzten ihren Weg unberührt fort, bis die *Alceste* nahe genug herangekommen war, um das Feuer auf eines der Schiffe zu eröffnen. Robert zielte auf das Deck und zerstörte gleich beim ersten Mal alle drei Masten. Hilflos trieb die Dschunke jetzt im Wasser.

Jetzt endlich erkannten auch die anderen die Gefahr und versuchten, sich zu verteilen, aber sie waren zu langsam und schwerfällig für den leichten Briggschoner. Außerdem schien sie der Schock zu lähmen. Barrington wandte ihnen seine Backbordseite zu. Diesmal hatte er Traubenschuß geladen, so daß das Schiff unzerstört blieb. Das Deck aber war übersät mit Toten und Sterbenden. Seine Steuerbordkanonen waren jetzt wieder geladen, wobei die Chinesen und ihre Frauen eifrig mitgeholfen hatten. Auch diesmal benutzte Robert mit dem gleichen Effekt Traubenschuß. Die wenigen Unverletzten des dritten Schiffes liefen in Panik unter Deck. Armstrong steuerte die *Alceste* jetzt längsseits, und sie banden die beiden Schiffe mit Tauen aneinander. Wer von der Mannschaft das Deck zurückerobern wollte, wurde mit Schwertern und Pistolen empfangen.

Sao und Cheng führten die Gruppe an, die das Schiff enterte. Es war nicht schwer, die Chinesen an Bord von den Mandschu zu unterscheiden, da letztere keinen Zopf trugen. Sie wurden kurzerhand über Bord geworfen. Robert sah dabei mit gemischten Gefühlen zu, aber sie befanden sich im Krieg, und sie hatten keine Möglichkeit, Gefangene aufzunehmen.

Sao sprach zu den chinesischen Überlebenden. »Seid ihr Sklaven der K'ing«, fragte sie, oder seid ihr bereit, wie die Männer von Han für die Freiheit unseres Landes zu kämpfen?«

Da kein Zweifel bestand, was die Gefangenen erwartete, wenn sie sich für die erste Möglichkeit entschieden, übten sie sich eifrig in lautstarker Bewunderung für Madame Cheng.

Die anderen drei Dschunken flohen so schnell sie konnten in nördlicher Richtung. Barrington ließ Armstrong mit sechs seiner Mannschaft und sechs Chinesen an Bord des eroberten

Schiffes zurück, um sicherzugehen, daß vielleicht nicht doch noch einer der Gefangenen seine Meinung änderte. Er segelte auf der *Alceste* zu der zerstörten Dschunke zurück und rief der Mannschaft zu, das Schiff zu verlassen; zum Entern hatte er nicht mehr genügend Männer.

Natürlich bestand die Gefahr, daß die Männer vom Handelsschiff sich doch noch zur Wehr setzten, aber die Kanonen des fremden Schiffes hatten sie doch so sehr beeindruckt, daß sie panisch in die Rettungsboote kletterten. Robert brachte die *Alceste* längsseits und betrat das Schiff. Da er nicht genügend Männer hatte, die das Schiff hätten segeln können, und auch keine Zeit, es zu reparieren, plünderten sie es gründlich – auch alle Munition nahmen sie an sich – und steckten es in Brand.

Robert Barrington segelte zur zweiten Dschunke. Die überlebende Besatzung war bereits geflohen, und sie ruderten so schnell sie nur konnten in die Richtung des noch weit entfernten Ufers. Robert nahm das Schiff in Schlepptau und verfolgte die Rettungsboote. Wieder hielt Sao ihre Ansprache, aber diesmal zwang sie die Chinesen dazu, ihre Mandschu Herren eigenhändig hinzurichten. Dann wurden die drei Schiffe zusammengebracht, und auch die zweite Dschunke wurde geplündert und anschließend in Brand gesteckt.

Für die Anführer des Weißen Lotos war der Überfall ein großer Erfolg. Abgesehen von der gewaltigen Menge an Waren, die sie aus den drei Dschunken herausgeholt hatten – Jade, Porzellan, und sogar ziemlich viel Silber – hatten sie in nur einem Nachmittag ihre Flotte verdoppelt und die Zahl ihrer Schiffe verfünffacht. »Jetzt habt Ihr Euer eigenes Schiff«, sagte Robert.

»Jetzt haben *wir* zwei Schiffe«, sagte Sao daraufhin. »Euer Schiff ist das wichtige, Barrington.«

Wieder war er in der Falle. Aber vielleicht hatte er insgeheim immer schon von einem solchen Leben geträumt, und es war sicherlich einträglicher, für die Chengs zu kämpfen als für England gegen Frankreich, und weniger gefährlich war es ebenfalls.

Zwei Wochen später griffen sie die nächste Gruppe von Dschunken an, die in nördlicher Richtung unterwegs waren. Robert hatte das Kommando über die eroberte Dschunke, Armstrong über die *Alceste*. Diesmal überwältigten sie fünf von sieben und behielten davon zwei. Unter den Matrosen gab es genug Chinesen, die sich der Weißen Lotosblüte anschlossen.

Die gefangenen Mandschu starben ausnahmslos – so war es jedenfalls vorgesehen. Aber als die Rebellen an Bord des zweiten Schiffes stürmten, und Barrington sich von dem üblichen Gemetzel, das jetzt unweigerlich folgen würde, angewidert abwandte, hörte er plötzlich jemanden seinen Namen rufen. »Barrington, habt Erbarmen, Barrington!«

Er fuhr herum und sah einen Mandschu, der von den Chinesen, die ihn gefangengenommen hatten, zur Seite gezerrt wurde.

»Halt!« brüllte er, als er das Gesicht erkannte.

Die Chinesen zögerten, und einen Augenblick später war Robert bei ihnen und jagte sie in alle Richtungen davon. »Hui-chan, du lieber Himmel.«

»Barrington!« Sein alter Freund klammerte sich an ihn. »Rettet mich.«

»Wer ist das?« wollte Sao wissen, die jetzt vor ihnen stand. »Ihr habt Manschu Freunde, Barrington?«

Einer der Chinesen zeigte aufgeregt mit dem Finger auf ihn. »Das ist Hui-chan, der Intendant von Kwantung. Er hat viele von uns hinrichten lassen.«

»Und jetzt wird er für seine Verbrechen büßen und sterben«, verkündete Sao.

»Nein«, sagte Robert. »Ich habe Euch doch einmal von dem Mann erzählt, der mir in Kanton das Leben gerettet hat. Das ist er. Vergeßt nicht die Wendungen des Schicksals, Sao. Wenn mich dieser Mann nicht gesund gepflegt hätte, dann wäre ich jetzt nicht hier, Herrin der Meere.« Er wußte, daß Sao an das Schicksal glaubte.

»Ist Eure Familie auch hier?« fragte Robert.

Hui-chan zeigte auf eine andere Gruppe von Mandschu, die jeden Augenblick über Bord geworfen werden sollte. Unter ihnen befanden sich einige Frauen und ein Junge.

Robert erkannte Hui-chans Frau und seine älteste Tochter.
»Ich bestehe darauf, daß diese Leute am Leben bleiben, Sao«, sagte er mit entschiedener Stimme.

Sao zögerte, dann nickte sie. »So soll es sein, da sie mir Euch gegeben haben. Gebt ihnen ein Boot«, befahl sie den Matrosen.

Hui-chan ergriff Roberts Hände. »Ich bin auf ewig in Eurer Schuld.«

»Ich zahle nur meine Schuld zurück«, erwiderte Robert.

»Ich werde Euch das nie vergessen, Barrington. Ich habe Euch ja von der Vorhersage erzählt ...«

»Daß Eure Familie einmal die erste im ganzen Land sein wird.« Robert lächelte. »Ihr solltet aufpassen, wem Ihr das erzählt, alter Freund. Jemand könnte es als Hochverrat deuten.«

»Es wird eintreten«, beharrte Hui-chan eigensinnig. »Denn es steht in den Sternen. Und wenn es soweit ist, dann wird Euch mehr Ehre zuteil werden als jedem anderen Sterblichen, Barrington. Das schwöre ich bei den Seelen meiner Ahnen.«

Robert stand an der Reeling und sah zu, wie Hui-chan und sein Sohn die Ruder übernahmen, während seine Frau, die Konkubinen und seine Tochter im Heck standen und beteten.

Auf der *Alceste* war der Vorrat an Munition langsam erschöpft. Zwar fanden sie auf den eroberten Dschunken genug Schießpulver und Kugeln für die kleineren Geschütze, aber die paßten nicht in die Vierundzwanzigpfünder der *Alceste*. Robert mußte seine Taktik ändern. Er konnte die feindlichen Schiffe nicht mehr mit Kugeln vollständig zerstören, sondern mußte sich damit begnügen, mit einer Schrotladung, die sie aus dem Schrott erstellten, die Decks leerzufegen. Aber auch das war wirksam genug. Im folgenden Monat griffen sie noch zwei weitere Geschwader an und eroberten fünf Schiffe. Cheng Ji hatte nun das Kommando über eine Flotte von neun Schiffen und eintausend Mann. »Jetzt habe ich endlich zu meiner wahren Bestimmung gefunden«, sagte er Robert. Schließlich stamme ich von Cheng Ch'eng-kung ab, den die Barbaren Koxinga nennen. Habt Ihr von ihm gehört?«

Das hatte Robert allerdings. Mitte des 16. Jahrhunderts hatte Koxinga die Ming gegen die Mandschu geführt und sich auch nach dem endgültigen Zusammenbruch gewehrt, aufzugeben. Der Emporkömmling hatte die Holländer aus T'aiwan vertrieben und Handelsbeziehungen mit den Briten geknüpft. Cheng Ch'eng-kung hatte die Insel Formosa erobert und dort sein eigenes Reich gegründet, bevor er im Kampf gefallen war. Aber es war das erste Mal, daß Robert seinen chinesischen Namen hörte. Andererseits war Cheng ein recht häufiger Name unter den Chinesen, und er bezweifelte, daß Cheng Ji tatsächlich ein Nachfahre des berühmten Koxinga war. Aber sich auf eine solche Abstammung zu berufen war natürlich ein ausgezeichnetes Mittel, sich selbst zu überhöhen.

Eigentlich aber war Cheng Ji auf solche Legenden nicht angewiesen. Der Schrecken, den er verbreitete, war in aller Munde, je erfolgreicher seine Überfälle verliefen, und die Anwesenheit seiner schönen und blutrünstigen Frau, die ihm nicht von der Seite wich, trug nur noch weiter zu seinem Ruhm bei. Sao hatte die Flagge der Piraten entworfen: ein gelber Drache auf rotem Grund – die kaiserliche Flagge war gelb und trug einen roten Drachen. Schon bald reichte der bloße Anblick der Flagge, die bedingungslose Kapitulation der Schiffe herbeizuführen.

Robert war mit dieser Entwicklung zufrieden, denn sein ganzes Streben war darauf gerichtet, reich zu werden. Ihm war bewußt, daß die Mandschu es nicht auf ewig zulassen würden, ihren Wohlstand durch die Piraten geschmälert zu sehen. Zwar waren sie kein Volk von Seefahrern, aber eines Tages würden sie mit den Chengs abrechnen.

Bis es jedoch so weit war, stand den Piraten die Küste Chinas in ihrer ganzen Länge zur Verfügung. Zwischen den Überfällen versteckten sie sich in einer der unzähligen kleinen Buchten des Festlands oder der vielen vorgelagerten Inseln. Dort konnten sie in aller Ruhe ihre Schiffe kielholen und ausbessern. Fast immer wurden sie schnell entdeckt, aber diese Regionen wurden überwiegend von Bauern bewohnt, die die Mandschu haßten. So halfen die Einheimischen den Piraten oft und klärten sie über den weiteren Schiffsverkehr auf, anstatt ihre Anwesenheit dem lokalen Gouverneur zu melden.

Und wenn man den Seeräubern und Rebellen doch einmal eine Armee von Bannersoldaten nachschickte, lichtete Robert einfach die Anker und segelte davon. Sobald es Zeit wurde, die Vorräte aufzufüllen, nahm er Kurs auf einen größeren Hafen und eroberte ihn kurzerhand. Chengs Leute plünderten dann das Hafengelände und versorgten sich mit allem was sie brauchten. Bevor die Bannersoldaten am Ort des Geschehens eintrafen, waren die Rebellen schon wieder auf und davon. So wurde Cheng immer berühmter im Land.

Wenn sie Rast machten, widmete Robert sich der Ausbildung der chinesischen Mannschaften und brachte ihnen bei, wie man auf See kämpft. Die meisten von ihnen waren zwar bereits Matrosen, aber Robert mußte ihnen zeigen, wie man mit den Kanonen umging oder wie man mit den schwerfälligen Dschunken den Wind und die Strömung zu seinem Vorteil nutzte. Er versuchte das Selbstvertrauen dieser Männer zu stärken, damit sie sich zutrauten, die kaiserliche Flotte zu besiegen, wenn die Zeit dazu gekommen war.

Auch Cheng und Sao waren begeisterte Schüler, wobei Sao besondere Begabung bewies. Rasch hatte sie die Prinzipien der Seefahrt und der Kampftaktik begriffen und sie übernahm das Kommando über ein Schiff, das sie kaum schlechter führte als Robert selbst.

»Jetzt braucht Ihr mich wirklich nicht mehr«, sagte Robert eines Tages halb im Scherz.

»Ich werde Euch immer brauchen, Barrington«, entgegnete Sao. Eine Feststellung, die sich nur noch auf Kampf und Arbeit bezog. Obwohl sie ihn noch hin und wieder nachts zu sich rief, standen ihr doch inzwischen genügend andere hübsche, junge Männer zur Auswahl.

Im Sommer 1801 fand der lang erwartete Zusammenstoß mit der kaiserlichen Flotte in der Nähe der Mündung des Jangtse statt – die bedeutendsten Jagdgründe der Piraten. Über ein Jahr hatten die Mandschu gebraucht, um genügend Schiffe an dieser Stelle zu sammeln, und beim Anblick des kaiserlichen

Geschwaders war Barrington nicht mehr wohl zumute. Zwanzig große Kriegsdschunken segelten ihnen jetzt aus der Mündung des Flusses entgegen. Cheng Jis Flotte zählte zu diesem Zeitpunkt vierzig Schiffe – darunter auch einige Kriegsdschunken, die sie erobert hatten.

Aber noch wichtiger war, daß die Flotte der Piraten von der *Alceste* angeführt wurde, deren Ruf mittlerweile legendär war. Der Kampf war entschieden, bevor er richtig begonnen hatte, da die Piraten ihre Kanonen doppelt so schnell abfeuerten und wieder luden wie die Mandschu. Die Schiffe der Piraten waren mit kampfwütigen Männern vollgestopft, die die Kriegsdschunken, ohne zu zögern, enterten, als sie längsseits kamen. Die Bannersoldaten, die sich auf See unsicher fühlten, waren diesem Ansturm nicht gewachsen. Die halbe kaiserliche Flotte wurde versenkt oder erobert, der Rest floh in Panik zurück in den Fluß hinein. Die Chinesen feierten ihren Sieg bis tief in die Nacht hinein. »China ist unter unserer Kontrolle«, verkündete Sao.

Das war keine leere Prahlerei. In sechs Jahren war der Handel auf dem Wasser in China durch Cheng Jis Piraten beinahe vollständig zum Erliegen gekommen. Die Mandschu waren gezwungen, die Landwege zu benutzen, was sowohl die Zeitdauer des Transports als auch die Kosten der Waren vervierfachte.

Ja, es entstand der Eindruck, als ob das mächtige Reich kurz vor dem Zusammenbruch stehe, denn aus Peking hörte man nichts Gutes über den Chia-ch'ing Kaiser, der sich angeblich zügellosen Ausschweifungen hingab und sich kaum noch um Regierungsgeschäfte kümmerte. Daraufhin begann Cheng davon zu träumen, den Pei-ho hinaufzusegeln und Peking selbst anzugreifen. Glücklicherweise war Sao etwas vernünftiger.

»Wir sind so siegreich«, sagte sie, »weil wir das tun, was wir gut können. Wir müssen nur so weiter machen, dann wird das Reich der Mandschu früher oder später zusammenbrechen.«

»Und wie sollen wir unsere Männer ernähren und unsere

Munition auffüllen?« entgegnete Cheng. »Es gibt schon jetzt kaum noch Handelsschiffe in diesen Gewässern, und mit jeder Woche werden es weniger.«

»Dann werden wir eben weiter hinaussegeln«, meinte Sao.

»Ha! *Du* wirst weiter hinaussegeln. Ich werde vor der Küste Chinas bleiben, Weib, denn hier liegt unsere Zukunft.«

»Wie Ihr möchtet«, beschwichtigte ihn Sao, denn so sehr sie ihren Mann auch respektierte, sie hatte keine Angst mehr vor ihm und war froh, wenn sie seinen Launen, diesem ständigen Wechselbad zwischen überschwenglichem Selbstvertrauen und Depression, entkommen konnte.

Nach Norden zu segeln, wäre sinnlos gewesen, denn dort gab es nur schlechtes Wetter und einen leeren Ozean, und das japanische Reich der Shogunen hatte den Handel mit der Außenwelt fast vollständig abgebrochen. Nur ein einziges holländisches Schiff durfte pro Jahr den Hafen von Nagasaki anlaufen. Aber im Süden, auf der Route nach Kanton, segelten immer häufiger europäische Schiffe.

Sao fragte Robert Barrington geradeheraus, ob er Angst davor habe, europäische Schiffe anzugreifen.

»Nein, solange es nur keine englischen Schiffe sind«, antwortete Robert. »Und solange Ihr mir versprecht, daß es kein unnötiges Blutvergießen gibt. Das sind schließlich nicht Eure Feinde; es sind lediglich Kaufleute, die ein Geschäft machen wollen.«

»Ihr habt mein Wort, daß alle am Leben bleiben werden, die sich ergeben.«

»Aber sie werden sich heftig zur Wehr setzen«, sagte Robert nachdenklich. »Wir müssen unsere Strategie ändern.«

Er segelte mit zehn Schiffen, darunter auch Saos, zu den Inseln, die südwestlich von Macao lagen. Hier näherten sich die Schiffe, die aus dem Süden kamen, der Küste, da sie entweder auf dem Weg in die portugiesische Kolonie waren oder den Pearl River hinauf wollten. Auch in der Gegenrichtung kamen sie nahe bei den Inseln vorüber. Cheng Ji wollte zuerst nicht, daß Sao die *Alceste* begleitete, aber Sao bestand darauf, und Cheng konnte den Forderungen seiner Frau noch immer nicht widerstehen. Jetzt mußten sie nur noch warten: auf ein geeignetes Schiff und auf günstiges Wetter. Sie ließen ein portugiesisches und ein englisches vorüber, denn der Wind wehte aus Osten. Robert wollte das englische Schiff nicht angreifen, aber die Mannschaften wurden langsam ungeduldig. Robert weigerte sich, nachzugeben, und endlich entdeckten sie ein geeignetes Schiff, das aus Macao kam und mit dem Nordwestwind nach Süden segelte. Es war noch mehrere Meilen entfernt. Obwohl man die Flagge aus der Entfernung noch nicht erkennen konnte, handelte es sich jedoch eindeutig um ein europäisches Schiff, wie man an der Form ihrer Segel erkennen konnte, die alle gesetzt waren. Es war ein ziemlich großes Schiff. »Sicher haben sie Seide und Tee geladen«, sagte Robert.

Und ebenso sicher war die Mannschaft gut bewaffnet. Da Barrington die *Alceste* erhalten wollte, besprach er vorher seinen Plan mit Sao genau ab. Sie schien seine Absichten voll und ganz zu verstehen. So stach die *Alceste* vollgestopft mit bewaffneten Männern mit nicht ganz voll gesetzten Segeln in See.

Als ihr Opfer deutlich zu sehen war, ließ Robert die Segel ganz herab und das Schiff trieb langsam in südliche Richtung. Er wartete darauf, daß die Flagge des Fremden zu erkennen war. Wenn es der Union Jack war, würde er den Überfall sofort abbrechen, aber er erkannte bald die Trikolore der Niederlande. Er wußte, daß die Holländer von der neuen französischen Republik besiegt worden waren, aber in den ostindischen Kolonien versuchten sie trotzdem, ihre Unabhängigkeit zu bewahren.

Jetzt begann der gefährlichste Teil des Unternehmens. Er hatte eine ganze Menge Feuerwerkskörper entleert, das Pulver mit etwas Öl vermischt und daraus an Deck einen kleinen Haufen geformt. Dieser wurde jetzt unter Tommys Leitung angezündet. Sofort stieg eine riesige Säule aus dickem, schwarzem Rauch in den Himmel. Sie war schon bald mehrere Hundert Fuß hoch und vom fremden Schiff aus nicht zu übersehen.

Robert hatte seine Leute angewiesen, hektisch an Deck hin und her zu laufen, als würden sie das Feuer löschen. Der holländische Kapitän würde bald erkennen, daß es sich bei der *Alceste* ebenfalls um ein europäisches Schiff handelte und sie in diesen unwirtlichen Gewässern nicht so einfach im Stich lassen. Er kam näher, ließ die Segel reffen und zeigte durch Rotschuß an, daß er helfen wollte.

Die *Alceste* befand sich jetzt einige Meilen südlich der Inseln, und als die Dschunken der Piraten aus ihrem Schutz herauskamen, geschah dies in schneller Fahrt, weil die Windverhältnisse günstig waren. Aber die Besatzung des Handelsschiffes bemerkte sie nicht, da sie damit beschäftigt waren, sich der *Alceste* zu nähern, die noch immer heftig zu brennen schien.

Schon bald waren sie in Rufweite. »Ahoi!« rief der Kapitän durch sein Megaphon und fragte auf englisch: »Wollt Ihr das Schiff verlassen?«

Robert wartete noch ein paar Augenblicke, bis das holländische Schiff in Reichweite ihrer Kanonen war. »Jetzt ist Ihre Zeit gekommen, Mr. Armstrong«, sagte Robert.

Sofort wurde das Feuer gelöscht, die Kanonen ausgefahren und unverzüglich abgefeuert. Die übliche Schrotladung mähte alles nieder, was sich an Deck des Holländers befand, aber Robert glaubte nicht, daß mehr als ein halbes Dutzend Männer ernsthaft verletzt waren. Die Holländer waren so überrascht, daß sie nicht schnell reagieren konnten. Als sich der Rauch verzog, kam die *Alceste* bereits unter vollen Segeln auf sie zu.

Robert wollte so bald wie möglich entern – einmal, weil sie den Holländern zahlenmäßig weit überlegen waren, und zum anderen, weil er das große Schiff möglichst unbeschädigt erhalten wollte. Aber die holländische Mannschaft hatte sich jetzt von ihrem Schreck erholt, und die *Alceste* mußte jetzt aus nächster Nähe eine volle Breitseite einstecken. Die eisernen Kugeln durchschlugen die Schanzkleider und unter ohrenbetäubendem Krachen brach der Fockmast ab und stürzte ins Wasser. Damit waren sie manövrierunfähig. Aber Armstrong hatte das Steuer schon herumgeworfen, um die *Alceste* längsseits zu bringen, und das Opfer, die *Jan Pieter* aus Amsterdam, wie man jetzt erkennen konnte, war zu nahe, um auszuweichen. Sie brach in sie hinein und kam zum Stillstand.

Sofort führte Robert seine Männer über den abgebrochenen Fockmast hinweg, um die vorderen Wanten zu erobern.

Mit dem Schwert in der Hand kletterten sie an Bord, während die holländischen Matrosen herbeieilten, um ihnen mit Entermessern und Pistolen Widerstand zu leisten.

Aber schon wurden sie vom plötzlichen Geschrei auf dem Achterdeck abgelenkt: Der Kapitän hatte endlich die zehn chinesischen Kriegsdschunken gesichtet, die mit beängstigender Geschwindigkeit auf sie zusteuerten. Verzweifelt versuchten einige noch, das Tauwerk, das sie umgab, durchzuschneiden, aber es war längst zu spät. Die Kanonen der Dschunken waren auf Roberts Anweisung ebenfalls mit Schrot geladen, und damit bearbeiteten sie jetzt das Achterdeck. Die Scheiben der hinteren Kajüten zerplatzten, und schon bald gab es keinen Lebenden mehr auf dem Achterdeck.

Auch im Bug wichen die Holländer jetzt vor Roberts Männern zurück. Von hinten enterten die Mannschaften der Dschunken, und so war das mächtige Handelsschiff bald vollständig eingeschlossen. Die Matrosen standen jetzt alle dichtgedrängt um den Hauptmast herum und starrten ihre Feinde an.

»Wer hat das Kommando?« rief Robert. Auf seinen früheren Reisen nach Kanton hatte er ein wenig Holländisch gelernt.

»Ich bin der Kapitän«, sagte ein Mann mit Bart.

»Dann sagt Euren Männern, daß sie sich ergeben sollen. Sie werden am Leben bleiben. Das verspreche ich Euch.«

»Was ist Euer Versprechen schon wert«, sagte der Kapitän verächtlich. »Wo Ihr als Europäer diese Wilden anführt ...«

»Ihr mißversteht die Lage, Kapitän. Diese Männer hier hinter mir halten nämlich *Euch* für die Wilden. Also, ergebt Euch und lebt, oder kämpft und sterbt.«

Der Holländer zögerte noch einen Augenblick, aber er hatte keine Wahl. Er warf sein Schwert fort, und die Mannschaft machte es ihm nach. Sao war jetzt ebenfalls an Bord gekommen und die Matrosen starrten sie fassungslos an, als ihnen klar wurde, wem sie sich da ergeben hatten. »Die Drachenlady!« schimpfte der Kapitän leise in Mandarin.

Sao lächelte. »So nennen sie mich, Barrington? Ich finde den Namen ausgezeichnet.«

»Durchaus, Sao. Also, Kapitän, laßt jetzt Eure Boote zu Wasser. Macao ist nur zwanzig Meilen entfernt.«

Der Holländer schluckte. »Aber ich habe Passagiere an Bord.«

Robert schickte ein paar der wartenden Piraten. »Holt sie herauf, aber tut ihnen nicht weh.«

Sie saßen zusammengekauert in der Hauptkajüte im Heck. Einige hatten kleine Schnitte von den Glassplittern der Fenster, aber niemand war ernsthaft verletzt. Jetzt kamen sie an Deck und blinzelten im hellen Sonnenlicht. Es waren vier Frauen, drei Männer und sogar zwei Kinder. Offensichtlich handelte es sich um reiche Kaufleute und ihre Familien, denn sie waren gut gekleidet. In ihren langen Paletots und unter den riesigen Hauben waren die Frauen kaum zu erkennen. Sie starrten die Piraten aus riesigen Augen an.

»Ihr dürft sie mit Euch ins Boot nehmen, Kapitän«, sagte Barrington.

»Was geschieht mit unserer Habe?« wollte eine der Frauen wissen, die offensichtlich mutiger war als die Männer. Ihre Stimme klang jung und kräftig.

»Die habt Ihr verloren«, sagte Robert und drehte sich um, damit er sich einen Eindruck von seiner Beute verschaffte. Und *was* für eine Eroberung das war – das verriet ihm schon ein Blick auf den Zweiunddreißigpfünder im Bauch des Schiffes – der war schwerer als das schwerste Geschütz der *Alceste*.

Seine Freude über den Erfolg wurde gedämpft durch den Kummer über Tommys Tod. Der Junge hatte beim Entern des holländischen Decks einen Kopfschuß erlitten. Robert saß da und starrte das entstellte Gesicht des Jungen an, als ob er sein eigener Sohn gewesen wäre.

Aber der Aufruhr an Deck lenkte ihn schon bald von seiner Trauer ab. Sao hinderte die Frauen daran, die Boote zu besteigen.

»Es ist an der Zeit für Euch, daß ihr eine Frau Eures eigenen Volkes nehmt, Barrington«, meinte sie.

Robert war genauso erstaunt wie die anderen. »Ihr habt mir Euer Versprechen gegeben.«

»Und das halte ich auch. Denn ich habe versprochen, daß

sie am Leben bleiben werden. Jetzt kommt her und trefft Eure Wahl, oder muß ich das für Euch tun?«

Sie sprach Mandarin, aber einige der Passagiere – die offensichtlich eine Zeitlang in Macao gelebt hatten, bevor sie diesen unglücklichen Zeitpunkt für ihre Rückreise gewählt hatten – konnten es verstehen.

»Das könnt Ihr nicht zulassen«, protestierte dieselbe Frau, die vorher gesprochen hatte.

»Ich würde *sie* nehmen«, meinte Sao. »Das ist ein richtiges Biest.«

Robert trat jetzt näher an die Gruppe von Frauen heran. Saos Vorschlag hatte sein Interesse geweckt. Wünschte er sich denn nicht tatsächlich eine Frau? Bisher hatte er noch keine Chinesin zu sich genommen, weil er Saos Eifersucht befürchtete ... aber jetzt drängte sie ihn selbst zu einer solchen Entscheidung. Nach dem, was er heute angerichtet hatte, würde er nie wieder die Chance erhalten, eine Europäerin zur Frau zu nehmen. Von Kanton bis nach London war er von jetzt an als Pirat bekannt. Jetzt mußte er hierbleiben, für immer, und Sao lud ihn förmlich dazu ein, ihr Bett zu verlassen ...

»Ihr Schuft!« empörte sich der Kapitän, als Robert sich die Frauen jetzt genauer ansah.

Sie erwiderten seinen Blick mit einer Mischung aus Angst und Verachtung. Die Älteste mochte zwischen Vierzig und Fünfzig sein, und sie hatte ein weiches, hübsches Gesicht; aber sie war ganz offensichtlich mit einem der drei Kaufmänner verheiratet. Sie wich vor ihm zurück und klammerte sich an die beiden Kinder, die sich in ihren Rockfalten verborgen hatten. Eine zweite war ebenfalls nicht mehr jung und bestimmt auch verheiratet. Zwei weitere aber waren wesentlich jünger. Als Robert die ansah, merkte er, daß es Schwestern waren – vielleicht sogar die Töchter der älteren Frau. Obwohl keine von beiden wirklich schön zu nennen war, hatten sie doch recht ansprechende Gesichter mit regelmäßigen Zügen; sie waren ziemlich hochgewachsen und schienen, soweit er das bei den langen Umhängen sagen konnte, recht kräftig gebaut. In ihrem Wesen gab es allerdings große Unterschiede: Während die eine aussah, als ob sie gleich in Ohnmacht fallen würde, hatte die andere – die auch vorher gesprochen hatte –

ihr kleines Kinn vorgestreckt und erwiderte seinen Blick, ohne mit der Wimper zu zucken.

Sao kam herbei und stellte sich neben ihn. »Ihr könnt sie alle beide nehmen, wenn Ihr möchtet.«

»Nein«, rief die Mutter daraufhin. »Bitte, Sir, wenn Ihr ein Christ seid ...«

»Bettle nicht, Mama«, wies sie das Mädchen scharf zurecht.

Robert sah sie wieder an. Ein plötzliches Verlangen, sie zu besitzen und gleichzeitig sie zu erobern, rührte sich in ihm. Dieses Mädchen wäre eine echte Herausforderung für ihn.

Sao hatte ihn genau beobachtet. »Ihr werdet sie schlagen müssen«, gab sie zu bedenken. »Aber sie wird Euch kräftige Söhne schenken.« Ihr Gesicht verzerrte sich beim Gedanken an ihre einzige Niederlage.

»Wie heißt Ihr?« fragte Robert das Mädchen.

Sie hob den Kopf und erwiderte seinen Blick. »Wilhelmina.«

»Wilhelmina Gelaart«, sagte ihr Vater, der zum ersten Mal mit leiser Stimme sprach, in tiefer Resignation. »Werdet Ihr sie gut behandeln, Sir?«

»Ich werde sie behandeln wie meine Ehefrau, Sir. Ihr, Kapitän, ich möchte, daß Ihr die Zeremonie jetzt gleich vollzieht.«

Der Kapitän sah die Gelaarts zögernd an. »Wenn es sein muß«, sagte Gelaart. Er wußte, daß sie keine Wahl hatten.

Sao klatschte in die Hände. »Das wird ein Spaß.«

Es war wohl die eigenartigste Hochzeit, die jemals stattgefunden hatte, dachte Robert. Es war früher Nachmittag, und die Sonne senkte sich langsam im Westen. Auf dem Mitteldeck des holländischen Schiffes standen eine Menge von Männern, einige davon verwundet, und schauten zu. Obwohl die Toten bereits über Bord geworfen worden waren, sah man überall noch die Blutlachen; auch die frische Brise hatte die Gerüche der Schlacht nicht ganz fortwehen können. Und mitten in diesem Durcheinander standen ein Mädchen und ein Mann und wurden getraut; gleich neben ihnen standen die verzweifelten Eltern der Braut.

Auf Geheiß des Kapitäns legte Wilhelmina Gelaart ihre

Hand in die Barringtons und sprach ihm nach. Aber ihren zukünftigen Ehemann sah sie dabei nicht an, sondern nur ihre Eltern. Ihre Mutter weinte, ebenso ihre ältere Schwester. Das Gesicht ihres Vaters war gezeichnet von hilfloser Verzweiflung.

Das werden sie mir niemals verzeihen, dachte Robert. Aber die physische Nähe des Mädchens und die Aussicht auf das, was danach kommen würde, beschäftigten ihn im Augenblick mehr.

»Es gibt keinen Ring«, beschwerte sich der Kapitän.

Mervrouw Gelaart zog sich den eigenen Ring vom Finger und gab ihn Robert, der ihn auf den seiner Frau steckte.

»Und hiermit erkläre ich Euch zu Mann und Frau«, sprach der Kapitän endlich.

Robert sah auf seine Braut hinunter, und zum ersten Mal sah sie ihn an. Er senkte den Kopf und berührte ihre Lippen mit den seinen; sie erwiderte den Kuß nicht.

»Eine merkwürdige Zeremonie«, meinte Sao fasziniert. »Und jetzt hinfort mit euch, Barbaren.«

»Dürfen wir noch um einen kurzen Augenblick allein mit unserer Tochter bitten?« frage Mervrouw Gelaart.

»Aber wirklich nur einen Augenblick«, erlaubte Sao.

So flüsterten die Gelaarts noch kurz miteinander, umarmten sich ein letztes Mal und wurden getrennt. Wilhelmina Gelaart, jetzt Barrington, blieb an Deck und nahm Abschied von ihrer Familie und ihren Freunden. Sie hatte noch keine Träne vergossen. Wie Sao es vorausgesagt hatte, sie würde Robert starke Söhne schenken ...

»Laßt uns das Schiff inspizieren«, unterbrach Sao seine Gedanken. »Oder könnt Ihr nicht warten, Eure Braut zu entjungfern?«

»Laßt uns das Schiff untersuchen«, sagte Robert.

»Nun, dann schickt sie in die Kajüte hinunter, aber laßt sie gut bewachen. Sie wird sich vielleicht umbringen wollen.« Sao lachte. »Was ich schon an Geschichten über diese verschämten Barbarenmädchen gehört habe.«

Als er mit Sao das Schiff besichtigte, freute er sich mit jeder Leiter, die sie tiefer hinabstiegen, mehr über ihre Eroberung. Nicht nur war die *Jan Pieter* bis obenhin angefüllt mit den kostbarsten Waren wie Porzellan, sondern sie hatte ein Dutzend Zweiunddreißigpfünder an jeder Breitseite, vierundzwanzigpfündige Karronaden mit besonders langer Reichweite auf beiden Seiten des Bugs und eine ganze Reihe leichter Drehbassen. Außerdem waren da noch Vorräte an Pulver und Munition für eine ganze Reihe von Schlachten.

»Ihr versteht«, sagte Sao, die den Ruderbooten nachsah, »daß wir nur wegen Eurer Großzügigkeit diese Taktik mit dem brennenden Schiff nie wieder anwenden können. Sie werden natürlich jedes Schiff in Macao warnen.«

Robert tätschelte eine der schweren Kanonen. »Mit diesem Schiff brauchen wir keine List mehr.«

Sie küßte ihn. »Früher einmal habe ich den Tag verflucht, an dem ich Euch getroffen habe. Jetzt kann ich ihn nicht genug preisen. Geht und erfreut Euch an Eurer Braut.«

Robert begleitete Sao zur Gangway und brachte sie an Bord ihres eigenen Schiffes. Dann verluden sie die Kanonen der *Alceste* auf die *Jan Pieter* und versenkten den schwer angeschlagenen Briggschoner. Robert stand mit Armstrong auf dem Achterdeck und sah zu, wie sie langsam sank.

Kein Seemann konnte so ohne weiteres mitansehen, wie ein Schiff, auf dem er gefahren war, versenkt wurde. Wenn man dann noch mehrere Jahre auf einem solchen Schiff gelebt und die waghalsigsten Abenteuer mit ihm bestanden hatte, dann war das Gefühl noch wesentlich stärker. Beide Männer salutierten, dann sahen sie sich an und reichten einander die Hände. »Möge dieses Schiff uns ebensoviel Ehre machen, Kapitän«, sagte Armstrong. »Auf welchen Namen wollt Ihr es taufen?«

»Ich denke *Dragonlady* wäre vielleicht passend«, entschied Robert.

»Das wird dem kleinen Mädchen sicher gefallen«, meinte Armstrong.

Dann setzten sie Segel und folgten dem Rest der Piratenflotte zu den Inseln. Mit eher gemischten Gefühlen ging Robert schließlich unter Deck: Er war traurig, weil sie Tommy und die *Alceste* verloren hatten, und glücklich, weil sie den kleinen Briggschoner nun durch ein so mächtiges Schiff ersetzen konnten. Er fühlte kribbelnde Unruhe. Kein Mann kämpft, riskiert sein eigenes Leben und tötet andere, ohne das Aufwallen jener Kräfte und Energien, aus denen sich die Männlichkeit zusammensetzt, besonders intensiv zu spüren. Er hatte viel getrunken und gut gegessen, und jetzt ...

Er öffnete die Kajütentür. Er hatte befohlen, daß man seiner Frau etwas zum Essen brachte, und die Überreste davon standen noch auf dem Tisch. Ihren Appetit hatte Wilhelmina also offensichtlich nicht verloren. Zwei Chinesen nahmen an der Tür Haltung an, als Barrington eintrat. Er schickte sie fort und schloß die Tür ab.

Seine Braut hatte Umhang und Haube abgelegt. Sie hatte hellblondes, ganz glattes Haar, hellblaue Augen und eine frische Gesichtsfarbe. Ihr Kleid war aus blauer Seide und recht konventionell. Es hatte einen weiten Kragen und immerhin etwas Ausschnitt, wenn auch keineswegs unanständig. Das breite Taillenband war hinten zu einer großen Schleife gebunden, und der Rock war weiß gesäumt. Je länger er sie anschaute, desto hübscher wurde sie in seinen Augen.

Die *Jan Pieter* hatte auch Wein geladen, und er hatte eine Flasche davon mitgebracht. Jetzt goß er zwei Gläser ein und reichte ihr eines. Sie zögerte einen Moment, aber dann nahm sie es.

Robert erhob es. »Auf eine glückliche Ehe.«

»Ist das denn möglich, Sir?«

»Das liegt an uns. Oder vielmehr an Euch.«

Sie hob den Kopf und streckte das Kinn vor. »Mir war immer klar, daß ich eines Tages einen Mann heiraten würde, der doppelt so alt ist wie ich und den ich persönlich nicht gewählt hätte. Daß es zudem auch noch ein Pirat ist, ist nur noch eine zusätzliche Erschwernis, die ich mit Fassung zu tragen gedenke.«

Ihr werdet sie schlagen müssen, hatte Sao gesagt; sie ist ein Biest. Aber Robert wollte nicht im mindesten den Willen dieser Frau brechen. Ihre Worte gaben ihm zu denken. Er hatte noch nie über sein Alter nachgedacht. Er fühlte sich so stark und vital wie eh und je – aber er war immerhin schon einundvierzig Jahre alt.

»Und wie alt seid Ihr?« fragte er sie.

»Ich bin siebzehn, Sir«, verkündete Wilhelmina mit einer stolzen Kopfbewegung.

»Ah, nun ja, Mina, ich fürchte, da seid Ihr wirklich mit einem Mann verheiratet, der mehr als doppelt so alt ist wie Ihr.«

»Mina?«

»Hat Euch vorher noch niemand so genannt?«

»Nein, Sir.«

»Dann ist das mein ganz besonderer Name für Euch. Das gefällt mir. Und jetzt, Mina, möchte ich mit Euch schlafen.«

Zum ersten Mal verlor sie ein wenig von ihrer Fassung. »Jetzt, Sir? Mitten am Nachmittag?«

»Die Hitze erregt mich nur noch mehr.«

Sie leckte sich nervös die Lippen. »Dann, Sir, wenn Ihr darauf besteht ... würdet Ihr Euch freundlicherweise zurückziehen?«

»Ich möchte zusehen, wie Ihr Euch auszieht, Mina.«

Sie war jetzt aufgestanden. Rosa Flecken breiteten sich auf ihren Wangen aus.

»Wollt Ihr mich demütigen?«

»Nein, so werde ich Euch nur noch mehr lieben, Mina.«

Sie starrten einander ein paar Sekunden lang an, dann traf sie eine Entscheidung – und fing an, sich auszuziehen. Robert hatte schon sehr lange keine westliche Kleidung, und schon gar keine weibliche Unterkleidung gesehen, aber Mina schien davon eine ganze Menge zu tragen, einschließlich knielanger Unterhosen. Offensichtlich hatte sich die Mode geändert, seit er das letzte Mal in England gewesen war.

Aber noch mehr interessierte ihn, was sie jetzt entblößte. Mochte Wilhelmina auch erst siebzehn Jahre alt sein, so war sie doch die aufreizendste Frau, die er je gesehen hatte – mit herrlich üppigen Brüsten und Gesäß, kräftigen Beinen und einem dicht behaarten, deutlich gewölbten Venushügel. In späteren Jahren würde sie vielleicht zur Fülligkeit neigen, aber im Augenblick war sie eine begehrenswerte Frau, die man halten und zärtlich lieben mußte.

In Schweiß gebadet stand sie ganz verlegen da und sah ihn an.

»Legt Euch hin«, sagte er und zeigte auf das Bett.

Sie gehorchte und legte sich mit zusammengepreßten Beinen steif und kerzengerade hin. Aber sie beobachtete ihn, als er sich jetzt auszog.

»Ich werde versuchen, Euch nicht weh zu tun«, versprach er, setzte sich neben sie und berührte vorsichtig ihre Brüste.

Sie erschauerte kurz, als ob ihr kalt wäre.

»Und ich werde versuchen, Euch nicht zu hassen, Sir«, sagte sie. Natürlich fehlte ihr gänzlich die Raffinesse einer Sao, aber sie hatte keine Angst vor ihm. Und so wenig sie auch von der Liebe wußte, so nahm sie doch ihr Schicksal als Ehefrau hin. Er sehnte sich danach, daß sie seine Gefühle erwiderte, aber er ermahnte sich, daß sie noch sehr jung war – und sie hatten noch viel Zeit.

»Nun?« fragte Sao, als sich die Piratenflotte wieder versammelte. »Gefällt Euch Eure Braut, Barrington?«

»Sie gefällt mir sogar sehr«, versicherte er ihr.

Es dauerte nicht lange, bis sich Nachwuchs einstellte: Adrian Barrington kam 1803 zur Welt, Martin zwei Jahre später und Saskia 1807. Robert hatte nichts dagegen, daß Mina ihren Kindern holländische Namen gab; er hatte sich längst in Wilhelmina verliebt.

Und sie sich nicht weniger in ihn, obwohl sie sich Mühe gab, es sich nicht anmerken zu lassen. Nur wenn sie nackt in seinen Armen lag und ihn zärtlich aufs Ohr küßte oder schüchtern mit dem Liebesspiel begann, verriet sie sich.

Cheng Jis Flotte wurde mit jedem Jahr größer. 1805 standen einhundert Kriegsdschunken und eine Unmenge kleinerer Schiffe unter seinem Kommando. Barrington war noch immer sein bedeutendster Kapitän. Mit der *Dragonlady* segelte er kreuz und quer durch die chinesische See auf der Suche nach neuer Beute. Mina hätte vielleicht gern in einem richtigen Haus gelebt, aber sie beklagte sich nie, und richtete die Hauptkajüte der *Dragonlady* fast so komfortabel ein wie ein Haus.

Mina konnte sich nie damit abfinden, daß sie auch holländische Schiffe überfielen, aber als sich der Krieg mit dem Frankreich Napoleon Bonapartes ausweitete, der die Macht über ganz Kontinentaleuropa anstrebte, wurde auch Holland, wenn auch unfreiwillig, zum Feind Englands. Inzwischen aber war die Flotte der Piraten riesig geworden, und Robert hatte keine Kontrolle mehr über sie, so daß ihr auch einige englische Schiffe zum Opfer fielen, die auf dem Weg nach Kanton gewesen waren. Auf Grund solcher bedauerlichen Vorfälle war es Barrington klar, daß er nie wieder in seine Heimat zurückkehren konnte, wo er als Abtrünniger und Ausgestoßener angesehen wurde. Ruhm und Reichtum hatte er gesucht und auch gefunden – und von seinem eigenen Volk geächtet war er nun ebenfalls.

Die Regierung der Mandschu war ratlos, wie man diese Seeplage loswerden könnte. Der Chia-ch'ing Kaiser konnte nur um ein Wunder zu seinen Ahnen beten ... das, wie er es erwartet hatte, ganz plötzlich und ohne Vorankündigung eintrat. In einem Scharmützel zwischen Mandschu und einem Geschwader der Piraten vor der Mündung des Huang-Ho, dem gelben Fluß in Nordchina, fiel Cheng Ji im Jahre 1807 über Bord und ertrank, bevor man ihn retten konnte.

Man überbrachte Cheng Ji Sao und Barrington, die im Süden stationiert waren, die Nachricht und sie brachen sogleich nach Norden auf, wo sie die Flotte der Piraten in völliger Unordnung vorfanden. »Was sollen wir denn nun tun?« fragte Vizeadmiral Hung Lo-feng. »Der große Cheng war unser Führer in allen Dingen. Jetzt ist er tot, was sollen wir jetzt tun?«

Sao sah die vor sich versammelten Kapitäne an. »*Ich* werde Euer Admiral sein.«

Die Kapitäne warfen sich untereinander ungläubige Blicke zu. Eine Frau als Admiral?«

»Ja, ich bin eine Frau!« sagte Sao und stemmte die Hände in die Hüften. »Aber ich habe mehr Feinde im Kampf erschlagen als mein Mann oder einer von Euch. Ich habe das Schwert erhoben, und die Männer sind mir gefolgt. Bin ich denn nicht die Drachenlady? Wo ich Euch hinführe, werdet Ihr mir folgen. Und vor mir wird meine eigene *Dragonlady* mit Barrington als Kapitän segeln.«

Diese markigen Worte flößten den Piraten wieder neuen Mut ein – so raubten, plünderten und branntschatzten sie ab sofort mit doppeltem Einsatz.

Aber auch die Mandschu schöpften angesichts der Nachricht von Cheng Jis Tod neuen Mut, denn ihn hatten sie immer für den wahren Führer der Piraten gehalten. Wenn jetzt seine Witwe versuchte, das verbrecherische Imperium zusammenzuhalten, dann würde man ihr schon die Grenzen aufzeigen. Alle Schiffe der Mandschu wurden in der Mündung des Jangtse versammelt, bis die Flotte mehr als hundert Dschunken stark war. Dann machten sie sich auf den Weg in den Süden.

Auf Grund ihres Netzwerks von Spionen wußte Cheng Ji Sao, was sie erwartete. Sie rief Robert zu sich auf ihre Kriegsdschunke, die sie die *Weiße Lotosblüte* genannt hatte. »Jetzt wollen sie mich vernichten«, sagte sie ihm. »Dieser Herausforderung müssen wir uns stellen. Werden wir sie besiegen können?«

»Wenn Ihr es wollt, Drachenlady.«

Sao sah Bao an, der geduldig neben ihr saß. Jeder Mann in der Flotte wußte, daß sie mit ihrem Adoptivsohn schlief, und daß sich seine Talente damit auch erschöpften. »Ich bin müde, Barrington«, bekannte sie schließlich. »Ist Euch klar, daß ich jetzt einunddreißig Jahre alt bin? Und was habe ich denn schon erreicht?«

»Reichtum, Ruhm, Unsterblichkeit?« bot er an.

»Ich möchte nichts weiter, als mein Alter in Frieden zu leben«, sagte sie und ließ sich nicht beirren. »Aber ich kann nicht zulassen, daß alles, was wir erreicht haben, vernichtet wird. Zuerst müssen wir diesen Kampf gewinnen. Und dann werden wir über unsere Zukunft nachdenken.«

Robert bestand darauf, daß Mina und die Kinder an Land gebracht wurden, bevor sie gegen die kaiserliche Flotte in die Schlacht zogen. Es war das erste Mal, daß er Mina weinen sah. »Aber wir waren doch all die Jahre immer mit dabei«, protestierte sie.

»Dieser Kampf ist zu gefährlich«, sagte er und zeigte ihr den Inhalt seiner Schatzkiste. »Wenn wir siegreich sind, werde ich zurückkommen. Wenn wir verlieren und ich sterbe, dann müßt ihr zu Eurem Volk zurückkehren. Die Schätze in dieser Kiste sind soviel wert, daß ihr den Rest Eures Lebens in Pracht und Reichtum leben werdet.«

»Was bedeutet mir schon Reichtum ohne meinen Ehemann«, schluchzte sie.

Er fuhr ihr zärtlich mit der Hand durchs Haar. »Mina, Ihr seid erst vierundzwanzig Jahre alt.« »Ihr habt noch ein langes Leben vor Euch – und ein reiches zudem.«

Einige Meilen südlich des Jangtse trafen die beiden Flotten aufeinander. Die Mandschu hatten viel gelernt, indem sie die taktischen Manöver der Piraten studiert hatten. Außerdem hatten sie holländische und britische Söldner für ihre Schiffe angeheuert. Von Barringtons alter Mannschaft war hingegen kaum noch jemand übrig – auch Armstrong war im Jahr zuvor gestorben.

Aber die Piraten besaßen immerhin die ›Drachenlady‹. Sao selbst fuhr an ihrer Flotte vorbei. Sie stand an Deck eines Sampans und zeigte sich ihren Leuten in aller Pracht: mit rotem Gewand, dem Schwert in der Hand und im Wind flatterndem Haar. Die Flotte der Mandschu konnte dieses Schauspiel ebenfalls mitansehen.

Als die Schlacht schließlich begann, kämpften die Piraten mit großem Wagemut. Wie bei allen chinesischen Seeschlachten wurde auch bei dieser einfach die Taktik von Landkämpfen übernommen. Die beiden Flotten steuerten geradewegs aufeinander zu, wobei die Piraten wegen des Gegenwinds ihre Ruder benutzen mußten, die kaiserliche Flotte hingegen ihren Windvorteil überhaupt nicht ausnutzte, sondern nur möglichst rasch mit dem Feind zusammentreffen wollte.

Dann ging es nur noch um Mut und Kanonenfeuer. Mut hatten beide Seiten reichlich, aber wie schon vorher luden die Piraten ihre Kanonen doppelt so schnell nach wie die Mandschu. Robert kreuzte mit der *Dragonlady* dicht vor der restlichen Flotte der Piraten auf und ab. Es war ein waghalsiger Akt, der Unerschrockenheit demonstrieren sollte, aber es führte dazu, daß Robert bereits einige Minuten von den Schiffen der kaiserlichen Flotte umgeben war, bevor er von den anderen irgendeine Deckung erhielt. Aber die Besatzung der Kanonen war ausgezeichnet ausgebildet und gab jetzt mehr als ihr Bestes. Mehr und mehr von Saos Schiffen kamen dazu und jagten eine Breitseite nach der anderen in die Flotte der Mandschu, was nicht ohne Wirkung blieb. Immer mehr ihrer Schiffe wurden kampfunfähig: wurden versenkt, fingen Feuer oder wurden geentert.

Am Abend befanden sich die kläglichen Reste der kaiserlichen Flotte bereits im vollen Rückzug. Auch auf der Seite der Piraten gab es viele Opfer und zerstörte Schiffe, aber der Sieg war ihnen sicher.

»Jetzt bin ich wirklich Herrscherin über die Meere«, verkündete Sao stolz. »Mein verstorbener Mann hatte einen brennenden Wunsch: Den Pei-ho bis nach Peking hinaufzusegeln, und den Kaiser zur Abdankung zu zwingen. Ist dieser Traum denn wirklich so unerfüllbar, Barrington?«

»Ja, weil Ihr mit Euren Schiffen niemals den Fluß hinauf kommt. Und wenn Ihr die Schiffe zurückläßt und die Mandschu zu Land angreift, dann könnt Ihr Euch ihnen gleich ausliefern.«

»Was also fange ich nun mit diesem Sieg an?«

»Habt Geduld«, riet er ihr. »Ich könnte mir vorstellen, daß der Kaiser nach diesem Triumph zu Euch kommen wird.«

Er sollte recht behalten, denn nur einen Monat später erholten sich die Piraten in einer ihrer bevorzugten Buchten südlich des Jangtse noch immer von dem schweren Kampf, als eines ihrer Patrouillenschiffe herbeieilte. Eine einzelne Kriegsdschunke, die unter kaiserlicher Flagge segelte, näherte sich von Norden. Ihre Kanonen waren nicht ausgefahren und die Luken geschlossen.

»Wie ich es vorhergesagt habe, Drachenlady. Der Kaiser kommt zu Euch.«

»Was habt Ihr vor, Drachenlady?« fragte Sen-Ching, der Admiral der Mandschu.

»Alle Mandschu aus dem Land der Han zu vertreiben«, antwortete Sao, ohne zu zögern. Sie hatte sich gnädig dazu herabgelassen, eine Abordnung des Kaisers auf dem Achterdeck der *Weißen Lotosblüte* zu empfangen. Sie war umgeben von ihren Admiralen und der gesamten Flotte. Es war ein eindrucksvolles Bild, und zusätzlich trug Sao auch noch ein gelbes Gewand – die Farbe, die eigentlich dem kaiserlichen Klan vorbehalten war.

Aber Sen-Ching war keineswegs eingeschüchtert. »Das werdet Ihr nie erreichen.«

»Habe ich Euch nicht aus den chinesischen Gewässern vertrieben?« erwiderte Sao.

»Das Meer ist ein leeres Gebiet, Drachenlady. Bedrängt seine Brandung nicht schon seit Ewigkeiten die Küste? Und doch ist die Küste noch da.«

Sao sah Barrington an, wie sie es immer tat, wenn sie nicht mehr weiter wußte.

»Warum seid Ihr dann hier?« fragte jetzt Robert.

»Ah, der große Barrington«, stellte Sen-Ching fest. »Mein Gebieter hat mich geschickt, um Euch zu fragen, ob Ihr wißt, was Ihr mit Euren ständigen Überfällen anrichtet. Dem Kaiser schadet Ihr damit nicht, aber das Volk Chinas leidet schwer darunter. Euer eigenes Volk, Drachenlady. Die Männer der Han, ihre Frauen und Kinder müssen verhungern, weil der Handel zusammengebrochen ist. Sie werden in den Bankrott getrieben, weil es keinen Handel mehr gibt. Sie hassen den Namen Cheng Ji Sao, weil es keinen Handel mehr gibt. Ist Euch Euer eigenes Volk denn nicht wichtig?«

»Glaubt Ihr denn, daß ich mich dafür jetzt ergebe und mich von Euch hinrichten lasse?« zischte Sao.

Sen-Ching breitete die Hände aus. »Mein Gebieter erkennt durchaus die Größe Eurer Siege und Eure Leistungen auf See. Aber er fragt sich, warum Ihr Euch wie das Meer immer wieder gegen die Ufer werft, ohne wirklich etwas zu erreichen – außer daß ihr Euer eigenes Volk schwersten Entbehrungen aussetzt, anstatt sich mit dem Ufer zu vereinigen und wirkliche Größe zu erlangen.«

Wieder warf Sao Robert einen Blick zu. »Was schlägt Euer Gebieter vor?« fragte er.

»Der Sohn des Himmels bietet Euch eine Amnestie für alle, die die Waffen gegen ihn erhoben haben, an. Außerdem möchte er Eure Flotte mit der kaiserlichen Flotte vereinigen. Alle Eure Offiziere würden ihren Rang behalten und angemessene Gehälter beziehen.« Sen-Ching hielt inne und holte tief Luft. »Und die Drachenlady soll zum Oberbefehlshaber der gesamten kaiserlichen Flotte ernannt werden.«

Sao starrte ihn fassungslos an.

»Über so einen Vorschlag lohnt es sich, ernsthaft nachzudenken«, raunte Robert.

»Es wäre ein Verrat an allem, wofür mein Mann gekämpft hat, und wofür er gestorben ist«, meinte Sao dazu, als die Abordnung sich zurückgezogen hatte.

»Ihr müßt jetzt an Euch selbst denken, Drachenlady«, drängte sie Robert. »Hätte Cheng Ji ein solches Angebot denn nicht angenommen? Wäre es nicht die größte Leistung Eures Lebens?«

»Admiral der kaiserlichen Flotte«, murmelte Sao, und ihre Augen leuchteten.

»Wenn man dem Kaiser trauen kann«, meldete sich jetzt Cheng Bao zu Wort.

»Wenn der Kaiser als Sohn des Himmels sein Wort gibt, dann wird er nicht wagen, es zu brechen«, sagte einer der anderen Kapitäne.

»Was ist Euer Wille?« frage Sao und schaute in die Runde.

»Ich glaube, daß sie recht haben. Die See kann das Land niemals bezwingen«, sagte Hung Lo-feng. »Wir haben unseren Höhepunkt erreicht. Ich glaube, wir sollten mit den Mandschu Frieden schließen und den Wohlstand in unserem Land wiederherstellen.«

Sao senkte den Kopf. Dann sah sie Robert an. »Und Ihr, Barrington? Werdet Ihr weiterhin als meine rechte Hand mit mir segeln? Oder werdet Ihr zu Eurem Volk zurückkehren?«

Er sah sie an. Es waren jetzt siebzehn Jahre, seit er sie das erste Mal gesehen hatte, und in diesen siebzehn Jahren hatte er große Abenteuer erlebt. Er war nach China gekommen, um reich zu werden. Dieses Ziel hatte er erreicht. Aber er hatte dabei seine Wurzeln zu seiner Heimat durchtrennt. In Europa wäre er nichts weiter als ein Pirat, auch wenn er mit einer Holländerin verheiratet war, die ihn wirklich liebte.

Aber wollte er denn überhaupt nach London, in diese Hochburg der Heuchelei und des gezwungenen Anstands zurückkehren? Konnte er sich denn nicht auch hier ein Heim schaffen, wo er gekämpft hatte und wo er geliebt wurde von Wilhelmina, seiner Frau, und von seinen Kindern Adrian, Martin und Saskia. »Weder das eine noch das andere möchte ich tun, Drachenlady«, sagte er schließlich.

Vor Überraschung stand ihr der Mund offen. Endlich bat sie ihn um eine Erklärung.

»Ich würde in China bleiben, wenn es der Kaiser erlaubt. Aber ich möchte nicht mehr kämpfen. Meine einzige Bitte ist, daß ich den Jangtse-kiang befahren und dort Handel treiben darf.«

ZWEITES BUCH

Das Haus der Träume

And the end of the fight is a tombstone white with the name of the late deceased,
And the epitaph drear: A Fool lies here who tried to hustle the east.

Rudyard Kipling, *Naulakha*

6

DIE LASTERHÖHLE

Trommeln dröhnten und Feuerwerk explodierte, als die riesige Dschunke langsam an ihren Ankerplatz zu Füßen der Stadtmauer von Nanking glitt. Die *Jangtse Queen* war mit der frischen Brise aus östlicher Richtung in den Fluß, dessen Namen sie trug, gesegelt und mit seiner Hilfe sogar noch bis über Chin-kiang hinausgekommen. Dann herrschte Flaute. Aber nach einer so langen Reise strengte man sich besonders an, bald wieder zu Hause zu sein, und so hatte Martin Barrington seine Mannschaft an die Ruder geschickt. Voller Eifer kamen die chinesischen Matrosen seinem Befehl nach: Naking war auch ihr Zuhause. Aber sie hätten sich mitten auf dem Ozean nicht anders verhalten, das wußte Martin. Für das Haus Barrington zu segeln, war ein besonderes Privileg und eine Ehre.

Er stand am Rand des Achterdecks, als die Hafenmauern in Sicht kamen. Er war groß und stark wie alle Barringtons, nur waren seine Gesichtszüge durch den Einfluß der holländischen Mutter ein wenig weicher. An diesem Morgen trug er den weiten Kittel und die Pantalons eines wohlhabenden chinesischen Kaufmanns; seine Stiefel waren aus feinstem Ziegenleder und sein Hut weit und flach, ein idealer Schutz vor der Sommerhitze. In der sprießenden, englischen Kolonie Singapur, aus der er gerade kam, trug er allerdings einen Anzug aus blauem Tuch und eine spitze Kappe, um sich und anderen wieder seine Herkunft ins Gedächtnis zu rufen. Dennoch hielten ihn die Briten für einen Abtrünnigen.

Aber er war gern zu Besuch in Singapur. So konnte er auch öfter einmal seine Schwester Saskia sehen, die dort glücklich mit einem Offizier der Armee verheiratet war, ungeachtet ihrer Herkunft als Tochter eines Abtrünnigen. Außerdem erfuhr er dort wieder das Neueste über den europäischen Handel – die Triebfeder des Hauses Barrington. Wenn man ihm feindselig begegnete, dann hing das wohl eher damit zusammen, was er repräsentierte, als mit seiner konkreten

Person; da kein europäisches Schiff nördlich des Pearl River zugelassen war, transportierte das Haus Barrington sämtliche Waren auf chinesischen Dschunken. Die englischen Reeder und Kapitäne waren natürlich neidisch und träumten davon, die endlos lange Küste und den noch längeren Jangtse Fluß für ihre eigenen Zwecke zu erschließen.

So weit es das Haus Barrington betraf, würde dieser Traum auch weiterhin ein Traum bleiben: Was auch immer Großbritannien oder Indien vorhatte, sie würden keine Rivalen zulassen, und ihre Entschiedenheit in dieser Hinsicht war in Singapur wohlbekannt.

Die Dschunke erreichte jetzt die Bojen, wo ein Sampan auf sie wartete, dessen Mannschaft sogleich die Taue auswarf. In der Nähe warteten noch eine ganze Reihe Sampans darauf, daß sie mit dem Umladen der Waren beginnen konnten. Als die erste längsseits kam, stieg Adrian Barrington an Bord.

Die Brüder reichten sich die Hände. Adrian war mit zweiunddreißig Jahren der Ältere, obwohl Martin, jetzt dreißig, größer war. Ihre Gesichtszüge ähnelten sich sehr, aber es gab auch Unterschiede. Adrian Barringtons Gesicht war sehr beherrscht, beinahe streng. Zwar bezweifelte niemand, daß er gerecht und ehrlich war, aber er hatte den Ruf, in Verhandlungen unnachgiebig und ein schwieriger Kunde zu sein. Martins Gesicht war offener und entspannter. Aber er hatte schließlich auch nicht soviel Aufgaben in der Verwaltung, obwohl er in der täglichen Routine durchaus seinen Teil übernehmen mußte.

»Und?« fragte Adrian.

»Wir haben ein volles Ladungsverzeichnis«, antwortete Martin. »Und hier?«

Adrian zuckte die Achseln. »Er lebt immer noch, falls du das meinst.«

»Und Jane? Und die Kinder?«

»Oh, denen geht es blendend«, sagte Adrian. »Wußtest du nicht, daß wir Barringtons immer Glück haben?«

Das Ausladen begann, und die Brüder gingen an Land. Sie betraten die Stadt durch eines der Tore in der Kaimauer. Nanking war die berühmteste Stadt Chinas. Über mehrere Jahrhunderte hinweg war sie wegen ihrer günstigen Lage im Zentrum des Reiches und ihrer Nähe zu den großen Wasserstraßen Hauptstadt gewesen. Und wenn sich Peking nach der Eroberung des Landes durch die Mandschu auch Mühe gab, Nanking sowohl an Größe als auch an Bedeutung zu übertreffen, so ließen sich die Einwohner von Nanking davon keineswegs beirren und hielten es auch weiterhin nur für eine Übergangslösung.

In den Straßen herrschte geschäftiges Leben, in der Hauptsache waren es glückliche Chinesen. Viele erinnerten sich noch an die schrecklichen Zeiten, die jetzt schon über ein Vierteljahrhundert zurücklagen, als aller Handel durch die fortgesetzten Überfälle der Piraten unter der Führung von Cheng Ji und später seiner Witwe Cheng Ji Sao zum Erliegen gekommen war. Sicherlich wußten auch noch viele, daß Robert Barrington, der erste Kaufmann der Stadt, der Kapitän der *Dragonlady* gewesen war. Aber sie erinnerten sich ebenfalls daran, daß Robert Barrington den Mandschu, bei denen er heute in gutem Ansehen stand, schwer zugesetzt und dem Volk der Han einen großen Dienst erwiesen hatte. Daß er dabei reich geworden war, störte sie ebensowenig wie die Tatsache, daß auch Cheng Ji Sao selbst es zu erheblichem Wohlstand gebracht hatte ... Seit Sao kaiserlicher Admiral der Flotte geworden war, hatte sie noch keinen Fuß an Deck eines Schiffes gesetzt, aber sie lebte mit ihrem Adoptivsohn und Liebhaber Cheng Bao in Pracht und Überfluß in einem der Paläste, den die Regierung ihr zur Verfügung gestellt hatte.

Letztlich war für die Chinesen nur wichtig, daß Frieden und Wohlstand wiederhergestellt waren. Vielleicht waren sie erleichtert, daß der Chia ch'ing Kaiser schon früh, im Jahre 1820 des christlichen Kalenders, gestorben war. Sein Tod hatte enorme Symbolkraft, denn er war vom Blitz erschlagen worden. Sein Leben hatte aus einer Aneinanderreihung von Katastrophen bestanden, von denen der triumphale Sieg der Piraten die größte gewesen war. Seine eigene Unsicherheit zeigte sich der gesamten Öffentlichkeit im Jahre 1816, als eine zweite britische Handelsmission, diesmal unter der Leitung von Lord Amherst, China wieder verließ, ohne den Kaiser auch nur zu Gesicht bekommen zu haben, da dieser eigensinnig darauf bestanden hatte, daß jedes Mitglied der Abordnung, auch der Lord selbst, vor ihm mit ihrer Stirn neunmal deutlich den Boden berühren mußten.

Die Barringtons waren angesichts dieses Fiaskos eher erleichtert; wäre Amherst wirklich vorgelassen worden, dann hätte er vielleicht doch einiges an Privilegien erreichen können, was sich auf das Haus Barrington nur nachteilig ausgewirkt hätte. Dennoch waren auch sie froh, als der Chia-ch'ing Kaiser in den Himmlischen Wagen verladen und als Jen Tsung Jui Huang-ti zu seinen Ahnen gebracht worden war. Nachfolger wurde sein ältester Sohn, was in der chinesischen Geschichte ziemlich selten war; Der Chia-ch'ing Kaiser hatte trotz seines Namens, der höchste Glückseligkeit bedeutete, nur fünf Söhne – nicht wie sein unsterblicher Vater, der gleich fünfzehn mögliche Thronfolger gezeugt hatte. Der neue Kaiser Min-ning, der als Tao-Kuang regierte, was so viel bedeutete wie ›Ehre des rechten Grundsatzes‹, hatte sofort gezeigt, daß er eine weitaus stärkere Persönlichkeit war als sein Vater. In den letzten zehn Jahren hatte China wiederentdeckt, was es bedeutete, von einem jungen Monarchen regiert zu werden, keinem Lüstling oder korrupten Minister. Dennoch hatte der Tao-Kuang Kaiser keines der Versprechen seines Vaters gebrochen; statt dessen waren die Privilegien des Hauses Barrington eher noch erweitert worden. Sie hatten jetzt die Erlaubnis, auf der gesamten Länge des Flusses Handel zu treiben, und sie durften sogar den Großen Kanal bis nach Peking selbst befahren. Sie erfüllten die einzigen Kriterien, die dem Kaiser wichtig waren: sie verdienten viel Geld und zahlten daher viel Steuern, und sie unterwarfen sich bereitwillig der Herrschaft der Mandschu. Das brachte allen Wohlstand und Glück.

So war das ursprüngliche Haus, das Robert Barrington mit seiner Frau und seiner jungen Familie bezogen hatte, immer wieder erweitert worden, ebenso wie die Lagerhäuser im Hafen. Überall im Haus gab es Marmorböden und lackierte

Wände und in der Mitte einen wundervollen Garten, wo sich der liebliche Gesang der Vögel mit dem leisen Plätschern des Wassers vermischte. Wenn es windig war, dann gesellte sich dazu noch das sanfte Seufzen der riesigen Trauerweiden, deren Zweige die Wasseroberfläche der kleinen Seen und Flüsse mit ihren hübschen, verzierten Brücken berührten.

Auf der vorderen Terrasse wartete die Familie auf Martin. Adrians Kinder, James und Joanna, fünf und drei Jahre alt, beide blond mit einem leichten Rotstich, freuten sich ganz besonders darauf, sich ihrem Onkel in die Arme zu werfen. Etwas langsamer trat schließlich auch Jane näher. Ihr Gesicht war weiß wie feinstes Porzellan und von rotbraunen Locken umgeben. Sicher hatte die Haut ihres Körpers die gleiche Farbe, dachte Martin wie schon so oft. Ihre Gesichtszüge waren eher kräftig als zart, fast wie bei einer geborenen Barrington, und sie enthielten deutliche Spuren von Trotz. Aber Martin war sich noch nicht im klaren darüber, ob das ihrer wahren Persönlichkeit entsprach, oder ob die ungewöhnlichen Umstände ihres Lebens daran schuld trugen.

Sie war, so könnte man sagen, ebensosehr eine Kriegsbeute gewesen, wie seine Mutter es gewesen war. Aber in diesem Krieg ging es nur um Geschäfte. Janes Vater, dessen Handelssitz in Kalkutta war, hatte sich entschlossen, eine seiner Töchter zu opfern, weil er sich davon Vorteile versprach. Die Verbindung schien tatsächlich durchaus interessant: Adrian Barrington, ältester Sohn und Erbe des Hauses Barrington, und Jane Pettigrew, älteste Tochter eines der wohlhabendsten Kaufmänner Indiens, der jetzt sein Reich erweitern wollte. Wie berüchtigt die Barringtons auch immer sein mochten, eine Ehe zwischen den Häusern Barrington und Pettigrew würde eines Tages zu einem Konsortium führen, das mächtig genug wäre, sogar die Ostindische Kompanie herauszufordern.

Die Enttäuschungen waren auf beiden Seiten groß. Robert Barrington hatte beschlossen, sich zur Ruhe zu setzen, sobald Adrian verheiratet war und einen Erben gezeugt hatte; schon aus diesem Grunde begrüßte er den Familienzuwachs in Form seiner Schwiegertochter. Aber durch eine unglückliche Schicksalsfügung erkrankte Wilhelmina im Jahr nach der Heirat ihres Sohnes schwer.

Vielleicht war Robert schon vor ihrem Tod mit seinem Leben unzufrieden gewesen. Trotz seines Ruhms und Reichtums, wofür er andere immer beneidet hatte, war es doch immer sein Traum gewesen, nach Indien und von dort nach England zurückzukehren. So hatte er vorsichtig seine Fühler ausgestreckt – in Form seiner Söhne, seiner Handelskapitäne, aber besonders des Vaters seiner neuen Schwiegertochter, John Pettigrew. Aber er stieß überall nur auf Ablehnung. Die Ostindische Handelskompanie konnte es ihm nicht vergessen, daß Cheng Ji Saos Schiffe sich gelegentlich auch an ihren eigenen bedient hatten. Aber schwerer noch als das wog die Tatsache, daß sie ihm seinen exklusiven Zugang zu den lukrativen Handelswegen Chinas neideten. So hatte man ihm mitteilen lassen, daß man ihn unverzüglich als Piraten hängen würde, falls er es wagen sollte, auch nur einen Fuß auf englischen Boden zu setzen.

Roberts Wut und Enttäuschung darüber hatten Mina vielleicht wirklich frühzeitig ins Grab getrieben, und jetzt hatte er in all seiner Trauer und Frustration seine Meinung über den Zeitpunkt seines Rücktritts geändert. Damit hatte er nicht nur Adrian gegen sich aufgebracht, sondern auch das Leben seiner Schwiegertochter zerstört, die fortan die Verbitterung ihres Mannes ertragen mußte.

Aber das schien Adrian nicht zu interessieren. Vielleicht hatte er, der in China geboren und aufgewachsen war, die chinesischen Gebräuche schon so stark verinnerlicht, daß er von seiner Frau erwartete, daß sie wie eine Chinesin ihre eigene Familie nach der Heirat vollkommen aufgab, ganz gleich, welche Differenzen zwischen den beiden Familien auch später entstanden. Aber Jane hatte sich geweigert, ihre Herkunft so ohne weiteres zu vergessen, und sah sich jetzt isoliert. Daß sie ihrem Mann zwei Kinder geschenkt und damit alle Erwartungen ihres Schwiegervaters erfüllt hatte, konnte nicht darüber hinwegtäuschen, daß die Kluft zwischen den beiden Vätern immer größer wurde. Pettigrew sah sich außerstande, Barrington bei der Erfüllung seiner Wünsche zu helfen, und Barrington weigerte sich eigensinnig, Pettigrew auch nur den kleinsten Teil der Geschäfte auf dem Jangtse zu übertragen.

Jetzt war es zu spät. Seit Minas Tod hatte Robert Barrington sich von seinem Traum abgewandt – und von seiner Schwiegertochter.

Und Adrian? Martin wußte nicht, wie es in den privaten Räumen seines älteren Bruders und seiner Frau zuging. Er war wegen der vielen Geschäftsreisen so oft abwesend, daß er sie viel zu selten sah. Nur dieser jetzt konstante Ausdruck von Trotz in Janes Gesicht beunruhigte ihn. Auch, daß sie immer nur dann lächelte, wenn sie ihn begrüßte.

Jetzt kam sie auf ihn zu und umarmte ihn. »Willkommen zu Hause, Bruder«, sagte sie. »Oh, willkommen zu Hause.«

Er hielt sie einen Moment lang fest in seinen Armen. »Ich habe Briefe ...«

»Vater wartet«, sagte Adrian ungeduldig.

»Bitte, entschuldigt mich«, sagte Martin zu Jane und legte das Bündel mit Briefen auf den Tisch.

Adrian ging bereits schnellen Schrittes über den Marmorboden der Korridore an einer Reihe Dienern vorbei, die sich respektvoll verbeugten, bis er vor der Tür zu Robert Barringtons Privaträumen stand. Tsen-tsing öffnete ihnen mit dem Baby auf dem Arm die Tür. Es war ein Anblick, an den Adrian sich erst gewöhnen mußte. Seit Minas Tod hatte Robert Barrington versucht, wenigstens an einen Aspekt seiner ruhmvollen Vergangenheit wieder anzuknüpfen, und Tsen-tsing hätte fast eine Wiedergeburt der unsterblichen Sao sein können. Sie war genauso rehäugig, ergeben, schön und verführerisch – und kaum weniger ehrgeizig.

Und sie hatte etwas erreicht, von dem selbst Sao nur träumen konnte, sie hatte ihm einen Sohn geschenkt. John Barrington – ein nicht ganz passender Name für einen halben Chinesen – war erst zwei Jahre alt. Robert Barrington würde also schon lange tot sein, wenn der Junge alt genug war, um um die Macht im Hause Barrington zu kämpfen ... Aber Tsentsing hatte sich offensichtlich zum Ziel gesetzt, ihm diesen Weg so weit wie möglich zu glätten, solange sein Vater, der ganz vernarrt in ihn war, noch lebte.

»Sag Onkel Martin guten Tag«, säuselte sie.

»Onkel Martin«, lispelte der kleine Junge.

Martin strich ihm pflichtschuldigst über den Kopf und küßte dann Tsen-tsings Hand: sie hatte die Manieren einer Dame aus gutem Hause und sah in ihrem hellblauen Gewand auch fast so aus. Ihr Haar trug sie hochgesteckt; es wurde von einem goldenen Band gehalten. Dann sah Martin an ihr vorbei auf den Diwan, wo sein Vater gewöhnlich lag.

Robert Barrington war jetzt fünfundsiebzig Jahre alt und hatte eine ganze Menge an Gewicht zugenommen. Seine arthritischen Hüften machten jede Bewegung zur Qual. Daß er erst zwei Jahre zuvor noch einmal Vater geworden war, hatte sicher mit Tsen-tsings besonderem Talent als Liebhaberin zu tun. Aber der riesige Kopf mit wallender, weißer Mähne und Bart konnte seinen jüngsten ehelichen Sohn immer noch anlächeln. Und er konnte ihm auch noch seine Hand entgegenstrecken, die Martin drückte.

»Erzähl mir von Saskia.«

»Es geht ihr gut, und sie schickt Euch ganz besonders liebe Grüße, Vater. Sie würde Euch ja so gern besuchen, aber die Kinder ...«

»Das heißt doch nur, daß dieser Schurke von einem Ehemann es nicht erlaubt«, grollte Robert wütend. »Gibt es Neuigkeiten?«

»In England hat die Regierung gewechselt. Peel ist zurückgetreten, und Lord Melbourne ist jetzt Erster Minister.«

»Das sollen Neuigkeiten sein?« meinte Robert. »Erzähl mir von der Gesellschaft.«

Martin setzte sich neben seinen Vater. »Es ist eingetreten, wie man es uns vorausgesagt hat: Das Handelsmonopol der Ostindischen Handelsgesellschaft ist abgeschafft worden. Es gibt schon jetzt unabhängige Kaufleute, die ihre Schiffe nach Bombay, Kalkutta und Singapur schicken.«

»Und weiter östlich?« fragte Adrian.

»Nach Kanton. Ja.«

»Und sicher auch weiter nach Norden«, sagte Robert Barrington.

»Davon habe ich nichts bemerkt, Vater. Bis jetzt jedenfalls.«

»Aber wir haben immer gewußt, daß der Tag irgendwann kommen würde. Setz dich hin, Junge. Wir haben einen Plan: eine Expansion.«

Martin hörte interessiert zu. Das Haus Barrington hatte zwei Zentren: Nanking und Schanghai an der Flußmündung. Martin war nicht der Meinung, daß sie unbedingt ein drittes brauchten, aber er war schließlich der Jüngste und hatte nicht viel zu sagen.

»Wir möchten ein Lagerhaus in Wuhu errichten.«

Martin sah ihn verwundert an; Wuhu lag kaum mehr als hundert Meilen flußaufwärts von Nanking.

»Wir glauben, daß es wichtig ist, den gesamten Jangtse zu kontrollieren«, erklärte Adrian. »Besonders jetzt, wo wir deine Neuigkeiten gehört haben.«

»Nun, dann ist sicher Hankow der erste Ort.«

»Nein, in Wuhu werden wir das nächste Lagerhaus errichten«, verkündete Robert. »Es liegt im Zentrum der Reisanbauregion südlich des Jangtse, und Reis ist eines unserer wichtigsten Exportprodukte. Und was noch wichtiger ist: Wir werden ihnen dort im Augenblick willkommen sein. Erinnerst du dich noch an den Mandschu, der mir vor beinahe fünfzig Jahren das Leben gerettet hat?«

»Der Intendant von Kanton«, sagte Martin. Er hatte die Geschichte oft genug gehört. »Und dann hast du ihm das Leben gerettet.«

»Hui-chan – das ist richtig. Sein Sohn, Hui-cheng ist soeben zum Intendanten von Süd-Anhwei ernannt worden, und er lebt jetzt in Wuhu. Das ist genau der richtige Zeitpunkt für ein neues Lagerhaus dort.

Martin konnte die Überlegungen seines Vaters verstehen; selbst das Haus Barrington war in allen Geschäften und besonders, wenn es um Erweiterungen ging, von den lokalen Beamten der Mandschu abhängig, und ein Intendant war wichtig. Aber er war enttäuscht, daß er sobald schon wieder abreisen mußte, wo er doch gerade erst mehrere Monate von zu Hause fort gewesen war. Aber wie immer hatte Robert Barrington es eilig.

»Ihr seid schon so bald wieder fort«, klagte Chun-wu. Chun-wu war gerade achtundzwanzig geworden, und sie wurde langsam etwas füllig. Martin hatte sie bekommen, als er achtzehn geworden war. Damals war sie gerade sechzehn gewesen. Vielleicht hatte Robert nicht damit gerechnet, daß sie sich so sehr mögen würden. Wäre Chun-wu je schwanger geworden, dann hätte Martin sie sicher geheiratet, aber da hatte er Glück gehabt. Wie immer seine eigene Vergangenheit auch ausgesehen haben mochte, im fortgeschrittenen Alter hatte sich Robert zu einem regelrechten Tugendwächter entwickelt, ›li‹ nannten die Chinesen das ›rechte Verhalten‹, und das besagte, daß man kein Sklavenmädchen heiratete. Robert hatte natürlich gehofft, daß Martin es seinem älteren Bruder nachmachen und sich eine Braut in Singapur oder Kalkutta suchen würde. Adrian hatte ebenfalls in jungen Jahren schon eine chinesische Geliebte bekommen, und sein Beispiel zeigte eindeutig, daß eine Ehe von solchen häuslichen Arrangements nicht beeinträchtigt sein mußte. Sicherlich lag hierin ein weiterer Grund für Janes Unglück.

Martin konnte sich beim besten Willen nicht vorstellen, verheiratet zu sein, auch wenn er wußte, daß seine Liebe zu Chun-wu nicht über das physische Angezogensein hinausging. Und jetzt, als der Diener ihm Jane selbst meldete, verließ Chun-wu widerwillig das Bett.

Er zog sich seinen Morgenmantel über und ging ins Wohnzimmer, wo seine Schwägerin bereits auf ihn wartete. »Bitte verzeiht, daß ich so bei Euch eindringe«, sagte sie, und ihre blassen Wangen röteten sich leicht.

»Ich fühle mich geehrt, daß Ihr mich besucht.«

Jane wartete, bis das Dienstmädchen den Tee serviert und sich zurückgezogen hatte, dann erhob sie sich und ging im Zimmer auf und ab. »Ich hatte gehofft, daß Ihr wenigstens ein paar Wochen zu Hause sein würdet.

Martin goß den Tee ein. »Das habe ich auch geglaubt. Aber Geschäft ist Geschäft.« Er bat sie, sich neben ihn zu setzen. »Sagt mir doch, was Euch bedrückt, Jane.«

Sie sah ihn mehrere Sekunden lang an – dann stand sie auf und ging genauso abrupt, wie sie gekommen war. Das Rauschen ihrer Röcke verklang, ihr Parfüm lag noch in der Luft. Er atmete den Duft ein.

Chun-wu stand in der Tür zum Schlafzimmer. »Sie möchte Euch zu ihrem Geliebten machen.

Martin sah sie erstaunt an, aber er mußte es hinter Empörung verbergen. »Kannst du denn an nichts anderes denken?« wollte er wissen.

»Ich weiß, was im Kopf einer Frau vor sich geht«, sagte Chun-wu.

Wuhu lag wie Nanking am rechten oder südlichen Ufer des Flusses und war ebenso wie Nanking von Festungsmauern umgeben, die allerdings nur halb so hoch waren. Es gab die gleiche Art von Vorstadt aus Sampans, auf denen einige Geschäfte betrieben; die anderen aber waren schwimmende Häuser, die von Glücksspiel über Prostitution bis zum Essen alles anboten.

Wie überall in Mandschu China herrschte auch hier seit der Unterdrückung der Revolte des Weißen Lotos Frieden und Wohlstand – zumindest für die, die der Regierung dienten und die Gesetze befolgten. Diesen Frieden zu erhalten, war die Aufgabe des Intendanten, der nur noch dem Vizekönig unterstand. Da die Provinz Anhwei sehr groß war, hatte man sie für Verwaltungszwecke in zwei Teile gespalten, aber die beiden Intendanten hatten noch immer die Oberaufsicht über eine riesige Fläche. Martin war daher erfreut zu hören, daß Hui-cheng, der Intendant des südlichen Teils der Provinz, sich in der Stadt aufhielt, als er selbst dort ankam.

Der Mandschu war ein gepflegter, kleiner Mann mit etwas kleinlichen Manieren, der sich ganz offensichtlich seiner großen Verantwortung bewußt war; das war sowohl selten als auch beruhigend. Da die meisten Beamten der Mandschu ihr Amt an den Sohn weitergaben, zeichnete sich bereits eine Tendenz zur Nachlässigkeit ab. Sie wuchs mit jeder Generation, bis man eine Entschuldigung dafür gefunden hatte, den jetzigen Inhaber seines Amtes zu entheben, und den Posten einer anderen Familie zu übertragen. Dann fing der ganze Kreislauf wieder von vorn an.

Aber Hui-cheng war von männlichen Sekretären umgeben, die dem ständigen Strom seiner Anweisungen ausgesetzt waren. Zwischendurch fand er noch die Zeit, verschiedene Schriftrollen – meist Petitionen – zu studieren, die ihm in der

Hoffnung auf Gerechtigkeit unterbreitet worden waren. »Martin Barrington!« rief er fröhlich. »Welche Ehre.« Er bot Martin einen Stuhl an und freute sich sichtlich, als Martins Diener eine ganze Reihe von Schachteln und Geschenken hereinbrachten. Dann hörte er aufmerksam zu, was der Engländer zu sagen hatte. »Das Haus der Barringtons in Wuhu! Ich glaube, das ist durchaus annehmbar. Ich werde Eure Petition dem Vizekönig empfehlen. Ihr werdet mit mir zu Abend essen, Barrington.«

Hui-cheng wohnte in einem überraschend bescheidenen Haus, was bedeutete, daß er vielleicht ein wirklich ehrlicher Mann war; denn für die meisten Beamten war das Anhäufen von Reichtümern – bei Bestechungen forderten sie die Höchstsummen, die der Bittsteller ihrer Einschätzung nach noch aufbringen konnte – weitaus wichtiger als das Durchsetzen von Gerechtigkeit. Hier traf Martin auch Hui-chengs Kinder, zwei kleine Jungen und ein Mädchen, aber keine Ehefrau.

»Bald werde ich Vater eines dritten Sohnes sein«, erklärte Hui-cheng glücklich.

Er mußte warten, aber es dauerte nicht sehr lange. In der Zwischenzeit erkundete Martin den Hafen und suchte nach einem geeigneten Platz für das Lagerhaus. Er segelte wieder den Fluß hinunter nach Nanking, um seinem Vater und Bruder zu berichten. Ende des Jahres kehrte er nach Wuhu zurück und traf Hui-cheng, der über das ganze Gesicht strahlte.

»Euer Vorschlag ist genehmigt, Barrington.«

»Ich bin hocherfreut, und ich weiß, daß mein Vater es ebenfalls sein wird«, sagte Martin. »Ich wünsche Euch und Eurer Familie viel Glück, Hui-cheng. Darf ich mich erkundigen, ob ihr wirklich mit einem dritten Sohn gesegnet worden seid, wie Ihr erwartet habt?«

Hui-cheng seufzte. »Es war wohl nicht der Wille der Götter. Meine Frau hat eine Tochter zur Welt gebracht. Kann ein Mann mehr Pech haben, als *zwei* Töchter zu haben?

»Aber ihr habt doch auch zwei Söhne«, erinnerte ihn Martin.

»Vier Söhne wären besser gewesen«, meinte Hui-cheng.

Nach dem konfuzianischen Gesetz konnte nur ein Sohn das Opfer des Himmels beim Tod seines Vaters vollziehen; ein Mann ohne Sohn war verloren. Er mußte ohne angemessene Zeremonie sterben. Aber dann setzte sich seine gute Laune durch. »Jetzt werdet Ihr mit mir zum Essen kommen und Euch mein Kind ansehen. Wir haben sie Lan Kuei genannt.« Das hieß kleine Orchidee.

»Dann erwartet Ihr wohl, daß sie eine große Schönheit wird«, meinte Martin.

»Man muß hoffen«, sagte Hui-cheng, und seine Stimme klang wieder traurig.

Im Jahr darauf eröffneten sie ein Lagerhaus in Hankow; und Martin war auf dem Fluß bald ebenso bekannt wie an der Küste. Bei jeder Reise machte er in Wuhu halt, um nach dem Rechten zu schauen. Und unweigerlich aß er anschließend mit dem Intendanten. Hui-cheng war ein guter Freund geworden, und Martin sah mit Freude die vier hübschen Kinder älter werden. Bald gab es noch ein fünftes, aber sehr zu Hui-chengs Mißfallen war es wieder eine Tochter. »Wie soll die Prophezeihung, daß meine Familie einmal die höchste des Landes sein wird, so jemals in Erfüllung gehen, wenn ich nichts als Töchter habe?« jammerte er.

»Vielleicht wäre es besser, wenn es nicht eintreten würde«, sagte Martin und wühlte Lan Kuei zärtlich durchs Haar. Sie war sein Liebling, und das kleine Mädchen betete den großen Barbaren an. »Habt Ihr denn nicht schon alles, was Ihr Euch nur wünschen könnt, alter Freund?«

Aber in seinem Kopf wälzte Robert Barrington unentwegt neue Ideen. »Jetzt, da wir den Fluß kontrollieren, möchte ich ein Lagerhaus in Kanton eröffnen.«

Adrian stutzte und protestierte dann energisch: »Das wäre, als ob man einem Bullen mit dem roten Tuch vor der Nase herumwedelt.«

»Ach ja? Solange wir größer und stärker sind als der Bulle, wovor sollen wir da Angst haben? Fast der ganze Handel von und nach Kanton ist illegal. Er ist nur durch die Gewohnheit gewachsen und durch die Geldgier der korrupten Beamten in Kanton. Peking hat aber unser Treiben nie als illegal anerkannt. Alle unsere übrigen Handelszentren sind sehr wohl legal. Da überall im Land so viel illegale Geschäfte stattfinden, werden sie sich über ein weiteres auch nicht den Kopf zerbrechen.«

Robert sah Martin an. »Hast du Angst, daß dich ein Haufen holländischer oder portugiesischer Schurken überfallen könnte?«

»Nein, natürlich nicht, Vater. Aber was ist mit englischen Schurken?«

Robert grinste. »Wenn sie dich angreifen sollten, Junge, dann sind es wirklich Schurken und sollten entsprechend behandelt werden.«

»Das ist ja, als ob Ihr in den Krieg gehen würdet«, sagte Jane entsetzt, als sie im Garten spazierengingen.

»Das bezweifele ich. Ich glaube, Vater hat recht. Sie werden es nicht wagen, uns offen anzugreifen. Dafür sind wir zu mächtig.«

»Und ein heimlicher Anschlag, ein Dolch in der Dunkelheit?«

»So einfach ist das nicht – selbst wenn es jemand mit seinem Gewissen vereinbaren könnte.« Offensichtlich machte sie sich große Sorgen um ihn, und er mußte wieder an Chunwus Worte denken. Er sah sie aus den Augenwinkeln an. »Würdet Ihr denn um mich trauern, Jane?«

Sie blieb stehen. »Ja, ich würde sehr um Euch trauern, Martin.«

Er blieb ebenfalls stehen und sah sie an. Unter den mit Blüten beladenen Bäumen waren sie außer Sichtweite des Hauses. »Dann seid versichert, daß ich zurückkommen werde.«

Sie fuhr sich mit der Zunge über die Lippen – ein rasches Schuldbekenntnis. Ihre Wangen röteten sich.

»Behandelt er Euch schlecht?« fragte Martin sie sanft.

»Er ›behandelt‹ mich überhaupt nicht.«

Martin runzelte die Stirn. »Teilt Ihr denn nicht mehr das Bett mit ihm?«

Sie zuckte die Achseln. »Nicht seit Joanna geboren wurde.«
»Das ist ja unglaublich. Sagt mir doch warum.«
»Vielleicht habe ich zu oft gesagt, was ich denke.«
»Aber trotzdem bleibt Ihr bei ihm.«

Ihre Stimme klang plötzlich spröde. »Ich lebe in einer Welt, die vom Namen Barrington bestimmt ist. Ich habe zwei Kinder. Was soll ich denn noch mehr tun?«

Plötzlich lag sie in seinen Armen – und er küßte sie auf den Mund und auf die Nase, die Augen und die Wangen. Er hob sie hoch und trug sie zu einer der Bänke, wo er sie hinsetzte und wieder küßte.

»Ich liebe Euch«, keuchte er. Meinte er das wirklich? Ganz sicher begehrte er sie. Aber Liebe – mit allem was daranhing! Die Frau eines anderen Mannes. Die Frau seines eigenen Bruders!

»Martin!« flüsterte sie. »Oh, Martin!« Ihre Küsse waren genauso leidenschaftlich wie seine. Dann erstarrte sie plötzlich. Sie wollte es auch – aber sie traute sich nicht. Er konnte ihre Augen nicht sehen.

»Was möchtet Ihr, das *ich* tue?«, fragte er.

»Geht nach Kanton, Martin«, flehte sie. »Aber ... bitte kommt wieder zurück!«

Den eigenen Bruder zu betrügen, war wohl die größte Sünde, derer man sich schuldig machen konnte. Allein bei dem Gedanken wurde Martin heiß. Aber er wußte, daß es nicht zu verhindern war, wenn er nach Nanking zurückkehrte.

Aber jetzt ging es zunächst nach Kanton. Die riesige Dschunke erreichte jetzt den großen Golf, in dem die Mündung des Pearl Rivers lag. Sie tasteten sich vorsichtig durch die vielen Sandbänke und Untiefen im Mündungsbereich und grüßten die Bogue-Festung, die die Einfahrt zum Fluß bewachte. Dort registrierte man die Wimpel des Hauses Barrington – ein silberner Drache auf blauem Grund – und erwiderte den Gruß.

Da den englischen und holländischen Familien, die hier ebenfalls wohnten, der Zutritt Kantons untersagt war, wohnten die europäischen Kaufleute von Kanton in Macao. Für sie war Martin Barringtons Schiff nur eine weitere chinesische Dschunke, die in den Fluß hineinfuhr. Aber sie würden schon bald erfahren, wem sie gehörte und was der Zweck ihrer Reise war.

Wen Tscho-su, der Gouverneur der Stadt, war dünn und recht hochgewachsen für einen Chinesen, hatte einen sehr langen Schnurrbart und hängende Schultern. Er war von seinen Gehilfen und Sekretären umgeben und empfing seinen Besucher auf der Terrasse des Palastes, von der aus man den Hafen und den Fluß überblicken konnte.

»Ich habe einen Brief des Vizekönigs bei mir«, sagte Martin und gab den Umschlag einem der wartenden Männer.

»Ihr wollt ein Lagerhaus hier in Kanton errichten?« fragte Wen.

»Das hat mein Vater allerdings vor.«

Wen hob die Hände. »Jeder hat ein Lagerhaus in meiner Stadt. Ihr wollt zwischen Kanton und dem Norden Geschäfte machen?«

»Und dem Süden ebenfalls.«

Wen drohte ihm mit dem Zeigefinger. »Ihr müßt aufpassen, Barrington. Der Vizekönig wird Euch enteignen, wenn er Euch dabei ertappt.«

»Mich ertappen, Exzellenz? Glaubt Ihr denn, daß ich mit Schmuggelware handeln will?«

Wens Augen waren halb geschlossen. »Seid Ihr denn kein Engländer?«

»Ich bin ein Bürger des Reichs der Mitte«, erklärte Martin.

Wen lächelte skeptisch. »Es gibt schon zuviel Opium in Kanton. Ich möchte nicht noch mehr davon hier haben. Jetzt geht mit Sung Tang-chu. Er wird die Papiere für Euch vorbereiten.«

Martin begleitete den Sekretär in dessen Büro. »Was soll all das Gerede von Opium?« wollte er wissen. »Ist denn der Handel damit nicht verboten?«

»Es gibt ein Edikt des Kaisers gegen die Einfuhr von

Opium«, erwiderte Sung, nachdem er seinem eigenen Sekretär, einen jungen Mann, die Papiere zum Abschreiben übergeben hatte.

»Das mißachtet wird?« fragte Martin.

Der Chinese zuckte mit den Achseln. »Peking ist viele hundert Meilen weit weg, und mit Opium kann man ausgezeichnete Gewinne erzielen. Unter unserem Volk gibt es genug Narren die sich dieser Gewohnheit hingeben, und Eure Kaufleute möchten nur zu gern damit handeln.«

»Ist denn das gut für Euren eigenen Handel?«

»Natürlich. Mein Herr erhält seinen Anteil wie alle anderen auch.«

»Und jetzt hat er Angst, daß es zu weit führen könnte?«

»Daran sind die Engländer schuld«, sagte Sung zornig. »Sie kennen kein Maß. Die Ostindische Kompanie hat jahrelang sechstausend Kisten Opium jährlich nach Kanton eingeführt.«

»Sechstausend Kisten?« rief Martin ungläubig.

»Nicht mehr und nicht weniger. Darin waren sie sehr genau. Aber dann hat die Regierung vor vier Jahren das Monopol der Kompanie in diesen Gewässern abgeschafft – wie Ihr sicher wißt –, mit dem Ergebnis, daß jetzt *jeder* englische Kaufmann den Pearl River befahren kann. Wißt Ihr, wieviel Opium im letzten Jahr nach Kanton importiert wurde? *Zwanzigtausend* Kisten.«

Martin war entsetzt. »Und der Gouverneur erlaubt dies?«

»Ich bezweifle, daß er etwas dagegen unternehmen könnte, selbst wenn er es wollte«, erwiderte Sung. »Außerdem hat er mehr davon, weil es alles illegal ist, versteht Ihr? Jedes Schiff muß dafür bezahlen, durchgelassen zu werden.«

»Und jetzt hat er Angst«, sagte Martin wieder.

»Wir haben mehr Opium, als wir verkraften können. Der Preis fällt bereits.«

»Aber wer kauft so eine gefährliche Droge?«

Der Sekretär zuckte mit den Schultern. »Jeder. Ist es einem Mann denn verboten zu träumen? Oder einer Frau? Sind die Papiere fertig, Hung?«

Der Junge breitete sie jetzt auf Sungs Schreibtisch aus. Der Sekretär prüfte sie. »*Da* ist ein Fehler ... und *dort*. Fang noch einmal von vorne an, Dummkopf, und beeil dich, sonst lasse ich dich schlagen.«

Der Junge verbeugte sich, sammelte die Papiere wieder ein und ging zurück an seinen hohen Tisch. Martin nahm den Schreiber jetzt zum ersten Mal länger in Augenschein. Mit seiner rasierten Stirn und dem Zopf glich er den übrigen Chinesen, war unauffällig, aber da war ein eigenartiger Glanz in seinen Augen. Wahrscheinlich war es Wut über die harsche Zurechtweisung, dachte Martin, aber er wurde das Gefühl nicht los, daß es mehr war als das.

»Ich weiß langsam nicht mehr, was ich mit diesem Trottel anfangen soll«, schimpfte Sung und klatschte in die Hände, damit man ihnen Tee brachte. »Er möchte Beamter werden – und wißt Ihr, wie oft er schon durch die Prüfung gefallen ist? Drei Mal.«

»Habt Ihr schon einmal Opium geraucht?« fragte Martin Kang-ju. Er wußte, daß der Maat schon früher den Pearl River befahren hatte.

Kang-ju lächelte. »Meine Frau würde mich schlagen, Barrington.«

Martin nickte. »Das würde meine wohl auch, wenn ich eine hätte.«

Vom Achterdeck der *Jangtse Queen* aus studierte er die Hafenanlagen. Von einigen Städten tief im Inneren des Landes abgesehen, war Kanton von den Regierungsbehörden der Mandschu am weitesten entfernt. Es war eine vollkommen andere Welt hier unten im Süden, was sich besonders in der großen Anzahl von Weißen in Gehröcken und hohen Hüten manifestierte. Der Zutritt in die alte Stadt innerhalb der Mauern war ihnen verwehrt, aber sie hatten fast schon eine eigene Kolonie in der Umgebung des Hafens gegründet. Einige von ihnen interessierten sich sehr für das große Schiff, dessen Kapitän eindeutig zu groß für einen Chinesen oder Mandschu war – ganz gleich, welche Kleidung er auch trug.

Außerdem war der Name der *Jangtse Queen* in Singapur wohlbekannt. »Das Haus Barrington«, meinte einer der Männer am Kai so laut, daß alle anderen es hören konnten.

»Zum Teufel! Was hat er denn hier zu suchen?« sagte ein anderer.

Martin sah auf sie herunter. »Dasselbe wie Ihr, Gentlemen.«

»Das werden wir nicht zulassen, Sir. Auf gar keinen Fall werden wir das zulassen!« rief jetzt der erste Sprecher. »Wir werden es dem Gouverneur Wen melden.«

Martin antwortete nicht und sah ihnen nach. Die Empörung war an ihrem steifen Gang deutlich abzulesen.

»Diese Leute scheinen Euch nicht zu mögen«, meinte Kang-ju.

»Sie werden mich noch weniger mögen, nachdem sie mit Gouverneur Wen gesprochen haben«, erwiderte Martin trocken.

Er entschied sich dafür, an Bord zu bleiben und die Erkundung Kantons bis auf weiteres zu verschieben. Er mußte an Janes Warnung denken: In der Dunkelheit würde er sich gegen einen Meuchelmörder kaum schützen können.

Während er noch zu Abend speiste, wurde ihm ein Besucher gemeldet. »Irgendein nicht sehr vertrauenserweckender Bürogehilfe namens Hung Siu-ts'üan«, kündigte Kang an.

Martin runzelte die Stirn. »Sung Tang-chus Sekretär? Bringt ihn her, Kang. Aber bleibt anschließend bei uns.«

Kang ließ den chinesischen Jungen herein. Dieser sah sich verstohlen in der luxuriösen Kabine um.

»Ihr habt eine Nachricht von Sung Tang-chu?« fragte Martin.

»Nein, Exzellenz«, sagte Hung und leckte sich nervös die Lippen. »Ich möchte mit Euch sprechen, Sir.«

»Nun, das tut Ihr gerade.«

Hung warf einen Blick auf Kang.

»Ich habe vor meinem Maat keine Geheimnisse«, sagte Martin.

Hung holte tief Luft. »Sir, heute nachmittag habe ich gespürt, daß Ihr ein guter Mensch seid.«

Martin hob verwundert die Augenbrauen. »Nicht viele hier würden Euch da zustimmen.«

»Das liegt daran, daß die meisten hier böse sind«, sagte Hung, und seine Stimme klang plötzlich eigenartig zornig.

»Das ist natürlich ein gewagter Standpunkt. Weiß Euer Herr, wie Ihr denkt?«

»Mein Herr ist genauso böse wie alle anderen auch«, Hung starrte Martin an. »Wenn Ihr ihm das sagt, wird er mich schlagen lassen.«

»Ich werde es ihm nicht sagen«, versprach Martin. »Aber warum erzählt Ihr es mir dann?«

»Weil Ihr Barrington seid, und daher hat der Sohn des Himmels ein offenes Ohr für Euch.«

Martin warf Kang-ku einen Blick zu, der sich Mühe gab, sich nichts anmerken zu lassen. Der Junge wußte nicht, daß es, außer den kaiserlichen Ratgebern, kaum noch einen Mann in ganz China gab, der den Sohn des Himmels je zu Gesicht bekommen hatte – geschweige denn ein Barbar aus der Ferne, wie privilegiert er auch sein mochte. Der Tao-kuang Kaiser lebte noch abgeschiedener als sein Ch'ien-lung Großvater.

»Ihr müßt den Sohn des Himmels vor dem Bösen, das den Süden zerstört, warnen«, fuhr Hung jetzt energisch fort. »Mit der Zeit werden sie das gesamte Reich zerstören.«

»Meint Ihr damit den Handel der Barbarennationen?«

»Ich meine den Handel mit Opium! Das ist das Böse!« sagte Hung beharrlich. »Wißt Ihr denn überhaupt, was es unserem Volk antut?«

»Es schenkt ihnen Träume. Manche sagen, Träume sind süß.«

»Von Träumen kann man aber nicht leben, großer Barrington. Kommt mit mir, dann werde ich Euch diese Träumer zeigen, damit Ihr versteht, was ich meine. Vielleicht werdet Ihr dann dem Kaiser von den schrecklichen Verbrechen berichten, die in seinem Land von Männern wie unserem Gouverneur Wen Cho-su begangen werden. Dann wird er diesem Schrecken vielleicht ein Ende bereiten.«

Martin blickte den jungen Mann mit hochgezogenen Augenbrauen an. »Ich soll jetzt in der Dunkelheit mit Euch kommen? Das ist ja geradezu eine Einladung zum Selbstmord. Vielleicht ist dieser Gauner von Euren Feinden geschickt worden.«

»Ich suche Euch nur um Hilfe an«, bat Hung. »Aber Ihr tut recht daran, vorsichtig zu sein. Aber zwischen Tag und Nacht – da ist kein Unterschied. Die Lasterhöhlen schließen nie. Sagt mir nur, wenn Ihr mich begleiten wollt. Aber bitte, kommt!«

»Ich werde morgen mit Euch gehen«, entschied Martin. »Bis dahin aber müßt Ihr an Bord meines Schiffes bleiben.«

Selbst im hellen Tageslicht ließ sich Martin von einer Eskorte bewaffneter Matrosen begleiten. Kurz vor Mittag gingen sie an Land. Mittlerweile wußten alle in Kanton, daß ein Schiff des Hauses Barrington im Hafen angelegt hatte, wo sich eine Menschenmenge versammelt hatte.

Hung führte sie vom Hafen fort – und auch bald ganz aus den reicheren Vierteln der Stadt hinaus. Schon bald fanden sie sich in engen, schmutzigen Gassen wieder, wo vom Reichtum der Stadt nichts zu spüren war. Hunde stritten sich um Abfälle, Kinder spielten gleich nebenan und versanken bis zu den Knien in den Abwässern. Männer und Frauen urinierten ungerührt mitten auf der Straße, als Martins Gruppe an ihnen vorüberreilte. Martin warnte seine Matrosen, nach Räubern Ausschau zu halten. Zwar ließ man sie in Ruhe, aber einige der Müßiggänger, die sie passierten, trugen ein wissendes gefährliches Lächeln zur Schau.

Schließlich hielt Hung vor einem größeren Gebäude und klopfte an die geschlossene Tür. Ein junger Chinese öffnete; das helle Tageslicht schien ihn zu blenden. Ein scheußlicher Gestank stieg den beiden Besuchern in die Nase.

»Barrington möchte Sun Wong-li sehen«, sagte Hung.

Der Junge verbeugte sich, und Hung lud Martin ein, hereinzugehen. »Es wäre das Beste, wenn Eure Bewacher draußen blieben«, sagte er.

»Vergeßt nicht, Hung – beim ersten Zeichen des Verrats wird es Euer Kopf sein, der zuerst rollt«, sagte Martin und schlug mit der Hand auf das Schwert, das an seinem Gürtel hing. Es war ein chinesisches Schwert, leicht gebogen, perfekt ausbalanciert und äußerst scharf.

»Ich möchte nur, daß Ihr dies hier seht«, sagte Hung.

Martin duckte sich und betrat das Haus. Er war gleichermaßen überrascht wie erleichtert, als er das Innere des Gebäudes sah. Es hätte irgendeines der ordentlichen Geschäfte in Nanking oder Wuhu sein können. Aufmerksame, dezent gekleidete junge Frauen eilten herbei und boten ihm einen Stuhl an.

Offensichtlich standen sie in den Diensten eines älteren Chinesen, der sich jetzt die Hände rieb und sich verbeugte. »Ich bin Sun Wong-li. Es ist mir eine große Ehre, Barrington. Möchtet Ihr eine Pfeife oder zwei?«

Martin sah Hung, der neben ihm stand, fragend an. »Der große Barrington möchte sich hier erst einmal umsehen, bevor er raucht«, sagte Hung.

Sun hob die Hände. »Mein Reich steht Euch offen.«

Er klatschte in die Hände, und eines der Mädchen eilte herbei.

»Wenn Ihr bitte mit mir kommen wollt, Sir«, sagte das Mädchen.

»Begleitet mich, Hung«, sagte Martin.

Sie führte ihn in einen Flur, wo der eigenartige Geruch noch intensiver war. Dann öffnete sie eine Tür auf der linken Seite. Hier war der Gestank so stark, daß Robert kaum mehr Luft bekam; außerdem waren die Rauchschwaden so dick, daß es schwierig war, irgend etwas zu erkennen. Aber als er dem Mädchen in den Raum hinein folgte, war er wieder überrascht und fragte sich, was Hung ihm eigentlich klar machen wollte.

Der Raum maß etwa dreißig Fuß im Quadrat und war mit zahlreichen Diwanen gefüllt, auf denen jeweils ein Mann, manchmal aber auch, wie Martin zu seiner Überraschung feststellte, eine Frau lag. Neben jedem Diwan stand ein Tisch mit einer Schüssel und einer Pfeife. Männer und Frauen lagen auf bequeme Kissen gebettet und rauchten. Hin und wieder wurde ein Wort gesprochen, aber die meisten schienen damit zufrieden zu sein, die Decke anzustarren; viele hatten die Augen geschlossen. Die meisten von ihnen waren sehr gut gekleidet. Zwischen den lethargischen Gestalten liefen weitere Mädchen herum, die ihnen zulächelten, kurz mit ihnen sprachen und die Pfeifen forttrugen, damit sie neu gefüllt wurden, während die Kunden erst einmal die Ersatzpfeife aus der Schüssel nahmen.

»Wir nennen das hier den Raum der Träume«, erklärte das Mädchen an Martins Seite.

»Es scheint ein sehr angenehmer Ort zu sein ...«

»Dort ist ein leerer Diwan. Möchtet Ihr Euch dort hinlegen? Ich bringe Euch Pfeifen.«

Martin sah Hung mit einem Anflug von Gleichgültigkeit an. »Ich weiß nicht so recht, was Euch solche Sorgen macht, Hung. Gut, diese Menschen haben sich betäubt und träumen – vielleicht finden sie das Leben ja angenehmer, wenn sie erwachen.«

»Aber sie erwachen nie wieder richtig«, erklärte Hung. »Kommt mit, es gibt noch andere Räume.« Er trat zurück auf den Flur.

Das Mädchen folgte ihnen. »Möchtet Ihr denn keine Pfeife?« fragte sie verwirrt.

»Hier entlang!« Hung schritt eilig den Flur hinunter.

»Dort könnt Ihr nicht hinein!« rief das Mädchen voller Aufregung.

Aber Hung war bereits bei der nächsten Tür – und er stieß sie auf. Martin blieb entsetzt stehen. Zu dem scheußlich süßlichen Geruch der Opiumpfeifen gesellte sich jetzt auch noch der Gestank ungewaschener Menschen und ihrer Exkremente. Der Rauch war hier noch dicker, und der junge Barrington versuchte mühsam, in dem Dämmerlicht irgend etwas zu erkennen.

»Ihr müßt sofort da herauskommen«, rief ihm das Mädchen nach. »Das ist nicht für Euch.«

Er mißachtete diese Warnung und wischte sich die Tränen fort, die ihm der beißende Rauch in die Augen getrieben hatte. Der Raum war etwa von der gleichen Größe wie der erste, den sie betreten hatten, aber damit endete jede Gemeinsamkeit. Hier gab es weder Diwane noch Tische, und auch keine hübschen Mädchen. Ein Haufen von Menschen lag auf dem Boden oder lehnte sich an die Wände und Säulen. Sie alle waren mehr oder weniger benommen. Jeder hatte eine Pfeife – die für ihn das wertvollste auf der Welt zu sein schien. Sie inhalierten ... und vielleicht träumten sie. Ihre Münder standen weit offen, und der Speichel lief heraus. Einige waren völlig nackt und mit ihren eigenen Exkrementen beschmiert. Aber noch beunruhigender waren jene Gestalten, die noch Überreste von ursprünglich feiner Kleidung trugen. Auch hier waren die Geschlechter gemischt. Einige paarten sich, ohne daß es die anderen besonders interessierte.

»Wir sollten jetzt besser gehen«, sagte Hung. »Das Mädchen wird Hilfe holen.«

Sie traten zurück auf den Flur und schlossen die Tür.

»Warum halten die Leute sich in diesem Raum auf und nicht in dem anderen?« fragte Martin.

»Es ist die unstillbare Lust nach Opium – wenn das Geld ausgegangen ist. Vielleicht haben sie alle einmal in dem ersten Raum begonnen. Aber für die Pfeifen haben sie alles geopfert – ihre Häuser und Geschäfte verkauft, ihre Frauen und Familien dem Hungertod preisgegeben und ihre Kinder zur Prostitution gezwungen. Alles für eine Pfeife! Und wenn sie kein Geld mehr haben, dann wirft man sie in diese Höhle und erlaubt ihnen zu rauchen, bis sie sterben. Da sie nichts essen, geht es recht schnell. Und doch haben einige dieser heruntergekommenen Männer einmal ihrer Gemeinde vorgestanden – bevor sie das Opium entdeckt haben.«

»Mein Gott!« murmelte Martin. Er war ernsthaft schockiert.

»Allein in Kanton gibt es einhundert solcher Opiumhöhlen«, erläuterte Hung. »Und Tausende im gesamten Süden.«

Im Flur erschienen jetzt einige Männer, die mit Stöcken bewaffnet waren und schrien: »Ihr da! Raus!«

Der junge Barrington zog sein Schwert. »Bleibt dicht bei mir«, sagte er zu Hung und bahnte sich einen Weg durch die Männer, die ihn grimmig anstarrten. Er war heilfroh, als sie die Straße draußen erreicht hatten, wo sie unter dem Schutz der Matrosen standen. Begierig sogen sie die frische Luft ein.

»Werdet Ihr dem Sohn des Himmels berichten, was Ihr gesehen habt?« fragte Hung.

»Ich werde das jedenfalls nicht auf sich beruhen lassen, das verspreche ich Euch«, antwortete Martin.

7

DER WÜTENDE LÖWE

Im folgenden Jahr – 1839 nach dem christlichen Kalender – lag die *Jangtse Queen* vor der Stadt Chin-kiang am südlichen Ende des Großen Kanals und wartete. Martin hatte Anweisungen aus Peking erhalten, die er noch nicht einmal seinem Vater oder Bruder mitgeteilt hatte, denn höchste Geheimhaltung war Teil dieser Anweisung.

Daß er einem Befehl unter dem Siegel des Prinzen Hui, des Kaisers Bruder, nachkam, machte deutlich, wie weit er sich von seiner Familie entfernt hatte. Es war natürlich leicht zu sagen, daß sein Vater und Adrian niemals verstanden hätten, warum er dem Vizekönig Bericht erstattet hatte, ohne die vernichtende Wirkung des Opiums mit eigenen Augen gesehen zu haben, und daß sie in ihrem Bemühen, sich nicht in die Angelegenheiten der anderen Barbaren einzumischen, Druck auf ihn ausgeübt hätten, die ganze Angelegenheit auf sich beruhen zu lassen.

Ebenso leicht war es zu sagen, daß er nicht damit gerechnet hatte, daß man dem Bericht eines Barbaren, auch wenn es sich um einen Barrington handelte, überhaupt Aufmerksamkeit schenkte. Wie sehr er auch immer seinen Zorn und vielleicht sogar seine Schuldgefühle wegen des Opiums beschwichtigen wollte, so hatte er doch eigentlich damit gerechnet, daß das Schriftstück, wie schon so viele andere, unverzüglich seinen Weg in die staubigen Archive des Vizekönigspalastes antreten würde, um dort in völlige Vergessenheit zu geraten. Daß man es weiter nach Peking gesendet hatte, war für ihn eine Überraschung gewesen. Und daß Peking sich tatsächlich entschieden hatte, etwas gegen die geschilderten Mißstände zu unternehmen, erstaunte ihn nur noch mehr. Der Tao-kuang Kaiser war nicht sehr kriegerisch veranlagt. Ganz im Gegensatz zu seinem Vater schien sein einziges Ziel im Leben das Sparen zu sein – so hatte er sogar den jährlichen Jagdausflug nach Jehol abgeschafft, da er ihn für zu teuer erachtete.

Martin bereute seinen Vorstoß nicht im geringsten. Er fand es verantwortungslos, daß seine Landsmänner China mit einer so schrecklichen Droge überschwemmten, nur weil ihnen das Geld für ehrliche Geschäfte fehlte.

Auch für Menschen wie den Gouverneur Wen, die sich skrupellos auf Kosten ihres eigenen Volkes bereicherten, hegte er wenig Sympathie. Und wenn er sich auch unnötig einmischte – wie sein Vater und Adrian es sehen würden –, so mußte er doch in die Zukunft blicken; falls die kaiserliche Regierung nämlich entschied, den illegalen Handel in Kanton zu unterbinden, dann wäre das auch das Ende vieler europäischer Kaufleute, die sich dort immer mehr ausbreiteten, und davon konnte das Haus Barrington schließlich nur profitieren.

Das war ein Argument, das er seinem Vater und Adrian durchaus hätte nahebringen können, aber er hatte darauf verzichtet, weil er in seine eigenen Geheimnisse verstrickt war. Ehebruch in einer Gesellschaft zu begehen, in der Schönheit überall käuflich zu erwerben war, mußte jeder rechtschaffene Mann ablehnen. Aber dann auch noch Ehebruch mit der eigenen Schwägerin zu begehen, gehörte wohl zu den niederträchtigsten Handlungen überhaupt.

Aber wie konnte man einer Frau widerstehen, die seiner eigenen Rasse angehörte und so schön war, und die aufgrund der schlechten Behandlung durch seinen Bruder so unglücklich zu sein schien ... und die ihn so sehr begehrt hatte? Nach seiner Rückkehr hatten sie einander in die Augen geschaut und ihr Schicksal damit besiegelt: innerhalb der nächsten achtundvierzig Stunden hatte sie den Weg in sein Bett gefunden.

Jetzt hatte er das Gefühl, auf Messers Schneide zu leben. Chun-wu wußte von der Liaison, ja sie hatte diese sogar unterstützt, indem sie bereitwillig die Wache übernommen hatte, während er und seine Schwägerin den kriminellen Akt vollzogen. Vielleicht hielt sie es für ihre Verantwortung, ihren Herrn auf diese Weise glücklich zu machen, da sie selbst älter wurde und nicht mehr so attraktiv war. Aber zweifellos sicherte sie sich damit auch ihre eigene Zukunft, denn was konnte es Besseres geben, als ein solches Geheimnis ihres Herrn zu ihrer Verfügung zu haben.

Aber was bedeutete es schon, am Rande des Abgrunds zu leben, wenn er diesen leidenschaftlichen, rosa-weißen Körper im Arm halten, die Hitze dieser Lippen spüren und den herrlichen Glanz ihrer rotbraunen Haare sehen durfte?

Der Sampan war nicht weniger prächtig als all die anderen, die Martin bisher gesehen hatte, von dem Zelt aus roter Seide mit passenden Vorhängen in der Mitte des Schiffes bis zu den blank polierten Rudern, die in der Sonne funkelten. Aber der Mann, der jetzt an Bord der Dschunke kam, war eindeutig ein Chinese und kein Mandschu. Er war klein und dünn. Sein Gesicht hager, seine Augen hart, sein Lächeln mehr als sparsam.
»Barrington«, sagte er. »Ich bin Lin Tse-hu, Beauftragter des Kaisers für die Wiederherstellung der Ordnung im Süden. Ihr werdet Eure Befehle von mir erhalten.«

Anfang März erreichte die *Jangtse Queen* die weite Mündung des Pearl River und fuhr flußaufwärts. Bis zu diesem Zeitpunkt war es keine sehr angenehme Reise gewesen, da die Winterstürme noch immer auf der chinesischen See wüteten. Lin und seine Männer hatten die meiste Zeit seekrank in ihren Kajüten gelegen, aber auf dem ruhigen Wasser des Flusses erholten sie sich schnell.
  Lin stand auf dem Achterdeck, als Kanton in Sicht kam.
  »Wie lauten Eure Instruktionen, Exzellenz?« fragte Martin.
  »Ich bin hier, um dem Opium-Handel ein Ende zu setzen«, erklärte Lin.
  »Ja, aber wie werdet Ihr das angehen?«
  Lin sah ihn überrascht an. »Ich werde den Handel unterbinden, indem ich sämtliches Opium in Kanton vernichten werde, und alle, die daran verdienen. Ihr werdet mich begleiten, mit einem Dutzend Eurer besten Leute.«

Sie gingen von Bord: Lin und seine zwanzig Soldaten, Martin und ein Dutzend gutbewaffneter Matrosen. Man hatte die Dschunke schon ein ganzes Stück weiter flußaufwärts erkannt, so daß man sie in der Stadt sicherlich schon erwartete, aber niemand konnte wissen, daß ein Beauftragter des Kaisers mit von Bord ging. Die Menschen versammelten sich am Kai und betrachteten Lin neugierig, der den kürzesten Weg zum Palast des Gouverneurs einschlug. Boten eilten ihm voraus, so daß Wen Tscho-su bereits über die Ankunft des Besuchers unterrichtet war.

»Lin Tse-hu, Exzellenz.« Wen verbeugte sich tief und warf dann Martin einen Blick zu. »Darf ich fragen, was mir die Ehre Eures Besuchs verschafft?«

»Ich suche Opium«, sagte Lin.

»Opium? Nun, Exzellenz, da seid Ihr wirklich an der richtigen Stelle. O ja, wir haben Opium.«

»Wie ich erwartet habe.« Lin ging am Gouverneur vorbei ins Vorzimmer, wo bereits mehrere Beamten warteten, unter ihnen auch Sung Tang-Chu, wie Martin bemerkte. »Wo ist dieses Opium?«

»Es ist an sicheren Plätzen gelagert, Exzellenz.«

»Ihr habt keines hier bei Euch im Haus?«

»Oh, nun ja …« Wen rieb sich nervös die Hände.

»Bringt es zu mir.«

Lin setzte sich auf Wens Stuhl und sah sich im Zimmer um, aus dem zwei der Sekretäre eilig herausgelaufen kamen. Seine Männer bauten sich um ihn herum auf. Wen wußte ganz offensichtlich nicht, ob er sich über Lins Erscheinen freuen oder vor ihm Angst haben sollte. »Möchtet Ihr eine Pfeife probieren, Exzellenz?«

»Ich möchte das Opium sehen«, sagte Lin.

Wen blickte in die Richtung des inneren Torbogens, wo die Sekretäre jetzt wieder auftauchten. Sie wurden von vier Sklaven begleitet, die Tabletts mit mehreren kleinen Kisten trugen. Er winkte sie herbei, und die Tabletts wurden hereingebracht.

»Barrington!« sagte Lin scharf. »Ist das Opium?«

Martin öffnete eine der Kisten und den darin befindlichen Beutel. Er roch daran. »Ja, Exzellenz, das ist Opium.«

Lin sah Wen an, der jetzt anfing zu zittern. »Habt Ihr das

von den Barbaren gekauft? Oder habt Ihr es als Bestechung erhalten, damit sie ihre Waren hier einführen können?«

In seiner Verwirrung begann Wen zusammenhangloses Zeug zu stammeln. Lin wandte sich daraufhin an die Sekretäre. »Wie viele Kisten Opium gibt es im Augenblick in Kanton?«

Die Sekretäre blickten vielsagend zu dem Gouverneur hinüber.

»Er ist mit Sicherheit schuldig«, sagte Lin. »Hinrichten!«

Wieder einmal wurde das Todesurteil mit dem rasanten Tempo der Chinesen vollzogen. Wens Kopf rollte über den Boden; auf seinem Gesicht lag immer noch dieselbe Mischung aus Verwirrung und Entsetzen.

»Also«, fragte Lin. »Wie viele Kisten Opium gibt es im Augenblick in Kanton?«

»Ziemlich viele, Exzellenz«, antwortete Sung rasch. »Vielleicht an die zwanzigtausend.«

»Wißt Ihr, wo diese Kisten zu finden sind?«

»Die meisten stehen in den Lagerhäusern der Barbaren im Hafengebiet.«

Lin nickte. »Ihr werdet Eure Soldaten antreten lassen und mich zu den Lagerhäusern begleiten.«

In kürzester Zeit verwandelte sich das Hafengebiet in ein Durcheinander aus panischen Menschen. Chinesische Büroangestellte flohen in alle Richtungen, als Lin und seine Männer ein Lagerhaus nach dem anderen plünderten, die Opiumkisten am Kai auftürmten und die wertvollen Kundenlisten und Rechnungen Wind und Wasser übergaben.

»Ihr Halunken!« rief der erste britische Kaufmann, der mitansehen mußte, wie sein Lagerhaus ausgeräumt wurde. »Was soll das alles? Seid Ihr Banditen?« Er sah Sung wütend an, der jetzt neben Lin hermarschierte. »Wo ist denn der vielgepriesene Schutz, den der Gouverneur uns versprochen hat?«

»Den Gouverneur gibt es nicht mehr«, sagte ihm Lin mit unbewegter Miene. »Und Ihr seid verhaftet!«

Jetzt erblickte der Brite plötzlich Martin. »Seid Ihr etwa dafür verantwortlich, ihr Schuft?«

»Ja, allerdings«, sagte Martin. Er sah keinen Grund, seinen Anteil an dieser Entwicklung zu leugnen, obwohl er sich große Sorgen machte, daß Lins rigoroses Vorgehen eine Katastrophe heraufbeschwören würde.

»Verhaftet den Mann«, wies Lin seine Leute an. Sofort packten zwei Soldaten den Briten und banden ihm die Hände auf den Rücken.

»Zum Teufel, Sir!« rief der Engländer empört. »So dürft Ihr mich nicht behandeln!« Sie schleppten den schimpfenden Mann fort.

»Ihr könnt ihn auf mein Schiff bringen lassen«, schlug Martin vor. »Ich werde ihn dann flußabwärts nach Macao bringen.«

»Er gehört ins Gefängnis«, erklärte Lin. »Jeder Barbar in Kanton wird ins Gefängnis geworfen werden, bis seine Majestät entscheidet, wie mit ihnen zu verfahren ist. Wenn ich zu entscheiden hätte, würde ich sie jetzt gleich enthaupten lassen.«

»Das würde die Briten aber sehr wütend machen«, protestierte Martin.

»Als ob ich vor den Barbaren der Ferne Angst hätte«, meinte Lin. »Habt Ihr denn Angst?«

Lin machte seine Drohung wahr. Jeder Engländer in Kanton wurde verhaftet. Ein oder zwei Schiffe konnten fliehen; alle anderen wurden beschlagnahmt. In der Zwischenzeit begannen die Vorbereitungen für die Vernichtung des Opiums. Am Wasser entlang wurden lange Gräben ausgehoben, in die hinein die Kisten – es waren zwanzigtausendzweihundertdreiundachtzig an der Zahl – später entleert wurden. Daraufhin fluteten sie die Gräben, und ihr Inhalt wurde in den Pearl River gespült.

Die Chinesen sahen in stiller Empörung zu.

Martin war über diese drastische Vorgehensweise entsetzt, besonders als er die Engländer im Gefängnis besuchte. Er wußte, daß ein Gefangener in China schon vor jedem Schuldspruch verächtlich behandelt wurde, aber er hatte nie geglaubt, daß er seine eigenen Landsleute jemals so herabgesetzt sehen würde. Man hatte die verhafteten britischen Kaufleute – es waren ungefähr ein Dutzend, die meisten von ihnen mittleren Alters und wohlhabend – alle miteinander in eine einzige, unterirdische Zelle gesteckt, von der aus sie durch ein winziges vergittertes Fenster bei den täglichen Hinrichtungen, die auf dem Hof stattfanden, zusehen konnten. In der Zelle gab es noch nicht einmal einen Toiletteneimer, der Boden bestand auf feuchtem Schlamm, auf dem es vor Insekten nur so wimmelte. Eine wässrige Suppe, in der hier und da ein Stück rohes Fleisch herumschwamm, war das einzige Essen. Aber ihren Kampfgeist hatten die Gefangenen noch nicht verloren. »Zum Teufel, Barrington«, rief einer von ihnen. »Ich habe Euch an der Seite dieses Schurken gesehen. Dafür werdet Ihr bezahlen!«

So sehr er auch ihre skrupellosen Geschäfte ablehnte, empfand er jetzt doch Mitleid mit ihnen. »Ich werde mich dafür einsetzen, daß man Euch entläßt«, sagte er.

»Und was ist mit unserer Ware? Wißt Ihr, wie viel das alles wert war, was da zerstört worden ist? Mehr als zwei Millionen Pfund!«

»Wie ich schon gesagt habe, ich werde versuchen, mich für Eure Freiheit einzusetzen, aber ich werde niemanden bei solch widerwärtigen Geschäften unterstützen.«

Das führte erneut zu wüsten Beschimpfungen von Seiten der Gefangenen. Einer von ihnen aber war recht vernünftig und sagte: »Mr. Barrington, könnt Ihr nicht wenigstens unseren Familien sagen, daß wir am Leben sind«, sagte der Mann. »Ihr kennt dieses Land und könnt Euch vorstellen, was für Gerüchte schon jetzt flußabwärts gedrungen sein müssen.«

»Ich werde tun, was ich kann«, versprach Martin. »Wie ist Euer Name, Sir?«

»Josiah Barnes. Ich habe ein Haus in Macao, wo meine Frau mit Sohn und Tochter lebt.«

»Ich werde veranlassen, daß sie unterrichtet werden«, versicherte ihm Martin. Er fragte sich, was wohl der junge Mann, Hung, der dies alles verursacht hatte, jetzt dachte. Aber Hung war nicht aufzufinden.

»Die Barbaren freilassen?« Lin schnaubte verächtlich. »Damit sie ihre ruchlosen Geschäfte wiederaufnehmen können? Sie sollen dort sitzenbleiben und verfaulen.«

»Das wird aber unangenehme Folgen heraufbeschwören«, warnte ihn Martin.

»Ich glaube, Ihr habt wirklich Angst vor den Barbaren«, sagte Lin verächtlich. »Das liegt sicher daran, daß Ihr selbst einer seid. Was glaubt Ihr, können sie denn schon gegen den Sohn des Himmels ausrichten, wo sie so viele tausend Li weit weg sind und nur so klägliche Mittel zur Verfügung haben? Ich möchte nichts mehr über diese Angelegenheit hören, Barrington.«

»Wann werdet Ihr nach Peking zurückkehren, Exzellenz?«

»Ich werde hierbleiben, bis ich von seiner Majestät weitere Anweisungen erhalte. Jemand muß hier die Regierung übernehmen, bis der neue Gouverneur eintrifft.«

»Aber Ihr werdet mir hoffentlich erlauben, mit meinem Schiff abzureisen?«

Lin nickte. »Ihr könnt weiter Euren Geschäften nachgehen. Wenn ich Euch brauche, werde ich es Euch wissen lassen.«

Martin ging zu Sung Tang-Chu. »Ihr besitzt die Frechheit, mich zu besuchen?« empörte er sich. »Nachdem ihr unsere Existenz zerstört habt?«

»Ich bin gekommen, mich nach Hung Hsiu-ch'üan zu erkundigen.«

»Dieser verrückte junge Narr!« schnaubte Sung verächtlich. »Sagt mir, Barrington: war es nicht er, der Euch dazu gebracht hat, das Memorandum zu verfassen, dem wir dies alles zu verdanken haben?«

»Er hat mir jedenfalls gezeigt, was Opium bei den Menschen anrichtet.«

»Er ist ein Teufel«, grollte Sung. »Ich will ihn hier nie wieder sehen. Es ist seine Schuld, daß ganz Kanton ruiniert ist.«

Martin hätte nur zu gern wie die anderen geglaubt, daß die Macht der Barbaren mit diesem Akt gebrochen war. Britische Kaufleute auszuweisen und die Häfen zu schließen wäre wahrscheinlich eine durchaus wirkungsvolle Maßnahme gewesen, da Großbritannien mit einer blutjungen Königin und einer ›Schlafzimmerkrise‹ gerade genug zu tun hatte. Aber britische Staatsbürger unter solch unmenschlichen Bedingungen ins Gefängnis zu stecken ... wenn das in London bekannt wurde, dann war gar nicht auszudenken, wie der britische Löwe, so stolz und mächtig, darauf reagieren würde.

Er verließ Kanton am nächsten Tag in Richtung Macao, wo eine ganze Reihe von Schiffen versammelt waren. Die jeweiligen Besatzungen befanden sich aufgrund der Gerüchte, die sich wie ein Lauffeuer flußabwärts verbreitet hatten und der Kunde, die sie jetzt von den geflohenen Schiffen erhielten, in höchster Aufregung. »Ich habe nicht gewagt, frei durchzuatmen, bis wir die Mauern der Festung passiert hatten«, meinte Kapitän Morrison.

Der junge Barrington wurde mit Fragen überhäuft, als er an Land ging, denn bisher wußte niemand, was für eine Rolle er in der ganzen Angelegenheit gespielt hatte. Nur, daß Lin an Bord eines Barrington-Schiffes nach Kanton gereist war und daß das Haus Barrington in China besondere Privilegien genoß, war allgemein bekannt.

»Ich fürchte, Gentlemen«, sagte er, »daß die Zeit der uneingeschränkten Einfuhr von Opium nach China sich ihrem Ende zuneigt.«

»Du lieber Himmel, Sir, Ihr klingt ja schon selbst wie ein Schlitzauge«, schimpfte einer.

»Ich bin nur ehrlich, Sir. Was würdet Ihr sagen, wenn die Chinesen Opium nach England importieren würden?«

»Also, Sir, das ist ja wohl eine vollkommen andere Situation. Diese armen Teufel haben doch nichts anderes, wofür es sich zu leben lohnt, außer süßen Träumen.«

»Und was habt Ihr, wofür es sich zu leben lohnt, wenn Ihr aus Euren Träumen erwacht und feststellen müßt, daß Euer Haus verkauft ist und Eure Frauen und Kinder an der nächsten Straßenecke feilgeboten werden?«

»Hehre Worte«, meinte Morrison verächtlich. »Aber wollt Ihr nicht in Wirklichkeit nur erreichen, daß kein Engländer mit China Geschäfte machen soll außer dem Haus Barrington?«

»Nun, Sir, da Eure Art von Geschäften derart verantwortungsloser Natur waren, glaube ich, daß es das Beste für alle ist, wenn Ihr mit Euren Schiffen hier sobald wie möglich abreist und nicht zurückkehrt.«

Es ergoß sich eine solche Kanonade wüstester Beschimpfungen über ihn, daß er sich gezwungen sah, den Griff seines Stockes fester zu fassen.

»Ihr, Sir«, verkündete Morrison, »seid der Sohn eines Piraten, ein Schurke, ein Abtrünniger und ein Verräter an unserer Rasse und unserem Volk!« Er hielt inne, da er befürchtete, zu weit gegangen zu sein. Aber er wußte auch, daß ihm im Zweifelsfall die Unterstützung der anderen gewiß war.

Martin holte tief Luft. Er hatte wenig Hoffnung, daß sich diese Männer vom Handel mit China zurückziehen würden. Er würde sein Leben lang mit ihnen zu tun haben, daher durfte er seine Position nicht gefährden. Außerdem war er wütend. »Ich muß Euch bitten, Kapitän Morrison, daß Ihr Euch entschuldigt.«

Morrison sah nach rechts und nach links. Alle nickten ermutigend. »Die bekommt Ihr nicht, Barrington.«

»Dann muß ich Euch um Satisfaktion bitten.«

»Habt Ihr einen Sekundanten? Und zwar einen englischen?«

»Nein, den habe ich nicht. Mein Maat ...«

»Dies ist eine englische Angelegenheit, Sir. Was weiß dieser gelbe Teufel von einem Maat schon von Ehre?«

»Dann, scheint es, werde ich mein eigener Sekundant sein müssen. Ich habe Euch herausgefordert, Sir. Wählt die Waffen und einen Ort.«

Wieder sah Morrison seine Landsleute an. Niemand wußte, mit welchen Waffen Martin Barrington umgehen konnte und mit welchen nicht – das war das Problem.

»Wenn Ihr erlaubt, Gentlemen«, sagte jetzt ein Engländer, der etwas jünger zu sein schien als die anderen und der sich bis zu diesem Zeitpunkt nicht an dem Streit beteiligt hatte.

»Es scheint so, als ob wir hier einige Schwierigkeiten haben, da Kapitän Barrington nicht in dem Maße mit den europäischen Gebräuchen vertraut ist. Darf ich vorschlagen, daß es vielleicht das Beste wäre, wenn Ihr Eure Differenzen vergeßt und Euch die Hände reicht wie richtige Männer ...« Er hielt inne und blickte von einem zum anderen.

Er war ein gutaussehender Mann, und seine Gesichtszüge waren Martin irgendwie vertraut, aber er glaubte nicht, ihn schon einmal getroffen zu haben.

»Ich erwarte von Kapitän Morrison lediglich eine Entschuldigung«, sagte Martin.

Morrison leckte sich nervös die Lippen. »So eine Unverschämtheit«, sagte jemand aus der Menge. »Ihr werdet Euch nicht entschuldigen, Morrison.«

Morrison zögerte ein letztes Mal, dann drückte er die Brust heraus. »Ich werde mich nicht entschuldigen, Barrington. Wem die Jacke paßt, der soll sie sich anziehen.«

Martin sah den jüngeren Mann an – der seufzte. »Nun, Gentlemen, wir können nur hoffen, daß die Vernunft trotzdem siegen wird. Bitte erlaubt mir, die Organisation zu übernehmen, da Kapitän Barrington keinen Sekundanten hat. Ich würde sagen, morgen früh bei Morgengrauen? Das ist gewöhnlich die Zeit dafür. Pistolen?«

»Wie Ihr wünscht, Mr. Barnes«, sagte Morrison, drehte sich um und machte sich auf den Weg in die nächstgelegene Bar.

»Ich danke Euch für Eure Bemühungen, Sir«, sagte Martin. »Habe ich eben richtig gehört, Euer Name ist Barnes?«

»Ja, das stimmt, Sir. Donald Barnes.«

»Und Euer Vater ist im Augenblick in Kanton.«

»Ja, das ist er, Sir. Ich hatte gehofft, daß Ihr vielleicht etwas wißt.«

»Ich habe vergangene Woche mit ihm gesprochen. Er bat mich, Eurer Mutter mitzuteilen, daß es ihm gut geht.«

»Bitte, erzählt mir alles«, sagte Donald Barnes. »Und meiner Mutter ebenfalls. Darf ich Euch zu uns zum Abendessen einladen, Sir?«

»Habt Ihr schon einmal an einem Duell teilgenommen?« fragte Donald Barnes auf dem Weg zum Haus seiner Familie.

»In China ist das nicht üblich«, erwiderte Barrington. »Wenn dort Männer miteinander kämpfen, dann geschieht das ohne jede Formalität.«

»Wie ich zu Morrison sagte, es gibt immer noch die Möglichkeit, daß die Vernunft sich nach einer zwölfstündigen Abkühlungsphase doch noch durchsetzt. In diesem Fall können wir nur darauf hoffen.«

Dieser junge Mann wurde Martin immer sympathischer, und er mußte sich dauernd daran erinnern, daß Barnes sich als Assistent seines Vaters genauso des Opiumshandels schuldig gemacht hatte wie jener. Als er das Haus der Barnes erblickte, konnte er dieses Wissen nicht mehr so leichthin abtun. Es war fast ein Palast und in einem Stil gebaut, den man schon bald als Kolonialstil bezeichnen würde; über den drei Stockwerken lag ein weit vorspringendes Dach, daß von hohen Marmorsäulen getragen wurde.

»Mein Vater treibt bereits seit über dreißig Jahren Handel mit Kanton«, erklärte Donald. »Er erzählt oft, wie er einmal von einem der Schiffe *Eures* Vaters verfolgt wurde.«

»Ich kann Euch versichern, daß mein Vater nie Schiffe unter britischer Flagge angegriffen hätte – er kann es also nicht selbst gewesen sein. Aber wenn er nicht dabei war, dann haben die Piraten sich selbständig gemacht und leider jedes fremde Schiff angegriffen, auch die englischen.«

»Ich habe das nur erwähnt, damit Ihr versteht, daß dieses Haus nicht über Nacht erbaut worden ist. Darf ich Euch nun meiner Mutter vorstellen.«

Vor ihnen stand eine vornehme Dame, die so um die fünfundfünfzig Jahre alt sein mochte, mit markanten Gesichtszügen, die von Sorgenfalten durchzogen waren. »Und meine Schwester Catherine.«

Sie war vielleicht Anfang Zwanzig, schätzte Martin, und hatte das Aussehen ihrer Mutter geerbt: nicht umwerfend hübsch, aber gutaussehend, hochgewachsen mit einer reifen Figur. Sie hatte herrlich dunkelbraune Haare, die sie offen und ungewöhnlich schlicht trug; vielleicht hatte sie aber auch nicht damit gerechnet, daß ihr Bruder einen Besucher mitbringen würde.

»Kapitän Barrington!« rief Alice Barnes. »Wir haben schon so viel von Euch gehört.« Sie warf ihrem Sohn einen Blick zu, der verriet, daß sie unsicher war, wie sie sich weiter verhalten sollte.

»Kapitän Barrington hat Neuigkeiten von Vater«, erklärte Donald. »Ich habe ihn zum Abendessen eingeladen.«

»Ich werde Wong sagen, daß er ein zusätzliches Gedeck aufdeckt«, bot Catherine an und eilte davon. In der Zwischenzeit teilte Martin Mrs. Barnes und ihrem Sohn die Neuigkeiten aus Kanton mit.

»Und Ihr sagt, meinem Man geht es gut?« fragte Alice Barnes.

»Den Umständen entsprechend«, antwortete Martin. »Die Bedingungen im Gefängnis sind nicht sehr gut, aber ich habe vor, den Vizekönig um Verbesserungen zu bitten. Außerdem werde ich mich dafür einsetzen, daß sie entlassen werden. Leider dauert so etwas lang. Ich muß Euch daher um Geduld bitten.

»Stimmt es, daß *alle* Briten verhaftet worden sind, Kapitän Barrington«, fragte Catherine Barnes, die wieder zurückgekommen war und die letzten Sätze des Gesprächs mitangehört hatte.

»Ich fürchte, so ist es, Miss Barnes.«

»Aber *Ihr* seid nicht verhaftet worden?«

Ihr Bruder hüstelte peinlich berührt.

»Ich bin Bürger Chinas, Miss Barnes«, erwiderte Martin ruhig.

Die Stimmung beim Abendessen war nicht ungetrübt. Zwar bemühten sich Alice Barnes und ihr Sohn höflich um Konversation, aber Martin spürte die Feindseligkeit Catherines deutlich.

»Wenn Ihr mich jetzt bitte entschuldigt«, sagte er zu Mrs. Barnes, sobald es sich geziemte. »Ich brauche morgen einen klaren Kopf.«

»Werdet Ihr in See stechen?«

Martin sah Donald an.

»Kapitän Barrington ist zum Duell herausgefordert worden«, erklärte Donald.

»Oh!« Alice Barnes schien ziemlich schockiert.

»Ich bin sicher, daß es gut für Euch ausgehen wird«, sagte Catherine.

»Legen wir jetzt ab, Barrington?« fragte Kang-ju.

»Mit der morgigen Flut«, sagte Martin. »Ich muß erst einen Mann umbringen.«

»Könnt Ihr das denn nicht jetzt erledigen?«

»Es muß morgen geschehen.«

»Laßt mich das für Euch übernehmen.«

»Nein, ich werde es tun«, erwiderte Martin.

Kang-ju bestand darauf, um fünf Uhr morgens mit Martin an Land zu gehen, als der Himmel gerade etwas weniger schwarz schien. Er wollte seinen Freund und Herrn beschützen und hatte zu diesem Zweck eine alte Donnerbüchse mitgenommen.

Donald Barnes wartete bereits auf die beiden. »Seid Ihr mit dem Ablauf vertraut? Es werden Schüsse ausgetauscht.«

»Hat er vor, sich zu entschuldigen?«

»Das bezweifele ich. Aber wenn Ihr die Schüsse ausgetauscht habt ...«

»Dann geben wir uns die Hände? Ich fürchte, ich verstehe diese Art, solche Angelegenheiten zu bereinigen, nicht, Mr. Barnes. Meine Familie und ich, wir sind übel beleidigt worden. Außerdem, ist es nicht unsinnig, auf einen Mann zu schießen, ohne ihn zu töten?«

»Du lieber Himmel, Sir, das würde in der Gemeinde erheblich böses Blut machen.«

»Ich gehöre dieser Gemeinde nicht an«, erwiderte Martin.

Sie gingen vom Hafen zum Strand, wo sich die meisten Herren vom Vortag bereits versammelt hatten. Es gab sogar noch einige Zuschauer mehr.

»Nun, Kapitän Morrison«, sagte Barnes. »Es ist meine Pflicht, Euch noch einmal zu bitten, Euch bei Kapitän Barrington zu entschuldigen, auf daß wir diese Angelegenheit ohne Blutvergießen aus der Welt schaffen können.

»Ich habe bereits gesagt, daß ich das nicht tun werde«, erwiderte Morrison.

»Darf ich Ihnen noch einmal empfehlen, sich doch dazu herabzulassen, Sir«, bat Barnes jetzt inständig. »Kapitän Barrington wird auf Satisfaktion bestehen, wenn Ihr es ablehnt.«

Morrison sah ihn an. Es war jetzt schon recht hell, und man konnte deutlich sehen, wie die Farbe aus seinem Gesicht wich. »Wenn Ihr Euch jetzt entschuldigt, werdet Ihr vor der ganzen Welt als Feigling dastehen«, sagte der Engländer, der direkt neben ihm stand.

Morrison zögerte, aber nur einen Augenblick lang.

Die Entfernung wurde mit Schritten ausgemessen, während sich die Zuschauer auf beiden Seiten aufstellten. Die Pistolen wurden präsentiert, und Martin überließ Morrison die erste Wahl. Obwohl es noch früh am Tage war, konnte er den Alkohol in Morrisons Atem riechen – dennoch wirkte der Brite entschlossen und sicher.

Hatte Martin vor, seinen Gegner zu töten? Man hatte ihm schon früh den Umgang mit Waffen beigebracht; und er hatte gelernt, daß man Waffen nur dazu benutzte, den Feind zu vernichten. Wie er schon Barnes gesagt hatte, verstand er nichts vom Ehrenkodex eines Duells. Und er konnte sich auch nicht darauf verlassen, daß Morrison sich bei einem ›Abtrünnigen‹ daran halten würde. Je früher es geschah, desto besser. Barrington war es gleichgültig, was die Opiumhändler über ihn dachten.

Die zwei Männer standen sich jetzt gegenüber. Barnes hielt sein Taschentuch hoch. »Wenn ich es loslasse, Gentlemen«, rief er.

Die nächsten Augenblicke schienen sich ins Unendliche zu dehnen, dann flatterte das weiße Taschentuch endlich zu Boden. Martin hob die Pistole und war überrascht, daß Morrison schneller war. Einen Augenblick lang war sein Gehirn wie eingefroren, dann spürte er einen heftigen Schlag, aber keinen direkten Schmerz.

Jemand klatschte Beifall, und andere liefen herbei, aber Barnes winkte sie zurück. »Kapitän Barrington steht noch«, rief er. »Ihr werdet Euren Platz nicht verlassen, Morrison.«

Morrison, der gerade fortgehen wollte, erstarrte und wurde blaß. Die rauchende Pistole baumelte noch in seiner Hand. Aber jetzt setzte der Schmerz ein und Martin merkte, daß er zitterte. Er spürte, daß er nur noch wenige Augenblicke hatte, bevor er bewußtlos zu Boden fallen würde. Unter größter Anstrengung hob er den rechten Arm und versuchte zu zielen. Morrison hatte sich seitwärts gestellt, so daß er weniger gut zu treffen sein würde, aber er konnte sich nicht verkneifen, seinen Gegner anzusehen. Martin sah sein Gesicht, weiß im hellen Morgenlicht, und fast vollständig rund wie eine Zielscheibe. Verzweifelt kämpfte er damit, seinen Arm nur für einen kurzen Moment ruhig zu halten, dann drückte er ab. Es war das letzte, woran er sich für eine ganze Weile erinnern konnte.

Als Martin erwachte, lag er in einem mit Seide bezogenen Bett in einem kühlen, schattigen Raum. Er roch das süße Aroma von Blumen und hörte das leise Rascheln eines Kleides. Dann sah er Catherine Barnes, die eine Vase auf den Tisch neben seinem Bett stellte, ohne zu merken, daß er wach war und sie beobachtete. Nachdem sie die Blumen zu ihrer Zufriedenheit arrangiert hatte, warf sie einen Blick auf ihn und erschrak. »Oh«, sagte sie und lief zur Tür. »Geht nicht.« Seine Stimme klang unglaublich schwach, aber die junge Frau blieb stehen.

»Ich muß meinem Bruder sagen, daß Ihr wach seid.«

»Ich möchte Euch nur einen Moment anschauen. Schönheit sollte das erste sein, was ein Mann erblickt, wenn er erwacht, findet Ihr nicht auch?«

Ihre Wangen waren gerötet. »Schönheit? Ich?«

»Hat Euch denn noch nie jemand gesagt, wie schön Ihr seid? Aber Ihr habt doch einen Spiegel.«

Sie lächelte verlegen. »Ihr seid schwer verwundet worden«, erklärte sie, »und habt eine ganze Menge Blut verloren.« Plötzlich spürte er die Schmerzen in unerträglicher Klarheit, und er hatte schrecklichen Durst. Catherine sah die Veränderung in seinem Gesichtsausdruck und legte ihm eine kühle Hand auf die Stirn. »Ihr dürft Euch nicht aufregen«, sagte sie. »Ich werde meinen Bruder holen.«

»Und etwas Wasser«, bat er.

Man brachte ihm Wasser, und ein Arzt trat an sein Bett. Die Laken wurden zurückgezogen und die Verbände abgenommen. »Die Kugel hat eine Rippe getroffen und gebrochen«, sagte der Arzt, als er einen neuen Verband anlegte. »Und ist dann in den Unterleib eingedrungen. Ich hatte Glück, daß ich sie überhaupt entfernen konnte, und Ihr könnt Euch glücklich schätzen, daß Ihr noch am Leben seid. Der gebrochene Knochen hat der Kugel die Wucht genommen, versteht Ihr?« Er sah nicht besonders zufrieden aus.

»Und Morrison?« fragte Martin.

»Nun, Sir – Kapitän Morrison ist tot.«

»Kopfschuß«, sagte Donald Barnes. »Es war ein hübscher Schuß, aber die meisten fanden ihn ziemlich überflüssig. Ich hatte Schwierigkeiten, Euch da herauszubringen. Wenn Euer Mann, Kang-ju, mit seiner Donnerbüchse nicht dagewesen wäre, hätte ich es wahrscheinlich nicht geschafft. Aber ich fürchte, Ihr seid jetzt der meistgehaßte Mann in der gesamten Gemeinde.«

»Aber warum habt Ihr mir dann geholfen? Ihr steht doch eigentlich auch nicht auf meiner Seite.«

»Ich konnte doch nicht zulassen, daß sie auf einen Bewußtlosen einschlagen oder ihn einfach verbluten lassen. Außerdem ... nun ...«

»Ich bin die einzige Hoffnung auf Freiheit für Euren Vater.«

»Ihr kommt gern rasch zum Wesentlichen, wie ich sehe, Barrington.«

»Alles andere ist sinnlos, Barnes. Aber ich bin Euch dankbar, daß Ihr mir geholfen habt, und ich werde alles tun, was in meiner Macht steht, Euch ebenfalls zu helfen. Sobald ich dieses Bett verlassen kann.«

»Ich fürchte, das wird wohl noch eine Weile dauern.«

»Was ist mit meinem Schiff?«

»Es liegt vor Anker und wartet auf Euch. Macht Euch keine Sorgen. Niemand wird es wagen, ein Schiff des Hauses Barrington anzugreifen. Aber ich muß Euch warnen, daß man sich beim Generalgouverneur in Kalkutta energisch für einen Gegenschlag einsetzt, der sich gegen Lin und alle, die sonst in irgendeiner Form beteiligt waren, wenden wird. Ihr müßt bis dahin auf jeden Fall wieder gesund sein, damit Ihr sofort abreisen könnt, wenn die Antwort eintrifft.«

Martin machte sich Sorgen, daß er seiner Familie keine Nachricht zukommen lassen konnte. Sicher hatten sie die Gerüchte über die Vorfälle in Kanton bereits erreicht, und sie würden wissen wollen, wie weit er darin verwickelt war. Seine Beteiligung daran! Er hatte einen Mann getötet und beinahe sein eigenes Leben verloren! Er hatte Morrison nur verletzen wollen – damit er seine Worte bereute. Es war ihm nicht im Traum eingefallen, daß er vielleicht selbst in Gefahr kommen könnte. Er fragte sich, wie ängstlich er wohl das nächste Mal sein würde, wenn er einem bewaffneten Mann gegenüberstand.

In Augenblick konnte er nichts weiter tun als warten, daß seine Wunden heilten und seine Kraft zurückkehrte. Jetzt sofort in See zu stechen, wäre einem Selbstmord gleichgekommen, da die Narbe in seinem Unterleib noch nicht gut genug verheilt war. Sein einziger Trost war, daß er Catherine Barnes noch ziemlich oft sehen würde, denn ihre Mutter mußte sich um das Haus kümmern und ihr Bruder um die Geschäfte – es kamen immer noch Schiffe aus Indien, die vollgeladen waren mit Opium, die jetzt gezwungen waren, in Macao zu warten, bis sich die Lage geklärt hatte. Daher lag die Aufgabe, den Gast zu pflegen und zu unterhalten, allein bei Catherine, und Donald selbst hatte ihm den sehr vernünftigen Rat erteilt, den Garten nicht zu verlassen, auch wenn er sich wieder besser fühlte. Daher verbrachten sie dort viel gemeinsame Zeit.

Catherine war eine recht schweigsame, grüblerische Natur, aber Martin mochte sie von Tag zu Tag mehr. Trotzdem blieb da diese immense Kluft zwischen ihnen. »Warum habt Ihr es getan?« fragte sie ihn eines Tages, als sie langsam auf dem Rasen auf und abgingen.

»Morrison hat meine Familie und mich selbst schwer beleidigt.«

»Nein, ihn meine ich nicht. Warum habt Ihr diesen schrecklichen Mann namens Lin nach Kanton gebracht?«

»Weil ich auf Befehl des Kaisers gehandelt habe. Wenn Ihr aber fragt, warum ich gegen den Opiumhandel protestiert habe, so frage ich Euch: Wart Ihr je in einer Opiumhöhle?«

»Es zwingt die Leute ja niemand, es zu rauchen«, erwiderte Catherine.

»Da ist kein großer Unterschied, wenn man solch im Grunde genommen sehr einfachen Menschen etwas so Verführerisches anbietet.«

»Und das Haus Barrington hat niemals auch nur eine einzige Kiste Opium nach China gebracht?«

»Nicht eine.«

Sie sahen einander an. »Mein Vater muß wegen Euch Schreckliches durchmachen«, sagte Catherine schließlich.

»Ich kann nichts anderes dazu sagen, als daß er sich das selbst zuzuschreiben hat.«

»Aber Ihr habt immer noch vor, ihm zu helfen.«

»Ja. Das bedeutet allerdings nicht, daß ich deshalb gutheiße, was er getan hat.«

»Dann ist es wohl das Beste, wenn es rasch geht, damit Ihr uns wieder vergessen könnt.«

»Das würde mir aber gar nicht zusagen«, sagte er leise.

Er fragte sich, was er da eigentlich tat. Er liebte Jane. Davon war er ziemlich überzeugt, aber er konnte sich nicht sicher sein, daß sie ihn auch liebte. Sie hatten nie darüber gesprochen. Nachdem der erste fatale Schritt getan war, hatten sie einander nur noch berührt, aber kaum noch gesprochen, auch nicht über ihre Zukunft. Als er aufgebrochen war, hatte sie nur gesagt: »Gebt auf Euch acht, Martin, daß Ihr zurückkommt.«

Ihre moralisch so verwerfliche Liaison wiederaufzunehmen, bedeutete, das Schicksal herauszufordern. Wohingegen dieses Mädchen, so unschuldig ... Würde er denn Jane dadurch wirklich verraten, oder gab er eigentlich nur beiden die Chance, auf den rechten Weg zurückzufinden?

»Ihr scherzt, Sir«, sagte Catherine.

»Dafür habe ich leider gar kein Talent«, erwiderte er.

Einen Augenblick später lag sie in seinen Armen.

»Es ist ein gutes Gefühl, wieder zu Hause zu sein.«

Martin schwirrten hundert Dinge durch den Kopf, die erledigt werden mußten. Aber die Sache mit Catherine war die wichtigste.

Er hatte natürlich sofort Donald und seine Mutter angesprochen, und sie waren seiner Bitte um Catherines Hand mit beruhigender Wärme und Sympathie begegnet, aber sie hatten darauf hingewiesen, daß die Entscheidung nicht allein bei ihnen lag. Auch Catherine war die Zustimmung ihres Vaters wichtig. Beinahe wäre er wieder zurück nach Kanton gesegelt, aber er mußte einsehen, daß er dort im Augenblick wenig ausrichten konnte. Erst mußte Josiah Barnes wieder auf freiem Fuß sein.

Eine Unterredung mit dem Vizekönig war unumgänglich. Der Vizekönig von Anhwei würde dem Vizekönig von Kwantung wahrscheinlich nicht vorschreiben können, wie er sich zu verhalten hatte, noch weniger natürlich Lin, der vom Kaiser selbst ausgesandt war, aber sie konnten durchaus Ansichten austauschen und auch einmal um diesen oder jenen Gefallen bitten.

Sobald sie den Mündungsbereich des Jangtse hinter sich gelassen hatten, ließen sie die Ruder ausfahren, mit deren Hilfe die *Jangtse Queen* ihren Weg flußabwärts nach Nanking antrat. In Nanking bat Martin um Vorsprache beim Vizekönig, bevor er nach Hause ging.

»Sie entlassen?« fragte Chung-wong ungläubig. »Aber sind denn diese Männer nicht schuldig?«

»Doch, das sind sie, Exzellenz. Aber sie sind schon dadurch genug gestraft, daß ihre gesamte Ware zerstört und ihre Lagerhäuser abgebrannt sind.«

»Wenn sie Straftaten begangen haben, dann müssen sie dafür büßen.«

»Ich fürchte die Rache der Briten.«

»Was können die Briten denn schon tun?« entgegnete Chung-wong.

»Sie haben die mächtigste Flotte der ganzen Welt.«

»Wenn sie ihre Flotte aussenden, dann werden wir sie besiegen und in alle vier Himmelsrichtungen davonjagen. Aber ich werde Euer Memorandum nach Peking weitersenden und den Anweisungen des kaiserlichen Hofes entsprechend handeln.«

Es gab nichts mehr weiter zu tun. Also ging Martin nach Hause und trat seinem Vater und seinem Bruder gegenüber, die inzwischen längst gehört hatten, was der zweitjüngste Sproß ihrer Familie angestellt hatte.

»Bist du verrückt geworden?« fragte Robert Barrington seinen Sohn frei heraus.

»Das glückliche Schicksal dieses Hauses beruht einzig und allein darauf, daß wir uns nie in die Angelegenheiten anderer eingemischt haben«, fügte Adrian hinzu.

»Aber die Einfuhr von Opium ist verderblich«, wehrte sich Martin.

»Du hast völlig überstürzt gehandelt«, grollte Robert. »Der Himmel allein weiß, was jetzt geschehen wird.«

8

DER ADMIRAL

Nach seiner Unterredung mit dem Vizekönig dachte Martin nur noch daran, wann er Jane endlich allein treffen konnte. Ihr war nicht entgangen, daß er bei seinem Vater und seinem Bruder im Augenblick nicht gerade gut gelitten war, daher ließ sie besondere Vorsicht walten. Dennoch konnte sie ihrem Mitgefühl über seine Verwundung Ausdruck verleihen und ihn bewundern, daß er das Risiko eines Duells eingegangen war, nur um die Ehre des Hauses Barrington zu retten.

Wie schön sie war mit ihrer blassen Haut und dem rotbraunen Haar! Und sie hatte Temperament, war fest entschlossen, sich von ihrem Mann nicht bezwingen zu lassen. Martin begann, an der Richtigkeit seiner Entscheidung für Catherine zu zweifeln, als sie es am dritten Tag nach seiner Rückkehr endlich fertigbrachte, ihn zu besuchen.

»Oh, mein Geliebter«, sagte sie. »Darf ich Euch berühren?«

»Es ist alles vollkommen verheilt.« Er zeigte ihr die Narbe.

»Ich kann kaum glauben, daß Ihr das überlebt habt.«

Er zog sie an sich, küßte ihr Haar und ihre Stirn, ihre Augen und ihre Wangen und dann ihren Mund. Sie lag auf seiner Brust und erwiderte seine Küsse. Ihr rotes Haar bedeckte sein Gesicht. Aber er war verlobt und würde bald heiraten!

»Nennt mir den Namen der Familie, die Euch gesund gepflegt hat«, sagte sie. »Ich möchte mich bei ihnen bedanken.«

Er erzählt ihr von Josiah Barnes, wie Donald ihn beim Duell unterstützt hatte und von seiner Mutter und der freundlichen Aufnahme in ihrem Haus.

»Das scheinen wirklich nette Leute zu sein«, meinte Jane.

»Da gibt es auch noch eine Tochter.«

»Mit der Ihr geschlafen habt, sobald Ihr wieder kräftig genug dafür wart«, sagte Jane lachend.

»Nein, so war es nicht. Aber ich bin mit ihr verlobt.«

Jane sah ihn mehrere Sekunden lang an, dann rollte sie zur Seite und stand auf. Er ergriff ihre Hand. »Es wird sich nichts ändern bei uns. Ihr wißt, daß sich Adrian niemals von Euch scheiden lassen wird.«

Sie sah ihn noch einmal lange an, dann griff sie nach ihrem Unterkleid.

»Selbst dann nicht, wenn er von unserer Affäre erfährt?«

»Dann würde er mich wahrscheinlich umbringen – oder mich dazu zwingen, ihn umzubringen. Glaubt Ihr denn, daß ich die Witwe meines Bruders heiraten könnte?«

»Es wäre nicht das erste Mal, das so etwas geschieht.«

»Aber nicht, wenn ein Bruder den anderen getötet hat. Jane, er darf es niemals herausfinden! Niemand darf es je herausfinden. Und meine Heirat ist die einzige Möglichkeit, sicherzustellen, daß es ein Geheimnis bleibt.«

»Und unsere Beziehung ist damit zu Ende?«

»Ich habe doch gesagt, daß das nicht die Folge sein muß.«

Jane knöpfte ihr Kleid zu. »Ihr seid sehr gierig, Martin.«

Er versuchte sich einzureden, daß sie nur beleidigt war. In den nächsten Wochen benahm sich Jane ihm gegenüber allenfalls höflich distanziert, wie es sich für eine Schwägerin gehörte, aber Adrian und Robert waren hocherfreut zu hören, daß er mit einer Engländerin verlobt war. Chun-wu war weniger glücklich darüber, und Martin gab sich alle Mühe, sie davon zu überzeugen, daß sich auch nach seiner Heirat nichts zwischen ihnen ändern würde. Mehr und mehr kam er sich vor wie ein Seiltänzer über einem Meer aus weiblicher Empörung. Und Catherine wußte weder von Chun-wu noch von Jane, außer daß sie seine Schwägerin war.

Die nächsten Wochen blieb Martin in Nanking und überließ die *Jangtse Queen* Kang-jus Obhut; er hatte noch immer Schmerzen – ein Zeichen, daß die Wunde doch noch nicht vollständig verheilt war. Außerdem wollte er in der Nähe des Vizekönigs bleiben, um sich zu vergewissern, daß etwas für die Gefangenen in Kanton getan wurde, bevor die Briten selbst die Sache in die Hand nahmen.

Am Ende des Sommers befahl der Vizekönig alle drei Barringtons zu sich. Chung war ebenso ernst wie zornig und zeigte auf den offiziellen Brief auf seinem Schreibtisch. »Die

Barbaren wagen es doch tatsächlich, dem Reich des Himmels den Krieg zu erklären«, erklärte er.

»Krieg?« Robert, der sich in einer Sänfte zu diesem Treffen hatte tragen lassen, blickte den Vizekönig entsetzt an.

»Letzten Endes läuft es darauf hinaus. Sie haben Kommissar Lin ein Ultimatum gestellt. Sie fordern die unverzügliche Entlassung der Gefangenen und volle Entschädigung für das vernichtete Opium. Wenn wir diese Forderung nicht erfüllen, wird die britische Flotte den Pearl River hinaufsegeln und die Forderungen mit Waffengewalt durchsetzen. Habt Ihr schon jemals eine solche Unverschämtheit gehört? Eine britische Flotte, die den Pearl River hinaufsegelt! Als ob wir keine Festungsanlagen an der Einfahrt hätten. Haben wir denn keine eigene Flotte?«

»Darf ich fragen, wie Kommissar Lins Antwort lautete?«

»Nun, er hat diese Zumutung natürlich voller Verachtung abgewiesen – und einen der Gefangenen hinrichten lassen.«

»Um Gottes willen!« rief Adrian. »Dann wird es wirklich Krieg geben.«

»Wir werden die Barbaren vernichten«, verkündete Chung.

»Exzellenz«, sagte Robert jetzt, »Ihr wart vor fünfundvierzig Jahren noch ein kleiner Junge, aber ich bin sicher, daß Ihr Euch noch an die großen Schiffe, mit denen Lord Macartney nach China gekommen ist, erinnern könnt.«

Chung lächelte. »Aber das waren nur sechs Schiffe. Seiner Himmlischen Majestät unterstehen hunderte von Kriegsdschunken.«

»Exzellenz, diese Schiffe waren Handelsschiffe, die nicht halb so gut ausgerüstet sind wie ein britisches Kriegsschiff, und davon hat der König von England mindestens einhundert unter seinem Kommando. Jedes davon kann ohne weiteres zehn Kriegsdschunken in wenigen Minuten vernichten.«

Chung runzelte die Stirn. »Und Ihr erwartet, daß ich Euch das glaube?«

»Es ist die reine Wahrheit. Ich flehe Euch an, seine Himmlische Majestät davon in Kenntnis zu setzen und ihm vorzuschlagen, Kommissar Lin abzuberufen und die Gefangenen freizulassen.«

»Das würde bedeuten, daß wir den Drohungen der Barbaren nachgeben.«

»Ich bezweifele, daß es sich dabei nur um Drohungen handelt.«

»Glaubt Ihr, daß er etwas unternehmen wird?« fragte Adrian seinen Vater, als sie wieder in ihr Haus zurückgekehrt waren.

»Ich glaube schon. Chung ist kein Dummkopf. Aber wie die anderen darüber denken werden ...«

»Wie sollen wir uns verhalten?« fragte Martin.

»Strikte Neutralität«, sagte Robert. »Und das gilt ganz besonders für dich, da du in dieses Wespennest überhaupt gestochen hast. Wir werden alle unsere Schiffe südlich des Jangtse zurückbeordern, bis die Krise vorüber ist.«

»Ich möchte wenigstens meiner Verlobten eine Nachricht zukommen lassen.«

Robert nickte. »Ja, das mußt du wirklich. Aber deine Hochzeit muß warten, bis wir wissen, wie die ganze Angelegenheit ausgehen wird.«

Nach ihren Briefen zu urteilen, war Catherine hocherfreut, daß ›etwas getan wurde‹. Ihre einzige Sorge war, daß Lin die Hinrichtung der Gefangenen anordnen könnte, falls die britische Flotte tatsächlich den Pearl River hinaufsegeln sollte. Martin wußte, daß diese Gefahr durchaus bestand, aber er tat sein Möglichstes, sie zu beruhigen und ihr zu versprechen, daß die Gefangenen mit hoher Wahrscheinlichkeit bald entlassen würden und ihre Hochzeit dann stattfinden könnte.

Jane hielt immer noch Distanz zu ihm. In der Zwischenzeit konzentrierte sich das Haus Barrington auf den Handel entlang des Jangtse. Sobald er wieder ganz gesund war, segelte Martin nach Wuhu und besuchte dort seinen Freund, den Intendanten. Hui-cheng machte sich wesentlich mehr Sorgen über die Krise als Chung; er hatte seine Kindheit in Kanton verbracht und die Schiffe der Barbaren aus nächster Nähe gesehen, auch wenn er, wie alle Mandschus, noch nie ein richtiges Kriegsschiff der Briten zu Gesicht bekommen hatte.

»Lin muß verrückt sein, so zu reagieren«, meinte er. »Das kommt davon, wenn man Chinesen in eine solche Position hebt.«

»Aber auf dem Jangtse ist alles in Ordnung«, beruhigte ihn Martin. »Und mit Euch auch, hoffe ich.« Das war eigentlich offensichtlich.

Hui-cheng weigerte sich noch immer, sich auf Kosten seiner Kunden zu bereichern, aber seiner Familie ging es gut; und trotz des zahlenmäßigen Übergewichts an Mädchen unter seinen Kindern war er nicht unzufrieden, seit ihm ein neuer Wahrsager vorausgesagt hatte, daß eine seiner Töchter zu Höherem bestimmt war. Lan-Kuei, die kleine Orchidee, die jetzt kurz vor ihrem fünften Geburtstag stand, war wirklich eine Freude. Obwohl sie nach europäischer Zeitrechnung – sie war 1835 geboren – erst dreidreiviertel Jahre zählte, wurde sie in China bereits fünf, da das Alter vom vergangenen Neujahrstag an gezählt wurde. Lan-Kuei, sechs Wochen vor dem Beginn des Jahres 1836 geboren, war zum Zeitpunkt ihrer Geburt also schon fast zwei Jahre alt!

Es war eine lebhafte, fröhliche Familie, die Martin immer half, seine innere Ruhe wiederzufinden. So war er bester Laune, als er die Rückreise flußabwärts antrat. Zu Hause erwartete ihn sogleich eine Vorladung des Vizekönigs.

»Ich habe Euer Memorandum nach Peking weitergeleitet, Barrington«, sagte ihm Chung-wong. »Und wie schon zuvor einmal war seine Himmlische Majestät von Eurer Ehrlichkeit und Weitsicht außerordentlich beeindruckt.«

»Ich fühle mich dadurch sehr geehrt, Exzellenz.«

»Ja, es ist wirklich eine Ehre«, meint Chung. »Was ist nun also zu tun! Seine Himmlische Majestät stimmt mit Euch überein, daß Kommissar Lin seine Befugnisse überschritten und sich arrogant und herablassend verhalten hat, was einem Vertreter des Himmlischen Throns nicht ansteht. Er wird also unverzüglich aus seinem Posten entlassen.«

Martin lächelte erleichtert.

»Allerdings«, fuhr Chung fort. »Seine Himmlische Majestät sieht dies lediglich als einen Akt der Gerechtigkeit an – nicht als ein Nachgeben auf die Forderungen der Barbaren.«

»Aber wenn Kommissar Lin entlassen wird, weil er seine

Befugnisse überschritten hat, heißt das nicht, daß die Gefangenen entlassen werden?«

»Wenn die Barbaren ihr Ultimatum zurückziehen und sich auf angemessene Art und Weise entschuldigen, dann ist es vielleicht möglich, daß die Gefangenen entlassen werden. Aber eine Entschädigung für die beschlagnahmte Schmuggelware wird es ganz sicher nicht geben.«

»Exzellenz, das werden die Barbaren niemals akzeptieren.«

»Das erwartet hier ja auch niemand«, erwiderte Chung. »Seine Majestät hat seine Vizekönige angewiesen, sich auf den Krieg vorzubereiten, damit man den Barbaren ein und für alle Mal eine Lektion erteilen kann. Ich habe hier« – er zeigte auf eine Schriftrolle auf seinem Schreibtisch – »einen Brief, der das Siegel des Kaisers trägt. Er enthält die Genehmigung Eurer sofortigen Abreise nach Kanton.«

»Ich soll mich nach Kanton begeben.«

»Seine Majestät ist der Meinung, da Ihr die ganze Sache angefangen habt, sollt Ihr sie nun auch zum Ende bringen. Ihr werdet Kommissar Lin verhaften. Er soll aber nicht hingerichtet, sondern in sein Haus zurückgebracht werden, wo er zu verbleiben hat, bis seine Majestät eine Entscheidung über seine Zukunft getroffen hat.«

Martin nickte. Das schien keine unangenehme Aufgabe zu sein. Und außerdem ...

Chung schien seine Gedanken lesen zu können. »Ihr werdet die gefangenen Barbaren nicht ohne ausdrückliche Genehmigung entlassen.«

Martin seufzte. Aber sicher konnte er ihre Haftbedingungen ein wenig erleichtern.

»Wenn Ihr Kommissar Lin verhaftet habt, werdet Ihr das Kommando über die kaiserliche Flotte in der südlichen chinesischen See übernehmen. Ihr habt die Erlaubnis, Schiffe anzufordern und so viele Männer, wie Ihr braucht. Mit dieser Flotte werdet Ihr die Schiffe der Barbaren zerstören, die die Einfahrt des Pearl River passieren wollen. Habt Ihr verstanden?«

Martin starrte ihn fassungslos an. »Ich habe noch nie eine Kriegsflotte kommandiert.«

»Wir haben nicht vergessen, wie Euer berühmter Vater die Flotte der unsterblichen Drachenlady geführt hat. Wäre er noch jünger, dann hätte er selbst das Kommando erhalten.«

»Ihr erwartet von mir, daß ich gegen meine eigenen Landsleute kämpfe?«

»Ihr seid ein Bürger Chinas, stimmt das nicht?«

Martin schluckte. »Exzellenz, wie mein Vater schon erklärt hat, ist das eine unmögliche Aufgabe. Keine Flotte der Welt kann die Briten besiegen.«

»Seine Majestät hält dies für absurd. Eure Instruktionen sind klar und deutlich: Ihr sollt die Schiffe der Barbaren vernichten. Seht, daß es geschieht.« Chung sah ihn jetzt sehr direkt an. »Die Zukunft des Hauses Barrington hängt davon ab.«

»Das hast du alles dir selbst zuzuschreiben«, meinte Robert.

»Aber was soll ich tun. Ich habe keinerlei Erfahrung mit Seeschlachten.«

»Du kannst gar nichts anderes tun, als dem Kaiser zu gehorchen – und hoffen, daß du mit heiler Haut davonkommst.«

»Ich werde mit dir segeln«, sagte Adrian. »Ich habe schon an einer Seeschlacht teilgenommen. Keine Angst, Martin. Ich werde deine Vorrechte nicht gefährden. *Du* bist der Admiral. Du kannst mich zum ersten Offizier oder zum Kapitän ernennen ... wie immer es dir beliebt.«

»Mein Gott ... dich an meiner Seite zu haben ...« Martin ging das Herz über, aber gleichzeitig haßte er sich selbst dafür, daß er diesen Mann, der bereit war, an seiner Seite zu kämpfen, so schändlich betrogen hatte. »Wird Chung dem zustimmen.«

»Warum nicht? Er hat immer noch Vater, Jane und die Kinder und das gesamte Vermögen des Hauses Barrington. Er wird sich denken können, daß wir auf alle Fälle zurückkehren wollen.«

Martin sah seinen Vater an.

»Oh, geht nur, alle beide«, grollte Robert. »Ich wünschte nur, daß ich euch begleiten könnte. Aber sorgt dafür, daß wenigstens einer von euch zurückkommt.«

»Seid Ihr verrückt geworden?« rief Jane. »Ihr und Adrian zieht gemeinsam in den Krieg gegen Eure eigenen Landsleute? In einen Krieg, den Ihr nur verlieren könnt? Seid Ihr denn wirklich vollkommen verrückt geworden?«

»Wir müssen darauf hoffen, wenigstens ehrenvoll zu verlieren«, sagte Martin. »Und außerdem haben wir keine Wahl. Der Kaiser hat es angeordnet.«

Das beruhigte sie auch nicht, und an diesem Nachmittag schlüpfte sie zum ersten Mal, seit er ihr von seiner Verlobung erzählt hatte, wieder in sein Bett, und sie liebten sich. Aber es war ein Liebesspiel, daß eher von Unglück und Verzweiflung geprägt war. Offensichtlich rechnete sie fest damit, Ehemann *und* Liebhaber zu verlieren.

»Wirst du in Macao Halt machen?« fragte Adrian, als sie mit Kang-ju auf dem Achterdeck der *Jangtse Queen* standen und die Landspitze vor sich sahen.

Martin hatte bereits darüber nachgedacht. »Ich glaube nicht.«

»Du glaubst, daß Catherine es nicht gerne hören wird, daß du die chinesische Flotte gegen die Briten führst.«

»Davon bin ich überzeugt. Meine einzige Hoffnung ist, daß ich mit ihrem Vater nach Macao zurückkehren kann, dann wird sie mir alles vergeben.«

Adrian sagte nichts, aber er war der Meinung, daß sein Bruder sich zu sehr den Illusionen hingab.

Martin ging auf der Nordseite der Flußmündung gleich bei der Bogue-Festung vor Anker, die die Einfahrt in den Pearl River überwachte. Er ging an Land und suchte Teng-go-lin auf, den mandschurischen Kommandanten der Garnison. Teng sah sich die Schriftrolle des Kaisers sehr genau an. »Damit bin auch ich Euch unterstellt, Barrington.«

»Unsere Aufgabe ist es, den Fluß zu verteidigen und jeden, der eindringen will, daran zu hindern.«

»Oh, das werden wir tun«, versicherte ihm Teng. »An meinen Kanonen kommt kein Kriegsschiff vorbei.«

Martin hoffte, daß er recht behielt.

Am Tag darauf segelte die *Jangtse Queen* flußaufwärts nach

Kanton, und vier Tage später legten sie dort im Hafen an. Martin begab sich unverzüglich zu Kommissar Lin.

Der lächelte ungewöhnlich freundlich. »Ich freue mich, Euch wiederzusehen. Ich habe von Eurer Verletzung gehört. Und jetzt seid Ihr sicher gekommen, uns gegen die Drohungen der Barbaren beizustehen?«

»Ich bin gekommen, Euch abzusetzen«, sagte Martin und drückte ihm das Schreiben des Kaisers in die Hand.

Lin las das Schreiben durch, und sein Gesichtsausdruck gefror. »Werde ich sterben?«

»Ihr steht unter Arrest und werdet zu Eurem Haus zurückgebracht, wo Ihr das Urteil des Kaisers abwarten müßt.«

»So belohnt man mich dafür, daß ich seine Instruktionen ausgeführt habe«, sagte Lin bitter.

»Dafür, daß Ihr darüber hinaus gehandelt habt.«

»Glaubt Ihr das? Ihr habt ja nun ebenfalls Eure Instruktionen erhalten. Wir werden sehen, wie er Euch dafür belohnt, daß Ihr sie ausführt.«

Lin war tief erschüttert. Aber Martin konnte es sich nicht erlauben, an etwas anderes als an die Zukunft zu denken.

Als er die Gefangenen besuchte, war er entsetzt. Die Haftbedingungen hatten sich im Winter noch verschlechtert; ihre Kleider hingen ihnen in Fetzen vom Körper, sie waren völlig ausgezehrt. Einige litten unter hohem Fieber.

Martin befahl, sie aus den Zellen herauszuholen und in den Räumen des Vizekönigs unterzubringen, wo sie gebadet wurden und ordentliche Kleidung erhielten. Dann rief er Josiah Barnes, Catherines Vater, zu sich. »Habt Ihr irgendwelche Neuigkeiten aus Macao?« fragte er ihn.

»Nicht mehr als ein Gerücht.« Barnes hatte genauso schwer wie die anderen gelitten, und er hatte Schwierigkeiten, seine Hände ruhig zu halten. »Warum tut Ihr das?«

»Sollte ich das nicht? Ich befehle jetzt hier.«

»Aber Ihr werdet uns nicht entlassen.«

»Das hat mir der Kaiser verboten. Aber Ihr werdet entlassen werden, wie immer dieser Krieg auch ausgeht.«

Martin erzählte ihm von dem britischen Ultimatum und der Antwort der Mandschus. »Um Gottes willen«, murmelte Barnes. »Und Ihr sagt ... wie immer es ausgeht?«

»Wenn die Briten gewinnen, dann werden sie natürlich als erstes Eure Freiheit fordern. Sollten sie geschlagen werden, dann wird der Kaiser selbst mit Sicherheit Eure Entlassung anordnen. Er ist weder ungerecht noch grausam; er will sich nur nicht unter Druck setzen lassen.«

»Und Ihr seid Euch sicher, daß Ihr siegen werdet.«

»Ganz im Gegenteil, ich bin sicher, daß ich verlieren werde.«

»Ihr seid ein Mann mit Charakter, Mr. Barrington.«

»Ich hoffe, daß ich mehr bin als nur das, Sir.« Daraufhin erzählte ihm Martin, daß er sich in seine Tochter verliebt habe und um ihre Hand anhalten wolle.

Barnes fuhr sich übers frisch rasierte Kinn. »Ich nehme an, daß es zwischen Charakter und Frechheit keinen Unterschied gibt«, sagte er. »Oder gefährde ich damit mein Leben, wenn ich das sage?«

»Heißt das, daß Ihr mich der Hand Eurer Tochter für unwürdig haltet?«

»Ihr seid ein Abtrünniger und der Sohn eines Piraten, der jetzt gegen seine eigenen Landsleute kämpfen wird.«

Martin spürte wieder jene Wut in sich hochsteigen, die ihn damals dazu verleitet hatte, ein Duell mit dem englischen Kapitän auszutragen. »Ich versuche nur, diese kriminellen Geschäfte zu verhindern, die Eurem Volk alles andere als Ehre machen, Sir.«

»Die Einfuhr von Opium ist vom britischen Parlament sanktioniert worden«, erklärte Barnes.

»Und ist das britische Parlament die höchste Instanz, in der über Recht und Unrecht auf dieser Welt entschieden wird?« entgegnete Martin. »In diesem Falle ist das Recht jedenfalls auf der Seite der Chinesen, wenn sie sich einem solch schändlichen Handel widersetzen. Ich weiß sehr wohl, daß die Royal Navy höchstwahrscheinlich siegreich aus dieser Auseinandersetzung hervorgehen wird, aber ich hoffe von ganzem Herzen, daß es doch anders kommt.«

»Und Ihr wollt meine Tochter heiraten?«

»Können wir nicht in der Politik verschiedene Standpunkte vertreten und trotzdem Freunde sein?«

Barnes sah ihn kühl an. »Ich bezweifele, daß das möglich ist, Barrington. Ich wünsche Euch viel Mißerfolg.«

Martin schickte ihn in sein Zimmer zurück. Er war wütend, denn er hatte gehofft, daß wenigstens Barnes ihn verstehen würde. Jetzt blieben nur noch Catherine und er selbst.

Er mußte in jedem Fall flußabwärts segeln, um die Schiffe zu rekrutieren und Mannschaften auf ihre Aufgaben einzuschwören. In Kanton selbst gab es nur ein halbes Dutzend Dschunken, die sich für den Krieg eigneten, und obwohl sie zwei britische Schiffe beschlagnahmt hatten, konnte er in der kurzen Zeit die chinesischen Matrosen nicht mehr auf ihnen ausbilden. Aber er konnte zumindest ihre Waffen und Munition verwenden.

Zu diesem Zeitpunkt wußte in Kanton bereits jeder, warum er hier war, und niemand wagte es, sich seinem Kommando zu widersetzen, aber er merkte, daß sie nicht froh darüber waren. Ob sie im entscheidenden Moment kämpfen würden, konnte er nicht vorhersagen. Aber andere Männer standen ihm nicht zur Verfügung, also wies er sie an, der *Jangtse Queen* am nächsten Morgen zu folgen.

Abends saßen er und Adrian beim Essen, als Kang-ju hereinkam und jemanden meldete, der sie unbedingt sehen wolle. »Es ist dieser Junge«, sagte der Maat geringschätzig, »der Euch damals in die Opiumhöhle geschleppt und damit den ganzen Ärger verursacht hat.«

»Hung-siu-ch'üan!« murmelte Martin und schritt zur Tür. »Kommt herein, Hung.«

Der junge Mann sah eindeutig schlechter aus als damals. Seine Kleidung war abgetragen, sein Haar fettig und ungekämmt, der Blick seiner Augen wild. Martin fragte sich, ob er nicht selbst dem Opium zum Opfer gefallen war.

»Ich habe gehört, daß es Euch nicht gut ergangen ist«, sagte er.

»Mir geht es gut.« Hung warf einen Blick auf Adrian.

»Mein Bruder und Vize-Admiral«, sagte Martin.

»Ihr dient den Mandschu.« Hungs Stimme klang bitter.

»Ich möchte Euch allein sprechen, Barrington.«

»Was für ein unverschämter Flegel«, meinte Kang-ju.

»Laßt uns allein«, sagte Martin. »Du auch, Adrian, sei so gut.« Adrian sah ihn an, als wollte er Protest einlegen, aber dann änderte er seine Meinung und ging hinaus.

»Möchtet Ihr etwas Sake?« bot Martin an.

»Schnaps ist Teufelswerk«, grollte Hung, der offenbar in der letzten Zeit nicht friedlicher geworden war.

Martin goß sich selbst etwas Reiswein ein. »Worüber möchtet Ihr mit mir sprechen?«

Er setzte sich wieder hin, und nach einer Weile nahm auch Hung Platz. »Ich habe gehört, daß es einen Krieg zwischen den Mandschu und den Briten geben wird, und daß Ihr für die Mandschu kämpft.«

»Ich kämpfe im Namen der chinesischen Regierung, Hung. Und Ihr versucht, einen kaiserlichen Admiral zum Hochverrat zu bewegen. Daß ich Euch nicht verhaften lasse, liegt nur an Euren Idealen – Ideale, auf die hin die Mandschu gehandelt haben, während Euer eigenes Volk diese Ideale mißachtet.«

»Mein Volk«, schnaubte Hung voller Verachtung. »Ich bin ein Hakka, kein Chinese. Die Chinesen verachten die Hakka. Trotzdem unterstütze ich sie, da sie noch immer besser sind als die Mandschu. Hört mir zu, Barrington. Jetzt habt Ihr die Möglichkeit, zu wahrer Größe aufzusteigen. Unsterblichkeit zu erlangen.«

»Was wollt Ihr von mir?«

»Ihr müßt Eure neugewonnene Macht dazu einsetzen, die Mandschu zu stürzen. Ihr müßt Kanton und die gesamte Region Kwangtung einnehmen. Von hier aus werden wir, Ihr und ich, die Revolution beginnen und die K'ing vernichten.« Er hielt inne und starrte Martin an. Seine Augen funkelten, und er keuchte.

Martin rang nach Luft. Daß Hungs Leidenschaft echt war, spürte er. Und er bezweifelte auch nicht, daß er hart am Rande des Wahnsinns entlangbalancierte. Er wollte nicht derjenige sein, der ihn über die Kante stieß. Aber er hatte ohnehin keine Wahl. Sein Vater, Jane und die Kinder waren immer noch in Nanking, und das Schicksal des Hauses Barrington lag ganz und gar in den Händen der K'ing-Dynastie.

»Hung«, sagte er. »Ich habe hier einen Befehl auszuführen: Die Einfahrt des Pearl River und Kanton vor der britischen Flotte zu schützen und sie zu vernichten. Diesem Befehl muß ich Folge leisten.«

Hung stand auf. »Ihr werdet mir also nicht helfen.«

»Es wäre klüger, wenn Ihr Eure Träume vergessen und Euch statt dessen um Eure Prüfungen bemühen würdet. Sonst, fürchte ich, wird es Euch schlecht ergehen.«

Hungs Gesicht verzerrte sich zu einer haßerfüllten Fratze. »Eines Tages werde ich die Mandschu vernichten, wie man Staub mit einem Besen wegkehrt. Und wenn dieser Tag kommt, dann wird es dem Haus Barrington schlecht ergehen!«

»Es gibt so viele Fanatiker in China«, meinte Kang-ju, als Martin ihm von dem Gespräch erzählte. »Ihr hättet ihn verhaften und hinrichten lassen sollen.«

»Man kann einem Mann seine Träume vergeben«, fand Martin.

»Wenn aus Träumen Visionen werden«, entgegnete Kang-ju, »dann versuchen die Menschen, sie wahr zu machen.«

»Dann wird sein Kopf wohl wirklich einmal an eine Wand genagelt werden.«

»Und du magst diesen Kerl auch noch«, meinte Adrian, als sie allein waren.

»Nein, aber ich respektiere ihn. Aber ich bin außerdem sicher, daß er vollkommen verrückt ist und in der Gosse enden wird.«

Sie gingen vor der Bogue-Festung vor Anker, wo Martin mit Freude feststellte, daß Teng noch weitere sechs Schiffe aufgetrieben hatte. Jetzt hatte er fast schon eine richtige Flotte zusammen, aber er würde noch weitaus mehr brauchen. Daher segelte er mit der *Jangtse Queen* weiter die Küste entlang. In Macao besuchte er in Begleitung Adrians Familie Barnes, während sich die Menschenmenge im Hafen vor seinem Schiff versammelte, die beim Anblick der Flaggen mit Drachen und Phönix schon bald wußte, daß es sich nur um den Admiral der Mandschu handeln konnte.

»Ich wollte meinen eigenen Augen nicht trauen«, sagte Donald Barnes. »Aber was steckt denn dahinter?«

Martin erklärte ihm die Situation.

»Dann kommt Ihr am besten mit zu uns und sprecht mit Mutter ... und Catherine«, sagte Donald unglücklich.

Er wurde wärmstens willkommen geheißen.

»Habt Ihr Neuigkeiten?« fragte Catherine voller Spannung. »Wir haben gehört, daß die *Jangtse Queen* schon vor ein paar Wochen in der Nähe war.«

»Ich war in Kanton«, sagte Martin. Er sah keinen anderen Weg als vollkommene Offenheit.

»Habt Ihr mit Vater gesprochen?« fragte Catherine, und Alice wollte sofort wissen, wie es ihm gehe.

»Es geht ihm jetzt besser als vorher«, antwortete Martin vorsichtig. »Alle Gefangenen litten unter Fieber und verschiedenen Magenerkrankungen. Aber ich habe dafür gesorgt, daß sie gut untergebracht und versorgt sind, und ich hoffe, daß sie bald alle wieder gesund sind.«

»Dem Himmel sei Dank, daß Ihr so einen Einfluß bei Kommissar Lin habt.«

Martin zögerte einen Augenblick. »Kommissar Lin ist seines Amtes enthoben worden.«

»Nun, das ist immerhin ein Schritt in die richtige Richtung. Offenbar ist der neue Kommissar ein vernünftigerer Mann.«

»Es gibt keinen neuen Kommissar. Nachdem die Briten China den Krieg erklärt haben, untersteht die gesamte Provinz Kwangtung der Marine.«

»Ihr meint, die Mandschu wollen tatsächlich kämpfen? Wo haben sie denn einen Admiral gefunden?« sagte Alice spöttisch.

»Er sitzt vor Ihnen, Mrs. Barnes.«

Einen Augenblick waren die beiden Frauen sprachlos. Dann klatschte Catherine in die Hände. »Das ist ja großartig.«

»Warum habt Ihr dann meinen Mann nicht mit hergebracht?« wollte Alice wissen.

»Weil ich keine Erlaubnis habe, die Gefangenen zu entlassen. Zumindest nicht, bis die Briten geschlagen sind.«

»Ihr wollt es also tatsächlich mit der Royal Navy aufnehmen?«

»So lautet mein Befehl.«

»Ihr würdet eine Flotte der Mandschu gegen Eure eigenen Landsleute führen?« Alice sah ihre Tochter und ihren Sohn entsetzt an.

Adrian meldete sich zu Wort. »Schicksal und Wohlstand unseres Hauses liegen in den Händen der K'ing.«

»Wohlstand?« rief jetzt Alice. »Was bedeutet schon Wohlstand, wenn man dafür gegen sein eigenes Volk, die eigene Verwandtschaft in den Krieg ziehen muß?«

»Ich habe keine Verwandten mehr in England, Madam.«

Catherine leckte sich nervös die Lippen. »Was hat mein Vater dazu gesagt?«

»Er hat meinen Antrag nicht angenommen. Daher muß ich ihn jetzt Euch noch einmal stellen. Wollt Ihr meine Frau werden?«

»Ich ...« Sie sah ihre Mutter an.

»Ich fürchte, daß ist nun nicht mehr möglich, Mr. Barrington.«

Martin sah Donald an. »Es wäre schwierig«, sagte der junge Mann. »Glaubt mir, Barrington, es tut mir wirklich leid.«

»Aber ich möchte es gern aus Catherines eigenem Mund hören.«

Catherine leckte sich wieder die Lippen. »Ich ... Ich kann mich den Wünschen meiner Mutter, meines Vaters nicht widersetzen, Mr. Barrington.«

»Dann bleibt mir nichts, als Euch in anderer Hinsicht Glück zu wünschen.« Er verließ das Zimmer, und Adrian folgte ihm.

»Es tut mir leid«, sagte Adrian.

»Manche Dinge sollen eben nicht sein«, grollte Martin.

»Aber welche Dinge sollen sein?« Adrian hatte auch nicht die geringste Ahnung, was auf dem Spiel gestanden hatte.

Sie gingen wieder an Bord der *Jangtse Queen* und stachen in See. Am nächsten Morgen sichteten sie eine Dschunke, die in nördlicher Richtung unterwegs war und segelten zu ihr. Der Kapitän war in heller Aufregung. Ein britisches Geschwader hatte auf dem Weg nach Norden in Singapur angelegt.

9

DIE KANONEN DES ZORNS

»Wie viele Schiffe habt Ihr gesehen?« fragte Martin.
»Mehr als zwanzig.« Der Kapitän war offenbar höchst alarmiert.
»Große Schiffe?«
»Einige waren sehr groß, Barrington.«
»Ich glaube, wir müssen warten, bis sie die erste offene Kriegshandlung begehen und versuchen, in den Fluß hineinzufahren«, entschied Martin. »Ohne die Hilfe des Forts werden wir sie wohl kaum schlagen können.«

In der Zwischenzeit sammelte er so viele Schiffe um sich, wie er konnte. Außerdem schickte er den Briten kleine Fischerboote entgegen, die ihn rechtzeitig warnen würden. Zu Beginn des Sommers hatte er ungefähr zwanzig Schiffe, aber er wußte noch immer nicht genau, wo sich das britische Geschwader aufhielt, bis die Fischerboote Ende Juni zurückkehrten; sie hatten Segel am südlichen Horizont gesichtet.

Martin segelte daraufhin selbst mit einem solchen Fischerboot, um sich die britische Flotte durch das Fernrohr seines Vaters anzusehen. Sein Herz hörte für einen Augenblick auf zu schlagen, als er sie näherkommen sah. Er zählte sechzehn Kriegsschiffe, darunter sechs Monster – Linienschiffe, die mit nicht viel weniger als siebzig Geschützen bestückt waren. Die anderen waren Fregatten und Korvetten. Sie wurden von einer ganzen Reihe von Handelsschiffen begleitet, die offensichtlich dem Transport dienten. Insgesamt waren es vierzig Schiffe, die sich mit stolz geblähten Segeln im jetzt auffrischenden Wind näherten. Er kehrte nach Bogue zurück, um Teng und den anderen mitzuteilen, was sie erwartete.

»Daß es schon Sommer ist, ist unsere einzige Chance«, sagte er. »Wenn wir sie nur noch ein paar Monate aufhalten könnten bis die Herbststürme beginnen, dann werden sie in diesen Gewässern in Schwierigkeiten geraten.«

Zu ihrer großen Überraschung aber starteten die Briten keinen Angriff auf den Pearl River, sondern segelten an ihm vorbei weiter nach Norden.

»Mein Gott, wenn sie vorhaben, Peking anzugreifen ...« sagte Adrian.

»Dafür sind sie nicht stark genug«, meinte Martin.

Tatsächlich segelten die Briten tief in den Golf von Chusan südlich vom Jangtse und errichteten einen Stützpunkt auf einer der Inseln, nachdem sie den Hafen von Ningpo bombardiert und eingenommen hatten. Daraufhin erhielten sie panische Briefe des Vizekönigs Chung, der wollte, daß Martin mit seinen Schiffen nach Norden segelte und den Feind angriff.

»Da sind schätzungsweise viertausend Barbaren, viele von ihnen von dunkler Hautfarbe, auf chinesischem Boden. Das können wir nicht tolerieren. Ihr müßt sie sofort vernichten, Admiral Barrington.«

»Er meint die Sepoys«, stellte Adrian fest.

»Das soll also ein ganz konventioneller Feldzug werden«, sagte Martin. »Und wir dürfen uns nicht von unseren Plänen abbringen lassen.«

Er schrieb Chung einen Brief zurück, worin er seine Strategie darlegte. Seinem Vater schrieb er einen ähnlichen Brief. Nur zu gerne hätte er auch einen Brief für Jane beigelegt, aber er wagte es nicht; ein formeller Gruß mußte genügen.

Chung bombardierte den jungen Barrington den ganzen Sommer und Herbst über mit Briefen, die ihn zum Handeln drängten, worauf er antwortete, daß er noch nicht genügend Schiffe habe, um es mit einem Geschwader britischer Linienschiffe aufzunehmen, wenn diese bei ihrem Zusammentreffen nicht eindeutig im Nachteil waren. Aber er hoffte, daß das der Fall sein würde, wenn sie sich ihren Weg den Fluß hinauf erzwingen würden.

Tatsächlich versuchten die Briten noch immer zu verhandeln, wie Robert Barrington ihnen mitteilte, und es gingen ständig Briefe zwischen Ningpo und Peking hin und her. Martin wartete ruhig ab, bildete seine Männer gründlich aus und hielt Teng und seine Garnison in ständiger Bereitschaft.

Ein Geschwader seiner Dschunken befand sich ständig auf See und beobachtete den Golf, aber die Briten konzentrierten sich offenbar darauf, ihre Männer nach der langen Seereise wieder gesund zu pflegen, und sie warteten, ob man Peking nicht doch noch an den Verhandlungstisch bekam. Auch mischten sie sich in keiner Weise in den Handel an der chinesischen Küste ein, obwohl man ihre Fregatten auf See oft traf, wo sie die Buchten und Inseln genauer erkundeten.

Martin arbeitete so hart er konnte und wurde dafür mit der aggressiven Ablehnung Tengs und der Soldaten belohnt. Nur die Kapitäne der Dschunken waren ihm gegenüber aufgeschlossen. Aber alle beteten sie voller Inbrunst, daß die Briten wieder abziehen würden.

Falls Adrian sich darüber im klaren war, daß man ihnen eine unlösbare Aufgabe gestellt hatte, dann ließ er es sich jedenfalls nicht anmerken. Seine Zuversicht schien unerschütterlich zu sein. Seine früher oft so säuerliche Einstellung dem Leben gegenüber trat jetzt völlig in den Hintergrund. Aber seine Anwesenheit erinnerte Martin auch ständig an das Unglück seines privaten Lebens. Er konnte nicht mit Sicherheit sagen, ob er Catherine Barnes liebte, aber er wußte, daß er in der Heirat mit ihr einen Ausweg gesehen hatte. Jetzt, da sie ihn zurückgewiesen hatte, würde er unweigerlich in Janes Arme zurückkehren – falls er die bevorstehenden Abenteuer überlebte.

Einen Monat nach Ankunft der britischen Flotte segelte ein Hilfsgeschwader an Macao vorbei. Es handelte sich um Nachschub, der jedoch von einem Schiff begleitet wurde, das weder einer der chinesischen und mandschurischen Kapitäne noch Martin Barrington je gesehen hatte.

Aus der Entfernung sah es mit seinen zwei Masten nicht ungewöhnlich aus, obwohl es für ein Kriegsschiff sehr tief im Wasser lag. Aber von dem Schiff stieg Rauch auf. Durch sein Fernrohr entdeckte Martin zwei riesige Schaufelräder zu beiden Seiten des Rumpfes, die das Wasser aufwirbelten und das Schiff ungeachtet der Windrichtung fortbewegten.

Von der Existenz solcher dampfgetriebenen Schiffe hatten

die Barringtons im Unterschied zu den Chinesen schon einmal gehört. Martin versuchte, seine Mannschaften zu beruhigen – schließlich handele es sich bei dem Neuankömmling doch auch nur um ein weiteres Schiff. Aber die meisten Männer spürten doch, daß dieses fremdartige Meeresungetüm ein Symbol der Überlegenheit der englischen Flotte war.

Aus dem Sommer wurde Herbst, und die Stürme begannen. »Nun, das bedeutet wohl, daß wir vor dem nächsten Frühjahr nichts mehr von ihnen sehen werden«, meinte Adrian. »Glaubst du, daß wir vielleicht über Weihnachten nach Hause zurückkehren können?«

»Vielleicht – du kannst es auf jeden Fall. Für mich ist es nicht so günstig. Falls irgend etwas in meiner Abwesenheit geschehen würde, hätte der Kaiser kaum eine andere Wahl, als mich zu verurteilen.«

Adrian entschied sich, an der Seite seines Bruders zu bleiben. Sie waren beide äußerst überrascht, als die Dschunken im Januar von ihren Patrouillenfahrten entlang der Küste zurückkehrten und meldeten, daß die Briten in See gestochen seien. »Was wir jetzt bräuchten, wäre ein richtiger Wirbelsturm, der würde sie in alle Winde verstreuen«, sagte Adrian und schnippte mit den Fingern.

»Sie werden nach einem besser geschützten Hafen in der Nähe des Pearl River Ausschau halten«, sagte Martin nachdenklich.

»Macao?«

»Das würden die Portugiesen nicht zulassen, es sei denn, die Engländer versprächen ihnen auf immer und ewig Schutz.«

Aber das Wetter blieb weiterhin mild, und die Briten hatten mit ihren Erkundungen Erfolg; in der Nähe der Mündung des Pearl River hatten sie eine Gruppe von Inseln gefunden, die gleichsam natürliche Wellenbrecher waren. Die Hauptinsel, Hong Kong, war unbesiedelt und wurde nur hin und wieder von Fischern angelaufen, was die Briten nicht davon abhielt, dort ihr Lager aufzuschlagen und ein Fort zu bauen. Diese Neuigkeiten brachten Martins Kundschafter nach Bogue.

»Was für eine Unverschämtheit!« fluchte Adrian. »Die Briten denken wohl, daß sie sich ohne weiteres chinesischen Boden aneignen können, wie es ihnen beliebt, ohne daß etwas geschieht.«

Martin lächelte gequält. »Und, ist das denn nicht die Wahrheit?«

Er glaubte an einen weiteren Aufschub und war daher völlig überrascht, als nur eine Woche später der Alarm im Fort ertönte. Martin ging an Land und stieg mit Teng auf den höchsten Turm des Forts, von wo aus er das Meer überblicken konnte. Er schluckte. Unterhalb von ihnen war die Küste weiß von majestätisch geblähten Segeln.

»Meine Kanonen sind geladen«, sagte Teng. »Laßt sie nur nahe genug herankommen.«

»Es ist beinahe so wie bei einer Parade«, meinte Adrian.

Diese Beobachtung war durchaus zutreffend, da sich die Briten offensichtlich Mühe gaben, außer Schußweite zu bleiben und auch den Riffs und Untiefen des Mündungsbereichs auswichen. So segelten die Kriegsschiffe mit der sanften Nordwestbrise an der Mündung des Pearl vorüber, wendeten und kamen die gleiche Strecke wieder zurück, was wegen des Gegenwinds sehr viel länger dauerte. Adrian und Martin, beides erfahrene Seemänner, waren beeindruckt, wie geschickt die Schiffe gesteuert wurden. Sie studierten noch immer ihren Feind durchs Fernglas, als plötzlich ein Bote aus dem Norden atemlos und in panischem Entsetzen auf sie zu rannte.

»Sie landen ihre Soldaten, Exzellenz«, sagte er zu Martin. »Ihre Truppentransporte sind von Hong Kong aus aufgebrochen, und jetzt gehen die Männer in kleinen Booten an Land.«

»Während wir ihre Regatta bewundern«, sagte Adrian.

»Ich werde ihnen sofort eine Abteilung entgegenschicken, die sich mit diesen Barbaren befassen wird«, verkündete Teng.

»Die werdet Ihr wohl hier brauchen«, sagte Adrian und zeigte aufs Meer – denn das Geschwader hatte wieder gewendet und näherte sich jetzt.

»Seid bereit, das Feuer zu eröffnen«, sagte Martin. »Ihre Soldaten werden eine Weile brauchen, wenn sie die Küste entlangmarschieren – sie haben sicher keine nennenswerte Kavallerie. Wenn ihre Schiffe bei der Ankunft bereits unter Beschuß sind, werden sie es sich vielleicht noch einmal überlegen. Adrian, folg mir. Wir werden sie in der Flanke angreifen, solange sie sich auf das Fort konzentrieren.«

Teng sah in den Hof hinunter, wo ein weiterer Bote gerade von seinem schaumbedeckten Pferd sprang. »Vielleicht sind die Soldaten näher, als Ihr glaubt.«

Aber der Bote kam aus Peking und war über die Berge gekommen. »Eine Proklamation seiner Majestät, Exzellenz«, sagte er.

Martin las sie voller Entsetzen. »Seine Majestät verkündet, daß er zehn Tael für jeden weißen Soldaten oder Matrosen und fünf für einen dunkelhäutigen aussetzt.«

»Das wird die Männer anspornen, härter zu kämpfen«, sagte Teng.

»Das ist die reine Barbarei.« Adrian sah seinen Bruder an. »Was willst du tun?«

»Ich werde dem Befehl Folge leisten. General Teng, diese Proklamation soll den Männern vorgelesen werden.«

»Und der Flotte?«

»Wenn sie aus der Schlacht zurückkehren. Ich glaube nicht, daß wir nahe genug herankommen werden, um Köpfe zu sammeln.«

Martin und Adrian stiegen eilig die Leitern hinunter, aber bevor sie den Hof erreicht hatten, bebte das ganze Fort. Teng hatte das Feuer eröffnet. Die Brüder liefen aus dem Haupttor hinaus auf die Felsen am Ufer, um nachzusehen, wieviel zerstört worden war. Keines der Schiffe schien getroffen, und die aufgewühlten Stellen im Wasser deuteten an, daß die Chinesen zu kurz gezielt hatten. Aber das war leicht zu ändern.

Martin lief von den Felsen herunter und spürte plötzlich überall um sich herum einen brennend heißen Wind. Er fiel auf die Knie, und erst dann erreichte der rollende Donner der sechs Breitseiten seine Ohren. Er hob den Kopf und sah große Mauerstücke durch die Luft fliegen. Die Schreie der erschrockenen Chinesen erfüllten die Luft.

»Nicht schlecht«, rief Adrian über den Krach hinweg und half ihm wieder auf die Füße.

Martin antwortete nicht, sondern rannte weiter den abschüssigen Pfad zum Dock hinunter, wo die aufgeregt schnatternde Mannschaft bereits auf sie wartete. »Wovor habt ihr Angst?« brüllte er. »Das ist die Schlacht, auf die wir gewartet haben.« Über ihnen feuerten weiterhin die Kanonen des Forts, aber die englischen Schiffe waren noch immer nicht getroffen.

Kang-ju schritt ungeduldig auf dem Achterdeck der *Jangtse Queen* auf und ab. »Was tun wir nun, Barrington?« rief er.

»Signalisiert allen Schiffen, daß wir in See stechen und den Feind angreifen werden.«

Kang-ju tat wie geheißen, und die Mannschaft beeilte sich, dem Befehl nachzukommen. Sie hatten volles Vertrauen zu ihrem Admiral, was man aber vom Rest der Flotte leider nicht sagen konnte. Sie starrten angsterfüllt auf das Fort, daß von einer dichten Wolke aus Rauch und Staub fast völlig verschluckt wurde – zum einen zündeten sie ihre eigenen Geschütze sehr schnell hintereinander, zum anderen aber schlugen auch englische Kugeln immer wieder im Mauerwerk ein.

Martin rief einen Sampan herbei und ließ sich auf ihm zwischen den Schiffen seiner Flotte hindurchrudern, so wie es, laut seinem Vater, Cheng Ji Sao vor der entscheidenden Schlacht gegen die Mandschu getan hatte. »Folgt mir«, rief er seinen Kapitänen zu. »Zum Sieg.« Er begab sich wieder an Bord der *Jangtse Queen* und erteilte den Befehl, Segel zu setzen. Der Anker wurde gelichtet, und die riesige Dschunke setzte sich langsam in Bewegung, glitt zwischen den wohlbekannten Untiefen und Sandbänken hindurch, die eine Art zusätzliche Verteidigung gegen die Briten boten. Martin ließ weitere Segel setzen, als sie das offene Meer erreichten, und blickte den Mast hinauf. Dort flatterte der Drache ebenso stolz im Wind wie der Phönix. Er nahm sein Fernglas und suchte nach dem englischen Flaggschiff. Die Kriegsschiffe waren noch immer von einer Rauchwolke umgeben, da sie nicht aufhörten, das Fort zu beschießen, aber er hatte den Wimpel des Admirals bald gefunden. »Dort ist unser Ziel«, sagte er zu Kang-ju. »Haltet direkt auf sie zu.«

Adrian berührte ihn am Arm und sah über die Schulter. Nur drei Dschunken waren jenseits der Sandbänke auf dem offenen Meer zu sehen. »Die anderen werden schon kommen«, beruhigte ihn Martin.

»Glaubst du wirklich?«

»Soll ich den Angriff jetzt vielleicht abblasen?« fragte Martin.

»Hast du die Absicht, Selbstmord zu begehen?«

Martin biß sich auf die Lippen. Man hatte sie natürlich längst gesehen, aber das britische Geschwader widmete sich ungerührt weiterhin dem Fort – nur ein einziges Schiff löste sich von ihnen ... durch sein Glas konnte er erkennen, daß es das Dampfschiff mit den Schaufelrädern war, im Augenblick hatte es allerdings die Segel voll gesetzt.

Es war noch mehrere Meilen entfernt. Also hatte er noch ausreichend Zeit, zu wenden und in die Sicherheit des Pearl Rivers zurückzukehren. Aber das hätte die Moral seiner Flotte vollends zerstört. Und wie würde man die Neuigkeiten von seinem feigen Rückzug wohl in Peking aufnehmen, oder gar in Nanking? Wenn er sich aber in die Schlacht stürzte, den Briten wenigstens Schaden zufügte und das Manöver anschließend wegen mangelnder Unterstützung abbrach, konnte ihm das niemand übelnehmen. Und die Briten würden sich vielleicht sogar zurückziehen müssen, um ihre Schäden zu reparieren.

»Wir bleiben«, sagte er.

Martin betrachtete das näherkommende Schiff, das sich jetzt aus den Rauchwolken löste, die langsam zum Himmel stiegen. Der scharfe Bug zerteilte die weiß aufschäumenden Wellen wie ein Messer, und die jetzt ganz nach Steuerbord gerichteten Segel blähten sich im Wind. Die Schaufelräder standen im Augenblick still.

Sicherlich waren die Dschunken ein ebenso imposanter Anblick, hoffte er, denn sie hatten den Vorteil, die frische Brise aus südwestlicher Richtung voll ausnutzen zu können, so daß sich auch ihre Segel stolz wölbten. Wenn ihre Flotte nur größer wäre.

»Alle Geschütze geladen und gefechtsbereit«, erstattete Adrian Bericht.

»Du darfst erst feuern, wenn sie wirklich in Reichweite sind.«

Adrian nickte und begab sich aufs Hauptdeck zurück. In dem Augenblick flaute der Wind ab, und die Segel wurden schlaff.

»Verdammt«, murmelte Martin. Aber wenigstens waren die Briten davon ebenfalls betroffen – allerdings nicht das Dampfschiff. Fassungslos beobachtete Barrington, wie dieses Ungetüm die Segel strich und dicke Rauchwolken aus dem Schornstein aufstiegen. Gleich darauf begannen sich die Schaufelräder zu drehen. Die Chinesen konnten diese merkwürdige Erscheinung nur entgeistert anstarren.

Kang-ju stand am Steuer. »Wann werden sie schießen, Barrington?«

»Wenn sie sicher sind, daß wir innerhalb ihrer Reichweite liegen.«

Und dieser Moment war nicht mehr in weiter Ferne. Er schätzte die Entfernung jetzt auf etwa zwei Seemeilen, und gemessen an seinem Kielwasser näherte es sich mit einer Geschwindigkeit von mindestens sechs Knoten. Er lief zum Rand des Achterdecks und sah hinunter. Seine Männer sahen durchaus entschieden aus, wie sie da über ihren Kanonen hockten, und Adrian ging hinter ihnen auf und ab und sprach beruhigend auf sie ein. Wenigstens begannen sich die antriebslosen Dschunken jetzt leicht zu drehen. Sonst wären sie nicht in der Lage gewesen, Breitseiten zu feuern.

»Jetzt drehen sie sich, Barrington«, sagte Kang-ju. Gleichzeitig öffneten sich die Kanonenluken. »Bereit zum Feuern«, rief er seinem Bruder zu. Aber er wußte, daß er, manövrierunfähig wie er war, nicht alle Kanonen einsetzen konnte.

Dann sah er das feindliche Schiff plötzlich hinter einem Schleier aus weißem Rauch verschwinden. Einen Augenblick später schüttelte es die *Jangtse Queen* wie von einer riesigen Hand gepackt. Auf beiden Seiten spritzte das Wasser hoch auf. Obwohl sie sich erst halb gedreht hatte, war die *Jangtse Queen* ein gutes Ziel für die Schützen der Navy gewesen, und der ganze vordere Teil des Schiffes war ein Durcheinander aus zersplittertem Holz, zerrissenem Tauwerk und sterbenden Männern. Unter lautem Getöse brach der Fockmast ab.

Während die Chinesen vor Entsetzen wild durcheinander kreischten, hörte man auch auf die Entfernung die Jubelrufe der Briten. Martin lief zum Rand des Achterdecks. »Adrian«, brüllte er. »Adrian!«

»Ich bin hier.«

Der mittlere Teil der Dschunke war unversehrt, aber Martin wußte, daß er die Schäden erst selbst in Augenschein nehmen mußte. »Feuern, was das Zeug hält!« rief er und stieg die Leiter zum Hauptdeck hinunter. Aber er hatte gerade den ersten Fuß daraufgesetzt, als die *Jangtse Queen* schon wieder heftig erschauerte. Diesmal schlugen die Kugeln auf der gesamten Länge des Schiffs ein. Martin taumelte gegen die Reeling auf der Backbordseite und hörte das nahe Geräusch von splitterndem Holz, als die anderen beiden Masten abbrachen. Er hatte gehofft, daß er einige Minuten Zeit haben würde, während die Briten nachluden; statt dessen hatten diese ihr Schiff einfach mit Hilfe des Dampfantriebs gedreht und die geladenen Kanonen auf der Backbordseite abgeschossen, während die Steuerbordseite nachgeladen wurde.

Entsetzt starrte er auf die Trümmer. Die herabstürzenden Masten lagen kreuz und quer über dem Deck; überall verstreut lagen Unmengen von Tauwerk, Blut und die geschundenen und verstümmelten Körper der Besatzung. Einige Geschütze waren ebenfalls getroffen und aus ihrer Verankerung gerissen worden.

Der Lärm war ohrenbetäubend, aber den größten Anteil daran hatten die Schreie der Männer; nur zwei ihrer Kanonen hatten abgefeuert werden können, und in dem dichten Rauch konnte man nicht erkennen, ob sie überhaupt getroffen hatten. Die Dschunke jedoch hatte nicht nur ihre Masten eingebüßt – sie war dem Untergang geweiht. Das spürte Martin an der leichten Neigung des Decks, als er wieder auf die Füße gekommen war.

Wie durch ein Wunder war er unverletzt. »Adrian!« rief er. und stolperte durch den Morast von Blut, abgetrennten Gliedern, gespaltenen Köpfen und blanken Knochen. Adrian war ganz in seiner Nähe gewesen, als er ihn das letzte Mal gesehen hatte. Jetzt ... Er starrte auf den zusammengekrümmten Körper unter den Trümmern des Hauptmastes. Obwohl er wußte, daß es für jede Rettung zu spät war, zog er aus Leibeskräften am Arm seines Bruders.

»Barrington!« Kang-ju war plötzlich neben ihm. Blut tropfte aus einer klaffenden Wunde auf seiner Stirn. »Wir sinken.«

Martin starrte noch immer auf seinen Bruder, den er so schändlich betrogen hatte, der sich freiwillig bereit erklärt hatte, an seiner Seite in den Kampf zu ziehen. Und der dafür gestorben war.

»Barrington!« jammerte Kang-ju jetzt. Noch einmal spürten sie eine heiße Windböe, und wieder bebte die *Jangtse Queen*, aber nicht mehr so heftig wie vorher; da war kein Leben mehr in ihr – sie war nur noch eine leere Hülle, die jetzt langsam im Meer versank.

Unter ohrenbetäubendem Kreischen strömten die Überlebenden an Deck und sprangen, ohne auf das Kommando zum Verlassen des Schiffs zu warten, über Bord ins Wasser, da sämtliche Boote in Trümmer geschossen waren.

»Barrington!« flehte jetzt Kang-ju. »Wenn wir das Schiff nicht jetzt sofort verlassen, werden wir ertrinken. Euer Bruder ist tot. Wir können hier jetzt nichts mehr für ihn tun.« Er schleppte Martin zum Schanzdeck, das jetzt bereits fast auf Wasserhöhe lag. Die *Jangtse Queen* neigte sich noch ein wenig mehr, und aus den Tiefen des Rumpfes hörte man das unglückliche Ächzen und Stöhnen eines sinkenden Schiffes. Martin faßte sich ein Herz, sprang ins Wasser und schwamm mit kraftvollen Zügen vom Schiff weg. Kang-ju war an seiner Seite. Nach einigen Minuten hielten sie an, um Luft zu schöpfen, legten sich auf den Rücken und sahen sich um.

Das Hauptdeck der *Jangtse Queen* lag jetzt unter Wasser, so daß es nur noch wenige Sekunden dauern konnte. Das britische Dampfschiff war von einem Schleier aus Rauch verborgen, da es noch immer eine Breitseite nach der anderen auf die anderen Dschunken abschoß. Anzeichen dafür, daß das Feuer erwidert wurde, gab es nicht.

Zwei weitere seiner Dschunken waren bereits ebenfalls ohne Masten und sanken, während die Besatzung sich Hals über Kopf ins Wasser stürzte. Nur eine der Dschunken war noch halbwegs unversehrt, aber auch hier war die gesamte Mannschaft in die Boote geflohen, um den schrecklichen Angriff des Dampfschiffes zu entkommen, und ruderten so schnell sie konnten in die Sicherheit des Pearl River.

»Hier, Barrington«, keuchte Kang-ju. Er hatte ein Stück dahintreibendes Holz gefunden, das er jetzt seinem Admiral hinschob. »Ihr müßt Euch daran festhalten.«

»Warum?« fragte Martin und ließ sich in seiner bodenlosen Verzweiflung einfach treiben.

»Es ist unsere Pflicht unseren Ahnen gegenüber, unser Leben solange wie möglich zu erhalten«, sagte Kang-ju.

Martin legte die Arme um das Holz. Kang-jus Worte hatten ihm wieder in Erinnerung gebracht, daß es eine Menge gab, wofür es sich zu leben lohnte. Aber würde er seinem Vater je wieder ins Gesicht sehen können? Er hatte seine Flotte in die völlige Vernichtung geführt. Es war leicht zu sagen, daß er mit größerer Unterstützung vielleicht besser abgeschnitten hätte. Aber er wußte, daß das nicht stimmte. Selbst wenn er mit fünfzig Dschunken in die Schlacht gegangen wäre, hätten ihn die Briten mit der Zielgenauigkeit und besonders der Schnelligkeit ihrer Schützen in Kombination mit der von ungünstigen Windverhältnissen völlig unabhängigen Manövrierfähigkeit des Dampfbootes in Stücke geschossen.

Um ihn herum war das Meer voller Männer, seiner Männer, die um Hilfe riefen und verzweifelt um Rat suchten. Und er konnte nichts für sie tun.

Das britische Schiffe hatte das Feuer eingestellt und war bereits auf dem Weg zurück zum Rest der Flotte. Dann hörten sie plötzlich Rufe in der Entfernung, und Raketen wurden aus der Richtung des Forts abgeschossen. »Sampans«, sagte Kang-ju. »Sie kommen aus der Flußmündung.«

Dem Himmel sei Dank für Teng, dachte Martin. Aber würden sie noch rechtzeitig kommen? Einige der Matrosen waren bereits kurz vor dem Ertrinken, denn das Wasser war sehr kalt; das war im Grunde genommen ein Glück, da es die Haie fernhielt.

»Ihr müßt Euch bewegen, Barrington«, mahnte Kang-ju. Er selbst trat heftig mit den Beinen. Martin folgte seinem Beispiel, aber seine Glieder waren schwer wie Blei, und sein ganzer Körper vor Verzweiflung wie betäubt.

Er war nur noch halb bei Bewußtsein und wäre ohne Kangjus Hilfe sicher ertrunken, als endlich der erste der Sampans sie erreicht hatte und sie an Bord gehievt wurden. Man wickelte sie in warme Decken und gab ihnen heißen Reiswein zu trinken.

Die Briten sahen dem ganzen Unternehmen aus der Ferne ruhig zu, ohne etwas dagegen zu unternehmen. Wahrscheinlich, dachte sich Martin noch trotz seines Dämmerzustandes, hatten *sie* kein Kopfgeld ausgesetzt.

»Sie haben gewonnen, aber sie können noch immer nicht in den Fluß hinein«, sagte General Teng. »Es tut mir leid um Ihren Bruder, Barrington. Es ist traurig, wenn man jemanden auf See verliert und noch nicht einmal ein Gebet an seinem Grab sprechen kann, aber wir werden ihn rächen. Und wir werden dafür sorgen, daß sie nicht durch die Sandbänke hindurchkommen – selbst wenn sie den Weg wüßten.«

Teng aß mit dem Admiral zu Abend. Martin trug geliehene Kleider, da die seinen mit der *Jangtse Queen* untergegangen waren. Er war immer noch zutiefst niedergeschlagen. Die Kapitäne, die ihm den Gehorsam verweigert hatten, waren flußaufwärts geflohen und so seinem unmittelbaren Zorn entkommen, und seine eigene Pflicht war es noch immer, die Briten zurückzudrängen.

Aber es gab noch eine ganze Reihe anderer Pflichten, die ihn jetzt von allen Seiten bedrängten. So mußte er Peking von der katastrophalen Niederlage unterrichten und seinem Vater und Jane die Nachricht von Adrians Tod überbringen. Die schrecklichen Ereignisse des Tages ließen ihn einfach nicht los, und er war noch immer wie betäubt; aber schließlich brachte er es doch fertig, seine Gedanken in geordnete Bahnen zu lenken. »Was ist mit den Männern, die die Briten an der Küste abgesetzt haben?«

»Sie haben ungefähr zehn Meilen von hier ihr Lager aufgeschlagen«, sagte Teng. »Ich glaube nicht, daß sie uns angreifen werden, bis sie sehen, wie ihre Schiffe mit der Einfahrt in den Fluß fertig werden. Nun, von mir aus können sie dort bleiben und verfaulen.«

Teng war noch immer voller Kampfeswillen, obwohl sein Fort unter dem Bombardement des Morgens schwer gelitten hatte. Aber er hatte keine hohen Verluste zu beklagen. Ganz allmählich kehrte auch Martins Selbstvertrauen zurück, obgleich er jetzt ein Admiral ohne Flotte war – wenn man von den paar Sampans absah, die unterhalb des Forts am Ufer lagen. Aber es schien immer noch möglich zu sein, den Europäern den Fluß zu versperren.

Oder vielleicht doch nicht? Am Morgen darauf weckte ihn der Alarm, und er sah die britische Flotte ganz in der Nähe, aber beigedreht, während ihre Boote in die Mündung hineinruderten. Teng eilte herbei, und gemeinsam sahen sie zu, wie die Männer in aller Seelenruhe begannen, mit Stangen und Loten zu arbeiten, als ob es sich um eine Übung handelte. »Sie haben den Mut der Unverschämtheit«, schimpfte Kang-ju.

»Ich glaube, Ihr solltet sie wegjagen«, riet Martin, als er sah, wie die Matrosen mit kleinen, orangen Bojen eine Fahrstraße markierten. Teng gab entsprechende Befehle, und die Geschütze der Festung eröffneten das Feuer. Das wurde von der Flotte sofort erwidert, und es flogen noch mehr Trümmer durch die Luft. Es war beeindruckend zu sehen, wie selten einer der Schützen getroffen wurde; selbst wenn es einmal geschah, daß eine Schießscharte getroffen und eine Lafette umgeworfen wurde, blieben doch für gewöhnlich alle bis auf einen unverletzt, wenn man von kleineren Wunden, die durch herumfliegende Splitter verursacht wurden, einmal absah. Forts, dachte Martin zerknirscht, haben Schiffen gegenüber einen großen Vorteil: sie können nicht untergehen.

Durch den beständigen Beschuß seitens der britischen Flotte waren die chinesischen Schützen so abgelenkt, daß sie nicht exakt genau zielen konnten, um die feindlichen Boote an ihrer Arbeit zu hindern. Eines wurde getroffen, aber die Überlebenden wurden von den anderen aufgesammelt und die Aktion ungerührt fortgesetzt, bis sie sich schließlich zu den wartenden Fregatten zurückzogen.

»Wir müssen unbedingt diese Bojen entfernen, Kang«, sagte Martin. »Dafür werden wir ein Dutzend Sampans brauchen.«

»Und ein paar mutige Männer«, fügte Kang-ju hinzu.

»Ich werde dem südlichen Fort eine entsprechende Aufforderung signalisieren«, sagte Teng. Bisher war das Fort am südlichen Ufer der Mündung kaum am Kampf beteiligt gewesen.

Martin und Kang-ju liefen eilig zum Dock hinunter, als aufs neue der Alarm des Forts ertönte. Die britische Flotte segelte bereits, ohne zu zögern, mitten zwischen den Sandbänken hindurch. Der kommandierende Admiral verlor wirklich keine Zeit, sich die mutige Aktion seiner Männer zunutze zu machen.

»Wir schaffen es nicht rechtzeitig, Barrington«, klagte Kang-ju.

Martin biß sich auf die Lippen und wußte einen Moment lang nicht, wie er sich entscheiden sollte. In diesem Augenblick stürzte ein Bote Tengs herbei und bedrängte sie, sich in die Festung zurückzuziehen. Sie hasteten wieder die Leitern hinauf und sahen jetzt zu ihrem Entsetzen auch noch die Rotröcke über die Reisfelder im Norden zügig anrücken. Barrington konnte ihre Trommeln bereits hören.

Sein Fernglas war mit der *Jangtse Queen* untergegangen, also lieh er sich Tengs. Es waren tatsächlich indische Sepoys und auch britische Soldaten, deren schrille Querpfeifen jetzt laut wurden.

»Sie haben keine Artillerie«, meinte Teng. »Wir werden sie mit eine paar Schüssen vernichten.«

»Sie haben sehr wohl eine Artillerie«, berichtigte ihn Martin, als das Fort von einer Breitseite der jetzt sehr nahen Flotte erbebte. Einen Augenblick später hörten sie ein gewaltiges Zischen und eine helle Flamme stieg aus den Reihen der marschierenden Barbaren auf, flog geradewegs ins Fort und entzündete dort ein Feuer.

Lautes Geschrei erhob sich, und die Männer flohen von ihren Kanonen. »Beim allmächtigen Buddha, was war denn das?« rief Teng.

»Eine Rakete«, sagte Kang-ju resigniert. »Wir benutzen sie

zum Spaß, die Barbaren aber führen damit Krieg«, fügte er bitter hinzu, als noch eine ganze Reihe Feuerwerkskörper überall im Fort einschlugen.

»Ihr müßt wenigstens diese Mauer verteidigen.« Martin lief zur Flußseite hinüber und sah, wie die britische Flotte mit majestätischer Ruhe über das ruhige Wasser glitt und mit ständig feuernden Geschützen mal den Anker lichtete, dann wieder halt machte. Sie trafen auf keinerlei Widerstand, da die chinesischen Schützen alle geflohen waren. Martin kauerte auf Händen und Knien, um sich vor dem ständigen Kugelhagel zu schützen. Nach einer Weile wagte er wieder, sich aufzurichten.

Mit der gleichen behäbigen Arroganz, von der alle ihre Aktionen bestimmt waren, ließen die Briten jetzt einige Boote mit rotbekleideten Matrosen zu Wasser, die zum südlichen Ufer ruderten, um das Fort dort anzugreifen. Sie hatten es bei der Einfahrt in die Mündung ebenfalls unter Beschuß genommen, und auch dort erwiderten sie das Feuer kaum.

Teng hatte einige Männer um sich sammeln können, und diese schrien den mit aufgepflanzten Bajonetten heranmarschierenden Soldaten ihre Verachtung entgegen. Die Chinesen zündeten ebenfalls Raketen – sie zielten in den Himmel – und sie schossen mit ihren Gewehren, aber die Briten ließen sich zu keiner Antwort herab. Der gleichmäßige und unaufhaltsame Vormarsch dieser Linie aus glänzendem Stahl übte eine fast hypnotische Wirkung auf die Chinesen aus. Martin wußte, daß der Tag verloren war. Schlimmer noch, daß der Krieg verloren war. Ihre Methode zu kämpfen hatte etwas Unwiderstehliches, und sie wurde besonders deutlich an der Art, wie die Männer in ihren Booten saßen, als sie auf das Ufer zuruderten: kerzengerade, das Gewehr zwischen den Knien, Schulter an Schulter. Sie wußten, daß ein einziger Kanonenschuß aus dem Fort sie alle umbringen würde, und dennoch verzog keiner eine Miene oder sprach mit den anderen.

Er konnte nichts zur Verteidigung des südlichen Forts beitragen. Aber er würde dennoch weiter kämpfen. Er zog sein geliehenes Schwert und lief auf das knisternde Feuer zu. Plötzlich tauchte Kang-ju aus dem Rauch auf und packte ihn am Arm.

»Diese Schlacht ist verloren, Barrington. Wir müssen verschwinden.«

»Wir haben Befehl, diese Position zu verteidigen.«

»Wir haben Befehl, Kanton zu verteidigen. Das können wir von hier aus nicht. Wir müssen die Briten weiter flußaufwärts blockieren.«

Martin zögerte einen Augenblick. Es ging ihm gegen den Strich, Teng im Stich zu lassen, der sich dem Feind so mutig entgegenwarf. Aber wieder mußte ihn Kang-ju an seine eigentliche Pflicht erinnern. Er erlaubte Kang-ju, ihn aus dem Fort herauszuführen und an eine Stelle am Ufer zu bringen, wo zwei Pferde auf sie warteten.

Sie ritten zügig und waren schon am folgenden Abend in Kanton. Sie waren beide vollkommen erschöpft, sowohl geistig als auch physisch, aber Martin berief sofort eine Sitzung mit den obersten Beamten der Stadt ein und berichtete, was geschehen war.

Die Beamten hatten bereits von der Niederlage und völligen Vernichtung der chinesischen Flotte und den flußaufwärts geflohenen Kapitänen gehört, aber daß nun auch das Bogue Fort gefallen war, erschütterte sie sehr.

»Wie konnte das passieren?« fragte einer. »Hatte General Teng denn nicht zehntausend Mann zu seiner Verfügung und die Barbaren höchstens halb so viele?«

»Dann muß es Verrat gewesen sein«, murmelte ein anderer.

Martin warf ihm einen wütenden Blick zu. »Mein eigener Bruder ist in der Schlacht gefallen. Und Ihr werdet schon bald Gelegenheit haben, Eure eigene Loyalität dem Sohn des Himmels gegenüber zu beweisen, wenn nämlich die Barbaren den Fluß hinaufkommen.«

Als die Besprechung zu Ende war, nahm Sung Tang-Chu den grollenden Martin beiseite. »Ich glaube nicht, daß die Männer hier besser kämpfen werden als Eure Kapitäne. Wenn die Flotte der Barbaren Kanton erreicht, ist alles verloren. Ihr müßt sie weiter flußabwärts aufhalten.«

»Wie soll ich das ohne Schiffe fertigbringen?« erwiderte

Martin. »Im übrigen möchte ich, daß an diesen Feiglingen, die nicht kämpfen wollen, ein Exempel statuiert wird.«
»Wünscht Ihr, daß sie enthauptet werden?«
Martin seufzte. Er hatte noch nie eine Hinrichtung angeordnet. »Ja«, sagte er. »Ich möchte, daß sie enthauptet werden.«

Er schlief tief vor Erschöpfung und wurde von Kang-ju mit der Nachricht geweckt, daß die Exekutionen stattgefunden hatten. »Obwohl ich nicht weiß, ob es gut war«, sagte der Maat trübselig. »Die Matrosen sind alle weggelaufen, und die Menschen stehen auf der Straße beisammen und schimpfen.«
»Über mich?«
»Nein, nein, Barrington. Sie wissen, daß Ihr alles versucht habt, was in Eurer Macht stand. Sie schimpfen über die Briten. Sie haben große Angst.«
»Schickt ein paar Männer als Kundschafter den Fluß hinab, damit wir wissen, wie weit die Briten jetzt sind«, sagte Martin und setzte sich an seinen Schreibtisch, um Briefe an den Kaiser, den Vizekönig Chung und – dies würde der schwierigste sein – seinen Vater zu schreiben und über die Vorfälle zu berichten. Er versicherte dem Kaiser und Chung, daß er Kanton bis zum letzten verteidigen würde, und seinem Vater und Jane, daß Adrian gerächt würde, wenn er auch bisher nicht wußte, wie er das erreichen sollte. Da er über See keine Nachrichten mehr übermitteln konnte, mußte er die Briefe Meldereitern anvertrauen; und da zwischen Kanton und Nanking sowie der Einfahrt in den Großen Kanal hohe Berge lagen, und es zu allem Übel auch noch mitten im Winter war, konnte er nicht sagen, wann seine Botschaften ankommen würden.

Und wieder überraschten ihn die Briten, da sie den Fluß ohne die geringste Eile hinauffuhren. Seine Kundschafter berichteten, daß sie systematisch alle Forts zerstörten und sich sorgsam um ihre eigenen Verwundeten kümmerten; auch suchten sie in der Umgegend nach frischem Proviant. Die Kundschafter berichteten auch von einigen Greueltaten wie das Ausrauben von Gräbern.

Martin war sich nicht sicher, ob solche Gerüchte wirklich zutrafen, aber er ließ sie trotzdem in der Stadt verbreiten, um Haßgefühle zu schüren und damit Widerstand und Kampfbereitschaft der Chinesen zu stärken.

»Das Problem ist«, sagte ihm Sung Tang-Chu, »daß diese Menschen hier sich nicht sicher sind, ob eine Herrschaft der Briten wirklich schlimmer ist als die Herrschaft der Mandschu.«

»Ihr seid doch auch ein Chinese«, meinte Martin darauf. »Und Ihr habt keine Zweifel.«

»Aber ich habe genau wie Ihr ein persönliches Interesse daran, diese Regierung zu erhalten. Das ist bei den Armen nicht der Fall. Außerdem hoffen natürlich einige, daß mit den Briten auch das Opium zurückkommen wird. Ich glaube immer noch, daß Ihr sie vorher aufhalten müßt.«

Martin ritt am Fluß entlang, um zu prüfen, ob man irgendwo einen Barrikade errichten könnte. Im oberen Mündungsbereich, noch bevor man den eigentlichen Fluß erreicht hatte, gab es eine Vielzahl kleiner Inseln mit teilweise sehr engen Durchfahrten, aber Martin bezweifelte, daß er sie alle blockieren konnte. Und dann gab es noch immer das Risiko, daß die britischen Truppen sie einfach an Land umgehen könnten.

Wie sehr wünschte er sich, daß sein Vater jetzt bei ihm wäre, um ihm zu helfen! Nun, was konnte sein Vater ihm denn in einem solchen Falle raten? Martin hatte kein Schiff mehr, mit dem er den Kampf hätte aufnehmen können.

Nachdenklich schaute er sich den Fluß an. An den Stellen, wo das Wasser zwischen den Inseln hindurchfloß, war die Strömung wesentlich stärker. Er sah einen Sampan mit abgebrochenem Ruder verzweifelt dagegen ankämpfen. Er hätte erwartet, daß sich das Schiff sofort auf die eine oder die andere Seite drehte, aber statt dessen schoß es geradeaus durch den Kanal hindurch, ohne daß die hilflose Mannschaft irgend etwas dagegen unternehmen konnte.

Dann hatte er plötzlich eine Idee. Man hatte ihm schon oft erzählt, wie Drake die spanische Armada vor Calais besiegt

hatte. »Kang-ju«, sagte er. »Ich brauche soviele Sampans wie Ihr beschaffen könnt, und zwölf mutige Mannschaften.«
»Die Sampans sind kein Problem«, meinte Kang-ju.

Während Kang-ju sich um die Besatzung kümmerte, wählte Martin zwölf Sampans aus. Die anderen erhielten Anweisung, an verschiedenen Stellen zwischen den Inseln vor Anker zu gehen. Dann wurden jeweils mehrere von ihnen zusammengebunden, um eine Barriere aus Booten zu formen. Die breitesten und am günstigsten zu befahrenden Kanäle blieben offen; es war eine ziemlich deutliche Einladung, und er hoffte, daß die Briten, mutig und arrogant wie sie waren, anbeißen würden.

Er versammelte seine kleine Flotte von Sampans oberhalb der Inseln und ließ sie bewachen; er wollte nicht, daß man flußabwärts irgend etwas von ihrer Existenz erfuhr. Als Kang-ju mit den Mannschaften eintraf, hatte Martin sofort Arbeit für sie. Er ließ die Laderäume der Sampans mit jeglichem brennbaren Material anfüllen, daß er finden konnte: Feuerwerkskörper, Fässer voll Schießpulver und Taue, die mit Talg eingerieben waren.

Er veranstaltete jeden Tag Übungen mit seinen Männern, während das Wetter langsam besser wurde. Die Briten schickten eine Abordnung nach Kanton und forderten die Kapitulation. Aber Sung Tang-Chu war kriegerisch wie immer und wollte den Leutnant schon enthaupten lassen. Martin erlaubte es nicht, und so wurde er mit einer abschlägigen Antwort wieder zurückgeschickt. Zumindest hatte er jetzt den Namen seines Gegners erfahren: General Gough hatte das Oberkommando über sämtliche Einheiten des Expeditionskorps.

Außerdem besuchte Martin die britischen Gefangenen. Sie waren alle fast wieder vollkommen gesund, aber ihre gute Laune war noch nicht wiederhergestellt. Sie hatten ebenfalls von den katastrophalen Niederlagen der Mandschu flußabwärts gehört, und sie waren zuversichtlich, daß die Royal Navy bald eintreffen würde.

»Dann wird man Euch hängen, Barrington«, verkündeten sie.

Ende April erreichte sie die Nachricht, daß das britische Geschwader nun endlich doch den Fluß hinauffuhr. Die Hälfte der Fregatten bildeten die Vorhut, es folgten die Linienschiffe. Die zum Transport eingesetzten Handelsschiffe bildeten den Schluß und wurden von den restlichen Fregatten und dem Dampfschiff begleitet. Martin ritt mit einer Eskorte von Bannersoldaten am Ufer entlang. Er nahm an, daß der britische Admiral chinesische Lotsen an Bord hatte, die er zwang, für ihn zu arbeiten, sie waren dennoch sehr vorsichtig. Die Schiffe warteten auf günstige Windverhältnisse und befuhren nur vorher ausgekundschaftete Strecken.

Sie boten einen imposanten Anblick – und einen deprimierenden für denjenigen, der sie aufhalten sollte. Er ritt wieder zu Kang-ju und den wartenden Sampans und ließ Kundschafter zurück, die ihn über das Fortkommen der Briten unterrichten sollten. Eine Woche später erreichten die Engländer die Inseln und bestaunten die Barrikade. Sie hatten die Wahl: Entweder rammten sie sich eine Zufahrt durch die aneinandergebundenen Sampans, oder sie nahmen die Herausforderung an und benutzten den freien Kanal.

Die Briten gingen die nächsten paar Tage vor Anker und schickten wie gewöhnlich ihre Boote als Kundschafter aus. Martins Männer waren in heller Aufregung, und seine Hauptsorge war, daß der britische Kommandeur von den Feuerschiffen erfuhr. Aber drei Tage später, als der Wind aus Osten kam, lichteten sie die Anker und steuerten auf den offenen Kanal zu.

Sofort wurden die Sampans an eine Stelle nördlich des Kanals gebracht, den die Briten jetzt gewählt hatten. Die Fackeln wurden angezündet, die Ruder eingezogen, und auf Martins Signal verließen die Männer die Schiffe und stiegen in die Boote, die sie zu diesem Zweck geschleppt hatten. Dann ruderten sie so schnell wie möglich zum Ufer.

Martin und Kang-ju saßen im selben Boot und überwachten die Aktion. Vor ihnen lag eine mit Bäumen bewachsene

Insel, so daß sie nur die Masten und Wimpel der ersten Schiffe sehen konnten. Vor diesen drifteten die Sampans dicht beieinander in den Kanal hinein. Sie brannten bereits, aber noch nicht sehr heftig. Martin hatte versucht, ihre Explosion bis zum richtigen Zeitpunkt hinauszuzögern.

Die Briten hatten die Flammen jetzt entdeckt und erkannten die Gefahr. Es war tatsächlich eine, da die vordersten Fregatten sich bereits im Kanal befanden und zum Wenden nicht genügend Platz da war. Martin hörte das Schmettern ihrer Hörner, während Kang-ju neben ihm vor Freude mit den Fingern schnippte.

Auf den Schiffen gab es jedoch keinerlei Anzeichen von Panik. Die Segel wurden gerefft und gleichzeitig rasselten die Ankerketten. Das gesamte Geschwader ging an der Stelle, wo sie gerade waren, vor Anker. Aber damit konnten sie doch nicht verhindern, daß die vorderen Schiffe zerstört wurden, dachte Martin.

»Wir müssen näher heran«, entschied er, und die Ruderer brachten ihn bis an die Einmündung des Kanals. Dort konnte er nur fassungslos zusehen, wie die Briten auf die Gefahr reagierten. Die vorderen Fregatten ließen wieder einmal ihre Boote zu Wasser, in denen jetzt Männer mit langen Bootshaken saßen. Sie ruderten ungerührt auf die brennenden Sampans zu, ungeachtet der Tatsache, daß einige davon bereits explodierten. Hohe Stichflammen schossen aus den Pulverfässern in den Himmel, und die Raketen flogen zischend in alle Richtungen; beißender Rauch erfüllte die Luft.

Die Boote ruderten nahe genug an die Sampans heran, um sie mit ihren Bootshaken erreichen zu können. Dann wurden sie in aller Seelenruhe an den Rand des Kanals geschleppt, wo sie auf Grund liefen, weiter brannten und explodierten. Kang-ju gab den Befehl, zurück zum Ufer zu rudern. Martin selbst brachte kein Wort heraus. Dieser Plan war genauso mißglückt wie der erste.

Ganz Kanton war in wilder Panik. Ein Gerücht jagte das andere, und die Menschen standen in großen Trauben am Flußufer, starrten flußabwärts und plapperten aufgeregt durcheinander. »Wir ich befürchtet habe«, sagte Martin zu Sung Tang-Chu. »Jetzt bleibt nur noch die Verteidigung der Stadt.«

»Und wie ich Euch bereits von Anfang an gesagt habe, Barrington, glaube ich nicht daran, daß diese Stadt verteidigt werden kann.«

Eine Woche später waren die Briten im unteren Abschnitt des Pearl River, und wieder schickte General Gough eine Abordnung, welche die bedingungslose Kapitulation forderte. Sollten die Chinesen sich erneut dieser Forderung verweigern, dann sehe er sich gezwungen, die Stadt zu bombardieren. »Ihr könnt sicher sein, daß sich die Stadt zur Wehr setzen wird«, teilte Martin dem britischen Leutnant mit.

Aber den Stadträten stand das Entsetzen deutlich ins Gesicht geschrieben, und auch um die Soldaten, die die Geschütze bedienten und den Hafen verteidigen sollten, stand es nicht viel besser. Tausende flohen bereits aus der Stadt. Ein langer Flüchtlingsstrom ergoß sich in die Hügel. Einige Chinesen hatten ihre Habseligkeiten auf Karren gepackt, andere trugen sie auf den Schultern. In der Zwischenzeit rückten die Briten unaufhaltsam näher. Ihre großen Schiffe wurden jetzt von Booten geschleppt. Die Soldaten galoppierten am Ufer auf und ab und stellten ihre Kühnheit zur Schau. Aber die Geschichten von den grauenhaften Wunden der Bajonette hatten bereits die Runde gemacht – die Überlebenden der Forts hatten sie verbreitet – ebenso wie die von der entsetzlichen Schnelligkeit des britischen Kanonenfeuers. »Was soll ich Eurer Meinung nach tun, Barrington?« fragte Sung, als sie an der Hafenmauer standen und die Linienschiffe kaum vierhundert Yards entfernt vor Anker gehen sahen.

Martin wußte, daß er sich in das Unvermeidbare fügen mußte. »Ihr könnt nichts weiter tun, als Euch nach den Kapitulationsbedingungen zu erkundigen.«

Sung schickte dem britischen Geschwader daraufhin eine Abordnung entgegen und erhielt als Antwort, daß der britische General nur mit dem Kommandeur der städtischen Garnison sprechen würde. Als die Abordnung zurückkehrte, hatten die Briten bereits eine vorsorgliche Breitseite abgefeuert, und die Bannersoldaten suchten hinter ihren eigenen Familien Schutz.

Sung hißte daraufhin sofort die weiße Flagge und begab sich zu den zurückgekehrten Schiffen – nur um mit langem Gesicht wiederzukommen.

»Nun?« fragte Martin.

»Die Briten verlangen eine erste Entschädigung von fünfzehn Millionen Tael, sonst legen sie unsere Stadt in Schutt und Asche.«

»Ihr solltet jetzt gleich den Stadtrat einberufen und unterrichten. Ich bin sicher, daß die Briten meinen, was sie sagen. Was fordern sie noch?«

»Sie fordern die Auslieferung des Abtrünnigen und Verräters Martin Barrington.«

10

DIE VERTRÄGE

Sir Hugh Gough war Ire, bereits zweiundsechzig Jahre alt und blickte auf eine erfolgreiche und ehrenvolle Laufbahn zurück. Er hatte unter anderem auf den Westindischen Inseln und am Kap der Guten Hoffnung gekämpft, aber zu echtem Ruhm war er als Lieutenant-Colonel der *87th Prince of Wales' Irish* gelangt, die später als *Royal Irish Fusiliers* bekannt wurden. Diese hatten sich in den Jahren 1808-14 im sogenannten Halbinselkrieg der von den Engländern unterstützten Spanier gegen Napoleons Heer hervorgetan, wo man ihnen ihren eigenen Schlachtruf als Spitznamen gegeben hatte, *Faugh a Ballaghs*, was soviel bedeutete wie: Aus dem Weg!

Mit seiner kerzengeraden Haltung und dem scharfgeschnittenen Gesicht hatte er eine bemerkenswerte Ausstrahlung, und er sprach mit breitem irischen Akzent. »Martin Barrington«, sagte er, als Martin an Bord des Flaggschiffes, der mit vierundsiebzig Kanonen ausgestatteten HMS *Wellesley*, kam.

Martin war entschlossen, sich den Siegern gegenüber in keiner Weise unterwürfig zu verhalten, und er hatte sich sogar für diesen Anlaß neue Kleider anfertigen lassen. Es waren natürlich chinesische Kleider, ein dunkelblaues Gewand über tiefroten Hosen und Stiefeln und einen roten Hut. Immerhin war er Admiral der chinesischen Flotte. Aber verglichen mit der Pracht an Bord der HMS *Wellesley* wirkte er armselig: Die Marineoffiziere trugen goldgeschnürte, blaue Gehröcke über makellos weißen Kniehosen und Strümpfen, die Matrosen adrette blaue Uniformen mit gerade sitzenden Strohhüten, die Marineinfanteristen leuchtendrote Röcke mit weißem Besatz und hohe Tschakos. Aber Gough übertraf sie alle an Farbenprächtigkeit in seinem scharlachroten Waffenrock mit einer Unzahl an Orden und Medaillen auf der Brust und dem schräg aufgesetzten Hut. Aber auch die *Wellesley* selbst bot einen überwältigenden Anblick. Ihre Luken standen offen, und die Geschütze waren ausgefahren, aber nirgendwo war auch nur die geringste Spur einer Kampfhandlung zu sehen. Die Holzplanken an Deck waren auf Hochglanz gescheuert und schimmerten in fleckenlosem Weiß, ihre Segel ordentlich eingerollt.

Martin trug auch noch ein Schwert, das er jetzt aus der Scheide zog und dem General mit dem Griff zuerst entgegenstreckte, als er zwischen den Doppelreihen der Marinetruppen hindurchschritt.

»General!« Er salutierte und hielt ihm das Schwert hin.

»Behaltet nur Euer Schwert, guter Mann«, sagte Gough. »Wir nehmen es Euch ab, wenn Ihr gehängt werdet.« Er zeigte auf einen Mann, der neben ihm stand und den gleichen schräg aufgesetzten Hut trug, aber dazu eine Marineuniform. »Mein Flottenkommandant, Konteradmiral George Elliot.«

»Admiral!« Martin salutierte noch einmal. »Eure Schießkunst war einfach zu gut für meine Männer.«

Elliot runzelte die Stirn. »Wart Ihr bei dem Gefecht denn dabei?«

»Ich habe das chinesische Flaggschiff kommandiert, Sir.«

»Dann seid Ihr entweder sehr mutig oder verrückt, Sir. Mein Geschwader mit vier Dschunken anzugreifen!«

»Ich habe nur meine Befehle ausgeführt, Sir.«

Die zwei Männer sahen einander an, und Martin glaubte schon, daß er einen Fürsprecher gefunden haben könnte. »Oh, Ihr seid ein mutiger Mann, daran besteht kein Zweifel«, meinte jetzt auch Gough. »Aber trotzdem ein abtrünniger Verräter, nicht wahr?«

»Sir, ich bin hier geboren und ein Bürger Chinas.«

Sir Hugh Gough überlegte eine Weile, bevor er sagte: »Ihr kommt am besten mit nach unten.« Er schritt durch die Reihen salutierender Männer voraus und an den britischen Kaufleuten vorbei, die freigelassen worden waren und Martin feindselig anstarrten. Josiah Barnes blickte ebenso streng wie die anderen.

»Diese Herren«, erklärte Gough, während sie die Leiter zur Admiralskajüte hinunterstiegen, »wollen Euch hängen sehen, Barrington.«

»Wenn sie ehrliche Männer sind, dann werden sie zugeben

müssen, daß ich alles getan habe, was in meiner Macht stand, ihre Haftbedingungen zu erleichtern.«

»Setzt Euch.« Der Ire nahm auf einer Seite des Tisches Platz, der in der Mitte der großen, komfortabel ausgestatteten Kajüte stand. Die hinteren Fenster waren geöffnet, um etwas frische Luft hereinzulassen. Aber auch die Gerüche der Stadt drangen auf diesem Wege herein, da die Kanonen der Flotte nach wie vor auf sie gerichtet waren, bis die Entschädigungssumme gezahlt war. »Ihre Empörung gilt der Tatsache, daß sie überhaupt gefangen genommen worden sind. Wollt Ihr etwa abstreiten, daß Ihr dafür verantwortlich seid?«

»Nein, ich will überhaupt nicht abstreiten, daß ich es war, der den Kaiser über die entwürdigenden Folgen des Opiumhandels unterrichtet hat, aber ich muß zugeben, daß er daraufhin härter durchgegriffen hat, als ich es erwartet hätte.«

»Dadurch, daß er diesen Mann ...« Gough sah die verschiedenen Papiere durch, die sein Sekretär vor ihn hingelegt hatte. »Lin Tse-hsü eingesetzt hat. Dieser kaiserliche Kommissar muß wenigstens bestraft werden. Warum ist er uns nicht ausgeliefert worden?«

»Weil er nicht hier ist, Sir. Kommissar Lin ist vom Sohn des Himmels seines Amtes enthoben worden. Ich hatte das Privileg, diesen Befehl auszuführen.«

»Um danach dann gegen Eure eigenen Landsleute zu kämpfen?«

»Um danach auf weiteren Befehl des Kaisers Kanton zu verteidigen, so gut ich konnte.«

Die beiden Männer starrten sich einige Sekunden lang an.

»Ihr seid wirklich ein unverschämter Kerl«, rief der General schließlich. »Aber das ist alles nur noch leeres Imponiergehabe, Barrington. Ihr seid besiegt worden, guter Mann. Ihr habt nichts mehr, womit Ihr Euch zur Wehr setzen könntet.«

»Könnt Ihr denn wirklich so etwas wie den Opiumhandel unterstützen im vollen Wissen, was es den Menschen antut, die dieses Gift nehmen?«

Goughs Wangen röteten sich vor Verlegenheit, aber auch Wut. »Genau wie Ihr, Barrington, führe auch ich nur Befehle aus«, sagte er brüsk. »Euer Kaiser hat Ihre Majestät, die Königin von England, herausgefordert, und dafür muß er bezahlen. Ihr scheint ja bei diesen gelben Teufeln Gehör zu finden. Und ich kann mit Euch in einer Sprache sprechen, die wir beide verstehen. Ich überlege wirklich, ob ich nicht Euch mit unseren Bedingungen nach Peking schicke.«

»Der Kaiser kennt die Bedingungen der Briten bereits, Sir.«

»Ach ja, tut er das? Nun, Ihr könnt ihm von mir mitteilen, daß wir sie etwas heraufgesetzt haben. Oh, eine Entschädigung wird es durchaus geben. Fünf Millionen Pfund in Sterling Silber. Aber jetzt wollen wir mehr. Die Regierung Ihrer Majestät hat beschlossen, einen ständigen Truppenstützpunkt in diesen Gewässern zu errichten. Zu diesem Zweck wird Euer Sohn des Himmels der Regierung Ihrer Majestät die Insel Hong Kong für immer abtreten.«

Die Unverschämtheit dieses Mannes oder seiner Regierung, die er repräsentierte, verschlug Barrington die Sprache.

»Die Regierung Ihrer Majestät hat ebenfalls vor, mit dem Sohn des Himmels, oder doch wenigstens seinen Untertanen, Handel zu treiben. Wir brauchen also Häfen, die wir regelmäßig anlaufen können, ohne daß diese Gauner von Bannersoldaten uns das Leben schwer machen. Ich habe hier eine Liste der Häfen, die wir dazu brauchen. Ich werde sie Euch vorlesen. Kanton natürlich. Dann noch Amoy, Futschou, Ningpo und Schanghai. Notiert Euch das.«

»Ihr erwartet von mir, daß ich dem Sohn des Himmels diese Vorschläge unterbreite?«

»Das sind keine Vorschläge, guter Mann. Das sind Forderungen, und es gibt noch eine vierte: Wir wünschen die Auslieferung von Kommissar Lin, der sich vor uns für seine kriminellen Handlungen britischen Bürgern gegenüber zu verantworten hat.«

»Und wenn der Kaiser es ablehnt, auf diese Forderungen einzugehen? Wißt Ihr, wie groß seine Armee ist, wenn er mobil macht? Wahrscheinlich an die zehn Millionen.«

Gough lächelte mitleidig. »Nach unseren Erfahrungen der letzten Monate, Mr. Barrington, zählen zehn Millionen Chinesen vielleicht soviel wie einhunderttausend Briten.«

»Und Ihr habt sechstausend. Und ein Geschwader Schiffe.«

»Es ist das Geschwader, das den Ausschlag gibt, Barrington. Sagt dem Sohn des Himmels, daß wir, sollte er unsere

Forderungen ablehnen, jeden seiner Seehäfen dem Erdboden gleichmachen werden.«

»Darf ich mir eine Anmerkung erlauben, Sir?«

»Bitte.«

»Eure Regierung verfolgt einen extrem aggressiven Kurs.«

»Das ist unsere Art«, meinte Gough ohne Bitterkeit. »Wenn die Londoner Kaufleute die Möglichkeit eines Profits auch nur riechen, dann werden sie die Himmelspforten selbst stürmen, um daran zu kommen. So ist die Welt nun einmal, Mr. Barrington.«

»Die Welt der Europäer, Sir. Nicht die der Chinesen.«

»Die wirkliche Welt, Mr. Barrington. Euer Sohn des Himmels wird das einsehen müssen. Also, wie lange werdet Ihr brauchen, um nach Peking und wieder zurück zu reisen?«

»Über Land vier Monate. Zu Wasser durch den großen Kanal vier Wochen.«

»Ihr könnt eine von Euren Dschunken dafür benutzen. Ich erwarte eine Antwort innerhalb eines Monats.«

»Mich erwartet Ihr besser nicht, Sir.«

»Weigert Ihr Euch etwa, dem Kaiser mein Ultimatum zu unterbreiten?«

»Nein, das nicht, Sir. Aber ich selbst werde wohl kaum mit einer Antwort zurückkehren, da der Kaiser zweifellos meine Hinrichtung verfügen wird.«

»Weil Ihr besiegt worden seid oder weil Ihr in unserem Namen agiert?« fragte jetzt Admiral Elliott.

»Ich nehme an, aus beiden Gründen.«

»Dann sollten wir jemand anderen damit beauftragen, Sir Hugh«, sagte Elliott daraufhin. »Wir können doch keinen Mann in den sicheren Tod schicken.«

»Und warum nicht?« wollte Gough wissen. »Was glaubt Ihr denn, würde geschehen, wenn wir hier auf der *Wellesley* ein Kriegsgericht abhalten würden? Noch vor Sonnenuntergang würde dieser Kerl am Mast baumeln, das versichere ich Euch. Er ist ein Schwerverbrecher. Laßt ihn ruhig zum Kaiser fahren.«

»Ihr geht trotzdem?« fragte Sung Tang-Chu.

»Ich muß zumindest berichten, was geschehen ist.«

»Und, wie Ihr den Briten gesagt habt, Euren Kopf einbüßen. Barrington, ich rate Euch, die Dschunke zu nehmen und das Weite zu suchen.«

»Und meinen Vater, meine Schwägerin und ihre Kinder dem Zorn des Kaisers überlassen?«

»Wenn Ihr hingerichtet werdet«, meinte Sung, »dann wird man auch sie nicht ungeschoren davonkommen lassen.«

»Das kann ich nur abwenden, wenn ich dem Kaiser die Tatsachen ganz ohne jede Beschönigung mitteile. Sir Hugh Gough hat ganz recht gehabt, als er sagte, daß dieser Krieg auf den Wunsch der Londoner Kaufleute stattfindet. Es geht in Wirklichkeit gar nicht um Opium oder um ein paar eingesperrte britische Bürger. Die Geldgier der Engländer ist der Grund, die nach neuen Märkten für ihre Waren suchen, und China ist der größte noch völlig unberührte Markt der Welt.«

»Was werdet Ihr dem Kaiser also raten?«

»Die Forderungen der Briten abzulehnen, und sich mit aller verfügbaren Kraft zur Wehr zu setzen. Denn wenn er den Briten keine deutliche Niederlage beibringt, dann werden sie sich hier breitmachen und immer mehr und mehr fordern, bis ihnen ganz China gehört, so wie ihnen auf Grund der Schwäche der Mogulen jetzt schon ganz Indien gehört.«

Mutige Worte. Aber wünschte er sich jetzt nicht von ganzem Herzen, er hätte dieses schicksalhafte Memorandum damals nie geschrieben? Wenn er verurteilt wurde, dann drohte seiner Familie das gleiche Schicksal. Das war in China üblich – alle Mitglieder einer Familie waren gemeinsam verantwortlich für die Missetaten eines ihrer Mitglieder.

Kang-ju war wie immer an seiner Seite, und gemeinsam segelten sie aus dem Pearl heraus in nördlicher Richtung bis zur Mündung des Jangtse und von dort flußaufwärts nach Nanking. Er konnte nur einen Tag in seiner Heimatstadt bleiben, bevor er die Reise über den Großen Kanal bis zum Peiho mit einem Sampan fortsetzte. Aber es war Zeit genug, seinem Vater Bericht zu erstatten.

Robert Barrington saß mit eingesackten Schultern da und hörte zu, wobei er immer wieder mit dem Kopf schüttelte.

»Du hast versagt«, sagte er, als Martin fertig war. »Du hast im Namen unserer Familie versagt, im Namen Chinas und deines Bruders. Und auch in meinem.«

Das ist nicht fair, wollte Martin protestieren, aber er ließ nur den Kopf hängen.

»Gott sei Dank habe ich noch einen Sohn«, sagte Robert Barrington und fuhr John liebevoll durchs Haar; der Junge, den er mit seiner zweiten Frau Tsan-tsing gezeugt hatte, war jetzt acht Jahre alt. »Wenn ich es nur erleben könnte, ihn als Erwachsenen zu sehen.«

Jane hörte still zu, was er zu sagen hatte, nachdem sie die Kinder aus dem Zimmer geschickt hatte. »Er war sofort tot«, sagte Martin etwas matt.

»Erwartet Ihr, daß ich jetzt weine?«

»Nein. Aber was ist mit den Kindern?«

Ihr Mund zuckte. »Ich werde ihnen erzählen, daß ihr Vater als Held gestorben ist, damit sie die Erinnerung an ihn immer in Ehren halten werden. Wie hat Euer Vater es aufgenommen?«

»Er hat mich so gut wie enterbt.«

»Was wollt Ihr jetzt tun?«

»Ich muß nach Peking, dem Kaiser Bericht erstatten.«

»Und danach?«

»Werde ich hierher zurückkommen. Wenn ich kann – und wenn Ihr es wünscht.«

Dann lag sie in seinen Armen, und er küßte sie mit der ganzen Verzweiflung eines Mannes, der weiß, daß sein Todesurteil schon gefällt ist.

Es gab keinen Grund mehr, etwas zu verbergen, also aß Martin mit Jane allein in ihrer Wohnung zu Abend, nachdem er den Kindern einen Gute-Nacht-Kuß gegeben hatte. Dann ging er mit ihr ins Schlafzimmer. Früh am Morgen mußte er auch in seiner eigenen Wohnung noch einen Besuch abstatten.

»Ihr seid bei ihr gewesen«, sagte Chun-wu vorwurfsvoll.

»Ja. Und jetzt habe ich es sehr eilig. Pack mir ein paar Kleider ein.«

»Ihr habt keine Zeit mehr für Chun-wu«, sagte sie, und in ihrer Stimme mischten sich Trauer und Zorn.

Er nahm sie in den Arm. »Glaub mir, Chun-wu, in meinem Haus wird immer Platz für dich sein. Wenn ich aus Peking zurückkomme ...«

Sie klammerte sich an seinem Arm fest. »Ihr geht nach Peking? Nehmt Ihr sie mit Euch?«

»Nein. Sie bleibt hier bei den Kindern.«

»Dann nehmt mich mit. Schließlich könnt Ihr doch nicht ohne Frau nach Peking reisen.«

Er wollte gerade erklären, daß er gewöhnlich monatelang auf See verbrachte, ohne eine Frau dabei zu haben, aber dann fiel ihm ein, daß er, wenn er schon in den Tod ging, den Trost einer Frau in seinem letzten Augenblick vielleicht begrüßen würde. »Es wird aber sehr gefährlich sein«, warnte er sie.

»Das kümmert mich nicht, solange ich nur bei Euch sein kann.«

»Was ist denn das?« wollte Sir Hugh Gough wissen. »Doch nicht schon wieder so eine verdammte Abordnung?«

Jeder Kaufmann der Stadt hatte der HMS *Wellesley* bereits einen Besuch abgestattet und um dieses oder jenes Zugeständnis gebeten.

»Nun ja, ich nehme an, so könnte man es nennen«, meinte Elliot. »Zwei junge Männer, die sagen, daß sie dringend mit Ihnen sprechen müssen.«

»Meuchelmörder vielleicht? Laßt sie durchsuchen, George.«

Ein paar Minuten später wurden die beiden zu ihm gebracht. Sie waren jung und ungepflegt – und keine Kantonesen. Das sah Gough auf einen Blick.

»Sagt, warum Ihr hier seid«, sagte der General streng auf kantonesisch. Er hatte die Sprache mit der ihm eigenen Effizienz in dem Jahr, das er nun schon zwangsweise in China verbracht hatte, gelernt.

»Mein Name ist Hung Hsiu-ch'üan, Sir«, sagte der erste. »Dies ist mein Partner Feng Jun-Chan. Wir gehören zum Volk der Hakka, die in den Bergen leben. Erstens möchten wir Euch zu Eurem Sieg gratulieren.«

»Das ist ja mal etwas anderes«, sagte Gough zu Elliot in Englisch. »Und zweitens?« Er musterte Hung durchdringend.

»Wir möchten Eurer Exzellenz Hilfe und Unterstützung des Hakka Volkes bei der Vernichtung der niederträchtigen Mandschu anbieten.«

Der irische General zog die Augenbrauen hoch. »Wer sind denn diese Hakka?«

»Wir sind ein Volk, das von den Chinesen erobert worden ist. Das können wir noch hinnehmen – aber die Mandschu, niemals!«

»Guter Mann, Ihr lebt bereits seit zweihundert Jahren unter ihrer Herrschaft.«

»Zweihundert Jahre der Schande. Zweihundert Jahre, in denen unser Volk verdorben worden ist. Was seht Ihr, wenn Ihr Euch hier umschaut? Unzucht, Ehebruch, Wucher, Trunksucht und das schlimmste Laster von allen: Opiumrauchen. Es ist Eure Pflicht, dem allen ein Ende zu setzen.«

Gough mußte über die Entschlossenheit des jungen Mannes lächeln. »Ich bin Ihrer Majestät, der Königin, verpflichtet. Und ihr Befehl lautet, den Opiumhandel wiederherzustellen.«

Hung war starr vor Entsetzen. »Ihr wollt uns nicht in unserem Kampf gegen die Mandschu helfen?«

»Ich bin nicht hier, um mich in die politischen Verhältnisse des Landes einzumischen, guter Mann. Wenn die Mandschu-Regierung abgesetzt wird, wer tritt dann an ihre Stelle und verhindert, daß das Land in Anarchie versinkt? Oder seht Ihr Euch selbst als den neuen Kaiser?«

»Ihr, Sir, seid ebenso schlecht wie jeder Mandschu!« rief Hung. Feng packte seinen Arm, um ihn zurückzuhalten.

Goughs Lächeln verwandelte sich in Zorn. »Admiral Elliot, laßt diesen Flegel unverzüglich vom Schiff werfen, ehe ich mich vergesse.«

Am Morgen darauf brach Martin in aller Frühe in einem der luxuriös ausgestatteten Sampans auf. Zum Abschied eilte Jane zum Dock hinunter, und ihr rotes Haar flatterte im Wind. »Ich werde auf dich warten«, versprach sie. »Paß gut auf ihn auf«, sagte sie zu Chun-wu.

Martin drückte ihre Hand und verabschiedete sich dann von Kang-ju, der während seiner Abwesenheit die Geschäfte des Hauses verwaltete. Falls er zurückkehrte, wie er es ihr versprochen hatte, dann würde die Welt ihnen gehören. Er spürte die wachsende Zuversicht in sich – aber damit war es schon bald wieder vorbei. Die Reise nach Chin-kiang dauerte zwei Tage, und bei seiner Ankunft fand er die Stadt in heller Aufregung vor.

»Habt Ihr denn nicht gehört, Barrington?« fragte ihn der Gouverneur Hu Jen-wong. »Die Barbarenschiffe sind an der Flußmündung. Sie nehmen Schanghai unter Beschuß.«

Gough wartete also nicht einmal auf seine Rückkehr, bevor er seine Drohungen wahr machte; die Briten mußten seiner Dschunke in sicherer Entfernung nach Norden gefolgt sein. Wozu dann überhaupt noch verhandeln, wenn man bereits in die Mündung eines Gewehrlaufes starrte?

Aber Martin hatte keine Wahl, und er beeilte sich, so schnell wie möglich in den Norden zu gelangen. Aber er kam trotzdem nur langsam voran. Der Große Kanal war über die Jahrhunderte so vernachlässigt worden, daß die steinernen Uferbefestigungen an vielen Stellen abgebröckelt waren und die Fahrrinne so stark blockierten, daß man sich ständig auf Zickzackkurs befand. An anderen Stellen war es die überreichliche Vegetation, die sie dazu zwang, das Schiff mit Stangen wieder in tieferes Wasser zu bringen.

Martin ließ seine Mannschaft unbarmherzig schuften, und zehn Tage später überquerten sie die starke Strömung des Huang-Ho, des Gelben Flusses. Noch eine weitere Woche, und sie fuhren in den Hei-ho kurz oberhalb der Stadt Tientsin ein. Hier ließen sie den Sampan zurück und legten den Rest der Strecke zu Pferd zurück. Da es Sommer war, bereitete ihnen das Überqueren der nordchinesischen Ebene keine großen Schwierigkeiten.

Sein Vater hatte Martin von der Pracht Pekings erzählt,

vom kaiserlichen Park der weißen Pinien im Süden der Stadt, von den hohen, violettschimmernden Mauern, von der ungeheuren Geschäftigkeit innerhalb dieser Mauern – und er sollte nicht enttäuscht werden. Aber selbst Robert Barrington war niemals bis in die Verbotene Stadt vorgedrungen. An ihrem riesigen Tor, dem T'ien-an-men, das von hohen Wachtürmen beherrscht wurde, legte Martin seine Papiere vor.

»Nur ein Mitglied der kaiserlichen Familie oder des Großen Regierungsrats darf die Verbotene Stadt betreten«, erklärte der Kapitän. »Ich werde beim Obersten Eunuchen Euren Namen melden.«

Martin stand in der Durchfahrt und starrte auf die breiten, leeren Straßen. Hier herrschte kein Gedränge – nur hin und wieder sah man eine Frau oder einen Eunuchen –, und in der Ferne erkannte er die prächtigen Säulen und Gebäude der verschiedenen Paläste. Jenseits davon schimmerte zwischen den Bäumen hell der Weiße Dagoba, der buddhistische Tempel, hervor.

Er hatte noch nicht sehr lange gewartet, als ein Eunuch am Tor erschien. »Großer Barrington«, sagte er. »Unsere Fürsten sind über Eure Gegenwart hocherfreut. Aber Seine Majestät befindet sich im Augenblick im Yuan Ming Yuan, dem Sommerpalast, dorthin müßt Ihr Euch jetzt also begeben. Pferde stehen schon bereit.«

Chun-wu murrte; sie war des Reisens müde. Aber sie stiegen auf die Pferde und ritten in nordwestlicher Richtung davon. Es war nicht sehr weit, und schon bald kamen die sechzigtausend Morgen des Yuan Ming Yuan in Sicht, eine Märchenwelt, die der Chien-lung Kaiser erbaut hatte: Marmorpaläste, eine unglaubliche Vielfalt von Bäumen und Sträuchern, die man in Europa noch nie zu Gesicht bekommen hatte, stille Wasserbecken und Miniaturseen, in denen sich bunte Goldfische tummelten, und gebogene Brücken, die im Sonnenlicht weiß schimmerten.

Sogar Chun-wu war beeindruckt. »Nie hätte ich für möglich gehalten, daß es ein solches Paradies auf Erden wirklich geben könnte«, murmelte sie.

»Der Yuan Ming Yuan ist die über alles erhabene Schöpfung der K'ing Dynastie«, erklärte ihr Führer, der Eunuch Ho Sen-fu.

Man brachte sie zu ihrem Quartier außerhalb der Palastanlagen, und Martin erhielt eine Audienz beim Prinzen Hui, dem jüngeren Bruder des Kaisers, dessen Siegel auf dem ursprünglichen Auftrag gewesen war. Man brachte ihn in einen fast völlig leeren Raum. Der Boden war mit Teppich belegt und die Wände mit Stoff bespannt, aber es gab nur eine einzige Sitzgelegenheit, einen sehr geraden Armlehnstuhl, in dem der Prinz saß. Martin stand noch immer mit Hut neben den Eunuchen, die ihn begleitet hatten, an der Tür, bis einer von ihnen ein Zeichen gab, woraufhin er sich flach auf den Boden zu legen hatte und bis an die Linie, wo der Teppich seine Farbe wechselte, kriechen mußte.

»Barrington«, sagte der Prinz. »Ich fürchte, daß Ihr schlechte Nachrichten bringt.«

Die K'ing Dynastie mußte über einen hervorragenden Geheimdienst verfügen; denn Martin hatte auf seiner Anreise wirklich keine Zeit verloren.

Auf den Knien hockend sah Martin jetzt den Prinzen an – ein hagerer Mann von vielleicht Mitte Vierzig – und erklärte, kurz und bündig, was geschehen war. Als er fertig war, sagte der Prinz: »Glaubt Ihr, daß wir gewonnen hätten, wenn Euch Eure gesamte Flotte unterstützt hätte?«

»Nein, Hoheit. Die britischen Schiffe sind uns weit überlegen. Ihre Geschütze werden zu schnell geladen, und durch den Dampfantrieb sind sie noch manövrierfähig, wenn wir längst völlig hilflos sind.«

»Und was ist mit General Teng?«

»Auch da verhält es sich ähnlich, Hoheit. Die Disziplin der britischen Soldaten ist enorm und ihre Waffen zu stark.«

»Wollt Ihr mir damit sagen, daß diese Barbaren unbesiegbar sind?«

»Das glaube ich nicht, Hoheit. Aber es erfordert großen Aufwand und enorme Anstrengungen, sie zu besiegen. Diese Aufgabe kann man auf keinen Fall den regionalen Vizekönigen überlassen, denen einfach die entsprechende Mittel fehlen.«

»Ihr hatten unumschränkte Vollmachten, so viele Schiffe und Männer einzusetzen, wie Ihr für nötig hieltet.«

»Aber es gab nicht genügend gute Schiffe oder Männer.«

»Ihr gebt zu, versagt zu haben. Ist Euch klar, welches Schicksal die erwartet, die versagt haben, einen Befehl des Kaisers auszuführen?«

»Ja, das weiß ich, Hoheit.«

»Und jetzt seid Ihr gekommen, um Euer Leben zu bitten.«

»Ich bin gekommen – was immer auch mein Schicksal sein mag – den Kaiser zu bitten, sich wie einstmals Nurhaci an die Spitze seiner Bannersoldaten zu stellen und sein Volk gegen die Barbaren in die Schlacht zu führen. Wenn das nicht sogleich geschieht, wird es schon sehr bald zu spät sein.«

»Ihr wagt es, dem Sohn des Himmels Ratschläge zu erteilen?«

»Das ist das Privileg eines zum Tode Verurteilten, Hoheit.«

Prinz Hui starrte ihn empört an, und die Eunuchen, die alle im Gang vor der geöffneten Tür standen, traten nervös von einem Fuß auf den anderen.

Plötzlich sagte jemand ruhig: »Schließt die Tür.« Die Eunuchen zögerten einen Augenblick, bevor sie die Tür schlossen. »Öffnet den Vorhang«, befahl die Stimme jetzt.

»Auf den Boden mit Euch, Nichtswürdiger«, zischte Prinz Hui und fiel selbst auf die Knie. Martin verstand sofort den Grund und legte sich hastig flach hin und berührte mit der Stirn neunmal den Boden, wie es das Protokoll für die Anwesenheit des Kaisers vorschrieb, Prinz Hui tat neben ihm das gleiche. Er hörte, wie ein Vorhang aufgezogen wurde.

»Setzt Euch auf, Barrington«, befahl die ruhige Stimme. Martin richtete sich auf die Knie auf und sah vor sich den Taokuang Kaiser. Der Sohn des Himmels war jetzt neunundfünfzig Jahre alt, ein kleiner, dünner Mann in kaiserliches Gelb gekleidet, worauf das Wappen des roten Drachen leuchtete. Aber er hatte das Gesicht eines Asketen mit dünnem Schnurrbart und müden Augen. »Euer Memorandum scheint unser Volk in ziemliche Schwierigkeiten gebracht zu haben«, sagte der Kaiser.

»Ein Mann muß tun, was er für richtig hält, Majestät.«
»Das ist wahr. Und ich wünschte mir, es gäbe mehr Männer in meinem Reich, die sich an diesen Grundsatz halten würden. Nun kommt Ihr, mir mitzuteilen, daß vielleicht zehntausend Barbaren mein Reich erobern könnten?«

»Nein, Majestät. Aber ich glaube, daß sie den Handel in Eurem Land zum Erliegen bringen könnten wie einstmals die Piraten unter der Führung von Cheng Ji Sao.«

»Cheng Ji Sao?« erinnerte sich der Kaiser. »Ich habe sie empfangen, als ich noch ein kleiner Junge war. Euer Vater war ihr Admiral. Barrington, sagt mir, was diese Barbaren von uns verlangen, um den Krieg mit uns zu beenden.«

Martin holte tief Luft. »Sie fordern eine Entschädigung, Majestät, von fünfzehn Millionen Tael.«

»Ist das eine so riesige Summe?« fragte der Kaiser. »Sicher fordern sie mehr als das?«

Martin leckte sich nervös die Lippen. »Außerdem fordern sie die Abtretung einer Insel namens Hong Kong vor der Küste auf ewig, damit sie dort einen Marinestützpunkt errichten können.«

Der Kaiser drehte den Kopf, und ein Eunuch verbeugte sich. »Es ist eine karge Insel wenige Meilen nördlich des Golfs von Kanton.«

»Wie viele solcher Inseln liegen vor der Küste Chinas und in den Buchten meiner Küste?«

»Über eintausend, Sire.«

»Ist also eine karge Insel wirklich so wichtig, Barrington? Sicher wollen sie mehr als das?«

Martin traute seinen Ohren kaum. »Sie fordern außerdem das Recht, in fünf Eurer Häfen uneingeschränkt Handel treiben zu dürfen. Es sind die folgenden: Kanton, Futschou, Amoy, Ningpo und Schanghai. Durch diese Häfen möchten sie eine Vielfalt von Waren importieren, die das Leben Eures Volkes gewaltig beeinflussen und verändern werden.«

»Ist das Land der Barbaren denn nicht viele Li weit entfernt?«

»Doch, Majestät, es liegt am anderen Ende der Welt. Aber die Barbaren haben viele Schiffe und Männer in Indien.«

»Selbst Indien ist viele Li weit weg«, sagte der Kaiser.

»Ich kann mir nicht vorstellen, daß die Waren eines Volkes, das soweit entfernt ist, mein Reich ernsthaft gefährden könnten.«

»Bei allem Respekt, Majestät, aber diese Barbaren sind die habgierigsten Menschen der Welt. Wenn Ihr ihnen nur ein Li Eures Reiches überlaßt, dann werden sie zwei wollen, und wenn sie die haben, dann vier.«

Prinz Hui, der neben ihm kniete, zischte ihn als Zeichen seiner Mißbilligung an, daß er es wagte, dem Kaiser zu widersprechen. Aber Tao-kuangs Stimme blieb weiter ruhig. »Ist das alles, was sie wünschen?«

»Es gibt noch eine letzte Forderung: Sie verlangen die Auslieferung von Kommissar Lin.«

Martin mochte Lin nicht, aber schließlich hatte er auch nur seine Befehle ausgeführt, so wie er sie verstanden hatte. »Kommissar Lin war genau wie ich von der Korrektheit seiner Handlungen überzeugt.«

Wieder zischte Prinz Hui ihn an, aber der Kaiser lächelte. »Wir werden darüber nachdenken. Aber sagt mir doch noch einmal, was ich Eurer Meinung nach jetzt tun soll.«

»Majestät, diese Männer müssen bis aufs äußerste bekämpft und aus dem Land gejagt werden, und zwar so entschieden, daß sie es viele Jahre nicht wagen, zurückzukehren.«

»Aber, wie Ihr selbst erlebt habt, ist das keine leichte Aufgabe, Barrington. Es wird vielen Menschen das Leben kosten und sehr teuer werden.«

»Am Ende wird es vielen das Leben retten.«

Der Kaiser sah ihn nachdenklich einen Augenblick lang an. Dann sagte er: »Ich glaube Euch. Ich glaube, Ihr seid ein ehrlicher Mann, und ein mutiger obendrein. Ich glaube, daß Ihr, so gut Ihr nur konntet, gegen die Barbaren gekämpft habt. Ich möchte Euch für Euren Mut und Eure Loyalität belohnen.« Er hob die Hand, und sofort eilte einer der Eunuchen mit einem Kissen, auf dem eine Reihe von funkelnden Broschen lagen, herbei.

»Kommt her, Barrington«, sagte der Kaiser.

Martin sah Prinz Hui fragend an. Er nickte kurz. Also rutschte er auf den Knien auf den Kaiser zu, bis dieser ihn berühren konnte.

Der Tao-kuang befestigte eine Brosche an seiner Brust. »Ich zeichne Euch mit dem Saphir des Mandarins dritten Ranges aus und schmücke Euch mit dem militärischen Rangabzeichen dieses Ranges, dem Leoparden. Aber zusätzlich erhaltet Ihr für Eure treuen Dienste, die Ihr der Dynastie erwiesen habt ...« Wieder hob er die Hand, und ein anderer Eunuch kam jetzt mit einem gelben Gewand herbei. »Ihr erhaltet den Jagdrock der K'ing, ein Zeichen dafür, daß Ihr die Gunst des Kaisers genießt.«

»Ich ... Ich danke Euch, Majestät«, stammelte Martin.

»Jetzt geht. Ich werde Euch meine Entscheidung bald wissen lassen.«

Martin kroch rückwärts aus dem Raum heraus.

»Ihr hattet eine Audienz beim Sohn des Himmels!« Chun-wu erstarrte vor Ehrfurcht. »Und jetzt seid Ihr ein Mandarin dritten Ranges.« Sie umarmte und küßte ihn. »Erzählt mir, Barrington, wie erhaben und mächtig der Kaiser ist.«

»Er hat mir davon sehr wenig offenbart«, winkte Martin ab. »Wir müssen abwarten.«

Es war schon fast dunkel, als Martin erneut ins Audienzzimmer gerufen wurde, wo er Prinz Hui, Ho Sen-fu und einen Fremden vorfand. Es war offensichtlich ein Mandschu, wie man an seiner kräftigen Statur und dem dicken Schnurrbart erkennen konnte. Martin warf einen schnellen Blick auf den Vorhang, aber es war nicht auszumachen, ob der Sohn des Himmels auch jetzt dahinter saß und ihrer Unterhaltung zuhörte.

»Seine Majestät hat eine Entscheidung getroffen«, sagte der Prinz. »Ihr werdet sofort nach Nanking zurückkehren, Barrington. Ho Sen-fu wird Euch begleiten; ebenso der Kommissar des Kaisers, Ting-Cheng.« Er zeigte auf den Mann zu seiner Rechten. »Dort werdet Ihr Euch mit dem General der Barbaren treffen und seine Bedingungen annehmen. Es gibt nur eine Ausnahme: Kommissar Lin Tse-hsü wird nicht ausgeliefert. Der Sohn des Himmels wird die Bestrafung für seine

Amtsanmaßung selbst übernehmen. Jetzt geht. Ihr müßt Euch beeilen ...«

Martin schluckte und blickte wieder auf den Vorhang. »Wenn ich mit Seiner Majestät sprechen dürfte ...«

»Glaubt Ihr, Seine Majestät hätte nichts Besseres zu tun, als sich Euer endloses Gerede anzuhören? Ihr habt diese Anweisungen erhalten. Führt sie aus. Wenn Ihr dabei erfolgreich seid, dann werden die Beleidigungen der Barbaren ein Ende haben, und die Privilegien des Hauses Barrington werden für alle Zeiten festgeschrieben sein.«

Ting-Cheng und Ho Sen-fu begleiteten Martin hinaus. »Wir müssen sofort aufbrechen«, sagte Ting-Cheng.

»Haben wir es so eilig, zu kapitulieren?« wollte Martin wissen. »Ich fürchte, Seine Majestät ist schlecht beraten worden. Wir hätten den Kampf mit den Briten aufnehmen und sie schlagen müssen.«

»Dafür ist es jetzt zu spät«, sagte Ting. »Wir haben heute erfahren, daß ihre Schiffe bereits auf dem Jangtse sind und sich den Weg flußaufwärts erzwingen.«

Martin starrte ihn fassungslos an. »Wie weit flußaufwärts?«

»Sie haben die Festung in Kian-cyin bekämpft und eingenommen. Dann haben sie Chin-kiang passiert. Heute morgen hat ein Bote berichtet, daß sie jetzt sogar schon Nanking unter Beschuß nehmen.«

Martin trieb seine Mannschaft an den Rand der Erschöpfung. Tag und Nacht waren sie unterwegs und fuhren den Großen Kanal hinunter. Nanking unter Beschuß! Seine Familie in Gefahr! Für seinen Vater würde es nichts Neues sein, aber für seine geliebte Jane ...

»Wenn sie tot ist, dann habt Ihr niemanden, den Ihr heiraten könnt«, bemerkte Chun-wu gedankenlos.

Als sie den Fluß acht Tage, nachdem sie Peking verlassen hatten, erreichten, wurde der Ausgang des Kanals bereits von zwei britischen Fregatten bewacht, die sowohl auf dem Jangtse als auch auf dem Kanal jeden Verkehr aufhalten konnten. Martin war bereits von den Bannersoldaten am Flußufer und auch den Sampans, die die Briten zurückgeschickt hatten, gewarnt worden. Gough zeigte, daß er seine Drohungen jederzeit wahr machen und den Handel auf Chinas Wasserstraßen vollkommen zum Erliegen bringen konnte – sogar noch wirkungsvoller, als es Robert Barrington und Cheng Ji Sao vor dreißig Jahren fertiggebracht hatten.

Martin hißte die weiße Flagge. Als er sich zu erkennen gegeben und den Grund seiner Reise erklärt hatte, ließ man ihn passieren.

Vor Nanking lagen drei Linienschiffe, drei weitere Fregatten und einige Transportschiffe. Die Truppen waren gegenüber der Stadt am Nordufer an Land gegangen und hatten dort eine ganze Zeltstadt errichtet. Martin erfuhr später, daß die restlichen drei Linienschiffe zur Flußmündung geschickt worden waren, wo sie verhindern sollten, daß eine chinesische Flotte das Geschwader blockierte.

Er sah sich die Stadt genau an, als der Sampan daran vorbeigerudert wurde, aber sie sah unversehrt aus. Nur die Vorstadt aus Booten, die sich sonst über eine halbe Meile am ganzen Ufer entlang erstreckte, war stark dezimiert. Ihr großes Lagerhaus schien ebenfalls unbeschädigt zu sein, aber es war merkwürdigerweise keine Flagge gehißt. Er ließ sich zum Flaggschiff rudern.

»Nun, Barrington?« begrüßte ihn Sir Hugh Gough mit schneidiger Stimme. »Wird es Krieg oder Frieden geben?«

»Der Sohn des Himmels hat sich für Frieden entschieden, Sir Hugh. Denn wie er mir gesagt hat: Was können die Zerstörungen der Barbaren aus der Ferne mehr sein als winzige Nadelstiche für das Reich der Mandschu?«

Gough funkelte ihn wütend an, während Elliot sich ein Lächeln kaum verkneifen konnte. »Kommt mit hinunter, Barrington«, lud ihn der Admiral ein.

Martin stellte den Briten Ting-Cheng und Ho Sen-fu vor, die ihn an Bord des Flaggschiffes begleitet hatten, aber Gough hörte kaum hin. »Also, Ihr behauptet, daß der Kaiser auf unsere Forderungen eingegangen ist?« fragte der General, als sie schließlich alle am Tisch saßen.

»Mit einer Ausnahme«, sagte Martin. »Seine Majestät ist nicht bereit, Kommissar Lin auszuliefern. Es ist Sache der Mandschu, den Kommissar für seine Amtsanmaßungen zur Rechenschaft zu ziehen.«

»Ich habe Euch gewarnt, daß wir uns auf keinerlei Verhandlungen einlassen«, sagte Gough. »Meine Forderungen können nur als Ganzes angenommen werden.«

»Die Entscheidung liegt natürlich bei Euch«, erwiderte Martin.

Ho Sen-fu sah besorgt aus, Ting-Cheng dagegen schien verwirrt.

Admiral Elliot räusperte sich. »Bei allem Respekt, Sir Hugh, wir haben doch eigentlich alles erreicht, wofür wir hergekommen sind. Wenn Barrington uns versichern kann, daß dieser Lin seiner gerechten Strafe zugeführt wird, dann würde ich empfehlen, den Vertrag zu unterzeichnen.«

»So, so«, meinte Gough. »Also gut, Barrington. Könnt Ihr uns eine solche Zusicherung geben?«

Martin versprach es. Eine Bestrafung war Lin gewiß, auch wenn es sich vielleicht nur um eine Geldstrafe handeln würde.

Martin beeilte sich, an Land zu kommen und nach Hause zu gehen. Er war beunruhigt, daß keine Flagge gehißt war. Und seine Sorge wuchs, als er durch das Tor eintrat und die Dienstboten sich vor ihm verbeugten. Ihre Gesichter waren vor Kummer erstarrt.

Aber das Haus war völlig unbeschädigt, und in der ganzen Stadt gab es keinerlei Anzeichen von Kampfhandlungen.

»Was ist passiert?« fragte er Kang-ju.

»Vielleicht war es der Zorn über die Niederlage. Der große Barrington hat einen lauten Schrei ausgestoßen und ist gestorben.«

Martin sah Jane an, die hinter ihm stand. Anders als die Chinesen, die alle weiß gekleidet waren, trug sie schwarz.

»Oder vielleicht, weil er von unserem Verhältnis erfahren hat«, sagte sie leise auf Englisch.

Robert Barrington war einbalsamiert worden, da er – auch wenn er offiziell der christlichen Religion angehörte – nur in Anwesenheit seines ältesten überlebenden Sohnes bestattet werden durfte. Tsen-tsing kniete neben der Bahre. Ihre Augen waren rot, und Martin hielt ihre Trauer für echt. John Barrington kniete neben ihr. Beide erhoben sich, als Martin hereinkam. »Er hat mir soviel mehr bedeutet als Euch«, zischte Tsen-tsing. »Es war der Schock über den Ehebruch, den Ihr mit Jane begangen habt, der ihn umgebracht hat.«

»Er war einundachtzig Jahre alt«, sagte Martin traurig und blickte in das Gesicht seines Vaters, das jetzt viel weniger streng als früher wirkte. Viele hätten seinen Vater um das Leben, daß er geführt hatte, beneidet. Für ihn war es ein ständiger Kampf gewesen, manchmal gegen die gesamte Welt. Aber es war ein erfolgreicher Kampf gewesen, und am Ende hatte er gesiegt ... bis plötzlich alles, was er aufgebaut hatte, durch den Eigensinn seines jüngeren Sohnes bedroht worden war.

Aber die Gefahr war nun abgewendet, und das Haus Barrington stand sicherer da als je zuvor. Martin war traurig, daß sein Vater nicht mehr erleben konnte, welche Auszeichnungen ihm der Sohn des Himmels verliehen hatte.

»Was wird mit uns geschehen?« fragte Tsen-tsing.

»Ihr seid die Witwe meines Vaters«, beruhigte sie Martin. »Und der kleine John ist mein eigener Bruder.«

Einen Augenblick lang war sie sprachlos. Dann verbeugte sie sich, ergriff die Hand ihres Sohnes und führte ihn aus dem Zimmer.

»Sie haßt Euch«, sagte Jane.

»Aber sie kann mir jetzt nichts mehr anhaben.« Er legte seinen Arm um sie. »Nichts kann uns jetzt mehr etwas anhaben.«

Sie zitterte ein wenig. »Trotz unserer Schuld?«

»Ich habe vor, Euch zu heiraten«, sagte er, »und wir werden glücklich sein. Nichts kann uns jetzt mehr etwas anhaben.«

Hung Hsiu-ch'üan stand in Kanton auf der Straße und beobachtete die Barbaren aus der Ferne, die vor seinen Augen auf und ab paradierten. Sie wirkten so arrogant und selbstgefällig. Er hätte gerne verstanden, woraus sie dieses Selbstbewußtsein zogen. Es mußte mehr dahinter sein, als ein paar große Schiffe, schwere Geschütze, funkelnde Bajonette und unbeirrbare Disziplin. Nicht, daß das alles nicht wichtig wäre, aber es ergab noch kein vollständiges Bild, denn physische Macht war lediglich eine Auswirkung von geistiger Macht. Das war das Geheimnis der Barbaren aus der Ferne; ein Geheimnis, das er ergründen mußte, wenn er jemals genügend Männer um sich scharen wollte, um das Reich der Mitte aus seiner trägen Gleichgültigkeit aufzurütteln, in die es versunken war – die T'ai p'ing, von denen er träumte.

Die plötzliche Unruhe an der nächsten Ecke riß ihn aus seinen Träumen. Einer der Barbaren, der in Zivil gekleidet war, sprach zu einer kleinen Gruppe. Er sprach Mandarin, weshalb ihm auch so wenige zuhörten. Aber Hung, der so viele Jahre bei Sung Tang-chu gearbeitet hatte, konnte die Sprache verstehen, und er verstand es sogar jetzt, obwohl der Mann mit einem eigenartigen näselnden Tonfall sprach. Hung ging näher heran, um besser hören zu können.

»Kommt und laßt Euch erlösen«, sagte der Mann. »Schwört Euren falschen Göttern ab, Eurer falschen Philosophie. Der Glaube an unseren Vater im Himmel ist der einzig wahre Glaube auf dieser Welt. Glaubt an ihn. Glaubt an Unseren Herrn, Jesus Christus, und ihr werdet für alle Ewigkeit erlöst sein. Fürchtet Euch nicht, der Vergangenheit den Rücken zu kehren. Denn wer kann der Macht Unseres Herrn schon widerstehen?«

Hung trat näher heran.

DRITTES BUCH

Die kleine Orchidee

Your face is a book where men
May read strange matters. To beguile the time,
Look like the time; bear welcome in your eye,
Your hand, your tongue: look like the innocent flower,
But be the serpent under't.

William Shakespeare, *Macbeth*

11

DIE BRAUTWERBUNG

Auf dem ungepflasterten Hauptplatz der Stadt Wuhu versammelte sich eine Menschenmenge. Sie strömten aus den Hütten und von den Märkten herbei oder aus der Vorstadt der Boote, die es in jeder chinesischen Gemeinde gab, besonders entlang des Jangtse-kiang – dort lebten, handelten und starben die Menschen auf den schwankenden Sampans, dem einzigen Heim, das sie kannten. Auch aus den Palästen der Reichen strömten die Menschen herbei und aus der Garnisonsfestung. Hochmütige Mandschu-Bannersoldaten standen Schulter an Schulter mit Chinesen, Männer dicht neben Frauen und Erwachsene neben Kindern. Hunde rauften sich zu ihren Füßen. Sie lachten und sprachen laut miteinander mit hohen, rauhen Stimmen. Sie waren glücklich, denn sie hatten sich hier versammelt, um einer Hinrichtung zuzusehen.

Sie waren der traurigen Prozession gefolgt, die zum langsamen Rhythmus der Trommeln und dem klagenden Ton der Pfeifen vom Stadtgefängnis bis zum Hauptplatz marschiert war. Innerhalb des Rings von Wachsoldaten standen vier Menschen. Jeder von ihnen trug auf der Hemdbrust eine Plakette, auf der sein Verbrechen beschrieben war, wofür er jetzt bestraft wurde. Alle vier waren am gleichen Verbrechen beteiligt gewesen: Eine Frau hatte mit Hilfe drei ihrer Dienstboten ihren Mann umgebracht.

Chang Tsin machte den Weg frei für Lan Kuei. Chang Tsin war fünfzehn Jahre alt, gehörte zum Volk der Han, und trug als Zeichen seiner Unterlegenheit den üblichen Zopf und die rasierte Stirn wie die meisten Männer um ihn herum.

Trotzdem schritt er stolz durch die Menge. Schließlich war er Diener Hui-Chengs, des *Taotai* oder Intendanten der Provinz Süd-Anhwei, und er wurde häufig damit beauftragt, dessen Tochter Lan Kuei auf ihren Ausflügen zu begleiten. Ihre Eltern hatten ihn tatsächlich als eine Art Aufsichtsperson für Lan Kuei eingesetzt, aber er fand diese Aufgabe sehr schwierig, denn wenn Lan Kuei sich etwas in den Kopf gesetzt hatte, dann tat sie es auch. Da halfen keine Proteste und Ermahnungen eines Dieners. Und er zog es vor, ihr nicht zu widersprechen; er liebte alles an ihr geradezu abgöttisch.

Lan Kuei war siebzehn Jahre alt. Der Name bedeutete kleine Orchidee und einen besseren hätte man für sie gar nicht wählen können. Sie war klein, aber sie bewegte sich auf jene männliche und athletische Art, die bei einer Chinesin der Oberklasse ausgesprochen selten zu beobachten war. Lan Kuei war eine Mandschu und gehörte damit zur herrschenden Elite des kosmopolitischen Reichs – was ihr durchaus bewußt war. Ihr glattes, schwarzes Haar reichte ihr bis zu den Hüften und umspielte ihre weiten Hosen, wenn sie mit einer stolzen Kopfbewegung und einem leise gezischten Befehl die Menschen verscheuchte, die es wagten, ihr den Weg zu verstellen. Aber jetzt blieb sie stehen und lächelte. Sie hatte den Mann gefunden, den sie suchte.

Als die Prozession den Platz erreichte, stellten sich die Zuschauer rechts und links des Platzes auf, der ungepflastert war und nur aus festgetretenem Lehmboden bestand. Sie verspotteten die Unglücklichen und riefen ihnen lachend zu, was ihnen bevorstand.

Die vier Verurteilten standen mit gesenkten Köpfen dicht nebeneinander, da ihre Handgelenke aneinander gebunden waren. Die drei Dienstboten standen ruhig da, aber ihre Herrin konnte einfach nicht still stehen und trat dauernd von einem Fuß auf den anderen. Lan Kuei wußte, daß dafür der Lilienfuß verantwortlich war – auf dem man unmöglich längere Zeit stehen konnte. Die Mandschu hatten diese Praxis für ihre Frauen nicht übernommen, und es machte die Qual der Frau in Lan Kueis Augen nur noch schrecklicher.

Sie ging zu James Barrington hinüber und stellte sich neben ihn. Sie kannten einander schon viele Jahre, da der hochgewachsene Engländer häufig ihren Vater besuchte. Hui-Cheng war ein alter Freund seines Stiefvaters, Martin Barrington, dem Oberhaupt des Hauses Barrington, und James leitete trotz seiner Jugend – er war erst zweiundzwanzig Jahre alt – das Büro in Wuhu. Er unterschied sich nicht nur durch seine blonden Haare und der hellen Haut auffallend von der Menge, sondern auch durch seine Größe. Selbst die Mandschu-Bannersoldaten waren um einiges kleiner als er. Lan Kuei fand ihn hinreißend. Jetzt sah sie zu ihm empor und lächelte.

In diesem Augenblick wurde das Dienstmädchen nach vorn gezerrt. Sie hatte Glück, denn für sie lautete das Urteil Stock und nicht Schwert; offenbar hatte sie nur geholfen, die Tat ihrer Herrin geheimzuhalten, ohne sich wirklich an der Verschwörung zu beteiligen. Unter den lauten Hohnrufen der Menge riß man ihr jetzt die Hosen herunter und warf sie ausgestreckt zu Boden. Sie schluchzte, und ihr schwarzes Haar bedeckte die zuckenden Schultern. Die Menge war begeistert. James Barrington sah Lan Kuei prüfend an. Ihre Augen waren weitaufgerissen und sie leckte sich aufgeregt die Lippen. Sie schien weder Mitleid noch Scham angesichts der entblößten Frau zu empfinden.

Vier Männer hielten die Frau jetzt an Armen und Unterschenkeln auf dem Boden fest. Zwei weitere standen neben ihren Schenkeln. Sie hielten lange, dünne Bambusstöcke in der Hand, mit denen sie jetzt das entblößte Gesäß der Frau schlugen – nicht sehr fest, aber mit einem äußerst gleichmäßigen Rhythmus und abwechselnd.

Die ersten Schläge schienen die Frau kaum zu verletzen, aber dann begannen die Gesäßbacken zu beben und wurden rot, und schon bald krümmte sich ihr ganzer Körper bei jedem Schlag.

Die Zuschauer klatschten in die Hände und feuerten die beiden Männer an. »Schlagt ihr den Arsch blutig«, brüllten sie. Schon bald sah man kleine rote Flecken im Sand, während die Frau in ihrer Qual laut aufheulte. Die Männer schlugen ungerührt und vollkommen gleichmäßig weiter auf sie ein. Lan Kuei wickelte sich eine Haarsträhne um den Finger, während sie zusah.

Schließlich lag die Frau still. Die Erde um sie herum war getränkt mit Blut, Schweiß und Urin. Die Männer stießen sie mit den Stöcken an und jemand schüttete einen Eimer Wasser über ihr aus.

Ihr Kopf fuhr hoch und sie fing sofort wieder an zu schreien, aber da ihr Mund völlig ausgetrocknet war, kam nur ein hohes Stöhnen heraus. Die Männer ließen sie liegen und packten den ersten der männlichen Diener. Die Herrin konnte nicht mehr länger stehen und sank auf die Knie, wurde aber sofort unsanft an den Haaren gezogen und wieder auf die Füße gestellt.

Der erste Mann wurde nach vorn gezerrt. Sein Oberkörper war nackt, und zwei Männer drehten ihm die Arme auf dem Rücken. Ein dritter packte ihn am Haar und zog ihn vor den Scharfrichter, der sich auf sein riesiges Schwert lehnte.

Wie immer bei einer chinesischen Hinrichtung ging alles sehr schnell. Der Mann wurde jetzt auf die Knie gestoßen, während der dritte weiterhin an seinem Haar zog. Der Scharfrichter war groß und stark, und sein ebenfalls entblößter Oberkörper glänzte vor Schweiß in der Nachmittagssonne. Ohne wenigstens einmal probehalber anzusetzen, hob er sein riesiges Schwert. Es beschrieb einen perfekten Bogen durch die Luft und traf sein Ziel ganz exakt. Der Körper des Mannes, der von beiden Seiten auseinandergezogen wurde, schien zu zerfallen. Die Männer warfen den Rumpf, aus dem das Blut herausschoß achtlos in den Schmutz. Der dritte hob den blutenden Kopf hoch und zeigte ihn der Menge, die begeistert applaudierte. Dann warf er den Kopf ebenfalls fort. Sofort lief ein Hund hinterher und leckte daran. Dann kam eine Gruppe Kinder die den Hund verjagten und mit dem Kopf Fußball spielten. Der Hund vergnügte sich daraufhin mit dem Rumpf.

James spürte Lan Kueis Finger, die sich in seinen Arm bohrten. Das Dienstmädchen erhob sich langsam und humpelte auf die Menge zu. Ihre Fußspuren füllten sich mit Blut; ihre Hosen hielt sie in einer Hand. Die Menge ließ sie nicht durch, sondern verspottete sie noch weiter, zog ihr an den Haaren und schlug ihr aufs blutige Gesäß, woraufhin sie vor Schmerz fauchte.

Der zweite Diener war jetzt ebenfalls tot. Auch sein Kopf diente ein paar kreischenden Kindern als Spielzeug. Nur die feine Dame war jetzt noch übrig.

Sie stolperte auf ihren verkrüppelten Füßen daher. Sie schluchzte herzzerreißend, und die Tränen rollten über ihre Wangen bis auf die kleinen Brüste ihres jetzt entblößten Oberkörpers. James fragte sich, wie sie unter ihrem Mann gelitten haben mußte, daß sie ihn getötet hatte – im vollen Wissen, was sie daraufhin erwarten würde. Sie war die Tochter einer reichen, vornehmen Familie, wie man an ihren Füßen ablesen konnte, und mußte jetzt in aller Öffentlichkeit auf solch entwürdigende Weise sterben. Die Menge johlte, und einen Augenblick später wurde auch ihr Kopf in den Sand geworfen, wo die Kinder schon begierig warteten.

Lan Kuei lief von der Menge fort. Sie wollte nicht, daß irgendein Wichtigtuer die Tochter des Intendanten am Ende doch noch erkannte. Zwischen den verlassenen Bambusdächern der Straßenhändler hindurch, die alle zur Hinrichtung gegangen waren, lief sie die Straße hinauf, bis sie zu einer kleinen Anhöhe kam, von wo aus man den Fluß überblicken konnte. Dort warf sie sich ins Gras und rang nach Luft.

Chang Tsin war dicht hinter ihr. James Barrington folgte etwas langsamer. Es war unter der Würde für den Leiter der lokalen Niederlassung des Hauses Barrington zu laufen, und außerdem war es einfach zu heiß. In Wuhu, das zweihundert Meilen vom Meer entfernt lag, gab es nur entweder heftige Stürme oder völlige Windstille wie an diesem Tag. Auch bei den Temperaturen gab es nur zwei Extreme: entweder klirrende Kälte im Winter oder Hitze wie in einem Backofen im Sommer, die sich nur durch die regelmäßig auftretenden Nachmittagsgewitter und den damit verbundenen wolkenbruchartigen Regenfällen etwas abkühlte. Jetzt war es Sommer, und vor dem späten Abend würde es nicht kühler werden.

Lan Kuei stand auf und klopfte sich den Staub von den Kleidern. Sie trug eine weite Bluse und Pantalons, traditionelle chinesische Kleidungsstücke, aber darüber trug sie noch einen hellblauen, ärmellosen Kasack, der an den Seiten offen und mit leuchtendroten Drachen und Vögeln verziert war. Es war eine Art Rangabzeichen ebenso wie ihre Schuhe mit eingelegten Süßwasserperlen reich verziert waren. Es war üblich bei den Mandschu-Frauen, den Wohlstand ihrer Familie durch ihre Kleider zum Ausdruck zu bringen, ganz besonders durch ihre Schuhe, und Hui-Cheng wollte, daß seine Töchter sich besonders abhoben.

Als ob irgend jemand diese robuste, hübsche, athletische junge Frau mit ihrem glänzenden, schwarzen Haar und den unglaublich ausdrucksvollen, großen Augen mit einer vornehmen Chinesin verwechseln könnte.

Er stand neben ihr.

»Wie fühlt Ihr Euch jetzt?«

»Ich … ich bin so erregt. Ich wünschte, ich hätte einen Ehemann, der mich jetzt befriedigen könnte.«

Das war ihr herausgerutscht und sie sah ihn jetzt mit vor Verlegenheit offenem Mund an.

James warf einen Blick auf Chang Tsin, der still ganz in der Nähe stand. Er wußte, wie der Junge seine eigensinnige Herrin anbetete. Aber Chang Tsin wußte sicherlich auch, daß Lan Kuei für ihn ein unerfüllbarer Traum war. Für einen Sklavenjungen.

Aber nicht für einen Barrington. »Dann heiratet mich«, sagte James leise. »Und laßt Euch befriedigen.«

Lan Kuei wandte sich ab. Dann aber sah er wieder in diese wundervollen Augen. Die Verlegenheit war gewichen. Er hatte sie schon einmal gefragt, aber da hatte sie ihn nicht ernst genommen. »Würdet Ihr mich sehr reich machen?«

»Sehr reich«, versprach er ihr.

Ihre Zungenspitze blitzte nur ganz kurz zwischen den Lippen hervor. »Ich möchte ganz *furchtbar* reich sein«, sagte sie.

»Ich werde morgen mit Eurem Vater sprechen«, sagte er.

»Aber wir müßten noch so lange warten«, sagte sie traurig.

Das lag daran, daß der Tao-kuang Kaiser vor kurzem gestorben war, und die siebenundzwanzig Monate der Trauerperiode waren gerade erst halb vorbei.

»Aber wir können einander versprochen werden«, meinte James und er senkte den Kopf, um sie zu küssen. Damit überraschte er Lan Kuei; weil sie es überhaupt nicht kannte. Aber als seine Zunge ihre berührte, wurde ihr heiß vor Erregung. Dann zog sie rasch den Kopf weg und lief die Straße wieder hinunter. Sie zitterte vor Aufregung und Verlegenheit. Was würde ihr Vater dazu sagen? Da gab es natürlich noch die *Weissagung*. Und zusätzlich ihren Geburtstag. Am zehnten Tag des zehnten Monats geboren zu sein, mußte einfach etwas bedeuten – daß sie zu Höherem bestimmt war. Und trotzdem konnte sie sich nichts Großartigeres vorstellen, als James Barringtons Frau zu werden!

James pfiff fröhlich vor sich hin, als er am Fluß entlang ging. Die Chinesen behaupteten, daß die Berge, in denen der Jangtse-kiang entsprang, so weit westlich lagen, daß sie möglicherweise schon zu Europa gehörten. Das war natürlich Unsinn. Aber es war James Traum, diesen Fluß bis zu seiner Quelle erforschen zu können, um wenigstens einmal die unendlich tiefen Schluchten und gefährlichen Stromschnellen, von denen ihm die Chinesen erzählt hatten, mit eigenen Augen zu sehen. In Wuhu floß der breite Strom langsam und majestätisch dahin, außer wenn die Flut kam. Dann zischten und gurgelten die Wassermassen, und in seiner Wut war der Fluß noch majestätischer. Aber er hatte hier bereits eine gelbbraune Farbe angenommen, und er war, was sein völliges Desinteresse an seiner Umwelt anging, sehr chinesisch. James Stiefvater hatte ihm von einem Fluß erzählt, der noch gelber war als der Jangtse, der deshalb auch Huang-Ho, Gelber Fluß hieß.

Aber wie immer der Fluß weiter oben auch aussah, es war unbestreitbar die gewaltigste natürliche Wasserstraße, von der James je gehört hatte. Der dichte Verkehr in beide Richtungen riß nie ab. Dschunken auf dem Weg zum Meer reihten sich an Sampans jeder Form und Größe. Einige dieser Dschunken gehörten dem Haus Barrington; zwei davon lagen gerade unten am Dock und wurden mit Reis beladen. Aber Schiffe aus anderen Ländern sah man hier immer noch nicht. Es war jetzt zehn Jahre her, daß die chinesische Küste im Friedensvertrag von Nanking für den britischen Handel geöffnet worden war, und dort sah man eine Vielzahl von Schiffen unter britischer Flagge, aber niemand wagte, die Bedingungen des Vertrags zu verletzen und den Jangtse zu befahren – obwohl sicher viele davon träumten. Nach wie vor war das einzige englische Schiff, daß je den Jangtse auch oberhalb von Nanking befahren hatte, das von James Barringtons Großvater.

Er hielt einen Moment an und sah auf die vielen hundert Boote hinunter, die nirgendwohin unterwegs waren, sondern immer nur am Ufer lagen. Auch das war China: Menschen, die ihr Leben auf ein paar hölzernen Planken von vielleicht zwanzig Fuß Länge und vier Fuß Breite fristeten und die nur hin und wieder auf der Suche nach frischem Gemüse an Land gingen – oder um einer Hinrichtung zuzusehen. Sie fingen Fische im Fluß, den sie, wie es im übrigen die ganze Stadt handhabte, als Abort benutzten. Außerdem versorgte der Fluß auch noch die Reisfelder auf beiden Seiten.

Als er sich dem Haus seines Stiefvaters näherte, das dieser von einem ortsansässigen Mandarin gekauft hatte, und das auf einem Hügel vierzig Fuß über dem Fluß gelegen war – somit war es sicher, wenn die Flut kam und der Fluß über seine Ufer trat –, wurde James plötzlich klar, daß er den Jangtse-kiang liebte. Und über diesen Fluß hinaus ganz China … auch wenn hier die Kinder nach der Hinrichtung mit den abgeschlagenen Köpfen spielten, während sich die Hunde um den Rest stritten. Er spürte die gewaltige innere Kraft dieses riesigen Landes, die einen überall umgab, auch wenn es so viele arme Menschen gab, die ein elendes Dasein fristeten. Sie hatten das Lachen noch nicht verlernt, auch wenn es oft ein grausames Lachen war. Und außerdem betrafen Armut und Elend das Haus Barrington nicht wirklich.

»Ich habe vor, Lan Kuei zu heiraten«, verkündete James beim Abendessen.

Seine Schwester und sein Stiefonkel starrten ihn fassungslos an.

Sie waren ein merkwürdiges Grüppchen, da James mit zweiundzwanzig Jahren der Älteste war. Vor drei Jahren hatte

Martin Barrington beschlossen, daß sein jugendlicher Stiefsohn so früh wie möglich in die Geschäfte des Hauses eingeführt werden sollte, und hatte ihm daher die Leitung des Büros in Wuhu übertragen, und er hatte auch nichts dagegen gehabt, als Joanna im letzten Jahr beschlossen hatte, ihrem Bruder den Haushalt zu führen. James und Joanna waren sich immer sehr nahe gewesen. Martin sah James als seinen Erben an, und der Junge hatte schon früh gezeigt, daß er vernünftig war und wußte, was sich gehörte. Martin bezweifelte keinen Augenblick, daß seine Schwester bei ihm gut aufgehoben sein würde. Und Joanna, die jetzt zwanzig Jahre alt war und das rote Haar ihrer Mutter und die hochgewachsene Figur der Barringtons geerbt hatte, brauchte jemanden, der auf sie aufpaßte. Martin hatte keine Eile, sie mit einem der britischen Kaufleute, die in Nanking hin und wieder auftauchten, zu verheiraten, denn er mochte keinen von ihnen. Aber ihre interessierten Blicke, die sie der blühenden jungen Frau nachschickten, waren ihm nicht verborgen geblieben. In Wuhu würde sie vor ihnen sicher sein.

Und da auch John das Geschäft kennenlernen sollte, erschien es nur natürlich, daß auch er mitging. Daß er ein halber Chinese war, war eigentlich schon ungewöhnlich genug, aber zusätzlich war er als Onkel auch noch jünger als sein Neffe und seine Nichte. Beides sprach dagegen, daß er dem Haus Barrigton je vorstehen würde, solange Martin es zu entscheiden hatte, aber John schien sich daran nicht zu stören. Seine Mutter Tsen-tsing hingegen störte es gewaltig; und Martin wollte die beiden daher so bald wie möglich voneinander trennen. Tsen-tsing jammerte und weinte und flehte Martin an, mit ihrem Sohn gehen zu dürfen, aber Martin hatte es verweigert. »Die jungen Leute sollen miteinander lernen, sich zurechtzufinden«, war seine Antwort. »Bei ihnen liegt die Zukunft des Hauses Barrington.«

Nun saßen also Joanna und John da und starrten James mit offenem Mund an.

»Hui-Chengs Tochter?« fragte Joanna.

»Ihr wißt doch, daß ich sie seit Jahren bewundere.«

»Aber sie ist eine Chinesin«, meinte John.
»Mandschu«, korrigierte ihn James.
»Vater wird niemals zustimmen«, sagte Joanna.
»Vater und Hui-Cheng sind fast ihr ganzes Leben lang Freunde«, protestierte James.
»Hui-Cheng ist es, der seine Zustimmung verweigern wird«, sagte John.

Lan Kuei stand vor ihrer Mutter. Vor ihr hatte sie mehr Angst als vor ihrem Vater. Cho-an war eine Niuhuru; das Banner der Niuhuru war einfarbig gelb und somit das ranghöchste in ganz China. Natürlich hatte sie ihrer Familie nach ihrer Heirat den Rücken zugekehrt, wie es sich für eine ordentliche Chinesin gehörte. Aber sie hatte unter ihrem Wert geheiratet, und das hatte sie nie verwunden.

»Herr Wang war da«, sagte Cho-an. »Er hat dich bei der Hinrichtung gesehen.« Sie funkelte Chang Tsin an, der in der Tür stand. Der Junge war sehr nervös; der Schweiß lief ihm übers Gesicht. »Du weißt genau, daß dein Vater nicht möchte, daß du zu so etwas hingehst«, fuhr Cho-an fort. »Es gehört sich nicht. Zur Strafe wirst du dich jetzt hinknien – auf den Holzboden.«

Das war die entwürdigendste aller Strafen. Aber heute war sie nicht bereit, das so einfach hinzunehmen. Sie streckte ihr kleines Kinn in die Luft. »Ich möchte heiraten.«

Alle waren starr vor Erstaunen. Dann schimpfte Te Chou, ihre älteste Schwester: »Das geht nicht. Du kannst doch nicht vor mir verlobt sein? Wer ist denn der Mann?«

»James Barrington.«

»Ein Barbar?« Te Chou war entsetzt.

Cho-hu kam gleich zum Wesentlichen. »Hat er mit deinem Vater gesprochen? Natürlich nicht. Er ist ein Barbar. Dann bist du auch nicht verlobt. Knie dich hin.«

Lan Kuei zögerte, aber sie wußte, daß sie sich mit ihrer Ungeduld einen schlechten Dienst erwiesen hatte. Ohne die Zustimmung ihres Vaters war eine Verlobung natürlich nicht möglich. Bis dahin mußte sie ihrer Mutter gehorchen.

Sie zog ihren Kasack aus, faltete ihn ordentlich zusammen

und kniete auf dem nackten Holzboden nieder. »Halt den Rücken gerade«, mahnte Cho-an und stellte eine Uhr vor sie hin. »Du wirst eine Stunde lang knien. Und du ...« Cho-an wandte sich jetzt Chang Tsin zu, dem jungen Aufpasser ihrer Tochter. »Fu-lo«, rief sie. »Bring diese Kreatur hinaus und schlag ihn bis er blutet.«

Chang Tsin begann am ganzen Leib zu zittern. Lan Kuei biß sich auf die Lippen. *Sie* war es gewesen, die darauf bestanden hatte, zur Hinrichtung zu gehen. Aber sie würde bei ihrer Mutter nicht betteln, auch nicht für Chang Tsin.

Der Diener nahm den Jungen eilig mit hinaus, und nur wenige Minuten später konnte man das Geräusch des Bambusstocks hören. Es war der Tag der Schläge, dachte Lan Kuei; da hatte sie noch Glück. Aber ihre Knie taten ihr bereits weh, dabei waren erst wenige Minuten vergangen. Vielleicht wären Schläge angenehmer gewesen.

Cho-an verließ das Zimmer und statt ihrer übernahmen jetzt Te Chou und Kai Tu die Aufsicht. Die Schwestern setzten sich rechts und links von Lan Kuei auf den Boden. Kai Tu, die zwei Jahre jünger war als Lan Kuei, sah sie mit einer Mischung aus Furcht und Bewunderung an; niemals hätte sie den Mut aufgebracht, zu einer Hinrichtung zu gehen. Und dann noch ihrer Mutter zu sagen, daß sie verlobt sei – und dazu noch mit einem Barbaren ...

In Te Chous Blick hingegen lag mitleidige Verachtung. Te Chou war zwei Jahre älter, und sie geriet niemals in Schwierigkeiten. »Unser Vater wird sehr zornig sein«, sagte sie. »Dabei ist er sowieso schon verärgert. Es gibt einen Aufstand im Süden, hast du nichts davon gehört?«

Lan Kuei schüttelte den Kopf. Ihre Knie taten jetzt wirklich weh. Warum regte sich ihr Vater bloß über diesen Aufstand auf? Schließlich gab es fast jeden Tag des Jahres irgendwo im Reich Aufstände gegen die Herrschaft der Mandschu.

Te Chou wußte, was sie jetzt dachte. »Dies ist ein großer Aufstand«, erklärte sie. »Er nennt sich T'ai-ping T'ienkuo. Das bedeutet Himmlisches Reich des höchsten Friedens«, fügte sie unnötigerweise hinzu. Als ob Lan Kuei das nicht wüßte. »Die Rebellen haben die gesamte Provinz Kwantung bereits überwältigt und sind jetzt in Kuanghsi eingedrungen«, fuhr Te Chou fort. »Jetzt marschieren sie nach Anhwei. Sie haben die Absicht, Nanking zu erobern.«

Jetzt drehte sich Lan Kuei doch zu ihr um, denn vor Nanking lag, wenn sie aus dem Süden oder Westen kamen, zuerst Wuhu.

Te Chou lächelte, weil sie plötzlich doch die Aufmerksamkeit ihrer Schwester hatte. »Der Vizekönig ist fest entschlossen, sie aufzuhalten, und er hat die Einberufung aller Bannersoldaten der Provinz Anhwei verfügt. Vater muß auch gehen. Der Befehl kam heute nachmittag, als du fort warst.«

»Vater?« Lan Kuei war entsetzt.

»Als Bannersoldat muß er diesem Befehl gehorchen, aber es gefällt ihm überhaupt nicht.«

Das wunderte Lan Kuei nicht. Ihr Vater war immer ein sehr häuslicher Mensch gewesen, der die Gefahren eines Feldzugs haßte.

Te Chou sah auf die Uhr; Lan Kuei kniete jetzt erst etwas über eine halbe Stunde. »Du solltest Vater nicht wütend machen, wenn er sowieso schon verärgert ist«, warnte sie noch einmal.

Lan Kuei seufzte. Hier niederzuknien war schon schlimm genug. Dabei auch noch eine Standpauke gehalten zu bekommen, war jedoch unerträglich. Aber ihr armer Vater mußte doch tatsächlich gegen diese Rebellen in den Krieg ziehen. Plötzlich stand er vor ihr.

Hui-Cheng war kaum größer als seine Tochter, aber um einiges schwerer. Sein dünner Schnurrbart hing zu beiden Seiten seines Mundes traurig herab und verlieh ihm einen düsteren Gesichtsausdruck, der seinem Charakter entsprach. Lan Kuei wußte, daß er von Natur aus Pessimist war.

Die Geräusche draußen waren verstummt, und Cho-an war jetzt ebenfalls zurückgekommen und stand neben ihrem Mann. »So ein ungezogenes Ding«, sagte Hui-Cheng jetzt. »Du bringst Schande über unsere Familie. Und das gerade jetzt. Hast du dich etwa heimlich mit dem jungen Barrington getroffen?«

»Nein, nein. Ich habe ihn nur zufällig auf der Straße getroffen, Papa.«

»Und ganz zufällig hat er da um deine Hand angehalten?

Um was hat er denn sonst noch angehalten – und vielleicht bereits erhalten?«

Lan Kueis Kopf flog hoch. Ihre Augen sprühten vor Zorn darüber, daß es jemand wagen konnte – und dann noch ihr eigener Vater – ihr so zu mißtrauen. Aber Barrington hatte ihre Zunge mit seiner berührt! Hatte sie das verändert? Hui-Cheng hüstelte. Manchmal fürchtete er sich fast ein wenig vor seiner mittleren Tochter. »Er hätte zuerst mit mir sprechen müssen«, schimpfte er.

»Er wird morgen zu Euch kommen.«

»Morgen bin ich schon fort.«

Lan Kuei geriet in Panik. »Dann bestellt ihn hierher – jetzt gleich, Papa.«

»Das werde ich nicht tun. Keine meiner Töchter wird einen Barbaren heiraten – auch keinen Barrington. Und überhaupt, er hätte zuerst um die Hand Te Chous anhalten müssen.«

»Das ist alles die Schuld dieses chinesischen Lümmels«, schimpfte Cho-an. »Wozu haben wir ihn denn angestellt? Um auf Lan Kuei aufzupassen. Und dann passiert so etwas.«

»Genau«, grollte jetzt auch Hui-Cheng. »Ja, du hast recht, Cho-an. Er ist völlig nutzlos. Ich werde ihn morgen früh verkaufen, bevor ich aufbreche. Vielleicht kann Weng-feng etwas mit ihm anfangen.«

Lan Kuei konnte das nicht stillschweigend geschehen lassen. Sie wußte, was mit Chang Tsin geschehen würde, wenn er zu Weng-feng kam. »Es ist nicht seine Schuld gewesen, Papa«, flehte sie.

Hui-Cheng runzelte die Stirn. Kinder durften während ihrer Bestrafung niemanden ansprechen.

»Ich habe ihn *gezwungen*, mit mir zur Hinrichtung zu gehen«, erklärte Lan Kuei. »Und ich habe das Treffen mit Barrington arrangiert.«

»Was für ein schamloses Luder«, jammerte ihre Mutter.

»Es ist alles nur meine Schuld, er hatte keine Wahl.« Lan Kuei gab nicht auf und sah ihren Vater an. »Chang Tsin hat versucht, mich davon abzuhalten, aber ich habe ihm gesagt, daß ich dann sehr wütend sein würde. Er konnte nichts anderes tun, als mitzugehen.«

Hui-Cheng sah sie ein paar Sekunden lang an. Dann sagte

er: »Es ist trotzdem seine Schuld. Morgen bringe ich ihn zu Weng-feng.«

Lan Kuei sprang auf, und Te Chou stieß einen Schreckensruf aus. Solche Aufsässigkeit hatte es in diesem Haus noch nie gegeben. Kai Tu verbarg ihr Gesicht in den Händen. »Das könnt Ihr nicht tun, Papa!« rief Lan Kuei. »Cheng Tsin ist ein guter Junge. Ihr dürft keinen Eunuchen aus ihm machen lassen.«

Hui-Cheng hatte erstaunt die Augenbrauen hochgezogen und war einen Schritt zurückgetreten, als ob er mit einem Angriff rechnete. Jetzt fand er langsam seine Fassung wieder. »Das hätte schon vor Jahren geschehen sollen. Es gehört sich nicht, eine fast erwachsene Frau von einem Mann, der weder ihr Bruder noch ihr Mann ist, begleiten zu lassen. Die Leute haben schon darüber geredet. Jetzt wird das Gerede ein Ende haben. Er wird zu Weng-feng geschickt«, wiederholte er.

»Ihr seid brutal!« rief Lan Kuei.

Hui-Cheng sah sich hilfesuchend nach seiner Frau um.

»Sie ist ein schamloses Luder!« wiederholte Cho-an. »Und das, obwohl dein Vater morgen in den Krieg ziehen muß.«

Te Chou schüttelte den Kopf. Offensichtlich war sie ganz auf Seiten ihrer Eltern. Kai Tu zitterte vor Angst.

Der Vater blickte auf die Uhr. »Wie lange kniet sie schon?«

»Fast eine ganze Stunde«, sagte Te Chou.

»Dann soll die Strafe jetzt erneut beginnen«, entschied er und verließ das Zimmer. Lan Kuei seufzte und kniete sich wieder hin.

Cho-an folgte ihrem Mann mit steifen Schritten.

Lan Kuei war so sehr mit dem ungerechten Schicksal ihres Aufpassers beschäftigt gewesen, daß ihr überhaupt keine Zeit geblieben war, über den jungen Barrington nachzudenken. Aber er war sowieso nur ein Traum gewesen. Lan Kuei glaubte nicht, daß er in ihrem Schicksalsbuch stand, obwohl er zweifellos einen großartigen Ehemann abgegeben hätte. Aber sie ... die Schmerzen in ihren Knien wurden heftiger. Sie spürte keinen starken Schmerz in ihrem Herzen. Was waren schon ein paar Unannehmlichkeiten, ein paar Enttäuschungen? War sie nicht ein Kind des zehnten Tages des zehnten Monats? War ihr nicht prophezeit worden, daß sie einen Großen heiraten würde? Es tat ihr leid um James Barrington, aber vielleicht besaß er diese Größe einfach nicht. Sie wünschte nur, er hätte sie nicht geküßt.

Aber niemand wußte das außer Chang Tsin, und er würde sie niemals verraten. Und was sie anging, so gab es keine Grenzen. Niemand konnte sagen, in welche Höhen sie aufsteigen würde. Vielleicht würde sie den Kapitän eines Klans heiraten ... nein, einen General. Vielleicht einen Vizekönig. Ja, einen Vizekönig würde sie heiraten und fortan in einem riesigen Palast mit Hunderten von Dienern und Eunuchen leben. Und die Menschen würden sich tief vor ihr verneigen, wenn sie in ihrem Sessel vorübergetragen wurde. Und wenn sie in einer solchen Machtposition angelangt war, dann würde sie über den jungen Barrington und die häßliche Frau, die er bis dahin sicher geheiratet hatte, lächeln.

Außerdem würde sie den armen Chang Tsin suchen und ihn wieder in ihre Dienste aufnehmen. Das würde ihr große Freude bereiten.

Was waren schon schmerzende Knie im Vergleich mit einer solch prachtvoll glitzernden Zukunft.

Als sie Chang Tsing mitteilten, was mit ihm geschehen würde, weinte er erneut los, nachdem die Tränen über die Stockschläge kaum versiegt waren. Er bat darum, daß man ihm ein paar Tage gab, in denen er sich vorbereiten und sammeln konnte, bevor sie ihn zum Sklavenhändler schickten, aber auch diese Bitte verweigerte ihm Hui-Cheng, der wegen des bevorstehenden Kampfes mit den T'ai p'ing bereits sehr nervös und angespannt war.

Chang Tsin wurde über Nacht in seinem Zimmer eingeschlossen und an Händen und Füßen gefesselt, damit er weder fliehen noch sich etwas antun konnte. Hui-Cheng war sich wohl bewußt, was der Junge jetzt empfand. Ein erfolgreiches Leben war für einen Eunuchen zwar unmöglich; auch wenn er nur ein unterbezahlter Sklave oder Diener war, konnte er mit etwas Intelligenz leicht zum unersetzlichen Ratgeber seines Herren oder seiner Herrin werden. Er hatte den unschätzbaren Vorteil, überall hingehen zu können, und da viele Kaufleute ebenfalls Eunuchen anstellten, die wiederum am liebsten mit ihresgleichen verhandelten, konnte es ihm auch hier von großem Nutzen sein. Nur ein sehr dummer Mensch brachte es fertig, mit großen Mengen Geld umzugehen, ohne daß davon etwas an ihm haften blieb. Es geschah gar nicht so selten, daß Eunuchen genug Geld hatten, um sich luxuriöse Häuser kaufen zu können. Oft heirateten sie sogar und adoptierten Kinder.

Aber andererseits führte die Entmannung auch dazu, daß man nach seinem Tode nicht in das Himmelreich eingelassen wurde, falls sich nicht jemand fand, der die abgetrennten Teile wieder annähte, wenn man gestorben war – ein wahrhaft schreckliches Schicksal. Aber diese Überlegungen änderten nichts an Hui-Chengs Entschlossenheit. Er hatte Chang Tsin nie wirklich vertraut. Cho-an hatte zu seinem Mißfallen früher erlaubt, daß er zum Spielkameraden seiner jüngeren Töchter wurde. Der Junge verdiente die drakonische Bestrafung. Außerdem war er ein Chinese. Je weniger Chinesen es bis in den Himmel schafften, desto besser.

Hui-Cheng verlor keine Zeit; er benachrichtigte Weng-feng noch am gleichen Abend, und der Sklavenhändler erschien schon bei Morgengrauen. Man einigte sich schnell über einen Preis, nachdem der Händler den Jungen gesehen hatte. Chang Tsin war groß und stark für sein Alter und sah außerdem auch noch gut aus – aber sein Herr wollte ihn so schnell wie möglich loswerden, noch bevor er aufbrechen mußte, und wenn er ihn nicht jetzt gleich verkaufte, würden die Frauen es in seiner Abwesenheit sicher nicht tun.

»Das ist ein trauriges Exemplar«, meinte Weng-feng. »Er ist nicht mehr wert als zehn Tael, Exzellenz.«

Zu seinem größten Erstaunen willigte Hui-Cheng ohne den leisesten Versuch zu handeln sofort ein. Weng-feng ärgerte sich schon, daß er nicht mit fünf Tael angefangen hatte – einfach nur, weil er den Intendanten nicht hatte beleidigen wollen. Aber er würde Chang Tsin mindestens für das Doppelte weiterverkaufen können – und er wußte auch schon wo.

»Nehmt ihn mit!« befahl Hui-Cheng.

Weng-feng winkte die drei Männer herbei, die mit ihm gekommen waren. Die Fesseln an Chang Tsins Beinen wurden durchtrennt, aber nicht die an den Handgelenken. Wengfeng gab Hui-Cheng die vereinbarte Summe, und seine Männer führten Chang Tsin ab.

Lan Kuei beobachtete die Szene von ihrem Schlafzimmerfenster aus. Ihre Knie schmerzten noch immer, aber ihr Herz jetzt ebenso. Chang Tsin war so ein angenehmer Begleiter gewesen. Aber eines Tages, sagte sie sich noch einmal zur Erinnerung, wenn sie reich und berühmt war, würde sie ihn suchen und zurückkaufen.

Hui-Cheng stand vor seinen Frauen. Seine Söhne waren natürlich auch Bannersoldaten, und sie waren bereits in der Armee. »Paßt auf euch auf, bis ich zurückkomme«, sagte er zu ihnen und umarmte Cho-an.

»Bis Ihr zurückkommt«, versprach sie.

»Bis Ihr zurückkommt«, sagte Te Chou und umarmte ihren Vater.

»Bis Ihr zurückkommt«, sagte Kai Tu und trat näher heran, um ihn ebenfalls zu umarmen.

»Bis Ihr zurückkommt«, sagte Lan Kuei und folgte dem Beispiel ihrer Schwestern. Aber ihr Körper war steif, und Hui-Cheng spürte es. Er hielt sie auf Armlänge vor sich und sah sie forschend an. »Du wirst deiner Mutter gehorchen«, sagte er. Lan Kuei verbeugte sich. »Und du wirst den jungen Barrington nicht wiedersehen!«

Er ging hinaus, wo seine Diener schon auf ihn warteten, und schwang sich in den Sattel. Alle Frauen verbeugten sich jetzt.

Hui-Cheng ritt aus dem Hof hinaus.

»Er wird nie zurückkommen«, sagte Cho-an traurig.

»Er wird zurückkommen, Mutter«, beruhigte sie Te Chou. »Natürlich wird er zurückkommen.«

Lan Kuei wollte, daß ihr Vater zurückkam, damit sie ihn eines Tages dafür bestrafen konnte, was er Chang Tsin angetan hatte.

Der arme Junge wurde durch die Straßen geführt, bis sie Weng-fengs Lagerhaus erreichten. Da er weiterhin an den Händen gefesselt war, und alle in der Stadt Weng-feng kannten, wußten die Leute natürlich, auch welches Schicksal ihm blühte. Sie verspotteten ihn und machten obszöne Bemerkungen. »Da ist ein Hund, der bald keinen Schwanz mehr haben wird«, riefen sie. Und »Die Kanne wird bald keinen Ausguß mehr haben.« Überall hörte man lautes Kichern. Kleine Jungen liefen herbei und zwickten ihn zwischen den Beinen.

Als sie endlich im Lagerhaus angekommen waren, schlug ihnen ein fürchterlicher Gestank entgegen. Einer der Männer lachte, als Chang Tsin die Nase rümpfte. »So wirst du auch bald riechen«, sagte er. »Ich kann einen Eunuchen auf hundert Meter gegen den Wind am Geruch erkennen.« Chang Tsi schlotterten die Knie vor Angst.

Weng-feng trat mit grimmiger Miene herein. »Bereitet ihn vor«, befahl er. Man nahm ihm die Fesseln ab und zog ihn nackt aus. Weng-feng hatte seinen persönlichen Chirurgen gerufen, der ihn jetzt untersuchte, ob Herz und Kreislauf gesund waren. Er war zufrieden. »Es ist üblich, zu fragen, ob du es wirklich willst.« Weng-feng lächelte. »Aber da du nur ein Sklave bist, hast du keine Wahl. Ich werde dich jetzt mit diesen Männern allein lassen.«

Chang Tsin begann wieder zu weinen. Er hatte von kleinauf gelernt, daß man auch die schwersten Schicksalsschläge mit stoischer Ruhe ertragen sollte, da man irgendwann auch in den Genuß des Gegenteils kommen würde. Aber davon hatte er in seinem kurzen Leben bisher nicht viel bemerkt ... und jetzt sah es nicht so aus, als würde es jemals wahr werden. »Und jetzt werden wir dich sehr glücklich machen«, sagte einer der Männer.

Chang Tsin starrte ihn verständnislos an.

»Glück ist immer nur ein vorübergehender Zustand«, erklärte der Mann. »Daher mußt du dankbar sein, wenn du auch nur ein paar Minuten glücklich bist.«

Die anderen beiden brachten Chang Tsin an das andere Ende des Raumes, wo in der Form eines Dreiecks Pflöcke in den Boden geschlagen worden waren. Dort mußte er sich jetzt niederlegen, und seine Arme wurden über dem Kopf an einem der Pflöcke festgebunden. Dann spreizten sie seine Beine und banden je einen Fuß an die übrigen Pflöcke. Die Stricke wurden festgezurrt so daß er nicht viel mehr tun konnte als zittern. »Jetzt wirst du glücklich sein«, sagte der erste Mann.

Chang Tsin drehte den Kopf und sah, daß jetzt auch noch eine Frau im Raum war. Sie war nicht alt, aber alt genug, um Bescheid zu wissen. Außerdem sah sie ziemlich gut aus, und sie war nackt. Trotz seiner Angst reagierte Chang Tsins Körper sofort. Die Männer applaudierten. »Da hast du aber einen Willigen, Lu So«, sagte einer.

»Und er ist so groß«, sagte Lu So, kniete neben ihm und nahm ihn in die Hand. »Es ist wirklich eine Schande.«

»Früher oder später ist es für uns alle nicht mehr als eine Erinnerung«, sagte der erste Mann, offenbar ein Möchtegernphilosoph.

»Ich bin Lu So«, sagte die Frau. »Hast du schon von mir gehört?«

»Ja, ich habe schon von Euch gehört«, murmelte Chang Tsin. Sie war eine der bekanntesten Prostituierten in Wuhu.

»Dann weißt du auch, daß ich von der großen Lu Chan aus Nanking abstamme?« fragte Lu So.

»Nein, daß wußte ich nicht«, sagte Chang Tsin und schaffte es nur unter größten Mühen, nicht zu schreien.

»Die unsterbliche Cheng Ji Sao war meine Tante«, sagte ihm Lu So.

»Das freut mich für Euch«, murmelte Chang Tsin.

Lu So lächelte und begann, mit ihm zu spielen. Es war so herrlich, daß er in nur wenigen Sekunden kam. Lu So wischte sich anmutig die Hände an einem Handtuch ab und begann erneut. Chang Tsin stöhnte, wurde steif, und kam gleich noch einmal.

»Das kann ja noch den ganzen Tag dauern«, schimpfte einer der Männer.

»Jetzt wird es nicht mehr lange dauern«, sagte Lu So. Denn diesmal brauchte Chang Tsin etwas länger, um wieder steif zu werden, und obwohl es sich genauso gut anfühlte wie vorher, dauerte es länger bis zum Samenerguß.

»Jetzt ist er soweit«, meinte der erste Mann.

»Noch ein Mal«, erwiderte Lu So. Ganz offensichtlich gefiel ihr die Arbeit. Jetzt schwitzte sie selbst vor Anstrengung, und sie legte sich auf Tschang und bewegte sich auf ihm. Chang Tsin wollte nicht noch einmal steif werden. Solange das nicht geschah, war er sicher, aber wie sollte er den sinnlichen Bewegungen dieser Frau schon widerstehen. Er versuchte verzweifelt, an andere Dinge zu denken und dachte statt dessen an Lan Kuei und wie es wäre, wenn sie jetzt so auf ihm säße. Er fühlte, wie er wieder steif wurde, und Lu So fühlte es auch. Diesmal nahm sie ihn in den Mund und spielte gleichzeitig mit den Fingern mit ihm, bis er wieder kam. Dann stand Lu So auf. »Das ist genug Glück für einen Mann«, sagte sie. »An diesen Morgen wirst du dich dein ganzes Leben erinnern können und daran zurückdenken, wie Lu So dich glücklich gemacht hat.«

Tränen liefen ihm die Wangen hinunter. Er war vollkommen erschöpft und völlig schlaff. Ein erneuter Versuch stand außer Frage ... aber zweifellos hatten die Männer genau das erreichen wollen. Während Lu So ihn bearbeitet hatte, war einer der Männer mit einem Tablett voller grauenhafter Instrumente aus glänzendem Stahl hereingekommen. Chang Tsin erschauerte und wollte wieder schreien.

»Möchtet Ihr bleiben?« fragten sie Lu So.

Die Prostituierte schüttelte den Kopf. »Ich mag nur unversehrte Männer. Die anderen sind mir unangenehm.« Sie nahm ihre Kleider und ging zur Tür, wo sie anhielt und sich noch einmal zu Chang Tsin umdrehte. »Vergiß mich nicht«, sagte sie.

Kommt zurück, wollte Chang Tsin rufen. *Oh, bitte, kommt zurück!* Die Männer traten jetzt näher. Einer steckte ihm einen Knebel in den Mund. Ein weiterer verband ihm die Augen. Chang Tsin begann zu schreien, obwohl er wußte, daß ihn niemand hören konnte. Aber der schrille Ton in seinem Kopf löste trotzdem ein wenig die schreckliche Spannung.

Aber es half nicht gegen den Schmerz. Obwohl es sehr schnell ging, war es entsetzlich, und er glaubte, daß sein heftig zuckender Körper die Fesseln sprengen würde, aber das tat er nicht, und so lag er da, während der Schmerz in immer neuen Wellen über ihn hereinbrach. Zusätzlich fühlte er etwas ganz Neues: eine große Schwäche.

Die Männer nahmen ihm die Augenbinde ab aber nicht den Knebel. Chang Tsin sah nichts als Blut ... und ein Röhrchen aus Stahl, daß tief in die Wunde hineingesteckt worden war. »Es dauert drei Tage«, sagte der erste Mann nicht unfreundlich. »Wenn du durch das Röhrchen Wasser lassen kannst, und sich die Wunde nicht entzündet, dann wird es in drei Tagen beginnen zu heilen.« Er fuhr Chang Tsin freundlich durchs Haar. »Du wirst ein guter Eunuch sein.«

James Barrington kam ein wenig später als geplant zu Hui-Chengs Haus, denn auf den Straßen herrschte ein unglaubliches Gedränge. Alles war voller Bannersoldaten. »Sie ziehen in den Krieg gegen die T'ai-ping«, erklärten ihm die Schaulustigen.

Als er sein Ziel endlich erreicht hatte und bat, den Intendanten sehen zu dürfen, sagte Fu Lo: »Seine Exzellenz hat die Stadt bereits verlassen. Er ist mit der Armee gegen die T'aiping ausgezogen.«

»Darf ich dann bitte mit Cho-an sprechen?«

»Das ist leider nicht möglich.«

»Dann mit Lan Kuei?«

»Ganz sicher nicht. Ich bin beauftragt, Euch das mitzuteilen, junger Barrington: Ihr seid hier nicht willkommen.«

James kaute ratlos an seiner Lippe. Offensichtlich war Lan Kuei indiskret gewesen. »Dann laßt mich wenigstens mit Chang Tsin sprechen.«

»Chang Tsin steht nicht mehr in den Diensten seiner Exzellenz«, sagte Fu Lo. »Man hat ihn zu Weng-feng geschickt.«

»Weng feng!« James war versucht, Weng-feng selbst einen Besuch abzustatten, aber er entschied sich dagegen. Statt dessen schrieb er einen Brief an Cho-an, in dem er offiziell um die Hand Lan Kueis anhielt ... und erhielt keine Antwort.

»Ich habe dir doch gesagt, daß sie niemals zustimmen werden«, sagte Joanna. »Wenn du um die Hand einer vornehmen Mandschu anhältst, ist das ungefähr so, als ob mich ein Kuli heiraten wollte.«

293

»Ich verstehe den Vergleich überhaupt nicht. Stiefvater hat immer behauptet, daß Hui-Chengs Vater und auch Hui-Cheng selbst unsere Familie als absolut gleichrangig mit jeder vornehmen Familie im ganzen Land betrachtet hat. Ich werde also nur warten müssen, bis dieser T'ai p'ing-Aufstand vorüber ist, und Hui-Cheng nach Wuhu zurückkehrt. Denn ich *werde* Lan Kuei heiraten.

Zwei Wochen später begleitete Lan Kuei ihre Mutter und ihre Schwestern zum Markt. Auf ihrem Weg kamen sie an einer Gruppe von Sklaven vorbei, die auf einen Sampan verladen und nach Nanking gebracht werden sollten. Cho-an scheuchte die Mädchen sofort in eine andere Richtung, denn sie hatte erkannt, daß es sich bei den Unglücklichen um Eunuchen handelte. Auch Lan Kuei hatte es gesehen, und suchte unter ihnen nach Chang Tsin – um ihm ein Zeichen zu geben, daß sie ihn nicht vergessen hatte. Und er war tatsächlich dabei!

Aber Cho-an eilte davon, bevor sie sich dem unglücklich aussehenden Jungen zu erkennen geben konnte. Nur eine halbe Stunde später sahen sie James Barrington und seine Schwester auf der anderen Seite eines Fleischstandes. James und Lan Kuei sahen einander an, aber Cho-an hatte ihn ebenfalls entdeckt, und wieder schob sie ihre Töchter eilig vor sich her. Mit Lan Kueis Selbstvertrauen war es fürs erste vorbei, und sie war furchtbar niedergeschlagen. Ihr Leben war ruiniert – und Chang Tsins Leben ebenfalls. Sie hatte trotz allem immer noch gehofft, daß Weng-feng Chang Tsin aus irgendwelchen Gründen doch nicht kastriert hatte, daß irgend ein Wunder geschehen wäre ... aber jetzt mußte sie diese Hoffnung begraben. Ihr Vater hatte ihrem Spielkameraden jede Hoffnung auf Freude und Erfüllung genommen. Und ihr selbst die Hoffnung auf einen sowohl reichen als auch gutaussehenden Ehemann. Sie haßte ihren Vater!

Das war ein schrecklicher Gedanke. Ihre wilden Vorfahren hatten lediglich an die Götter des Windes und des Donners, des Regens und der Erde geglaubt, aber seit sie das Reich der Mitte erobert hatten, hatten sie sich die Lehren des Konfuzius, oder wenigstens seines späteren Schülers Mencius, gründlich zu eigen gemacht. In vieler Hinsicht, fand Lan Kuei, war das nicht gut. Während das Nomadenvolk der Mandschu, die den Bannern des Nurhacsi gefolgt waren, Männer wie Nurhacsi selbst als Helden gefeiert hatten, mutige Krieger, die mit Speer und Bogen in der Hand lebten und bereitwillig die ganze Welt herausforderten, waren die Helden der Chinesen eher große Dichter und Gelehrte, die entweder wundervolle Poesie schrieben oder sich durch einen besonders tugendhaften Lebenswandel auszeichneten – Kriterien, die Konfuzius vorgeschlagen hatte.

Dadurch waren sie natürlich recht leicht zu besiegen gewesen, aber nach ihrem Sieg kamen die Bannersoldaten damit immer weniger zurecht. Wie schon zu Nurhacsis Zeiten, war es ihre Aufgabe im Leben zu kämpfen; so hatte es auch der große Ch'ien-lung Kaiser gesehen. Sie konnten keinen anderen Beruf ergreifen als den eines Kriegers oder Verwalters der eroberten Länder. Wenn sie ohne Beschäftigung waren, erhielten sie ein staatliches Stipendium, von dem sie kaum leben konnten, und die, die keinen Zutritt zum Beamtentum hatten, verbrachten ihre Zeit damit, in Gruppen auf der Straße herumzustehen und mit den großen Taten der Vergangenheit zu prahlen.

Wenn sie die T'ai p'ing schlugen, dann hatten sie wirklich Grund zum Prahlen. Aber vielleicht glaubten schon zu viele an die Lehre des Konfuzius – ihr Vater jedenfalls ganz sicher.

Im Mittelpunkt der konfuzianischen Lehre stand der Respekt vor der Familie. Man hielt die Ahnen in Ehren, weil man ohne sie selbst nicht auf der Welt wäre; aus dem gleichen Grund gehörten Verehrung und Gehorsam den Eltern gegenüber zu den unverrückbaren Grundfesten dieser Lehre. Die Eltern wurden über alle anderen gestellt ... und wenn sie tot waren, verehrte man sie noch mehr. Eigenartigerweise hatte Konfuzius nie erwähnt, daß man seine Eltern auch *lieben* soll. Aber man durfte sie auf keinen Fall kritisieren. Einen von ihnen zu *hassen* ...

Aber sie hatte noch andere Gründe als Chang Tsin oder James Barrington, warum sie ihren Vater verachtete. Hui-Cheng gehörte dem Jehe Nara-Klan des blaugeränderten

Banners an. In der Hierarchie der Mandschu stand er somit ganz an unterster Stelle.

Niemand konnte sich seine Ahnen aussuchen, und jeder mußte sie verehren. Und wenn einem Mann aus einem so minderen Klan auch die höheren Beamtenebenen verschlossen waren, so war Hui-Cheng trotzdem sehr erfolgreich gewesen: als Intendant der Provinz Süd-Anwhei hatte er große Macht. Aber er hatte diese Macht nicht dazu genutzt, reich zu werden. Sein Vorgänger im Amt hatte sich für seinen Ruhestand einen Palast in Peking kaufen können, wo er wie ein kaiserlicher Prinz lebte. Vater war einfach zu ehrlich! Und daher mußten seine Töchter sich ihre Kleider selbst nähen anstatt sie neu zu kaufen. Und ihre Schuhe waren so gut wie überhaupt nicht mit Edelsteinen verziert.

Und sie hatte auch keine großen Erwartungen mehr. Bei Tage besehen, erschien der Traum, eines Tages einen Vizekönig zu heiraten, wirklich nur eine Chimäre zu sein. Und ihre Hoffnung, James Barrington zu heiraten, hatte ihr Vater mit seinem halsstarrigen Stolz zerstört. Vater war wirklich ein Schuft! Und seit er auch noch das Leben ihres Spielkameraden ruiniert hatte, blieb ihr kein einziger Freund mehr. Mit der ernsten, immer hochanständigen Te Chou hatte sie nicht viel gemeinsam, und Kai Tu war noch ein Kind.

Sie fühlte sich allein wie nie zuvor auf der Welt.

12

DAS KÖNIGREICH DES HIMMLISCHEN FRIEDENS

»Ich muß sagen, ich finde das alles ziemlich enttäuschend«, sagte Martin Barrington zu seinen Stiefkindern. »Gerade von dir hatte ich mir mehr Verantwortungsgefühl erwartet, James.«

»Ist es ein Mangel an Verantwortungsgefühl, wenn man sich verliebt, Onkel?«

»Sicherlich, wenn es zu so viel Unfrieden führt.« Martin hüstelte und konnte den Gedanken an seine eigenen Sünden nicht verscheuchen. »Aber vielleicht ist das manchmal nicht zu vermeiden. Das Schlimme ist, daß ausgerechnet unser Verhältnis zu Hui-Cheng daran zerbricht. Er ist lange ein Freund der Familie gewesen. Wir können nur hoffen, daß er die Sache anders sieht, wenn er aus diesem Krieg zurückkommt.«

»Ich habe die Absicht, ihn in einem solchen Fall noch einmal um die Hand seiner Tochter zu bitten.«

Martin hob mahnend den Zeigefinger. »Das wirst du auf gar keinen Fall tun, junger Mann. Ich verbiete es dir hiermit ausdrücklich.« Er wedelte mit dem Brief, den James ihm gezeigt hatte. »Dies hier ist eine klare Absage, und damit ist die Sache erledigt. Du wirst mir hoch und heilig versprechen, daß du die Angelegenheit nie wieder ansprechen wirst. Sonst wirst du Wuhu sofort verlassen. Jetzt erzähl mir von dem T'ai p'ing-Aufstand. Wie ich in Nanking gehört habe, ist es viel ernster als die üblichen Unruhen.«

»Das ist es wohl wirklich«, sagte John. »Sehr viel ernster. Es scheint bei den Hakka angefangen zu haben, im Inneren der Provinz Kuanghsi. Ihr wißt, daß sich das Volk der Hakka immer sowohl von den Chinesen als auch von den Mandschu unterdrückt gefühlt hat. Jetzt haben sie einen neuen Führer, einen Mann namens Hung Hsiu-ch'üan ...«

»Was hast du gesagt?« Martins Stimme war plötzlich unnatürlich laut.

»Hung Hsiu-ch'üan.«

»Mein Gott! Ich kenne den Kerl. Er war es, mit dem der

ganze Ärger in Kanton damals angefangen hat. Er hat damals schon fanatisch daran geglaubt, daß er China von den Mandschu befreien muß.«

»Es ist mehr als das«, sagte John. »Jetzt behauptet er offenbar, Gottes Sohn zu sein.«

Martin runzelte die Stirn. »Gott? Welcher Gott?«

»Unser Gott. Der Gott der Christen. Seinen Anhängern erklärt er, daß ihn sein ›Vater‹ geschickt habe, die Mandschu aus China zu vertreiben und die moralische Reinheit der Chinesen wiederherzustellen. Da scheint tatsächlich eine Menge aus der christlichen Lehre, wenn auch in primitiver Form, in seinen Predigten enthalten zu sein. Nun Ihr wißt schon: alles miteinander zu teilen, keinen Ehebruch, keine Konkubinen ... Den Leuten im Inneren des Landes scheint es zu gefallen. Die Zahl seiner Anhänger ist ziemlich groß.«

»So, so«, sagte Martin nachdenklich. »Und die Bannersoldaten kommen wohl nicht so recht gegen sie an, wie ich gehört habe.«

»Sie versuchen, ihn südlich von Hankow zu halten«, sagte James. »Ich vermute, sie hoffen, daß sie ihn nur lange genug aufhalten müssen, dann wird seine Anhängerschaft ganz von selbst nach und nach abwandern.«

»Hmm«, meinte Martin nachdenklicher. »Hung Hsiuch'üan. Nimmt es mit der ganzen Welt auf. Das war immer schon so. Er wollte, daß ich ihm helfe – damals 1840. Ich würde eine Menge dafür geben, wenn ich jetzt irgendwie mit ihm Kontakt aufnehmen könnte.«

»Mit einem Banditen, Onkel«, Joanna sah ihren Mann mit vor Entsetzen geweiteten Augen an.

»Nun, wenn die Bannersoldaten ihn nicht aufhalten können – und wie ich gehört habe, scheinen sie große Schwierigkeiten zu haben – dann wird er plötzlich kein Bandit mehr sein, nicht wahr? Das ist das ungeschriebene Gesetz des Landes. Wenn er es fertigbringen sollte, Kuanghsi und Süd-Anwhei zu kontrollieren, dann muß man ihn ernst nehmen, mit ihm verhandeln. Und wir haben den Vorteil, daß wir den Burschen kennen.«

»Ich werde zu ihm gehen«, sagte John Barrington und warf seinem Stiefbruder einen Blick zu. »Hier gibt es für mich ohnehin nichts zu tun als ein bißchen Schreibarbeit. Und da ich halber Chinese bin und Barrington heiße, werde ich ungehindert reisen können.«

»Deine Mutter würde einen hysterischen Anfall erleiden.«

John lächelte schlau. »Dann erzählt es ihr eben nicht. Zumindest nicht, bis ich abgereist bin.«

Martin fuhr sich übers Kinn. »Laß mich darüber nachdenken.« Er stand auf, trat ans Geländer der Veranda und sah auf den Fluß hinunter.

Li Chung-hu starrte den Eunuchen an. »Noch so eine häßliche Bestie«, sagte er. Damit versuchte er bloß, den Preis zu drücken. Chang Tsin wußte, daß er von allen sechs Eunuchen, die zum Verkauf standen, am besten aussah.

Und Weng-feng wußte das ebenfalls. »Jung«, sagte er. »Stark. Und unverdorben«, fügte er mit wichtiger Miene hinzu.

Li Chung-hu ging einmal um Chang Tsin herum. Er war ein Chinese. Sein Haus, seine Kleider und seine Dienerschaft ließen darauf schließen, daß er ziemlich reich war. Dennoch war seine Stirn rasiert, und er trug einen Zopf wie jeder Bettler auf der Straße. Wie Chang Tsin selbst.

Noch nie zuvor hatte Chang Tsin einen reichen Chinesen getroffen. Aber, wie ihm die anderen gesagt hatten, war Nanking voller reicher Männer, sowohl Chinesen wie auch Mandschu. Es war die reichste Stadt, die Chang Tsin je gesehen hatte. Durch seinen engen Kontakt mit Lan Kuei hatte er genug über die Geschichte des Landes gelernt, um zu wissen, daß Hung Wu, der Gründer der Ming-Dynastie Nanking 1368 zur Hauptstadt des Reichs der Mitte gemacht hatte. Er hatte auch den riesigen kaiserlichen Palast und die Stadtmauer erbauen lassen, die sechzig Meilen lang und sechzig Fuß hoch war und achtzehn Tore hatte.

Es war Hung Wus Sohn, Jung Lo, gewesen, der die Hauptstadt in den Norden nach Peking verlegt hatte, und die Mandschu hatten diese Entscheidung nicht rückgängig gemacht. Daher war Nanking seit zweihundert Jahren von den Kaisern vernachlässigt worden, dennoch war es auch weiterhin eine enorm reiche Stadt. Sie lag inmitten einer fruchtbaren Ebene, die durch den Jangtsekiang bewässert wurde. Hauptprodukte der Stadt waren Reis, Tee und Seide. Sie hatten ihre Industrie weiter entwickelt mit Webereien, Töpfereien, Herstellung von bedruckten Stoffen und Brokat, und ihre Erzeugnisse waren die besten in ganz China. Und es lag nur wenige Meilen flußaufwärts von Chin-kiang, wo der große Kanal auf seinem Weg ins südliche Hangchou den Jangtse kreuzte. Somit war Nanking in jeder Hinsicht als Mittelpunkt Chinas hervorragend geeignet.

Aber in diesem Augenblick interessierte Chang Tsin die Bedeutung und Pracht dieser Stadt kaum. Er fühlte sich entwurzelt. Und das nicht nur, weil man ihn seiner Männlichkeit beraubt hatte. Er konnte sich kaum noch an ein Leben außerhalb von Hui-Chengs Haus erinnern; schon als kleinen Jungen hatte man ihn an die Familie verkauft. Er konnte sich kein Leben ohne Lan Kueis Launen, ihrer Eitelkeit, ihrer Arroganz und ihrem Eigensinn vorstellen. Er war in jeder Hinsicht ihr Sklave gewesen. Schon von kleinauf hatte sie ihn mit ihrer Geistesgegenwart, ihrem Wissen und ihrem unwiderstehlichen Selbstvertrauen in den Bann geschlagen.

Als sie in die Pubertät gekommen war und alles im Leben erforschen wollte, war er noch mehr zu ihrem Sklaven geworden. Er wurde zu ihrem Studienobjekt, und erst mit dem Erscheinen des Barbaren hatte sie ihre Forschungen beendet.

Es war eigenartig, dachte er, daß die Chinesen und Mandschu die blaßhäutigen Fremden langnasige, behaarte Barbaren nannten. James Barringtons Nase war nämlich eher kurz, wenn auch nicht so kurz wie die eines Chinesen. Aber behaart war er auf jeden Fall. Lan Kuei hatte oft laut nachgedacht, wie es wohl sein würde, mit so einem behaarten Wesen Sex zu haben. Chang Tsin dagegen hatte sich immer nur eins gefragt: wie es sein würde, mit Lan Kuei Liebe zu machen.

Er mußte jetzt oft weinen. Denn obwohl er kastriert worden war und sein Bart, der erst vor wenigen Monaten begonnen hatte zu sprießen, ganz verschwunden war, obwohl er wußte, daß seine Stimme jetzt eine ganze Oktave höher war als vorher, obwohl er sich jetzt zum Pinkeln hinhocken mußte und beim Waschen nichts spürte außer Kummer ... so trug er doch immer noch diese Sehnsucht in sich, eine Sehnsucht, die er aber niemals erfüllen könnte. Er würde Lan Kuei niemals wiedersehen. Er weinte jede Nacht bei dem Gedanken an die Endgültigkeit dieser Trennung. Statt dessen war er jetzt Sklave dieses dickbäuchigen Händlers, dem der Schnurrbart bis über die Schultern herunterhing, und dessen Augen vom Opium verhangen waren. Und geizig war er auch noch.

»Ich gebe Euch zehn Tael«, sagte er.

Weng-feng verbeugte sich. »Dann ist es unnötig für uns, weiter miteinander zu sprechen, mein Herr. Der Junge ist viel mehr wert als das. Er hat die meiste Zeit seines Lebens im Hause eines vornehmen Mandschu verbracht.«

»Was glaubt Ihr also, was er wert ist?«

Weng-feng schien nachzudenken. »Fünfzig Tael.«

»Ihr seid wohl verrückt geworden. Für einen fünfzehnjährigen Jungen, der ganz offensichtlich ein Dieb ist? Fünfzehn Tael, und das ist mein letztes Angebot.«

Weng-feng verbeugte sich erneut. »Wenn ich diesen Jungen für weniger als zwanzig Tael hergebe, wird meine Frau nie wieder mit mir sprechen.«

»Also gut, zwanzig, und damit Schluß!«

Weng-feng hatte kaum Zeit gehabt, sich wieder aufzurichten. Jetzt verbeugte er sich wieder. »Der Junge gehört Euch, edler Herr.«

Über Li Chung-hus Reichtum konnte es keine Zweifel geben. Sein Haus war nicht viel kleiner als der kaiserliche Palast ein paar Straßen weiter, aber in viel besserem Zustand. Die Vorhänge, die Blumen, die polierten Böden und die Einlegearbeiten aus Perlmutt und Silber bei den Möbeln – das alles übertraf die Pracht des Hauses Hui-Chengs bei weitem. Wohin man auch schaute, überall sah man Luxus, sogar bei den Eunuchen, die ihren Herrn jetzt mit einer tiefen Verbeugung begrüßten.

»Sein Name ist Chang Tsin«, sagte der Hausherr. »Er ist ein Geschenk für die Dame Sung-schu. Bringt ihn zu ihr.«

Die Eunuchen verbeugten sich wieder und winkten Chang Tsin zu sich. Drei von ihnen begleiteten ihn. »Wo kommst du her?« fragte einer, während sie durch die nicht weniger luxuriösen Korridore schritten.

»Aus Wuhu«, antwortete Chang Tsin.

»Und wie lange bist du schon einer von uns?«

»Seit sechs Wochen«, sagte Chang Tsin.

Sie machten ein eigenartiges zischendes Geräusch.

»Unsere Herrin wird dir schon beibringen, wo du hingehörst«, sagten sie.

»Diese Herrin ... ist sie jung oder alt?« fragte Chang Tsin.

»Oh, sie ist jung. Sie ist die letzte Frau unseres Herrn.«

Eine junge Frau, dachte Chang Tsin, die sicher ebenso attraktiv war wie Lan Kuei. Vielleicht hatte er ja noch Glück gehabt, hierher verkauft worden zu sein.

»Sei vorsichtig«, warnte ihn der Eunuch, der jetzt eine große Flügeltür öffnete.

»Der neue Sklave, Herrin«, rief er. »Chang Tsin.«

Der zweite Eunuch nickte Chang Tsin zu, und er ging ebenfalls durch die Tür und verbeugte sich wie sein Ratgeber. Er stand in einem großen, luftigen Raum mit hohen Decken. Türen führten zu einem überdachten Garten. Überall sah man Diwans, ein riesiges Bett und Frauen. Einige von ihnen scharten sich jetzt um den Neuling, um ihn genauer in Augenschein zu nehmen. Sämtliche Altersstufen waren vertreten, und einige waren recht hübsch. Aber er wußte, daß er nur Augen für die eine haben durfte, die noch immer auf dem Bett lag. Sie trug einen dunkelroten Morgenrock, der an der Seite hoch geschlitzt war und ihren Beinen so mehr Bewegungsfreiheit gab, und sie bewegten sich jetzt verführerisch, als sie sich auf dem Bett räkelte. Ihr nachtschwarzes Haar trug sie offen, und es fiel ihr bis über die Taille. An den Fingern trug sie mehrere mit Edelsteinen reich verzierte Ringe; ihre Füße waren nackt.

Ihre Schminke war in den letzten Stunden nicht erneuert worden, aber Spuren der schweren, aus Blei hergestellten Creme klebten noch an den Augenlidern und unter den Ohren. Ihr kleines Gesicht hätte hübsch sein können, wenn es nicht einen so arroganten Ausdruck aufgewiesen hätte. Jetzt setzte sie sich auf, und die Seide raschelte laut.

»Chang Tsin«, sagte sie mit hoher, schriller Stimme. »Was

für ein amüsanter Name. »Wirst du mich auch gut unterhalten, Chang Tsin?«

»Ich ... ich werde es versuchen, Herrin«, antwortete der Junge voller Unsicherheit.

»Versuchen?« rief sie. »Versuchen?« Sie funkelte die drei anderen böse an. »Er hat mich geärgert. Ich werde ihm eine Lektion erteilen. Ich werde ihm das Fell vom Arsch ziehen.«

Bevor Chang Tsin reagieren konnte, packten ihn zwei der Eunuchen und warfen ihn auf einen Diwan, während ihm der dritte die Hosen herunterriß. Die Mädchen schrien auf vor Freude und drängten sich um ihn, um zuzusehen. Vor diesen schnatternden Gänsen entblößt zu werden, war fast schlimmer als die eigentlichen Schläge, die Sung-schu höchstwahrscheinlich selbst ausführte.

Es war schmerzhaft genug, und er begann zu weinen, aber es waren eher Tränen der Verzweiflung und der Erniedrigung. Das war es also, was das Schicksal für ihn vorgesehen hatte, für immer und ewig. Bis zu dem Tag, an dem er sterben und in das flammende Chaos hinabstürzen würde.

»Onkel Martin hat ganz recht«, sagte Joanna zu James, als sie dem Sampan nachsahen, der Martin Barrington den Fluß hinunterbrachte. »Wenn du die Angelegenheit mit Lan Kuei weiter verfolgst, wirst du uns allen nur Schwierigkeiten machen.«

Sie konnte so offen mit ihm reden, weil sie sich so nahe waren. Diese Nähe rührte aus den unglücklichen Tagen ihrer Kindheit her, in denen ihr Vater sie allenfalls zurechtgewiesen oder geschlagen hatte.

»Du weißt eben nicht, wie es ist, wenn man wirklich verliebt ist«, erwiderte James nicht unfreundlich.

»Weißt du es denn? Lan Kuei ist ein hübsches Mädchen, aber nun einmal im Ernst, James ... Liebe? Du kommst doch aus einer völlig anderen Welt, deine Sitten und Gebräuche ...«

»Ich bin in meiner Einstellung genauso chinesisch wie alle anderen hier.«

»Aber Lan Kuei ist eine Mandschu. Ihre Vorstellungen vom

Leben sind vollkommen anders. Was hat sie denn gesagt, als du ihr einen Antrag gemacht hast?«

»Nun ...« James konnte nicht verhindern, daß er rot wurde. »Sie hat mich gefragt, ob ich sie sehr reich machen werde.«

»Und nachdem du ja gesagt hattest, willigte sie auch ein. Oh, James!«

»Da wartet Arbeit auf mich«, sagte er und deutete den Hügel hinauf.

»John möchte sich von uns verabschieden.«

»Er fährt mit dem Boot den Fluß hinauf. Ich werde hier im Hafen sein, wenn er ablegt.«

Joanna eilte den Hügel zum Haus hinauf, wo John auf der Veranda stand. Er hatte die westliche Kleidung gegen chinesische ausgetauscht und streckte ihr die Hände hin. »Werdet Ihr mich vermissen?«

»Aber natürlich, Onkel John. Und vergeßt nicht, paßt gut auf Euch auf. Diese T'ai p'ing reden vielleicht wie altmodische Christen, aber sie haben offensichtlich keinerlei Schwierigkeiten damit, Menschen umzubringen.«

»Mein Name wird mich schützen«, sagte John. »Kein vernünftiger Mann wird mit dem Haus Barrington Krieg anfangen. Aber mir ist durchaus klar, daß ich mich auf eine gefährliche Mission begebe.« Er hielt weiter ihre Hände. »Ich werde Euer Bild immer bei mir tragen.«

Joanna runzelte die Stirn. Er war sonst nie so ernst. »Das ist lieb von Euch, Onkel John.«

»Ich möchte nicht, daß ihr in mir immer den Onkel seht, Joanna. Euer Bild hat sich unauslöschlich in meinem Herzen eingebrannt.« Joanna versuchte nervös, ihm die Hände wegzuziehen. »Ich fand es wichtig, Euch das vor meiner Abreise zu sagen; es wird vielleicht einige Monate dauern, bis ich zurückkomme.«

Joanna leckte sich über die Lippen. »Für diesen glücklichen Tag werde ich beten.«

»Und darauf warten?«

Jetzt zog ihm Joanna endgültig die Hände weg. »Also

wirklich, Onkel John, natürlich werde ich darauf warten. Glaubt Ihr denn, daß ich von hier weggehen werde?«

»Ihr wollt mich mißverstehen«, sagte er traurig.

»Was Ihr vorhabt, ist unmöglich. Und außerdem gehört es sich nicht.«

Er nahm ihre Hände wieder in seine und küßte sie. »Darüber werden wir sprechen, wenn ich zurückkomme. Bis dahin möchte ich, daß es ein Geheimnis bleibt.«

»Ich würde mich schämen, mit irgend jemanden darüber zu sprechen.«

»Auch bei James?«

»Ganz besonders bei James.« Ihre Wangen röteten sich jetzt, und sie atmete hörbar.

»Ich werde selbst mit ihm sprechen«, sagte John Barrington. »Wenn ich zurückkomme.«

Joanna starrte ihrem jugendlichen Onkel nach, der hinter seinen Dienern, die das Gepäck trugen, den Berg hinunterstapfte. Ein merkwürdiger Junge, der ein Jahr jünger war als sie. Und ihr Onkel noch dazu.

Wenigstens hatte er vor, sie zu heiraten, nahm sie an. Sein Antrag hätte nicht einer gewissen Komik entbehrt, wenn er nicht so beleidigend gewesen wäre. Und auch ein wenig unheimlich. In China war sie in großer Distanz zu den festgefügten Vorurteilen ihrer englischen Ahnen aufgewachsen. Sie hatte gelernt wegzusehen, wenn sie einem Gefangenen in einem Käfig begegnete, oder einem, der einen *cangue*, einen großen, hölzernen Kragen trug, in dem auch die Hände steckten, so daß er unfähig war, sich gegen die Qualen, die ihm die Passanten zufügten, zur Wehr zu setzen. Wenn Männer oder Frauen auf der Straße urinierten, oder auch schlimmeres taten, irritierte sie das nur einen kurzen Moment.

So etwas geschah jeden Tag, und so zu tun, als gäbe es das alles nicht, wäre ihr unsinnig erschienen. Aber ebenso war sie von ihrer Mutter dazu erzogen worden, sich den Chinesen oder Mandschu als Engländerin überlegen zu fühlen, ganz besonders jenen Frauen gegenüber, die von ihren Männern und den anderen männlichen Familienmitgliedern wie Sklavinnen behandelt wurden. Schon der Gedanke, sich durch eine Ehe mit James unter die Herrschaft seiner Mutter Tsen-Ting zu begeben, ließ Wut in ihr aufbranden. Natürlich würden das weder Mama noch Onkel Martin auch nur einen Moment lang zulassen. Aber wenn Onkel John dumm genug war, es vorzuschlagen ... gar nicht auszudenken, was daraufhin geschehen würde. Beinahe hoffte sie, daß er von seinem Besuch beim Führer der T'ai p'ing nicht zurückkehrte.

John Barringtons Reise nach Hankow hätte nicht länger als einen Monat dauern sollen, aber da der Fluß so dicht befahren war, sah er sich gezwungen, in einem kleinen Dorf am oberen Teil des Jangtse Halt zu machen. Hankow war von den T'ai p'ing erobert worden! Er stand am Flußufer und sah nicht nur Ströme von Zivilisten, sondern auch Bannersoldaten, die auch auf dem Landweg flohen. Einige der Soldaten hatten ihre Waffen verloren, alle waren völlig demoralisiert. »Sie sind wie eine Flut«, sagte ein Hauptmann zu John. »Viele hunderttausend sind es. Mein Arm war schon ganz müde vom Töten. Aber es kamen trotzdem immer mehr.«

»Und das Volk steht hinter ihnen«, sagte ein anderer. »Sie glauben an Hung und seine Leute. Sie sagen, die T'ai p'ing sind der einzig wahre Weg. Sie sind einfach nicht aufzuhalten.«

Johns Mannschaft weigerte sich, den Fluß weiter hinaufzufahren, also kaufte er einem der Flüchtlinge sein Pferd ab – bezahlte mehr als das Doppelte dafür – und ritt am Südufer entlang in Richtung Hankow. Er hatte überhaupt keine Angst. Was er bis jetzt über die T'ai p'ing erfahren hatte, deutete darauf hin, daß sie gegen die Mandschu und gegen die Reichen waren. Er war weder Mandschu, noch vermögend. So reich das Haus Barrington auch sein mochte, das ihn mit soviel Bargeld versorgte, wie er brauchte – er hatte keinen Teil am wirklichen Vermögen. Das war ihm schon sein ganzes kurzes Leben lang ein Dorn im Auge gewesen, seit er alt genug war, seine Mutter zu verstehen. Manchmal hatte er seine reinblütigen Verwandten in ihrer starrsinnigen Arroganz und ihrem unerschütterlichen Glauben, der größten Nation der Erde anzugehören, sogar gehaßt. Aber er hatte es immer für sich behalten und lieber abgewartet, anstatt seine Wut zu zeigen wie seine Mutter. Ein Triumph in dieser Angelegenheit würde seinen Halbbruder zwingen, ihm einen Teil am Geschäft abzutreten.

Und wer konnte schon sagen, was das für Auswirkungen haben würde? John wußte genau, was er wollte: Er wollte seine Nichte heiraten. Schon seit der Pubertät hatte er sie begehrt mit ihrer weiblichen Figur und dem rötlich schimmerndem Haar. Auch das hatte er niemandem gestanden, auch nicht seiner Mutter. Er hatte das Gefühl, daß sie nicht zustimmen würde, und dann war da noch das Problem der Blutsverwandtschaft, was den Barbaren so unglaublich wichtig war. Zweifellos war es leichtsinnig von ihm gewesen, Joanna seinen Traum zu gestehen; sie war überrascht, aber auch verwundert gewesen. Aber wenn er mit diesem Kerl Hung Erfolg hatte … Und ganz offensichtlich ging es hier um mehr als lediglich darum, gute Beziehungen anzuknüpfen. Auch wenn sie noch mehrere hundert Meilen von Nanking entfernt waren, so glaubte er nicht daran, daß die Bannersoldaten die T'ai p'ing doch noch aufhalten könnten.

Er machte nachts keine Rast, bis er den Flüchtlingsstrom hinter sich gelassen hatte. Er hatte keine Angst. In seiner Tasche hatte er einen jener neuen Revolver, mit denen man sechs Schüsse abgeben konnte, bevor man nachladen mußte. Wenn er für eine kurze Rast anhielt, suchte er sich eine sichere Position, wo er sich im Zweifelsfall verteidigen konnte, so etwa dicht am Fluß hinter einer kleinen Anhöhe, die ihn von der Straße abschirmte. Dann führte er sein Pferd zu einer Stelle, wo gutes Gras wuchs, und band ihm die Vorderbeine zusammen. Er aß schnell etwas Reis und legte sich dann hin. Er hörte den Lärm von der nahen Straße – das Stimmengewirr und das Rumpeln der Karren –, wenn sich ein neuer Strom von Menschen, die nicht mit den Ideen der T'ai p'ing leben wollten, darüber wälzte. Sie hatten keine Zeit, sich nach jemandem umzusehen, den sie ausrauben könnten.

John Barrington schlief völlig sorglos. Sein Selbstvertrauen war unerschütterlich. Als er wach wurde, herrschte um ihn herum vollkommene Stille. Das sanfte Gurgeln des Flusses war das einzige Geräusch. Er wusch sich im fließenden Wasser. Er tränkte sein Pferd und stieg anschließend auf die Anhöhe, von wo aus er die Straße überblicken konnte.

Sie war leer. Nur hier und da lagen ein paar Habseligkeiten herum, derer sich die Flüchtlinge entledigt hatte. Ein Karren mit abgebrochenem Rad war in den Graben geschoben worden. Jenseits der Straße erstreckte sich, soweit das Auge reichte, eine flache Ebene von Reisfeldern. Es gab keine Zeichen irgendeiner menschlichen Ansiedlung. Aber in der Ferne sah er Rauch aufsteigen.

John stieg aufs Pferd und ritt, den Fluß zu seiner Rechten, die Straße entlang. Er war vielleicht fünf Meilen geritten, als er in der Ferne Menschen erkennen konnte. Die Morgensonne spiegelte sich in ihren Speeren und Schwertern, aber er sah keine Gewehre. Er ritt mit klopfendem Herzen auf sie zu im festen Vertrauen auf seinen Namen und die Tatsache, daß er nur ein halber Chinese war ... und seinen Plan. Er hielt seinen Colt verborgen; er konnte ihm im Augenblick nichts nützen.

Die Gruppe blieb stehen, als er ungefähr eine halbe Meile entfernt war, und starrte den einsamen Reiter an. Sie konnten nicht glauben, daß da doch tatsächlich einer auf sie zu kam, wo alle anderen nur vor ihnen davongelaufen waren, und daß sie Rebellen waren, konnte er auf einen Blick erkennen, da sie sich die Zöpfe abgeschnitten hatten.

Schließlich war er bis auf fünfzig Fuß herangekommen, und zog am Zügel. »Ich vertrete das Haus Barrington«, rief er. »Ich suche Hung Hsiu-ch'üan.«

Plötzlich kam Bewegung in die Gruppe der T'ai p'ing, und John sah, als er von einem Gesicht zum nächsten blickte, daß auch Frauen mit dabei waren; da sie alle die üblichen weiten Hosen und Hemden der Chinesen trugen und ebenfalls gut bewaffnet waren, hatte er das aus der Entfernung nicht erkennen können. Aber jetzt trat ein Mann aus der Gruppe heraus. »Das Haus Barrington dient den Mandschu.«

»Das Haus Barrington dient denen, die das Land regieren«, wies ihn John zurecht. »Außerdem ist es christlich – und aus diesem Grund bin ich geschickt worden, mit Hung Hsiu-ch'üan in beiderseitigem Interesse zu sprechen. Mein Bruder und Hung sind alte Freunde.«

Der Mann und seine Kameraden starrten ihn verwundert an. Sie berieten sich kurz, bevor ihr Sprecher sich wieder John zuwandte. »Der T'ien Wang« – das bedeutete Himmlischer König – »ist in Hankow«, sagte er. »Ich werde Euch zu ihm bringen.«

Drei Männer und drei Frauen wurden für die Aufgabe eingeteilt, John weiter flußaufwärts zu begleiten. Die Reise dauerte vier Tage und war schon wegen des Verhaltens seiner neuen Begleiter interessant. Sie waren alle jung und voller übersprudelnder Energie. Sie lachten, machten Witze und malten sich aus, wie sie Nanking erobern würden – an dem Gelingen dieses Feldzugs schienen sie nicht einen Moment lang zu zweifeln. Sie schliefen eng beieinander auf dem Boden, oft berührten sie sich sogar. Bei Morgengrauen zogen sie sich aus und badeten zusammen im Fluß, bespritzten sich gegenseitig mit Wasser. Aber soweit John sehen konnte, gab es keinerlei sexuellen Annäherungsversuche. Er fand das faszinierend, und da die Mädchen ausgesprochen hübsch waren, ging er eines Abends zu einer von ihnen und fragte sie, ob sie nicht zu ihm kommen wollte.

»Unzucht ist eine schwere Sünde, die mit dem Tod bestraft wird«, sagte sie. »Das ist das Wort des T'ien Wang.«

Zu seinem Erstaunen erfuhr John nun, daß Hung Hsiuch'üan nicht nur den außerehelichen, sondern auch jeglichen Geschlechtsverkehr innerhalb der Ehe verboten hatte! Dennoch schienen seine Anhänger glücklich zu sein. Aber die Revolution war erst wenige Jahre alt, und im Augenblick nahm sie der begeisterte Kampf für den Sieg ihrer Grundsätze voll in Anspruch. Wer sich der T'ai p'ing-Philosophie der totalen Gleichheit von Männern und Frauen anschloß, wurde willkommen geheißen und freundlich behandelt. Wer jedoch den Rebellen Widerstand leistete oder zur Gruppe der Großgrundbesitzer gehörte, wurde auf grausamste Weise umgebracht. Wenn auch der Geschlechtsverkehr zwischen Mitgliedern der T'ai p'ing verboten war, so wurden die Vergewaltigungen von Mandschu oder vornehmen Chinesinnen sogar begrüßt – bevor das Opfer dann hingerichtet wurde. Auf seinem Weg nach Hankow kam John an vielen vornehmen Landsitzen vorbei. Alle waren geplündert und abgebrannt, und die verstümmelten Leichen der ehemaligen Bewohner verwesten in der Sonne.

In Hankow geriet er erneut ins Staunen. Alles war vom Prinzip der Gleichheit bestimmt: Das Teilen gehörte zu den Grundregeln der T'ai p'ing-Philosophie, und aus diesem Grund übte sie eine ungeheure Anziehungskraft auf die chinesischen Bauern aus, die schon seit Ewigkeiten unter den strengen Steuergesetzen des Reiches und der Gier der Großgrundbesitzer gelitten hatten. Für die Verbesserung der Zustände in ländlichen Gebieten wurde wenig getan, und die Schäden des Bürgerkrieges wurden nicht beseitigt, für John auch ein Hinweis, daß die Rebellion noch immer im vollen Gange war. Die T'ai p'ing versorgten sich mit Nahrung, indem sie die reichen Reishändler der fruchtbaren Ebene des Jangtse ausplünderten. Bisher hatten sie so auch nicht schlechter gelebt als vorher – und es schien niemanden zu beunruhigen, daß es im nächsten Jahr keine Ernte und damit auch keine Nahrung geben würde, wenn sie nicht jetzt gleich jemand pflanzte, oder die gesamte Rebellion sich einfach in die nächste Provinz verlagerte.

Auch Hankow, einst eine große Stadt, wie ihm sein Stiefbruder erzählt hatte, wurde nicht wieder aufgebaut. Jetzt brannten überall Feuer, kaum ein Haus war unversehrt, und die Skelette der Ermordeten lagen in den Straßen. Dennoch war die Stadt voller eifriger Männer und Frauen, die sich mit geplündertem Schmuck behängt hatten, triumphierend mit ihren Waffen in der Hand herumstolzierten und es kaum erwarten konnten, weiter flußabwärts zu marschieren.

Man brachte John Barrington zum Palast des Vizekönigs. Auch dieses Gebäude war im Kampf beschädigt worden, aber die glänzenden Marmorfußböden, über die er jetzt schritt, waren unbeschädigt. Man wies ihn an, im Vorzimmer zu warten, während man dem Himmlischen König seinen Namen meldete.

Als er schließlich vorgelassen wurde, mußte er kriechen und am Fuße des Thrones einen Kotau machen. Er wußte, daß dies der kritischste Augenblick seiner Mission war; jetzt gab es kein Zurück mehr. Nur unerschütterliches Selbstvertrauen würde ihn jetzt ans Ziel bringen.

»Ihr sagt, Euer Name ist Barrington«, sprach eine ruhige Stimme. »Laßt mich Euer Gesicht sehen.«

John richtete sich auf den Knien auf und blinzelte. Der Thron war von einer unglaublichen Farbenpracht umgeben: Die Kleider der Männer, die sich um den Himmlischen König geschart hatten, die mit Juwelen reich verzierten Griffe ihrer Schwerter, die feingearbeiteten Broschen und Halsketten – alles leuchtete und glitzerte. Aber aller Glanz wurde noch in den Schatten gestellt von Hung Hsiu-ch'üan selbst, der ein Gewand in kaiserlichem Gelb trug, das mit roten Drachen verziert war, als ob er der Sohn des Himmels selbst wäre. Er war unbewaffnet und trug bis auf ein paar Ringe keinerlei Schmuck – aber das auffälligste an ihm war seine Jugend. John wußte, daß er kaum älter als Dreißig sein konnte, und im Gegensatz zu seinen Kommandeuren schien er das noch besonders herausstreichen zu wollen, indem er glatt rasiert war. Aber die dünnen Lippen und harten Augen zeugten von Kraft und Unbarmherzigkeit. Er sah John prüfend an, dann nickte er.

»Ja«, sagte er. »Ihr seid tatsächlich ein Barrington. Warum seid Ihr hierher gekommen?«

»Mein Bruder, Martin Barrington, schickt mich, um einem alten Freund seine Glückwünsche zum gewonnenen Kampf zu überbringen.«

»Alter Freund!« Hungs Lippen verzerrten sich zu einem spöttischen Lächeln. »Er hätte an meinem Erfolg teilhaben können. Er hätte uns zwölf Jahre ersparen können.«

»Mein Bruder sieht seinen Irrtum ein, Majestät«, sagte John.

»Habt ihr denn Geschenke von ihm dabei, die ihr mir überreichen wollt? Tribut?«

»Er hat seinen einzigen lebenden Bruder zu Euch geschickt, der Euch helfen soll.«

Hung sah ihn ein paar Sekunden lang an. »Wie könntet Ihr mir schon helfen?« fragte er schließlich.

John hatte bereits einen fertigen Plan; sein Gelingen hing davon ab, ob er das Vertrauen dieses Mannes gewinnen konnte. »Kenne ich nicht den Fluß und das Land zu beiden Seiten so gut wie meine eigene Hand? Außerdem kenne ich auch die Generäle der Mandschu und ihre Truppenstärke.«

»Ihr wollt mir helfen, die Mandschu zu besiegen?«

»Ich würde Euch den Weg nach Nanking zeigen, Majestät.«

»Ihr seid ja nichts weiter als ein kleiner Junge«, sagte einer der Männer neben Hung verächtlich.

»Ich bin ein Barrington«, erwiderte er.

Hung nickte. »Also gut, ich werde mit Euch darüber sprechen, Barrington.«

John wurde von Eunuchen in die Wohnräume des Palastes gebracht, und er sah sich mit großem Interesse um. Die einfachen Anhänger der T'ai p'ing praktizierten vielleicht wirklich den Grundsatz des Teilens, aber die Führung hielt sich ganz offensichtlich nicht daran. John hatte noch nie soviel Pracht und Reichtum auf einem Fleck gesehen. Und auch den Freuden der Liebe schien man hier sehr zugetan zu sein. Als er an einer offenen Tür vorüberkam, hörte er weibliches Kichern und sah mehrere spärlich bekleidete junge Frauen, die ihn neugierig ansahen. Sie liefen hysterisch kreischend und lachend davon, als sie merkten, daß er sie beobachten wollte. Er sah die Eunuchen, die ihn begleiteten, fragend an. Sie grinsten.

»Das sind Frauen aus dem Harem des Himmlischen Königs.«

Das gab John den Glauben an die menschliche Natur wieder, der vorher schwer erschüttert worden war, aber es machte ihm auch einiges klar. Wenn er auch nie bezweifelt hatte, daß die T'ai p'ing die Macht der Zukunft auf ihrer Seite hatten und sich das Haus Barrington daher mit ihnen arrangieren mußte, so war er doch ratlos gewesen, wie sie mit dieser unbeirrbaren Entschiedenheit, alles miteinander zu teilen, oder mit dem Verbot aller Liebesfreuden zurechtkommen sollten. Aber Hung hatte ihm die Doppelmoral seiner Bewegung deutlich genug vorgeführt.

Seine Zuversicht wuchs weiter, als er sich auf einem weichen, parfümierten Kissen wiederfand, und ihm spärlich bekleidete junge Frauen Pflaumenwein servierten. Sie trugen ein dünnes Gewand, das nur bis zu den Oberschenkeln reichte und beim Gehen verführerisch hin und herschwang.

»Ihr habt viel – sehr viel erreicht«, sagte er zu Hung Hsiu-ch'üan, der ihm gegenübersaß.

Hung starrte ihn lange an. »Ich lasse mich nicht kritisieren«, sagte er.

»Das hatte ich auch überhaupt nicht vor, Majestät.«

»Ich bin dazu ausersehen, das Reich der Mitte von all dem Schmutz zu säubern, der sich im Lauf der Jahrhunderte angesammelt hat.«

»Eine gewaltige Verantwortung, Majestät.«

»Ich habe solange schwer dafür gekämpft – mit Worten und mit Taten – stehen mir da die Früchte meiner Arbeit nicht zu?«

»Doch, selbstverständlich, Hoheit.«

»Meine Leute leben wie Schweine – oder wenigstens haben sie das getan, bevor ich ihnen einen Stern gegeben habe, an den sie glauben. Ich und meine Generäle führen sie an, sie folgen. Es ist wichtig, daß man zu uns aufschaut und versteht, daß wir größer sind als sie. Ich bin der Sohn Gottes ... für mich ist alles möglich. Euer Bruder hat das damals nicht verstanden. Aber vielleicht habe ich es damals selbst noch nicht verstanden. Es gab damals noch viele Rätsel in meinem Leben, die ich nicht lösen konnte.«

John mußte herausfinden, ob dieser Mann schlicht verrückt war, oder ob er wirklich glaubte, was er sagte. »Erzählt mir doch, wie Ihr von Eurer wirklichen Bestimmung erfahren habt, Majestät.«

Hung Hsiu-ch'üan lehnte sich zurück und blickte theatralisch zur Decke empor. »Es ist faszinierend, wie einem am Tiefpunkt des Lebens die wahre Erkenntnis verschlossen bleibt. Und doch existiert sie, Barrington. Ich habe einmal

Euren Bruder darum gebeten, mir dabei zu helfen, das Reich der Mitte von den Mandschu zu befreien, als er den Oberbefehl über die Provinz Kwantung hatte, aber er hat sich geweigert. Dann habe ich mit dem Kommandanten der britischen Flotte gesprochen, die Kanton eingenommen hatte. Auch er weigerte sich. Ich war am Boden zerstört. In meiner Verzweiflung bin ich ziellos in den Straßen von Kanton umhergeirrt und wußte nicht, was ich als nächstes beginnen sollte.

Und dort traf ich dann einen Missionar, einen Mann namens Roberts. Er war der erste Missionar in Kanton, und er führte mich in die Welt des Christentums ein. Ich habe nicht alles geglaubt, aber da war ein Kern von Wahrheit in seinen Reden, der mich ermutigte. Ich ging zurück in meine Heimat und sprach mit meinem Freund Feng Jun-chan, und wir sprachen über Roberts und seine Lehre. Wir begriffen, daß wir etwas Erhebendes predigen mußten: eine moralische Lebensweise, die Wiedergeburt des Volkes der Han vielleicht. Wir gründeten eine Vereinigung. Wir nannten uns die Gottesanbeter. Unsere Eltern waren dagegen, aber das kümmerte uns nicht.

Ich persönlich fühlte mich gedrängt, ein viertes Mal an den Beamtenprüfungen teilzunehmen. Ich wußte, daß ich nicht durchfallen konnte. Aber diese reaktionären Mandschu und ihre chinesischen Speichellecker ließen mich doch tatsächlich durchfallen. Wieder war ich am Boden zerstört, Barrington. Ich wollte nur noch sterben. Ich ging zurück zu meinem Volk, den Hakka, und brach zusammen. Sie sagen, daß mein Gehirn die Enttäuschung nicht verkraftet hat. Aber während ich in meinem Bett lag und kaum noch wahrnahm, was um mich herum geschah, besuchte mich in meinen Träumen ein Mann, kein Chinese, sondern ein hochgewachsener Mann mit einer hohen Stirn, einer großen Nase und einem langen Bart. An seiner Seite war ein jüngerer Mann, ebenfalls mit Bart und scharfen Gesichtszügen. Sie sprachen zu mir. Sie nannten mich Sohn und Bruder. Sie sagten mir, daß es mein Schicksal sei – mehr noch, meine Pflicht – das Volk der Han aus dem Sumpf der Verzweiflung, in den sie die Mandschu gestoßen haben, herauszuführen.

Ich habe es damals nicht verstanden. Erst später wurde mir klar, daß der Mann mit dem langen, weißen Bart Gottvater und der jüngere sein Sohn gewesen waren. Sie hatten mich ihren Sohn und Bruder genannt. Seitdem weiß ich, wer ich wirklich bin. Ich bin der Sohn Gottes. Und der Bruder von Jesus Christus!

Meine Aufgabe ist es, China von den Mandschu zu befreien und an ihrer Stelle mein eigenes Reich des Himmlischen Friedens zu errichten. Das zu erreichen, bin ich ausgezogen, und Gottvater hat mich bisher mit Erfolg gesegnet. Versteht ihr das alles, Barrington?«

»Ja, Majestät, ich verstehe es sehr gut«, sagte John. Ganz offensichtlich war der Mann tatsächlich verrückt, aber die Menschen glaubten an ihn. Und ebenso klar war es, daß es sich für den Kreis seiner engsten Vertrauten gewaltig auszahlen würde. Sicher übertraf ihr Lohn bei weitem das, was er, John, sich als Bastard der Barringtons je erhoffen konnte. Sein Plan nahm langsam Gestalt an. Er schuldete Martin Barrington gar nichts, aber er wollte eine ganze Menge von seinem Stiefbruder. »Ich verstehe es sehr gut.«

»Dann laßt es mich so sagen, Barrington. Eure Mitteilungen werden mir sehr helfen, das weiß ich. Aber könnt Ihr auch Euren Bruder davon überzeugen, daß das Haus Barrington die T'ai p'ing unterstützt, daß er die Macht und die Kontrolle seines Hauses über den Fluß für unsere Zwecke einsetzt und uns Waffen liefert, womit er sich offen gegen die Mandschu stellen müßte?«

»Ich wünschte, ich könnte es, Hoheit.«

Hung runzelte die Stirn. »Ihr wollt mir nicht helfen?«

»*Ich* werde Euch helfen« sagte John, »von ganzem Herzen und mit allem was in meiner Macht steht. Aber mein Bruder ist ein höchst eigensinniger Mensch, der den Mandschu niemals den Gehorsam verweigern wird.«

»Dann muß er vernichtet werden.«

»Ja, genau. Aber, wie Ihr schon gesagt habt, ist das Haus Barrington sehr mächtig auf dem Jangtsekiang. Es könnte schwierig sein, diese Macht zu brechen. Aber ich werde Euch zeigen wie.«

»Das würdet Ihr tun – gegen Eure Familie?« fragte Hung.

»Mein Bruder und ich, wir sind zu oft verschiedener Meinung. Wenn ich das Oberhaupt des Hauses wäre ...«

»Wenn Ihr mir das Haus ausliefert, dann soll es Euch gehören.«

John verbeugte sich. »Majestät, Ihr seid zu gnädig und sehr weise. Nur ein Barrington kann das Haus Barrington erfolgreich führen. Seid versichert, daß das Haus unter meiner Führung immer den Vorteil des Himmlischen Königs vor Augen haben wird.«

»Tut es, und Ihr könnt alles von mir haben.«

Lan Kuei wachte vom Geräusch der Pferdehufe im Hof auf. Sie sprang aus dem Bett, wickelte sich in eine Decke und lief hinaus. Te Chou war bereits da, halbangezogen, ebenso Cho-an und Kai Tu. Die Diener standen dichtgedrängt am anderen Ende des Hofes und starrten auf die Eingangstür, als ob sie einen Geist sähen. Hui-Cheng stand dort.

»Mein Mann! Mein Mann!« Cho-an lief auf ihn zu, verbeugte sich und richtete sich für die erwartete Umarmung wieder auf. Sie runzelte die Stirn.

Lan Kuei hatte bereits festgestellt, daß die Kleidung ihres Vaters schmutzig war – voller Staub und frischer Schlammflecken. Er mußte es sehr eilig gehabt haben. Hinter ihm stand ein Bannersoldat, der größte Mandschu, den Lan Kuei je gesehen hatte. Er war stark und sein Gesicht paßte zu seinem Körper. Außerdem sah er sehr gut aus, auch wenn ihm im Augenblick die Verachtung allzu deutlich ins Gesicht geschrieben stand. »Schnell, Weib«, sagte jetzt Hui-Cheng. »Pack deine Sachen. Alles was wertvoll ist.« Er sah seine Töchter an. »Ihr auch. Helft Eurer Mutter.« Er stapfte ins Haus und rief Fu Lo. »Die Dienstmädchen sollen mir ein Bad einlassen. Und richte etwas zu Essen her.« Sein Blick fiel auf Cho-an. »Warum stehst du immer noch da, Weib? Habe ich dir nicht gesagt, was du tun sollst?«

»Ihr habt mir gar nichts gesagt«, entgegnete Cho-an. »Verlassen wir Wuhu?«

Hui-Cheng nickte.

Seine Ehefrau starrte ihn ungläubig an, und Lan Kuei

spürte, wie ihre Knie zitterten. Etwas Furchtbares mußte passiert sein. Aber ihre Mutter gab nicht nach. »Wie können wir Wuhu verlassen? Seid Ihr nicht der Intendant hier?«

»Ich habe mein Amt niedergelegt.«

Cho-an rang vor Verzweiflung die Hände.

»Wir werden nach Peking gehen«, sagte Hui-Cheng, »dort werde ich eine neue Stellung erhalten. Jetzt geh endlich und pack deine Sachen, Weib.«

Aber Cho-an ging noch immer nicht, und ihre Töchter folgten ihrem Beispiel. »Sagt mir erst, was passiert ist.«

Fu Lo stellte jetzt etwas zu Essen auf den Tisch, und Hui-Cheng griff nach einer Schüssel mit Reis und schaufelte ihn sich gierig mit den Stäbchen in den Mund. Er schien schon mehrere Tage nichts mehr gegessen zu haben. Der junge Offizier aß ordentlicher, aber auch er war offensichtlich halb verhungert. »Die Armee ist geschlagen«, sagte Hui-Cheng endlich zwischen zwei Bissen.

»Unsere Armee? Von den T'ai p'ing? Aber wie?«

»Weil sie einfach zu viele sind; sie sind wie eine Horde Ameisen. Und sie haben keine Angst vor dem Tod. Sie haben sich geradezu in unsere Schwerter gestürzt. Weil sie wilde Bestien sind; sie schlachten jeden Mandschu ab, den sie finden können, und auch alle Chinesen, die sich ihnen nicht sofort unterwerfen. Sie vergewaltigen die Frauen und bringen sie dann um. Ich kann nicht zulassen, daß das mit dir geschieht – oder mit unseren Töchtern.«

Cho-an sah ihre Töchter an, dann wieder ihren Mann. »Wo sind meine Söhne?«

Hui-Cheng machte eine Geste der Verzweiflung. »Sie sind tot.«

»Meine Söhne sind tot?« Cho-an schrie jetzt. »Ihr habt meine Söhne sterben lassen? Wo ist die Armee?«

»Irgendwo dort draußen.« Er winkte mit der Hand in westliche Richtung.

»Ihr seid desertiert?« fragte Cho-an jetzt fassungslos.

»Ich habe dir doch gesagt, ich habe mein Amt niedergelegt. Und nun beeil dich endlich. Ich möchte Wuhu morgen früh verlassen haben.«

Cho-an verließ weinend und mit gebeugten Schultern das

Zimmer. Ihre Töchter nahm sie mit. Keine von ihnen sprach auch nur ein Wort. Lan Kuei lief zu dem jungen Hauptmann am Tisch zurück. »Wie heißt Ihr?« fragte sie.

»Ich heiße Jung-lu.« Er starrte sie mit hungrigen Augen an.

»Warum seid Ihr hier? Ist die Armee wirklich geschlagen?«

»Die Armee hat eine große Schlacht verloren. Und ich bin hier, weil man mir befohlen hat, Euren Vater zu begleiten.« Seine Verachtung für sie war offensichtlich, aber Lan Kuei merkte es kaum, als sie sich wieder umdrehte und ihrer Mutter nachlief. *Die Armee der Mandschu ist geschlagen*, dachte sie, und *meine Brüder sind tot*. Sie waren beide viel älter gewesen als sie, und sie hatte sie kaum gekannt. Aber jetzt waren sie tot – und Vater war weggelaufen. Eine Mandschu-Armee, die vor dem Feind floh?

Sie konnte sich nicht vorstellen, daß dieser Jung-lu weglaufen würde. Sie glaubte ihm: er war einfach nur hier, weil Vater es ihm befohlen hatte. Und jetzt kamen die T'ai p'ing. Wie ein Fluß, der über die Ufer trat, würden sie alles vor sich hinwegschwemmen, jeden Mann umbringen, der sich ihnen in den Weg stellte und jede Frau ebenso. Ihr wurde übel.

Aber sie hatte nicht so sehr Angst um sich selbst, als um die Mandschu – die Dynastie. Wenn eine Elitearmee von Bannersoldaten von dieser Horde Rebellen überrannt werden konnte, wer konnte sie dann noch aufhalten?

Mit Hilfe der verwirrten Dienstmädchen führte sie die Anweisungen ihrer Mutter aus, packte Kleider in riesige Kisten, die all die Jahre, die sie in Wuhu gelebt hatten, nicht benutzt worden waren. Es wurde hell, während sie arbeiteten, und mittlerweile hatten sich mehrere der Dienstboten aus dem Haus geschlichen, um die Neuigkeiten von der Katastrophe zu verbreiten. Wuhu erwachte in großer Angst. Die Menschen liefen aufgeregt hin und her und riefen laut, daß die Armee geschlagen sei und die T'ai p'ing bald in Wuhu eintreffen würden.

Die erschöpften Frauen hatten sich zum Essen niedergesetzt, während Hui-Cheng ungeduldig im Zimmer auf und abging. Da erschien Cho-Chung, der Gouverneur der Stadt, ein dickbäuchiger Wichtigtuer. Für gewöhnlich war es nicht sein Stil, Untergebene aufzusuchen.

»Was höre ich da, Hui-Cheng?« wollte er wissen. Er gab dem wartenden Diener seinen Stock und seine Ledertasche. Draußen hörte Lan Kuei das Zaumzeug der berittenen Eskorte leise klingeln. Cho-an stand auf und verbeugte sich mit der Schüssel in der Hand; die Mädchen folgten ihrem Beispiel.

»Und was tut Ihr hier, wo Ihr doch zur Armee gehört?« fuhr Cho-Chung fort.

Der Familienvater machte ein finsteres Gesicht. »Ich habe mein Amt niedergelegt und meinen Abschied genommen.«

»Niedergelegt?« Cho-Chung war genauso entsetzt wie Cho-an. »Wie könnt Ihr Euer Amt niederlegen?«

»Ich habe dem Vizekönig meine Amtsniederlegung übermitteln lassen«, sagte Hui-Cheng mit aller Würde, die er noch aufbringen konnte.

Cho-Chung hatte sich im Zimmer umgesehen, wo sich die großen Kisten stapelten und die Dienstboten hin und herliefen. »Ihr wollt Wuhu verlassen?«

»Ja«, erwiderte Hui-Cheng. »Da ich mein Amt hier niedergelegt habe, werde ich mich in Peking um ein neues bewerben«, sagte er. »Mein Bruder lebt in Peking«, fügte er noch hinzu.

»Ihr habt unsere Armee im Stich gelassen«, stellte der Gouverneur vorwurfsvoll fest.

»Ich habe mein Amt niedergelegt, meinen Abschied genommen und gehe jetzt nach Peking«, wiederholte Hui-Cheng mit unendlicher Geduld.

»Es wäre Eure Pflicht gewesen, zuerst zu mir zu kommen«, sagte der Gouverneur verärgert, »um mich über das Geschehene in Kenntnis zu setzen.« Er dachte einen Augenblick nach. »Also, was ist denn nun geschehen?«

»Die Armee ist in die Flucht geschlagen worden, und die T'ai p'ing sind auf dem Vormarsch.«

»Wie kann unsere Armee in die Flucht geschlagen worden sein?«

Lan Kuei seufzte und aß weiter. Sie war immer noch hungrig, und wenn sie erst einmal unterwegs waren, würden sie vielleicht so schnell nichts mehr zu essen bekommen. Außerdem wollte sie nicht mitanhören, wenn der Gouverneur ihren Vater einen Feigling nannte.

Ganz offensichtlich fand auch Jung-lu, daß er ein Feigling war.

Aber war er denn nicht wirklich einer? Er war davongelaufen. Niemand konnte das bestreiten. Und jetzt lief er wieder davon. Aber er ging nach Peking. Und sie würde mit ihm gehen. Nach Peking hatte sie immer schon gewollt. Aber nicht als die Tochter eines Feiglings.

Nachdem Cho-Chung ihren Vater ausgefragt hatte, forderte er, daß er hier bliebe und half, die Verteidigung von Wuhu zu organisieren.

»Ich gehe nach Peking«, entgegnete Hui-Cheng unbeirrbar.

»Ha!« schnaubte Cho-Chung. Er drehte sich plötzlich um und verließ das Haus ohne ein Wort.

»So ein unverschämter Mann«, meinte Cho-an.

Draußen hörten sie Cho-Chung, der ungeduldig nach seinem Stock verlangte.

»Zurück an die Arbeit«, sagte Hui-Cheng. »Wir müssen uns beeilen.« Die Frauen gehorchten.

Lan Kuei sah sich ein letztes Mal in ihrem Zimmer um und packte auch die letzten Schmuckstücke in ihre große Stofftasche. Sie versicherte sich gerade, ob sie auch wirklich alles Wichtige eingepackt hatte, als ein Diener in der Tür erschien.

»Was ist denn, Ting?« fragte sie.

»Herrin, der Gouverneur hat seine Tasche hier vergessen. Was soll ich nun damit tun? Euer Vater und Eure Mutter sind so aufgeregt, daß ich sie damit nicht belästigen will.«

Es war eine große Ledertasche, und sie sah schwer aus. Die Tasche eines Gouverneurs! »Gib sie mir«, entschied Lan Kuei.

Als Ting sie ihr reichte, hörte man ein sanftes Klingeln.

»Meint Ihr nicht, Ihr solltet sie zum Palast des Gouverneurs zurückbringen?« fragte Ting.

»Ich werde mich darum kümmern, daß er sie zurückbekommt«, sagte Lan Kuei mit entschiedener Stimme. »Vielen Dank. Du hast ganz recht getan, damit zu mir zu kommen.«

Der Diener verbeugte sich und ging.

Lan Kuei setzte sich aufs Bett. Die Tasche war versiegelt, aber es dauerte nur einen Moment, bis sie sich entschieden hatte. Sie würde Wuhu für immer verlassen, und sie würde Cho-Chung nie wiedersehen. Sie verschloß ihre Tür und öffnete die Tasche. Sie war voller Silbermünzen – mehr, als sie in ihrem Leben je gesehen hatte. Sie schüttete sie aufs Bett und zählte sie schnell. Dreihundert Silbermünzen: ein kleines Vermögen. Hastig schaufelte sie die Münzen in ihre eigene Tasche.

Auch die Tasche des Gouverneurs steckte sie hinein – sie würde sie leicht unterwegs irgendwo loswerden können.

Jetzt hatte sie dreihundert Silbermünzen. Was immer auch passieren würde, verhungern mußte sie jedenfalls nicht.

»Ist es wahr?« fragte Joanna.

»Es ist wahr, daß Hui-Cheng mit seiner ganzen Familie aus Wuhu geflohen ist«, antwortete James bitter. Das bedeutete, daß Lan Kuei für immer fort war.

»Ich meine, daß die Bannerarmee geschlagen worden ist.«

»Das weiß der Himmel. Ich muß einen Boten zu Onkel Martin schicken und ihm die Neuigkeiten mitteilen.« Er runzelte die Stirn. »Du solltest besser auch gehen.«

»Warum um Himmels willen ...?«

»Wenn die T'ai p'ing wirklich kommen ...«

»Sie sind doch immer noch Hunderte von Meilen weit entfernt, oder? Und sie werden uns nichts antun. Wir sind schließlich Christen.«

»Mutter wird dich in Nanking bei sich haben wollen.«

»Und du willst allein hierbleiben? Nein. Ich werde *nicht* gehen. Wir sollten wenigstens Johns Rückkehr abwarten.«

»Sofern er überhaupt jemals zurückkommt«, sagte James finster. Sie hatten nichts mehr von John gehört, seit er vor mehreren Monaten aufgebrochen war. Angeblich hatte Tsentsing jeden Tag mindestens einen hysterischen Anfall bei dem Gedanken, daß ihr Sohn tot sein könnte. James hatte seine Schwester nie wirklich einschüchtern können, aber er nahm an, daß Onkel Martin, wenn er die Neuigkeiten erst einmal gehört hatte, die Kontrolle übernehmen würde – auch über Joanna. Statt weiter mit ihr darüber zu reden, lief er hinunter zum Dock und schickte einen Sampan mit einem Boten nach Nanking.

Bereits am nächsten Tag erreichten die ersten fliehenden Bannersoldaten die Stadt, und wieder machten sich Gerüchte breit: daß die T'ai p'ing bereits wenige Meilen vor der Stadt seien und auf ihrem Weg jedes Dorf plünderten.

»Gut, das reicht jetzt wirklich«, sagte James. »Wir haben keine Zeit mehr, auf Onkel Martins Anweisungen zu warten. Ich setze dich jetzt sofort in einen Sampan nach Nanking.«

»Aber du bleibst hier?«

»Ich muß hierbleiben, Joanna. Ich kann das Büro und die Lagerhäuser hier nicht einfach im Stich lassen. Du jedoch mußt jetzt gehen, und wenn ich dich eigenhändig fesseln und an Bord tragen muß.«

Sie starrte ihn herausfordernd an, aber sie sah, daß er es ernst meinte. Und außerdem hatte sie jetzt selbst Angst, obwohl sie das ihrem Bruder gegenüber nie zugeben würde.

»Also gut«, gab sie nach. »Ich werde gehen. Und ich werde Onkel Martin bitten, auch nach dir zu schicken.«

Gegen Mittag hatte sie ihre Sachen bereits gepackt. Auf Wuhus Straßen herrschte aufgeregtes Durcheinander, als Cho-Chung versuchte, mit den übriggebliebenen Bannersoldaten eine Verteidigung aufzubauen.

»Jedenfalls scheint er noch nicht resigniert zu haben«, meinte James zu Joanna, als er sie an Bord brachte.

»Du wirst sofort kommen, wenn Onkel Martin nach dir schickt«, unterbrach sie ihn besorgt.

»Ich habe gesagt, daß ich Onkels Anweisungen befolgen werde.«

Kaum zu glauben, daß ganz in der Nähe ein Bürgerkrieg toben soll, dachte Joanna, als sie im Heck des Sampans unter einem riesigen Sonnenschirm saß und an einem kühlen Getränk nippte, während die Kulis mit den riesigen Rudern auf und abmarschierten. Mit der Strömung glitt das Schiff sanft den Fluß hinab. Sie wäre fast eingerückt, wenn nicht plötzlich etwa zehn Meilen flußabwärts von Wuhu die Mannschaft plötzlich unruhig geworden wäre. Aufgeregt redeten die Schiffsleute aufeinander ein. Einige ließen die Ruder los und warfen sich flach aufs Deck.

Sofort drehte sich der Sampan mit der Breitseite in die Strömung und trieb langsam aufs Ufer zu.

Joanna setzte sich erschreckt auf. »Was ist denn los, Chi?« fragte sie den Kapitän.

»Sie schießen auf uns von dort drüben am Ufer, Herrin.«

Eine ganze Menge Leute standen am Ufer, und Rauchwölkchen stiegen auf, als sie ihre Musketen abfeuerten.

»Sind das Banditen?« fragte Joanna.

»Ich glaube, es sind T'ai p'ing, Herrin.«

»T'ai p'ing südlich von Wuhu?« Joanna strengte ihre Augen an. Da der Sampan jetzt recht nahe am Ufer war, konnte sie erkennen, daß die Männer mit den Musketen keine Zöpfe trugen.

»Was sollen wir jetzt tun, Herrin?« jammerte Chi.

»Die Männer sollen zurück an die Ruder gehen. Und dann ...« Sie biß sich auf die Lippen. Nach der nächsten Biegung wurde der Fluß ziemlich schmal. Wenn die T'ai p'ing genug Leute hatten, dann würden sie den Sampan aufhalten können. »Wir müssen nach Wuhu zurück«, entschied sie.

James starrte sie fassungslos an. »Man hat auf Euch geschossen? Mein Gott!« Er beeilte sich, zu Cho-Chung zu kommen, um es ihm mitzuteilen. Seine große Sorge war, daß die Stadt vielleicht schon abgeschnitten war.

»Ich habe in Nanking um Verstärkung angesucht. Sie werden mit diesem Gesindel schon fertig werden.«

James konnte nur hoffen, daß er recht hatte.

Eine ganze Woche lang passierte überhaupt nichts. Aber die Stadt war tatsächlich abgeriegelt. Nur panische Bauern drängten immer wieder auf der Suche nach Zuflucht an die Tore und flehten laut darum, eingelassen zu werden. Sie alle erzählten die gleichen grauenhaften Geschichten von Raub, Mord und Vergewaltigung.

Niemand konnte sich auf die Arbeit konzentrieren, und selbst auf dem Basar war es ruhig. James bewaffnete seine Diener und warnte sie, sich auf den Ernstfall vorzubereiten.

Wie Cho-Chung und die anderen Mandschu-Beamten verbrachte auch er viel Zeit damit, den Fluß zu beobachten, über den die Verstärkung aus Nanking kommen würde.

Joanna wurde von einem fürchterlichen Lärm geweckt. Es war erst kurz nach Morgengrauen, aber in der Stadt brodelte es: Hörner wurden geblasen, Schüsse hallten durch die Luft, Menschen schrien.

»James!« rief sie gellend, sprang aus dem Bett und zog sich ihren Morgenrock über. Sie rannte auf die Veranda hinaus und sah zum Fluß hinunter. Verzweifelte Menschen warfen sich dort in Boote, da die T'ai p'ing am Ufer offensichtlich weniger furchteinflößend waren als die vor den Mauern der Stadt. Sie entdeckte Cheng, den Butler, eilte und fragte ihn nach James.

»Beim ersten Alarm ist er zur Stadtmauer gegangen, Herrin«, antwortete er.

»Dann muß ich auch gehen.«

»Wir sollen hierbleiben. Euer Bruder hat es befohlen.«

Joanna zögerte. Wahrscheinlich hatte James recht, und sie würde bei der Verteidigung doch nur im Weg stehen.

»Dann müssen wir das Haus sichern, Cheng. Schließt die Läden und bringt die Riegel an.«

Cheng teilte entsprechende Befehle aus, und zehn Minuten später waren alle Fenster und Türen verbarrikadiert. Aber zu diesem Zeitpunkt war der Lärm draußen schon so laut, daß sie kaum noch ihr eigenes Wort verstehen konnten. Über der Stadt schwebte eine riesige schwarze Wolke. Zahlreiche Gebäude brannten lichterloh. Cheng sah Joanna mit einem Ausdruck grenzenloser Verzweiflung an.

»Ja«, sagte sie. »Wenn du oder die anderen Dienstboten zu ihren Familien gehen wollen, dann haben sie die Erlaubnis.«

»Ich kann Euch nicht allein lassen, Herrin«, protestierte Cheng. »Aber die anderen ...« Wenige Minuten später waren bis auf Cheng alle Dienstboten fort.

Joanna stand an einem Fenster, dessen Fensterladen nicht ganz dicht schloß und ein wenig Licht hereinließ. Sie starrte durch den schmalen Schlitz auf die Straße, in der Hoffnung, irgendwo James zu sehen. Aber die Straße war wie leergefegt.

Plötzlich brandete neuer Lärm auf.

Bannersoldaten flohen hinunter zum Hafen, um vielleicht doch noch entkommen zu können.

Wieder leerte sich die Straße, und sie wandte den Blick ab. Ungefähr fünf Minuten später sah sie mehrere Männer vor dem Haus stehen, die sich berieten und auf die Flagge zeigten. Ihre Oberkörper waren nackt und blutverschmiert – das Blut ihrer Feinde. Sie trugen die verschiedensten Waffen bei sich: Musketen und Pistolen, Speere und Schwerter, die ebenfalls mit Blut beschmiert waren, und keiner von ihnen trug einen Zopf.

»T'ai p'ing«, flüsterte sie. »In der Stadt!«

Sie konnte ein paar Gesprächsfetzen aufschnappen. Die Rebellen wußten, daß es die Flagge eines langnasigen, behaarten Barbaren war.

»Tod allen Opiumhändlern!« kreischten sie, stürmten die Stufen hinauf und hämmerten gegen die Haustür.

»Was sollen wir tun, Herrin?« Cheng zitterte am ganzen Leib.

Als die Tür splitterte, stand Joanna bebend am Fenster. Ihr Atem ging stoßweise. Sie wußte nichts von der bestialischen Lust der Männer. Jetzt würde sie sie kennenlernen.

Wieder splitterte ein Teil der Tür, und die Stimmen wurden lauter. Ein Schwert wurde durch den Schlitz zwischen den Fensterläden gestoßen und schnitt ihr beinahe das Ohr ab. Es konnte das Holz nicht zerschneiden, aber es machte ihr endgültig klar, daß sie ihr nahes Ende nicht in Würde und Anstand erleben würde. Sie lief blindlings die Treppen hinauf in ihr Zimmer. Dort schloß sie die Tür hinter sich und lehnte sich einen Moment keuchend dagegen. Dann warf sie sich auf den Boden und kroch unters Bett. Dort lag sie ganz still und preßte die Hände aufs Gesicht.

Als sie Schritte auf der Treppe hörte und schließlich auf dem Korridor, mußte sie sich den Mund zuhalten, um nicht zu schreien. Eine Hand drehte am Türknopf. Dann warf sich jemand mit der Schulter dagegen. Wieder und wieder. Die Tür brach auf, und die Männer standen im Zimmer. Das Bett war umgeben von nackten Füßen. Sie waren schmutzig und blutverschmiert. Im Augenblick waren sie damit beschäftigt, ihren Kleiderschrank aufzureißen und ihre Kleider überall im Zimmer zu verstreuen, wobei sie immer wieder in stürmisches Gelächter ausbrachen.

Wenn sie sich ganz still verhielt, würden sie vielleicht wieder gehen ... Noch hatte Joanna einen Funken Hoffnung. Das Bett wurde heftig beiseite geschoben. Sie mußte rasch den Kopf auf die Seite drehen, um nicht von einem Bein des Bettes getroffen zu werden. Jetzt hatten die Männer sie entdeckt.

Sie kreischten vor Begeisterung, und warfen sich auf sie wie ein Rudel Hunde. Sie stellten sie auf die Füße und zogen an ihrem rotgoldenen Haar, das ihnen Rufe der Bewunderung entlockte. Dann begannen sie, ihr die Kleider vom Leib zu reißen. Wie Klauen gruben sich Finger in ihre Arme, während sich andere an ihrem Korsett zu schaffen machten und ihr Kleid vorne zerrissen. Joanna merkte erst jetzt, daß sie ununterbrochen schrie.

Nachdem sie das Kleid heruntergerissen hatten, versuchten sie das gleiche mit Petticoat und Korsett, aber das Material leistete erheblich mehr Widerstand. Sie zogen ihre Messer und wedelten ihr damit vor dem Gesicht herum. *Warum werde ich nicht ohnmächtig?* fragte sie sich. *Oh, warum werde ich nicht ohnmächtig?*

Eine Messerspitze ritzte ihre Haut, als es das Korsett aufschlitzte. Es fiel herunter und jetzt blieb ihr nur noch ihr Unterkleid. Auch das war schnell heruntergerissen, und sie war nackt. Sie starrten sie an. Lust mischte sich mit Staunen. Sie hatten noch nie eine Frau mit so großen Brüsten gesehen. Dann warfen sie sich auf sie. Hände berührten ihre Brustwarzen, wieder andere zogen an ihren Haaren. Ihre Knie gaben nach. Sie konnte nicht mehr schreien und auch kaum noch etwas fühlen. Alles war nur noch eine gigantische Explosion aus Elend und Schmerz ... man ließ sie los und sie fiel zu Boden.

Als nichts weiter mit ihr passierte, öffnete sie die Augen. Sie sah ein Paar Stiefel ... und hob den Kopf. Da stand ein Mann. Er war besser gekleidet als die anderen, aber er sah nicht weniger grausam aus. Und in seinen Augen funkelte die gleiche Gier.

Aber er hielt die anderen davon ab, sie zu vergewaltigen – er erteilte ihnen mit lauter Stimme Befehle, so daß sie, wenn auch unwillig, das Zimmer verließen, sich aber noch einmal nach ihr umdrehten. Jetzt bückte sich der Mann, packte ihre Handgelenke und zog sie unsanft hoch. Ihre Knie wollten sie nicht tragen, und sie taumelte gegen ihn. Er legte ihr den Arm um die Taille, um sie zu stützen, lehnte sich nach vorn und nahm eine Decke vom Bett, in die er die zitternde Frau einwickelte.

»Was wird mit mir geschehen?« schluchzte sie.

Der Mann grinste sie frech an. »Jemand möchte Euch ganz für sich haben, Barrington Frau«, sagte er.

Der Hauptmann schob Joanna vor sich her die Treppe hinunter, wo sich ihr ein Bild der totalen Zerstörung bot: Türen waren aus den Angeln gerissen, Möbel zerhackt, Polster aufgeschlitzt ... und mitten darin lag der Körper Chengs ohne Kopf. Sie rang nach Luft und begann zu würgen. Ihre Knie gaben nach. Der Hauptmann fing sie auf und stellte sie unsanft wieder auf die Beine.

»Reißt Euch endlich zusammen, sonst schlage ich Euch!« drohte er ihr und stieß sie durch die Eingangstür auf die Straße. Zuerst war es ein herrliches Gefühl, an der frischen Luft zu sein, aber dann roch sie den Gestank, der über der Stadt lag. Hauptsächlich war es Rauch, aber noch etwas anderes, ein scheußlich süßlicher Geruch stieg ihr in die Nase.

Der Marsch durch die zerstörte Stadt war ein einziger Alptraum. Joanna trug keine Schuhe, und es dauerte nur Minuten, da sahen ihre Füße genauso schmutzig aus wie die der anderen Menschen. Überall lagen Leichen: Männer, Frauen, Kinder – sogar Hunde und Katzen hatte man in großer Anzahl getötet. Dichte Wolken von Fliegen schwirrten von einem Fest zum nächsten. Die Sonne stand hoch am wolkenlosen Himmel, die Hölle, in die sich Wuhu verwandelt hatte, erstrahlte in hellem Morgenlicht.

Überall sah man Zeichen von Plünderungen. Und die T'ai p'ing waren allgegenwärtig: Blutbeschmierte, bewaffnete Männer und Frauen, die Stoffballen oder Schmuck abschleppten, prahlerisch herumstolzierten und laut miteinander sprachen oder Gefangene wie Vieh vor sich hertrieben. Die Gefangenen waren fast alle junge Männer und Mädchen. Die meisten waren nackt; alle waren panisch vor Entsetzen. Einige sahen Joanna erstaunt an. Viele erkannten sie, aber niemand von ihnen hätte erwartet, sie nur mit einer Decke bekleidet auf der Straße anzutreffen.

Auch die T'ai p'ing starrten sie an und riefen ihr obszöne Bemerkungen zu. Einige zogen an ihrer Decke, aber der Hauptmann verscheuchte sie. »Sie ist für den Himmlischen König bestimmt«, brüllte er.

Endlich hatten sie den Palast des Gouverneurs erreicht. Da er von einer weitläufigen Gartenanlage umgeben war, hatte der Palast kein Feuer gefangen, doch auch hier hatte das unvermeidliche Gemetzel stattgefunden. Wenigstens schleppten die Männer und Frauen die Leichen herbei und türmten sie zu ordentlichen Haufen auf, während sie ihnen die Kleider auszogen und nach Wertvollem suchten; ihr schrilles Geschnatter erfüllte die Luft. Wo es nicht nach Rauch roch, war der Gestank des Todes übermächtig.

Joanna hatte in ihrem ganzen Leben noch keinen Toten gesehen, heute dagegen gleich Tausende auf einmal. Ihr eigener Bruder war vielleicht darunter. Sie war so sehr mit ihrem eigenen Schicksal beschäftigt gewesen, daß sie darüber überhaupt noch nicht nachgedacht hatte. Aber James war an der Stadtmauer gewesen; er mußte gleich beim ersten Angriff gefallen sein. Tränen strömten ihr übers Gesicht vor Trauer, aber auch vor Schmerz. Ihre Füße waren zerschnitten und bluteten, und ihr ganzer Körper schmerzte von der unsanften Behandlung. Und sie hatte keine Zweifel, daß das längst noch nicht alles gewesen war.

Der Hauptmann begrüßte jetzt den Wachtposten am Tor, und sie wurden eingelassen. Er schob sie die vertraute, breite Treppe hinauf – sie kannte Cho-Chungs Palast von den offiziellen Empfängen, zu denen sie eingeladen gewesen war – und auf die Galerie, von wo aus man in einen großen Versammlungsraum gelangte.

Er war voll von Menschen, alle schwer bewaffnet, aber in der Mitte knieten einige und weinten. Joanna erkannte Cho-

Chungs Familie. Der Gouverneur selbst stand am anderen Ende des Saals und wurde von zwei Männern gehalten. Man hatte ihm die Kleider ausgezogen, und selbst auf die große Entfernung konnte man sehen, daß er vor Angst schlotterte.

Joanna konnte nicht verstehen, was gesprochen wurde, aber sie konnte den Mann, der vor dem Gouverneur stand, deutlich sehen. Er sah erstaunlich jung aus mit regelmäßigen, gar nicht häßlichen Gesichtszügen. Er war prachtvoll gekleidet in ein langes gelbes Gewand, das mit den kaiserlichen Drachen verziert war. Der ebenfalls gelbe Hut hatte große Ähnlichkeit mit einer Mitra.

Der Hauptmann sah, daß sie ihn anstarrte und murmelte: »Der Himmlische König.« Joanna war überrascht. Es war nicht das Gesicht eines grausamen Mannes; vielmehr das eines Träumers. Und doch war er es, der für alle diese Greueltaten verantwortlich war. Cho-Chungs Gnadengesuch wurde abgelehnt, und er wurde rasch enthauptet. Seine Frauen schrien laut auf vor Verzweiflung, als man sie aus dem Saal zerrte. »Die Hübschen kommen zu ihm«, kicherte der Hauptmann. »Der Himmlische König hat mehr Konkubinen, als Sterne am Himmel funkeln.«

Joanna wurde speiübel. War sie selbst dazu bestimmt, eine seiner Konkubinen zu werden? Eine Liebesdienerin dieses blutbefleckten Ungeheuers? Sie versuchte, gar nicht erst daran zu denken. Aber vielleicht würde er nur einen flüchtigen Blick auf so eine zerzauste, schmutzige Kreatur werfen und sie enthaupten lassen.

Jetzt schob der Hauptmann Joanna durch die Reihen der Menschen hindurch, bis sie ganz in der Nähe des Königs stand. Vor ihnen standen noch drei weitere Personen: zwei T'ai p'ing Soldaten und eine Frau. Sie war sicher einmal sehr elegant gekleidet gewesen, aber jetzt hingen ihr die Kleider in Fetzen herunter. Auch ihre aufwendige Frisur war zerstört, und die Haare hingen ihr in dünnen schwarzen Strähnen auf beiden Seiten des Gesichts herunter. Sie war nicht unattraktiv, obwohl sie nicht mehr jung war, und sie strahlte immer noch ein gewisses Selbstbewußtsein aus.

»Was ist ihr Verbrechen?« fragte der Himmlische König mit klarer, tragender Stimme.

»Sie ist eine Prostituierte, Majestät.«

»Ich bin Lu So«, sagte jetzt die Frau. »Ihr werdet in ganz Wuhu keinen größeren Genuß finden, Exzellenz.« Sie lächelte. »Warum probiert Ihr es nicht selbst einmal aus?«

»Enthaupten!« befahl der Himmlische König.

Lu So öffnete den Mund, um zu protestieren, aber es ging so schnell, daß sie nichts mehr sagen konnte. Einer der Soldaten warf ihren Kopf mit dem immer noch offenen Mund in eine Ecke zu den anderen.

Joannas Knie gaben wieder einmal nach, und wieder mußte der Hauptmann sie auffangen. »Und was habt ihr da, Teng?« fragte der König.

»Die Barbarenfrau, die ich zu Euch bringen sollte, Majestät.«

»Joanna!« sagte John Barrington. Bis zu diesem Augenblick hatte er mit dem Rücken zu ihr gestanden.

Nach einem kurzen Seitenblick auf Hung trat er jetzt auf sie zu.

»Onkel!« rief Joanna und streckte die Arme aus. Sie konnte kaum glauben, daß sie schließlich doch noch gerettet worden war.

13

DIE KONKUBINE

»Du bist davongelaufen und hast deine Schwester in der Hand dieser Wilden zurückgelassen?« Jane Barrington starrte ihren Sohn fassungslos an.

James fiel in einen Stuhl und sank in sich zusammen. Seine Kleider waren zerfetzt und immer noch feucht, sein Haar völlig verfilzt und schmutzig. Er zitterte. »Das Haus brannte«, sagte er mit tonloser Stimme. »Bitte glaubt mir, Mutter zurückzugehen hätte den sicheren Tod bedeutet. Und Joanna war schon tot ...« Er brach in Tränen aus.

Jane sah ihren Mann an. Martin seufzte und legte seinem Neffen und Stiefsohn die Hand auf die Schulter. »Erzähl uns, was passiert ist.«

James hob den Kopf. »Sie waren überall. Wir konnten sie nicht aufhalten. Sie sind an vielen Stellen gleichzeitig über die Mauer geklettert. Dann kamen sie von hinten und haben uns von den anderen abgeschnitten. Wir haben gekämpft, Onkel. Ich schwöre Euch, wir haben gekämpft. Eure Männer haben härter gekämpft als alle anderen. Deswegen sind auch einige von ihnen noch am Leben. Aber als wir sahen, daß die Stadt verloren war, haben wir uns entschlossen zu fliehen. Wir haben uns im Keller versteckt, bis es dunkel wurde, dann sind wir zu unserem Haus geschlichen. Aber bevor wir dort ankamen, sah ich, daß es in Flammen stand. Da wußte ich, daß Joanna tot war. Und ich fühlte mich für das Leben der Männer verantwortlich, die so mutig an meiner Seite gekämpft haben. Ich durfte sie nicht im Stich lassen. Also sind wir zum Fluß hinunter gekrochen und haben uns einen Sampan sichern können ...« Er stockte.

»Und dann ist der Sampan gesunken«, führte Martin den Gedanken weiter.

James nickte. »Er ist in der starken Strömung gekentert. Aber ein paar von uns haben es bis zum Nordufer geschafft. Von dort haben wir uns flußabwärts durchgeschlagen.«

»Geh dich erst einmal umziehen«, sagte sein Onkel schließlich.

Jane sah ihrem Sohn nach, der mit hängendem Kopf das Zimmer verließ.

»An diesem Erlebnis wird er den Rest seines Lebens schwer zu tragen haben«, sagte sie. »Aber was willst du nun tun?«

»Ich werde mit dem Vizekönig sprechen.«

»Eure Tochter wird gerächt werden, Barrington«, sagte Chung-wong. »Kommt.« Er führte Martin an sich artig verbeugenden Sekretären vorbei in einen Raum im Inneren des Gebäudes. »Ich möchte, daß Ihr einige Gentlemen kennenlernt.«

Martin wurde einem älteren, würdevollen Mann vorgestellt, der sich verbeugte. »Ich bin Tseng Kuo-fan, Oberbefehlshaber der Jangtse Armee.«

Ein Chinese? dachte Martin.

Aber Schung-wong sah sehr zufrieden aus. »Ich möchte Euch auch meinen Adjutanten vorstellen, Li Hung-chang.«

Dieser Mann war wesentlich jünger, kaum älter als Dreißig, aber er hatte ein energisches Gesicht und war kräftig gebaut. »Wir haben von Eurer persönlichen Tragödie erfahren, Barrington«, sagte er. »Seid versichert, daß wir Eure Tochter rächen werden.«

»Aber zuerst müssen wir aus den Überlebenden eine neue Armee rekrutieren«, erklärte Chung-wong.

Die Reise von Wuhu nach Peking war das aufregendste, was Lan Kuei bisher erlebt hatte. Bis zu diesem Zeitpunkt war ihr noch nie richtig klar geworden, wie riesig China tatsächlich war. Natürlich hatte man es ihr in Worten erklärt, aber sie hatte sich diese Größe, diese Ausdehnung ins Unermeßliche nie richtig vorstellen können. Wichtig war nur gewesen, daß das Reich der Mitte auf allen Seiten von Barbaren umgeben war, und nicht alle waren langnasig, und behaart und kamen mit Schiffen. Auch war es recht heilsam, sich daran zu erinnern, daß auch die Mandschu bis noch vor zweihundert Jahren als Barbaren gegolten hatten.

Wo das Reich der Mitte aufhörte und das der Barbaren begann, wußte niemand so genau. Vor vielen Jahrhunderten hatte ein chinesischer Kaiser mit dem Bau der Großen Mauer angefangen, um sich gegen die Barbaren aus dem Norden zu schützen – bis zum Ansturm der Briten hatte man diese für die gefährlichsten Feinde gehalten. Die Ming hatten die Mauer verlängert in der Hoffnung, allen Barbaren damit ein unbezwingbares Hindernis in den Weg zu stellen, aber noch nie in der Geschichte hatte eine Mauer Feinde dauerhaft fernhalten können. Ganz früher hatte man sie alle gemeinsam die Hsiung-nu genannt: Völker, die in bestimmten Abständen einfielen, Horden von berittenen Bogenschützen, die alles zerstörten, was vor ihnen lag. Die chinesische Geschichte war voll von solchen Invasionen der Barbarenvölker; und James Barrington hatte ihr erzählt, daß die Hsiung-nu auch nach Westen in die Welt der Christen und Moslems geritten seien. Er hatte verschiedene Namen für sie: Hunnen, Mongolen, Tataren. In Europa erinnerte man sich noch immer an den Namen ihres großen Königs Dschingis Khan und seinen Enkel Kublai Khan, der in China die Yüan-Dynastie gegründet hatte.

Aber letzten Endes hatten die Chinesen alle diese verschiedenen Eindringlinge absorbiert, zum einen durch ihre schiere Anzahl, zum anderen durch ihre bestechend einfache und friedliche Philosophie. Nurhaci hatte dagegen Vorkehrungen getroffen, damit die Mandschu nicht das gleiche Schicksal erleiden würden; daher hatte er Gesetze erlassen, die Kleidung und Äußeres der Chinesen genau vorschrieben und Mischehen von Chinesen und Mandschu verboten.

Auch die T'ai p'ing würden früher oder später unterliegen, das wußte sie. Eindringlinge und Rebellen waren noch immer entweder vernichtet oder angepaßt worden. Das Reich war davon unberührt geblieben. Ihre Nachbarvölker – die Vietnamesen, die Thais, die Japaner, die Mongolen, die noch immer in den großen Steppengebieten im Westen umherwanderten, und jetzt diese langnasigen Barbaren, die mindestens genauso arrogant wie die Bannersoldaten waren: Sie alle konnten dem riesigen Reich der Mitte nichts anhaben.

Sie brauchten drei Wochen von Wuhu nach Peking, und Hui-Cheng hatte die kürzeste und schnellste Route gewählt – den Wasserweg. Von Wuhu trug sie der gemietete Sampan mit der immer schwächer werdenden Strömung nach Nanking und dann nach Chin-kiang. Majestätisch floß der Jangtse durch die weite Ebene hindurch, von der man aus dem Boot allerdings wenig sah, da die Ufer mit hohem Schilf dicht bewachsen waren. Außerdem war das Ufer auf beiden Seiten zu hohen Böschungen aufgeschüttet worden. Auf diese Weise sollten Überschwemmungen verhindert werden.

Am Tag legten sie um die fünfzig Meilen auf dem Wasser zurück, nachts ruhten sie sich aus. Entweder legten sie in einem nahegelegenen Hafen an oder banden das Boot irgendwo am Ufer fest. Kurz vor Nanking legten sie ebenfalls eine Rast ein. Lan Kuei hätte die Stadt gern erkundet, aber Hui-Cheng erlaubte niemandem, von Bord zu gehen. Er wollte nicht, daß jemand von ihrer Anwesenheit erfuhr – am allerwenigsten der Vizekönig.

Lan Kuei konnte nur vom Deck des Bootes aus sehnsüchtig auf die Stadt blicken. Sie lagen als äußerstes Boot in einer Reihe Sampans, die alle aneinandergebunden waren und eine Art schwankendes Floß bildeten. Aber zumindest konnte sie in aller Ruhe die riesigen Mauern und hohen Pagodendächer des kaiserlichen Palastes dahinter betrachten.

»Peking ist noch viel größer«, versicherte ihr Cho-an.

Von Nanking folgten sie der Biegung des Flusses nach Osten und erreichten bald Chin-kiang, wo der Große Kanal den Jangtse kreuzte und schließlich im südlichen Hangchou endete. Noch nie hatte Lan Kuei so viele Sampans und große Hochseeschiffe gesehen. Einige hatten am Ufer angelegt, andere kämpften sich mühsam gegen die Strömung den Fluß hinauf.

Am nächsten Tag fuhren sie selbst in den Großen Kanal hinein.

Auch wenn sie noch so stolz auf ihre Mandschu-Abstammung war, mußte Lan Kuei doch zugeben, daß der Kanal wie die Große Mauer von den chinesischen Kaisern gebaut worden war. Tatsächlich war der Kanal schon vor so langer Zeit angelegt worden, und seine Vollendung hatte so lange gedauert, daß man gar nicht genau wußte, wem letzten Endes der Ruhm gebührte. Vor ungefähr zweitausend Jahren war er unter Shih huang-ti, dem ersten Kaiser, fertig geworden, und man hatte über tausend Jahre an ihm gebaut. Was man über Shih huang-ti wußte, gehörte meist ins Reich der Legenden, aber er galt als der bedeutendste Mann der chinesischen Geschichte, viel bedeutender als Konfuzius – so bedeutend, daß sein Name Huang-ti ein Synonym für das Wort ›Kaiser‹ in seiner Vergangenheitsform geworden war.

Aber ob Shih huang-ti den Bau des Großen Kanal nun begonnen hatte oder nicht, allein die Planung eines solchen Projektes war ein gewaltiges Unternehmen, von der Ausführung gar nicht erst zu reden. Er war über tausend Meilen lang und mußte auf seinem Weg eine ganze Reihe von natürlichen Hindernissen überwinden. Die Strömung im Kanal war sehr schwach, so daß Lan Kueis Reisegesellschaft nur langsam vorankam, aber die Reise war hochinteressant. Die ersten Tage war die Landschaft zu beiden Seiten flach und nicht besonders auffällig, aber, wie der Kanal selbst, voller Leben. Der Kanal war nicht sehr tief, und am Ufer waren überall größere Stücke der Befestigung abgebrochen. Auch riesige Felder von Wasserlilien, die die Mannschaft auf beiden Seiten des Schiffes wegschieben mußten, hielten die Reisenden häufig auf.

Nach einer Woche gelangten sie in ein Gebiet, das aus einer ganzen Reihe von Seen bestand, von denen einige sogar so groß waren, daß Lan Kuei mehrere Tage lang fast kein Land mehr sah. Dies war der unangenehmste Teil der Reise, da der Sampan dauernd von Millionen von Moskitos belagert wurde. Endlich erreichten sie den Huang-ho, den Gelben Fluß, der durch den vielen Schwemmsand der Berge eine gelbe Farbe angenommen hatte. Sie überquerten den Fluß unter großen Schwierigkeiten. Zwar war der Gelbe Fluß schmaler als der Jangtse, aber seine Strömung war außerordentlich stark. Aber sie wußten nun, daß sie Nordchina erreicht hatten. Die Landschaft war jetzt nicht mehr flach, sondern hügelig, und statt Reis wurden hier Weizen und Gerste angebaut.

Zwei Wochen, nachdem sie Wuhu verlassen hatten, gelangten sie schließlich nach Tientsin am Pei-ho. Hier machten sie über Nacht Rast, bevor sie den Pei-ho überquerten und auf dem Kanal, der jetzt fast parallel zum Fluß verlief, bis nach Tungtchou nur wenige Meilen vor Peking fuhren. Dort verließ der Kanal seine Parallelstrecke zum Fluß und bog in Richtung der hohen, dunkelroten Mauern der Stadt ab, die er einmal vollständig umrundete.

Sie kamen durch den Yun-tin-men, den kaiserlichen Park in der Stadt. Lan Kuei starrte die weißen Kiefern an, aber sie hatte jetzt keinen Sinn für die Natur und suchte statt dessen nach den ersten von Menschenhand geschaffenen Wundern. Tatsächlich war ihre erste Begegnung mit der Stadt eher enttäuschend. Der Himmel war bewölkt, das Wasser überall schlammig und über ihnen krächzten mißmutig die Krähen. Da sie mit dem Schiff gekommen waren, hatten sie keine Pferde, und ihre Schuhe waren bald ganz schmutzig und aufgeweicht von der Nässe.

Als sich vor ihren Augen der T'ien-tan und der Shengneng-tan erhoben, erstarrte Lan Kuei in Ehrfurcht. Dazwischen lag die Große Allee, auf der man über die Große Brücke in den chinesischen Teil der Stadt gelangte. Hier fanden sich die Reisenden plötzlich inmitten einem Gedränge von Häusern, Pagoden, Hunden und Menschen wieder, wobei sich die Anzahl der Menschen beständig steigerte, je näher sie dem Tsien-Men, dem Tor in die Tartarenstadt, kamen. *Wuhu hat nichts, was dem gleichkam*, dachte Lan Kuei. Auf beiden Seiten der Straße gab es jetzt Geschäfte, die von Süßigkeiten bis zu Aphrodisiaka alles anboten. Jedes der Geschäfte hatte seinen eigenen bunten Wimpel, der vor dem Haus im Wind flatterte.

Die Neuankömmlinge waren schnell von lärmenden Bettlern umringt. Hunde knurrten die Passanten an oder balgten miteinander. Wahrsager boten ihre Dienste an. Barbiere schnitten Haare und flochten Zöpfe. Feine Chinesinnen humpelten gefolgt von ihren Dienern zwischen den Geschäften umher. Jongleure führten mit Bällen und Stöcken ihre Kunststücke vor. Und über allem lag ein penetranter Geruch, eine Mischung aus gebratenem Fleisch und menschlichen Ausscheidungen.

Hui-Cheng war ein Mandarin, auch wenn er nur dem Neunten und damit niedrigsten Rang angehörte – er trug einen fein gearbeiteten Silberknopf und das Beamtenabzeichen des Eichelhähers –, und so ließ er sich und seine Familie von seinen Dienern den Weg bahnen, die ihnen mit Stockhieben eine Gasse schafften, ganz gleich, wen sie dabei trafen.

In der Tartarenstadt sah Lan Kuei bewundernd an dem massiven, mit Zinnen bewehrten T'ien-an-men hinauf, dem Tor des Himmlischen Friedens, das in die Verbotene Stadt führte. Zu beiden Seiten erstreckten sich die hohen dunkelroten Mauern, die das Heiligtum der Mandschu umgaben. Aber einfache Menschen wie sie durften dort nicht hinein.

Hui-Cheng bog nach rechts ab in die Hai-la-hu-tung, die Zinngasse, die dicht an der Mauer entlang führte. Dort lebten seine Verwandten.

Hier verabschiedeten sie sich von ihrer Eskorte, den Bannersoldaten, und Lan Kuei von Jung-lu. Der gutaussehende Hauptmann hatte wesentlich dazu beigetragen, daß sie die Reise genossen hatte. Wenn er auch Hui-Cheng verachtete, so hatte er doch seine Bewunderung für die drei Töchter des Ex-Intendanten, besonders aber für Lan Kuei, nicht verbergen können. Jung-lu hatte ihr all die berühmten Gebäude, Straßen und Pagoden erklärt, an denen sie vorübergekommen waren. Ihr Vater hingegen hatte die ganze Zeit nur düster vor sich hin gestarrt.

Lan Kuei fühlte sich sehr zu Jung-lu hingezogen, mehr sogar als zu James Barrington. Wie traurig, daß er nur ein Hauptmann der Bannersoldaten war und sonst kein weiteres Einkommen hatte. Sie seufzte, als sie seiner hochgewachsenen Gestalt nachschaute. Wie immer ihr Schicksal auch aussehen mochte – schließlich gab es doch diese Prophezeihung und den vielsagenden Zeitpunkt ihrer Geburt: Im Augenblick verhinderten die Umstände immer wieder, daß sie mit einem Mann ihrer Wahl zusammen sein konnte.

Hui-teng war der General des blaugeränderten Banners und gleichzeitig Oberhaupt des Jehe Nara Clans. Er sah seinen Cousin jetzt verärgert an, als der seine Geschichte erzählte.

»Einfach wegzulaufen«, brummte er.

Lan Kuei rutschte hin und her. Seit sie hier angekommen waren, fühlte sie sich unglücklich. Hui-Chengs Haus war nichts im Vergleich zu ihrem eigenen in Wuhu. Und wenn auch die Stadt selbst ihre kühnsten Träume übertraf, so sah es nicht so aus, als ob sie persönlich daraus in irgendeiner Weise Nutzen ziehen würde.

Hui-Cheng protestierte. »Ich habe zugesehen, wie unsere Truppen in die Flucht geschlagen und überall verstreut worden sind. Ich habe gesehen, wie die Gefangenen hingerichtet wurden, und da wußte ich, daß ich dort nichts mehr tun konnte. Also bin ich gegangen, um dich zu warnen. Meiner Meinung nach gibt es in ganz Anhwei niemanden, der die T'ai p'ing aufhalten kann.«

»Du meinst, sie werden den gesamten Fluß unter ihre Kontrolle bringen? Und Nanking? Du begleitest mich am besten sofort zum Großen Rat und berichtest den Mitgliedern davon.«

»Und Ihr müßt den Prinzen um eine neue Stellung für ihn bitten«, sagte jetzt Cho-an. Sie hatte sich schon auf der ganzen Reise darüber Sorgen gemacht.

»Das wird im Moment schwierig sein«, murmelte Hui-Cheng. »Ein Mann, der seinen Posten verlassen hat ...«

»Möchtet Ihr, daß wir verhungern«, erwiderte Cho-an.

»Ihr werdet nicht verhungern«, beruhigte sie Hui-teng.

»Dann werden wir von Euren Almosen leben müssen«, sagte Cho-an bitter. »Ich habe meine Söhne verloren. Diese Mädchen sind alles, was ich noch habe. Es ist an der Zeit, daß sie heiraten. Wie soll ich Ehemänner für sie finden, wenn ihr Vater in Ungnade gefallen ist und wir kein Geld haben?«

Hui-teng schien Te Chou und Lan Kuei das erste Mal bewußt zu sehen; Kai Tu interessierte ihn nicht, da sie noch ein Kind war. »Das sind hübsche Mädchen«, meinte er.

»Und sehr talentiert«, fügte Hui-Cheng jetzt eifrig hinzu. »Sie können malen und dichten. Sie sind sehr belesen.«

Was für eine Übertreibung, dachte Lan Kuei; *ich habe zwar viel gelesen, aber Te Chou nimmt doch nie ein Buch in die Hand, wenn man sie nicht dazu zwingt.*

»Auch die schönsten und talentiertesten Mädchen brauchen eine Mitgift.« Cho-an konzentrierte sich wie üblich auf das Wesentliche.

»Hm«, meinte Hui-teng. »Ja, das sind wirklich hübsche Mädchen. Und wenn sie so begabt sind – und ihre Abstammung ist auch gut ...«

»Ihre Abstammung ist die beste«, verkündete jetzt Cho-an. »Das Blut der Niuhuru fließt in ihren Adern!« Davon waren die Angehörigen des Jehe Nara Klans nicht unbedingt begeistert.

Hui-Cheng runzelte die Stirn. »Was hast du vor?«

»Ich denke darüber nach«, sagte Hui-teng. »Es könnte ein Ausweg für euch sein, eure Töchter auch ohne Mitgift gut unterzubringen und eure eigene finanzielle Situation zu verbessern. Da die Trauerperiode für den verstorbenen Kaiser im neuen Jahr vorüber ist, hat der Hsien-feng Kaiser verlauten lassen, daß er seinen Harem wieder auf die korrekte Zahl von sechzig erhöhen will. Ich glaube, er hat im Augenblick nur neun Konkubinen. Im nächsten Frühjahr sollen der Kaiserinwitwe die Anwärterinnen vorgestellt werden. Die Generäle eines jeden Banners haben das Recht, eine bestimmte Zahl vorzuschlagen. Soll ich eure beiden Töchter vorschlagen?«

Cho-an klatschte in die Hände vor Begeisterung. Te Chou und Lan Kuei saßen zu Statuen erstarrt da.

»Darüber sollten wir tatsächlich nachdenken«, sagte Hui-Cheng.

»Aber dann jetzt sofort«, mahnte Hui-teng. »Die Frist für das Einreichen der Vorschläge ist schon fast abgelaufen. Ich weiß, es ist riskant, aber Risiko ist für dich jetzt der einzige Weg.«

Hui-Cheng fuhr sich mit der Hand übers Kinn. Der Cousin hatte ganz recht. Das Risiko lag nicht darin, daß die Mädchen abgelehnt werden könnten. Dann hätten sie nur das Geld für Schmuck und Kleider verschwendet. Das Risiko begann erst, wenn sie angenommen wurden!

Das höfische Protokoll sah für den Kaiser einen Harem von sechzig Konkubinen vor, für einen kaiserlichen Prinzen dreißig, und für den Thronfolger zehn. Falls eine Konkubine es fertigbrachte, sich beim Kaiser derart beliebt zu machen, daß er ihr Gehör schenkte, dann würde sie enormen Einfluß haben und ihre männlichen Verwandten, besonders natürlich ihren Vater, für Positionen, die frei wurden, vorschlagen können.

Aber nur ein sehr kleiner Teil dieser Konkubinen drang überhaupt bis ins Bett des Kaisers vor – und gefiel ihm dann auch noch so gut, daß er sie anhörte. Die meisten sahen noch nicht einmal sein Gesicht. Die Mädchen wurden von der Kaiserinwitwe ausgesucht und lebten fortan bei Hofe. Wenn sie die Gunst des Kaisers erlangen konnten, hatten sie mehr Einfluß, als sie sich je hätten erträumen können. Aber wenn nicht, dann waren sie bald vergessen, verbrachten ihr Leben als Kammerzofen der Kaiserin und waren völlig nutzlos für ihre Familie. Dann wäre es besser gewesen, wenn das Mädchen einen reichen, mächtigen Mandarin geheiratet hätte. Aber *wenn* sie dem Kaiser gefielen ...

Hui-Cheng warf Cho-an einen Blick zu, die ihn gespannt ansah. An *ihrer* Wahl konnte kein Zweifel bestehen. Bei den Mädchen schien es das gleiche zu sein. Natürlich, Frauen waren unfähig, in die Zukunft zu sehen – aber wie Hui-teng richtig gesagt hatte, wenn je in seinem Leben eine Notwendigkeit bestanden hatte, ein Risiko einzugehen, dann war es jetzt.

»Ich glaube, du hast recht, Hui-teng«, entschied er schließlich. »Ich möchte, daß du die Namen meiner Töchter als Vorschläge einreichst.«

Lan Kuei seufzte erleichtert.

»Ich habe beschlossen, das Hauptquartier des Hauses Barrington nach Schanghai zu verlegen«, verkündete Martin Barrington.

Sowohl Jane als auch James sahen ihn überrascht an. Tsentsing schnaubte nur.

»Du glaubst doch nicht im Ernst, daß die T'ai p'ing Nanking erobern können?« fragte Jane.

»Ich hoffe, daß es nicht dazu kommt. Aber sie kommen

näher, und sie kontrollieren bereits den gesamten Verkehr auf dem Fluß.« Eine Woche zuvor war eine Dschunke der Barringtons östlich von Wuhu in Brand gesteckt worden; und in jedem Fall war die Zerstörung, die die Rebellen anrichteten, so groß, daß es westlich von Nanking nichts mehr gab, womit sich handeln ließe. »Da unsere Geschäfte fast ausschließlich auf See abgewickelt werden, ist Schanghai ohnehin der beste Ort für ein Hauptquartier – zumindest bis die T'ai p'ing besiegt sind. James, ich übertrage dir die Organisation dieses Umzugs.«

Der Umzug begann gleich am nächsten Tag. Das Haus Barrington besaß bereits mehrere Lagerhäuser sowie ein großes Büro in Schanghai, und außerhalb der Stadt hatte Martin ein Haus für die Familie bauen lassen. Daher ging es jetzt lediglich darum, alle Logbücher und Geschäftsunterlagen sowie Kleidung und Möbel heranzubringen.

Mit dieser Beschäftigung konnte James wenigstens die Stunden des Tages ausfüllen. Die Sampans fuhren in dichter Folge den Fluß hinunter und wieder hinauf. Natürlich blieb der Umzug des Hauses Barrington den englischen Kaufleuten, die nach dem Friedensvertrag von Nanking in großer Zahl nach Schanghai gekommen waren, nicht verborgen.

»Diesmal verschwindet Ihr rechtzeitig, wie?« fragte einer von ihnen, während James das Entladen eines weiteren Sampans beaufsichtigte. Der Mann hieß Mayhew, und er war seit ungefähr einem Jahr in Schanghai. »Bloß kein zweites Wuhu, nicht wahr?« Mayhew ließ nicht locker.

James lüftete grüßend den Hut, da eine junge Frau neben Mayhew stand; es war seine Tochter, sie war klein und blond. Sie war attraktiv, und doch war ihre Anwesenheit und die Tatsache, daß sie alles über ihn wußte, irritierend.

»Nein, Mr. Mayhew, das wollen wir wirklich nicht.«

Er ging in die Richtung der Stadt davon.

»Mr. Barrington!«

Er blieb stehen und Lucy Mayhew holte ihn ein. »Ich möchte mich für meinen Vater entschuldigen, Mr. Barrington«, sagte sie. »Ich bin sicher, daß er Ihnen eigentlich sein Beileid zum Tod Ihrer Schwester aussprechen wollte.«

James sah auf sie hinab und verkniff sich die beißende Erwiderung, die er schon auf der Zunge hatte. Offenbar wollte Lucy das Verhalten ihres Vaters wiedergutmachen.

»Ja, sicher wollte er das, Miss Mayhew«, sagte er und ging weiter. Aber er konnte sie nicht vergessen. Auf die merkwürdigste Art und Weise erinnerte er sie an Lan Kuei, sie schien ihr blondes Ebenbild zu sein.

»Die Sänften stehen bereit«, verkündete Hui-teng.

Cho-an und Kai Tu flatterten wie aufgeregte Vögel im Zimmer hin und her. Die letzten Monate hatten die weiblichen Mitglieder der Familie mit hektischer Näharbeit verbracht, und Te Chou und Lan Kuei trugen jetzt feinere Kleider, als sie je zuvor besessen hatten. Blusen und Hosen waren aus reiner Seide: rot für Te Chou und blau für Lan Kuei. Die darüber getragenen Kasacks waren in der jeweiligen Kontrastfarbe: rot für Lan Kuei und blau für Te Chou. Beide waren reich mit grünen Drachen bestickt. Sie trugen keine Hüte, aber ihr Haar war kunstvoll auf dem Kopf drapiert und mit Spangen aus Elfenbein festgesteckt. Auf ihren Schuhen funkelten Perlen und Halbedelsteine.

Lan Kuei hatte ihre dreihundert Silbermünzen dazu beigesteuert, und obwohl die Eltern überrascht waren, wie ihre Tochter an soviel Geld gekommen war, hatten sie keine Fragen gestellt. Die Familie brauchte jeden Tael für die angemessene Präsentation der Mädchen.

Aber jetzt war der große Moment gekommen: Die ganze Familie begleitete die beiden hinaus zu den Sänften. Sie hatten für dieses Ereignis sogar eine Gruppe von Eunuchen als Leibgarde gemietet, und alle waren so prächtig gekleidet, wie es die finanziellen Mittel des Klans erlaubten.

Die Mädchen saßen im Schneidersitz in ihren Sänften, die nun hochgehoben und davongetragen wurden. Dicht gedrängt standen die Menschen in den Straßen in der Hoffnung, einen Blick auf die sechzig Anwärterinnen auf ihrem Weg in die Verbotene Stadt erhaschen zu können. Die Vorhänge der Sänften waren natürlich geschlossen, aber hier und da sah man schon mal eine feingliedrige, exquisit gepflegte

Hand dazwischen erscheinen, die gleich wieder zurückgezogen wurde.

Nach vorn waren die Vorhänge der Sänften jedoch halbdurchsichtig, so daß Lan Kuei sehen konnte, wo sie waren. Zuerst kamen sie an das T'ien-an-men, aber sie wurden durch ein kleineres Tor neben dem riesigen Haupttor eingelassen. Vor ihnen ragte jetzt das Wu-men, das Tor des Zenits, mit seinen vier hohen Türmen in den Himmel, das man sogar außerhalb der Stadtmauern sehen konnte. Hinter dem Wu-men lag die Verbotene Stadt.

Lan Kuei spürte den Schweiß auf Stirn und Rücken, und auch zwischen ihren Schenkeln fühlte sich die Hose ganz klamm an. Im Herbst zuvor, als Hui-teng die Idee geäußert hatte, war sie so aufgeregt gewesen, daß sie es kaum erwarten konnte. Eine kaiserliche Konkubine zu werden ... Das bedeutete natürlich auch, daß sie ihre Eltern nie wiedersehen würde – oder Kai Tu, oder auch Te Chou, wenn sie nicht auch ausgewählt wurden. Auch James Barrington würde sie nie wiedersehen. Aber sie hatte eigentlich ohnehin nicht damit gerechnet, ihn je wiederzusehen, aber jetzt war sie über alles erhaben, was die Barbaren jemals hoffen konnten zu erreichen.

Die vergangenen Monate hatten ihrem Selbstvertrauen nichts anhaben können. Te Chou hingegen war von Tag zu Tag nervöser geworden – und auch launischer, je näher der Termin rückte. Sie würden dem Kaiser vorgestellt werden! Lan Kuei leckte sich hastig über die Lippen, aber sie durfte ihr Lippenrot nicht verwischen.

Das erste, was Lan Kuei auffiel, als sie die Verbotene Stadt betraten, war ihre große Schönheit. Peking mochte eine lebendige und aufregende Stadt sein mit all ihren Gerüchen, dem Dreck, der Enge und dem unorganisierten Durcheinander, aber hier herrschte überall würdevolle Stille. Die Gebäude – und es gab eine ganze Menge – standen in gemessenem Abstand voneinander mit grünen Rasenflächen und blühenden Sträuchern dazwischen. Sie alle waren aus weißem Marmor erbaut und standen auf Pfählen, die verhinderten, daß sie überflutet werden konnten. Jedes hatte sowohl im Erdgeschoß wie auch im ersten Stock eine Veranda.

Dort saßen Frauen und weißgekleidete Eunuchen, Diener am Hof des Kaisers, denn der einzige Mann, der in der Verbotenen Stadt lebte, war der Kaiser selbst. Alle Sänften sammelten sich hier und hielten direkt hinter dem Tor.

Die Diener aus der Stadt wurden jetzt entlassen und durch Eunuchen des kaiserlichen Hofes ersetzt. Man forderte die Mädchen auf, ihre Sänften zu verlassen. Sie sahen einander neugierig an, als sie heraustiegen, schätzten sich gegenseitig ab und überlegten, wer zur Freundin, wer zur Rivalin oder sogar Feindin werden könnte. Aber sie hatten keine Zeit, miteinander zu sprechen, da sie sofort weitergehen mußten. Vor ihnen lag die Terrasse mit dem Drachenpflaster. Die Hauptstufen waren mit dem kaiserlichen, fünfkralligen Drachen so geschickt bemalt, daß man die prächtige Bestie der Mythen auf sich zukommen sah. Man nannte sie auch die schwebende Treppe. Nur der Kaiser selbst durfte den Drachen auf der Treppe betreten; die Mädchen wurden über Seitentreppen und dann um den Thronsaal der Höchsten Harmonie und die anderen Thronsäle herumgeführt. Sie kamen jetzt in den Bereich der Tempel; zu beiden Seiten ragten zinnoberrote Mauern und Pagodendächer in den Himmel, die mit Drachen, Pferden, Schlangen, Schildkröten, Löwen und Hunden verziert waren – und auch mit dem chinesischen Glückssymbol, der Fledermaus.

Jenseits der Thronsäle bogen sie nach links ab zum Nei Wu Fu, dem Büro der kaiserlichen Haushaltsabteilung. Hier wurden die vor Ehrfurcht starren Mädchen in einem riesigen Saal versammelt. Die ihnen zugeteilten Eunuchen standen bei ihnen. Es gab bis auf zwei lange Bänke, die an gegenüberliegenden Wänden aufgestellt waren, keinerlei Möbel in diesem Raum. Die Wände selbst waren mit Blumen und Vögeln in exquisiten Farben bemalt. Bis auf das Rascheln von Seide und dem leisen Scharren der Füße herrschte vollkommene Stille; keines der Mädchen traute sich zu sprechen.

Plötzlich verbeugten sich die schweigenden Eunuchen alle gleichzeitig, und die Mädchen folgten ihrem Beispiel. Die

Kaiserinwitwe, die Mutter Hsien-fengs, trat mit rauschenden Gewändern herein; sie wurde von einem Eunuchen begleitet, der offensichtlich ein sehr wichtiges Amt bekleidete, da er die gleichen Gewänder wie die Kaiserin selbst trug.

Sie war in gelbe Seide gekleidet – die Farbe des Kaisers – auf die rote Drachen gestickt waren. Die letzten zwei Fingernägel einer jeden Hand waren extrem lang und mit silberner Farbe bemalt. Ihr Haar war unter einem riesigen Kopfputz mit aufrecht stehenden Flügeln zu beiden Seiten verborgen. Ihr Gesicht verschwand fast völlig unter dem schweren Make-up und dem Lack, der auf Augenlider, Wangen, Lippen und Ohren aufgetragen war.

Die Kaiserin hielt einen Moment an und sah die Mädchen mit einem stolzen, fast verächtlichen Gesichtsausdruck an. Dann rauschte sie mit ihrem Begleiter durch eine der inneren Türen davon.

Lan Kuei glaubte sich kaum noch auf den Beinen halten zu können. Sicherlich würde jeden Moment der Kaiser selbst erscheinen.

Aber vorerst betrat niemand den Saal. Statt dessen stellte sich ein Eunuch an die Tür, wodurch die Kaiserin verschwunden war, auf und rief einen Namen. Nach einem Moment des Zögerns eilte eines der Mädchen nach vorn und wurde in den angrenzenden Raum geführt. Die anderen Mädchen renkten sich fast die Hälse aus, um etwas sehen zu können.

»Jeder von euch wird drankommen«, beruhigte sie eine Eunuchenstimme. »Ihr dürft euch jetzt setzen.«

Langsam und zögernd setzten sich die Mädchen auf die Bank an der linken Wand. Als sich zwei auf die andere Seite setzen wollten, wurden sie von den Eunuchen aufgehalten; sie mußten alle auf einer Seite sitzen. Voller Spannung starrten sie auf die Tür.

Nach ungefähr fünf Minuten kam das erste Mädchen wieder heraus. Ihre Wangen waren gerötet, und ihre Hände zitterten. Sie sah sich nach links und nach rechts um, als ob sie davonlaufen wollte ... aber einer der Diener brachte sie auf die andere Seite, wo sie sich auf die Bank setzen, aber nicht mit den anderen sprechen konnte.

Allmählich wurde Lan Kuei wirklich nervös. Was war in

dem Raum geschehen, daß das Mädchen so verstört zurückkehrte? Wenn jedes Gespräch fünf Minuten dauerte, würden sie bei einer Zahl von sechzig volle fünf Stunden hier verbringen müssen. Sie sah das Mädchen zu ihrer rechten an, die still dasaß, den Blick zu Boden gesenkt. Sie war recht hübsch, aber ihr Gesicht war völlig ausdruckslos. Sie hatte sich völlig in sich selbst zurückgezogen und schien ihre Umgebung gar nicht mehr wahrzunehmen.

Lan Kuei stellte sich vor. »Ich bin Lan Kuei.«

Das Mädchen erschrak. Offensichtlich hatte es nicht damit gerechnet, angesprochen zu werden. »Ich bin Niuhuru«, antwortete sie.

»Das ist der Name eines Klans, nicht einer Frau«, sagte Lan Kuei in nicht sehr freundlichem Ton.

Das Mädchen schien sich daran nicht zu stören. »Ich bin nach meinem Clan benannt worden.«

Wie albern, dachte Lan Kuei. Andererseits ...

»Meine Mutter ist eine Niuhuru«, sagte sie.

»Wie nett«, sagte das Niuhuru Mädchen. »Dann sind wir ja miteinander verwandt.«

»Ich selbst gehöre dem Jehe Nara Klan an – dem Klan des blaugeränderten Banners«, verkündete Lan Kuei mit gewichtiger Stimme.

»Das Banner der Niuhuru ist einfarbig gelb«, sagte Niuhuru. Das wußte Lan Kuei natürlich, und es ärgerte sie ein wenig. Das einfarbig gelbe Banner war natürlich das höchste von allen. »Die Kaiserinwitwe entstammt meinem Klan«, fügte Niuhuru hinzu.

In diesem Augenblick kam das zweite Mädchen zurück. Es sah noch mitgenommener aus als ihre Vorgängerin und setzte sich ebenfalls auf die gegenüberliegende Bank, aber die beiden sprachen nicht miteinander.

»Ich bin sechzehn Jahre alt«, fuhr Niuhuru fort.

»Ich bin achtzehn«, sagte Lan Kuei herablassend.

Niuhuru dachte einen Moment lang nach. »Habt Ihr Angst?«

Offensichtlich meinte sie damit das drohende Gespräch.

»Überhaupt nicht«, log Lan Kuei, die mit jeder Minute nervöser wurde.

346

»Ich wünschte, ich wäre so mutig wie Ihr«, sagte Niuhuru. Sie schien sich wirklich mit Lan Kuei anfreunden zu wollen.

»Wir werden uns gegenseitig Mut machen«, sagte Lan Kuei beruhigend.

»Ich bin so froh, daß ich Euch getroffen habe, Lan Kuei. Wenn ich ausgewählt werde, hoffe ich, daß Ihr auch gewählt werdet.« Lan Kuei wußte nicht, was sie von ihr halten sollte.

Die Minuten verstrichen, und ein Mädchen nach dem anderen wurde in den Nebenraum gerufen ... und setzte sich dann auf die Bank auf der anderen Seite des Saals. Einige flüsterten jetzt ängstlich miteinander, aber es war unmöglich zu verstehen, was sie sagten.

Lan Kuei sah, wie sich Te Chous Hände zu Fäusten ballten, als ein Mädchen neben ihr aufgerufen wurde. »Es gibt nichts, wovor wir Angst haben müßten«, sagte sie plötzlich. Te Chou sah sie von der Seite an, als ob sie ihre eigene Schwester nicht mehr erkannte, dann starrte sie wieder vor sich auf den Boden.

Als übernächstes Mädchen wurde Te Chou aufgerufen. Sie brach beinahe zusammen, als sie aufstand, und einer der Eunuchen – der ununterbrochen vor ihnen auf und abmarschierte, ergriff ihren Arm und stützte sie. *Ich werde die nächste sein*, dachte Lan Kuei. *Was werden sie von mir verlangen? Aber ich werde meine Angst nicht zeigen.* Sie legte die Hände ausgestreckt in den Schoß und zwang sich, sie stillzuhalten.

»Ihr seid so mutig«, murmelte Niuhuru.

Aber als sie Te Chou herauskommen sah, wurde ihr beinahe übel ... Nie zuvor hatte sie ihre sonst so arrogante und herablassende Schwester so eingeschüchtert gesehen. Sie sah aus wie ein kleines Mädchen, das gerade Schläge erhalten hatte.

»Lan Kuei«, rief einer der Eunuchen an der Tür.

Lan Kuei holte tief Luft und erhob sich. Sie zögerte einen Moment, um ihr Gleichgewicht wiederzufinden, bevor sie auf die Tür zutrat. Sie zwang sich dazu, langsam und elegant zu schreiten und ihren Gesichtszügen einen intelligenten, entspannten Ausdruck zu verleihen. Als sie die Tür erreicht hatte, lächelte sie dem wartenden Eunuchen zu, aber dieser erwiderte es nicht im geringsten. Immer noch lächelnd trat sie in einen überraschend großen Raum – und hörte, wie sich die Tür hinter ihr schloß.

Die Kaiserinwitwe saß in einem Stuhl mit hoher Rückenlehne. Ihre Hände hingen zu beiden Seiten über die Armlehnen herunter. Obwohl sie bereits seit drei Stunden dort saß, hielt sie sich scheinbar mühelos aufrecht. Ihr Eunuch stand in einiger Entfernung neben einem großen Tisch, auf dem einige Papierstapel lagen. Das einzig andere Möbelstück im Zimmer war ein weiterer Tisch, der ziemlich breit, aber nicht ganz so groß war wie der erste und niedriger.

Der Eunuch las in typischem Singsang von einem Blatt Papier vor. »Lan Kuei, zweite Tochter von Hui-Cheng aus dem Jehe Nara Klan des blaugeränderten Banners«, sagte er kühl. »Te Chou ist ihre ältere Schwester.«

»Euer Vater ist in Ungnade gefallen«, stellte die Kaiserin fest. »Wie kann er es wagen, gleich *zwei* seiner Töchter vorzuschlagen?«

Lan Kuei weigerte sich, den Blick zu senken. »Weil die Töchter meines Vaters schön und wohlerzogen sind, Majestät.«

Der Kopf der Kaiserin ruckte ein wenig. »Du wirst nur sprechen, wenn man dich etwas fragt, Mädchen, sonst lasse ich dich für deine Unverschämtheit schlagen.«

Lan Kuei beugte jetzt unterwürfig den Kopf. »Bei allem Respekt, Majestät, aber Ihr *habt* mir eine Frage gestellt.«

»Lan Kuei ist für ihr unbändiges Temperament bekannt«, sagte der Eunuch böswillig.

»Offensichtlich«, zischte die Kaiserin, und Lan Kueis Verzweiflung wuchs. Aber sie war entschlossen, sich ihr gesundes Selbstbewußtsein von diesen Menschen nicht zerstören zu lassen, wie sie es bei den anderen offenbar fertiggebracht hatten, Te Chou inbegriffen.

»Und was meinen Vater angeht, so hat man ihn ohne ausreichende Mittel in den Kampf gegen die T'ai p'ing geschickt.«

»Was ist das: T'ai p'ing?« fragte die Kaiserin.

Lan Kuei konnte kaum glauben, daß in dieser Abgeschlossenheit niemand zu wissen schien, was im Reich, über das sie herrschten, vor sich ging. »Es sind Rebellen, Majestät, die die Dynastie der Ta K'ing stürzen wollen.«

Die Kaiserin wandte den Kopf halb dem Eunuchen zu.

»Ich glaube, es gibt da ein paar Rebellen südlich des Jangtse, die sich T'ai p'ing nennen, Majestät. Sie werden bald ausgemerzt sein.«

Die Kaiserin begann jetzt zu singen: »›Voller Respekt empfangen wir den Segen des Himmels. Oh, wie sie leuchten in ihrer Pracht ...‹ Sing weiter, Mädchen!«

Lan Kuei schnappte nach Luft. Es war eine Opferhymne – wenn sie sich doch nur an die genauen Worte erinnern könnte. Verzweifelt begann sie: »›... und Frieden herrscht im Land schon lange Zeit. Das Volk zwischen den vier Meeren ist vereint. Wir bieten ein großes und ernsthaftes Opfer dar. In Gehorsam ...‹«

»Genug«, sagte die Kaiserin. Sie hatte die Stirn gerunzelt, und Lan Kuei war plötzlich zuversichtlich. »Sag mir, was Konfuzius über die Ehre sagt«, befahl die Kaiserin.

Wieder entstand eine lange Pause. Aber diesmal war die Antwort leicht. »Ein Mann von Ehre stellt an sich selbst Ansprüche. Ein Mann ohne Ehre stellt an andere Ansprüche.«

Die Kaiserin bewegte jetzt die rechte Hand; es wirkte fast wie eine Zustimmung. »Wer war der größte Mann zu Zeiten des Hsuan Tsung Kaisers?« war die nächste Frage.

Lan Kueis Selbstvertrauen schwand. Der Hsuan Tsung Kaiser war der größte Herrscher der Tang Dynastie gewesen, und die Tang – die China nach James Barringtons Zeitrechnung von 618 bis 907 regiert hatten – wurde auch heute noch als die größte Dynastie des Reichs der Mitte gefeiert. Daher konnte der größte Mann dieser Zeit nur der Kaiser selbst sein ...

Aber sie konnte sich nicht vorstellen, daß das die Antwort war, die die Kaiserin hören wollte. Zum einen war es zu einfach, zum anderen hatte es unter der Herrschaft dieses Kaisers so viele Talente gegeben, sowohl auf künstlerischen als auch auf mechanischen Gebiet. I-hsing hatte die Uhr erfunden, und auch die Erfindung des Papiers fiel in diese Zeit. Und dann waren da noch die großen Dichter ...

Sie sah die Kaiserin an, die ihren Blick mit ausdrucksloser Miene erwiderte.

»Nun?« fragte sie. »Kennst du den Hsuan Tsung Kaiser überhaupt?«

»Ja, Majestät. Ich kenne ihn«, sagte Lan Kuei und mußte sich entscheiden. Sie hatte nur ihren Instinkt, auf den sie sich verlassen konnte. »Der größte Mann unter dem Husan Tsung Kaiser war der Dichter Li Po.«

»Ein Trunkenbold«, meinte die Kaiserin, »der ertrunken ist, als er das Spiegelbild des Mondes im Wasser umarmen wollte. Wie kommst du ausgerechnet auf ihn?«

»Weil er schönere Gedichte geschrieben hat als irgend jemand sonst«, sagte Lan Kuei, »und auf ewig in seinen Versen weiterleben wird.«

Die Kaiserin sah sie mehrere Sekunden lang an, bevor sie sprach. »Wie Ching schon gesagt hat, du hast einen scharfen Verstand, Tochter des Hui-Cheng. Wenn du lernst, damit umzugehen, wird er dir vielleicht einmal nützen. Zieh dich aus.«

Lan Kuei starrte die Kaiserinwitwe fassungslos an. »Ihr werdet Euch ausziehen«, wiederholte jetzt der Eunuch.

Lan Kuei dachte darüber nach, daß nur die Kaiserin und der Eunuch anwesend waren ... die einzigen Menschen, vor denen sie sich bisher nackt gezeigt hatte, waren ihre Mutter und ihre Schwestern gewesen. Sorgfältig zog sie die Schuhe aus und legte den Kasack auf den Boden – eine andere Ablegemöglichkeit gab es nicht. Sie zögerte.

»Alles«, befahl Ching.

Lan Kuei fragte sich, ob er wirklich ein Eunuch war: dieses Spiel schien ihm zu gefallen. Das also war es, was die anderen Mädchen so verschreckt hatte. Aber sie würde sich davon nicht erschüttern lassen, beschloß sie und zog rasch Bluse und Hose aus.

»Stellt Euch auf den niedrigen Tisch dort drüben«, befahl Ching. Als Lan Kuei hinaufgestiegen war, trat er näher. Sie ekelte sich vor seinem unangenehmen Mund- und Körpergeruch, als er ihr in Augen und Mund schaute. Er prüfte ihre Zähne und tastete dann ihre kleinen Brüste ab, hob ihre Arme und sah in die Achselhöhlen. Sie erschauerte. Als ihr klar wurde, was er als nächstes untersuchen würde, erschauerte sie noch einmal, diesmal heftiger. »Ihr werdet Euch jetzt mit gespreizten Beinen hinknien.«

Lan Kuei wollte der Kaiserin einen hilfesuchenden Blick

zuwerfen, aber sie wagte es nicht. Wie mußten sich die anderen Mädchen bei dieser Zwangsuntersuchung gefühlt haben! Sie stützte sich jetzt auf Hände und Knie und spürte seinen warmen Atem auf ihrem Gesäß. Seine Finger glitten zwischen ihre Beine. Er untersuchte sie vorsichtig, um das Hymen nicht zu verletzen. Aber er tat es sehr gründlich, und sie wurde das Gefühl nicht los, daß er es genoß.

»Steht auf.«

Lan Kuei sprang in würdeloser Eile auf. Ihr ganzer Körper glühte vor Empörung, als sie sich jetzt zur Kaiserin umdrehte und in ihren Gesichtszügen nach einem Zeichen suchte.

»Zieh dich an, Mädchen«, befahl die Kaiserin.

Lan Kuei zog sich die Kleider über, ohne sich um ihre feine Frisur zu kümmern.

»Du kannst jetzt gehen, Tochter des Hui-Cheng.«

Lan Kuei zögerte. Sie wollte unbedingt wissen, ob sie erfolgreich gewesen war. Aber die Tür wurde aufgehalten, und sie konnte nichts anderes tun als gehen.

Lan Kuei ging hinaus und sah die anderen Mädchen an. Auf der linken Seite saßen die, die die Tortur bereits hinter sich hatten. Sie sahen sie jetzt gespannt an, um herauszufinden, wie sie damit fertig geworden war. Die wenigen auf der rechten Seite hatten das Ganze noch vor sich.

Zufällig war Niuhuru die nächste. Sie war bereits aufgestanden und ging auf die Tür zu. Wie würde dieses naive Mädchen mit der Untersuchung durch diesen stinkenden Eunuchen fertigwerden?

Lan Kuei setzte sich neben ihre Schwester. Te Chou warf ihr einen kurzen Blick zu und starrte dann wieder vor sich. »Ich möchte mich übergeben«, sagte sie.

»Du darfst dir darüber nicht zu viele Gedanken machen«, flüsterte Lan Kuei eindringlich. »Sie suchen nur nach irgendwelchen körperlichen Makeln.« Te Chou erschauerte. »Findest du es nicht unglaublich, daß sie nichts von den T'ai p'ing wissen?« sagte Lan Kuei immer noch fassungslos. »Ist das nicht unglaublich?«

»Sie wissen nur, was die Vizekönige ihnen mitteilen«, antwortete Te Chou.

Aber Lan Kuei konnte sehen, daß ihre Schwester sich im

Augenblick nicht für die T'ai p'ing interessierte. Und es war tatsächlich schwer, fand Lan Kuei, hier in der Verbotenen Stadt, wo der Kaiser ausschließlich von kriecherischen Eunuchen und den Symbolen seiner eigenen Größe und Wichtigkeit umgeben war, über die Situation in den Gebieten südlich des Jangtse nachzudenken. Aber die T'ai p'ing waren immer noch da.

Niuhuru kam heraus. Abgesehen von ein paar roten Flecken auf den Wangen sah sie sehr gefaßt aus. Sie setzte sich nicht neben Lan Kuei, sondern ein Stück weiter weg. Immer neue Mädchen wurden hineinzitiert und wieder herausgeschickt. Lan Kuei wurde langsam müde und unterdrückte mühsam ein Gähnen. Plötzlich sah sie, daß die Bank auf der anderen Seite leer war. Das hieß, das Mädchen, das in diesem Augenblick heraustrat, war die letzte Kandidatin.

»Erhebt Euch«, sagte einer der Eunuchen.

Sie hatten schon solange gesessen, daß einige merklich taumelten, als sie jetzt aufstanden. Die Kaiserin kam heraus. Ching folgte ihr mit einem großen Bogen Papier in der Hand. Die Kaiserin stand jetzt vollkommen still, und er begann vorzulesen.

»Als höhere Konkubine vom Range Pin, Niuhuru.«

Alle Augen folgten Niuhuru, die jetzt an ihnen vorbeiging. Sie würdigte Lan Kuei keines Blickes. Auch schien sie nicht besonders erfreut zu sein – oder gar erleichtert. Aber schließlich hatte *sie* immer gewußt, daß sie ausgewählt würde, dachte Lan Kuei bitter.

Niuhuru stand jetzt vor der Kaiserinwitwe und verbeugte sich. Die Kaiserin legte ihr die Hand auf die Schulter und richtete einige Worte an sie, die so leise waren, daß die anderen Mädchen nichts verstehen konnten. Am anderen Ende des Saals warteten zwei Eunuchen auf sie. Hier endete Niuhurus Kindheit.

Lan Kuei merkte plötzlich, daß sie anfing zu keuchen. Ching las immer weiter Namen und Ränge vor – alle niedriger als Pin. Er hatte bis jetzt weder Te Chou noch Lan Kuei aufgerufen. Jedes Mädchen ging, wenn es aufgerufen wurde, zur Kaiserin, die es beglückwünschte. Dann wurde jedes einzelne von Eunuchen hinausbegleitet. Einige schienen entsetzt, daß die Wahl auf sie gefallen war, andere waren überglücklich. Ein Mädchen versuchte zu fliehen und mußte von den Eunuchen aufgehalten werden.

Ching machte einen Haken hinter jeden Namen, den er aufgerufen hatte. Es war unmöglich zu sehen, wie viele Namen auf dem Papier standen, aber Lan Kuei wurde immer verzweifelter, je weiter sein Stift nach unten wanderte. Zwanzig Mädchen waren bereits aufgerufen. Fünfundzwanzig... Sechsundzwanzig... Siebenundzwanzig. Chings Stift war jetzt ganz unten angekommen. Vielleicht hatte er noch eine zweite Seite.

Aber Lan Kuei wußte, daß das nicht der Fall war. Sie drehte sich entsetzt zu Te Chou um. *Keine von uns beiden.* Was für eine Katastrophe! Und sie hatte ihre dreihundert Silbermünzen dafür geopfert. Sie hätte sie genausogut einem Bettler geben können – oder Cho-chung.

»Lan Kuei«, verkündete Ching. Einen Moment lang stand sie da wie erstarrt. Dann sog sie gierig die Luft in ihre leeren Lungen und trat nach vorn. Sie wagte nicht, Te Chou anzusehen. Ching war nun wirklich am Ende seiner Liste angekommen... er faltete das Papier zusammen... sie war die allerletzte, die ausgewählt worden war.

Sie stand vor der Kaiserinwitwe und verbeugte sich.

»Meine Glückwünsche«, sagte sie und klopfte ihr ganz leicht auf die Schulter. »Du bist ausgewählt als Ji Konkubine.« Das war der niedrigste Rang. »Von diesem Augenblick an bist du Kuei Jen, eine Ehrenwerte Person, und deine einzige Pflicht liegt darin, meinen Sohn glücklich zu machen. Dein Vater wird eine Belohnung dafür erhalten, daß er dich vorgeschlagen hat. Jetzt geh.«

Lan Kuei drehte sich um und ging auf den wartenden Eunuchen zu. Sie hätte vor Freude und Erleichterung am liebsten geschrien und gejubelt. Sie war die letzte, die ausgewählt worden war, und sie war nur eine Ji, der niedrigste Rang. Aber sie war ausgewählt worden! Mit gesenktem Kopf ging sie hinaus, einen Eunuchen auf jeder Seite.

Die Namen der Auserwählten wurden daraufhin im ganzen Reich bekannt gemacht. Im Juni erfuhr man auch in Nanking davon.

»Vielleicht wird der Kaiser sich jetzt mit den T'ai p'ing befassen«, sagte Sung-chu und warf das Flugblatt auf den Boden.

Chang Tsin fing es auf, bevor seine Herrin die Beherrschung verlor und einen ihrer häufigen Wutausbrüche hatte. Die Konkubinen des Kaisers interessierten ihn eigentlich wenig, aber aus ganz natürlicher Neugier warf er doch einen Blick auf die Namen. Sein Herz hörte beinahe auf zu schlagen. Lan Kuei! Seine frühere Spielkameradin war jetzt eine Bettgefährtin des Kaisers!

Chang Tsin wunderte sich über die Ungerechtigkeiten des Schicksals, daß er so tief gesunken und sie so hoch hinaufgestiegen war.

»Das ist allerdings nicht uninteressant«, sagte Martin Barrington. »Trotz seines feigen Verhaltens ist eine von Hui-Chengs Töchtern als kaiserliche Konkubine ausgewählt worden.«

»Welche denn?« fragte Tsen-tsing.

»Ah ...« Martin warf einen Blick auf James. Die ganze Familie war inzwischen von Nanking nach Schanghai übersiedelt, und James hatte hervorragende Arbeit geleistet. »Es ist Lan Kuei.«

James hob den Kopf. *Werdet Ihr mich sehr sehr reich machen?* hatte sie ihn einst gefragt. Nun, dieses Ziel hatte sie auf anderem Weg erreicht. Während er ... Es war Zeit, Lucy Mayhew einen Besuch abzustatten. Sie war jetzt sein einziger Trost.

Wie Martin erwartet hatte, wurde Tseng Kuo-fans Armee im Frühjahr 1853 besiegt, und Nanking fiel in die Hände des Himmlischen Königs.

14

DIE MUTTER

»Das ist es, was Ihr sucht; *Die dreizehn Klassiker mit Kommentar, von Juan Yuan*«, sagte Lin Fu und legte den Band vor Lan Kuei auf den Tisch. »Das ist nur der erste Band, müßt ihr wissen, Ehrenwerte Person. Insgesamt sind es dreihundertundsechzig.«

Er strahlte das Mädchen an. Nun, eigentlich war sie kein Mädchen mehr. Lan Kuei war jetzt zweiundzwanzig Jahre alt. Aber von allen kaiserlichen Konkubinen interessierte nur sie sich für die Geschichte und Literatur Chinas. Als Leiter der Bibliothek verbrachte der alte Eunuch die meiste Zeit allein mit der riesigen Sammlung von Büchern, die in den unzähligen Regalen verstaubten. Aber seit Lan Kuei Konkubine war, suchte sie fast jeden Nachmittag die Bibliothek auf, hatte er endlich Gesellschaft.

»Ich werde sie alle lesen«, versprach Lan Kuei. Lin Fu bezweifelte das keineswegs. Er hatte sich schon oft gedacht, daß sie mit ihrem scharfen Verstand und guten Gedächtnis als Mann hätte geboren werden sollen. Dann hätte sie mit ihren Gaben etwas anfangen können. Er beobachtete, wie sie das Buch voller Respekt öffnete, und schlurfte zu seinem Schreibtisch am anderen Ende des riesigen Raumes.

Voller gespannter Erregung betrachtete Lan Kuei die erste Seite, die fein ausgearbeiteten Schriftzeichen. Dreihundertsechzig Bände. Und alle so dick wie dieses. Selbst wenn sie jeden Monat eines davon lesen könnte, würde es noch immer dreißig Jahre dauern.

Dreißig Jahre! Dann würde sie über fünfzig Jahre alt sein. Und immer noch Jungfrau. Sie lehnte sich im Stuhl zurück. Sie hatte ihre neue Position noch nie aus diesem Blickwinkel betrachtet. Tatsächlich war eingetreten, wovor sie sich am meisten gefürchtet hatte. Sie hatte den Hsien-feng Kaiser noch nicht einmal gesehen. Sie gehörte ihm, aber sie bezweifelte, daß er überhaupt von ihrer Existenz wußte. Sie kam aus zu niedrigem Stand. Der Kaiser hatte nur Augen für

Niuhuru und die anderen Pin-Konkubinen. Eine Ji zählte gar nichts.

Für ihre Familie hatte sie also versagt. Sie wußte, daß ihr Vater die üblichen Geschenke erhalten hatte: Mehrere Ballen Seide, eine Portion Gold und Silber, zwei Pferde mit kostbarem Zaumzeug und Sattel und ein Teeservice in feinster Einlegearbeit. Mehr hatte es nicht gegeben, und jetzt war er tot ... Sicher war er vor Enttäuschung gestorben. Sie wußte, daß Te Chou einen Mandschu-Mandarin geheiratet hatte, und das Kai Tu noch immer auf der Suche nach einem Ehemann war. Aber wo sollte sie schon einen finden, ohne Vater und ohne Mitgift? Sicher knirschte Cho-an vor Wut schon mit den Zähnen.

Lan Kuei hatte sie natürlich seit dem Tag, da sie in die Verbotene Stadt gebracht worden war, nicht mehr gesehen. Noch nicht einmal am Begräbnis ihres Vaters hatte sie teilnehmen dürfen. Wenn man einmal in das Innere der Verbotenen Stadt eingelassen worden war, war man für immer darin gefangen – erst der Tod erlöste einen daraus. Sie erinnerte sich noch daran, wie hoffnungsvoll sie vor vier Jahren gewesen war. Jeden Morgen schrieb der Kaiser auf eine Jadetafel den Namen der Konkubine, mit der er die Nacht verbringen wollte. Der oberste Eunuch las den Namen vor und brachte daraufhin das entsprechende Mädchen in die Schlafgemächer des Kaisers. Daher waren die Mädchen vor Erwartung immer ganz aufgeregt – besonders am Abend – wenn sie den obersten Eunuchen sahen.

Nach ihr hatte er bisher nie geschickt.

Zuerst hatte sie mit ihrem Schicksal gehadert, im stillen jedenfalls. Sie war jung, und sie fand sich mindestens genauso attraktiv wie die anderen Mädchen des Harems. Sie konnte es kaum erwarten, ihre Liebeskunst, die sie von ihrer Mutter gelernt hatte, unter Beweis zu stellen, und sie war die Intelligenteste von allen ... und sie wurde völlig vernachlässigt. Alles nur, weil ihre Familie nicht gut genug war.

Warum hatten sie sie dann überhaupt ausgewählt?

Danach wagte sie nicht zu fragen – außer ihre eigenen Eunuchen. Der oberste war Lien Chung. »Die Sterne bestimmen unser Leben, Ehrenwerte Person«, hatte Lien Chung dazu einmal gesagt. »Sich zu fragen, was sein und was nicht sein kann, ist zwecklos. Und zornig zu sein, weil man seinen Ehrgeiz nicht befriedigen kann, ist kriminell.« Lan Kuei hatte die Teekanne nach ihm geworfen.

Aber sie mußte einsehen, daß er recht hatte. Ihre Tage waren mit nichtssagenden Dingen ausgefüllt. Morgens nahm sie ein Bad, und dann mußten sie und die anderen Mädchen sich mit der Kaiserinwitwe in einem der vielen abgeschiedenen Gärten zum Kartenspielen treffen. Das war die einzige Entspannung der Kaiserin, und man durfte auf keinen Fall gegen sie gewinnen, so daß die Konkubinen hauptsächlich damit beschäftigt waren, nicht zu viel Geld zu verlieren, da die Kaiserin auf jedem Tael bestand. Als ob das wichtig wäre! Sie erhielten regelmäßig eine stolze Summe Geldes ausgezahlt, aber es gab keine Gelegenheit, es auszugeben; das meiste stahlen ihre Eunuchen.

Abends gab es häufig Theateraufführungen. Das war mitunter recht lustig, je nachdem, welche Rolle einem zugeteilt wurde. Lan Kuei mußte meistens die Knabenrollen spielen, was ihr durchaus lag. Aber da sie so klein war, durfte sie immer nur den Bruder des Helden spielen, nie den Helden selbst.

Dann gab es noch ein Nachtmahl, und daraufhin ging man zu Bett – allein.

Das war wirklich nur ein halbes Leben. Am meisten ärgerte es sie, daß sie von der normalen Welt so vollkommen abgeschnitten waren. Die anderen Mädchen, die bereits in der nur nach innen orientierten Gesellschaft Pekings aufgewachsen waren, störte das nicht. Aber Lan Kuei war in der Provinz aufgewachsen, wo sie sich frei hatte bewegen können und voller Interesse zugehört hatte, wenn ihre Eltern lokale politische Probleme besprachen.

Das größte Problem waren die T'ai p'ing gewesen, die in gewisser Weise sogar dafür verantwortlich waren, daß sie hier war. Aber wie sie bereits am ersten Tag erfahren hatte, war sich die Dynastie dieser drohenden Gefahr überhaupt nicht bewußt, und sie rechneten schon gar nicht damit, daß sie den Thron des Himmels ins Wanken bringen könnten. Aber die T'ai p'ing waren immer noch da, und sie kamen näher. Lien Chung hatte ihr berichtet, daß sie sowohl Wuhu als auch Nanking erobert hatten, und Lan Kuei erschauerte bei dem Gedanken, was wohl mit ihrem Haus geschehen war.

Und was war aus Chang Tsin, ihrem einstigen Aufpasser und Freund, und den Barringtons geworden? Die Barringtons waren sicher an Bord ihrer Schiffe gegangen und den Fluß weiter hinuntergesegelt. Und sicher hatte auch Chang Tsin überlebt; Eunuchen überlebten immer.

Eines Tages erzählte ihr Lien Chung, daß die Armee der T'ai p'ing den Jangtse überquert hatten und in nördlicher Richtung marschierten. Ihr Ziel war Peking. Lan Kuei hatte nicht schlafen können vor Sorge, aber die Kaiserinwitwe ging weiter vollkommen unberührt ihren sinnlosen Vergnügungen nach – entweder wußte sie nichts, oder es kümmerte sie nicht. Lan Kuei wollte unbedingt mit ihr darüber sprechen, wollte die Männer zu den Waffen rufen – und auch die Konkubinen und Eunuchen –, um den Kaiser zu verteidigen. Aber vielleicht hatte sie die Kaiserin falsch eingeschätzt. Vielleicht waren es ihre heimlichen Sorgen gewesen, die sie ins Grab gebracht hatten – denn nur wenige Monate zuvor war die Kaiserinwitwe gestorben.

Und die T'ai p'ing waren tatsächlich aufgehalten worden. Wieder war es Lien Chung, der ihr erzählte, wie die Rebellen nur siebzig Meilen vor der Stadt von den Bannersoldaten in die Flucht geschlagen worden waren. Diese Armee hatte unter dem Kommando des größten lebenden Mandschu-Soldaten gestanden, Marschall Seng-ko-lin-k'in, der Führer jener Tatarenkavallerie, die lange Zeit die ganze Welt in Atem gehalten hatten. Die T'ai p'ing waren Hals über Kopf zurück nach Nanking geflohen – während das Leben in der Verbotenen Stadt von alldem völlig unberührt weiterging. Aber warum war Marschall Seng nicht gegen die Rebellen nach Nanking geschickt worden? Trotz der Niederlage waren die T'ai p'ing immer noch da, und sie waren die Herren über den Jangtse und ganz Südchina.

Lan Kueis einziger Trost war die Bibliothek. Die letzten drei Jahre hatte sie jeden Nachmittag dort verbracht. Früher hatte sie einmal naiv geglaubt, daß ihre Erziehung abgeschlossen war; jetzt verstand sie, daß sie überhaupt nichts gewußt hatte.

Sie las viele Geschichtsbücher und Kommentare, die oft mehrere hundert Jahre alt waren. Zweitausend Jahre vor ihrer Geburt hatte der erste und mächtigste Kaiser Chi Huang-ti verfügt, daß alle Bücher des Reichs verbrannt werden sollten, außer solche über Religion, Medizin oder Landwirtschaft. Die Philosophie sollte mit seiner Herrschaft neu beginnen. Aber natürlich hatte man dem verrückten Alten Widerstand geleistet und eine ganze Reihe Bücher versteckt, die nach seinem Tod zusammengetragen wurden und den Grundstock zu einer riesigen Sammlung bildeten.

Aber diese frühen Bücher, die von mehreren Gelehrten gemeinsam verfaßt worden waren, ähnelten einander sehr und waren langweilig. Selbst die Prinzipien des Konfuzius und Lao-tse waren ziemlich langweilig zu lesen, obwohl Konfuzius auch weiterhin als gültige Anleitung für das Leben eines jeden denkenden Menschen angesehen wurde. Aber Lan Kuei hatte sich nie sehr für Konfuzius interessiert, und Bücher wie Pan Tschaos *Lektionen für Frauen* fand sie wegen ihres ständigen Herumreitens auf den traditionellen weiblichen Tugenden – allen voran die Unterwürfigkeit – ganz besonders unangenehm.

Statt dessen zog Lan Kuei Werke wie *T'ung Tien*, eine Enzyklopädie über die Geschichte Chinas von Tu Yu aus dem achten christlichen Jahrhundert, vor; oder die *Neue Geschichte der Tang* von Ou-Yang Hsiu. Aber noch besser gefielen ihr die oft etwas gewagten Romane aus der mongolischen Yüan Dynastie und die vielen Geschichtsbücher der Ming. Und jetzt machte sie sich an die *Dreizehn Klassiker*. Es war alles, worauf sie sich freuen konnte. Sie seufzte noch einmal tief und beugte sich über das Buch – dann hörte sie ein Geräusch. Jemand war in die Bibliothek gekommen. Sie konnte von ihrem Platz aus die Tür nicht sehen, weil mehrere Regale dazwischen standen, aber sie hörte Lin Fu aufstehen.

»Was führt Euch hierher, Te An-wah?«

Te An-wah war der oberste Eunuch.

»Ich suche die Ehrenwerte Person, Lan Kuei. Man hat mir gesagt, daß sie oft hier ist.«

»Ja, das ist richtig«, sagte Lin Fu. »Sie ist auch jetzt hier. Kommt.«

Lan Kueis Herz klopfte jetzt wild. Sie sah die zwei Männer auf sich zukommen. Der oberste Eunuch hielt eine Jadetafel in der Hand.

Lan Kuei stand auf. Die *Dreizehn Klassiker* lagen aufgeschlagen und vergessen auf dem Tisch.

Te An-wah sagte nichts. Er wußte, daß sie auch so verstehen würde, warum er hier war. Auch Lin Fu verstand es und verbeugte sich respektvoll vor ihr, da sie plötzlich so wichtig geworden war.

Te An-wah begleitete sie persönlich in die Baderäume und überwachte alles. Ihr Haar wurde gewaschen und getrocknet und ihr Körper parfümiert. Noch nie hatte man sich so sorgfältig um sie gekümmert. Aber Te An-wah ließ nicht zu, daß sie sich etwas darauf einbildete.

»Ihr seid die zwölfte Frau, die seine Majestät in den letzten zwölf Tagen ausgewählt hat«, teilte er ihr mit.

»Wie interessant«, meinte Lan Kuei und ließ sich nicht beirren.

»Seine Majestät ist mit der Auswahl, die seine Mutter für ihn getroffen hat, nicht zufrieden«, fuhr Te An-wah fort, womit er natürlich seine Vorgänger Ching in die Kritik mit einschloß. »Sie sind unfähig, seiner Majestät einen Sohn zu gebären. Da seine Majestät bereits eine Tochter hat, liegt der Fehler ganz offensichtlich bei den Frauen.«

»Selbst bei der Kaiserin?« fragte Lan Kuei unschuldig. Denn nach dem Tod der Kaiserin hatte der Hsien-feng Kaiser Niuhuru, seine erste Konkubine, in den Stand der Gemahlin emporgehoben. Jetzt war sie die mächtigste Frau im Reich. Nicht, daß sie diese Macht jemals ausnutzte. Sie war noch immer genauso wie damals, als Lan Kuei sie das erste Mal getroffen hatte: ein unkompliziertes, ruhiges, etwas ängstliches Mädchen.

»Auch die Kaiserin ist bisher noch nicht gesegnet«, sagte Te An-wah. *Wenn so etwas doch nur möglich wäre ...* dachte Lan Kuei. Plötzlich war sie nervös. Sie war noch Jungfrau, wohingegen er seit vier Jahren mit allen möglichen verschiedenen Frauen geschlafen hatte.

»Genug«, sagte Te An-wah jetzt, da er nicht glaubte, ihr Aussehen noch weiter verbessern zu können. Die Eunuchen gingen, und Lan Kuei stand auf. Lien Chung hielt ihr einen Spiegel hin.

Sie war nicht mehr weiter gewachsen und daher noch immer sehr klein. Aber ihre Figur war deutlich fülliger geworden; Hüften und Gesäß waren runder, als sie sein sollten, fand sie, und ihre Brüste füllten eine Männerhand. Ihre Gesichtszüge waren dagegen härter geworden. Sie hatte die letzten vier Jahre nicht genug gelächelt. Aber sie war noch immer hübsch. Und niemand konnte etwas an ihren Haaren auszusetzen haben – eine üppige, rabenschwarze Mähne, die normalerweise wie eine Flüssigkeit über ihren Rücken hinabfloß, aber jetzt hochgesteckt und mit einer einzigen Nadel befestigt war, die sie mit einem Handgriff lösen konnte, indem sie an der einen Strähne zog, die über ihre Schulter herabhing. Den Eunuchen war es jetzt genauso wichtig, daß sie dem Kaiser gefiel, denn aus ihrem möglichen Erfolg würden auch sie in Zukunft Nutzen ziehen.

»Kommt jetzt«, befahl Te An-wah. »Seine Majestät geht früh zu Bett.«

Offenbar würde sie heute auf ihr Nachtmahl verzichten müssen, damit sie den Kaiser nicht mit eventuellem Aufstoßen belästigte oder gar zu schläfrig sein könnte.

Te An-wah brachte sie in ihr Schlafgemach. Dort hatte ein anderer Eunuch eine Decke in kaiserlichem Gelb mit den unvermeidlichen roten Drachen bestickt ausgebreitet. Lan Kuei mußte sich daraufliegen und wurde darin eingewickelt. Dann legte Te An-wah sie sich über die Schulter und trug sie in die Schlafgemächer des Kaisers. Es war ein langer Weg durch geheime Gänge, damit niemand herausfinden konnte, wer die Nacht mit dem Kaiser verbrachte. Abgesehen von den Eunuchen natürlich – was bedeutete, daß es am nächsten Tag jeder wissen würde. Aber Lan Kuei *wollte*, daß es jeder wußte. Nun endlich war sie doch gewählt worden.

Als sie das Schlafgemach des Kaisers betraten, flüsterte Te An-wah: »Denkt daran, Ihr müßt auf seine Majestät zukriechen, keinen Kotau, nur kriechen.«

Da sie noch immer eingewickelt war, konnte sie das Bett noch nicht sehen, und sie war überrascht, als Te An-wah plötzlich an der Decke zog und sie nicht sehr elegant herausrollte, woraufhin sie sich in äußerst ungraziöser Haltung auf einer weichen Matratze wiederfand.

»Die Ehrenwerte Person, Lan Kuei, Majestät«, sagte Te An-wah und ging rückwärts aus dem Zimmer. Die Decke nahm er mit.

Lan Kuei brachte ihre Arme und Beine in eine vorteilhaftere Lage und erhob sich mit einem schnellen Blick nach links und nach rechts auf die Knie. Der Raum war riesig, und da nur vier Kerzen in der Nähe des Bettes brannten, verlor sich alles im Schatten. Aber sie hatte den Eindruck von großer Pracht, von Wänden in leuchtendem Zinnoberrot und Gold. Die Kerzen erfüllten den Raum mit ihrem schweren Parfüm. Und es standen vier Eunuchen im Zimmer, jeder in einer Ecke, völlig bewegungslos, die Gesichter dem Raum zugekehrt. Sie machten keine Anstalten zu gehen. Sollte das Ganze etwa vor Publikum stattfinden? Nun, sie konnte sie kaum sehen ... am besten vergaß sie einfach, daß sie da waren.

Das Laken, auf dem sie kniete, war gelb und sehr glatt. Das Bett maß über drei Meter in der Länge. Und darauf lag, weiter oben, den Kopf auf mehrere ebenfalls gelbe Kissen gebettet, der Kaiser selbst.

Lan Kuei war erstaunt über seine Jugend; er konnte nicht viel älter sein als sie. Er war wie sie von recht kleinem Wuchs und eher schmächtig mit schmalen Schultern und dünner Brust. Alles in allem sah er nicht sehr gesund aus. Sein Haar war strähnig und unordentlich. Wie sie war auch er nackt und halb erregt, aber, wie sie entgeistert feststellte, brauchte er seine Finger, um die Erektion zu erhalten. Sie fragte sich, was er wohl gerade sah.

Sie mußte auf dem Bett hinaufkriechen, hatte Te An-wah gesagt, aber sonst hatte sie keine weiteren Ratschläge erhalten. Am besten verließ sie sich auf ihren eigenen Instinkt. Ihr Haar war besonders schön, also zog sie die Nadel heraus und warf sie auf den Boden. Die schweren Flechten fielen ihr über die Ohren und berührten das Laken, als sie jetzt langsam auf den Kaiser zukroch.

Schließlich kam sie zwischen seinen weit gespreizten Beinen an. Sie hatte ihm die ganze Zeit über in die Augen geschaut. Jetzt senkte sie den Blick auf seinen Penis, den er noch immer lose in der linken Hand hielt. Sie hatte in ihrem Leben erst einen erigierten Penis aus der Nähe gesehen, nämlich Chang Tsins. Aber sie wußte, was sie zu tun hatte: Die Chinesen nannten es ›das Jademädchen, das auf der Flöte spielt‹. Sanft schob sie seine Hand beiseite und nahm sein Glied in ihre eigene. Dann senkte sie den Kopf und nahm ihn in den Mund. Sein ganzer Körper erstarrte plötzlich. Hatte sie ihn beleidigt? Würde er sie jetzt in Schande fortschicken?

Aber sie war entschlossen, alles zu riskieren. Sie schloß ihre Lippen um seinen Penis und berührte die Spitze leicht mit der Zunge. Einen Augenblick später spürte sie seine Hand auf ihrem Haar, dann auf ihrer Schulter. »Komm näher«, sagte er. Seine Stimme war kaum mehr als ein Flüstern.

Sie hob den Kopf und nahm seinen Penis jetzt in die Hand, während sie höher hinauf rutschte. Seine Finger glitten von ihren Brüsten auf ihren Bauch und weiter hinunter zwischen ihre Beine; er kannte sich ebensogut aus wie die Eunuchen hier. *Kein Wunder*, dachte sie, *schließlich hat er jede Nacht sechzig Frauen zur Auswahl.*

Als sie sich an seine Brust lehnte, streichelte er ihr Gesäß. Bis jetzt hatte sie alles gut gemacht, glaubte sie, auch wenn sie selbst zu konzentriert war, um echte Leidenschaft empfinden zu können. Aber sie mußte es vortäuschen und dennoch nicht die Kontrolle über das Geschehen verlieren. Ganz offensichtlich hatte der Kaiser Schwierigkeiten damit, seine Erektion zu erhalten – aber in diesem Moment war er hart wie ein Stein. Sie spreizte die Beine und setzte sich auf ihn.

»Nein«, sagte er.

Sie sah ihn erschrocken an. »Ist es zu früh?«

Er machte eine verzweifelte Handbewegung. »So wird es nicht gelingen. ›Die Fische, deren Schuppen sich verhaken‹, die Stellung ist für mich unmöglich.«

»Es wird gelingen, Majestät. Ich werde dafür sorgen.«

Sie sahen einander gebannt in die Augen. Ihre Gesichter waren ganz nahe beieinander, und Lan Kuei fiel plötzlich ein, was James Barrington getan hatte. Es hatte ihr Begriffsvermögen überstiegen, und sicher war es beim Kaiser nicht anders. Es war auf jeden Fall obszön. Aber es war so aufregend gewesen. Wenn der Hsien-feng es auch aufregend fand ... Sie lehnte sich vor und berührte seine Lippen ganz leicht mit ihren. Er zuckte zusammen, sein Kopf ruckte etwas und er starrte sie an. Aber Lan Kuei ließ sich nicht abweisen. Sie leckte ihm mit der Zunge über die Lippen. Er zuckte noch einmal. Aber Lan Kuei ließ sich auch diesmal nicht beirren, und während sie weiter seine Lippen mit der Zunge liebkoste, führte sie sein Glied vorsichtig in sich ein.

Ein brennender Schmerz durchfuhr sie, und sie wollte stöhnen, aber sie unterdrückte es, da sie jetzt seine Zunge auf ihren Lippen spürte. Ihre Zungen berührten sich, und dann schmiegten sie sich eng aneinander. Er saß aufrecht und sie auf seinen Schenkeln. Sie bewegte ihren Körper auf und ab. Es war, als ob ihr jemand Nägel in die Vagina hineintrieb, aber sie hörte nicht auf – auch nicht, ihn zu küssen –, bis sie spürte, wie er in ihr explodierte.

Selbst dann hörte sie nicht gleich auf. Der Schmerz ließ langsam nach, während er in ihr zusammenschrumpfte. Sie hörten nur auf, sich zu küssen, um sich in die Augen zu sehen.

»Ich hätte schon viel früher nach dir schicken sollen«, sagte er.

»Jetzt bin ich da, mein Herr und Gebieter.«

Er sank in die Kissen zurück, und sie lag zwischen seinen Beinen. Sie spürte seinen feuchten Penis an ihrem Bauch. Sie blieb etwa eine Stunde ganz still liegen und betete, daß er nicht einschlief. Und tatsächlich blieb er wach. Er spielte weiter mit ihrem Haar, ihren Brüsten, ihrem Gesäß. Dann hob er ihren Kopf, um sie anzusehen. Er wollte wieder geküßt werden. Lan Kuei glitt dicht an seinen Körper geschmiegt hinauf und erfüllte seinen Wunsch. Sie spürte seinen Penis zucken. Sie nahm ihn in die Hand.

»Es wird bald wieder soweit sein.«

»Noch einmal? In einer Nacht? Das kann *nie* sein«, sagte der Hsien-feng Kaiser mit bitterer Stimme.

»Doch, heute nacht schon«, sagte Lan Kuei.

Bei Morgengrauen kam Te An-wah zu Lan Kuei. Er wickelte ihren schweißnassen Körper wieder in die Decke und trug sie hinaus. Aber er ging nicht direkt ins Badehaus, sondern zuerst in sein Büro. Dort legte er sie auf ein Sofa, öffnete ein Buch und trug sorgfältig das Datum und ihren Namen ein. Erst dann brachte er sie ins Bad zu ihren eigenen Eunuchen.

Während dieser ganzen Prozedur verlor er nicht ein Wort.

Lan Kuei war völlig durcheinander. Endlich war sie keine Jungfrau mehr, und sie war sich sicher, daß sie bewiesen hatte, daß sie den Kaiser sehr glücklich machen könnte. Aber wie vielen von den anderen Konkubinen war bereits das gleiche gelungen? Und wann würde sie es erfahren?

Den ganzen Tag pendelte ihre Stimmung zwischen Hoffnung und Verzweiflung hin und her. Die anderen Mädchen hatten schon bald von ihren Eunuchen erfahren, daß sie letzte Nacht ausgewählt worden war, und sie machten sich über Lan Kuei lustig. »In vier Jahren wird er das nächste Mal nach Euch schicken«, spotteten sie.

Aber Lan Kuei wußte nur zu wohl, daß keine von ihnen nach *ihrer* Nacht mit dem Kaiser besonders aufgeregt gewirkt hatte. Sie wagten natürlich auch nicht, miteinander darüber zu sprechen ... aber sie war sich sicher, daß sie besser abgeschnitten hatte als viele andere.

Am Nachmittag gesellte sich Niuhuru im Garten zu ihr. »Ihr habt den Kaiser glücklich gemacht«, sagte die Kaiserin.

Lan Kuei sah sie an, aber sie konnte keine Spur von Eifersucht in Niuhurus Gesicht entdecken. Sie schien sich ehrlich zu freuen.

Und am Abend war es wieder Lan Kuei, die Te An-wah suchte. »Seine Majestät schickt wieder nach Euch«, sagte er. Lan Kuei starrte ihn fassungslos an, woraufhin er hinzufügte: »Es ist wirklich höchst ungewöhnlich.« Offensichtlich konnte er es selbst nicht glauben. »Ihr seid von diesem Augenblick an in den Rang einer Pin-Konkubine erhoben worden.«

Zwei Monate später war Lan Kuei schwanger.

Ein leises Geräusch weckte Joanna Barrington auf. Sie fuhr hoch und zog sich die Decke bis unters Kinn. Selbst nach vier Jahren wurde ihr immer noch übel bei dem Gedanken, daß John zu ihr ins Bett kommen könnte. Sie erinnerte sich noch gut an jenen Tag ... als sie zuerst nicht glauben konnte, daß es wirklich John war, der dort neben dem Himmlischen König stand, und dann die unendliche Erleichterung, daß er es war. Er würde sie vor der furchtbaren Schande retten, die nach christlicher Moral soviel schlimmer war als der Tod, hatte sie bei seinem Anblick gehofft. Sie hatte nicht verstanden, warum er sie den Eunuchen übergab, die sie badeten, kleideten und für den Himmlischen König zurechtmachten. Als ihr klar wurde, was mit ihr geschehen sollte, hatte sie sich verzweifelt gewehrt; soviel Kraft hätte sie sich gar nicht zugetraut.

Aber es hatte nicht gereicht – und der König war zu ihr gekommen in all seiner Pracht. Was kam, übertraf selbst ihre schlimmsten Alpträume; die drohende Vergewaltigung durch die T'ai p'ing-Soldaten schien dagegen im Rückblick wie reines Kinderspiel. Und da sie sich immer noch wehrte, befahl Hung Hsiu-ch'üan den Eunuchen, sie festzuhalten, und so lag sie in der obszönsten Haltung vor ihm, während er ihren Körper erforschte, bevor er sie vergewaltigte. Sie nahm an, daß er noch nie mit einer weißen Frau Sex gehabt hatte, und alles an ihr erregte ihn: die Größe ihrer Brüste, die weiße Haut und ihr prächtiges Haar.

Das war schon furchtbar genug gewesen, aber dann hatte auch noch John Barrington sein Vergnügen haben wollen. Danach war sie zu erschöpft, um sich zu bewegen. Sie lag einfach da und haßte sich ebenso wie den Mann, der sie so mißbraucht hatte. Und John, der Junge, mit dem sie aufgewachsen war, mit dem sie als Kind gespielt hatte ... sich ihm unterwerfen zu müssen, war das Schlimmste. Den ganzen ersten Monat über war John bei seinen Vergewaltigungen auf die Hilfe der Eunuchen angewiesen, bis sie sowohl physisch als auch emotional zu erschöpft war, um sich länger zu wehren. Danach war er die Freundlichkeit selbst, aber seine

Absichten waren nicht weniger abscheulich. »Ihr werdet mir kräftige Söhne gebären«, sagte er. »Kräftige Barringtons, die das Haus einmal übernehmen werden.«

»Glaubt Ihr denn, daß mein Stiefvater und mein Bruder das zulassen würden?« zischte sie.

»Euer Bruder ist sicherlich tot«, sagte er kühl. »Und Euer Stiefvater wird sterben, wenn wir Nanking erobern.«

Der Vizekönig hatte die T'ai p'ing mit seiner Armee vor der Stadt gestellt, aber er war in die Flucht geschlagen worden. Joanna hatte schon länger erkannt, daß die T'ai p'ing nicht allein durch ihren Fanatismus und ihre große Zahl gewannen – wie die Mandschu behaupteten. Hung Hsiu-ch'üan wurde von einigen recht fähigen hohen Militärs unterstützt, wie zum Beispiel von seinem unmittelbaren Stellvertreter Li Hsiu-k'eng – der auch als Loyaler Prinz bekannt war – und Jang Siu-k'ing, der General seiner Armee. Und auch John Barrington hatte trotz seiner Jugend bereits unerwartetes militärisches Talent bewiesen.

Für die Mandschu waren sie einfach zu energiegeladen. Und sie alle unterstützten die Botschaft: das Himmlische Königreich des Friedens, auch wenn die meisten dem Beispiel ihres Führers folgten und sich in völliger Verachtung der Prinzipien ihrer Mission riesige Harems aus gefangenen Frauen, Knaben und Eunuchen hielten. John Barrington war da keine Ausnahme, auch wenn sein größter Genuß darin bestand, mit den großen Brüsten und langen Beinen seiner rotgoldhaarigen Nichte zu spielen.

Auch schien er in keiner Weise weniger blutrünstig als seine neuen Freunde zu sein, und Joanna war gezwungen mitanzusehen, wie Nankings führende Kaufleute – Männer wie Li Chung-hu mit seinen Frauen und Kindern – vor die Eroberer gezerrt, erniedrigt und hingerichtet wurden, während die Generäle der T'ai p'ing die Eunuchen unter sich aufteilten. Sie dankte Gott im Himmel, daß ihre Familie flußabwärts nach Schanghai geflüchtet war. John Barrington tobte darüber vor Wut; er hatte davon geträumt, sie alle bis auf seine Mutter hinzurichten. Er war noch wütender, als er erfuhr, daß James Wuhu überlebt hatte und ebenfalls in Schanghai war. Joanna hatte vor Erleichterung geweint, und John hatte sie dafür geschlagen.

Aber das alles war nun schon lange her. Seitdem hatte General Jang die Armee der T'ai p'ing bis vor die Tore von Peking geführt, aber sie hatten die Stadt nicht erobern können und waren Hals über Kopf geflohen. Joanna war dabeigewesen, als Hung seinen nur mäßig erschütterten General zur Rede gestellt hatte.

»Ihr seid besiegt worden?« fragte er fassungslos. »Ihr«, brüllte er, »seid *besiegt* worden! Seid Ihr denn völlig von Sinnen? Oder habt Ihr etwa das Wort meines Vaters gebrochen?«

»Müssen wir uns nicht eher fragen, ob es jemals eine solche Botschaft *Eures Vaters* gegeben hat«, entgegnete Jang. »*Sein* einziger Beitrag war, daß er die Bauern, die überhaupt nichts verstehen, zu den Waffen gerufen hat. Und als Inspiration für Euch, Großer Hung. Aber *Ihr* wolltet nicht mit Eurer Armee nach Norden ziehen. Ihr habt es vorgezogen, hier in Nanking zu bleiben und im Luxus zu schwelgen.« Hungs Gesicht war jetzt wutverzerrt, aber Jang ließ sich nicht beirren. »Also war ich, was die Botschaften von oben angeht, ganz auf mich selbst gestellt. Und vor ein paar Tagen ist mir der alte Mann mit dem goldenen Bart erschienen und hat gesagt, daß ein Mann, der seine Konkubinen tritt, ausgepeitscht und seiner Stellung enthoben gehört.«

Hung sprang auf. »Gotteslästerer«, schrie er. »Verderbte Kreatur aus den Tiefen der Hölle. Enthauptet ihn, Barrington. Enthauptet ihn.«

John Barrington, der neben seinem Herrn stand, zögerte keinen Augenblick, denn nur Jang stand zwischen ihm und dem Oberkommando der T'ai p'ing Armee. »Wachen«, befahl er.

Jang war so überrascht, daß er sein Schwert nicht mehr ziehen konnte, bevor man ihn packte und auf die Knie stieß. »Ihr könnt mich nicht umbringen«, rief er. »Ich bin der General der Armee. Meine Männer werden mich rächen.«

»Eure Männer werden nur daran denken, daß Ihr sie in die

Niederlage geführt habt«, sagte John voller Verachtung, packte Jangs Haar und signalisierte einem der Männer.

»Ihr könnt nicht ...« Jang schrie noch immer, als das Schwert seinen Hals sauber durchtrennte. John warf den blutenden Kopf auf den Boden. Vor Hungs Füßen blieb er liegen.

»Gotteslästerer«, grollte Hung. »Jetzt kann mein Reich wieder in Frieden ruhen.«

Und so hatte Joanna das wirkliche Wesen ihres Blutsverwandten, an den sie gefesselt war, verstehen gelernt.

John Barrington erhielt das Kommando, aber Hung verbot fürs erste jeden weiteren Feldzug nördlich des Jangtse ebenso wie den Versuch, Schanghai im Süden zu nehmen. Auch wenn er es nur mit einer hastig aufgestellten und schlecht ausgerüsteten chinesischen Armee zu tun hatte, fürchtete er sich vor den Konsequenzen einer weiteren Niederlage. In Wirklichkeit aber ging seiner Bewegung langsam die Luft aus. Hung Hsiu-ch'üan hatte seinen Traum, Nanking zu regieren, wahr gemacht. Jetzt verbrachte er seine Zeit damit, Dekrete zu erlassen, seine Gegner hinzurichten – und in seinem Harem hemmungslos dem Luxus zu frönen.

Hung blieb auch weiterhin ein fesselnder Redner, und seine Untertanen verehrten ihn noch immer. Aber er hatte keine Ahnung von der Organisation einer Regierung, und das wurde immer offensichtlicher. Er war der Sohn Gottes; das war das einzige, was den Massen, die sich vor ihn in den Schmutz warfen, wichtig war. Er erklärte Konfuzius, Buddha und auch das Mandat des Himmels für unecht, aber er lieferte keinen Ersatz – seine Kenntnis der christlichen Religion erschöpfte sich in einigen wenigen Grundsätzen. Die eigentliche Lehre des Christentums hatte er nie verstanden.

Hung befahl, daß alle Bauern und Händler ihren gesamten Besitz der gemeinsamen Sache opfern mußten, und ließ dabei völlig außer acht, daß es ohne diese Männer im ganzen Land keine Nahrung mehr geben würde. Ihrer gesamten Existenz beraubt, verkamen diese Händler zu umherwandernden Banditen – oder sie schlossen sich den T'ai p'ing an in der Hoffnung, selbst etwas Beute machen zu können. Ihre Lagerhäuser waren nur noch Ruinen, auf den unbestellten Feldern wuchs Unkraut oder sie verwandelten sich in riesige Staubflächen. Wenn jemand Hung sagte, daß sein Volk verhungerte, dann lautete seine Antwort: »Mein Vater wird für alle sorgen.«

Dort, wo die Menschen verhungerten oder von den T'ai p'ing umgebracht wurden, grassierten Krankheiten und Seuchen. Tausende von Menschen starben täglich in den eroberten Gebieten. Hung interessierte das große Elend nicht. Ihm und seinen Speichelleckern fehlte es an nichts. Joanna mußte erkennen, daß sie großes Glück hatte, zu den Privilegierten der Bewegung zu gehören, wenn man es Privileg nennen konnte, inmitten von Tod und Verzweiflung zu leben. Aber sie war noch jung genug, davon zu träumen, die T'ai p'ing zu überleben und eines Tages wieder mit ihrer wahren Familie vereint zu sein. Selbst wenn sie dafür die obszönen Mißhandlungen ihres Onkels in Kauf nehmen mußte.

Jetzt saß sie im Bett, starrte in die Dunkelheit und bereitete sich auf eine weitere Tortur vor, als sie plötzlich merkte, daß es nicht John Barrington war, der da neben ihrem Bett stand, sondern ein Eunuch, den sie noch nie zuvor gesehen hatte.

»Bitte erschreckt nicht, Herrin«, flüsterte der Mann. »Ich bin Chang Tsin. Ich war ein Freund von Mr. James, bevor mich das Unglück ereilte. Ich möchte Euch dienen, Herrin.«

»Aber warum?«

»Ihr seid die Schwester eines Freundes.«

»Dann danke ich dir, Chang Tsin. Dann können wir uns gegenseitig trösten in unserem Elend.«

»Elend, Herrin?«

»Sicher weißt du von dem Elend, das den Himmlischen König und alle, die ihm dienen, umgibt.«

Er schwieg mehrere Sekunden lang, dann sagte er: »Kommt das aus Eurem Herzen, Herrin?«

»Warum, würdest du mich denn verraten? Barrington wird mich dafür nur schlagen.«

»Ich habe Angst, von Euch verraten zu werden, Herrin. Glaubt Ihr denn, daß ich diesem Mann ergeben bin, diesem

Heuchler, der das Reich der großen K'ing an sich reißen will?«
Seine Stimme war leise, aber intensiv. »Hört mich an, Herrin. Ich wollte von Nanking nach Schanghai fliehen und von dort weiter nach Norden nach Peking. Und dann habe ich von Euch erfahren, daß ihr von Eurem Onkel gefangengehalten werdet. Daraufhin habe ich meine Pläne geändert, weil ich zuerst mit Euch reden wollte. Aber fliehen möchte ich immer noch. Wollt Ihr mit mir kommen, Herrin?«

»Nach Schanghai? Oh, wenn das doch nur möglich wäre!«

»Wenn Ihr mutig seid, dann wird es gehen, Herrin. Aber Ihr müßt etwas Geduld haben. Ich werde Euch sagen, wann es soweit ist.«

Für einen Eunuchen war es einfach, die Flucht zu planen. Die T'ai p'ing behandelten sie wie Wachhunde, die eine bestimmte Aufgabe zu erfüllen hatten und ansonsten ignoriert wurden. Für Joanna war es viel schwieriger, denn sie mußte ihre Rolle der unterwürfigen Dienerin weiterspielen, wann immer John Barrington sie besuchte. Und daß Chan Tsin jetzt ihr persönlicher Eunuch war, der sie badete ... von dem sie, was ihre wahren sinnlichen Freuden betraf, genauso abhängig war wie die Chinesinnen, machte es auch nicht leichter.

Aber ihre größte Sorge war ihre eigene Unsicherheit. Warum half er ihr und riskierte damit soviel? Sie konnte nicht glauben, daß er es aus reiner Loyalität James gegenüber tat, aber sie hatte keine Wahl, als sich auf ihn zu verlassen. Er war ihre einzige Hoffnung.

Sie war überrascht, als er nur eine Woche später bei der Massage nach dem Bad sagte: »Meine Herrin scheint heute glücklich zu sein.«

»Oh, Chan Tsin«, flüsterte sie und konnte nicht stillhalten unter der sanften Berührung seiner Hände. »Was mußt du von mir halten. Bin ich nicht schrecklich verdorben?«

»Ihr seid eine Frau«, sagte Chan Tsin ernst und raunte dann: »Heute nacht.«

Da noch andere Eunuchen im Zimmer waren, konnten sie erst eine halbe Stunde später weitersprechen.

»Was, wenn Barrington heute nacht kommt?« flüsterte sie.

»Dann werde ich warten, bis er wieder geht. Ihr müßt all Eure Kraft und Mut zusammennehmen, sonst verratet ihr uns beide.«

Alle Kraft und Mut zusammennehmen, dachte sie. In diesem Falle übertrieb sie es beinahe, empfing John voller Enthusiasmus und machte ihn glücklich.

»Jetzt habe ich das Gefühl, daß du wirklich mir gehörst«, flüsterte er ihr ins Ohr. »Ich werde die Nacht bei dir bleiben.«

Joanna suchte verzweifelt nach einem Ausweg. »Aber Onkel«, protestierte sie, »Ihr braucht Euren Schlaf. Und ich werde morgen auch noch hier sein.«

Er sah sie mehrere Augenblicke lang forschend an, und ihre Verzweiflung wuchs, da sie annehmen mußte, daß er Verdacht geschöpft hatte ... dann stand er auf.

»Du hast ganz recht. Ich würde nicht gut schlafen, wenn ich das Bett mit dir teile. Ich werde morgen wiederkommen.«

Sie wartete, bis sich die Tür hinter ihm geschlossen hatte, und brach zusammen. Sie hatte das Gefühl, eine Ewigkeit so dazuliegen, bis sie ihre Augen öffnete und Chang Tsin neben ihrem Bett stehen sah.

Er hielt mahnend einen Finger an die Lippen. »Ich habe Kleider für Euch.« Er gab ihr eine chinesische Hose und Bluse, keine Schuhe, aber ein großes Tuch. Wir müssen Euer Haar verbergen«, erklärte er.

Offensichtlich hatte er alles gut geplant. Sie zog sich schnell an und wickelte sich das Tuch um den Kopf. Dann schlichen sie auf den Flur des Harems hinaus. Joanna hatte angenommen, daß Chan Tsin die Wachen bestechen würde, um in den Hauptpalast zu gelangen – aber die Wachen waren ebenfalls Eunuchen, und Chang Tsin wußte, daß er bei ihnen keine Chance hatte. Statt dessen brachte er sie in das Badezimmer. Das Wasser war ausgelassen wie jede Nacht, und in der hinteren Ecke war eine Klappe im Boden.

»Ihr müßt Euch mit den Händen am Rand festhalten, wenn Ihr hineinklettert, und Euch dann fallen lassen. Es ist nicht sehr hoch. Unten steht Wasser, aber es wird Euch höchstens bis an die Hüften reichen. »Er drückte ihre Hand. Nur Mut, Joanna.« Es war das erste Mal, daß er ihren Namen ausgesprochen hatte.

Sie nickte, und er hob die Klappe hoch. Das Loch war quadratisch und nicht sehr groß. Da es dort unten vollkommen finster war, konnte sie nichts erkennen, aber ein scheußlicher Geruch stieg daraus empor.

»Ihr zuerst«, erklärte er. »Ich muß die Klappe hinter uns wieder schließen.«

Sie setzte sich und steckte die Beine hindurch, dann legte sie sich auf den Bauch und stützte sich auf die Ellbogen.

»Direkt unter der Öffnung gibt es einen Absatz, daran müßt Ihr Euch festhalten.«

Sie tat wie geheißen und klammerte sich mit den Fingern der rechten Hand so gut es ging an dem Absatz fest. Dann glitt sie tiefer hinein, bis auch ihre linke Hand den Mauervorsprung packen konnte. So hing sie in der völligen Finsternis und fühlte die Panik in ihr hochsteigen.

»Laßt Euch fallen«, befahl Chang Tsin.

Joanna holte noch einmal tief Luft und ließ los.

Sie spürte das Wasser, aber der Untergrund war so schleimig glatt, daß sie ausrutschte und mit dem Kopf unter Wasser geriet. Hustend und spuckend kam sie wieder an die Oberfläche. Der grauenhafte Geruch, der hier unten viel stärker war, nahm ihr den Atem. Plötzlich wußte sie, wo sie war: im Abwasserkanal.

Chang Tsin hing jetzt über ihr, hielt sich mit einer Hand fest und griff mit der anderen nach der Klappe. Sie fiel mit lautem Klappern wieder in die Öffnung. Gleich darauf stand er neben ihr. Es war so dunkel, daß sie sein Gesicht nicht erkennen konnte. Er tastete nach ihr und fand ihre Hand.

»Ihr habt hoffentlich keine Angst vor Ratten?«

»Nein«, log sie.

Chang Tsin führte sie durch unzählige Kanäle, von denen einige so niedrig waren, daß sie hindurchkriechen mußten. Die meisten waren zur Hälfte mit Wasser gefüllt, und hin und wieder kam eine Welle von hinten, die ihre Schenkel umspülte und sie weitertrieb – Joanna versuchte, nicht daran zu denken, was dieses Wasser so alles enthielt. Sie war dankbar für die Dunkelheit, die alles um sie herum gnädig verbarg, auch die Ratten. Oft hörte sie ihr schrilles Quietschen, und mehrmals raschelte es ganz in ihrer Nähe, aber wovor sie am meisten Angst hatte, daß nämlich eine auf sie springen könnte, das trat nie ein. Sie wateten ungefähr fünfundvierzig Minuten durch das meist knietiefe Wasser. Joanna war langsam erschöpft und fragte sich schon, ob sie sich verirrt hatten und hier unten an diesem scheußlichen Ort sterben müßten, aber dann sah sie einen schwachen Lichtstrahl und hörte ein merkwürdiges gurgelndes Geräusch.

»Der Fluß«, sagte Chang Tsin.

»Oh, Gott sei Dank«, sagte Joanna. Aber als sie an die Öffnung kamen, sah sie, daß sie mit mehreren senkrechten Eisenstäben versperrt war.

»Wir sind hier ungefähr sechs Fuß über der Wasseroberfläche des Flusses«, erklärte Chang Tsin. Wir werden uns ins Wasser hinuntergleiten lassen, aber wir müssen ganz besonders leise sein, denn wir sind unter der Stadtmauer, auf der überall Wachen postiert sind. Wenn wir im Fluß sind, werden wir zu einem Sampan schwimmen, der auf uns wartet. Joanna, ich habe diesen Mann bezahlt, aber ich habe ihm noch mehr versprochen, wenn wir in Schanghai sind.«

»Wenn wir in Schanghai sind.« Sie nickte. »Aber, Chang Tsin, ich kann nicht schwimmen.«

»Ich werde Euch ziehen. Habt keine Angst.«

Sie paßte nur ganz knapp zwischen den Stäben hindurch. Chang Tsin neben ihr hatte da wesentlich weniger Probleme. Dann rutschten sie die kleine Böschung bis zum Fluß hinunter. Unter ihrem Fuß löste sich ein Stein und fiel ins Wasser. Das Platschen erschien ihr fürchterlich laut. Sie konnte die Schritte der Wachen auf der Mauer etwa dreißig Fuß über ihr hören und auch ihre Stimmen. Aber niemand schien das Geräusch bemerkt zu haben. Einen Augenblick später war sie neben Chang Tsin im Wasser. »Legt Euch auf den Rücken«, flüsterte er.

Joanna gehorchte. Sie vertraute ihm vollkommen. Er packte sie unter den Achseln und zog sie rückwärts durchs

Wasser. Ihr Kopf versank, bis nur noch Augen, Nase und Mund über der Wasseroberfläche waren. Ihr wurde klar, daß Chang Tsin sich nur mit den Beinen fortbewegen konnte, denn seine Arme ließen sie nie los.

Vor sich sah sie die Mauern und die schemenhaften Schatten der Wachen. Es war Neumond, weshalb Chang Tsin diese Nacht wohl auch gewählt hatte, und der Fluß wurde von der Dunkelheit vollständig verschluckt. Das gleichmäßige Rauschen des Wassers übertönte alle anderen Geräusche. Die Mauer verschwand, und sie sah jetzt die Sterne über sich.

Sie hatte keine Vorstellung davon, wie lange sie schon im Wasser waren, als plötzlich eine Gestalt über ihr auftauchte. Hände griffen nach ihr.

»Jetzt seid Ihr in Sicherheit, Herrin Joanna«, sagte Chang Tsin.

»Chang Tsin«, sagte James Barrington, »wir verdanken dir mehr, als wir je mit Worten ausdrücken könnten.«

»Ihr müßt nur den Kapitän des Sampans bezahlen«, erinnerte ihn Chang Tsin.

»Das werde ich sofort tun. Aber was ist mit dir? Wie können wir uns erkenntlich zeigen?«

»Schreibt mir einen Brief, indem Ihr beschreibt, was ich getan habe.«

»Gern. Dann laßt uns über Geld sprechen – und eine Anstellung, wenn du möchtest.«

»Nein, ich möchte kein Geld, Barrington. Und auch keine Anstellung in Schanghai. Wenn Ihr mir nur diesen Brief schreibt.«

»Aber was kann dir ein solcher Brief schon nützen? An wen soll ich ihn denn richten?«

»An die Ehrenwerte Person, Lan Kuei.«

James runzelte die Stirn. »War es nicht ihr Vater, der dich kastrieren ließ?«

»Hui-Cheng ist unwichtig, aber seine Tochter steigt gerade ganz hoch hinauf.« Er sah James an. »Und Ihr, Barrington? Glaubt Ihr, sie hat ihre alte Liebe vergessen?«

»Du lieber Himmel. Jetzt verstehe ich, was du vorhast,

Chang Tsin.« Er runzelte wieder die Stirn. »Hast du soviel riskiert, meine Schwester gerettet, nur für einen Brief an Lan Kuei?«

»Sie wird ganz hoch hinauf steigen«, wiederholte Chang Tsin.

»Ich hoffe, du hast recht. Also gut, ich werde dir diesen Brief schreiben, und ich wünsche dir viel Glück.«

Joanna wollte allein sein und über alles nachdenken.

»Möchtest du China verlassen?« fragte ihre Mutter.

China verlassen? Niemals könnte sie jetzt China verlassen! Überall würde man über sie reden. »Nein, Mutter. Ich möchte meinen Onkel hängen sehen.«

Chen-tsing verließ das Zimmer.

»Diese schreckliche Frau«, sagte Jane. »Ich frage mich, warum Martin sie nicht endlich hinauswirft.«

Am nächsten Tag war Chen-tsing verschwunden; und niemand wußte, wo sie hingegangen war.

»Wahrscheinlich ist sie auf dem Weg zu den T'ai p'ing«, meinte Martin. Er hatte nicht vor, sie zu suchen.

Auch wenn Joanna sich jetzt gar nicht danach fühlte, so gab es doch viele, die mit ihr sprechen wollten. Tseng Kuo-fan war einer von ihnen. Er kam mit seinem jungen Assistenten Li Hung-chang, und wollte etwas über die militärischen Pläne der T'ai p'ing erfahren, aber Joanna konnte ihm nicht viel helfen.

Dann war da noch Harry Parkes, der britische Minister. Er gehörte zu der Sorte Männer, die sie am wenigsten mochte. Er war groß und dünn, hatte ein rotes Gesicht und eine Glatze. Sein energisches Kinn wurde von dem gewaltigen Backenbart noch betont. Er war so von sich selbst eingenommen, daß er fest daran glaubte, alles besser zu wissen. Er war der erklärte Experte in allem, was China und die Chinesen betraf, denn er war schon als Junge in den Fernen Osten gekommen. Der wahre Experte, Martin Barrington, galt noch immer als Abtrünniger.

»Meine liebe Miss Barrington«, sagte Parkes. »Mein Herz blutet für Euch. Wie ich mir wünschte, daß Euer Stiefvater Wuhu noch vor dem Einmarsch der T'ai p'ing verlassen hätte!«

»Mein Stiefvater konnte nicht wissen, was passieren würde, Mr. Parkes. Was ich jedoch nicht verstehe: Warum die Briten – sie zeigte auf mehrere Kriegsschiffe, die im Hafen vor Anker lagen – den Mandschu nicht dabei helfen, diese Rebellion niederzuschlagen.«

»Den Mandschu helfen? Du lieber Himmel! Die Mandschu allein sind schuld an dieser Rebellion, weil sie ihr Volk schlecht regiert haben. Natürlich muß jedem gottesfürchtigen Menschen die Grausamkeit und Gewalttätigkeit, mit der in China offensichtlich Politik gemacht wird, zuwider sein, aber so sind diese Heiden nun mal. Wenn wir aber einmal versuchen, das Blutvergießen außer acht zu lassen, dann kämpfen die T'ai p'ing doch letzten Endes nur für mehr Gerechtigkeit für die unterdrückten Chinesen, die große Mehrheit im Land. Die Rebellion der T'ai p'ing wird erst vorüber sein, wenn sie die Mandschu wieder auf die andere Seite der Großen Mauer gejagt haben, wo sie hingehören.«

Joanna starrte ihn an: »Das kann nicht Euer Ernst sein.«

»Aber natürlich ist das mein Ernst. Und von dieser Auffassung versuche ich auch meine Vorgesetzten zu überzeugen.«

»Aber das führt auf direktem Weg in die Anarchie – in die völlige Zerstörung der chinesischen Zivilisation«, rief Joanna. »Mr. Parkes, ich habe sowohl mit den Chinesen als auch mit den Mandschu gelebt – und mit den T'ai p'ing. Die Mandschu sind strenge Herrscher, aber die Chinesen haben es unter ihnen zu Wohlstand und Reichtum gebracht, bis die T'ai p'ing kamen. Die normalen Chinesen hassen und fürchten die T'ai p'ing. Sie halten sie für eine Seuche, die sich langsam im ganzen Land ausbreitet. Würdet Ihr denn Hung Hsiu-ch'üan zum Kaiser Chinas machen wollen? Das wäre ja, als ob man Attila, dem Hunnen, die Herrschaft über Europa anböte.«

Parkes lächelte nachsichtig. »Ich verstehe, wie Ihr für die T'ai p'ing empfinden müßt, Miss Barrington. Das ist nur natürlich. Aber seht doch, ein Mann in meiner Position – als

Diplomat und Experte, wenn Ihr so wollt – darf nie zulassen, daß sein vernünftiges Urteil von persönlichen Gefühlen beeinflußt wird.« Er tätschelte ihr die Hand. »Daher sind Frauen als Diplomaten auch ungeeignet, meine Liebe.«

Joanna mußte sich zurückhalten, ihm nicht ins Gesicht zu spucken.

Der Baby-Prinz erhielt den Namen Tsai-k'un. Seine Geburt war die größte Sensation im ganzen Reich; natürlich kursierten hier und da auch Gerüchte, daß man Lan Kuei mit einem anderen Mann gepaart hatte, um endlich einen Erben zu bekommen, oder daß das Baby ein Findling war ...

Diese Gerüchte, über die Te An-wah sie auf dem laufenden hielt, machten Lan Kuei wütend.

Sie war noch wütender, als sie ihren neuen Titel erhielt, den einer Kuei Fei oder auch Konkubine zweiten Ranges. Sie hatte zwar nicht erwartet, neben Niuhuru zur zweiten Kaiserin erhoben zu werden, aber die Mutter von Hsien-fengs Tochter war immerhin eine Huang Kuei Fei, eine Konkubine ersten Ranges. Aber *sie* hatte dem Kaiser einen Erben geboren, und trotzdem blieb ihr nur der zweite Rang. Es lag natürlich an ihrer Familie, das war ihr klar, und sie würde es ihrem Vater nie verzeihen. Und auch dem Onkel des Kaisers, Prinz Hui, und seinem Halbbruder Suschun würde sie es nie verzeihen, denn sie wußte, daß sie in der Hauptsache dafür verantwortlich waren.

Aber das Baby machte ihr viel Freude, und Lan Kuei liebte es abgöttisch. Sechs Monate lang stillte sie den Kleinen selbst, bevor sie ihn einer Amme übergab, und er schlief bei ihr in ihren eigenen Gemächern. Sie wußte natürlich, daß er ihr bald zur Erziehung weggenommen würde – als ob sie ihn nicht besser erziehen könnte als jeder Mandarin.

Trotz solcher Enttäuschungen war ihr Leben jetzt doch glücklicher und sicherer als je zuvor. Denn ob nun zweiter Rang oder nicht, der Kaiser zog sie allen anderen vor, und nicht nur, weil sie ihm einen Erben geschenkt hatte. Ihren Körper begehrte er und ihre lustvolle Unverfrorenheit im Bett. Da er sie in den langen Monaten der Schwangerschaft hatte entbehren müssen, schickte er jetzt einen Monat lang jeden Abend nach ihr.

Das war beruhigend, aber auch anstrengend – besonders, da sie erschüttert feststellen mußte, wie sich der Zustand des Kaisers in der langen Zeit ihrer Abwesenheit verschlechtert hatte. Sein linkes Bein war angeschwollen, und er schien auch Schwierigkeiten mit dem Wasserlassen zu haben. Auch mit der Erektion gab es jetzt mehr Probleme, und wenn Lan Kuei auch in dieser Beziehung noch immer mehr ausrichten konnte als andere Konkubinen, war sie beunruhigt über seine merkwürdigen, oft absurden Ausschweifungen, von denen er sich Hilfe versprach.

Mehr als einmal bestellte er sie mit einer anderen Konkubine zusammen – um ›den Tanz der Phönixpaare‹ zu vollziehen – und obwohl sie bei diesen Gelegenheiten immer darauf achtete, der dominante Partner zu sein, konnte sie doch nicht viel tun, als ihn die plötzliche Lust überkam, sie von hinten – im ›Sprung des weißen Tigers‹ – zu nehmen, was bei seinen Potenzproblemen zu einem erschöpfenden Gerangel führte.

»In Eurer Abwesenheit, Ehrenwerte Person«, erklärte ihr Te An-wah, »war seine Majestät einsam, und er hat sich aus der Stadt Prostituierte und Transvestiten schicken lassen. Die Transvestiten gefallen ihm am besten.«

Lan Kuei war entsetzt, weniger über die Transvestiten, die es in der Verbotenen Stadt natürlich nicht gab, in der der Kaiser der einzige intakte Mann unter den sechstausend Einwohnern war, als vielmehr beim Gedanken daran, daß er sich überhaupt Prostituierte kommen ließ, wo er soviel willige Frauen um sich hatte.

Am meisten aber irritierte sie die altbekannte Trägheit des kaiserlichen Regimes. Da sie sich jetzt, was ihre eigene Position anging, sicherer fühlte als je zuvor, wagte Lan Kuei es, zum Kaiser von ihren Ängsten zu sprechen. Zwar hatten die T'ai p'ing nicht noch einmal versucht, den Norden des Landes zu erobern, aber sie kontrollierten den gesamten Jangtse ebenso wie das Gebiet südlich und westlich des großen Flusses, wo sie sich ausgebreitet hatten wie ein Heuschreckenschwarm.

»Sie sind wie eine eitrige Wunde in Eurem Land, die sich immer tiefer ins gesunde Fleisch hineinfrißt«, sagte sie Hsieng-feng, als sie bei ihm lag. »Sie müssen vernichtet werden.«

»Sie vernichten sich bereits selbst, Kleine Orchidee«, sagte er. »Meine Vizekönige berichten mir, daß sie an Krankheiten sterben wie die Fliegen. Der Rest bringt sich wegen interner Streitigkeiten um.«

»Dann ist jetzt die Zeit reif, Eure Armee gegen sie zu schicken und sie endgültig in den Staub zu werfen.«

Er streichelte ihr übers Haar. »Du bist doch nur ein Kind, Kleine Orchidee. Was verstehst du schon von Staatsaffären. Unsere wirklichen Feinde sind diese langnasigen, behaarten Barbaren mit ihren großen Schiffen, ihrem Opium und ihrer heimtückischen Art.«

Lan Kuei sah ihn erschrocken an. »Führen wir denn Krieg mit den Barbaren?« Und gleichzeitig mit den T'ai p'ing? – wollte sie schreien.

»Ich habe die Absicht, mit ihnen Krieg zu führen, ja«, sagte der Hsieng-feng«, sobald die Zeit dafür gekommen ist. »Sie müssen vertrieben werden, denn sie sind das wahre Übel in meinem Reich.«

Lan Kuei war entsetzt. Nicht, daß sie ein besonderes Interesse an den Barbaren gehabt hätte, außer vielleicht an James Barrington, aber sie hatte aus ihrer Zeit in Wuhu doch wenigstens eine Ahnung von ihrer Macht. Obwohl sie nicht viele waren, schien jeder einzelne mehr Energie zu haben, als ein Bannersoldat, und ihre Schiffe und Artillerie übertrafen die der kaiserlichen Armee bei weitem. Sie bezweifelte, daß sie zu schlagen waren, aber mit ihnen Krieg zu führen, solange sie auch die T'ai p'ing noch nicht besiegt hatten, war in ihren Augen völliger Irrsinn.

Das konnte sie dem Kaiser natürlich nicht sagen, und für eine Konkubine gab es keine Möglichkeit, sich Zutritt zum Großen Rat zu verschaffen, wo sich der Kaiser mit seinen Onkeln und anderen hohen Beamten des Hofes beriet. Aber sie hoffte, daß Niuhuru vielleicht etwas mehr Einfluß haben könnte. Also ging sie zu ihr. Da sie jetzt doch wenigstens den

Rang einer Kuei Fei hatte, durfte sie ohne Aufforderung zu ihr gehen, aber Niuhuru starrte sie nur verständnislos an.

»Habt Ihr denn noch nie von den T'ai p'ing gehört?« fragte Lan Kuei voller Verzweiflung.

»Doch, natürlich habe ich schon von den T'ai p'ing gehört«, sagte Niuhuru. »Ihr selbst habt mir doch schließlich von ihnen erzählt, als wir uns das erste Mal getroffen haben.«

»Sie haben den gesamten Süden des Reiches erobert, bis auf Kanton. Habt ihr keine Karte von China, dann kann ich es Euch zeigen.«

»Eine Karte von China?« fragte Niuhuru erstaunt. »Als ob man ein so riesiges Land wie China auf einer Karte darstellen könnte.«

Lan Kuei hätte sich am liebsten die Haare einzeln ausgerissen.

Und dann brachte ihr Te An-wah eines Tages einen Brief. Lan Kuei hatte noch nie zuvor einen Brief bekommen. Langsam öffnete sie das gefaltete Papier.

Ehrenwerte Person, ich schreibe diese Worte mit zitternder Hand und bete, daß Eure und meine Vorfahren Ihnen gnädig gesinnt sind. Ehrenwerte Person, meine ganzen frühen Jahre hindurch hatte ich nur ein Ziel, Euch und Eurer Familie zu dienen, so gut ich konnte.

Ehrenwerte Person, wenn mein Schicksal auch einen unglücklichen Verlauf genommen hat, so hatte ich doch das Glück, Miss Barrington aus der Hand der T'ai p'ing zu befreien und sie wieder mit ihrer Familie zu vereinen. Ich habe es getan, weil ich glaubte, daß Ihr das von mir erwartet hättet. Ich füge ein Zertifikat von James Barrington bei, in dem er es bestätigt. Ehrenwerte Person, James Barrington hätte mich reich belohnt, aber ich wußte, daß ich dazu bestimmt bin, jemand Höherem als ihm zu dienen.

Ehrenwerte Person, es ist mein innigster Wunsch, Euch in all Eurer Größe zu dienen. Wenn Ihr es mit Eurem Herzen vereinbaren könnt, jemanden zu erhören, dessen einziger Grund zu leben darin besteht, Euch zu dienen, dann werde ich der glücklichste Mann der Welt sein. Ehrenwerte Person, ich stehe in Verbindung mit einem Eurer Angestellten, Lien-chung, und werde ihn bitten, Euch diese Nachricht zu überbringen. Er wird wissen, wo er mich finden kann, falls Eure Antwort zu meinen Gunsten ausfallen sollte.

Ehrenwerte Person, ich verbleibe Euer auf ewig ergebener Diener.

Chang Tsin.

»Chang Tsin«, sagte Lan Kuei glücklich.

»Kennt Ihr diesen Kerl?« wollte Te An-wah wissen. »Ich habe befohlen, Lien-chung schlagen zu lassen, dafür, daß er sich auf so etwas eingelassen hat. Soll ich diesen anderen Schurken suchen und hinrichten lassen?«

»Das werdet Ihr nicht tun«, sagte Lan Kuei scharf. »Und Ihr werdet auch Lien-chungs Bestrafung sofort Einhalt gebieten. Und dann bringt ihn her, damit ich ihn für sein weises Verhalten belohnen kann.«

»Wollt ihr denn diesen Chang Tsin tatsächlich anstellen?«

»Allerdings«, sagte Lan Kuei. Chang Tsin! Eine Stimme aus der Vergangenheit war gekommen, sie glücklich zu machen.

James Barrington und Lucy Mayhew heirateten in Schanghai kurz vor Weihnachten 1856. Zu diesem Zeitpunkt war die gesamte europäische Gemeinde in Aufruhr wegen eines Vorfalles, der sich ein paar Monate zuvor in Kanton ereignet hatte, als Mandschu-Beamte an Bord eines Schiffes, der *Arrow*, gegangen waren, das unter britischer Flagge, aber mit chinesischer Besatzung fuhr. Die Mandschu verhafteten einige der Matrosen, weil diese angeblich Piraten seien.

»Darauf könnt Ihr Euch verlassen, dafür werden sie bezahlen«, hatte Harry Parkes gedroht. Und tatsächlich wurde im neuen Jahr mit dem Ende des Krimkrieges bekannt, daß Lord Elgin in Begleitung einer Flotte nach China unterwegs war, um sich die Entschädigung notfalls mit Waffengewalt zu erzwingen.

»Neuer Ärger«, brummte Martin, als er diese Nachricht entgegennahm.

John Barrington überbrachte die Neuigkeiten dem Himmlischen König. Das war immer ein riskantes Unterfangen, denn obwohl Hung Hsiu-ch'üan noch immer ein junger Mann war, hatte er sich mit seinem exzessiven Lebensstil die Gesundheit völlig ruiniert, und auch seine Stimmungen waren nun höchst wechselhaft. Er regierte jetzt mehr durch Angst als durch Anziehungskraft; aber für die Massen, die ihm nie nahe kamen, blieb er weiterhin ihr T'ien Wang, für den sie nach wie vor bereit waren zu sterben.

»Die Briten werden den Mandschu den Krieg erklären«, sagte John. »Jetzt ist die Zeit unseres größten Triumphs gekommen.«

»Ihr wollt noch einmal in den Norden ziehen?«

»Nein, Majestät, ich will hinunter zur Flußmündung.«

»Aber da ist Tseng Kuo-fans Armee stationiert. Und die britischen Schiffe liegen dort.«

»Tseng Kuo-fans Armee ist nichts weiter als ein unorganisierter Haufen, und die Gegner der Briten sind die Mandschu. Das ist unsere Chance.« Er faltete eine Karte auseinander und breitete sie vor Hung aus. »Dort. Laßt mich Tseki angreifen und einnehmen. Von Tseki sind es keine fünfzig Meilen bis nach Schanghai.« Hung kaute unschlüssig auf seiner Lippe. »Exzellenz, Ihr habt mir das Haus Barrington versprochen«, drängte John. »Das war vor mehreren Jahren. Jetzt brauchen wir das Haus und die Schiffe, um unsere Leute zu versorgen.«

»Tseki«, murmelte Hung. »Also gut, erobert Tseki, Großer Barrington. Aber wartet, bis der Kampf zwischen den Briten und den Mandschu auch wirklich begonnen hat. Und keine Niederlage.«

»Er hat es erlaubt«, berichtete John seiner Mutter. »Jetzt können wir die Sache endlich hinter uns bringen.«

Chen-tsings Augen glänzten. Seit sie mit ihrem Sohn wieder vereint war, war sie aufgeblüht. Sie war noch immer eine schöne Frau; jetzt trug sie bunte Seidengewänder und soviel Schmuck, wie sie nur unterbringen konnte. Sie hielt sich eine Armee von Eunuchen und ließ sich die bestaussehendsten männlichen Gefangenen vor ihrer Hinrichtung in ihre Privatgemächer schicken. Aber ihre wahre Liebe blieb ihr Sohn, während ihr ganzer Haß dem Rest der Familie Barrington galt. »Die Frauen, Jane und Joanna, werdet ihr mir übergeben«, sagte sie, »wenn wir Schanghai einnehmen.«

Die Flotte, die in Hong Kong stationiert war, unternahm bald darauf bereits einige Vergeltungsschläge, aber die Chinesen hielten sie für reine Piratenakte. Tatsächlich erschien der Engländer Elgin nicht zum erwarteten Zeitpunkt. Durch die Aufstände in Indien wurde seine Begleitflotte in Kalkutta gebraucht, und seine Lordschaft, der die Reise daraufhin mit seinem Stab allein fortsetzte, erlitt Schiffbruch. So erreichte er erst Ende 1857 Hong Kong.

Die britische Gemeinde war sehr erleichtert, daß die Mandschu-Regierung bei seiner Ankunft noch zu Verhandlungen bereit war, und so unterzeichnete man im Sommer 1858 den Vertrag von Tientsin. Darin wurde sämtlichen Forderungen der Briten – und auch der Franzosen, die jetzt nach dem Krimkrieg Verbündete der Briten waren und ebenfalls Zugeständnisse von China erwarteten – stattgegeben. Die Briten durften sogar eine Botschaft in Peking errichten, und deren Angehörige mußten vor dem Kaiser keinen Kotau absolvieren.

Das alles schien zu gut, um wahr zu sein, und schon bald ließ die Mandschu-Regierung verkünden, daß ihre Unterhändler ihre Befugnisse überschritten hätten, und daß es auf gar keinen Fall eine Botschaft in Peking geben könnte. Sofort bereiteten sich die Briten wieder auf einen Krieg vor, nachdem nun endlich auch Elgins Regiment aus Indien eingetroffen war.

Aber die Situation war nicht ganz so einfach wie 1840. Am 25. Juni 1859 erreichte ein britisches Geschwader unter Sir James Hope den Golf von Chi-li und bombardierte die Taku-Forts an der Mündung des Pei-ho-Flusses. Dann stürmten ihre Soldaten die Festung. Aber diesmal kämpften die Chinesen wieder unter dem Kommando von Seng-ko-lin-ch'in erbittert, und die Briten wurden in Stücke geschossen. Hope mußte den Rückzug antreten, und er brachte seine Männer tatsächlich nur mit der Hilfe eines amerikanischen Geschwaders, das zu dem Zeitpunkt neutral war, ihnen aber trotzdem Feuerschutz gab, wieder an Bord seiner Schiffe. Dort tat der Kommandierende der Amerikaner, Kommodore Josiah Tattnall, den unsterblichen Ausspruch: »Blut ist dicker als Wasser.«

Eine solche Niederlage konnten sich die Briten natürlich nicht gefallen lassen. Den Rest des Jahres bis 1860 verbrachten sie damit, immer mehr Truppen und Schiffe im Osten – genauer in Hong Kong – zu konzentrieren, und sich so noch immer gemeinsam mit ihren Verbündeten, den Franzosen, auf den Krieg mit den Mandschu vorzubereiten.

Martin und James Barrington sahen der Entwicklung mit wachsender Sorge entgegen. Schanghai und Umgebung bildeten jetzt sozusagen einen unabhängigen Staat, da die Royal Navy die Seestraßen kontrollierten, während der Fluß westlich von Chin-kiang in der Hand der T'ai p'ing war. Peking und der Thron des Himmels hätten Millionen von Meilen weit entfernt sein können. Und dann rückte die T'ai p'ing-Armee plötzlich in östlicher Richtung vor und eroberte Tseki, nur fünfzig Meilen vor Schanghai. Cheng Kuo-fan zog mit seiner Armee gegen sie aus, doch sie unterlagen. Aber wenigstens verhinderte die Schlacht einen weiteren Vormarsch der Rebellen.

Am ärgerlichsten war die Nachricht, daß John Barrington jetzt das Oberkommando über die Armee der T'ai p'ing hatte.

»Was, wenn er mit seinen Truppen vor Schanghai steht?« fragte James.

»Dann werden wir die Stadt verteidigen«, erwiderte Martin. »Wohin sollen wir sonst gehen? Und ich will dieses Schwein für das, was er Joanna angetan hat, hängen sehen.«

»Und während wir für Schanghai kämpfen, versuchen die Briten, die Dynastie zu stürzen«, meinte James bitter.

»Ich glaube nicht, daß sie das wirklich wollen«, sagte Martin optimistisch. Und er unterstützte weiter Cheng Kuo-fan mit Geld, Waffen und Munition, so gut er konnte.

Jane verbrachte ihre Zeit in der Hauptsache damit, Joanna zu beobachten und sich Sorgen um sie zu machen. Das Mädchen war immer sehr verschwiegen gewesen, aber jetzt weigerte sie sich, auch nur ein Wort über ihre schrecklichen Erfahrungen zu sprechen. Jane konnte eine nicht gerade fromme Neugier kaum unterdrücken.

Aber viel wichtiger war, was sie mit diesem Mädchen anfangen sollte, daß schon bald kein Mädchen mehr sein würde, denn 1858 war Joanna bereits sechsundzwanzig. Sicher, sie war eine wunderschöne Frau, und die britischen Junggesellen von Schanghai umschwirrten sie wie Fliegen, wenn sie einmal hinausging. Der Strom von Verehrern, die im Haus der Barringtons am Rande der Stadt vorsprachen, riß nie ab. Joanna lächelte sie alle immer sehr höflich an, aber sie schien nicht das geringste Interesse an ihnen zu haben. Jane hätte sie manchmal am liebsten durchgeschüttelt; weil sie vergewaltigt worden war, mußte sie doch ihr Leben nicht als alte Jungfer fristen. Ganz offensichtlich brauchte Joanna einen älteren Mann, der sie liebevoll, aber streng behandelte und ihr ermöglichte, sich wieder als vollständige Frau zu fühlen. Jane setzte in dieser Hinsicht ganz auf den walisischen Missionar Arthur Jenkins, der zehn Jahre älter war als Joanna und regelmäßig zu ihnen kam. Das war ein sehr vernünftiger und außerordentlich respektabler Mann. Er würde es schon fertigbringen, aus ihr auch jetzt noch eine Frau zu machen.

Joanna waren die Sorgen ihrer Mutter natürlich nicht verborgen geblieben. Auch ihr Bruder und ihre Schwägerin waren davon betroffen. Sie lebten jetzt in ihrem eigenen Haus, aber Lucy, die einen Sohn zur Welt gebracht hatte, kam sie oft besuchen und erzählte ihr ausgiebig von den Freuden des Ehelebens. Solange Lucy dabei bewundernd über ihren Bruder sprach, konnte Joanna es noch ertragen, aber wenn das Gespräch dann schließlich doch auf sie kam, ging sie einfach auf ihr Zimmer und schloß die Tür ab.

Sie wollte ihre Familie oder die Gesellschaft, in der sie lebte, nicht so zurückstoßen, aber sie hatte keine Wahl, denn wenn sie nur eine Ahnung von ihren heftigen und verwirrenden Emotionen hätten, dann würden sie sie zurückstoßen. Vier Jahre lang hatte sie in einer Umgebung gelebt, in der es nichts als Tod, Zerstörung, Krankheit und Dekadenz gegeben hatte. Sie würde nie erklären können, wie tief sich diese Erlebnisse in ihre Persönlichkeit hineingegraben hatten. Was würden James und ihr Onkel Martin wohl dazu sagen, wenn sie wüßten, daß sie sich trotz allem nach Johns obszönen Liebkosungen sehnte ... obwohl sie gleichzeitig davon träumte, ihn hängen zu sehen?

Was würde Mama oder Lucy – denen so wichtig war, was sich gehörte, wie das Leben einer anständigen englischen Lady auszusehen hatte – davon halten, daß sie von den suchenden Fingern ihrer Eunuchen träumte, die sie nach dem Bad massierten, während sie nackt auf dem Rücken dalag?

Mit einem anderen Menschen intim zu werden, war für sie ein furchtbarer Gedanke. Die Ehe mit einem auf diesem Gebiet ahnungslosen Mann, der zwangsläufig sehr bald Verdacht schöpfen mußte, daß seiner Frau in dieser Hinsicht ganz andere Dinge im Kopf herumgingen, war eine geradezu abstoßende Vorstellung für sie.

Also verbrachte sie ihre Tage damit, auf der Veranda des Hauses im Schaukelstuhl zu sitzen und die Welt aus der Distanz zu betrachten. Und eines Morgens fand sie sich plötzlich einem Mann gegenüber, der vor ihrem Tor stand. Er war jung, etwa in ihrem Alter, eher zierlich gebaut und wie ein Seemann gekleidet.

Er lüftete seine Kappe. »Miss Barrington?« Seine Stimme klang eigenartig nasal.

»Das bin ich.«

»Darf ich hereinkommen, Ma'am?«

»Aber bitte.«

Er schloß das Tor hinter sich und kam die Stufen herauf.

»Mein Name ist Ward, Ma'am. Fredrick Ward.«

»Ihr seid Amerikaner, nicht wahr?« sagte Joanna, die den Akzent jetzt erkannte.

Es gab von Tag zu Tag mehr amerikanische Händler und Missionare in China.

»Das ist richtig, Ma'am. Könnte ich wohl einen kurzen Augenblick mit Euch sprechen?«

»Bitte nehmt doch Platz. Tee?«

Ward setzte sich in einen der Bambussessel. »Sehr gern, Ma'am.«

»Wan Chung«, rief Joanna. Sie wußte, daß der Butler sich gleich hinter der Jalousietür aufhalten würde, um den Besucher gegebenenfalls hinaus zu komplimentieren, wenn er sich nicht anständig benahm. »Tee für uns beide, bitte sehr.« Sie sprach natürlich Mandarin.

»Ihr sprecht die Sprache wie eine Einheimische«, meinte Ward – ebenfalls in Mandarin.

»Das bin ich auch, Mr. Ward. Aber Ihr sprecht die Sprache auch recht gut.«

»Ich lerne sie gerade. Ich hoffe, Ihr nehmt es mir nicht übel, wenn ich ein Thema ansprechen möchte, das Euch etwas unangenehm sein könnte.« Joanna seufzte enttäuscht. Der junge Mann hatte ihr eigentlich recht gut gefallen. »Ich komme gerade von einer Reise den Jangtse hinauf zurück«, erklärte er.

Das war zumindest ungewöhnlich. »Wie weit seid Ihr denn gekommen?«

»Nanking, und noch ein Stück weiter – bis nach Wuhu.«

»Die T'ai p'ing haben Euch durchgelassen?«

»Ich bin unter amerikanischer Flagge gesegelt. Offenbar war der Lehrer des Himmlischen Königs ein amerikanischer Missionar.« Joanna erschauerte. »Man hat mir gesagt, daß Ihr Erfahrungen aus erster Hand über die T'ai p'ing habt, Miss Barrington.«

»Sicher wißt Ihr, daß ich mehrere Jahre lang ihre Gefangene war, Mr. Ward.«

»Bitte verzeiht mir, Ma'am. Ich wollte das eigentlich nicht aufbringen. Was ich nur überhaupt nicht verstehen kann, warum niemand etwas gegen sie unternommen hat?«

»Nun, ich fürchte, die Regierung war nicht sehr erfolgreich in ihrem Kampf gegen die T'ai p'ing. Sie hatten auch zu viele andere Probleme.«

Ward nickte. »Und in der Zwischenzeit verwandelt sich das Land in eine Wüste. Und ich muß Euch sagen, daß sie vorhaben, den Fluß weiter hinunter zu marschieren. Nun, ich vermute, daß müssen sie auch – und zwar schon bald – wenn sie nicht verhungern wollen.«

Joanna erschrak jetzt wirklich. »Habt Ihr das den entsprechenden Stellen bereits berichtet?«

»Nun, ich war bei Marschall Cheng. Das Problem ist, daß seine Männer soviel Angst vor den T'ai p'ing haben, daß sie schon geschlagen sind, bevor sie den ersten überhaupt zu Gesicht bekommen. Mit den Briten habe ich auch gesprochen, aber die wollen davon nichts wissen. Und dann habe ich von Euch gehört. Euer Vater ist ein wichtiger Mann hier, und er, und Ihr nehme ich an, habt genug Grund, die T'ai p'ing zu schlagen.« Er beugte sich vor, »Miss Barrington ... ich könnte diese Leute besiegen.«

»Ihr, Mr. Ward? Seid Ihr denn Soldat?«

»Nein. Ich bin Seemann. Aber ich habe mich ausgiebig damit befaßt. Das ist so eine Art Hobby von mir. Ich nehme an, daß Ihr schon von Alexander dem Großen gehört habt?«

Joanna lächelte schwach. »Ja, von Alexander dem Großen habe ich schon einmal gehört, Mr. Ward.«

»Also, wie ich die Geschichte verstehe, hat er die persische Armee, die ungefähr einhunderttausend Mann stark war, mit nicht mehr als zehntausend geschlagen. Seine Strategie war besser, seine Taktik und vor allem seine Disziplin, aber noch wichtiger war, daß er seinen Männern nicht nur vermittelt hat, daß sie gewinnen könnten, sondern daß sie sicher gewinnen *werden*. Die T'ai p'ing haben weder Disziplin noch eine besonders ausgeklügelte Strategie außer der Verbreitung von Angst und Schrecken, und ihre Taktik erschöpft sich in gigantischen Massenanschlägen. Sobald sie auf ernstzunehmende Gegenwehr stoßen, werden sie auseinanderfallen. Aber leider haben auch Chengs Leute keine Disziplin und, wie ich schon sagte, überhaupt kein Vertrauen.«

»Und Ihr glaubt, Ihr könntet es ihnen geben? Warum solltet Ihr für die Mandschu kämpfen wollen?«

»Ich möchte nur die T'ai p'ing bekämpfen, die sonst noch das ganze Land verwüsten. Für die Mandschu habe ich soviel gar nicht übrig, aber ich kann mir nicht vorstellen, daß es unter ihnen jemanden gibt, der auch nur halb so schlimm ist wie dieser Hung und seine Leute. Würdet Ihr mir da zustimmen?«

»Ja, Mr. Ward, dem würde ich zustimmen.« Sie fand den

Amerikaner faszinierend, wenn auch ein wenig lächerlich. Wie konnte sich ein dahergelaufener Matrose ohne jegliche militärische Erfahrung bloß einbilden, die T'ai p'ing zu besiegen?

»Dann werdet Ihr mir helfen? Euren Vater überzeugen, daß er mich empfängt? Ich glaube nicht, daß ich bei Chengs Bannersoldaten viel ausrichten kann. Ich möchte meine eigenen Leute rekrutieren. Aber ich brauche Gewehre und Munition. Ein paar Geschütze wären natürlich ganz großartig. Und Stoff für eine Uniform. Das ist sehr wichtig. Ich möchte auch, daß Euer Vater Cheng Kuo-fan klar macht, daß ich nicht irgend so ein Bandit bin, sondern auf seiner Seite stehe.«

Er sprach so leidenschaftlich, daß es fast überzeugend klang. Joanna legte ihre Hand auf seine. »Ich werde mit meinem Stiefvater sprechen, Mr. Ward.«

Während sie Tee tranken, erzählte Ward ein wenig von sich. Er war in Salem, Massachusetts, geboren und jetzt siebenundzwanzig Jahre alt – ein Jahr älter als sie selbst. Er war bereits seit seiner frühen Jugend zur See gefahren und vor zehn Jahren das erste Mal nach China gekommen. Auf dieser Route verkehrte er jetzt regelmäßig, und er hatte es zum Rang eines Maats gebracht. Aber diesen Beruf hatte er jetzt hinter sich gelassen. Er hatte weder Frau noch Familie, zu der er nennenswerten Kontakt unterhielt, und er verbrachte jede freie Minute damit, Bücher über Militärgeschichte zu lesen.

Allmählich war Joana beeindruckt.

Martin teilte ihren Enthusiasmus nicht. »Frederick Ward?« sagte er. »Das ist ein Abenteurer. Er versucht bereits, aus dem Gesindel im Hafen eine Truppe zusammenzustellen. Wenn er kein amerikanischer Staatsbürger wäre, dann hätte ihn Marschall Cheng bereits einen Kopf kürzer gemacht.«

»Dann wirst du ihm nicht helfen?«

»Ich glaube, die Lage ist auch so ernst genug, ohne daß das Haus Barrington eine Armee aus Banditen unterhält.«

Joanna ging zu James, aber auch er war nicht sehr hilfreich und hatte schon gar nicht die Absicht, sich gegen die Entscheidung seines Stiefvaters zu stellen.

Drei Tage später stand Ward an einem schwülen Nachmittag wieder vor dem Tor. »Wie ist es gegangen?«

»Es ist überhaupt nicht gegangen, Mr. Ward. Mein Stiefvater sieht in Euch lediglich einen potentiellen Unruhestifter.« Er sah so niedergeschlagen aus, daß es ihr weh tat. »Sollen wir einen Spaziergang durch den Garten machen?« lud sie ihn ein und führte ihn die Stufen hinunter. Sie fragte sich, was sie eigentlich vorhatte, aber er war der erste Mann, für den sie wenigstens einen Funken von Interesse verspürte, seit sie aus Nanking zurückgekommen war. Und er wollte sie rächen.

Er schritt an ihrer Seite. »Und wenn Ihr mit Eurem Bruder sprecht ...«

»Ich habe schon mit James gesprochen.«

»Und die gleiche Reaktion?«

»Ich fürchte ja.« Sie blieb stehen und wandte sich ihm zu. »Es tut mir leid.«

Er sah sie ein paar Sekunden lang an und sagte dann: »Sicher. Nun, dann werde ich wohl ohne Unterstützung der Briten auskommen müssen. Oder der Chinesen.«

Joanna hielt ihm beim Arm. »Vielleicht kann ich Euch doch helfen.«

»Wie?«

»Habt Ihr schon einmal von einer Frau namens Lan Kuei gehört?«

»Nein, ehrlich gesagt nicht. Nein, wartet mal. Ist das nicht der Name der Konkubine, die dem Kaiser gerade einen Erben geboren hat?«

»Ja, das ist sie. Sie und mein Bruder James waren in Wuhu einmal gut befreundet. Und jetzt ist sie als Mutter des zukünftigen Kaisers eine der mächtigsten Frauen im ganzen Land. Ich könnte Euch einen Brief an sie mitgeben. Wenn Ihr sie für Eure Sache gewinnen könntet, dann würden Euch alle Türen offenstehen.«

»Ihr meint, Ihr könntet ein Treffen zwischen mir und einer kaiserlichen Konkubine arrangieren?«

»Nein.« Joanna lächelte. »Nein, nicht einmal ich könnte das, ohne Euren Kopf zu riskieren.«

»Oder etwas anderes zuerst«, murmelte er.

»Aber wie es der Zufall will, habe ich noch einen Freund in

der Verbotenen Stadt, einen Eunuchen namens Chang Tsin. Er hat mich von den T'ai p'ing befreit, und er hat uns geschrieben, daß er jetzt einer von Lan Kueis Eunuchen ist. Ich werde Euch einen gesonderten Brief an ihn mitgeben. Ich weiß, daß er Euch helfen wird.

»Ihr würdet einem Eunuchen vertrauen?«

»Ich würde ihm mein Leben anvertrauen. Das habe ich bereits einmal getan.«

Ward dachte kurz nach. »Klingt, als ob man meine Gebete erhört hätte«, sagte er schließlich.

Nach ihrem Bad schickte Lan Kuei gewöhnlich die anderen Eunuchen fort und blieb mit Chang Tsin für die Abendmassage allein. Das brachte sie in die richtige Stimmung für die Nacht im Bett des Kaisers. Und wenn er nicht nach ihr schickte ... dann schenkten ihr Chang Tsins sanfte Finger dennoch angenehme Träume.

Chang Tsin dachte über seine Situation nach. Damals hatte er beschlossen, Selbstmord zu begehen, wenn ihn die Kuei Fei, seine ehemalige Spielkameradin, nicht erhören sollte ... und jetzt, nur zwei Jahre später, glaubte er beinahe an Wunder. Jetzt hatte er mehr Geld, als er ausgeben konnte, und die feinsten Kleider. Selbst Mandarins verbeugten sich vor ihm.

Und er hatte diesen herrlichen, kräftigen geschmeidigen unglaublich weichen Körper vor sich, mit dem er spielen konnte. Wenn er ihn auch nicht mehr so begehrte wie früher, machte es trotzdem Spaß, ihn zu spüren, und noch mehr zu sehen, wie sie sich lustvoll unter seinen Händen wand – gar nicht zu reden davon, daß es die Mutter des zukünftigen Kaisers war, die sich ihm hingab. Es war ein langer Weg gewesen von dem verhaßten Schuppen in Wuhu bis hierher.

Aber er war nicht immer nur zufrieden. Zwar war Lan Kuei hocherfreut gewesen, ihn wiederzusehen und in ihre Dienste zu nehmen, aber sie war nicht mehr das achtzehnjährige Mädchen, das er in Erinnerung hatte. Nicht, daß sie sich besonders verändert hätte ... vielmehr waren ihre typischen Persönlichkeitsmerkmale jetzt ausgeprägter als früher. Sie war launischer und unbeherrschter und oft furchtbar dickköpfig. Auch ihre Habgierigkeit, an die er sich noch erinnern konnte, war deutlicher, und die Erniedrigung, die sie durch die Armut ihrer Familie – oder was sie für Armut hielt – hatte ertragen müssen, trieb sie in immer größere Extravaganzen in bezug auf ihre Kleidung und die mit Juwelen besetzten Schuhe, die er für sie kaufen mußte. Ihre Eitelkeit bereitete ihm Sorgen, denn an diesen Charakterzug konnte er sich nicht erinnern, aber jetzt trug sie Schuhe mit besonders hohen Plateausohlen, die sie größer wirken ließen. Es waren aber vor allem ihre Launen, die ihm das Leben ganz besonders schwer machten. Und heute abend schien ihre Stimmung ganz besonders schlecht zu sein, dabei hätte er ihr so wichtige Dinge mitzuteilen gehabt.

»Die Ehrenwerte Person ist schlecht gelaunt«, murmelte Chang Tsin, während er sie massierte.

»Ha!« Lan Kuei warf sich so abrupt auf den Rücken, daß er erschrak. »Du bist ein Dummkopf, Chang Tsin. Hast du denn die Neuigkeiten nicht gehört?«

Chang Tsin goß sich ein wenig süß riechendes Öl auf die Handfläche und streichelte dann sanft ihre vollen Brüste. »Erzählt mir davon, was Euch so erregt hat.«

»Die Briten und die Franzosen haben die Taku-Forts gestürmt.«

»Aber das ist unmöglich. Das letzte Mal ...«

»Das letzte Mal sind sie geschlagen worden. Dieses Mal waren sie erfolgreich. Das wird jemanden den Kopf kosten. Aber das wird uns auch nichts nützen. Sie haben Taku in ihrer Gewalt. Damit kontrollieren sie den Fluß. Jetzt drohen sie damit, nach Peking zu marschieren. Und Prinz Hui will mit ihnen verhandeln. Darin wird er natürlich von Prinz Su-chun bestärkt, und der ist ein Feigling – oder er wird von den Briten bezahlt. Ihn sollte man enthaupten lassen.«

»Was würdet denn Ihr an seiner Stelle tun, Ehrenwerte Person?« Lan Kuei spreizte die Beine, um ihm zu zeigen, wo er sie als nächstes streicheln sollte. »Sie wollen Krieg«, sagte sie verträumt. »Denn könnten sie haben. Haben wir nicht eine Armee von Bannersoldaten, die stärker ist als alle Briten und Franzosen zusammen? Wir sollten sie zu Staub zermahlen, daß keine Spur mehr von ihnen übrig bleibt.«

»Was ist denn die Meinung des Kaisers, Ehrenwerte Person?«

»Der Kaiser ist verwirrt. Er würde wohl kämpfen, aber er steht zu sehr unter dem Einfluß seiner bösartigen Onkel. Auch Prinz Kung und sein Bruder sind grundsätzlich nicht abgeneigt, aber sie jammern dauernd, daß man nicht die Barbaren und die T'ai p'ing zur gleichen Zeit bekämpfen kann. Ha! Warum haben sie die T'ai p'ing denn nicht schon vor langer Zeit vernichtet? Warum ersetzen sie nicht Cheng Kuo-fan und lassen ihn enthaupten? Er ist vollkommen nutzlos!«

Da hatte er endlich sein Stichwort. »Ich habe von einer Möglichkeit erfahren, wie man die T'ai p'ing besiegen könnte, Ehrenwerte Person.«

»Du?« Lan Kuei setzte sich auf und schwang die Beine über den Rand des Tisches. Chang Tsin gab ihr beide Briefe zu lesen.

»Joanna Barrington«, sagte Lan Kuei. »Aber das ist doch eine Engländerin.«

»Sie möchte der Dynastie helfen, Ehrenwerte Person. Und dieser Mann, Ward, ist Amerikaner. Die Amerikaner haben noch nie Krieg mit uns geführt.«

»Aber den Kaiser davon zu überzeugen, ihm die Vollmacht zu geben, eine Armee aufzustellen ... einem Mann, den wir noch nie gesehen haben? Was, wenn er seine Armee gegen die Dynastie einsetzt?«

»Ich habe diesen Mann getroffen, Ehrenwerte Person. Ich halte ihn für vertrauenswürdig.«

»Du hast ihn getroffen? Ist er denn hier in Peking?«

»Er hat die Briefe selbst überbracht, Ehrenwerte Person.«

Lan Kueis Augen glänzten. »Dann will ich ihn auch treffen.«

»Ihr?« Chang Tsin war so entsetzt, daß er seine Manieren vergaß. Der einzige vollständige Mann, mit dem eine kaiserliche Konkubine je Kontakt haben durfte, war der Kaiser selbst und seine männlichen Verwandten – mit diesen allerdings nur bei festlichen Anlässen. Fand man sie mit einem anderen Mann, dann bedeutete das ihre sofortige Enthauptung. Und die Enthauptung des Eunuchen, der das Treffen arrangiert hatte.

»Ich muß mir selbst ein Urteil über ihn machen können. Du wirst ihn zu mir bringen. Heute nacht. Seine Majestät ist so erschüttert über die Niederlage der Taku-Forts, daß er angekündigt hat, heute allein zu schlafen. Wenn du mir nicht hilfst, Chang Tsin, werde ich dich enthaupten lassen.«

Wenn ich ihr helfe, dachte Chang Tsin resigniert, *werde ich meinen Kopf erst recht verlieren.* Aber er verbeugte sich. »Ich werde tun, was Ihr verlangt, Ehrenwerte Person.«

Er ging in das Gasthaus im chinesischen Viertel, wo Ward sich einquartiert hatte. Daß einer dieser langnasigen, behaarten Barbaren in Peking war, hatte sich bereits herumgesprochen, auch wenn Ward sich alle Mühe gab, nicht aufzufallen und ausschließlich chinesische Kleidung trug. Aber da er Amerikaner und kein Brite war und im Auftrag des Hauses Barrington reiste, inzwischen fließend Mandarin sprach und reichlich Silbermünzen dabei hatte, ließ man ihn im großen und ganzen unbehelligt.

Er sah Chang Tsin erwartungsvoll an, der jetzt an seinen Tisch trat. »Ihr müßt mit mir kommen«, sagte Chang Tsin.

»Um die Lady zu treffen?«

»Seid still. Wenn man uns entdeckt, werden wir beide unseren Kopf verlieren. Könnt Ihr tauchen?«

Ward nickte. Er war so weit gereist und hatte so lange gewartet, ein bißchen Gefahr würde ihn jetzt auch nicht mehr abhalten.

Chang Tsin führte Ward durch die Straßen der Tatarenstadt bis an die nördliche Mauer. Um sicherzugehen, daß sie nicht verfolgt wurden, kehrte Chang Tsin mehrmals um und ging ein ganzes Stück zurück. Innerhalb der nördlichen Mauer erreichten sie das Wasserreservoir der Ornamentalen Gewässer, eine Reihe von künstlichen Seen, die im Westen der Verbotenen Stadt lagen. Es war Neumond, und im Schatten eines hohen Gebäudes befahl Chang dem Amerikaner, sich auszuziehen. »Soll ich etwa nackt vor die Lady treten?« fragte Ward empört.

»Es werden Kleider für Euch bereitliegen, wenn wir aus dem Wasser steigen. Und diese werden immer noch hier sein, wenn Ihr zurückkommt.«

Chang zog sich bis auf sein Lendentuch aus, und Ward folgte seinem Beispiel. Er behielt nur seine Unterhosen an, in die er seinen Revolver steckte. »Den müßt Ihr auch hierlassen«, sagte Chang. »Ihr könnt nicht mit einer Waffe vor dieser Person erscheinen.«

Ward zögerte, aber er hatte keine Wahl; er war schon zu weit gekommen. Er wickelte den Revolver in seine Jacke, und dann stiegen er und Chang vorsichtig ins Wasser.

Die Leitungen des Reservoirs führten unter den violetten Mauern der Verbotenen Stadt hindurch. Chang Tsin tauchte unter, und Ward holte noch einmal tief Luft und folgte ihm in eine vollkommen finstere Grotte. Es war ein höchst sonderbares Gefühl, da er keine Ahnung hatte, wo er war oder hinschwamm. Er tastete sich an der seitlichen Mauer entlang, und hin und wieder stieß er mit dem Kopf gegen die obere Begrenzung. Das Wasser stand bis dort hinauf. Er wußte nicht, wie lange er noch den Atem anhalten mußte. Tatsächlich war es nicht sehr weit, aber seine Lungen waren kurz davor zu platzen. Als die Dunkelheit nachließ schwamm er so schnell er konnte an die Wasseroberfläche und schnappte nach Luft. Chang Tsin war dicht neben ihm.

»Wir müssen weiterschwimmen, bis wir den Wassergraben erreichen«, sagte Chang. »Aber es gibt keine weiteren Tunnel mehr.«

Sie schwammen oder wateten je nach Wassertiefe, bis sie den Wassergraben erreichten. Hier konnten sie gehen, da er kaum anderthalb Meter tief war. Dennoch mußten sie unendlich vorsichtig sein und sich unbeweglich gegen die Wand pressen, sobald sie Stimmen über sich hörten. Es schien ewig zu dauern, aber in etwas über einer Stunde hatten sie die Stelle erreicht, an der Chang Tsin die Kleider für sie bereitgelegt hatte. Als sie sich angezogen hatten, brachte Chang Tsin Ward in einen üppig bewachsenen Garten, in dem es einen Brunnen mit einer hohen Mauer gab.

»Stellt Euch mit dem Gesicht zur Mauer, Mr. Ward«, wies

Chang ihn an. »Und wenn Euch Euer Leben lieb ist, dreht Euch nicht um.«

Wieder fühlte er sich nicht ganz wohl in seiner Haut, besonders als er jetzt leise Schritte hinter sich im Gras hörte. Aber wenn ihn die Mandschu umbringen wollten, dachte er, dann hätten sie ihn nicht auf so umständliche Weise hierherbringen müssen.

»Joanna Barrington hat Euch zu mir geschickt«, sagte eine Frauenstimme.

»Jawohl, Ehrenwerte Person.«

»In ihrem Brief schreibt sie, daß Ihr die T'ai p'ing besiegen könnt. Wie wollt Ihr erreichen, woran alle Generäle des Kaisers gescheitert sind?«

Ward erzählt ihr genau das gleiche, was er Joanna erzählt hatte.

»Wo wollt Ihr denn die Männer für Eure Armee finden?«

»Ich habe schon einige gefunden, Ehrenwerte Person.«

»Aber Ihr werdet sehr viele brauchen.«

»Das glaube ich nicht, Ehrenwerte Person. Ich denke, fünftausend sollten reichen.«

»Ihr wollt mit fünftausend Mann gegen hunderttausend T'ai p'ing antreten? Das ist reiner Wahnsinn.«

»Es sind schon Schlachten gegen größere Übermächte gewonnen worden.«

»Wer wird diese Leute anführen?«

»Ich, Ehrenwerte Person. Und ich werde sie auch ausbilden.«

Dann wurde es still, und Ward glaubte, abschätzen zu können, was jetzt in Lan Kuei vorging. Eine Armee von fünftausend konnte kaum eine ernste Bedrohung für das Reich darstellen, aber vielleicht würde er die T'ai p'ing wirklich besiegen. Und wenn er scheiterte und seine Truppe umgebracht würde, dann würde das die allgemeine Situation auch nicht verschlimmern.

»Schließt die Augen«, befahl Lan Kuei. »Und öffnet sie nicht. Dann dreht Euch um.« Ward gehorchte. Er konnte ihr Parfum riechen, als sie jetzt näher an ihn herankam, um seine Gesichtszüge im Dämmerlicht zu studieren. Die Versuchung war groß, die Augen zu öffnen, aber er konnte ihr widerstehen. Dann fühlte er ihre Finger auf seiner Wange. Er zwang sich zur Geduld.

»Ich werde einen offiziellen Auftrag für Euch vorbereiten lassen«, sagte Lan Kuei. »Damit habt Ihr die nötigen Befugnisse. Chang Tsin wird Euch alles bringen. Jetzt geht und seid erfolgreich.«

15

DIE BARBAREN

Lan Kuei sprach den Kaiser bei der nächsten Gelegenheit auf Wards Pläne an. Sie war überglücklich. Endlich konnte sie etwas tun, was ihrer Position entsprach. Selbst wenn der Amerikaner scheiterte, was sehr wahrscheinlich war, dann war es dennoch ein Versuch ... und sein Tod würde die Barbaren vielleicht sogar inspirieren, den Mandschu zu helfen, statt sie zu bekämpfen.

Das waren natürlich ziemlich krause Gedanken, wie ihr auch der Hsieng-feng klarmachte. »Die Barbaren errichten gerade ein riesiges Lager außerhalb von Tientsin«, jammerte er. »Sie drohen uns damit, nach Peking zu marschieren.«

»Bah«, meinte sie dazu. »Wird Marschall Seng sie nicht besiegen, wie er die T'ai p'ing besiegt hat? Hier unterschreibt dies.«

Der Hsieng-feng unterschrieb, ohne sich das Papier genauer anzusehen. »Niemand kann diese Barbaren aufhalten«, sagte er. »Wir müssen verhandeln.«

Der Sohn des Himmels verhandelt nicht, wollte Lan Kuei sagen. Aber sie hatte erreicht, was sie wollte, und schickte Chang Tsin mit dem Dokument zu Ward.

James Barrington stand vor seinem Stiefvater. »Eine dringende Nachricht von Lord Elgin. Ich soll sofort nach Tientsin reisen und als assistierender Dolmetscher an den Verhandlungen teilnehmen.«

»Du lieber Himmel! Nun, du wirst wohl gehen müssen. Alles, was dazu beiträgt, diesen traurigen Krieg zu beenden, ist wichtig.«

Daraufhin mußte James Lucy und Joanna beruhigen. »Man hat mich sicher ausgewählt, weil ich früher einmal mit Lan Kuei gut befreundet war«, sagte er. »Wer weiß, vielleicht sehe ich sie sogar wieder.«

Joanna sagte nichts dazu. Sie hatte weder ihrem Bruder

noch sonst jemandem etwas von dem Brief erzählt. Der Umstand, daß Ward nicht zurückgekehrt war, lastete schwer auf ihrem Gewissen; ohne Zweifel hatte sie den netten, jungen Träumer in den Tod geschickt.

Da der südliche Teil des Großen Kanals noch immer in den Händen der T'ai p'ing war, mußte James mit einer Dschunke durch den Golf von Tschi-li segeln, aber er schaffte es in einer Woche.

Bei seiner Ankunft wurde er von Sir James Hope Grant begrüßt, der das Oberkommando über die britischen Streitkräfte hatte, und von Harry Parkes, der als erster Dolmetscher eingesetzt war.

»Ihr seid lediglich hier, weil Ihr Mandschu sprecht, Barrington«, sagte Parkes. »Ich persönlich hätte Euch nicht gewählt, aber es ist der Wille seiner Lordschaft. Ich möchte nur, daß Ihr eines nicht vergeßt: Die Mandschu sind im Augenblick unsere Feinde und müssen entsprechend behandelt werden. Habt Ihr das verstanden?«

»Ich hatte angenommen, ich sei nur hier, um zu übersetzen, Mr. Parkes.«

Parkes funkelte ihn an und drehte sich voller Verachtung um.

Das Treffen zwischen den europäischen Alliierten und den Mandschu sollte in Tungtschou stattfinden, einer Stadt etwa vierzig Meilen vor Peking. Die europäische Abordnung war vierundzwanzig Mann stark und wurde von Harry Brougham Lock, Lord Elgins persönlichem Stellvertreter, und einem französischen Offizier geleitet. Des weiteren waren da Parkes und James Barrington, zwei französische und zwei englische Sekretäre und eine Eskorte von fünfzehn indischen Dragonern unter dem Kommando eines englischen Leutnants. Bei Sonnenaufgang ritten sie hinter einer weißen Flagge aus dem britischen Lager hinaus – es war Mitte September – und kamen am Abend im ungefähr vierzig Meilen entfernten Tungtschou an. Sie wurden auf ihrem Ritt von einer Abteilung Bannersoldaten aus der Entfernung beobachtet, die aber nie näher herankamen.

Man hatte ein Hotel für sie vorbereitet. »Ich wußte gar nicht, daß diese Leute hier überhaupt zivilisiert sind«, sagte Lock, als das Mädchen, das sie bediente, anmutig die gebratene Ente vom Knochen löste, dann Sauce darübergoß und das Fleisch in zarte, kleine Pfannkuchen einwickelte.

»Auch wenn sie einige ziemlich unzivilisierte Gewohnheiten haben«, meinte Parkes.

»Wer so herrliche Crêpes machen kann, muß einfach zivilisiert sein«, sagte Hauptmann Lemarche, der Franzose.

Am nächsten Morgen traf die Abordnung der Mandschu ein. Sie lächelten höflich, steckten die Hände in die Ärmel ihrer seidenen Gewänder und verbeugten sich, wann immer sie sprachen. Ihr Leiter kam mehrere Stunden nach den anderen in einer von sechs Mann getragenen Sänfte mit gelben Seidenvorhängen an. Man stellte ihn vor als I Huan Prinz K'un, einen der jüngeren Brüder des Kaisers. Er machte einen verschlafenen Eindruck und winkte, daß sich alle setzten. Dann schloß er die Augen.

»Mein Herr wünscht zu wissen, mit welchem Recht Ihr in unser Land eindringt«, ergriff jetzt ein Mann, der neben dem Prinzen saß, das Wort.

Parkes übersetzte für Lock und Lemarche und antwortete dann: »Lord Elgin hat mit Euch 1858 einen Vertrag unterzeichnet, den Ihr nun gebrochen habt.«

»Das war kein guter Vertrag.«

»Dennoch habt Ihr ihn unterschrieben«, erinnerte ihn Parkes. »Aber wir sind hier, um einen neuen Vertrag auszuhandeln.«

Das Gesicht des Mandschu hellte sich auf. »Vielleicht wird dieser annehmbar sein.«

»Darauf würde ich mich nicht verlassen«, murmelte Parkes in Englisch, und fuhr dann fort, die Bedingungen vorzulesen. James beobachtete die Gesichter der Mandschu, als Parkes die einzelnen Punkte auflistete. Die Schadensersatzzahlungen der Briten waren diesmal noch viel höher als zuvor. Dann sollte die Zahl der britischen Vertragshäfen erhöht werden und Wuhu sowie Hankow am Oberlauf des Jangtse mit einschließen. Das bedeutete, daß die Briten die T'ai p'ing entweder ignorierten oder damit drohten, mit dem Himmlischen König zu verhandeln, wenn die Mandschu sich weigerten zu kooperieren. Außerdem forderten sie die Bestrafung einiger Vizekönige und hoher Beamten sowie die Abtretung des Gebietes Kaulun, das auf dem Festland gegenüber von Hong Kong lag. Briten und Franzosen sollten sich fortan in ganz China frei bewegen dürfen; und dann war da natürlich noch als letzter Punkt die Forderung nach einer britischen und einer französischen Botschaft in Peking selbst.

Die Gesichter der Mandschu wurden immer länger, obwohl Prinz K'un überhaupt nicht zu reagieren schien; es sah ganz so aus, als ob er schlief. Aber er schlief keineswegs, denn als Parkes fertig gesprochen hatte und ihn der Sprecher der Mandschu verärgert ansah, ohne zu antworten, öffnete der Prinz plötzlich die Augen.

»Das sind sehr viele und sehr unterschiedliche Forderungen«, meinte er. »Wir werden sie studieren. Mein Bruder, der Kaiser, wird Euch daraufhin seine Entscheidung mitteilen. Bis dahin nimmt mein Bruder an, daß ein weiteres Vordringen von Eurer Seite nicht stattfinden wird.«

»Vorausgesetzt, daß der Kaiser die Antwort nicht zu lange hinauszögert«, sagte Parkes. »Unsere Armee wird dreißig Tage lang in ihren Stellungen bleiben. Am einunddreißigsten Tag wird sie weitermarschieren.«

»Dreißig Tage«, sagte der Prinz nachdenklich. Er winkte seinen Wachen, die ihm auf die Füße halfen und ihn zu seiner Sänfte begleiteten, die gleich darauf aus dem Hof hinausgetragen wurde. Der Rest der Abordnung blieb noch; es wurde Jasmin-Tee serviert.

»Ich glaube, das war ein guter Anfang«, meinte Lock.

»Aber *Ihr* seht nicht sehr zufrieden aus, Barrington«, bemerkte Parkes.

»Ich habe mich gerade gefragt, wie wohl Lord Palmerston reagieren würde, wenn eine chinesische Delegation nach London käme und die Abtretung der Isle of Wight, eine riesige

Schadensersatzzahlung und den freien Handel in allen größeren Häfen des Landes fordern würde.«

»Das käme doch wohl ganz darauf an, Mr. Barrington, nicht wahr? Ob die Chinesen nämlich kurz zuvor die britische Armee und die Royal Navy besiegt hätten«, sagte Lock.

Die Delegation der Alliierten verließ am nächsten Morgen in bester Laune das Hotel und machte sich auf den Rückweg ins Lager.

»Darauf könnt Ihr Euch verlassen«, meinte Lock, »diese Kerle haben keine Lust zuzusehen, wie britische Kanonen die Mauern von Peking kurz und klein schießen.«

Wieder folgte in gewissem Abstand eine Abteilung der Bannersoldaten. Diesmal führten sie das grüne Banner und waren zahlreicher als zwei Tage zuvor.

»Ich glaube, je früher wir zurück sind, desto besser«, murmelte James zu Parkes.

Parkes warf einen Blick auf die entfernten Reiter. »Für mich sehen sie recht friedlich aus.«

»Das ist eine irreguläre Truppe.«

»Ist das wichtig?«

»Wenn jetzt irgend etwas passiert, können die K'ing das entweder zu ihrem Vorteil nutzen, oder die Aktion verwerfen und die Schuldigen bestrafen – je nachdem, was gerade günstiger erscheint.«

»Oh, nun kommt aber. Sie werden doch wohl kaum einen neuen Krieg anfangen, wo sie doch gerade um einen Waffenstillstand gebeten haben, bis der Kaiser sich mit unseren Forderungen befaßt hat.«

»Ich glaube, daß Prinz K'un sämtliche Vollmachten hat«, erwiderte James. »Was immer sie uns mitteilen werden, ihre Entscheidung steht bereits fest.«

»Nun, das werden wir ja sehen. Ich werde jedenfalls nicht vor so einem Haufen Banditen davonlaufen.«

James seufzte. Obwohl er sein ganzes Leben in China verbracht hatte, verstand Parkes immer noch nicht, daß die Chinesen ebenfalls an den Einsatz von nackter Gewalt glaubten – wenn die Lage dafür günstig war. Sie ritten also weiterhin im ruhigen Schrittempo dahin und machten mittags Rast wie üblich. Noch nicht einmal Wachen stellten sie auf, wie James verärgert feststellen mußte. Die indischen Dragoner saßen in einiger Entfernung von den Weißen und aßen ihre Curries und Chapatis.

»Merkwürdige Kerle«, meinte Hauptmann Lemarche und zeigte auf die Chinesen, die jetzt deutlich näher herangekommen waren.

»Offensichtlich interessieren sie sich für unsere Gewohnheiten«, erklärte Lock.

Aber die chinesischen Soldaten formierten sich jetzt. James sprang auf, sein Essen hatte er erst halb gegessen. Parkes stand ebenfalls auf, während die anderen sich erstaunt umsahen.

Es war zu spät. Auf ein Signal hin rückten die Chinesen vor und blockierten die Straße, während die anderen von hinten herankamen.

Ihnen blieb nur der Fluß zu ihrer Rechten oder das offene Gelände zu ihrer Linken – aber auch dort warteten bereits Reiter auf sie.

»Lieutenant Brown«, sagte James scharf. »Formiert Eure Männer zu einem Kreis und haltet Euch schußbereit.«

»Captain Lemarche ist der höchste Offizier«, protestierte Lock. »Ihr seid noch nicht einmal Soldat, Barrington.«

»Um Himmels willen«, rief James. Aber die Chinesen griffen bereits an. Die indischen Truppen, die noch keine Befehle erhalten hatten, konnten sich nicht mehr formieren und eine nennenswerte Verteidigung aufbauen, bevor sie umzingelt waren. James schoß mit seinem Revolver einmal und traf einen Mann, aber dann warf ihn ein Pferd der Chinesen um – sie schlugen und traten ihn, zerrten ihn wieder auf die Füße und banden ihn mit den Handgelenken am Sattel eines Pferdes fest. Das gleiche geschah mit den anderen. James hörte noch Lock protestieren, aber dann sahen und hörten sie nichts mehr, da sie in dem dichten Staub, den die Hufe der Pferde aufwirbelten, fast erstickten.

Man brachte sie zurück nach Tungtchou, wo schon eine jubelnde, spottende und stockschwingende Menge, Männer, Frauen und Kinder, auf sie wartete. Hier erhielten sie wenigstens eine Tasse Wasser, aber sie durften sich nicht ausruhen. Die Chinesen ritten gleich weiter und zerrten die halb Ohnmächtigen hinter sich her.

Erst in der Zelle wurde ihnen der Ernst der Lage voll bewußt. Sie war zur Hälfte im Boden versenkt und winzig. Aus einem kleinen, vergitterten Fenster sah man auf einen kahlen Fleck staubiger Erde. Hier gab man ihnen wieder Wasser und etwas Reis – dann überließ man sie ihrem Schicksal. Vierundzwanzig Männer saßen Schulter an Schulter dicht gedrängt in einer Zelle, die für höchstens die halbe Anzahl Platz gehabt hätte.

»Diese Halunken«, keuchte Lock. »Wenn General Grant davon erfährt ...«

»Aber wird er je davon erfahren?« fragte Lemarche. Er war im Gesicht verwundet worden und hatte heftig geblutet; die Blutung war gestillt worden, aber er war sehr schwach und würde für den Rest seines Lebens eine deutliche Narbe im Gesicht tragen. »Was glaubt Ihr, Mr. Parkes?«

»Der General wird sich schon denken können, was vorgefallen ist, wenn wir nicht zurückkommen. Außerdem glaube ich, daß die Mandschu eine Lösegeldforderung stellen werden. Ob General Grant sich für befugt hält, dem zuzustimmen ...« Er zuckte die Achseln.

»In dem Fall würden wir es in diesem Höllenloch wohl eine ganze Weile aushalten müssen«, meinte Lock.

»Nun, Sir, wir müssen uns der Situation wie echte Engländer stellen. Und Franzosen natürlich«, fügte er hastig hinzu. Die Inder erwähnte er nicht, fiel James auf und sah die Soldaten an, die offensichtlich nicht so recht begreifen konnten, in welchem Chaos sie jetzt steckten, nur weil ihre Offiziere ihnen keine klaren Befehle gegeben hatten.

Sie hatten schon mehrere Stunden in der Zelle gesessen, als die Tür auflog und sie ein Beamter blinzelnd anstarrte. Hinter ihm stand eine ganze Reihe Soldaten. »Parkes«, sagte er.

Parkes zögerte und stand dann auf.

»Um Gottes willen!« rief Lock. »Wollen sie Euch etwa hinrichten?«

»Ich kann nur hoffen, daß das nicht der Fall ist«, sagte Parkes und ging durch die Tür.

Mut hatte er jedenfalls, das mußte auch James zugeben.

Parkes war gute zwei Stunden weg, dann warf man ihn zurück in die Zelle. Sie knieten um ihn herum.

»Guter Mann«, sagte Lock. »Was haben sie mit Euch gemacht?«

James hielt ihm das letzte Wasser an die Lippen. Ein paar Minuten später konnte er sich aufsetzen und sogar lächeln. »Nichts Irreparables«, sagte er. »Ein paar Tritte. Ein paar Nadeln ...« er sah seine geschwollenen Hände an und erschauerte.

»Diese Schweine«, sagte Lock.

»Was wollten sie denn eigentlich?« fragte James.

»Sie wollten, daß ich im Namen aller ein Dokument unterschreibe, das besagt, daß der Vertrag mit Lord Elgin ungültig ist und daß die britischen und französischen Regierungen einem neuen Vertrag mit China zustimmen werden.« Parkes sah von einem Gesicht zum nächsten. »Denkt daran! Wir müssen uns weigern, irgendwelchen Abmachungen zuzustimmen, die nicht denen unserer Regierungen entsprechen. Ganz gleich, wie man uns unter Druck setzt. Ganz gleich!«

»Aus mir werden sie nichts herausbekommen«, versicherte Lock.

Eine Stunde später öffnete sich die Tür der Zelle erneut.

»Parkes«, sagte der Gefängniswärter. »Seid ihr bereit, Prinz K'un noch einmal zu treffen?«

»Ich werde den Prinzen nur dann treffen«, sagte Parkes, »wenn er Befehl gegeben hat, die anderen zu entlassen, und wenn er sich auf Bedingungen von unserer Seite einläßt.«

Der Mandschu grinste ihn mehrere Sekunden lang an, dann wanderte sein Blick von einem Gefangenen zum nächsten. Er zeigte auf den Leutnant. »Den da.«

Brown stieß einen erstickten Schrei aus, als die Wächter sich in die Zelle hineindrängten und ihn packten. In der Enge der Zelle hätten sie sie vielleicht überwältigen können, aber der ganze Gang war plötzlich voller bewaffneter Männer, und auch draußen auf dem Hof standen jetzt einige. Weder Parkes noch Lock machten Anstalten, etwas zu unternehmen, obwohl Brown um Hilfe rief, als sie ihn wegbrachten.

»Um Gottes willen«, rief er. »Helft mir!«

»Ertragt es wie ein Mann, Sir«, rief Lock zurück. »Wie ein Mann.«

Der Leutnant wurde in den Hof gezerrt und dort nackt ausgezogen. Die anderen konnten ihn durch die Gitter hindurch sehen. »Mein Gott«, murmelte Lock. »Sie werden den armen Jungen doch wohl nicht kastrieren?«

»Sie werden ihm Schläge verabreichen«, sagte Parkes. »Ich würde nicht sagen, daß das ein leichteres Schicksal ist.«

James sah sich in der Erinnerung wieder in Wuhu ... aber die Opfer waren Chinesen gewesen, die ihr Schicksal mit stoischer Ruhe ertragen hatten. Brown hingegen war ein weißhäutiger Engländer – mit dem Verständnis eines Engländers von Gerechtigkeit. Und er war noch sehr jung. Er schrie bereits, bevor ihn die ersten Schläge trafen. Dann wurden seine Schreie gellend wie die eines Tieres.

Seine Kameraden konnten nichts tun, als in hilfloser Wut zuzusehen. Schon bald lief ihm das Blut die Schenkel herunter, dann spritzte es bei jedem Schlag. Und sie schlugen ihn weiter und weiter ... Der weiße Körper wand sich in seiner Qual, und der Junge jammerte herzerweichend. Plötzlich war er still.

»Sie haben ihn umgebracht«, flüsterte Lock entsetzt.

Sie schütteten einen Eimer Wasser über Browns Kopf aus. Einen Augenblick später bewegte er sich wieder. Sofort begannen die Schläge wieder.

»Nein«, schrie er. »Nein!«

Die Sekretäre, auch alles junge Männer, konnten es nicht mehr ertragen und sanken zu Boden. Erst nach etwa vierhundert Schlägen und noch mindestens vier weiteren Ohnmachtsanfällen warfen sie Brown ohne seine Kleider wieder zurück in die Zelle. James zog sein Hemd aus und bedeckte damit das zerfetzte Fleisch. Die anderen starrten Brown in namenlosem Entsetzen an.

Chang Tsin teilte Lan Kuei mit, was mit den Barbaren geschehen war. Ganz Peking war begeistert, daß sie es diesen arroganten und hinterlistigen Eindringlingen endlich einmal gezeigt hatten. Der Kaiser und sein Hofstaat hielt sich noch immer im Yuan Ming Yuan auf, wo sie den ganzen Sommer die ländliche Stille und die kühle Brise, die von den Bergen im Norden herunterkam, genossen hatten. Aber es gehörte zu den Pflichten der Eunuchen, ihre jeweiligen Herrinnen auf dem laufenden zu halten.

Lan Kuei hörte Chang Tsin gespannt zu. Ihre Augen glänzten. »Sie verdienen jede nur erdenkliche Strafe dafür, daß sie in unser Reich eingedrungen sind«, sagte sie.

»Auch der junge Barrington?«

»Barrington ist bei ihnen?«

»Er ist als Dolmetscher mitgekommen und mit ihnen gefangengenommen worden. Jetzt sagt man, daß sie alle sterben sollen.« Lan Kuei zupfte nervös an ihrer Lippe. »Er ist unser Freund«, sagte Chang Tsin eindringlich. »Hat er denn nicht einmal Eure Lippen mit seinen berührt?«

»Sei still«, wies ihn Lan Kuei scharf zurecht. »Niemand darf das je erfahren.« Es war das Geheimnis ihrer großen Anziehungskraft auf den Kaiser!

»Wir können ihn doch nicht sterben lassen, Ehrenwerte Person. Wollt Ihr nicht mit den Brüdern seiner Majestät sprechen und um seine Entlassung bitten?«

Lan Kuei befand sich in einer mißlichen Lage. Zwar war sie die Mutter des zukünftigen Kaisers, aber sie wußte genau, wie verhaßt sie den Onkeln des Hsieng-feng war, und seinen Brüdern wahrscheinlich nicht weniger. Das alles nur, weil sie von so niedriger Geburt war und weil sie durch ihr Kind und ihre Dominanz über den immer kränkeren, unentschlossenen Sohn des Himmels an Einfluß gewonnen hatte. Sie wagte es nicht, das Vertrauen des Kaisers zu ihr durch einen so riskanten Schritt aufs Spiel zu setzen. Aber sie konnte den jungen Barrington auch nicht einfach sterben lassen.

»Du wirst nach Peking zurückkehren, Chang Tsin«, sagte sie. »Dorthin, wo die Barbaren eingesperrt sind, und du wirst den Verantwortlichen dort mitteilen, daß dem jungen Barrington unter gar keinen Umständen ein Leid geschehen darf, was immer auch mit den anderen geschieht.«

Chang Tsin sah unsicher aus. »Was soll ich sagen, wenn sie mich fragen, wer das angeordnet hat?«

»Sie werden den Namen deiner Herrin schon kennen, Chang Tsin. Du wirst ihnen sagen, daß die Kuei Fei mit der Zunge des Sohnes des Himmels spricht, aber daß die ganze Angelegenheit geheim bleiben muß. Der junge Barrington ist der Sohn eines Mandarin, der dem Thron des Himmels lange und treu gedient hat. Das wird ausreichen.«

Ein paar Tage später erreichte sie im Sommerpalast die Nachricht, daß die Briten und Franzosen von der Verhaftung und Mißhandlung ihrer Abordnung erfahren hatten und weiter auf Peking vorrückten. Die Konkubinen rauften sich verzweifelt die Haare, sogar Niuhuru. »Was wird aus dem Thron des Himmels werden?« jammerte sie.

Nur Lan Kuei allein war zuversichtlich. »Wie soll denn eine so kleine Armee von Barbaren Peking ernsthaft gefährlich werden?« sagte sie.

»Warum fliehen dann alle?« rief Niuhuru. Man sagte, daß jeder Einwohner Pekings, der ein Pferd oder ein Maultier besaß oder eines mieten konnte, die Stadt verließ.

»Weil es alles Dummköpfe und Feiglinge sind«, erwiderte Lan Kuei scharf. »Die Barbaren werden zu Staub zermalmt werden. Wenn dieser Elgin den Krieg will, dann soll er ihn haben! Schließlich hat Marschall Seng-ko-lin-k'in das Kommando über unsere Armee vor der Stadt. Er wird diesen fremden Teufeln schon zeigen, daß es ein Fehler ist, sich mit uns anzulegen.«

Daraufhin ging sie in ihre privaten Gemächer ins Kinderzimmer, um Tsai-k'un seinen Gutenachtkuß zu geben. Die zärtliche Liebe, die sie für den Jungen einmal empfunden hatte, war längst vergangen. Die Geburt war so schmerzhaft und anstrengend gewesen, daß sie nicht vorhatte, es zu wiederholen. Glücklicherweise war das beim derzeitigen Gesundheitszustand des Hsieng-feng auch nicht wahrscheinlich. Die Gesellschaft von kleinen Kindern interessierte sie nicht; Tsai-k'un war jetzt vier Jahre alt, aber er brach noch immer beim geringsten Anlaß in Tränen aus. Der Grund dafür lag in seiner Gesundheit, und das machte ihr große Sorge. Der kleine Junge war der Grund, warum es ihr im Augenblick so gut ging – und ihre einzige Hoffnung auf mehr Macht in der Zukunft. Aber nichts konnte seine ständig laufende Nase oder seinen Husten heilen. Das lag natürlich an seinem Vater, denn sie selbst war so gesund wie immer. Eindeutig hatte der Junge die schwache Physis vom Kaiser geerbt. Aber sie küßte den Jungen pflichtbewußt, bevor sie ihn den Kindermädchen übergab, die ihn zu Bett bringen würden. Dann ging sie in ihr eigenes Schlafzimmer.

Dort stand bereits Chang Tsin, der gerade aus Peking zurückgekehrt war und ihr versicherte, daß er ihre Anweisungen ausgerichtet hatte. Ob man sich daran halten würde, war eine andere Sache.

»Glaubst du, daß die erste Schlacht schon stattgefunden hat, Tsin?«

»Das nehme ich an, Ehrenwerte Person.«

»Oh, wie gerne wäre ich dabei und würde den Kampf beobachten.« Lan Kueis Augen glänzten. »Oh, wenn ich doch nur als Mann geboren worden wäre.«

»Dann wäre die Welt an Schönheit um einiges ärmer.«

Lan Kuei lächelte. »Du bist ein richtiger Schmeichler, Tsin. Gibt es Neuigkeiten von diesem Ward?«

»Nein, Ehrenwerte Person.«

»Ich frage mich, ob er nicht doch ein Blender war. Wir werden die Wahrheit über ihn herausfinden, wenn wir diesen Elgin ins Meer getrieben haben.« Sie starrte aus dem Fenster in den dunklen Nachthimmel. »Du kannst mich jetzt auskleiden, Tsin. Der Kaiser wird heute nacht nicht nach mir schicken. Er hat zuviel mit seinen Ministern zu besprechen.«

Chang Tsin gehorchte, und schon bald lag sie auf weichen Kissen in ihrem Bett. »Wünscht die Ehrenwerte Person weitere Bedienung?« fragte er neckisch.

Lan Kuei überlegte. »Nein, nicht heute nacht, Tsin«, sagte sie schließlich. »Ich bin zu aufgeregt. Ich höre dauernd das Donnern der Kanonen und das Siegesgeheul der Bannersoldaten. Ich werde einschlafen und von ihrem Triumph träumen.«

Chang Tsin drehte das Licht der Lampen schwächer und entfernte sich. Er würde gleich vor ihrer Tür schlafen wie immer. Und Lan Kuei träumte tatsächlich von Schlachten und Reiterschwadronen, die triumphierend hinter den acht Bannern herritten ... sie war verärgert, als sie plötzlich von Chang Tsin geweckt wurde, der neben ihrem Bett stand. Seine schreckgeweiteten Augen versprachen nichts Gutes.

»Ehrenwerte Person«, sagte er, »ein Bote ist gerade eingetroffen. Marschall Seng hat eine furchtbare Niederlage erlitten. Seine Armee existiert nicht mehr.«

Lan Kuei sprang aus dem Bett. Es war immer noch dunkel. »Wie spät ist es?«

»Noch zwei Stunden bis zum Morgengrauen.«

»Weiß seine Majestät schon Bescheid?«

»Ich glaube, es ist für die nächste Stunde ein Treffen des Großen Rates anberaumt worden.«

»Zieh mich an«, befahl Lan Kuei. »Ich muß zu diesem Treffen.«

»Ihr, Ehrenwerte Person?« Chang Tsin war schockiert über solch eine massive Verletzung des Protokolls.

»Zieh mich an, du Trottel!« schrie Lan Kuei jetzt. Vielleicht schlief sie immer noch – vielleicht hatte sich ihr glücklicher Traum in einen Alptraum verwandelt. Aber wenn es stimmte ... Sie wußte, daß der Hsieng-feng nur sehr schwer davon zu überzeugen gewesen war, Marschall Seng gegen die Barbaren einzusetzen. Zuerst hatte er davon gesprochen, sich hinter die Große Mauer nach Jehol zurückzuziehen, wohin ihm die Barbaren sicher nicht gefolgt wären. Es mußte eine Verschwörung gegeben haben! Vielleicht war sogar Seng selbst beteiligt – auch wenn er vorher die T'ai p'ing besiegt hatte. Jetzt brauchten sie einen jungen, energischen Führer. Sie dachte plötzlich an Jung-lu. Sie hatte ihn seit dem Tag, an dem er sie und ihre Familie nach Peking begleitet hatte, nicht mehr gesehen – das war 1852 gewesen. In den letzten neun Jahren hatte sie außer ihrem Gebieter und seinen direkten Verwandten überhaupt keinen richtigen Mann gesehen – wenn man von diesem einen merkwürdigen Treffen mit Ward einmal absah. Aber jetzt brauchte das China der Mandschu einen Mann der Tat.

Chang Tsin begleitete Lan Kuei durch private Flure in einen kleinen Raum, der durch einen Vorhang von dem Saal, in dem der Große Rat tagte, abgetrennt war. Durch die Ritze im Vorhang konnte sie den Hsieng-feng in seinem hohen Stuhl und die anderen Männer sehen. Einige von ihnen kannte sie nicht, aber Prinz Hui, Prinz Kung und Prinz Su-chun waren ebenfalls dort.

Prinz Hui war nicht sehr groß, aber er erschien jetzt noch kleiner, da seine Schultern gebeugt waren. Er war das älteste männliche Mitglied der K'ing-Dynastie und daher bei den Mandarinen und Gelehrten – den mächtigsten Männern im Land – sehr angesehen.

Sein Halbbruder Su-chun war einige Jahre jünger – er war der Sohn der zweiten Frau seines Vaters. Er war ein großer, stämmiger Mann mit Talent, der sich einen ausgesprochen guten Ruf als Präsident der kaiserlichen Schatzkammer gemacht hatte, ohne allerdings bei den Massen beliebt zu sein. Er hatte eine Abteilung übernommen, die von Korruption vollkommen unterwandert gewesen war, und sie mit enormer Energie davon befreit. Jedoch bevor die Säuberungsaktionen abgeschlossen waren, brannte das gesamte Gebäude nieder.

Sicherlich war der Brandstifter ein kleiner Buchhalter gewesen, der Angst hatte, daß seine schmutzigen Geschäfte entdeckt würden, aber im Volk erzählte man sich, daß Su-chun das Feuer selbst gelegt hatte, um seine eigenen betrügerischen Handlungen zu verschleiern; und da dieses Ereignis mit der durch die T'ai p'ing verursachten Knappheit an Reis zusammenfiel, schimpften die Menschen auf der Straße ganz offen über Su-chun. Aber er war zweifellos ein Mann von großer Entschiedenheit und somit die treibende Kraft hinter seinem Bruder.

Ihr Neffe, Prinz Kung, war hingegen ein echter K'ing, klein und kompakt mit der typischen hängenden Unterlippe und den ebenfalls hängenden Augenlidern. Lan Kuei hatte oft gefunden, daß er statt seines kränklichen Bruders Kaiser hätte werden sollen. Er war in ihrem Alter, siebenundzwanzig, und kaum größer als sie, aber er besaß eine körperliche und geistige Zähigkeit, die dem Hsieng-feng fehlte. Ganz offensichtlich mochte er Prinz Hui und seinen Halbbruder nicht und beneidete sie um ihren Einfluß. Hinter dem Thron stand Te An-wah; und vor dem Kaiser kniete Marschall Sengs Bote.

»Kann es wahr sein?« fragte der Hsieng-feng. »Wie ist es möglich, daß unsere Armee von einer Handvoll Barbaren besiegt wird?«

»Sprecht, Mann«, sagte Prinz Hui rauh. »Und sprecht die Wahrheit.«

Der Mann antwortete mit zitternder Stimme. »Der Marschall hat die Barbaren vor Tchang-tchiawan angegriffen, Majestät. Die Barbaren sind Teufel. Unsere Artillerie hat ganze Salven abgeschossen, aber kaum einer der Barbaren fiel. Ihre Artillerie war dürftig, aber mit jedem Schuß sind unsere Leute umgefallen wie die Fliegen. Und dann sind die Barbaren vorgerückt hinter kurzen Schwertern, die sie auf die Läufe ihrer Gewehre gesteckt hatten.« Es war vollkommen still im Saal. Lan Kuei kochte das Blut vor Empörung. »Unsere Männer feuerten mit ihren Musketen auf die Barbaren, Majestät, und einige fielen, aber der Rest ging weiter. Sie erwiderten das Feuer nicht, sondern griffen uns mit den kurzen Schwertern an. Majestät, obwohl Marschall Seng und seine Offiziere alles getan haben, was nur in ihrer Macht stand, sind unsere Soldaten geflohen.«

»Diese feigen Hunde«, grollte Prinz Hui.

»Der Marschall ist mit ihnen geritten und hat sie an der Brücke von Palitchao wieder sammeln können.«

»Palitchao ist nur ein paar Meilen von Peking entfernt«, sagte Su-chun scharf.

»Es war die erste Möglichkeit, die Männer wieder zu sammeln, Exzellenz.«

»Dann ist Tchang-tchiawan gefallen«, sagte Prinz Kung.

»Tchang-tchiawan gibt es nicht mehr, Exzellenz. Die Barbaren haben die Stadt vollständig geplündert. Dann haben sie sie in Brand gesteckt; man konnte die Flammen meilenweit sehen.« Lan Kuei hörte ein leises Geräusch und sah herunter;

einer ihrer langen Fingernägel war abgebrochen, so fest hatte sie ihre kleinen Hände zu Fäusten geballt. »Der Marschall hat daraufhin Vorbereitungen getroffen, die Brücke zu verteidigen, Majestät«, fuhr der Bote fort. »Er glaubte, daß das Wasser die Barbaren daran hindern würde, ihre kurzen Schwerter einzusetzen. Unsere Männer haben gut gekämpft. Die Schlacht dauerte sieben Stunden. Aber die Barbaren haben ihre Artillerie hergebracht und große Lücken in unsere Reihen geschossen.

General Cheng-pao hatte das Kommando auf der Brücke. Er wurde von einem Splitter getroffen, der ihm den Kiefer wegriß. Er war sehr zornig, Majestät. Als Antwort hat er zwei der gefangenen Offiziere auf der Brücke enthaupten lassen, wo die Barbaren es sehen konnten. Ihre Körper haben sie in den Fluß geworfen. Dann ist er selbst gestorben.« Die Prinzen nickten anerkennend. »Aber die Barbaren hat das nicht beeindruckt. Sie haben im Anschluß daran nur noch härter gekämpft. Und schließlich haben unsere Männer das Feuer nicht mehr länger ausgehalten und sind zurückgewichen. Dann haben die Barbaren die Brücke genommen.«

»Dann ist Peking in ihrer Gewalt«, verkündete Su-chun.

»Wo ist Marschall Seng?« fragte Prinz Kung leise.

»Er ist in der Stadt und bereitet ihre Verteidigung vor, Exzellenz.«

»Und die Barbaren?«

»Sie stehen auf dieser Seite der Brücke.«

»Sie bereiten sich auf einen Angriff vor«, meinte Prinz Hui. »Die Stadt ist verloren. Wir müssen hier fort, Majestät, und uns hinter die Große Mauer zurückziehen.«

»Dann überlassen wir das Reich dem Feind«, sagte Prinz Kung scharf.

»Was können wir sonst tun?« fragte sein Bruder.

»Diese Barbaren sind nicht unbesiegbar«, sagte Prinz Kung ruhig. »Auf offenem Gelände sind sie gefährlich, aber sie sind wenige, und ihre Geschütze sind leicht.«

»Wie könnt Ihr sagen, ihre Geschütze sind leicht?« erwiderte Prinz Hui. »Haben sie damit nicht so viel mehr erreicht als wir mit unseren?«

»Weil wir unsere schlecht eingesetzt haben«, sagte Kung.

»Die Barbaren sind sich ihrer Schwäche sehr wohl bewußt, sonst wären sie gleich nach Peking marschiert, ohne zu zögern. Sie wissen, daß sie unsere Mauern mit ihrer Artillerie nicht zerstören können. Und es fehlen ihnen genügend Männer, die Stadt einzunehmen, selbst wenn sie sich irgendwo Zugang verschaffen könnten.«

»Das ist wahr«, sagte der Hsieng-feng. Er sah Prinz Hui beinahe mitleidig an.

»Nein, es ist nicht wahr, Majestät«, sagte sein Onkel und warf seinem anderen Neffen einen vorwurfsvollen Blick zu. »Prinz Kung ist unerfahren. Er weiß nichts über diese Dinge. Wenn Marschall Seng Peking verteidigt, dann wird er ganz sicher wieder geschlagen werden.«

»Ja«, murmelte der Kaiser unsicher. »Er ist immer geschlagen worden.«

»Er hat die T'ai p'ing besiegt«, protestierte Prinz Kung.

»Die T'ai p'ing sind nicht so gefährlich wie die Barbaren«, meinte Su-chun. »Unsere wichtigste Aufgabe ist die Sicherheit des Kaisers. Prinz Hui hat recht, Majestät: Ihr müßt Euch hinter die Große Mauer nach Jehol zurückziehen.«

»Und Euer Volk im Stich lassen?« fragte Prinz Kung bitter.

»Aber überhaupt nicht«, sagte Su-chun. »Wir werden bekanntgeben, daß der Kaiser der Sommerhitze müde ist und die kaiserlichen Parkanlagen in Jehol besuchen wird, um zu jagen.«

»Und Ihr meint, daß die Barbaren das glauben?«

»Es ist unwichtig, ob sie es glauben oder nicht. Das Volk wird es glauben.«

»Glaubt Ihr wirklich?« fragte der Hsieng-feng jetzt interessiert.

»Aber natürlich, Majestät. Geht Ihr denn nicht jedes Jahr zum Jagen nach Jehol?«

»Ja«, sagte der Hsien-feng, »das stimmt.«

»Und was wird hier geschehen?« fragte Prinz Kung.

»Wer weiß?« antwortete Su-chun. »Aber es ist jetzt Herbst. Die Barbaren werden sich schon zurückziehen, wenn es Winter wird.«

»Nachdem sie Peking niedergebrannt haben. Das hat Elgin angedroht, wenn seine Abordnung zu Schaden kommt. Und jetzt berichtet man uns, daß abgesehen von denen, die an ihren Verletzungen gestorben sind, auch noch weitere zwei vor ihren Kameraden enthauptet worden sind.«

»Bah«, sagte Prinz Hui. »Die Barbaren können Peking unmöglich zerstören. Su-chun hat recht. Sie werden verhandeln, sobald sie wissen, daß sich der Kaiser ihrem Zugriff entzogen hat.«

»Ja«, stimmte der Hsien-feng zu. »Sie werden verhandeln.«

Lan Kuei konnte das Ganze nicht länger mitanhören und trat aus dem Vorhang heraus. Chang Tsin versuchte, sie aufzuhalten, aber sie entwich ihm. Alle Köpfe drehten sich in ihre Richtung; selbst der kniende Bote starrte sie fassungslos an. Aber am meisten erstaunt war der Hsieng-fen selbst. Lan Kuei wurde plötzlich klar, wie sie aussah. Ihr Haar war unfrisiert, und sie trug keinerlei Schminke. Hastig wischte sie sich die Strähnen aus dem Gesicht und warf ihr Haar über die Schulter.

»Fühlt sich die Ehrenwerte Person nicht wohl?« fragte der Hsieng-fen.

»Ich bin erschüttert über das, was hier heute morgen gesagt wurde.«

»Ihr habt zugehört?« fragte der Hsieng-fen.

»Wie konnte ich das nicht, Gebieter? Ihr sprecht über die Zukunft des gesamten Reiches. Das Reich, das ihr so einfach wegwerfen wollt. Muß sich der unsterbliche Nurhaci nicht bei Euren Worten im Grabe umdrehen?« Der Hsien-feng sah sie mit gerunzelter Stirn an, und Lan Kuei wurde klar, daß der Kaiser ihr das erste Mal in all ihrer gemeinsamen Zeit böse war. Aber jetzt gab es kein Zurück mehr. »Majestät«, rief sie und sank vor ihm auf die Knie. »Seht Ihr denn nicht, daß Prinz Kung recht hat? Achtzehntausend Mann können unmöglich ein Reich von dieser Größe erobern. Sie können noch nicht einmal Peking einnehmen. Laßt uns dorthin zurückkehren und unseren Männern an den Mauern beistehen, alle, die kämpfen können, und wenn nötig dafür sterben. Wenn diese Barbaren Krieg wollen, dann werden wir ihnen Krieg geben. Wenn sie ihre Abordnung zurückhaben wollen, werden wir ihnen die Köpfe der Gefangenen entgegenschleudern!«

»Die Ehrenwerte Person ist wahnsinnig«, meinte Prinz Hui.

Lan Kuei stand auf und fuhr herum. Sie sah ihn an und zeigte auf ihn. »Und Ihr seid ein Feigling«, rief sie. Sie wandte sich wieder dem Kaiser zu. »Seht Ihr nicht, was er für ein Spiel mit Euch spielt? Er will Euch beherrschen.«

»Majestät«, protestierte Hui jetzt. Su-chun schnappte vor Empörung nach Luft. Aber Prinz Kung stand ruhig da und sagte nichts.

»Es gehört sich nicht für Euch, so von meinem meistgeschätzten Ratgeber zu sprechen«, sagte der Hsieng-feng.

»Dem Ihr am wenigsten vertrauen solltet«, erwiderte Lan Kuei scharf.

»Majestät«, sagte Prinz Hui, »es gehört sich noch viel weniger, daß unsere Besprechung von diesem ... Mädchen unterbrochen wird. Wollt Ihr ihr etwa zuhören?«

»Die sich jetzt auch noch wie ein Verräter benimmt«, fügte Su-chun hinzu.

Lan Kuei schnappte nach Luft. Ihr wurde plötzlich klar, in welche Gefahr sie sich begeben hatte. »Wie kann ich ein Verräter sein, mein Gebieter?« rief sie. »Bin ich denn nicht die Mutter Eures Sohnes?«

»Eine solche Person ist untauglich für den Erben des Throns«, sagte Su-chun.

»Ihr habt recht.« Der Hsieng-feng drehte sich zu Te Anwah um. »Prinz Tsai-k'un wird aus den Gemächern der Ehrenwerten Person in die der Kaiserin umziehen.«

Lan Kuei starrte ihn fassungslos an und drehte sich dann zu Kung um. Aber der Prinz verhielt sich weiterhin vollkommen passiv. Sie hatte sich in diese unmögliche Situation gebracht; jetzt mußte sie selbst sehen, wie sie da wieder herauskam. »Wie kann man einer Mutter ihr Kind wegnehmen?« rief sie verzweifelt.

»Wenn sich die Mutter als untauglich erweist«, sagte Su-chun.

»Wir brauchen eine Entscheidung, Majestät«, unterbrach Prinz Hui, den Lan Kueis Schicksal weniger interessierte als seine Flucht nach Norden.

»Die Barbaren können mit ihrem Angriff jede Minute beginnen.«

»Meine Entscheidung lautet folgendermaßen: die Sommerhitze ist mir auch in Yuan Ming Yuan noch zu groß«, sagte der Hsien-feng. »Ich werde den Herbst in Jehol verbringen und dort auf die Jagd gehen. Laßt das dem Volk mitteilen, und meine Frauen und meine Eunuchen sollen sich fertig machen zur Abreise.«

»Noch in dieser Stunde«, sagte Prinz Hui. »Ich werde außerdem eine Eskorte Bannersoldaten zusammenstellen.«

»Ihr seid ein Feigling«, schrie ihn Lan Kuei an.

Der Hsien-feng sah sie jetzt wütend an. »Bringt diese Frau weg«, sagte er. »Von diesem Augenblick an ist sie keine Ehrenwerte Person mehr. Sie ist auch nicht mehr länger meine Konkubine. Ich will ihr Gesicht nie wieder sehen.«

Lan Kuei schluchzte erstickt über diesen zweiten vernichtenden Schlag.

»Sie wird mit dem Personal reisen«, sagte Prinz Hui. Selbst eine verstoßene Konkubine konnte man nicht so einfach gehen lassen, damit sie überall herumerzählte, wie es im Bett des Kaisers zuging. Seiner Meinung nach hätte man sie auf der Stelle erwürgen sollen.

Te An-wah trat hinter der hohen Rückenlehne des Kaiserthrons hervor. »Kommt«, sagte er.

Lan Kuei sah sich nach links und nach rechts um wie ein Tier in der Falle, aber es war niemand da, der ihr half.

»Bringt sie fort«, sagte Prinz Hui.

Te An-wah hob Lan Kuei auf und trug sie aus dem Saal. Es war jetzt kurz vor Morgengrauen, und die Frauen und Eunuchen kamen aus ihren Gemächern hervor, um die in Ungnade gefallene Kuei Fei zu sehen. »Bereitet Euch auf die Abreise vor«, befahl ihnen Te An-wah. »Seine Majestät wird noch in dieser Stunde nach Jehol aufbrechen.«

»Te An-wah«, flehte Lan Kuei. »Sind wir denn keine Freunde?«

»Ich habe keine Freunde«, erwiderte der Eunuch.

»Laßt mich doch herunter. Ich kann sehr wohl gehen. Ich werde nicht davonlaufen.«

Te An-wah zögerte, aber dann stellte er sie hin.

Lan Kuei strich sich das Gewand glatt und atmete mehrmals tief durch.

»Ihr seid sehr dumm gewesen«, sagte Te An-wah. »Den

Kaiser wütend zu machen ist das Schlimmste, was man tun kann.«

»Selbst wenn er seine Pflicht nicht länger erfüllen will?«

»Das klingt nach Verrat. Die Pflicht des Kaisers ist es, dem Himmel Opfer darzubringen. Alles andere ist unwichtig.«

Sie waren jetzt vor ihren Gemächern angekommen, wo sich die Mädchen und die Eunuchen versammelten. Nur Chang Tsin fehlte; offensichtlich war der Feigling fortgelaufen, als er von ihrem tiefen Sturz erfahren hatte. »Ihr seid entlassen«, sagte ihnen Te An-wah. »Eure Herrin ist keine kaiserliche Konkubine mehr. Du und du« – er zeigte auf zwei der erschrockenen Mädchen – »holt den Prinzen Tsai-k'un und bringt ihn in die Gemächer der Kaiserin.«

»Darf ich mich noch nicht einmal von meinem Sohn verabschieden?« klagte Lan Kuei.

Te An-wah dachte darüber nach und nickte dann. »Es ist erlaubt.«

Der kleine Junge wurde ganz verschlafen und in Decken gewickelt herausgebracht. Lan Kuei küßte ihn auf die Stirn. *Für dich habe ich soviel riskiert*, dachte sie. *Und jetzt ist mir alles genommen worden.* Nun, wenigstens würde er zu Niuhuru kommen. Sie war so sanft, daß sie sicher gut für ihn sorgen würde. Und sie ... »Darf ich überhaupt keine Diener mehr haben?« fragte sie.

»Ihr dürft Chang Tsin behalten«, sagte Te An-wah.

»Dann sucht ihn und schickt ihn zu mir«, bat Lan Kuei.

»Was soll aus uns werden?« fragte eines der Dienstmädchen.

»Ihr werdet sicher neue Stellungen bekommen. Nun beeilt euch. Wir reisen noch innerhalb dieser Stunde ab.«

Sie liefen hin und her, aber sie suchten ihre eigenen Sachen zusammen, nicht Lan Kueis. Te An-wah wartete, bis Prinz Tsai-k'uns Kleider gepackt waren, und ging dann fort.

Von Chang Tsin gab es keine Spur.

Lan Kuei saß in tiefer Verzweiflung auf ihrem Bett, aber sie sah hoch, als sie männliche Schritte hörte. »Prinz Kung!« Sie verbeugte sich, während sich in ihrem Kopf die Gedanken überschlugen. Seine Anwesenheit in ihren Gemächern war ein Zeichen dafür, daß jede Form von Protokoll angesichts der Lage mißachtet wurde – aber auch dafür, daß die Konkubine so tief gefallen war, daß man auf die üblichen Regeln des Anstands keine Rücksicht mehr zu nehmen brauchte. »Seid Ihr gekommen, um mich zu meiner Hinrichtung zu bringen?«

»Ihr seid zu ungestüm, Lan Kuei«, antwortete Kung. »Das ist kein gutes Rezept für Erfolg. Alles muß vorher sorgfältig geplant werden. Hört mir zu: Ich werde in Peking bleiben und versuchen, die Barbaren aufzuhalten.«

»Wie ich mir wünschte, daß ich bei Euch bleiben könnte, mein Gebieter.«

»Ihr werdet mir in Jehol mehr nützen. Ich stimme dem, was Ihr vor dem Großen Rat gesagt habt, vollkommen zu.«

»Aber Ihr habt nichts getan, um mir zu helfen«, murmelte Lan Kuei.

»Wie konnte ich das? Ich bin nicht der Kaiser. Mein Bruder hat im Augenblick große Angst, aber er ist auch sehr krank. Daher steht er unter dem Einfluß meines Onkels und dieses bösartigen Su-chun. Aber ich kenne diese Männer. Sie werden schon sehr bald zu weit gehen – und mein Bruder wird in Jehol seine Gesundheit und seine Willensstärke wiedererlangen. Ihr werdet mit dem Hofstaat nach Jehol gehen ...«

»Als ein Niemand«, jammerte Lan Kuei. »Noch nicht einmal als Mutter.«

»Ihr *seid* eine Mutter. Niemand kann Euch das wegnehmen. Denkt daran. Geht nach Jehol, beobachtet und hört zu ... und sagt nichts. Aber schreibt mir ... haltet mich auf dem laufenden.«

»Kann ich Euch vertrauen, Gebieter?«

Prinz Kungs Lächeln wirkte eigenartig bitter. »Ich dachte, Ihr wäret bereit, Euer Leben für die Dynastie zu opfern, Lan Kuei. Und außerdem, wenn Ihr mir nicht vertrauen könnt, wem dann?«

»Mein Gott!« murmelte der Offizier, der die Tür geöffnet hatte. »Mein Gott! Lebt hier überhaupt noch jemand?«

James Barrington drehte sich um. Er lehnte noch an der

Wand. Er hatte die gesamte Nacht damit verbracht, durch die Gitterstäbe nach draußen zu starren – das war immer noch besser als in die Zelle hinein, und er war der einzige, der noch stehen konnte. »Die meisten von uns, glaube ich«, sagte er.

Sie hatten damit gerechnet, daß die Briten kommen würden. Die letzten achtundvierzig Stunden hatten sie das Donnern des Kanonenfeuers gehört und die Bevölkerung von Peking fliehen sehen. Ihre eigenen Wächter waren am Morgen zuvor geflohen, so daß sie seitdem ohne Nahrung und Wasser waren.

Nicht ganz allein. Letzten Abend war plötzlich ein Gesicht hinter dem Gitter aufgetaucht. »Seid ihr da, Barrington?«

»Chang Tsin!« James stolperte über die ausgestreckten Körper, um zum Fenster zu gelangen.

»Ich habe etwas zum Essen«, sagte Chang Tsin und gab ihm eine Schüssel mit Reis durch die Gitterstäbe.

»Und Wasser?«

»Kein Wasser.«

»Wir brauchen Wasser. Aber, Chang Tsin, erzählt, was geschieht gerade?«

»Eure Truppen stürmen die Stadt. Ich muß fort, bevor sie mich umbringen. Aber, Barrington, vergeßt nicht, daß ich Euch geholfen habe.«

»Natürlich nicht. Aber ... hat Lan Kuei dich geschickt?«

»Lan Kuei ist in Ungnade gefallen«, erwiderte der Eunuch. »Ich weiß nicht, was aus ihr werden wird. Aber ihr werdet nicht vergessen, daß ich Euch geholfen habe, Barrington, nicht wahr? Ihr habt mir einmal eine Stellung angeboten.«

»Die sollst du haben«, versprach ihm James. »Kannst du uns nicht hier herauslassen?«

»Nein, das kann ich nicht. Ich habe keine Schlüssel, und sie würden mich dafür enthaupten. Ihr werdet schon bald gerettet werden, wenn Eure Soldaten die Stadt erobern. Ich werde zu Euch kommen, wenn es sicher ist, und Ihr werdet Euch daran erinnern, daß ich Euch Reis gebracht habe.«

Er lief fort in die Dunkelheit.

»Wasser!« hatte James ihm noch nachgerufen, aber es half nichts.

»Ihr kennt wirklich die merkwürdigsten Leute«, meinte Parkes.
»Ja«, erwiderte James. »Verteilt den Reis.«

Jetzt half er dem Offizier und seinen Männern, die schwächeren Gefangenen aus der Zelle heraus und an die frische Luft zu bringen. Einige waren gestorben, auch Leutnant Brown, in dessen offenen Wunden sich Maden angesiedelt und ausgebreitet hatten – und zwei waren enthauptet worden. Einige konnten sich überhaupt nicht bewegen; selbst Lock und Parkes stolperten mühsam herum.

»Bei Gott, das schwöre ich Euch. Dafür werden diese gelben Teufel bezahlen«, grollte der Offizier. »Aber Ihr, Sir, Ihr scheint das Ganze recht gut überstanden zu haben.«

»Ihm hat man ja auch kein Haar gekrümmt«, krächzte Parkes.

Der Offizier sah ihn verwirrt an und sagte dann: »Wenn Ihr dazu imstande seid, würdet Ihr dann wohl mit mir kommen und Lord Elgin Bericht erstatten?«

»Gern«, sagte James.

Man gab ihm noch nicht einmal Zeit, sich zu waschen und die schmutzige Kleidung zu wechseln; statt dessen bekam er ein Glas Wasser mit Rum und ein schnelles Frühstück. Dann setzte man ihn aufs Pferd. Er wurde von drei Soldaten begleitet. Er war erleichtert zu sehen, daß die Stadt noch relativ unversehrt erschien, obwohl es überall von britischen Soldaten nur so wimmelte, denen die Bevölkerung passiv zusah. Aber der Hauptteil der Truppe war offenbar an Peking vorbei in Richtung Westen marschiert. »Sie sind hinter diesem Sohn des Himmels her«, sagte ihm der begleitende Korporal. »Wir wissen, daß er dort draußen irgendwo steckt.«

Nach mehreren Stunden Ritt hörten sie in der Entfernung Trommeln und Flöten und sahen schon bald den ersten von Maultieren gezogenen Versorgungswagen. Dann trafen sie auf die Artillerie, deren Geschütze riesige Staubfahnen aufwirbelten. Dann kamen die Rotröcke und die Vorhut, eine

Abteilung der indischen Kavallerie, die mit ihren Turbanen und blauen Röcken prachtvoll aussahen. An ihren Lanzen flatterten bunte Wimpel. Der aufgewirbelte Staub wurde immer dichter, und James konnte das Meer der marschierenden Männer unmöglich überblicken, aber weiter vorne sah er einen Fleck aus hellen Uniformen. Kurz darauf stand er Lord Elgin gegenüber.

Seine Lordschaft trug Zivilkleidung und einen riesigen Strohhut. Er war ein mächtiger Mann mit rotem Gesicht, aber er machte keinen unintelligenten Eindruck. Im Augenblick schien er allerdings recht ungehalten.

»James Barrington«, brummte er. »Ich habe von Eurem Vater gehört. Was soll das nun heißen, daß unsere Leute gefoltert werden?«

»Ich fürchte, es ist wahr, Mylord.«

»Dafür werden sie bezahlen. Zum Teufel. Ich hätte wirklich große Lust, diesem Hsien-feng Kerl selbst den Hals lang zu ziehen! Ich habe gehört, er sei an einem Ort namens Yuan Ming Yuan. Kennt ihr den, Barrington?«

»Ich habe davon gehört. Mein Vater ist einmal dort gewesen. Es ist der Sommerpalast. Er muß unvergleichlich schön sein.«

»Im Augenblick wird er von den französischen Truppen geplündert, Mylord«, berichtete ein Offizier, der gerade aus dem Westen gekommen war. »Der Kaiser und sein Hofstaat sind nach Norden geflohen.«

»Plünderung? Verflucht! Ich habe befohlen, daß nichts geplündert werden soll.«

»Nun, Mylord, ich fürchte, die Franzosen sind nicht der Meinung, daß Eure Befehle auch für sie zutreffen.«

»Wir sollten uns beeilen, Mylord«, sagte jetzt Sir James Hope Grant, der das Oberkommando über die britische Truppe hatte. »Wir können diesen Franzmännern schließlich nicht alles überlassen, nicht wahr?«

Die britische Armee schien schneller zu marschieren, als sich die Nachricht verbreitete, was nur ein paar Meilen weiter vor sich ging.

»Mylord«, bat James, der neben dem Generalbevollmächtigten ritt; seine Erschöpfung war mit einem Mal vergessen.

»Ihr dürft die Männer nicht noch zu diesen Plünderungen ermutigen.«

Elgin warf dem General einen Blick zu. »Vielleicht hat er sogar recht. Es macht sich nicht gut in den Zeitungen, nicht wahr?«

»Wie wollt Ihr denn die Franzosen daran hindern?« fragte Grant mit mißmutigem Gesicht.

»Nun, wir werden sehen, was wir tun können. Ja, natürlich. Wir werden General Cousin-Montauban eine Nachricht zukommen lassen und ihn bitten, sobald wie möglich zu mir zu kommen.«

Grant drehte sich um und erteilte entsprechende Instruktionen. Aber in dem Augenblick gelangten sie auf eine Anhöhe und sahen den Yuan Ming Yuan vor sich, der jetzt in voller Pracht in der Mittagssonne glänzte.

»Was für ein prachtvoller Palast«, meinte Lord Elgin.

»Er ist Zeugnis der Hingabe an die Schönheit, und es hat achtzig Jahre gedauert, ihn zu erbauen«, erklärte James. »Und Eure Verbündeten wollen ihn in achtzig Minuten zerstören.«

Elgin trieb sein Pferd an und ritt den Hang hinunter. Das Geräusch der Trommeln war lauter geworden, nachdem der Palastkomplex in Sichtweite gekommen war. Daß die Franzosen bereits da waren, sah man an den vielen zurückgelassenen Rucksäcken und sogar Gewehren, und aus dem nächstgelegenen der vielen riesigen Gebäude drang ein fürchterlicher Lärm nach draußen.

Während Elgin davonritt, um sich mit General Cousin-Montauban zu treffen, postierte Grant Wachen vor den vier Palästen, in die die Franzosen noch nicht eingedrungen waren. Der Rest der britischen Armee erhielt den Befehl, ein Zeltlager zu errichten, was ihnen gar nicht gefiel.

Barrington nutzte die Zeit dazu, sich wenigstens in einem nahegelegenen Teich zu waschen, wenn er auch im Augenblick nichts an seinen zerfetzten Kleidern ändern konnte. Schon bald sah er Elgin von seiner Besprechung mit dem französischen Kommandanten zurückkommen, und er mischte sich unter die Menge der Offiziere, die ihn jetzt umringten.

»Ich habe eine Entscheidung getroffen«, verkündete Elgin. »Holt Gordon.«

Kurz darauf kam ein adretter, junger Mann mit einem dünnen Schnurrbart und salutierte. Er trug die dunkelgrüne Uniform der *Royal Engineers* und die Rangabzeichen eines Hauptmanns.

»Ah, Gordon«, sagte Elgin. »Ich habe eine Aufgabe für Euch. Es wird sowohl eine Herausforderung als auch ein Spaß für Eure Leute sein, nehme ich an.« Er zeigte auf den Palast. »Ich will, daß die gesamte Anlage zerstört wird.«

Einen Augenblick lang war es vollkommen still. Selbst Hope Grant traute seinen Ohren nicht.

»Die gesamte Anlage, Sir?« fragte Gordon vorsichtig.

»Ja. Alle Gebäude sollen brennen. Und auch die Sommerhäuser. Die Brücken sollen einstürzen und die Gartenanlagen zerstört werden. Ihr könnt Sprengstoff zur Unterstützung einsetzen.«

Gordon schluckte. »Jawohl, Mylord.«

»Bitte entschuldigt, Mylord«, sagte jetzt James. »Aber das könnt Ihr doch nicht ernst meinen.«

»Ich habe noch nie etwas so ernst gemeint. Wir werden diesen Heiden schon beibringen, daß man zivilisierte Engländer nicht so behandelt!« Elgin zeigte auf ihn. »Ich kenne Euch, James Barrington. Diese Leute sind Eure Freunde. Glaubt Ihr denn, es wäre mir entgangen, daß Ihr als einziger der ganzen Abordnung von diesen Bestien nicht mißhandelt worden seid? Wir werden diese bösartige Dynastie dafür bestrafen. Und ich bin sogar noch großzügig, Sir. Ich habe angedroht, Peking dem Erdboden gleichzumachen, wenn meiner Abordnung etwas geschieht. Jetzt wissen wir, daß ihnen sehr wohl etwas geschehen ist, und zwar Fürchterliches. Sollte ich da nicht eigentlich ganz Peking niederbrennen lassen? Aber ich kann sehr wohl zwischen Chinesen und Mandschu unterscheiden. Und es sind die Mandschu, gegen die wir Krieg führen, nicht die Chinesen. Wenn wir also Peking in Brand steckten, würden wir die Häuser Tausender unschuldiger Chinesen verbrennen. Aber dieser Ort, der Yuan Ming Yuan, ist das Werk der K'ing. Es ist ihre stolzeste Schöpfung. Daher wird seine Zerstörung die K'ing treffen, und zwar nur die K'ing.«

»Dafür werden sie Euch auf ewig hassen«, sagte James.

»Bitte sehr, ich habe nichts dagegen. Captain Gordon, Ihr habt meinen Befehl gehört. Ich möchte, daß diese Paläste bei Sonnenaufgang in Flammen stehen.«

Gordon salutierte und entfernte sich.

»Nun, Mylord«, sagte daraufhin Hope Grant, »wenn diese Paläste und ihr Inhalt morgen früh ohnehin zerstört sein werden, können wir dann nicht unseren Leuten wenigstens für eine Stunde oder zwei die Gelegenheit geben?«

»Ja, natürlich General, ich wüßte nicht, warum wir unseren Männern nicht auch ein wenig Entspannung gönnen sollten. Aber die Disziplin muß gewahrt bleiben.«

James mußte hilflos mit ansehen, wie die Männer zu den Gebäuden liefen. Besonders erschütterte es ihn aber, daß auch Geistliche darunter waren.

Er verließ die Offiziere, setzte sich auf einen kleinen Hügel und sah auf die Gebäude hinunter. Er konnte nicht verstehen, wie man aus bloßer Rache unersetzliche Kunstgegenstände und Kulturgüter zerstören konnte. Großbritannien hielt sich für eine zivilisierte Nation. Er hatte über die Weltausstellung im *Crystal Palace* in London 1851 gelesen – ein einsamer Triumph für die Briten. Aber niemals hatten die Briten auch nur annähernd die Schönheit und Pracht des Sommerpalastes erreicht ... Aber die Laune eines einzigen Mannes, der sich zweifellos für einen zivilisierten Engländer hielt, genügte, ihn für immer zu zerstören.

Es wurde dunkel, der Mond ging auf. Überall im Palast sah man Lichter aufleuchten, und James dachte, daß Captain Gordon vielleicht von seiner unangenehmen Aufgabe befreit war ... aber seine Männer waren dort unten, rissen die Vorhänge herunter und tränkten sie in Spiritus, damit sie leichter brannten, und sie legten Minen ...

James nickte ein und wurde von einer Serie von lauten Explosionen geweckt. Der Morgen graute bereits. Er sah hinunter: Bäume und Büsche flogen überall in die Luft und fielen, dichte Staubwolken aufwirbelnd, wieder zu Boden. Fast gleichzeitig schossen die Flammen aus den Gebäuden empor.

Er hörte das Geräusch von Stiefeln ganz in der Nähe. Es war Gordon selbst, und er sah erschöpft aus. »Barrington, nicht wahr? Gefällt Euch das Lager nicht?«

»Ich habe den Yuan Ming Yuan nie von innen gesehen, aber mein Stiefvater hat mir davon erzählt. Seid Ihr froh über das alles?«

»Wenn Ihr damit meint, ob meine Planung erfolgreich sein wird, dann ja.«

»Aber Ihr seid nicht erfreut über das Ergebnis.«

»Ich bin Soldat, Barrington.« Gordon setzte sich hin. »Ich führe Befehle aus. Mit den Folgen dieser Befehle müssen sich meine Vorgesetzten herumplagen.«

»Aber Ihr dürft doch sicher eine private Meinung äußern?«

Gordon lächelte. »Wenn es Euch hilft, ich teile Eure Erschütterung.«

»Ja, das hilft mir wirklich.«

»Ich bin noch nicht lange in China«, sagte Gordon nachdenklich. »Aber was ich darüber gelesen habe, bevor ich hergekommen bin, und was ich seit meiner Ankunft gesehen habe, die Menschen, die ich getroffen habe, hat mich in meinem Glauben bestärkt, daß wir es hier mit einer Nation zu tun haben, von der wir viel lernen könnten. Da wir dazu aber nicht bereit sind, haben wir in diesem Land eigentlich nichts zu suchen. Ich bin sicher ein guter Christ, und ich kann mir nichts Besseres wünschen, als daß mir die ganze Welt offen steht. Aber einem Land die christliche Religion gegen seinen Willen aufzuzwingen und unsere Version von Zivilisation mit Waffengewalt durchzusetzen, das ist unserer Nation unwürdig. Anstatt Krieg um ein paar Handelshäfen zu führen oder um absurde Meinungsverschiedenheiten über das Protokoll, hätten wir den Wohlstand des Landes sichern sollen. Wir hätten der Regierung helfen sollen, die T'ai p'ing niederzuwerfen. Ich habe mich oft gefragt, ob die, die in Westminster sitzen, deren größte Sorge darin besteht, ihren Sitz zu behalten, eigentlich jemals wirklich verstehen, was für Probleme sie mit ihren gedankenlosen Anordnungen verursachen.« Er lächelte Barrington entwaffnend an. »Und jetzt müßt Ihr alles wieder vergessen, was ich gesagt habe, Mr. Barrington.«

16

DAS MÄDCHEN, DAS KÖNIGIN WIRD

Wie eine riesige, ängstliche Schlange wälzte sich der gesamte Hofstaat des Kaisers über die Straße zur Großen Mauer, die man jetzt in der Entfernung deutlich sehen konnte. Noch nie zuvor hatte ein chinesischer Kaiser seinen Thron verlassen, um hinter der Großen Mauer Schutz zu suchen, dachte Lan Kuei bitter. Die Mauer war der Eingang zu Macht und Herrlichkeit, nicht ein Ausgang in Exil und Schande.

Wenigstens war es noch trocken und recht warm, obwohl die Herbstwolken sich schon am Himmel sammelten. Auf der anderen Seite bedeutete die Trockenheit, daß die Karawane riesige Staubwolken aufwirbelte, die eine Weile in der windstillen Luft hingen und sich anschließend langsam auf ihre gesamte Habe herabsenkten. Selbst jeder Bissen, den man in den Mund nahm, knirschte.

Ein Regiment der Tatarenkavallerie ritt der Karawane voraus. Sie schickten nach allen Seiten Kundschafter aus, um sicherzustellen, daß niemand in einem Hinterhalt auf den Kaiser wartete. Dahinter marschierte ein Regiment von Bannersoldaten, die mit gesenkten Köpfen und Bannern einherschritten. Dies war ein Einsatz, den sie nie für möglich gehalten hätten.

Es folgten die persönlichen Eunuchen des Kaisers, die die kaiserlichen Insignien, die heiligen Teller und alles, was der Hsien-feng an Möbeln und Schmuck nicht hatte zurücklassen wollen, trugen. Die Bibliothek hatte er den Barbaren überlassen, mußte Lan Kuei mit Bedauern feststellen. Dann kam der Kaiser selbst, der in einer Sänfte mit gelben Vorhängen saß. Sie waren zugezogen, um ihn vor neugierigen Blicken zu schützen. Neben der Sänfte gingen Prinz Hui und sein Halbbruder; sie würden den Hsien-feng nicht aus den Augen lassen.

Hinter dem Kaiser folgte ebenfalls in einer Sänfte die Kaiserin; der junge Prinz Tsai k'un war bei ihr. In der nächsten Sänfte saßen Prinzessin Jung-an und ihre Mutter, und auch für die Konkubinen von höchstem Rang gab es Sänften. Nebenher marschierten auf beiden Seiten Eunuchen. Dann kamen noch mehrere Wagen mit Zelten, Wäsche, Proviant und Kochgeschirr sowie goldenem Eßgeschirr, das jeden Abend, wenn sie für die Nacht Rast machten, gebraucht wurde. Hinter den von Maultieren gezogenen Wagen folgten die anderen Konkubinen und deren Eunuchen. Diese Frauen mußten zu Fuß gehen, und ihre juwelenbesetzten Schuhe, ihre prächtigen Kleider und Kopfbedeckungen waren mit einer dicken Staubschicht bedeckt. Sie versuchten verzweifelt, dem Dung, der die Straße bedeckte, auszuweichen.

Lan Kuei war ganz weit hinten. Sie wollte sich nicht zu den anderen gesellen. Sie hatte gehofft, Chang Tsin in der Karawane doch noch zu finden, aber am Ende des ersten Tages mußte sie einsehen, daß er entweder im Sommerpalast zurückgeblieben oder einfach davongelaufen war.

Hinter ihr holperten die restlichen Vorratswagen, und dann noch die einfachen Diener und Eunuchen, die sich der Karawane angeschlossen hatten. Ganz zuletzt marschierte ein weiteres Regiment von Bannersoldaten, die sich dauernd ängstlich umsahen, als ob sie jeden Augenblick damit rechneten, von britischen oder französischen Musketen getroffen zu werden.

Am ersten Tag kam die Karawane gut voran, und obwohl sie alle furchtbare Angst hatten, verhielten sie sich diszipliniert. Aber am zweiten Tag ließ die Disziplin bereits zu wünschen übrig, und sie waren viel langsamer. Am dritten Tag, als man die Mauer bereits gut sehen konnte, löste sich sämtliche Disziplin in Wohlgefallen auf. Die Tataren galoppierten mehrmals voraus und kamen wieder zurück. Die Bannersoldaten blieben zurück und fluchten. Die Sänfte des Kaisers bewegte sich in aller Ruhe weiter, als ob es sich wirklich um einen Jagdausflug handelte. Die Bannersoldaten, die die Nachhut bildeten, drängten jetzt von hinten heran, und schon bald marschierten sie neben den Konkubinen her, die sie erstaunt anstarrten.

Lan Kuei ignorierte sie alle – sie war in ihren eigenen finsteren Gedanken gefangen. Man hatte sie ihres Kindes und ihrer Position beraubt. Warum war sie in dem Durcheinander des Aufbruchs nicht geflohen? Niemand hätte sie gesucht. Sie wäre nach Peking zurückgegangen und hätte vielleicht diesen elenden Chang Tsin wiedergefunden, der sie so schamlos sitzen gelassen hatte. Vielleicht hätten die Barbaren sie umgebracht, aber wäre das nicht immer noch diesem entwürdigenden Marsch, an dem sie als verstoßene Konkubine teilnehmen mußte, vorzuziehen gewesen? Aber sie war trotzdem noch immer die Mutter des zukünftigen Kaisers, und Prinz Kung hatte ihr gesagt, daß man ihr das niemals wegnehmen konnte, solange ihr Sohn lebte. Und dieser Sohn war nur ein kurzes Stück weiter vorn ...

Plötzlich erhob sich ein lautes Geschrei vor ihr. Einer der Vorratswagen war mit einem Rad in den Graben geraten und umgekippt. Frauen kreischten, Hunde bellten, Bannersoldaten liefen herbei und die Offiziere brüllten laut Befehle, als der Wagen langsam wieder aufgerichtet wurde und ein neues Rad erhielt. Die Frauen setzten sich und waren froh über die Pause. Aber Lan Kuei blieb stehen, sah den Männern bei der Arbeit zu und starrte die Große Mauer an, die jetzt gar nicht mehr weit vor ihnen aufragte. Nur ein paar Meilen noch. Und dann merkte sie, daß einer der Offiziere sie anstarrte. Er war jung, stark und hübsch – und sehr groß für einen Mandschu.

Jung-lu!

Lan Kueis Herz klopfte wild. Er schien sich nicht sehr verändert zu haben, seit sie ihn das letzte Mal gesehen hatte; nur noch etwas stärker war er geworden. Aber *sie* hatte sich verändert, das war ihr klar: vor acht Jahren war sie nichts als ein junges Mädchen gewesen.

Sie sprachen nicht miteinander. Jung-lu wandte sich schon bald wieder seinen Pflichten zu; der Wagen war repariert und die Karawane brach wieder auf. Aber er hatte sie gesehen – und ihre Geschichte war mittlerweile sicher jedem in der Karawane bekannt.

Was sollte sie tun, wenn er zu ihr kam? Selbst wenn die strikte Disziplin der Verbotenen Stadt zusammengebrochen war, so würde es noch immer eines der höchsten Vergehen sein, sich einer kaiserlichen Konkubine zu nähern – geschweige denn, daß die Konkubine selbst ihn ansprach. Aber plötzlich wünschte sie sich nichts mehr als das.

Im Schatten der Großen Mauer schlugen sie ihr Nachtlager auf, nachdem die gesamte Karawane das Tor passiert hatte. Daraufhin wurde es geschlossen und Bannersoldaten zur Wache auf der Mauer postiert. Alle fühlten sich jetzt, da die Mauer zwischen ihnen und den Barbaren lag, so viel sicherer, wobei es noch immer keinerlei Anzeichen gab, daß sie verfolgt wurden. Für die Konkubinen wurden Zelte aufgestellt; jeweils vier schliefen zusammen. Ihre Eunuchen lagen gleich vor dem Eingang. Als sie ihr Nachtmahl aßen, sahen sie die riesige Sonne hinter den Bergen im Westen untergehen. Nach dem Essen brachten ihre Eunuchen sie zu den neu gegrabenen Latrinen. Es war jetzt ziemlich dunkel, und Lan Kuei konnte sich ohne große Schwierigkeiten davonschleichen; sie hatte schließlich keinen persönlichen Eunuchen mehr, der sie beobachtet hätte.

Sie schlich zu einem kleinen Hügel und blickte zurück auf die flackernden Lagerfeuer. Hier war die Luft frisch und sauber, und die Geräusche des Lagers drangen nur gedämpft herüber. Hier draußen konnte Jung-lu sie finden, wenn er wollte. Es wurde kühl, als die Hitze des Tages langsam nachließ. Lan Kueis Kleidung, die ihr tagsüber viel zu warm gewesen war, reichte jetzt längst nicht für eine Nacht auf dem Hügel. Sie hatte sich schon fast entschlossen, zum Lager und in die Wärme des Zeltes zurückzugehen, als sie plötzlich eine männliche Stimme hörte.

»Hat die Ehrenwerte Person Sorgen?« fragte Jung-lu.

»Ich bin keine Ehrenwerte Person mehr, wußtet Ihr das nicht?«

»Für mich werdet Ihr immer eine Ehrenwerte Person sein.«

Lan Kueis Herz begann zu klopfen. »Ich bin hierher gekommen, um auf Euch zu warten. Wollt Ihr mir nicht Euren Umhang leihen? Mir ist kalt.« Er beugte sich hinunter und legte ihr den Umhang um die Schultern. »Jetzt setzt Euch neben mich«, befahl sie. »Ihr habt sicher davon gehört, daß ich in Ungnade gefallen bin. Ich habe den Kaiser angefleht zu kämpfen, aber er wollte es nicht.«

»Ich habe davon gehört.« Sie saßen eine Weile schweigend da, dann sagte Jung-lu. »Würdet Ihr von hier fliehen?«

»Wohin sollte ich als Frau allein schon gehen?«

»Ich würde Euch begleiten, Ehrenwerte Person.«

Lan Kuei war in ihrem ganzen Leben noch nie so aufgeregt gewesen. »Wohin würden wir gehen?«

»Ans Ende der Welt, wenn das sein muß.«

»Würdet Ihr wirklich für mich das Gesetz brechen?«

»Ich habe nie von einer anderen Frau als Euch geträumt.«

Wenn sie jetzt aufbrechen würden, wären sie ihren Verfolgern am nächsten Tag schon weit voraus. Sie könnten nach Westen reiten, wo die Sonne unterging, und frei sein ... aber sie würde nie frei sein. Sie war eine Mutter. Eines Tages würde ihr Sohn Kaiser sein. Und schon bald, wenn man die Gesundheit des Kaisers bedachte. »Ich kann meinen Sohn nicht zurücklassen.« Jung-lu ließ den Kopf hängen. »Wenn ich keinen Sohn hätte, würde ich mit Euch gehen«, fuhr sie fort.

Jung-lu hob den Kopf wieder.

»Ihr habt bereits jetzt ein Verbrechen begangen«, sagte Lan Kuei, »daß Ihr überhaupt hier bei mir seid.«

Sie hatte noch nie mit einem richtigen Mann geschlafen, wurde ihr klar. Der Hsien-feng war schon beim ersten Mal ein erschöpfter Invalide gewesen, und sein Zustand hatte sich seitdem beständig verschlechtert. Jetzt lernte sie jemanden mit Kraft, Leidenschaft und Erfahrung kennen. Er setzte sie auf seinen Schoß und legte seinen Umhang um sie beide herum, damit ihnen nicht kalt wurde. Sie zogen nur ihre Hosen aus, aber seine Hände suchten unter ihrer Bluse nach ihren samtweichen Brüsten, die er sanft massierte. Sie küßte ihn, und brachte es ihm bei. Sie liebte ihn mit all der heftigen Leidenschaft, die Teil ihres Wesens war und die sie so lange hatte unterdrücken müssen. Und sie war sich sicher, daß auch er sie liebte. Das mußte er auch, da sie ihr Leben in seine Hände gelegt hatte.

»Was werdet Ihr nun tun?« fragte er sie im ersten schwachen Morgenlicht.

»Sucht morgen nacht wieder nach mir«, sagte sie.

Natürlich wußten die Eunuchen, daß sie nicht im Lager geschlafen hatte, aber sie wußten nicht, daß sie jemanden getroffen hatte. Da keine Zeit war, dem Verdacht nachzugehen, beschlossen sie, ihn zu ignorieren; schließlich war sie ein Niemand.

Aber sie war glücklich. Der Marsch war nicht länger eine Strafe. Selbst die anstrengenden Tage waren angenehm, da sie sich auf die noch anstrengenderen Nächte freuen konnte. Lan Kuei wurde schon bald klar, daß sie sich verliebt hatte. Aber es war noch mehr als das. Auf ihre eigene Art und Weise rächte sie sich damit am kaiserlichen Hof.

Drei Tage später waren sie nur noch einen Tag von Jehol entfernt. »Werde ich Euch wiedersehen?« fragte Jung-lu.

»Ich weiß zwar noch nicht wann, aber Ihr werdet mich ganz sicher wiedersehen.«

Als die kaiserliche Karawane endlich sicher in Jehol angekommen war, lief alles wieder seinen gewohnten Gang, auch die Konkubinen wurden wieder streng von den Männern getrennt. Lan Kuei erhielt jetzt nur noch zwei winzige Räume und einen einzigen Eunuchen namens Lo Ju. Sie fand ihn überhaupt nicht attraktiv, und sie wagte nicht, ihn einzuweihen, so daß ihre heimlichen Treffen mit Jung-lu aufhören mußten. Aber sie war sich sicher, daß sie einen treuen Verbündeten in ihm hatte, obwohl sie jetzt noch nicht wußte, wie sie Jung-lus Dienste einmal zu ihrem Vorteil ausnutzen konnte. Der Kaiser, dessen Gesundheit auf der Reise sehr gelitten hatte, ignorierte sie auch weiterhin. Aber zu ihrer großen Freude schickte Niuhuru schon wenige Tage nach ihrer Ankunft nach ihr. Die Kaiserin schien unter den Strapazen der Reise überhaupt nicht gelitten zu haben, denn sie war ruhig und freundlich wie immer.

»Euer Unglück tut mir wirklich sehr leid, Lan Kuei«, sagte sie. »Ihr wart die einzige, die den Kaiser wirklich glücklich gemacht hat. Es ist so schade, daß ihr ihn wütend gemacht habt.«

»Ich hatte nur das Wohl der Dynastie im Sinn.«
»Das ist die Arbeit der Männer«, wies sie Niuhuru zurecht. »Wir Frauen haben größere Aufgaben. Möchtet Ihr Euren Sohn sehen?«

Tsai-k'un schien sich zu freuen, sie zu sehen; es schien ihm gutzugehen, und sein Gesundheitszustand war deutlich besser – aber sie hatte nicht das Gefühl, daß er sie sehr vermißt hatte.

»Ich glaube, die Bergluft tut ihm gut«, sagte Niuhuru. »Laßt uns dafür beten, daß sie auch unserem Gebieter gut tut.«

Sie war erleichtert, daß Niuhuru weiterhin ihre Freundin war, aber noch mehr freute sie der Brief von Prinz Kung, den Te An-wah ihr brachte. Er beobachtete sie argwöhnisch, als sie ihn öffnete. »Ich werde ihn Euch nicht vorlesen, Te An-wah«, sagte sie. »Also könnt Ihr ruhig wieder gehen.«

Er verbeugte sich und ging. Sicher würde er als erstes seinen Herren Bericht erstatten. Kung schrieb:

Ihr habt sicher nicht vergessen, daß ich Euch darum gebeten habe, mit mir zu kommunizieren, damit ich weiß, was in Jehol geschieht. Ich bin sicher, daß ich nur von Euch erfahren werde, wie es um meinen Bruder wirklich steht. Die Situation hier ist so ernst, wie ich befürchtet habe. Die Briten haben den Sommerpalast niedergebrannt. Er ist vollkommen zerstört. Ich habe nichts dagegen unternehmen können. Ich habe Angst um Peking selbst gehabt, aber diese größte Katastrophe ist uns noch einmal erspart geblieben.

Lord Elgin hat uns in die bisher größte Krise gestürzt. Die Schadensersatzzahlung, die er fordert, ist auf acht Millionen Tael festgesetzt. Außerdem fordert er die Abtretung des Festlandes gegenüber ihrem Marinestützpunkt Hong Kong. Und er hat die Forderung nach einer Botschaft der Barbaren in Peking, deren Mitglieder vor dem Kaiser nicht mehr den Kotau absolvieren müssen, noch einmal wiederholt. Ich hatte keine Wahl, als allen diesen Bedingungen zuzustimmen, denn ich habe keine Armee mehr, mit der ich mich den

Soldaten der Barbaren widersetzen könnte. Ich habe einen weiteren Brief an den Kaiser selbst geschrieben, in dem ich ihm die traurigen Neuigkeiten berichte und ihn bitte, meinen Schritten zuzustimmen. Die einzig gute Nachricht ist, daß sich die Barbaren an die Küste zurückziehen. Lord Elgin hat verkündet, daß sie eine Festung außerhalb Tientsin errichten wollen, und offenbar hat er die Taku-Forts bereits demontieren lassen. Die Flotte der Barbaren liegt weiterhin im Golf von Chi-li vor Anker. Möge ein mächtiger Sturm sie zerstören.

Es ist jetzt meine Aufgabe, in Peking wieder für Ordnung zu sorgen. Das wird leichter sein als erwartet. Unser Volk ist über die Forderungen der Barbaren so empört, daß mit aller Entschiedenheit unsere alte Kraft wiederherstellen und das erlittene Unrecht rächen will. Wenn sich eine Gelegenheit dazu ergibt, dann sprecht darüber mit meinem Bruder, und antwortet mir. Besonders die Position meiner Onkel interessiert mich. Ich weiß, wie schwierig das alles für Euch sein muß. Schreibt, wie es Euch möglich ist, ich werde es schon verstehen, verlaßt Euch darauf. Verbrennt diesen Brief, bevor ihn jemand sehen könnte.

I Tsin

Lan Kuei starrte das Schreiben mehrere Augenblicke lang an. Der Yuan Ming Yuan war zerstört? Wem konnte Schönheit so gleichgültig sein, daß er ein solches Verbrechen begehen konnte? Barbaren! Sie würde diese Engländer auf ewig hassen! Und eines Tages auch vernichten. Sie würde zusehen, wie die Barbaren verbrannten. Ihr gesamter kleiner Körper wurde vor Wut und Empörung geschüttelt. Dann erinnerte sie sich an die Anweisung des Prinzen und hielt das Papier in die Kerzenflamme. Sie sah zu, wie es zu Asche verbrannte. Trotz ihres Zorns war sie in Hochstimmung. Jetzt hatte sie schon zwei Freunde: einer war stark an Körperkraft, der andere durch seine hohe Position. Als Bruder des Kaisers konnte I Tsin Prinz Kung nie darauf hoffen, den Thron des Himmels selbst einmal zu besteigen, aber da er der fähigste unter den Prinzen seiner Generation war, würde er auf lange Zeit großen Einfluß auf diesen Thron ausüben – wenn sein Onkel einmal seiner Macht enthoben war. Und er hatte sie als seine Vertraute ausgewählt!

Sie hatte den Brief gerade noch rechtzeitig verbrannt. Te An-wah kehrte nur einen Augenblick später zurück.

»Der Kaiser befiehlt Eure Anwesenheit«, sagte er.

Er gab Lan Kuei etwas Zeit, sich vorzubereiten, und führte sie dann in aller Eile durch das Gebäude hindurch bis in die Gemächer des Kaisers. Hier fand sie nicht nur den Hsienfeng, sondern auch Prinz Hui und Prinz Su-chun. Der Hsienfeng lag in einem tiefen Sessel. Sein linkes Bein war ausgestreckt auf einen Stuhl gebettet, und selbst durch seine Gewänder war deutlich zu sehen, wie geschwollen es war. Der Schuh war an seinen Fuß gebunden, da die Zehen nicht hineinpaßten. Sein Gesicht war grau und fleckig, und er atmete rasselnd. Die meiste Zeit waren seine Augen geschlossen. Ein Eunuch stand hinter seinem Kopf und fächelte ihm ununterbrochen kühle Luft zu. Es war kaum zu glauben, daß dieser kränkelnde Mann erst neunundzwanzig Jahre alt war.

»Euer Brief hat das Siegel meines Bruders getragen.« Seine Stimme war kaum mehr als ein Flüstern.

»Warum glaubt Prinz Kung, einer der Konkubinen seiner Majestät schreiben zu müssen?« warf Prinz Hui ein.

»Der Prinz hat einen großen Fehler gemacht«, fügte Prinz Su-chun hinzu. »Jetzt berichtet seiner Majestät, was sein Bruder Euch geschrieben hat.«

»Der Prinz hat geschrieben, daß er zur gleichen Zeit einen Brief an seine Majestät geschickt hat«, sagte Lan Kuei laut, denn sie hatte plötzlich einen neuen Verdacht.

Und sie schien recht zu haben. Der Hsien-feng öffnete die Augen. »Mein Bruder hat mir geschrieben?«

Prinz Hui und Prinz Su-chun warfen sich nervöse Blicke zu. Sie mochten diesen kranken, jungen Mann zwar völlig beherrschen – aber er war immer noch der Kaiser, der mit einer lässigen Handbewegung ihren Tod anordnen konnte.

»Der Brief enthielt nur Unangenehmes, Majestät«, sagte Prinz Hui.

»Was stand darin?« Der Hsien-feng setzte sich jetzt auf und sah Lan Kuei an. »Sagt Ihr es mir.«

»Er hat geschrieben, daß die Barbaren den Sommerpalast niedergebrannt haben, mein Gebieter.«

Die Flecken im Gesicht des Kaisers schienen deutlicher hervorzutreten, als er sich jetzt seinem Onkel zuwandte. »Ist das wahr?«

»Er ist vollkommen zerstört worden«, sagte Lan Kuei.

»Der Yuan Ming Yuan zerstört?« Seine Stimme überschlug sich fast, und er hämmerte sich auf die Brust. Schaum trat aus seinem Mund hervor, als er wieder und wieder rief: »Der Yuan Ming Yuan zerstört!«

Der Kaiser schien einen Anfall zu erleiden. Lan Kuei sah die beiden Prinzen an.

»Das ist alles Eure Schuld«, zischten sie.

»Ich habe nur die Wahrheit gesagt«, entgegnete sie.

Der Kaiser wurde langsam wieder ruhiger. Er sank in seinen Sessel zurück und schnappte keuchend nach Luft.

»Prinz Kung hat außerdem geschrieben, daß die Barbaren eine Schadensersatzzahlung von acht Millionen Tael fordern sowie die Freigabe mehrerer Handelshäfen und die Abtretung des Festlandes vor Hong Kong. Außerdem fordern sie das Recht, eine Botschaft in Peking zu errichten, deren Mitglieder vor seiner Majestät keinen Kotau absolvieren müssen. Prinz Kung hat geschrieben, daß er sich gezwungen sieht, die Bedingungen anzunehmen. Er befürchtet, daß sie sonst Peking zerstören. Er bittet Eure Majestät inständigst, seine Entscheidung zu ratifizieren.«

In der darauffolgenden Stille hörte man nur das mühsame Atmen des Kaisers. Schließlich fragte er: »Habt Ihr Kenntnis von allen diesen Dingen, Onkel?«

»Prinz Kung ist nichts als ein unerfahrener Junge«, sagte Prinz Hui. »Man hätte ihm eine solche Verantwortung gar nicht übertragen dürfen.«

Das war ein Fehler. Der Hsieng-feng setzte sich wieder auf. Seine Augen waren weit aufgerissen, und er zeigte auf seinen Onkel.

»Ja. Man hätte ihn nicht mit einer solchen Verantwortung alleinlassen dürfen. Ich hätte dort sein sollen.«

»Aber Eure Gesundheit, Majestät ...« begann jetzt Su-chun.

»Die wird sicher nicht besser, wenn mir solche entscheidenden Neuigkeiten vorenthalten werden.« Der Kaiser wandte sich wieder Lan Kuei zu. »Wo ist der Brief meines Bruders?«

»Ich habe ihn vernichtet, Majestät. Prinz Kung hat es so gewünscht.«

Der Hsien-feng seufzte und sank zurück in den Sessel.

»Was soll mit ihr geschehen?« fragte Prinz Hui, der versuchte, wieder in eine vorteilhaftere Position zu gelangen.

»Wir würden ihr das seidene Seil schicken, Majestät«, sagte Su-chun. »Obwohl sie eigentlich verdient, enthauptet zu werden.«

Lan Kuei stand ganz gerade und beobachtete den Kaiser. War sie wieder zu weit gegangen – ein letztes Mal?

»Die Ehrenwerte Person wird nicht bestraft«, sagte der Kaiser. Lan Kuei keuchte hörbar vor Erleichterung. »Sie hat schon genug Unrecht erlitten. Sie hat recht gehabt; sie hat mir geraten, bei meinem Volk zu bleiben. Ihr habt unrecht gehabt, Onkel.«

Man hörte deutlich das wütende Zischen, als Prinz Hui ausatmete.

»Ich erhebe Euch wieder in Euren alten Rang, Lan Kuei«, sagte der Hsien-feng. »Ich danke Euch dafür, daß Ihr mir die Wahrheit gesagt habt.«

Lan Kuei zögerte. »Ist es mir erlaubt, Prinz Kung zu antworten, Majestät?«

»Das ist einfach unglaublich, Majestät«, protestierte Su-chun. »Eine Ehrenwerte Person, die mit einem Mann kommuniziert?«

»Mit meinem Bruder«, sagte der Hsien-feng scharf.

»Ja, Lan Kuei, Ihr dürft meinem Bruder berichten. Bringt mir den Brief. Und auch seine Antwort.«

Lan Kuei verbeugte sich tief und ging rückwärts hinaus. Die Prinzen funkelten sie wütend an wie Tiger, denen man die Beute wegnahm. *Aber eines Tages*, dachte sie, als sie ihre Blicke erwiderte, *werdet Ihr vielleicht einmal die Beute sein und ich der Tiger.*

Sie schrieb:

Mein Gebieter, ehrenwerter Prinz, ich danke Euch für Euren Brief. Ich habe seiner Majestät den Inhalt berichtet, und er war ernsthaft erschüttert, obwohl er Euch dankbar für Eure Bemühungen in seinem Namen ist. Seine Majestät ist leider sehr krank. Nur unter größten Schwierigkeiten haben wir ihn davon abhalten können, ein Pferd zu besteigen und zu Euch zu kommen. Das wird geschehen, sobald seine Gesundheit wiederhergestellt ist.

Seine Majestät wird von seinen Onkeln, Prinz Hui und Prinz Su-chun, sehr unterstützt, die ihm nicht von der Seite weichen. Die edlen Prinzen ermutigen ihn, so gut sie können, und nehmen ihm alle unangenehmen Aufgaben ab. Seine Majestät hat Euch freundlicherweise erlaubt, mir zu antworten, wenn Ihr möchtet.

Lan Kuei

Als sie dem Kaiser in der Gegenwart der Prinzen dies vorlas, fühlte sich sogar Su-chun geschmeichelt. Aber Kung würde schon wissen, was sie meinte.

Es war Zeit, sich über die Zukunft Gedanken zu machen. Lan Kuei besuchte Niuhuru. »Ich bin so froh, daß Ihr Euren alten Rang zurückgewonnen habt, Lan Kuei«, sagte die Kaiserin. »Ich fand es ungerecht, Euch so zu behandeln. Hat er Euch schon die Jadetafel geschickt?« fragte sie. Ihre Stimme klang wehmütig.

Lan Kuei setzte sich ganz dicht neben sie. »Ich glaube nicht, daß seine Majestät die Jadetafel je wieder benutzen wird«, flüsterte sie. Niuhurus Kopf fuhr herum. »Habt Ihr den Kaiser kürzlich einmal besucht?« fragte Lan Kuei.

»Nein«, sagte Niuhuru. »Er schickt auch nach mir nicht mehr.«

Lan Kuei holte tief Luft. »Ich fürchte, daß seine Majestät im Sterben liegt.« Eine solche Äußerung galt eigentlich bereits als Hochverrat; Niuhuru riß die Augen weit auf. »Er kann sein Bein nicht mehr bewegen«, erklärte Lan Kuei. »Er atmet sehr schwer. Es gibt keinen Arzt, der sich um ihn kümmert. Ich habe große Angst um ihn.«

Niuhurus Wesen kannte keine Arglist. »Wenn seine Majestät stirbt, wird Euer Sohn der Sohn des Himmels.«

»Nur, wenn er ernannt wird. Das Erstgeburtsrecht war bei den Mandschu kein Gesetz. Allerdings wurde die Nachfolge gewöhnlich so gehandhabt; wenige Väter würden ihren ältesten, lebenden Sohn übergehen. Aber es gab viele Fälle, in denen ein Sohn durch seinen Onkel ersetzt wurde, oder durch den Sohn eines verstorbenen Onkels – es konnte nur nicht der Sohn eines lebenden Verwandten sein, da nach konfuzianischem Recht kein Vater vor seinem eigenen Sohn den Kotau absolvieren konnte; und gewöhnlich war der Nachfolger keiner der Brüder des regierenden Monarchen. Prinz Tsai-k'un muß ernannt werden, bevor seine Majestät den Himmlischen Wagen besteigt.«

»Aber wie soll das geschehen?« fragte Niuhuru.

»Ihr müßt darauf bestehen, den Kaiser zu sehen, und diese wichtige Angelegenheit mit ihm besprechen.«

Niuhuru sah sie ängstlich an. Sie verstand sehr wohl, was es bedeutete, dem Kaiser zu sagen, daß er bald sterben würde. Man könnte sie des Hochverrats anklagen ... aber vielleicht war es ja durchaus möglich, daß sich eine Ehefrau nach der Gesundheit ihres Mannes erkundigte und vorschlug, ein oder zwei Pläne für die Zukunft zu machen.

»Wenn Ihr es nicht tut«, fuhr Lan Kuei fort, »dann ist unser Leben in großer Gefahr. Könnt Ihr Euch vorstellen, was mit uns geschieht, wenn Prinz Hui Kaiser wird? Oder wenn er als Regent für meinen Sohn ernannt wird?«

»Ja«, sagte Niuhuru. »Ihr habt recht. Ich werde mit dem Kaiser sprechen.«

Lan Kuei seufzte vor Erleichterung.

Wie sie sich danach sehnte, in Jung-lus Armen zu liegen! Er war zum Oberst der Palastwache ernannt worden, und hin und wieder sah sie ihn unter dem Fenster ihrer geräumigen Gemächer, die sie jetzt erhalten hatte. Er mußte wissen, daß sie dort wohnte, denn er sah oft hinauf, was sie sehr beruhigte. Denn eines war sicher: Was auch immer Niuhuru beim Kaiser erreichen würde, sein Tod würde eine Krise auslösen, die nur mit Waffengewalt zu bewältigen sein würde.

Nach ihrem Besuch beim Kaiser war Niuhuru in Tränen aufgelöst. »Er ist so krank«, jammerte sie. »Oh, er ist so krank.«
»Habt Ihr mit ihm über seine Nachfolge gesprochen?« fragte Lan Kuei.
»Nein, das habe ich nicht gewagt.«

Sehr geehrte Miss Barrington,
ich freue mich sehr, Ihnen mitteilen zu können, daß ich mit meinen Plänen Gehör gefunden habe. Ich habe den Auftrag erhalten und bin von General Li Hung-chang akzeptiert worden. Jetzt bin ich eifrig dabei, meine Männer zu rekrutieren und auszubilden. Es ist harte Arbeit, aber ich bin sicher, daß es sich am Ende auszahlen wird. Ich wünschte, Ihr könntet sehen, wie die Kerle das Gewehr präsentieren! Ich kann es oft kaum glauben, daß ich hier bin, nur ein paar Meilen vor Schanghai, und Ihr seid dort in der Stadt, und doch sind wir so voneinander getrennt, als ob ich auf dem Mond wäre.
Ich habe gehört, daß die Gesandten, die die Haft bei den Mandschu überlebt haben, zurückgekehrt sind und daß Euer Bruder unversehrt ist. Ich kann mir vorstellen, wie erleichtert Ihr seid. Ich kann nicht sagen, was die Zukunft mir bringen wird, aber ich möchte, daß Ihr wißt, daß es zu den größten Eindrücken in meinem Leben gehört, Euch getroffen zu haben. Ich werde die Erinnerung daran immer bewahren.
Frederick Ward

Joanna ließ den Brief in den Schoß sinken. Ihr ganzer Körper schien zu glühen. Nach einem solchen Brief, wenn er zurückkehrte ...

Zwei Wochen später kehrte James Barrington nach Hause zurück. Seine Familie empfing ihn überglücklich. Sie konnten sehen, daß ihm das Ganze schwer zugesetzt hatte, obwohl er nicht darüber sprechen wollte. Chang Tsin war bei ihm, stolz, seinem alten Freund dienen zu dürfen.

»Aber was ist mit deiner Herrin Lan Kuei?« fragte Joanna.

»Lan Kuei ist in Ungnade gefallen, Miss Joanna. Wir werden ihren Namen nie wieder hören.«

»Und da hast du sie einfach sitzenlassen, du Schuft.«

Chang Tsin verbeugte sich. »Ein Diener muß hingehen, wohin ihn das Schicksal führt. Ist es denn nicht ein glücklicher Umstand, daß ich für das Haus Barrington arbeiten kann?«

Es war unmöglich, diesem Eunuchen lange böse zu sein.

Joanna zeigte James den Brief von Ward. Sie wollte das Geheimnis mit jemandem teilen, und was Chang Tsin ihr erzählt hatte, machte ihr Sorgen.

»Glaubst du, daß Mr. Wards Auftrag vielleicht widerrufen werden könnte, jetzt, da Lan Kuei in Ungnade gefallen ist?« fragte sie besorgt.

»Hast du eigentlich eine Idee, was du für ein Risiko eingegangen bist, dich mit ihm einzulassen?«

»Er ist der mutigste Mann, den ich je getroffen habe«, erklärte Joanna. »Und ich habe dir eine Frage gestellt.«

James hob erstaunt die Augenbrauen; seine Schwester war normalerweise nicht so bestimmend. »Ich glaube nicht, daß irgend jemand am Hof außer Lan Kuei überhaupt weiß, daß er diesen Auftrag erhalten hat. Also, er stellt eine Armee auf. Dann werde ich wohl auch hingehen.«

»Warum?« fragte Joanna, die sofort Verdacht schöpfte.

»Wenn er wirklich eine Freiwilligenarmee auf die Beine stellt, dann möchte ich ihm meine Dienste anbieten.«

»Du?« Joanna traute ihren Ohren nicht.

James grinste trocken. »Nun ja, einmal bin ich davongelaufen. Diesmal werde ich kämpfen.«

»Und mich rächen? Mit Mr. Ward?«

»Ja. Aber ich möchte auch den Mandschu dienen, so gut ich kann.«

Er ging hinaus, um seinem Stiefvater seinen Entschluß mitzuteilen. Er bezweifelte nicht, daß er damit einverstanden sein würde; Martin hatte schließlich selbst für die Dynastie gekämpft. Nur Lucy weinte.

Der Winter hielt Jehol in eisiger Umklammerung. Die Stadt war immer nur Sommerresidenz gewesen; kein Kaiser hatte hier je einen Winter verbracht, seit Nurhaci mit seinen acht Bannern auf die andere Seite der Großen Mauer gezogen war. Jetzt war der kaiserliche Hof durch eine dicke Schneedecke, welche die gesamte weite Ebene bedeckte, vom Süden abgetrennt; und als das Tauwetter endlich einsetzte, war alles überflutet. Jede Kommunikation mit Peking war unmöglich, und Jehol schien das Zentrum des Universums zu sein. Das war an sich nicht ungewöhnlich, da die meisten Mitglieder des Hofstaates in der Verbotenen Stadt ein ähnlich abgeschiedenes Leben geführt hatten. Aber für Lan Kuei war es eine unerträgliche Qual, und sie hatte keine Möglichkeit, mit dem Prinzen Kung zu korrespondieren.

Zumindest hatte Lo Ju sie mittlerweile zu seiner Vertrauten gemacht. Er war so ergriffen von ihrer Schönheit und ihrer Persönlichkeit, und er vergaß auch nicht, daß sie eines Tages die Kaiserinwitwe sein würde. Er würde alles für sie tun. Als ein öder Regentag auf den anderen folgte und der Regen auf die Pagodendächer des Palastes trommelte, sah Lan Kuei die Zeit dazu gekommen, ihn auch in ihr gefährlichstes Geheimnis einzuweihen.

»Ich fürchte, der Kaiser wird nicht mehr lange leben«, sagte sie ihm. »Und wenn er stirbt, wird es Leute geben, die die Nachfolge des Throns beeinflussen wollen. Das muß verhindert werden.« Lo Jus Augen glänzten vor Eifer. »Daher müssen wir uns der Loyalität der Garnison versichern. Ich habe Oberst Jung-lu schon als Mädchen gekannt, daher muß ich mich mit ihm noch einmal treffen und ihm erklären, worin seine Pflicht besteht. Du wirst ihm sagen, daß ich ihn heimlich treffen will.«

»Hier, Ehrenwerte Person?« Lo Ju war genauso erschrocken wie Chang Tsin, als er Frederick Ward in die Verbotene Stadt hatte bringen sollen.

»Das wäre zu gefährlich. Wir werden uns im Hof der Nachtigallen treffen, morgen früh, eine Stunde nach Mitternacht.«

Es war eine feuchte, windige Nacht, aber für Lan Kueis Zwecke war das Wetter ideal. Sie hatte kaum geschlafen und war schon lange vor der Zeit fertig.

Lo Ju war sehr nervös. »Ehrenwerte Person, wenn man uns entdeckt ...«

»Dann werden wir enthauptet. Also mußt du hierbleiben und sagen, daß ich schlafe und nicht gestört werden möchte, falls jemand kommt.« Dann wickelte sie sich in ihren Umhang und schlich durch die leeren Flure. Obwohl mehrere Eunuchen die ganze Nacht über im Dienst waren, wußte sie genau, wo sie standen – und auch, daß die meisten von ihnen schliefen, obwohl sie eigentlich Wache halten sollten.

Sie gelangte ohne Schwierigkeiten in den Garten, und in dem strömenden Regen wußte sie, daß sie sicher war. Ihr Umhang flatterte im Wind, als sie über die weiten, offeneren Grasflächen lief. Die Bäume bogen sich im Wind, und die Blätter rauschten. Endlich hatte sie den Pavillon der Nachtigallen erreicht. Man konnte die Vögel in dem lauten Regen nicht hören. Im Pavillon war es so dunkel, daß sie nichts erkennen konnte. Lan Kuei stand in der Tür und wartete, bis sich ihre Augen an die Dunkelheit gewöhnt hatten. Plötzlich hörte sie ein Geräusch.

»Jung-lu?« flüsterte sie.

Dann lag sie in seinen Armen. Sie waren beide völlig durchnäßt, und das Wasser rann ihnen aus den Haaren übers Gesicht, als sie sich jetzt leidenschaftlich küßten.

»Euer Eunuch sprach von irgendeiner Krise«, sagte Jung-lu.

»Noch ist es nicht soweit. Aber ich konnte nicht einen Tag länger ohne Euch leben.« Es gab nirgendwo einen Platz, wo sie sich hinlegen konnten, also gingen sie zu dem duftenden Bambus hinüber.

Jung-lu schob ihr die Hosen hinunter und hob sie hoch. Sie schlang ihre Arme um seinen Nacken und befreite sich ganz von ihren Hosen. Dann schlang sie die Beine um seine Hüften, als er in sie eindrang. Wie sie dieses Gefühl, ihn in sich zu spüren, vermißt hatte.

»Ich bete Euch an«, flüsterte er. »Ich möchte für Euch sterben.«

Sie wartete, bis sein Höhepunkt vollständig abgeebbt war, und rutschte dann an seinen Schenkeln entlang hinunter.

»Ich hätte es lieber, wenn Ihr für mich lebt«, sagte sie.

Nach dieser Nacht trafen sie sich öfter, obwohl sie um so vorsichtiger sein mußten, je besser das Wetter wurde. Jetzt wünschte sich Lan Kuei den Tod des Hsieng-feng herbei – sobald er Tsai-k'un zu seinem Nachfolger ernannt hatte. Aber Niuhuru schien in dieser Angelegenheit keinerlei Fortschritte zu erzielen. Tatsächlich hatte Prinz Hui der Kaiserin verboten, ihren Ehemann zu besuchen. Er behauptete, er würde sich dann unwohl fühlen; und Niuhuru war keine Frau, die sich durchsetzen konnte. Lan Kueis Gefühle wechselten zwischen Ekstase in Jung-lus Armen und tiefer Verzweiflung über ihre Zukunft hin und her. Selbst als die Straßen endlich wieder offen waren und ein Brief von Prinz Kung eintraf, in dem er sie erneut seiner Unterstützung versicherte, fühlte sie sich auch nicht besser. Als sie mit ihm zum Kaiser eilte, wurde sie nicht zu ihm gelassen – statt dessen nahm ihr Su-chun den Brief weg. Wieder war sie vollkommen isoliert. Wenn sie nur nach Peking zurück könnte, dann könnte sie mit Kungs Hilfe vielleicht etwas ausrichten. Aber der Kaiser war offensichtlich zu krank, um zu reisen.

Im Juni wurde sie noch einmal schmerzhaft an die Unsicherheit ihrer Position erinnert, als der Hsien-feng seinen dreißigsten Geburtstag feierte. Es gab einen großen Empfang, und der Kaiser verließ sogar für eine Stunde das Bett, um daran teilzunehmen. Niuhuru war bei den Festlichkeiten dabei – aber Lan Kuei wurde nicht eingeladen. Sie konnte sich nur damit trösten, einen weiteren Brief an Prinz Kung zu schreiben, in dem sie sich darüber beschwerte, wie man sie, die Mutter des Thronfolgers, beleidigte und ignorierte.

»Das ist alles Su-chuns Werk«, schrieb sie. »Er haßt mich. Nun, ich hasse ihn auch. Ich hoffe, daß ich seinen Kopf eines Tages in den Schmutz rollen sehe.« Aber sie wußte, daß es wahrscheinlich war, daß Su-chun eines Tages befriedigt zusah, wie die Kinder mit ihrem Kopf in den Straßen spielten.

Die Kälte im Winter war schlimm genug, aber im August war es in Jehol gar nicht mehr auszuhalten, und da es so lange hell war, mußte Lan Kuei ihre Treffen mit Jung-lu einstellen. Sie hatte nie damit gerechnet, daß sie ein volles Jahr an diesem verlassenen Ort bleiben würden, aber jetzt war das Jahr beinahe um, und an ihrer Situation hatte sich nichts geändert.

Im Grunde genommen hatte sie sich sogar verschlechtert, dachte sie. Eines Morgens nahm sie wie gewöhnlich ein Bad, wobei ihr Lo Ju half, als eine von Niuhurus Mädchen zur Tür hereingestürzt kam. »Ehrenwerte Person!« keuchte sie.

»Was ist denn geschehen?« Lan Kuei kletterte aus der Wanne, und Lo Ju wickelte sie hastig in ein Handtuch. »Der Prinz! Geht es ihm gut?«

»Ihm geht es gut, Ehrenwerte Person. Aber die Kaiserin schickt nach Euch, weil der Kaiser im Sterben liegt.«

Immer noch nur in das Handtuch gewickelt, lief Lan Kuei jetzt zu Niuhurus Gemächern. Es war mitten am Vormittag, und es herrschte reger Betrieb im Palast. Die anderen Konkubinen und Eunuchen starrten sie entgeistert an. Lan Kuei stieß die Tür auf und lief in Niuhurus Schlafzimmer. Die Kaiserin saß in einem Stuhl und weinte. Die Tränen liefen ihr die Wangen hinunter.

»Ist es wahr?« fragte Lan Kuei.

Niuhuru nickte. »Sie sagen, er wird den Tag nicht überleben.«

»Habt Ihr mit ihm gesprochen?«

»Wie konnte ich das? Er ist so krank. Er hat so große Schmerzen!«

Lan Kuei wollte vor lauter Verzweiflung laut aufschreien, aber für hysterische Anfälle war jetzt keine Zeit. Ihr Kopf saß ohnehin schon recht locker auf ihren Schultern. Was hatte sie da schon zu verlieren? Sie lief ins Kinderzimmer.

Tsai-k'un saß auf dem Boden und spielte mit seinen Spielzeugsoldaten. Nur zwei Kindermädchen waren bei ihm. Er war jetzt vier Jahre alt, sah aber jünger aus.

»Mama!« rief er fröhlich. Er freute sich, sie zu sehen.

»Komm mit mir«, drängte Lan Kuei. Die Kindermädchen protestierten, aber sie nahm ihn auf den Arm und trug ihn hinaus.

»Was tut Ihr denn?« rief Niuhuru.

»Ich gehe zum Kaiser. Wollt Ihr nicht mitkommen?«

Niuhuru starrte sie fassungslos an, aber Lan Kuei war schon auf dem Flur und auf dem Weg zu den kaiserlichen Gemächern. Tsai-k'un hielt sie fest im Arm.

An der Tür standen Eunuchen. »Ihr könnt nicht hinein, Ehrenwerte Person.«

»Wollt Ihr verhindern, daß der Kaiser ein letztes Mal seinen Sohn sieht?« wollte Lan Kuei wissen.

Die Eunuchen zögerten und öffneten dann die Tür. Lan Kuei ging hinein und hielt nur kurz an, um die Lage einzuschätzen. Prinz Hui stand neben dem Bett, Su-chun am anderen Ende des Raumes. Außer ihnen waren noch einige hohe Beamte und Eunuchen im Zimmer.

Alle drehten sich um und starrten den Eindringling an. Suchun sagte: »Jetzt ist sie wirklich zu weit gegangen. Ergreift die Frau.«

Die Eunuchen kamen näher – und Lan Kuei hielt den Prinzen hoch. »Wollt Ihr es wagen, Hand an den zukünftigen Kaiser anzulegen?«

Sie zögerten lange genug, daß sie ihnen ausweichen konnte. Auch Prinz Huis Versuch, sie aufzuhalten, konnte sie entkommen. Dann kniete sie am Bett des Kaisers nieder und sah ihn an.

»Was ist das für ein Lärm?« flüsterte der Hsien-feng.

»Ein Eindringling, Majestät ...« Su-chun stand jetzt neben ihr.

»Euer Sohn ist hier«, sagte Lan Kuei.

447

Der Hsien-feng öffnete die Augen; er sah eher sie an als das Kind. »Kleine Orchidee. Ich bin froh, dich zu sehen.«

»Sie ist unerlaubt eingedrungen«, protestierte Prinz Hui, aber er war still, als der Kaiser Lan Kueis nackten Arm berührte.

»Ich habe Euren Sohn zu Euch gebracht«, wiederholte Lan Kuei. Jetzt streichelte der Hsien-feng den Jungen. »Er ist nie zu Eurem Erben ernannt worden, Majestät. Wollt Ihr das nicht jetzt tun?«

»Majestät«, unterbrach Prinz Hui, »jetzt ist nicht die Zeit ...«

»Natürlich ist er mein Erbe«, sagte der Hsien-feng schwach. »Mein Sohn wird der nächste Kaiser sein. Hiermit ernenne ich ihn.«

Es war still im Raum. Lan Kuei warf einen Blick auf Prinz Hui, der auf der anderen Seite des Bettes stand und sie wütend anstarrte. Sie wußte, daß Su-chun direkt hinter ihr stand, aber sie wagte es nicht, den Kopf zu drehen. Prinz Hui versuchte, die Situation wieder unter seine Kontrolle zu bringen.

»Selbstverständlich wird Prinz Tasi-k'un der nächste Kaiser sein, Majestät. Aber wenn solches Unglück über unser Land hereinbrechen sollte, daß Ihr, Majestät, Eure Lebensspanne nicht zur Gänze ausleben könnt, dann wäre der Prinz noch ein Baby. Es wäre nötig, einen Regenten zu ernennen.«

Lan Kuei hielt den Atem an; sie hatte nicht damit gerechnet, daß der alte Mann so schnell zurückschlagen würde.

Der Hsien-feng lächelte fast. »Ihr seid zu freundlich, Onkel, so zu tun, als ob ich den nächsten Sonnenaufgang noch erleben würde. Ja, ich ernenne Euch zu Regenten. Ihr dürft Euren eigenen Rat zusammenstellen.«

Lan Kueis Kiefer sackte herunter – während Prinz Hui lächelte. Soviel erreicht zu haben, und es alles mit einem Schlag wieder zu verlieren.

»Und was soll aus uns werden, mein Gebieter?« fragte jetzt Niuhuru. Niemand hatte bemerkt, daß sie gekommen war. Alle starrten sie an, als sie an das Bett des Kaisers herantrat.

»Ihr werdet um mich trauern müssen, Niuhuru«, sagte der Hsien-feng.

»Ihr wißt, daß ich das tun werde, Gebieter. Aber ich fürchte, daß ich auch um den Tod der Dynastie werde tauern müssen.« Sie kniete neben dem Bett nieder. »Könnt Ihr das Schicksal dieses Jungen und seiner Mutter und auch mein eigenes wirklich in die Hände des Prinzen Hui legen?«

»Majestät«, protestierte Prinz Hui, »bin ich nicht der loyalste Eurer Untertanen?«

»Loyal seid Ihr sicherlich, Onkel – aber wem gegenüber, darüber war ich mir nie wirklich sicher. Ich glaube, Niuhuru hat keineswegs unrecht.«

Lan Kuei blickte von einem Gesicht zum nächsten und wagte kaum zu atmen. Wenn sie auch Niuhuru für ihren mutigen Versuch, sie zu retten, umarmen wollte, so konnte sie doch noch nicht sagen, ob er erfolgreich war. Denn Prinz Hui war nach wie vor zum Regenten ernannt worden.

»Es ist mein Wille«, fuhr der Hsien-feng fort, »daß nach meinem Tod die Kaiserin Niuhuru zur Kaiserinwitwe ernannt wird mit dem Titel Ts'e-an. Außerdem verfüge ich, daß die Ehrenwerte Person Lan Kuei zur zweiten Kaiserinwitwe ernannt wird mit dem Titel Ts'e-hi.«

Ein leises Zischen erfüllte den Raum, als Lan Kuei jetzt ausatmete. Sie würde Kaiserinwitwe sein! Aber Prinz Hui blieb der offiziell ernannte Regent. Damit hatte er die Macht über Leben und Tod. Er sah zufrieden aus.

Aber der Hsieng-feng sprach immer noch. »Des weiteren ordne ich an, daß beide Kaiserinwitwen Mitglieder des Regentschaftsrates sein sollen und daß alle Verordnungen des Rates die Unterschrift der Kaiserinwitwe Ts'e-an zuoberst tragen müssen, um gültig zu sein.«

Su-chun ballte vor Wut die Hände zu Fäusten.

»Und«, fuhr der Hsien-feng fort, »die Unterschrift der Kaiserinwitwe Ts'e-hi muß zuunterst erscheinen. Meine Worte sollen sofort niedergeschrieben werden.« Dann endlich lächelte er und streichelte noch einmal Lan Kueis nackte Schulter. »Ich nehme nicht an, daß du dein eigenes Todesurteil unterschreiben wirst, Kleine Orchidee.«

Lan Kuei wollte in Tränen ausbrechen. Es war schon lange her, daß sie aus einem anderen Grund als Wut und Frustration geweint hatte. Trotz seines Zusammenbruches hatte der

Kaiser noch immer alles wahrgenommen, was um ihn herum vor sich ging. Und mehr als das, er liebte sie noch immer.

»Ich werde Eure Erwartungen nicht enttäuschen, mein Gebieter«, versprach sie. Jetzt konnte sie Prinz Hui ins Gesicht sehen und lächeln.

In jener Nacht ›stieg der Kaiser in den Himmlischen Wagen und kehrte zu den neun Quellen zurück‹.

Niuhuru und Lan Kuei verharrten mehrere Stunden im Gebet am Bett des verstorbenen Kaisers, bis die Einbalsamierer mit der Arbeit anfangen wollten. Dann gingen sie zurück in ihre Gemächer.

»Ich werde Euch immer dankbar sein, Niuhuru«, schluchzte Lan Kuei.

»Ihr habt geglaubt, daß ich nichts unternehmen würde«, erwiderte Niuhuru sanft.

Lan Kuei lächelte; sie waren jetzt rangmäßig gleichgestellt. »Ich war tatsächlich schon verzweifelt...« Sie kniete vor ihrem verwirrten Sohn nieder. »Aber jetzt ist alles gut, solange wir ein wachsames Auge auf Prinz Hui und Prinz Suchun haben. Wo, glaubt Ihr, sind die beiden jetzt?«

Lo Ju antwortete ihr. »Prinz Hui hat die erste Sitzung des Regentschaftsrates einberufen, Majestät.«

Es dauerte einen Moment, bis Lan Kuei klarwurde, daß er sie damit meinte! »Jetzt schon? Warum hat man uns nichts mitgeteilt? Kommt; Ts'e-an, wir müssen hin.«

»Oh, Ts'e-hi, ich bin nicht in der Stimmung für eine solche Sitzung. Und es wird den alten Mann nur wütend machen, wenn wir kommen.«

»Das ist auch genau das, was ich beabsichtige«, sagte Lan Kuei energisch.

Also ging sie allein zu der Sitzung. Die Eunuchen an der Tür wichen zurück, und schon bald stand sie am Fuß des langen Tisches und funkelte die acht Männer, die dort saßen, wütend an. Sie sahen recht verlegen aus.

»Warum dringt Ihr hier ein, Majestät?« fragte Prinz Hui mit sanfter Stimme.

»Und warum sind weder die Kaiserin noch ich von dieser Sitzung benachrichtigt worden?« entgegnete Lan Kuei.

»Ist es nicht ungehörig für eine junge Frau, die noch nicht einmal dreißig Jahre alt ist, an einer solchen Sitzung teilzunehmen?« brummte Su-chun ungehalten.

»Ihr könnt keinerlei offizielle Anordnungen ohne mich treffen«, erwiderte Lan Kuei scharf.

»Wir hatten damit gerechnet, daß Ihre Majestät zu erschöpft und traurig sein würde«, sagte Prinz Hui spitz.

»Traurig bin ich wirklich«, stimmte Lan Kuei zu. »Aber ich kann trotzdem nicht vergessen, daß es meine Pflicht ist, die Interessen des neuen Kaisers zu wahren.« Sie sah einen nach dem anderen an. »Habt Ihr den neuen Rat gewählt?«

»So lauteten meine Anweisungen.«

»Ich bin sicher, daß seine Majestät nicht vorgehabt hat, seine eigenen Brüder auszuschließen. Was ist mit I Tsin, Prinz Kung? Oder mit I Huan, Prinz K'un?«

»Die Prinzen sind nicht hier«, erklärte Prinz Hui geduldig. »Aber es war nötig, sofort einen neuen Rat zu wählen; es gibt viel zu tun. Die Wahrsager müssen entscheiden, wann der richtige Zeitpunkt für die Überführung des verstorbenen Kaisers nach Peking ist. Außerdem müssen wir einen neuen Regentschaftsnamen finden. Das sind alles wichtige Angelegenheiten, Majestät.«

Lan Kuei nickte. »Dann sollten wir uns damit befassen.« Sie setzte sich. »Ich werde Ts'e-an über unsere Entscheidungen benachrichtigen.«

Tatsächlich kamen die Sitzungen des Rates recht gut voran, und die Stimmung war friedlich. Im Gegensatz zu Niuhuru, die selten teilnahm, war Lan Kuei jedesmal anwesend. Aber selbst sie hatte an den ersten Entscheidungen nichts auszusetzen. Die Wahrsager zogen ihre Almanache zu Rate und verkündeten, daß der verstorbene Kaiser in drei Monaten nach Peking gebracht werden könne. Lan Kuei fand das ausgesprochen ärgerlich, aber mit den Wahrsagern konnte man nicht rechten. Lan Kuei hatte Prinz Kung bereits geschrieben und ihn vom Tod seines Bruders in Kenntnis gesetzt; und davon, daß sie jetzt Kaiserinwitwe war. Jedenfalls konnte sie sicher sein, daß wenigstens die Hauptstadt in guten Händen war.

Auch an dem Regentschaftsnamen für ihren Sohn gab es nichts auszusetzen: er würde den Thron des Himmels als T'ung-chih mit dem zusätzlichen Namen K'i-hsiang – ›von den Vorzeichen begünstigtes Glück‹ besteigen. Der postume Titel des Hsien-feng lautete Wen Tsung Hsien Huang-ti.

Bald ging es nur noch darum, auf die Abreise zu warten, die nicht vor November stattfinden konnte. Lan Kuei konnte nur hoffen, daß das Wetter bis dahin nicht umschlagen würde. In der Zwischenzeit nahm sie ihre Liaison mit Jung-lu wieder auf, die weiterhin geheim bleiben mußte, da die Kaiserinwitwe sicher war, daß Su-chun sie beobachten ließ, um etwas zu finden, was er gegen sie verwenden könnte. Trotz des harmonischen Verlaufs der Sitzungen wußte sie, wie sehr Prinz Hui und sein Bruder sie haßten.

Sie schrieb Prinz Kung regelmäßig; seine Unterstützung war jetzt wichtiger denn je, denn die Entscheidungsschlacht mit seinen Onkeln würde unweigerlich kommen. Erfreulicherweise antwortete er ihr jedesmal. Die Regierungsgeschäfte waren zum völligen Stillstand gekommen, da das Land trauerte und der Regentschaftsrat sich viele Meilen von der Hauptstadt entfernt aufhielt. Selbst die Briten und Franzosen waren angesichts der altehrwürdigen chinesischen Traditionen machtlos. Der Vertrag, den Prinz Kung mit ihnen verhandelt hatte, war noch nicht ratifiziert.

Aber er würde eines Tages ratifiziert werden müssen, das wußte auch Lan Kuei. Sie würde diesen fremden Teufeln nie vergessen, daß sie den Yuan Ming Yuan geplündert und völlig zerstört hatten, aber im Augenblick war das Reich der Stärke der Barbaren hilflos ausgeliefert. Dennoch dachte sie bereits an die Zukunft. Sie träumte sogar davon, eine Flotte aufzubauen, die diese gierigen Fremden besiegen würde.

Aber zuerst mußten sie die T'ai p'ing besiegen. Von Ward hatte sie schon über ein Jahr nichts mehr gehört, seit er mit dem vom Kaiser unterschriebenen Auftrag aus Peking abgereist war. Entweder hatte der Amerikaner es nicht geschafft, die moderne Armee aufzubauen, von der er ihr vorgeschwärmt hatte. Oder aber er war gestorben oder hatte sich davongemacht. Das ganze Unternehmen war jedenfalls offensichtlich ein Fehlschlag gewesen.

Auch von Vizekönig Tseng Kuo-fan oder Marschall Li Hung-chang hörte man nichts. Der Jangtse hätte genausogut eine Million Meilen entfernt sein können.

Der Regent und sein Bruder schienen die T'ai p'ing für ein Übel zu halten, das von selbst verschwinden würde. Ähnlich dachten sie wohl über die Briten. In der Sicherheit der Mandschurei schwangen sie plötzlich wieder kriegerische Reden. Die Briten und Franzosen waren abgezogen; nur wenige Schiffe lagen noch im Golf von Chi-li, und nur eine kleine Garnison war vor Tientsin stationiert. Vielleicht würden die Barbaren des Wartens müde werden und nach Hause gehen.

»Und wenn nicht?« fragte Lan Kuei. »Was ist, wenn sie eine neue Armee gegen uns in den Kampf schicken? Dann werden sie sicher auch Peking zerstören.«

»Sie ist nichts weiter als ein kleines Mädchen, und sie will Männern vorschreiben, was sie tun sollen«, schimpfte Su-chun.

Das Wetter war ihnen nicht günstig, und die Herbstregenfälle setzten schon früh ein.

»Das wird eine beschwerliche Reise nach Peking werden«, meinte Jung-lu, »aber ich werde bei Euch sein, Ts'e-hi.«

Bei dem Gedanken fühlte sie sich gleich sicherer. Ihr Selbstvertrauen wuchs ohnehin von Tag zu Tag, je mehr sie ihre Gegner als impotente, alte Männer sah. Ganz sicher wußten sie von ihrem Verhältnis mit Jung-lu, aber sie wollten sie offensichtlich nicht herausfordern, da das gesamte Militär in Jehol unter Jung-lus Kommando stand. Sie behandelten Jung-lu sogar mit übertriebenem Respekt; als im späten Oktober die Nachricht eintraf, daß eine Karawane im Norden von Banditen überfallen worden war, trat Prinz Hui selbst an Lan Kuei heran und fragte sie, ob der Oberst nicht die Verfolgung aufnehmen sollte. Lan Kuei hatte keine Einwände; je mehr militärische Siege Jung-lu erzielen konnte, bevor sie nach Peking zurückkehrten, desto besser.

»In einer Woche werde ich wieder hier sein«, versprach er ihr. »Rechtzeitig, um Euch in den Süden zu begleiten.«

Sie stand am Fenster und sah zu, wie die Tatarenkavallerie aus dem Palast hinausritt.

Drei Tage später fand die nächste Sitzung des Rates statt. Niuhuru nahm wie gewöhnlich nicht teil.

»Die Wahrsager haben ihre Entscheidung revidiert«, verkündete Prinz Hui und lächelte die Kaiserinwitwe an. »Sie halten es für das Beste, wenn wir morgen nach Peking aufbrechen.«

»Das kann nicht sein«, widersprach Lan Kuei. »Das ist nicht der ursprünglich gewählte Termin.«

»Es ist kein genauer Termin bestimmt worden«, erklärte Su-chun. »Die Wahrsager hatten nur festgesetzt, daß wir drei Monate warten müssen.«

»Und diese drei Monate sind noch nicht vorbei.«

»Es sind aber bereits fast drei Monate«, sagte Su-chun. »Und die Wahrsager haben jetzt einen genauen Termin genannt.«

»Wir können nicht aufbrechen«, widersprach Lan Kuei beharrlich. »Über die Hälfte der kaiserlichen Garde und ihr Kommandant sind abwesend.«

»Was haben wir schon zu befürchten?« fragte Su-chun. »Auf unserem Hinweg brauchten wir wegen der Drohung der Barbaren eine starke Eskorte. Aber die Barbaren sind jetzt abgezogen. Die einzigen Banditen der Region werden gerade von Oberst Jung-lu gezüchtigt. Es ist schließlich nur eine Woche bis nach Peking. Er kann nachkommen, sobald er zurückgekehrt ist.«

Lan Kuei sah von einem Gesicht zum nächsten; hielten diese Männer sie wirklich für so dumm? »Ich kann den Kaiser einer solch gefährlichen Reise nicht aussetzen. Wir müssen warten, bis die Garde zurückkehrt.«

»Der Rat hat entschieden.«

»Aber es fehlen die Unterschriften von Ts'e-an und mir.«

»Ganz im Gegenteil, Ts'e-hi. Eure Unterschriften sind bereits vorhanden.« Er legte das Dokument auf den Tisch. »Vor zwei Monaten hat der Rat entschieden, den verstorbenen Kaiser an dem Tag, den die Wahrsager nennen, nach Peking zu bringen. Ts'e-an und Ihr selbst habt damals zugestimmt, und dieses Papier enthält beide Unterschriften. Jetzt haben die Wahrsager einen Tag genannt, nämlich morgen. Es gibt also keinen weiteren Grund für einen weiteren Beschluß.« Er lächelte. »Oder für weitere Unterschriften.«

Lan Kuei kochte vor Wut. Diese beiden lendenlahmen Männer hatten sie glatt überlistet. »Ihr habt die Wahrsager beeinflußt«, sagte sie scharf.

»Einen Prinzen der K'ing der Unehrlichkeit zu beschuldigen, bringt nur Schande über den Ankläger selbst«, sagte Prinz Hui selbst milde. Die anderen Mitglieder des Rates nickten.

Lan Kuei lief, so rasch sie konnte, zu Niuhuru. »Der Rat behauptet, daß die Wahrsager den morgigen Tag für unsere Abreise festgelegt haben.«

»Oh, das ist aber erfreulich«, sagte Niuhuru. »Dieses endlose Warten ist wirklich eine Qual.«

»Wir müssen uns weigern zu gehen.«

»Wie können wir das, wenn ein Tag genannt ist?«

»Ich glaube aber nicht, daß ein Tag genannt worden ist. Ich glaube, daß Prinz Hui die Wahrsager angewiesen hat, das zu sagen.« Lan Kuei kniete neben Niuhurus Stuhl nieder. »Hört mir zu. Der Regent hat vor, uns auf der Reise umzubringen. Ohne Jung-lu und ohne Zeugen kann alles Mögliche geschehen.«

»Ein kaiserlicher Prinz? Das kann ich mir nicht vorstellen«, sagte Niuhuru. »Ihr wollt nur nicht ohne Euren Liebhaber, Jung-lu, abreisen. Ich habe Gerüchte gehört.«

»Ich versuche, uns das Leben zu retten«, rief Lan Kuei verzweifelt. »Und das Leben meines Sohnes, des Kaisers.«

»Jetzt weiß ich, daß ihr wirklich wahnsinnig seid«, erklärte Niuhuru. »Wer würde es schon wagen, die Hand gegen den

Kaiser zu erheben? Wenn die Wahrsager einen Tag genannt haben, dann werden wir auch an diesem Tag aufbrechen. Der Kaiser wird mich begleiten.« Sie sah Lan Kuei entschlossen an. »Ihr könnt hierbleiben, wenn Ihr wollt, und die Rückkehr Eures Liebhabers abwarten.«

Lan Kuei stand vor der vielleicht wichtigsten Entscheidung ihres Lebens. Wie so viele ruhige Menschen konnte auch Niuhuru enorm dickköpfig sein. Und jetzt war sie zudem auch noch empört darüber, daß die ihr gleichgestellte Kaiserinwitwe ein Verhältnis mit einem Mann hatte. Sie war eine durch und durch gute Frau und daher in ihrer augenblicklichen Lage enorm gefährlich. Aber Lan Kuei wußte auch, daß es ihren Einfluß im Rat zu sehr gefährden würde, wenn sie zurückblieb.

Aber sie war sich sicher, daß sie in ihren Tod ging – wenn sie nicht sofort etwas unternahm. Also lief sie zurück in ihre Gemächer und befahl Lo Ju zu sich. »Ich möchte, daß du Jehol heimlich zu Pferde verläßt und der kaiserlichen Garde nachreitest.« Lo Ju schluckte. Er war schon recht alt. »Es geht um Leben und Tod«, sagte ihm Lan Kuei. »Für uns alle. Wenn du Oberst Jung-lu eingeholt hast, sag ihm, daß man mich zwingt, Jehol ohne ihn zu verlassen und nach Peking zu reisen. Sag ihm, daß er die Verfolgung der Banditen sofort aufgeben und so schnell wie möglich zu uns stoßen soll. Sag ihm, daß mein Leben und das des Kaisers auf dem Spiel stehen.«

Jo Lu sah sie jetzt aus schreckgeweiteten Augen an. »Aber was, wenn ich zuerst auf die Banditen treffe?«

»Du mußt dein Bestes tun. Die Zukunft der Dynastie liegt in deinen Händen.«

Zum Klang der Hörner und Becken verließ der Trauerzug des Hsien-feng Kaisers Jehol. Da die gesamte Kavallerie mit Jung-lu in den Norden geritten war, blieben ihnen nur etwa hundert Bannersoldaten, die als Vorhut eingesetzt wurden. Es folgte der Wagen, auf dem die einbalsamierte Leiche des Kaisers lag. Er war umgeben von seinen persönlichen Eunuchen, angeführt von Te An-wah.

Als nächstes kam die Sänfte des neuen Kaisers, des Tung-chih, gefolgt von den Kaiserinwitwen. Aus Respekt vor dem toten Monarchen gingen sie zu Fuß, obwohl der Regen die Straßen in eine schlammige Masse verwandelt hatte. Hinter ihnen wurde die sechsjährige Prinzessin Jung-an wie ihr Bruder in einer allerdings offenen Sänfte getragen. Es folgten die Eunuchen der Kaiserinwitwe und die Konkubinen, schließlich die Vorratswagen und der Regentschaftsrat mit Prinz Hui und Prinz Su-chun an der Spitze. Hinter ihnen befanden sich die restlichen Vorratswagen. Die Nachhut bildete wieder ein kleines Kontingent von Bannersoldaten – weniger als die Hälfte, die die Hinreise nach Norden angetreten hatten. Lan Kuei fand es besonders besorgniserregend, daß der Platz der Prinzen nicht neben ihrem Großneffen war.

Es regnete unablässig, wenn auch nur leicht. Die Eunuchen hielten Regenschirme über die Köpfe der Kaiserinwitwen und der Ehrenwerten Personen unter den Konkubinen, aber auch sie konnten nicht verhindern, daß ihre feinen Kleider und aufwendigen Kopfbedeckungen mehr und mehr aufweichten, und es gab schon gar keinen Weg, die erlesenen, juwelenbesetzten Schuhe vor dem Schlamm zu schützen. Wann immer sie hielten, wechselten Niuhuru, Lan Kuei und Jung-an ihre Kleider, aber nur Minuten später waren sie bereits wieder völlig durchnäßt. Nur der T'ung-chih in seiner geschlossenen Sänfte und sein Vater in seinem Sarg blieben trocken. Der kleine Junge war vollkommen durcheinander und weinte ununterbrochen.

Die Prozession war mit Tagesanbruch aufgebrochen; mittags war der Himmel keineswegs heller, und durch den Regen war die Sichtweite auf eine halbe Meile begrenzt. Lan Kuei spähte angestrengt in den Nebel hinein in der Hoffnung, Jung-lu zu entdecken. Aber Lo Ju war schließlich erst wenige Stunden zuvor losgeritten.

Niuhuru hatte aufgehört, mit ihr zu sprechen, und als sie über Nacht Rast machten und ihr Nachtmahl einnahmen, saßen sie schweigend nebeneinander. Zumindest in ihren Zelten war es trocken, und die Eunuchen hatten ihnen Feldbetten aufgestellt. Aber der T'ung-chih war weiterhin untröstlich; er schlief, jammerte und nieste abwechselnd. Lan Kuei lag wach auf ihrem Lager und lauschte dem Trommeln des Regens auf der Zeltplane. Oh, wenn doch nur Jung-lu jetzt bei ihr wäre!

Der zweite Tag war nicht besser als der erste, und nun begann einiges schiefzugehen. Die Vorhut verschwand dauernd im Nebel und mußte mit Hilfe der Hörner wieder zurückgerufen werden. Der Sargwagen versank im Schlamm und mußte ausgegraben werden, wobei die Leiche des Kaisers außerordentlich unsanft hin- und hergeworfen wurde.

Der Zug wurde immer langsamer, und die Lücken zwischen den verschiedenen Abteilungen vergrößerten sich zusehends. Aber Te An-wah trieb die kaiserlichen Eunuchen zur Eile an und bestand darauf, daß sie den Anschluß an die Vorhut nicht verloren.

Als die Kaiserinnen schließlich für ihr Mittagsmahl anhielten, war der Rest des Zuges außer Sichtweite. Und auch sonst kam niemand in der Pause zu ihnen.

»Ich glaube, wir sollten warten, bis sie aufgeschlossen haben«, brach Lan Kuei das Schweigen.

»In diesem Wetter können wir keine Verzögerung in Kauf nehmen, Ts'e-hi«, sagte Te An-wah. »Wir müssen Peking erreichen, bevor der Sohn des Himmels krank wird. Wovor habt Ihr denn Angst?« er zeigte auf die Vorhut von Bannersoldaten, die nicht weit von ihnen Rast machten.

Lan Kuei seufzte, und sie brachen wieder auf. Sie zogen jetzt durch eine Landschaft aus sanften Hügeln und Tälern. Die häufigen Bäche machten ihnen Schwierigkeiten und verursachten weitere Verzögerungen. Aber Te An-wahs Eunuchen trieben die Maultiere vor den Wagen an und drängten weiter zur Eile.

»Wir müssen langsamer gehen«, bat Lan Kuei wieder.

»Was für ein Unsinn!« entgegnete Niuhuru. »Wollt Ihr denn unseren Sohn diesem ungesunden feuchten Wetter auch nur einen Moment länger aussetzen als nötig?«

»Majestät hat recht«, sagte Te An-wah. »Heute nacht werden wir im Schatten der Großen Mauer unser Lager aufschlagen.«

Lan Kuei hätte vor Entsetzen am liebsten aufgeschrien.

Als der Regen stärker wurde, konnten sie kaum mehr die Hand vor Augen sehen. Wieder einmal war die Vorhut verschwunden. Dann gabelte sich die Straße. Ohne zu zögern bog Te An-wah nach links ab.

»Wir müssen nach rechts«, protestierte Lan Kuei.

»Das stimmt nicht, Ts'e-hi«, widersprach Te An-wah. »Ich kenne diese Straße.«

»Ich weiß noch genau, wie wir hergekommen sind«, sagte Lan Kuei beharrlich.

»Wir müssen den Bannersoldaten folgen«, sagte Te An-wah. »Sie sind nach links gegangen. Ihr könnt ihre Spuren sehen.«

Da waren eine ganze Menge Spuren am Boden, aber sie schienen in beide Richtungen zu führen.

»Ich bin sicher, daß Te An-wah den Weg kennt«, sagte Niuhuru verärgert. »Laßt uns weitergehen.«

Wieder mußte Lan Kuei sich ihrer Entscheidung beugen. Sie waren ungefähr eine weitere Stunde gegangen, als sie plötzlich ein ungewöhnliches Geräusch vernahm. Sie sah nach links und nach rechts, konnte jedoch nichts erkennen. Sie drehte sich um und starrte angestrengt in die Nebelwand hinter sich. Vor kurzem hatten sie einen besonders schlammigen Hohlweg zwischen zwei Hügeln betreten. Sie spürte einen plötzlichen Anfall von Panik und packte Niuhurus Arm.

»Wir sind verloren!«

Niuhuru sah sie ärgerlich an. »Aber natürlich nicht.«

»Wo sind dann die anderen?«

»Wir können sie in diesem Nebel nur nicht sehen. Sie werden jeden Augenblick hier sein. Bitte, da sind sie schon.«

In dem dichten Nebel sah Lan Kuei die schattenhaften Umrisse von Reitern. Aber beim Trauerzug hatte es keine Reiter gegeben.

Einen kurzen, herrlichen Augenblick lang glaubte Lan Kuei, es wären Jung-lus Männer, aber dann sah sie, daß es keine Bannersoldaten waren. Sie fuhr herum in der unsinnigen Hoffnung, daß sie dort die Vorhut des Trauerzuges entdecken würde, aber es bestand jetzt kein Zweifel mehr, daß sie die andere Straße genommen hatten. Sie und Niuhuru waren völlig allein, bis auf die Leiche des Kaisers, den neuen Kaiser, die junge Prinzessin und elf Eunuchen. Genauso mußten Prinz Hui und Prinz Su-chun es geplant haben.

»Wer sind diese Leute?« fragte Niuhuru.

»Unsere Mörder. Wovor ich Euch gewarnt habe, ist eingetroffen«, sagte Lan Kuei bitter.

»Ihr seid wahnsinnig ...« Niuhurus Stimme wurde immer leiser, als sich ein Teil der Reiter zu beiden Seiten des Zuges verteilten. Der Rest blieb dahinter. »Wo ist unsere Eskorte?«

Die Eunuchen auf den Wagen hielten die Maultiere an. Die Träger stellten die Sänfte mit dem jungen Kaiser ab. Alle sahen Niuhuru fragend an, die jetzt endlich die Gefahr erkannte.

»Was sollen wir tun?« jammerte sie.

Lan Kuei stellte sich direkt neben T'ung-chihs Sänfte. Sie beobachtete einen der Banditen, offensichtlich der Anführer, der sein Pferd von den anderen wegführte und abstieg. Er trug einen dicken Schnurrbart und war gut gebaut. Ein Schwert sowie Pfeil und Bogen waren seine Bewaffnung. Sein Gesicht war das härteste und grausamste, das Lan Kuei je erblickt hatte. Als er sie ansah, begannen ihr die Knie zu zittern.

Er stand neben dem Wagen und starrte auf den Sarg des toten Kaisers. Dann ging er zu Lan Kuei und Niuhuru und lächelte Prinzessin Jung-an an, die aus ihrer Sänfte herausgestiegen war. Als er Lan Kuei anlächelte, stieg die Schwäche aus ihren Knien bis in ihren Magen hinauf.

»Verehrte Damen«, sagte er.

Niuhuru klammerte sich ängstlich an Lan Kueis Arm. Aber Lan Kuei beschloß, daß sie sich nicht unterwerfen würde, auch wenn sie sterben mußte.

»Wie könnt Ihr es wagen, Eurem Kaiser so gegenüberzutreten«, wetterte sie. »Auf die Knie, und macht gefälligst einen Kotau.«

Der Mann grinste wieder. »Die verehrten Damen haben ein ganz schönes Temperament.« Mittlerweile waren eine ganze Reihe von seinen Leuten abgestiegen, und sie umringten die beiden Frauen. Der T'ung-chih hatte geschlafen, aber jetzt war er wach und zog die Vorhänge seiner Sänfte beiseite. »Wer sind diese Leute?« fragte er ängstlich. »Warum knien sie nicht nieder?«

Der Anführer lachte brüllend. »Das macht er wirklich gut. Los, auf die Knie vor dem Sohn des Himmels.«

Die restlichen Banditen waren jetzt ebenfalls abgestiegen und knieten feierlich nieder. Niuhuru ließ Lan Kueis Arm los.

Die Banditen standen auf.

»Tötet diese Kreaturen.« Der Anführer zeigte auf die Eunuchen.

»Ihr könnt mich nicht umbringen«, protestierte Te An-wah. »Ich diene dem Prinzen Hui. Ich bin auf seine Anweisung hier.«

Niuhuru schnappte vor Empörung nach Luft über seinen Verrat.

Der Anführer lächelte immer noch. »Dann ist es wohl das Beste, wenn ihr zuerst sterbt«, sagte er. »Damit Ihr nicht auch noch Euren Prinzen verratet.«

Die Eunuchen schrien und versuchten davonzulaufen, aber die Banditen waren überall. Schwerter glänzten und Blut spritzte, als die Banditen ihnen rasch die Köpfe abschlugen. Niuhuru stieß einen erstickten Schrei aus und sank an der Sänfte des Kaisers entlang kraftlos zu Boden. Die Kinder beobachteten die Szene in tiefer Verwirrung.

»Und nun, verehrte Damen«, sagte der Anführer, »bevor wir Euch enthaupten, wollen wir ein bißchen Spaß mit Euch haben.« Er trat direkt auf Lan Kuei zu, streckte die Hand aus und schlug ihr den Hut vom Kopf herunter. Ihr Haar löste sich langsam. »Ihr werdet gut zu uns sein, sonst schneiden wir dem Jungen die Kehle durch.«

Lan Kuei schluckte ihre Panik hinunter und sagte: »Wenn ... wenn wir gut zu Euch sind, werdet Ihr ihn dann verschonen? Er ist Euer Kaiser.«

»Wir haben keinen Kaiser«, antwortete der Mann. »Wir sind frei wie der Wind, denn wir reiten mit dem Wind. Aber wenn ihr gut zu uns seid, dann darf der Junge hier sitzen bleiben und verhungern. Jetzt zeigt Euch.«

Lan Kuei holte tief Luft und legte ihren durchtränkten Umhang ab.

»Alles«, sagte der Anführer. »Ich möchte Euren Körper sehen.«

Niuhuru schluchzte, als Lan Kuei ihren Kasack auf den Boden warf. Sie wußte, daß sie die Nächste war.

»Mutter, warum zieht Ihr Euch aus?« fragte der junge Kaiser verblüfft.

Sie ignorierte ihn und wollte sich gerade die Bluse über den Kopf ziehen, als sie in der Entfernung Hörnersignale hörte. Sie machte einen Satz und packte T'ung-chih. »Lauf!« schrie sie. »Lauf Niuhuru!«

Die erstaunten Männer versuchten, sie einzufangen, aber ihre Bluse war zu glatt, und so konnte sie ihnen mit dem Jungen, den sie fest an sich preßte, ausweichen. Sie rannte zur äußeren Kante des Weges und sprang hinüber, ohne sich zu kümmern, was dahinter lag. Es war ein tosender, knietiefer Bach. Sie stürzte beinahe im Wasser, aber sie taumelte die wenigen Meter auf die andere Seite und kroch hinaus. Sie konnte hören, daß Niuhuru dicht hinter ihr war.

Sie schnappten keuchend nach Luft und sahen einander fassungslos an. Niuhurus Hut war heruntergefallen, und ihr regennasses Haar klebte auf ihren Schultern, aber sie hielt Jung-an sicher im Arm. Sie hörten die Rufe der Banditen, die sich jetzt dem bedrohlichen Donnern der Hufe zugewandt hatten, das immer näher kam.

»Schnell«, sagte Lan Kuei und trug T'ung-chih über das felsige, schlammige Gelände. Niuhuru stolperte mit der Prinzessin im Arm hinter ihr her. Als sie sich umsahen, konnte man die Straße kaum noch erkennen, aber sie hörten wiehernde Pferde, schreiende Männer, Schüsse und das Klirren der Schwerter. Lan Kuei trug den Jungen zu einer Gruppe von Felsen und stellte ihn unter ihrem Schutz wieder auf die Füße.

Niuhuru kroch zitternd neben sie. »Wer kämpft dort?«

»Das werden wir bald wissen«, erwiderte Lan Kuei, als sich die Schreie in Stöhnen und Winseln um Gnade verwandelten. Lan Kueis Herz klopfte wild. Dies waren vielleicht die letzten Augenblicke ihres Lebens – oder die ersten Augenblicke eines neuen Lebens.

»Majestät!« rief eine Stimme. — »Ts'e-hi – wo seid Ihr?«

»Jung-lu«, stöhnte Lan Kuei und stand auf.

Jung-lu selbst trug den jungen Kaiser zurück zur Straße. Dort warteten achtzehn der Banditen mit gefesselten Handgelenken. Die meisten waren verwundet, darunter auch ihr Anführer. Weitere zwölf lagen tot da.

»Es sind nur wenige entkommen«, stellte Jung-lu fest.

»Sie wollten uns von den anderen isolieren«, sagte Niuhuru. »Sie haben Hand an uns gelegt – an uns, die Kaiserinwitwen.«

»Dann werden sie sterben.«

»Nachdem sie kastriert worden sind«, sagte Lan Kuei entschieden. »Der Anführer zuletzt.«

Jung-lu erteilte entsprechende Befehle, und Lan Kuei sah eisern dabei zu, wie jeder Gefangene zuerst seiner Manneswürde beraubt und dann geköpft wurde. Die meisten nahmen es mit stoischer Ruhe hin; ihr Anführer grinste sogar. »Nur noch fünf Minuten, und ich hätte die Kaiserin nackt in meinen Armen gehalten«, stieß er hervor, als das Messer in sein Fleisch drang. Jung-lu selbst enthauptete ihn.

»Räumt die Leichen fort«, befahl anschließend Lan Kuei. »Werft sie in die Schlucht, so daß niemand sehen kann, was hier geschehen ist. Nur die Eunuchen laßt liegen.«

Jung-lu schien verwirrt. »Aber wo ist der Rest des Zuges, Majestät?«

»Seid Ihr auf Eurem Weg an niemandem vorübergekommen?« rief Niuhuru. Sie sah zurück in den Nebel.

»Sie müssen die andere Straße genommen haben wie die Bannersoldaten«, sagte Lan Kuei.

»Dann müssen wir ihnen folgen.«

»Nein«, sagte Lan Kuei. »Wir werden auf dieser Straße bleiben. Es ist entscheidend, daß wir nicht mit Prinz Hui zusammentreffen, bevor wir in Peking sind. Aber es ist ebenso wichtig, daß wir Peking vor ihnen erreichen.«

Jung-lus Reiter übernahmen den Wagen und trieben die Maultiere an. Lan Kuei hatte zwei Pferde der Banditen für Niuhuru und sich selbst ausgesucht. Der T'ung-chih ritt vor seiner Mutter; Jung-an saß vor Niuhuru.

»Es ist nicht korrekt. Daß wir neben der Leiche unseres Ehemannes herreiten und nicht zu Fuß gehen«, wandte Niuhuru ein. »Der Regentschaftsrat wird uns dafür kritisieren.«

Lan Kuei seufzte. Die arme Frau hatte immer noch nicht begriffen.

Zwei Tage später erreichten sie Peking. Es regnete immer noch. Lan Kuei gab Jung-lu Anweisungen, niemanden vorauszuschicken, der ihre Ankunft ankündigte. Sie deckten den Sarg des Hsien-feng ab und verbargen ihre Gesichter unter weiten Umhängen. Nur Jung-lu gab sich am Tor zu erkennen, und sie wurden eingelassen.

Eine Stunde später hörte sich Prinz Kung in der Verbotenen Stadt aufmerksam Lan Kueis Geschichte an. Als sie fertig war, sagte er: »Das sind schwere Anschuldigungen, die Ihr da gegen einen Prinzen der K'ing vorbringt, Ts'e-hi.«

»Wenn Ihr meinem Rat folgt, werdet Ihr schon bald den Beweis dafür haben.«

»Ich werde es tun. Aber wenn sich Eure Anschuldigungen als falsch herausstellen, dann habt Ihr in mir fortan einen Feind.«

»Und wenn sich herausstellt, daß ich recht habe?«

»Dann bleibe ich auch weiterhin Euer Freund und werde Euch unterstützen.«

Sie mußten nicht lange warten. Schon am nächsten Tag kamen vorausgesandte Reiter nach Peking mit den Berichten einer Katastrophe. Der Rest der Karawane erreichte mühsam am Nachmittag die Stadt. Alle waren erschöpft und in ihren Gesichtern stand das Entsetzen geschrieben. Prinz Hui und Prinz Su-chun gingen sofort in den Saal des Großen Rates, wo Prinz Kung mit seinem Bruder und mehreren hohen Mandarinen bereits auf sie wartete. Die Ankömmlinge schenkten dem Vorhang, hinter dem sich Lan Kuei und Niuhuru verborgen hatten, keine Beachtung. Lan Kuei war entschlossen, ihre Zukunft zu sichern.

»Onkel«, sagte Kung, »was muß ich da hören?«

Prinz Hui war noch immer naß und voller Schlamm. »Uns ist etwas Furchtbares widerfahren.« Er sank in einen Stuhl. Su-chun blieb neben ihm stehen.

»Wo ist die Leiche meines Bruders?« fragte Kung. »Wo ist der Kaiser? Wo sind die Kaiserinwitwen?«

»Überwältigt und umgebracht, fürchte ich. Wir haben uns in dem starken Regen und Nebel verloren. Wegen des schlechten Wetters habe ich angeordnet, daß wir die längere Straße nehmen, um die Hügel und Schluchten der kürzeren zu vermeiden. Ich habe angenommen, daß jeder meinem Befehl Folge leisten würde, aber offenbar müssen die Kaiserinwitwen die kürzere Straße genommen und meine Wünsche ignoriert haben. Wir haben es erst spät am Tag gemerkt, als die Bannersoldaten der Vorhut uns mitgeteilt haben, daß der Kaiser und die Kaiserin spurlos verschwunden seien. Ihr könnt Euch vorstellen, wie besorgt wir waren. Ich habe sofort Männer ausgesandt, sie zu suchen. Wir haben den Wagen und Blutspuren gefunden. Die Eunuchen sind alle umgebracht worden. Wir haben Spuren von vielen Pferden gefunden. Aber von den Kaiserinnen und dem Kaiser war nichts zu entdecken. Sie müssen von Banditen verschleppt worden sein.«

»Ihr habt sie ohne entsprechenden Geleitschutz diese Straße nehmen lassen?« fragte Prinz Kung leise.

»Sie hatten Geleitschutz, aber die Soldaten waren vor ihnen. Und die Kaiserinnen haben die falsche Straße genommen«, sagte Prinz Hui ungeduldig. »Wir hatten nicht genug Soldaten. Die Banditen plünderten in der Gegend um Jehol, und ich sah mich gezwungen, Oberst Jung-lu zu ihrer Verfolgung auszuschicken. Er war noch nicht zurück, als wir aufgebrochen sind.«

»Ihr habt Jehol ohne angemessene Eskorte verlassen?«

»Wir haben Jehol an dem Tag verlassen, den die Wahrsager festgesetzt haben«, erwiderte Prinz Hui. »Aber mit welchem

Recht kritisiert Ihr meine Entscheidungen? Der Kaiser hat mich selbst zum Regenten ernannt. Wir haben einen schweren Verlust erlitten, aber die Regierungsgeschäfte müssen trotzdem weitergeführt werden. Ich werde eine Erklärung an das Volk verfassen. Ich werde die Regierungsgewalt solange übernehmen, bis ein neuer Kaiser gewählt werden kann.«

Er sah Prinz Kung verärgert an. Die Mandarine traten unruhig von einem Fuß auf den anderen. Eine solche Situation war bisher noch nicht dagewesen.

»Damit braucht Ihr Euch im Augenblick nicht zu befassen, Onkel«, sagte Kung schließlich. »Ich habe gute Neuigkeiten.«

Auf ein Signal hin öffneten die wartenden Eunuchen den Vorhang. Prinz Hui traten die Augen aus den Höhlen, als er den jungen Kaiser, Lan Kuei und Niuhuru sah. Er rang nach Luft und fiel nach hinten in den Stuhl zurück. Die Mandarine sanken auf die Knie und schlugen mit den Köpfen in der Eile hörbar auf den Boden. Su-chun folgte ihrem Beispiel.

»Wie Ihr seht, haben wir es fertiggebracht, den Überfall der Banditen zu überleben, mein Gebieter Prinz«, sagte Lan Kuei. »Alle Eure Eunuchen sind getötet worden – auch euer Diener Te An-wah. Obwohl er vorher noch gestanden hat, daß er uns auf Eure Anweisung hin in die Irre geführt hat.«

Prinz Hui schien unfähig, zusammenhängende Sätze zu formen, aber Su-chun erholte sich rascher. Er sprang auf. »Keiner unserer Diener war bei Euch, Ts'e-hi. Ihr lügt.«

»Ich habe auch gehört, was der Eunuch gesagt hat«, sagte Niuhuru leise.

Su-chun schluckte. »Ich bin sicher, daß Ihr Euch irrt, Ts'e-an.«

»Und ich habe auch gehört, was der Mann gesagt hat«, piepste jetzt der T'ung-chih. Alle starrten ihn entgeistert an.

Lan Kuei wußte nicht, ob er wirklich etwas gehört hatte, aber sie hatte ihm beigebracht, es zu sagen. Su-chun konnte den kleinen Jungen nur anstarren. Sein Mund öffnete und schloß sich wie bei einem Fisch. Noch nicht einmal er konnte den Kaiser der Lüge beschuldigen.

»Ihr seid beide des Hochverrats angeklagt, da Ihr versucht habt, den Kaiser ermorden zu lassen«, sagte jetzt Kung. Er wandte sich den Mandarinen zu, die alle nickten wie ein Mann.

Prinz Hui setzte sich auf. »Es war der Plan meines Bruders«, jammerte er schrill. »Ich bin ein alter Mann. Ich wollte China nur als Regent regieren.«

Su-chun starrte seinen Halbbruder fassungslos an.

Prinz Kung winkte die Männer aus Jung-lus Garde herbei, die sich leise im Vorraum versammelt hatten. »Diese Männer stehen unter Hausarrest, bis über ihr Urteil entschieden ist.«

»Ich habe die Angelegenheit mit den Mandarinen besprochen«, sagte Prinz Kung. »Sie stimmen mir zu, daß die Krise so ruhig wie möglich beendet werden muß. Ich habe befohlen, daß beide noch heute nacht das seidene Seil erhalten.«

»Nein«, sagte Lan Kuei.

Kung war überrascht. »Wünscht Ihr denn nicht ihren Tod, Ts'e-hi?«

»Doch, das schon. Und für Euren Onkel ist das Seil angemessen; er ist ein alter Mann. Aber Su-chun muß enthauptet werden.«

Kung sah sie überrascht an. »Er ist eigentlich kein Prinz«, sagte Lan Kuei. »Und er ist ein elender Schurke, der mich haßt. Er hat mich gehaßt, solange ich denken kann.«

»Aber Su-chun kann nicht hingerichtet werden, ohne daß ihn der Regentschaftsrat dazu verurteilt«, erklärte Kung.

»Dann beruft den Rat ein«, sagte Lan Kuei scharf. »Ihr werdet Prinz Hui ersetzen. Und Prinz K'un wird Su-chun ersetzen.«

Kung hob die Augenbrauen. Obwohl K'un sein Bruder war, schien er sich für Regierungsgeschäfte nie wirklich interessiert zu haben. »Jeder kaiserliche Prinz muß Mitglied des Rates sein«, sagte Lan Kuei. »Beruft den Rat ein, verurteilt Su-chun und laßt das Urteil vollstrecken.«

Kung zögerte, dann verbeugte er sich und ging hinaus.

Lan Kuei betrachtete durchs Fenster die Hinrichtung, die in einem der Innenhöfe der Verbotenen Stadt vollstreckt wurde. Der Kaiser stand neben ihr, aber Niuhuru hatte sich entschuldigt.

Su-chun zeigte auch im Tod keine Würde. Er stieß wüste Beschimpfungen aus und wehrte sich gegen seine Wächter. Lan Kuei lächelte, als sein Kopf in den Staub rollte. Sie nahm die Hand des T'ung-chih.

»Jetzt bist du wirklich Kaiser«, sagte sie. »Und ich bin deine Mutter.«

17

DIE IMMER-SIEGREICHE ARMEE

James Barrington wachte auf, als der Morgenappell ertönte. Auf diese Weise erwachte er seit Monaten. Um ihn herum herrschte bereits geschäftiges Treiben im Lager. Chang Tsin brachte ihm eine Schale mit warmem Wasser, damit James sich rasieren konnte. Schon bald war es Zeit, die anderen Offiziere zu treffen und mit dem morgendlichen Exerzierprogramm anzufangen. Wards rechte Hand, Henry Burgevine, wartete schon auf ihn. Er war ein großer, schwerer Mann mit einem Walroßschnurrbart, der den reichen Anglochinesen nicht besonders mochte, der das Ganze offenbar als Hobby betrieb. Aber James war vom General akzeptiert worden, und selbst Burgevine war Frederick Ward ehrfürchtig ergeben.

Es war Wards Energie, die seine Untergebenen so beeindruckten. Vom Morgengrauen bis Sonnenuntergang führte er seine Exerzierübungen durch und erlaubte nur ganz kurze Pausen für die Mahlzeiten. Seine Zähigkeit, sowohl in physischer als auch in psychischer Hinsicht, war erstaunlich; er löste jedes Problem im Handumdrehen. Aber er konnte auch unglaublich ungeduldig sein, nicht nur mit den neuen Rekruten, sondern auch mit Li Hung-chang, der sie mit Waffen und Munition ausrüstete. Er hatte zwei Batterien Artillerie beschaffen können, und diese standen unter James Kommando. An Kavallerie gab es nur eine einzige Schwadron, aber Ward gab zu, daß er sich mit berittenen Truppen nicht gut genug auskannte, und so wurden sie hauptsächlich als Kundschafter eingesetzt. Sogar Uniformen hatte er für seinen gemischten Haufen organisieren können; zusätzlich zu den Chinesen hatte er im Hafen von Schanghai Engländer, Franzosen und Amerikaner rekrutiert. Jetzt trugen sie alle blaue Röcke über weißen Hosen, Gamaschen und Stiefel und blaue Kappen.

Seine geduldigen Vorbereitungen waren nicht nur von Lis Offizieren kritisiert worden, sondern auch von den britischen

Beobachtern. Trotzdem hatte Li Wards kaiserlichen Auftrag anerkannt und vertraute dem jungen Amerikaner.

Jetzt war die Brigade endlich bereit, in den Krieg zu ziehen, sobald die schweren Regenfälle nachließen; und das hatte sich in den letzten Tagen schon abgezeichnet.

Ward dachte schon weit an die Zukunft. »Wir werden die T'ai p'ing nur vernichten, wenn wir ihre Städte erobern können. Ich glaube nicht, daß diese Feldgeschütze viel gegen die Steinmauern ausrichten können. Wir brauchen einen Ingenieur.«

»Die Briten haben Ingenieure«, sagte James. »Letztes Jahr habe ich einen getroffen. Einen Mann namens Gordon. Das war beim Yuan Ming Yuan. Wenn Ihr ihn ansprecht, erklärt er sich vielleicht bereit, mit Euch zu kämpfen.«

»Nur, wenn die Briten ihn dafür abkommandieren«, gab Burgevine zu bedenken.

»Nun, warum finden wir das nicht heraus?« sagte Ward. »James, bitte schreibt einen Brief und laßt ihn von Marschall Li unterzeichnen.«

James war der Aufforderung sofort gefolgt, aber sie hatten noch immer keine Antwort, als sie einen ersten Vorgeschmack des Krieges erhielten. Das Wetter war jetzt entschieden besser, und Ward traf Vorbereitungen, eine Aufklärungstruppe zu den T'ai p'ing nach Tzeki zu schicken, als er erfuhr, daß sie bereits zu ihnen unterwegs waren. Sie hatten Chin-kiang bereits in ihrer Gewalt und suchten jetzt entlang des Großen Kanals nach Verpflegung, da sie die restliche Landschaft kahl gefressen hatten. Bisher hatten sie sich nicht weiter flußabwärts getraut als Tzeki, da sie vor den Briten Angst hatten, aber jetzt hieß es, daß ein großes Troß der Rebellen in Richtung Schanghai marschierte.

»Seht an«, sagte Ward. »Unsere Feuertaufe, Oberst Burgevine. Bereitet den Abmarsch vor.«

Li Hung-chang war dagegen. Die Nachricht, daß die T'ai p'ing im Anmarsch waren, hatte in seiner Armee eine Panik ausgelöst. »Wir müssen uns darauf vorbereiten, die Stadt zu verteidigen«, erklärte er. »Ihr werdet mit Eurer Brigade in die Stadt ziehen, General Ward.«

»Meine Männer sind keine Garnisonstruppen«, protestierte Ward. »Sie haben nur gelernt, anzugreifen.«

»General, wenn Schanghai fallen sollte ...«

»Die schnellste Art, das herbeizuführen, ist eure: die Männer auf die Mauern zu stellen und zu warten. So haben die T'ai p'ing schon viele Siege errungen – einfach, weil die anderen immer in der Defensive waren.«

»Aber es sind zu viele für uns, um sie anzugreifen«, widersprach Li.

»Je mehr es sind, desto größer ist unser Ziel«, beruhigte ihn Ward.

Schließlich gab Li doch nach. Ward konnte seine Vorbereitungen treffen. Er schickte seine kleine Kavallerieeinheit unter dem Kommando von Hauptmann Feng-chan, dem verläßlichsten seiner Mandschu-Offiziere, die Stellungen des Feindes auszukundschaften. Kurz darauf marschierten Wards übrige Einheiten ab und folgten der Kavallerie; in der Nacht schlugen sie ihr Lager im Schatten eines niedrigen Hügels auf.

Ward, Burgevine und James Barrington bestiegen Pferde und ritten den Hügel hinauf, von wo aus sie eine weite Ebene übersehen konnten. Zu ihrer Rechten lag der Fluß; das Land zu ihrer Linken war völlig gleichförmig: in der Hauptsache waren es Reisfelder, durch die dieselbe Straße führte, auf der sie am Tag marschiert waren.

James mußte plötzlich an die Geschichte denken, die sein Großvater ihm erzählt hatte, als er noch ein kleiner Junge gewesen war: wie Cheng Ji und die Armee der Weißen Lotosblüte mit den Bannertruppen gekämpft und vernichtend geschlagen worden waren. Es mußte genau so eine Ebene gewesen sein, nur nördlich des Flusses hatte sie gelegen.

Aber Ward war vollkommen ruhig. »Dies ist die richtige Stelle, um sie aufzuhalten«, sagte er entschieden.

Am Nachmittag kam die Kavallerie in heller Aufregung zurück. Sie waren auf die T'ai p'ing getroffen, und es hatte einen kurzen Schußwechsel gegeben, bevor sie davongaloppiert waren.

»Wie viele sind es?« fragte Ward.

Feng-chan breitete die Arme aus. »Schwer zu sagen, Sir. Nicht weniger als dreißigtausend.«

Burgevine pfiff leise.

Auch diese Neuigkeit konnte Ward nicht erschüttern. »Wie weit entfernt?«

»Vor Mitternacht werden sie nicht hiersein.«

»Das ist ideal«, sagte Ward. »Die Männer sollen die Pferde tränken und sich ausruhen, Hauptmann. Haltet Euch gegen Mitternacht bereit. Und jetzt, Barrington, ich möchte, daß ihr Eure Kanonen auf die Anhöhe bringt, und zwar auf die andere Seite, damit die T'ai p'ing sie vor dem Kampf nicht sehen können. Wenn ihr sie dort plaziert habt, bringt eine Markierung eine Meile weiter auf der Straße an und richtet die Geschütze darauf ein, so daß wir auch im Dunkeln feuern können. Habt Ihr verstanden?«

James nickte und begann sofort mit der Arbeit. Als sie die letzte Kanone an ihren Platz gebracht hatten, war die Dunkelheit bereits hereingebrochen. Alle Geschütze waren sorgfältig auf die Meilenmarkierung eingerichtet. In der Zwischenzeit hatte Ward die Männer auf die andere Seite des Hügels gebracht, so daß man sie von Westen aus nicht sehen konnte. Die Männer waren alle gut ausgeruht und nahmen ihre Abendmahlzeit ein.

»Soll ich die Maultiere bereithalten, falls wir schnell abziehen müssen?« fragte Burgevine.

»Nein«, antwortete Ward. »Wir werden nicht abziehen.«

James schlief neben seinen Geschützen, und er wurde wach, als er den großen Lärm in der Ferne hörte. Seine Männer sprangen sofort auf und nahmen ihre Plätze ein. Er sah durch ein Fernglas. Es würde schon bald hell werden, und Feng-chans Kavallerie kam im Galopp zurück.

Ward kam zu ihm. »Drei Meilen«, sagte er. »Haltet Euch bereit zu schießen, sobald sie die Markierung erreicht haben.«

James wischte sich den Schweiß von der Stirn. »Das ist erst meine zweite Schlacht«, gestand er. »Und die erste ist nicht sehr gut verlaufen.«

Ward grinste. »Wenn es Euch hilft, dies ist meine *erste*.«

James sah ihn überrascht an, aber der junge Amerikaner fuhr fort: »Ihr werdet solange auf die Markierung schießen, bis wir etwa dreihundert Meter davon entfernt sind. Dann werdet Ihr das Feuer auf die konzentrieren, die weiterhin vorrücken.«

James war sich nicht sicher, daß er richtig gehört hatte. »Ihr wollt sie mit der Brigade dort angreifen?«

Ward klopfte ihm auf die Schulter. »Ich habe schon Marschall Li gesagt, habt Ihr das vergessen, daß meine Männer nicht zur Verteidigung ausgebildet sind.«

Als Ward zu seinen Männern ging, sah James noch einmal in westliche Richtung. Neben ihm wurde Chang Tsin immer nervöser – aus gutem Grund. Das Ganze war das reinste Himmelfahrtskommando. Der Instinkt sagte James, daß sie den Hügel verteidigen sollten. Mit Wards Disziplin und den Geschützen hätten sie das sogar schaffen können. Aber mit der Brigade in die Ebene hinunterzureiten, und den Feind, der zehn zu eins in der Übermacht war, anzugreifen ... Er hob das Fernglas. Was er sah, erinnerte an den Jangtse bei Hochwasser. Die T'ai p'ing wälzten sich den Fluß entlang, und ihre Schwerter blitzten im ersten Licht des Morgens auf.

Jetzt erreichten sie die Markierung, und Ward war mit seinen Männern bereits unterwegs den Hügel hinunter.

»Feuer!« rief Barrington, und die zwölf Kanonen donnerten, daß die Erde unter ihnen bebte. »Laden!« brüllte er.

»Feuer!«

Die Schützen waren ausgezeichnet ausgebildet wie alle in dieser ungewöhnlichen kleinen Armee. Das Donnern der ersten Salve war noch nicht verklungen, da war bereits die zweite unterwegs – und gleich darauf die dritte. Weißer Rauch stieg aus den Kanonenmündungen auf. James sah durch sein Fernglas: Überall lagen die bunten Haufen der Toten und Verwundeten. Aber der Hauptteil des feindlichen Heeres marschierte noch immer weiter vorwärts.

Es wurde langsam hell, und Barrington bekam plötzlich keine Luft mehr. Feng-chan hatte die T'ai p'ing auf dreißigtausend geschätzt, aber James war sich sicher, daß mindestens doppelt soviel dort unten waren; es war eine schier unglaubliche Menschenmasse, die ohne jede Disziplin vorwärts drängte und mit ihren Schwertern und Musketen wild herumfuchtelte. Sie breiteten sich jetzt zu beiden Seiten aus und wateten durch die Reisfelder, um die kleine Armee der blauweiß uniformierten Männer einzuschließen. Die hatten jetzt den Fuß des Hügels erreicht und marschierten die Straße entlang. Ihre Bajonette glänzten in der Sonne. Sie marschierten so ordentlich daher, als wären sie auf einer Parade. Ward war an ihrer Spitze deutlich zu erkennen. Die einzige Waffe, die er trug, war ein Stock.

James hielt den Atem an, als die T'ai p'ing die kleine Brigade jetzt vollständig eingekreist hatten; er konnte nicht mehr länger feuern, da er sonst vielleicht die eigenen Leute getroffen hätte. Aber während er noch zusah, bildeten die Männer ein perfektes Quadrat aus jeweils zwei Reihen, das sich auf beiden Seiten bis in die Reisfelder hinein erstreckte. Die erste Reihe kniete, die zweite hinter ihnen stand. Jeder Mann hielt sein Gewehr mit aufgepflanztem Bajonett im Anschlag. Ward ging ins Zentrum des Quadrats zu Burgevine.

Mit lautem Gebrüll griffen die T'ai p'ing jetzt an. Man hörte das Krachen der Salven, als die erste Reihe feuerte. Die T'ai p'ing wichen zurück, als die Kugeln überall in ihre dichtgedrängten Reihen einschlugen. Die erste Reihe der Brigade stand gleichzeitig auf und trat einen Schritt zurück, während die zweite Reihe sogleich ihren Platz einnahm und niederkniete. Wieder krachte es laut, und das Manöver wurde mit unbeirrbarer Präzision wiederholt. Zwar hatten die Musketen nur jeweils einen Schuß, aber durch das abwechselnde Feuer – das dank der vielen Stunden der Übung mit der Präzision eines Uhrwerks ablief – entstand keine einzige Pause. Die T'ai p'ing konnten diesem tödlichen Kugelhagel nicht länger widerstehen: die wenigen, die durchbrachen, trafen auf die tödliche Mauer aus Stahl.

Nach etwa zehn Minuten begannen die T'ai p'ing mit dem Rückzug. Hunderte Tote oder Sterbende blieben auf dem Boden zurück. Aber Ward hatte es sich zum Ziel gesetzt, auch die Moral der Männer zu zerstören. Wieder wurden die Manöver perfekt ausgeführt, und das Quadrat formte sich zu einer Phalanx aus funkelnden Bajonetten, die jetzt in einer absolut geraden Linie auf die feindlichen Generäle losmarschierten, während die T'ai p'ing-Soldaten noch keuchend nach Luft schnappten.

Die Offiziere der T'ai p'ing sahen, wie die Masse der Bajonette gnadenlos durch alles hindurchpflügte, was sich ihnen in den Weg stellte. Als Flankenschutz setzten Wards Männer weiterhin das Feuer fort, so daß von dort niemand eindringen konnte. Die Generäle der Rebellen rissen ihre Pferde herum und flohen, ihre Männer folgten ihnen.

»Jetzt, Hauptmann Feng-chan – das ist Eure Chance«, rief Barrington. Er sprang in den Sattel, zog sein Schwert und jagte im Galopp vor den zweihundert Reitern den Hügel hinunter. Unten angekommen brachten sie den fliehenden T'ai p'ing noch einmal schwere Verluste bei.

Einer der Generäle versuchte, seine Männer neu zu sammeln, aber die Reiter hatten sie schon erreicht und zerstreuten sie. Aber nicht bevor James und der General der Rebellen sich einen Augenblick lang gegenüberstanden. Sie starrten einander entgeistert an. Dann riß John Barrington sein Pferd herum und galoppierte davon.

»Ein großer Triumph! Ihr habt diesen Teufeln gezeigt, wozu wir imstande sind.« Burgevine trank den Wein in großen Schlucken.

Ward war erschöpft, aber glücklich. Sie hatten nicht mehr als eine Handvoll Männer verloren. »Es ist jedenfalls ein Anfang«, meinte er. »Aber vergeßt nicht, Gentlemen, man gewinnt einen Krieg nicht in einer Schlacht. Wir haben noch eine Menge vor uns. Sagt, Barrington, wann werden sie uns wohl endlich diesen Gordon überlassen?«

»Mr. Barrington.« Charles Gordon salutierte, als er vor dem Zelt des Kommandanten Haltung angenommen hatte. Die Brigade war jetzt dreißig Meilen weiter flußaufwärts von

Schanghai gezogen, aber Ward war immer nah am Wasser geblieben, und Gordon war mit einem Sampan gekommen.

»Seht an, es geschehen noch Zeichen und Wunder!« rief James. »Bin ich froh, Euch zu sehen, Captain. General Ward, erlaubt mir, Euch Captain Gordon der *Royal Engineers* vorzustellen.«

Die beiden Männer sahen sich einen Augenblick lang an, dann gaben sie sich die Hände.

»Bitte entschuldigt, daß ich keinen freundlicheren Empfang für Euch vorbereiten konnte, aber daß Ihr jetzt hier seid, ist das erste, was wir in dieser Angelegenheit überhaupt erfahren.«

Die Wege der Regierung ihrer Majestät sind oft mysteriös«, pflichtete Gordon bei. »Aber Ihr ... die Immer-Siegreiche Armee, so nennt man Euch.«

Ward grinste. »Auf elf Schlachten hin?«

»Elf Niederlagen für die T'ai p'ing.«

Ward wurde plötzlich ernst. »Das ist richtig. Im Feld können wir sie jederzeit schlagen. Selbst Lis Leute haben wieder mehr Zutrauen. Aber Hung und seine Männer aus ihren Städten zu vertreiben, das ist etwas ganz anderes. Das ist jetzt Eure Aufgabe, Charlie. Als erstes müssen wir Tzeki zurückerobern.«

Für Barrington waren die Ereignissen der letzten Woche wie ein Traum. Frederick Ward war anders als alle Männer, denen er bis jetzt begegnet war; er konnte mittlerweile gut verstehen, warum Joanna an ihm einen Narren gefressen hatte. Der Amerikaner schien unverwundbar zu sein; er hatte seine Brigade bereits elfmal mitten in die Horden der T'ai p'ing hineingeführt und nie auch nur einen Kratzer davongetragen. Ihre Verluste waren insgesamt sehr niedrig. Trotzdem trug Ward nie eine gefährlichere Waffe als seinen Stock, und er marschierte immer furchtlos allen voran, ohne sich um Deckung zu kümmern.

Sein Ruhm in ganz China war enorm und stand in keinem Verhältnis zu der Anzahl der Männer, die er tatsächlich führte. Li Hung-chang kommandierte jetzt eine Armee von ungefähr dreißigtausend Mann; Frederick Wards Brigade aber bestand weiterhin aus nur dreitausend Mann. Dennoch war er entscheidend für die K'ing-Streitkräfte. Wohin die Immer-Siegreiche Armee marschierte, folgte der Rest bereitwillig.

Der Angriff auf Tzeki wurde für den 20. August 1862 geplant. Sie belagerten die Stadt bereits seit zwei Wochen, in denen Gordon seine Schächte grub und James die Stadt mit der Artillerie bombardierte, die jetzt von den zahlreichen Batterien der Mandschu-Streitkräfte unterstützt wurden.

Am Morgen des Zwanzigsten sammelte sich die Brigade zum Hauptangriff. Lis Männer warteten als Reserve. Der Tag begann mit dem üblichen Bombardement. James beobachtete die Mauern durch sein Fernglas, während Chang Tsin neben ihm nervös auf- und abhüpfte. Die Kugeln rissen riesige Stücke aus den Mauern – aber die Verteidiger antworteten auf jede mit Verachtungsrufen und eigenem Kanonenfeuer. Sie waren sich der Katastrophe, die dort zu ihren Füßen lauerte, überhaupt nicht bewußt; der Eingang zum Schacht war so geschickt verborgen, daß die T'ai p'ing keine Ahnung von seiner Existenz hatten. Wenn sie auch vielleicht merkwürdige Geräusche unter der Erde gehört hatten, so beunruhigte sie das jedenfalls nicht, da sie mit jeder Form von Belagerung völlig unerfahren waren.

James sah, wie Gordon sich im Galopp näherte, gefolgt vom Rest der Ingenieure. Obwohl sie schlammverschmiert waren, sahen sie recht zufrieden aus; Gordon hatte sich ihre unerschütterliche Loyalität in den wenigen Tagen, die er jetzt hier war, verdient – wie Ward war er ein geborener Führer.

»Die Lunte ist angezündet«, sagte Gordon. »In zehn Minuten wird die Explosion stattfinden.«

James' Puls beschleunigte sich mit jeder Minute. Die Artillerie schoß weiter auf beiden Seiten, während die Mandschu-Armee bewegungslos verharrte und auf das Signal zum Angriff wartete.

Obwohl er so darauf vorbereitet war, überraschte ihn die Explosion doch. Sie schien aus dem Inneren der Erde emporzuschießen. Einer der Türme flog mit allen Mann, die darauf gestanden hatten, hoch in die Luft und brach auseinander. Wo er emporgeragt hatte, lagen Augenblicke später nur noch ein paar Trümmer.

Die T'ai p'ing stimmten jetzt ein ohrenbetäubendes Klagegeheul an; das Feuer ihrer Geschütze ließ nach. Barrington befahl seinerseits, das Feuer einzustellen, als er sah, wie Ward mit seinem Stock das Signal zum Angriff gab. Seine Brigade folgte ihm wie üblich in einer kompakten Masse.

Zu ihrer Linken marschierten jetzt auch Lis Männer mit Sturmleitern auf die Mauern zu. Sie würden die noch unzerstörten Mauern in Angriff nehmen, während Ward durch die Lücke hindurch in die Stadt eindrang.

Die Attacke lief mit der gewohnten Präzision ab – wie alle von Wards sorgfältig geplanten und penibel vorbereiteten Manöver. Durch ein Fernglas sah James, daß die Brigade der wenigen T'ai p'ing, die das Loch in der Mauer verteidigten, schnell Herr wurden und in die Stadt eindrangen. Etwa eine Stunde später wurde die Mandschu-Flagge über der eroberten Stadt gehißt.

»Ich glaube, wir können jetzt hinuntergehen«, schlug Gordon vor.

Sie hatten erst die halbe Strecke bis zum jetzt offenen Haupttor zurückgelegt, als sie einen Reiter sahen, der im vollen Galopp auf sie zukam. Es war Feng-chan, der Veteran.

»Colonel Barrington«, keuchte er. »Captain Gordon ...« Tränen liefen ihm die Wangen hinunter.

James ahnte sofort, was passiert war. In jeder Schlacht, so genau sie auch vorher geplant war, geschah Unvorhersehbares. Er trieb sein Pferd an, und die Offiziere folgten ihm. Sie ritten auf die Lücke zu. James sprang aus dem Sattel und stolperte durch die Trümmer. Er erstarrte, als er Ward umgeben von seinen gramgebeugten Männern auf den Steinen liegen sah.

Wards lächelte ihn müde an. »Eine verirrte Kugel«, sagte er. Er atmete angestrengt, und aus seinem Mund lief schaumiges Blut. »Da habe ich eben einmal Pech gehabt.«

»Wir bringen Euch nach Schanghai«, sagte James.

Ward sah seine Soldaten an. Ihre Gesichter waren Masken des Schmerzes. »Diese Männer hier wissen nicht, wie man lügt, James. Es ist vorbei. Verdammt! Ich wollte die Flagge über Nanking sehen.«

»Das werdet Ihr auch«, versprach James.

»Ihr werdet mit Hung abrechnen«, murmelte Ward. »Und mit diesem Onkel von Euch. Und sagt Joanna ... danke. Ohne sie wäre das alles nicht möglich gewesen.« Sein Kopf fiel zurück, aber er hob ihn noch einmal. »Sagt, James, werde ich in die Geschichtsbücher eingehen?«

»Das seid Ihr bereits«, sagte James.

»Das wird Dad gefallen«, sagte Ward und schloß die Augen.

James kehrte zum Lager zurück, wo die Flagge auf halbmast hing. Sie hatten Tzeki erobert, aber niemand freute sich über diesen größten ihrer Siege – denn niemand wußte, wie es jetzt weitergehen sollte.

James hörte Schritte und sah hoch. Feng-chan stand dort.

»Burgevine ist fort«, sagte der Mandschu.

»Wohin?«

»Man hat ihn in westlicher Richtung davonreiten sehen. Er ist zu Hung gegangen.«

James sprang in den Sattel und teilte es Li Hung-chang mit.

»Wer wird das Kommando über die Brigade übernehmen?«

»Ich weiß es nicht, Barrington. Vielleicht müssen wir sie auflösen.«

»Das darf auf keinen Fall geschehen, Marschall Li. Ihr wißt genauso gut wie ich, daß die Immer-Siegreiche Armee unsere einzige Chance ist, die T'ai p'ing zu besiegen.«

»Der Vizekönig selbst ist auf dem Weg hierher«, sagte Li.

»Er wird uns sagen, was wir tun sollen.«

»Wir müssen General Wards Brigade selbstverständlich solange am Leben erhalten, bis wir die T'ai p'ing endgültig besiegt haben«, verkündete Tseng Kuo-fan. »Ich werde Prinz Kung nach Peking schreiben und es ihm erklären. Aber wer wird jetzt das Kommando übernehmen, wo General Ward tot und Colonel Burgevine desertiert ist?« Er sah James an. »Ihr seid doch ein enger Vertrauter des Generals gewesen, Colonel Barrington – und Ihr tragt einen berühmten Namen.«

James hatte einen solchen Vorschlag bereits vorausgesehen – aber es verfolgte ihn auch die Erinnerung an den Jungen, der aus Wuhu fortgelaufen war. »Ich bin Artillerist, Exzellenz«, sagte er. »Ich weiß nicht, wie man eine Infanterie führt.«

Tseng sah ihn mehrere Sekunden lang forschend an, dann wandte er sich Feng-chan zu ... aber kein Mandschu konnte auch nur annähernd solchen Eindruck auf die Männer machen wie Ward. James Blick ruhte auf Charles Gordons dunkelgrüner Uniform und den scharfen Gesichtszügen des Engländers. Er stand hinter den anderen, aber sein Gesicht leuchtete. Charles Gordon war so vollkommen anders als Ward. Und er würde sicher auch einen vollkommen anderen Krieg als der kühne Amerikaner führen.

Aber plötzlich wußte James die Antwort. »Ihr müßt Captain Gordon das Kommando geben, Exzellenz.«

Tseng sah Gordon skeptisch an. Er hatte von diesem Mann bereits gehört. »Wollt Ihr das Kommando über die Brigade übernehmen?« fragte er schließlich.

Gordons Augen glänzten. »Das würde ich, Exzellenz, unter den gleichen Bedingungen.«

Tseng runzelte die Stirn. »Was für Bedingungen?«

»Daß ich meinen Feldzug ohne Einmischung führen kann.«

Tseng war empört über diese Unverschämtheit. »General Ward hatte einen vom Kaiser persönlich unterzeichneten Auftrag.«

»Den muß dann auch Captain Gordon haben«, stellte James ruhig fest.

Tseng warf Li Hung-chang einen Blick zu. »Das ist unmöglich«, sagte der Marschall. Ist es nicht der gleiche Gordon, der den Yuan Ming Yuan zerstört hat? Prinz Kung wird nie einen Mann beauftragen, der den Sommerpalast in Brand gesetzt hat. Und noch weniger die Kaiserinwitwe, die die wirkliche Macht hat.«

»Ihr habt recht«, pflichtete ihm Tseng Kuo-fang bei.

Ts'e-hi, dachte James. Die Freundin seiner Jugend, und jetzt war sie ganz oben, hatte Macht und Einfluß – wie es der Familie prophezeit worden war. Aber sicherlich würde Lan Kuei die Niederlage der T'ai p'ing über alles stellen ... sogar über die Rache für die Zerstörung des Yuan Ming Yuan.

»Ich werde nach Peking reisen«, sagte er plötzlich. »Ich werde mich mit Prinz Kung und Ts'e-hi persönlich treffen, wenn das nötig ist. Und ich werde den Auftrag für Captain Gordon bekommen.«

»Seid Ihr sicher, daß Ihr wißt, was wir tun?« fragte Chang Tsin, als sie nach Schanghai ritten. »Ts'e-hi wird sich vielleicht gar nicht freuen, uns zu sehen.«

»Weil *du* sie verlassen hast.«

»Sie wird mich enthaupten lassen«, sagte Chang Tsin zerknirscht.

James ging zuerst zum Haus Barrington, um seinem Onkel und seiner Mutter Bericht zu erstatten. Außerdem mußte er Joanna die traurige Nachricht von Wards Tod überbringen. Sie saß auf der Veranda, die Hände in den Schoß gelegt, und sah auf den Fluß hinunter. »Ich glaube, er wußte, daß er sterben würde«, sagte sie.

»Hast du ihn geliebt, Jo?«

Sie drehte halb den Kopf. »Ich glaube, ich hätte ihn lieben können.« Sie seufzte. »James, Fredericks Traum darf nicht sterben.«

»Ich werde dafür sorgen, daß das nicht geschieht.«

»Wirst du jemals zur Ruhe kommen und der Ehemann werden, für den ich dich gehalten habe, als ich dich geheiratet habe?« Lucy war wieder schwanger und blickte ihn aus großen Augen an.

»Sobald diese Angelegenheit geregelt ist«, versprach ihr James, der keine Zeit hatte, sich über die Mitteilung seiner Frau zu freuen. »Wünsch mir Glück.«

James wollte keine Dschunke des Hauses Barrington benutzen; er zog es vor, eine zu mieten. Er war sich nicht sicher, was in Peking nach dem Tod des Hsien-feng geschehen war. Gerüchte von einer Palastintrige schwirrten durch die Stadt. Aber was es auch war, er wußte genug über chinesische Politik, um vorsichtig zu sein. Wenn Lan Kuei – Ts'e-hi – versucht hatte, im Namen ihres Sohnes die Macht an sich zu reißen, dann mußte das durchaus nicht bedeuten, daß sie auch noch weiterhin in ihren Händen lag.

Daher stieg er an der Mündung des Pei-ho in einen Sampan um, nachdem sich die gemietete Dschunke mühsam ihren Weg durch die vielen Kriegsschiffe der Barbaren gesucht hatte, die dort noch immer vor Anker lagen. Von dort fuhr er weiter nach Tientsin, wo er den Agenten der Barringtons besuchte.

Sung-chai schien sich zu freuen, ihn wiederzusehen, aber er kratzte sich den schütteren Bart, als er von seinen Plänen hörte.

»Für einen Barbaren ist es in Peking im Augenblick sehr gefährlich«, sagte er. »Der Haß ist groß.«

»Beschafft mir nur einen Sampan und eine Mannschaft, der ich vertrauen kann.«

Sung-chai kratzte sich weiter den Bart, aber er tat, wie ihm geheißen.

Am nächsten Morgen fuhren James und Chang Tsin flußaufwärts bis zur Mündung des Großen Kanals. James trug natürlich chinesische Kleidung, aber es war kaum zu verkennen, daß er ein Barbar war. Chang Tsin wurde mit jeder Meile, die sie Peking näher kamen nervöser.

Die Ankunft eines Barrington am Yun-tin-men verursachte dem Hauptmann der Wache einiges Kopfzerbrechen, aber James hatte einen Passierschein, der von Tsen Kuo-fan unterzeichnet war, und man ließ sie durch. Es war dunkel, als sie in die Stadt kamen, aber die Straßen waren hell erleuchtet, und überall war es laut. Sie kamen an das T'ien-an-men, und hier wurden sie wieder von der Wache kontrolliert. James legte erneut seinen Passierschein vor.

»Ich bin im Auftrag des Vizekönigs Tseng Kuo-fan hier und muß der Kaiserinwitwe eine Nachricht überbringen.«

Der verwirrte Hauptmann befahl ihnen zu warten, während er einen Boten in die Verbotene Stadt schickte. Sie warteten über eine Stunde – dann erschien ein höherer Offizier. Er war groß und muskulös. Er ignorierte James und sah Chang Tsin an. »Wie heißt Ihr?«

»Chang Tsin«, sagte er mit erstickter Stimme. »Ich bin der Lieblingseunuch der Kaiserinwitwe. Ich habe den jungen Barrington gebracht, der sie sehen möchte.«

Der Oberst zeigte mit dem Finger auf ihn. »Ihr seid ein ganz niederträchtiger Schurke, der seine Herrin in der Stunde der Not verlassen hat. Ihre Majestät hat es mir erzählt. Dafür werde ich Euch von hier bis zur großen Mauer und wieder zurück auspeitschen lassen, und dann werdet Ihr den Tod der tausend Schnitte sterben.«

Chang Tsin sank vor Entsetzen auf die Knie.

»Darf ich fragen, wer Ihr seid, Oberst?« schritt James jetzt ein.

»Ich bin Jung-lu, Kommandant der kaiserlichen Leibgarde.«

»Ich kann Euch versichern, daß es ein Fehler wäre, uns zu verhaften. Ihr müßt Ts'e-hi nur meinen Namen nennen. Ich bin viele Jahre lang ihr Freund gewesen. Ich bin gekommen, weil ich mit ihr etwas von äußerster Wichtigkeit für die Mandschu-Dynastie besprechen muß.«

Jung-lu starrte ihn mißtrauisch an. »Es ist zu spät«, grollte er. »Ts'e-hi wird bereits zu Bett gegangen sein.«

James wurde klar, daß er die Initiative ergriffen hatte. »Sie wird mich ganz sicher empfangen. Meldet ihr nur meinen Namen.«

Jung-lu zögerte noch ein letztes Mal. Dann befahl er, James und Chang Tsin zu durchsuchen, bevor er sie durch das Tor in die Verbotene Stadt hineinließ.

Ich bin in der Verbotenen Stadt, dachte James, als sie von den Wachen über die breite Hauptstraße am Tempelkomplex vorbei zum Palast gebracht wurden.

Man führte sie durch eine Seitentür und ließ sie eine ganze Weile in einem Vorzimmer warten, wo sie eine Gruppe bewaffneter Eunuchen feindselig anstarrte. Einige erkannten ganz offensichtlich Chang Tsin, denn sie prophezeiten ihm die schrecklichsten Strafen. Plötzlich flog die Tür auf, und Jung-lu winkte sie hinein. Dann standen sie vor Ts'e-hi.

Trotz der späten Stunde war die Kaiserinwitwe vollständig angezogen. Sie trug ein grünes Seidengewand, das mit feinsten goldenen Drachen bestickt war. Ihr Haar war unter einem riesigen mit Flügeln versehenen Kopfputz verborgen. Nur auf der Stirn konnte man ein paar rabenschwarze Strähnen sehen, die sorgfältig in der Mitte geteilt waren. Ihr Gesicht verschwand fast völlig unter der dicken Schminke, ihre Fingernägel waren lackiert, und die zwei äußeren Nägel beider Hände gut halb so lang wie der Finger selbst. Sie wurden von Überzügen geschützt. Nur ihre Augen erkannte er, aber es waren die Augen einer Lan Kuei, die James nie gekannt hatte. Er mußte sich wieder ins Gedächtnis rufen, daß sie erst siebenundzwanzig Jahre alt war.

Sie begrüßte die Ankömmlinge nicht. »Ihr habt eine Nachricht von General Ward«, sagte sie.

»General Ward ist tot, Majestät.«

Lan Kueis Augen blitzten auf. »Habt Ihr Euch den Zutritt zu diesem Palast erzwungen, um mir solche schlechten Nachrichten zu überbringen ...« Sie funkelte Chang Tsin an, der sofort auf die Knie sank.

Aber Barrington ließ sich von diesem Mädchen, das er einmal geküßt hatte, nicht einschüchtern. »Majestät, General Ward ist im Moment des Sieges gefallen – als er die Stadt Tzeki zurückerobert hat.«

»Tzeki ist zurückerobert?« plötzlich klang Lan Kueis Stimme interessiert.

»Ja, Majestät. Die T'ai p'ing sind wieder und wieder

geschlagen worden. Und sie haben jetzt die erste befestigte Stadt verloren. Es ist durchaus möglich, daß wir die Revolte beenden können. Aber die Nachricht von General Wards Tod wird sich verbreiten – und zwar schnell. Sein direkter Untergebener, Burgevine, ist desertiert und zum Feind übergelaufen. Vizekönig Tsen-Kuo-fan hat mich geschickt, Euch zu bitten, einen neuen Kommandanten für die Immer-Siegreiche Armee zu ernennen. Der Vizekönig befürchtet, daß sich die Armee auflösen wird, wenn das nicht schnell geschieht. Ich habe hier einen Brief, Majestät.«

Lan Kuei überflog ihn. »Der Vizekönig ist ein Narr. Er sagt, es wäre schwierig, Ward zu ersetzen. Warum übernehmt nicht Ihr das Kommando?«

»Ich bin ungeeignet für den Posten.«

»Das ist ein seltsames Geständnis.«

»Jetzt ist nicht die Zeit, sich etwas vorzumachen.«

»Ha! Dann schlagt jemand anderen vor.«

James holte tief Luft. »Captain Gordon von den *Royal Engineers*. Er hat bereits unter General Ward gedient.«

Lan Kuei runzelte die Stirn. »Ich habe den Namen schon einmal gehört.«

»Das ist der niederträchtige Schurke, der den Yuan Ming Yuan zerstört hat«, sagte Jung-lu.

»Der Hund?«

»Mit Verlaub, Majestät«, sagte James. »Gordon ist der richtige Mann für die Immer-Siegreiche Armee. Es gibt keinen besseren. *Er* wird Euch den Kopf Hung Hsiu-ch'üans bringen. Gibt es etwas, das Ihr Euch mehr wünscht als das?«

Lan Kuei funkelte ihn mehrere Sekunden lang an, bevor sie erwiderte: »Wir werden morgen weiter über diese Angelegenheit sprechen, wenn wir geschlafen haben. Jetzt ist es zu spät für solche Entscheidungen. Man wird eine Unterkunft für Euch finden, Barrington.«

James wußte, daß er alles erreicht hatte, was er sich erhoffen konnte. »Ich danke Euch, Majestät«, sagte er. »Aber was ist mit meinem Eunuchen?«

»Dieser Schurke! Er hat mich verlassen.«

»Überlaßt ihn mir, Majestät«, sagte Jung-lu. »Sie werden ihn bis nach Tientsin schreien hören.«

Chang Tsin kniete immer noch und rang jetzt vor Verzweiflung die Hände.

»Er hat Euch nicht verlassen«, sagte James.

Sie funkelte ihn wieder an. »Was wißt Ihr schon davon?«

»Habt Ihr ihn nicht geschickt, damit er mir das Leben rettet, als ich in Peking im Gefängnis saß? Und er *hat* mir das Leben gerettet. Als er wieder zu Euch zurückkam, wart ihr schon nach Jehol aufgebrochen.«

Ts'e-hi sah Chang Tsin an. »Kann das wahr sein? Du willst behaupten, daß du ein Held bist und kein Feigling?«

»Er hat mir das Leben gerettet«, versicherte James noch einmal.

»Ihr könnt Euren Eunuchen behalten, heute nacht jedenfalls«, räumte Ts'e-hi ein. »Morgen werden wir weitersehen.«

Nachdem sie gegessen hatten, fiel James ins Bett; Chang Tsin schlief zu seinen Füßen auf dem Boden. Am nächsten Morgen wurden sie schon früh geweckt. Sobald sie gefrühstückt hatten, brachte man sie durch einen langen Flur zu Ts'e-his Gemächer. Lan Kuei war bis auf einen einzigen Eunuchen allein. Sie war bereits angekleidet, trug jedoch noch keine Schminke, so daß sie jetzt viel mehr an das Mädchen erinnerte, das James einmal gekannt hatte – auch wenn es neue Falten um Mund und Augen gab, die ihrem Gesicht einen harten Ausdruck gaben. Aber daß sie sich nicht vollständig geändert hatte, konnte man an der unerhörten Verletzung des Protokolls ablesen – sie wagte es einen unkastrierten Mann privat zu empfangen.

»Setzt Euch«, sagte sie zu James und bot ihm mit einem Wink einen Stuhl an. Chang Tsin stellte sich nervös hinter ihn. »Es freut mich zu hören, daß Ihr an der Seite von Ward gekämpft habt«, sagte sie. »Ich wußte gar nicht, daß Ihr auch Soldat seid. Kanntet Ihr Ward gut?«

»So gut wie die meisten, nehme ich an.«

»Er besaß die wesentlichen Eigenschaften für Größe. Erzählt mir von Euch, Barrington.«

James erzählte ihr, daß er geheiratet hatte, von seinem Sohn, und daß seine Frau wieder schwanger war.

»Ist sie schön, Barrington?«

Darauf gab es nur eine mögliche Antwort. »Nicht so schön wie Ihr, Majestät.«

Lan Kuei lächelte. »Denkt Ihr je daran, was hätte sein können – wenn wir geheiratet hätten? Habt Ihr mich geliebt, Barrington?«

»Ich habe Euch immer geliebt, Lan Kuei. Aber habt Ihr mich je geliebt?«

Lan Kuei sah ihn an, und für einen kurzen Moment war sie wieder das Mädchen, das er damals auf der Anhöhe über dem Jangtse geküßt hatte.

»Ich hätte Euch sehr reich gemacht«, fügte er lächelnd hinzu.

»Es ist viel geschehen, seit wir so jung waren, James. Wir haben so viel gesehen, so viel gelernt.«

»Und Ihr seid jetzt der oberste Herrscher über China«, sagte James.

Lan Kuei verzog das Gesicht. »Ich bin nur die Mutter des Kaisers«, sagte sie verschämt. »Aber er ist noch ein Kind. Daher muß ich versuchen, so zu denken, wie er denken würde, und Entscheidungen treffen, die er treffen würde. Wenn er groß ist, werde ich nichts weiter sein als die Kaiserinwitwe.« Einen Augenblick lang war sie nachdenklich, dann fügte sie hinzu: »Aber das ist noch lange hin. Erzählt mir von diesem Mann Gordon. Erzählt mir von ihm.«

James sagte ihr, was er wußte.

»Werdet Ihr unter ihm kämpfen?«

»Bis die Rebellion niedergeschlagen ist, Majestät.«

»Und dann?«

»Dann hoffe ich, daß ich das Haus Barrington weiterführen kann.«

»Das ist Eure Bestimmung«, meinte Lan Kuei, »wie dies hier meine ist. Ich habe nie daran gezweifelt, daß ich eines Tages zu wahrer Größe aufsteigen würde. Jetzt muß sich diese Größe nur noch erfüllen. Und dafür brauche ich die besten Mittel, die mir zur Verfügung stehen. Also gut, Barrington. Ich werde die entsprechenden Dokumente in bezug auf Gordons Ernennung verfassen. Und dann möchte ich diesen Hung Hsiu-ch-üan in Ketten sehen.«

»Das wird geschehen.«

»Und du Chang Tsin, bist du kein Schurke? Du wirst hier in der Verbotenen Stadt bleiben. Ich werde dich schlagen lassen, dafür, daß du mich verlassen hast.«

Chang Tsin begann am ganzen Leib zu zittern.

»Bitte, Majestät«, protestierte James.

»Dann kannst du deine Dienste als mein persönlicher Eunuch wieder aufnehmen«, sagte Ts'e-hi. »Ich habe dich vermißt.« Chang Tsin fiel vor Dankbarkeit auf die Knie. »Nun geh und bereite mir ein Bad.« Sie stand auf, und James folgte ihr eilig. Sie drehte sich um. »Ihr habt mich einmal geküßt«, sagte sie leise.

James zögerte mit der Antwort, da er nicht wußte, was genau sie damit andeuten wollte.

Sie lächelte. »Das hat mir gefallen. Ich habe andere Männer geküßt, seit ...« Sie entschied sich, nicht weiterzusprechen und hielt ihm statt dessen die Hand hin. »Ich werde Euch nicht wiedersehen. Geht, James, und seid erfolgreich. Ich werde besser schlafen, wenn ich das Haus Barrington in Euren Händen weiß.«

Es stellte sich heraus, daß Gordon seine eigenen Vorstellungen hatte, wie dieser Krieg geführt werden sollte. Anders als Ward, der ein so ausgezeichneter Taktiker gewesen war, interessierte sich Gordon für die strategischen Aspekte. Ward hatte die T'ai p'ing bei zwölf verschiedenen Gelegenheiten geschlagen, aber die Feinde waren so zahlreich, daß sie noch immer siebzig Meilen vor Schanghai lagen, und Tzeki war die einzige Stadt dieser Größe, deren Eroberung gelungen war.

»Wir können den Sieg nicht erringen«, sagte er zu Tseng und Li, »indem wir sie in immer neuen Kämpfen schlagen, denn sie sind wie der Sand am Meeresstrand, der sich woanders wieder anlagert, wenn er von der See fortgespült wird. Wir müssen ihnen die Grundlage ihrer Existenz nehmen.«

Tseng nickte. »Das klingt vernünftig. Wir müssen sie durch Hunger zur Aufgabe zwingen.«

Die T'ai p'ing verwirrte diese Strategie, denn plötzlich wich die Immer-Siegreiche Armee einem Kampf aus und schlich sich heimlich flußaufwärts ans südliche Ende des Großen Kanals. Dieses Gebiet war noch immer unter der Kontrolle der T'ai p'ing, und sie benutzten es als riesige Kornkammer; der Kanal diente dem Transport, so daß alle Truppenteile versorgt werden konnten. Diesen Wasserweg blockierte Gordon jetzt, indem er gegenüber von Chin-kiang Forts baute, wo der Kanal in den Fluß mündete. In der Zwischenzeit setzte Li die Front der T'ai p'ing unter Druck, und jetzt begannen sie zurückzuweichen ... als ihre Mägen vor Hunger knurrten.

Die Arbeit war langsam und nicht sehr aufregend. Und es war erschütternd mitanzusehen, wie die T'ai p'ing auf ihrem Rückzug genauso grausam und gründlich wie beim Vormarsch alles niedermetzelten, was ihnen begegnete. In den verlassenen Dörfern fanden Gordon und Barrington oft nur noch Leichen, und unter den Überlebenden breiteten sich Krankheiten noch schneller aus als vorher. Aber es war offensichtlich, daß Gordons Taktik Erfolg hatte, besonders als im Frühjahr 1863 eine ganze Division der T'ai p'ing kapitulierte – zum ersten Mal überhaupt. Barrington saß auf seinem Pferd und sah zu, wie die triumphierenden Mandschu-Soldaten die elend aussehenden Männer wie eine riesige Viehherde zusammentrieben.

»Der Anfang vom Ende«, meinte Tseng.

»Ja«, sagte Gordon nachdenklich. »Und ein riesiges Problem für uns. Wir können unsere eigenen Leute kaum ernähren.«

»Wir werden diesem Abschaum sicherlich nichts zu essen geben.«

Gordon drehte sich ruckartig um. »Es sind Kriegsgefangene.«

»General Gordon, das unterliegt meiner Entscheidung, und ich habe mich entschieden. Diese Männer werden keine Nahrung erhalten.«

»Sie werden den Kampf wieder aufnehmen, sobald sie das entdecken«, meinte James.

Tseng lächelte. »Das wäre die einfachste Lösung, da gebe ich Euch recht, Colonel Barrington. Da sie keine Waffen mehr haben, wäre ihnen so wenigstens ein schneller Tod gewiß.«

»Das wäre reiner Mord«, sagte Gordon scharf. »Dafür will

ich keine Verantwortung übernehmen, Exzellenz. Diese Männer haben sich mir ergeben.«

»Ich bin Euer Vorgesetzter, General Gordon.«

»Nicht, wenn Ihr auf diesem Entschluß besteht.«

Tseng sah ihn einen Augenblick lang an, dann verbeugte er sich. »Das müßt Ihr selbst entscheiden, General.«

»Ich vermute, daß er das ohnehin erreichen wollte«, sagte James zu Gordon.

»Das bedeutet, daß ich entbehrlich bin, da ich nicht den Ruf eines Helden wie Ward habe.«

»Auf gewisse Weise mag das sogar stimmen. Ward war für die K'ing so wichtig, weil er ihnen ihr Selbstvertrauen zurückgegeben hat. Er hat ihnen nie gezeigt, wie man den Krieg gewinnen kann, aber es ist auch nicht charakteristisch für die Chinesen, einen Krieg zu gewinnen. Sie lassen ihn immer weiter und weiter laufen, bis er schließlich von selbst nachläßt und verschwindet. Unter solchen Umständen ist das Aufrechterhalten der Moral besonders wichtig. Ihr seid gekommen und habt ihnen gezeigt, wie man den Krieg gewinnen kann – und zwar ohne viele blutige Schlachten. Jetzt, wo sie das gelernt haben, möchte Tseng den endgültigen Sieg für seine eigenen Offiziere sichern.«

»Sicher habt Ihr recht«, stimmte Gordon zu. »Nun, sie können ihren Triumph haben. Es ist manchmal schwer zu sagen, wer eigentlich schlimmer ist: die T'ai p'ing oder die Mandschu.«

»Damit habe ich selbst auch oft Schwierigkeiten.«

»Und was werdet Ihr nun tun?«

James zuckte die Achseln. »Bei der Armee bleiben.«

»Ihr duldet diese Massaker, das Tseng vorbereitet?«

»Dies ist nicht gerade ein sehr christliches Land.«

Gordon streckte die Hand aus. »Ich glaube nicht, daß wir uns noch einmal sehen. Ich wünsche Euch viel Glück mit der Brigade. Ihr hättet von Anfang an das Kommando übernehmen sollen.«

Als Nanking im Sommer 1864 fiel, war die Rebellion damit offiziell zu Ende. Der Himmlische König zog es vor, sich der Gefangenschaft durch Selbstmord zu entziehen, als er erkennen mußte, daß alles verloren war. Burgevine erhängte sich. Aber nicht alle von Hungs engsten Vertrauten folgten seinem Beispiel. Kleinere Gruppen von T'ai p'ing entkamen flußaufwärts und hofften darauf, wenigstens Hankow verteidigen zu können – oder sie flohen in die Berge. Unter ihnen waren auch John Barrington und seine Mutter.

Aber die Verfolgung unter dem Kommando von Li Hungchang – Tsen Kuo-fang war in den Nordwesten abberufen worden, wo es eine neue Rebellion gab – war unerbittlich. Zu Wasser und zu Land hetzten sie die T'ai p'ing, und im Frühjahr des nächsten Jahres wurden John Barrington und Chentsing halbverhungert und dreckverschmiert vor Li Hungchang gezerrt.

»Euer Onkel«, sagte Li voller Verachtung, nachdem er James herbeigerufen hatte.

John leckte sich die Lippen. »Ich bitte um Gnade, James«, sagte er. »Für das Wohl unseres Hauses.«

»Bettele nicht«, sagte Cheng-tsing. »Sie haben unseren Tod längst beschlossen. Warum enthauptet Ihr uns nicht einfach?«

James sah Li an.

»Das ist nicht der Tod, der für die Generäle der T'ai p'ing vorgesehen ist«, sagte Li.

John schluckte. »Was ist dann unser Schicksal?«

»Der Sohn des Himmels hat verfügt, daß alle Führer der T'ai p'ing und ihre Familien den Tod der tausend Schnitte sterben werden«, sagte Li.

John sank auf die Knie. »Gnade, ich flehe Euch an.«

Cheng-tsing sah James an. »Ihr laßt das zu?«

»Der Sohn des Himmels hat es befohlen«, sagte Li, bevor James antworten konnte. *Oder seine Mutter*, dachte James. Eine Flut von Gedanken ging ihm jetzt durch den Kopf, aber er wußte, daß er sich nicht einmischen konnte, selbst wenn er gewollt hätte.

Cheng-tsing konnte ihr Schicksal an seinem Gesichtsausdruck ablesen. Ihre Lippen verzerrten sich. »Ich spucke auf Euch«, zischte sie.

Danach sagte sie nichts mehr – auch nicht, als sie ausgezogen und in eine Art Gewand aus stählernen Bändern gesteckt wurde, das ihr von den Schultern bis zu den Knien reichte, und dann an einen Pfahl auf Hankows Hauptplatz angebunden wurde. Man zwang John, den Tod seiner Mutter mitanzusehen. Die Stahlbänder wurden immer weiter angezogen, bis das Fleisch dazwischen herausquoll, das daraufhin sauber abgeschnitten wurde. Brüste und Gesäß waren zuerst betroffen. Dann schüttete man Wasser über das Opfer, damit es wieder zu sich kam, aber auch, um das Blut fortzuwaschen. Wieder wurden die Stahlbänder angezogen und die ganze Prozedur wiederholt. Es dauerte sechs Stunden, bis der verstümmelte Körper leblos dahing.

John Barrington war bei dem Anblick mehrmals ohnmächtig geworden. Jetzt war er an der Reihe, und sie mußten ständig Wasser über ihn ausgießen, um ihn bei Bewußtsein zu halten. Seine gellenden Schreie hallten über den Platz, als sie die Bänder das erste Mal anzogen, aber sie wurden noch entsetzlicher, als die Abstände zwischen den Bändern so manipuliert wurden, daß sie seine Kastration erlaubten. Es dauerte volle acht Stunden, bis er endlich tot war.

»Erzähl mir davon«, sagte Joanna.

James schüttelte den Kopf. »Es war grauenhaft. Aber du bist gerächt worden.«

Gerächt, dachte sie. Wie gerne sie darauf verzichtet hätte, wenn statt dessen Frederick Ward mit seinem schüchternen Lächeln an ihr Gartentor gelehnt sehen könnte.

Lucy erschauerte und zog das Baby dichter an sich; ihr Sohn klammerte sich an ihre Röcke und erkannte seinen Vater nach der langen Abwesenheit kaum. »Es ist ein barbarisches Land.«

»Es ist ein großartiges Land«, erwiderte James. Er sah seinen Stiefvater an.

»Bis zur nächsten Rebellion«, murmelte Lucy. Aber niemand hörte sie.

Li Hung-chang reiste selbst nach Peking, um Ts'e-hi Hung Hsiu-ch'üans Kopf persönlich zu überbringen. Der Kopf war einbalsamiert worden, und da der Himmlische König Gift genommen hatte, sah er aus, als ob er friedlich schlafen würde. Aber auch wenn er glattrasiert war, war es kein junges Gesicht mehr. Dafür hatte er zu gut gelebt.

Lan Kuei sah ihn mehrere Sekunden lang mit ausdruckslosem Gesicht an. Dann sagte sie: »Nagelt ihn ans Tor. Aber Ihr, Marschall Li, Ihr habt Euch die Gunst seiner Majestät wohl verdient. Ihr werdet reich belohnt werden. Ebenso General Gordon.«

»General Gordon hat China bereits verlassen, Ts'e-hi.«

»Dennoch möchte ich ihm die Beweise unserer Gunst zukommen lassen. Er erhält den Rubinknopf eines Mandarins ersten Ranges und die Brosche des Einhorns. Wir werden sie ihm schicken, außerdem noch den gelben Jagdrock.«

»Und der junge Barrington, Ts'e-hi?«

»Der junge Barrington ist bereits mit seinem Reichtum belohnt. Und meiner Gunst.« Sie neigte den Kopf.

Li Hung-chang verließ den Audienzsaal.

»Barrington ist auch einer von diesen langnasigen, behaarten Barbaren«, grollte Jung-lu, der bei allen Audienzen Ts'e-his anwesend war. »Sie sind überall. Sie müssen vernichtet werden, Ts'e-hi, sonst werden sie uns erwürgen wie das Unkraut im Garten. Wie sie den Yuan Ming Yuan zerstört haben«, fügte er hinzu – er wußte, daß Lan Kuei darüber immer besonders wütend wurde.

»Ich weiß«, sagte Lan Kuei. »Aber zuerst müssen wir stärker werden als sie.« Sie lächelte schwach. »Und wir müssen den Sommerpalast wieder aufbauen.« Sie stand auf und ging zum Fenster. Unten im Garten sah sie Ts'e-an mit ihren Damen. »Und wir müssen uns der schwachen Elemente in unserer Regierung entledigen, so daß wir allein zum Wohle des Reiches entscheiden können.« Ihr Stimme klang sanft. Niuhuru war ihre Freundin und hatte ihr das Leben gerettet. Aber sie war außerdem die erste Kaiserinwitwe, die noch immer die Macht hatte, alle ihre Entscheidungen mit einem Veto zu behindern.

Jung-lu zog es vor, Tse'e-his Pläne in bezug auf Ts'e-an

nicht zu kommentieren. Er sah im Augenblick ein dringenderes Problem. Er stellte sich neben sie.

»In wenigen Jahren wird der T'ung-chi Kaiser erwachsen sein. Er sprach nicht weiter, denn allein die Anspielung, daß es sich beim Kaiser um ein solches schwaches Element handeln könnte, könnte bereits als Hochverrat geahndet werden.

Ts'e-hi streifte ihn, als sie sich umdrehte. »Er ist mein Sohn«, sagte sie. »Und er wird der Kaiser bleiben.« Sie sah von ihrem Geliebten zu Chang Tsin hinüber, der neben ihrem Stuhl wartete. Keiner von ihnen war auch nur dreißig Jahre alt. »Sie sagen, daß zwanzig Millionen von uns im Krieg mit den T'ai p'ing gestorben sind«, sagte sie. »Aber wir haben sie geschlagen und sie für immer vom Erdboden verbannt. Glaubt Ihr, daß sich mir irgendeine Macht auf der Welt entgegenstellen könnte, solange ich es nicht zulasse?«

ENDE

Band 13 661

Alan Savage
Die Söhne des Sahib
Deutsche Erstveröffentlichung

Ein Auftrag des englischen Königs führt Sir Thomas Blunt im Jahre 1523 nach Indien: Zusammen mit seinem Vetter Richard soll er das sagenhafte Reich des Prester John ausfindig machen, von dem man glaubt, es sei vor langer Zeit in den endlosen Weiten jenseits von Goa errichtet worden – eine Insel des Christentums auf dem Boden der Moslems und Hindus.
Doch schon im arabischen Meer werden die britischen Schiffe attackiert. An Land warten nicht nur Reichtum und Luxus, wunderschöne Frauen und riesige Paläste auf die Blunts, sondern auch die kriegerischen Marathen. Noch ahnen die beiden Engländer nicht, daß diese Expedition ein neues Kapitel ihrer Familiengeschichte einleitet, die von nun an untrennbar mit den Kämpfen der Herrscher dieses märchenhaften Landes verwoben sein wird.
Ein atemberaubendes, abenteuergesättigtes historisches Epos und zugleich eine Familien-Saga, deren Bogen vom Beginn des 16. Jahrhunderts bis zur Blüte der Ostindischen Handelskompanie und dem Bau des Taj Mahal reicht.

Sie erhalten diesen Band im Buchhandel, bei Ihrem Zeitschriftenhändler sowie im Bahnhofsbuchhandel.

Band 13 761

Alan Savage
Die Gesandten des Sultans

Sommer 1448: John Hawkwood tritt mit Frau und Kindern die Überfahrt von Southhampton nach Konstantinopel an. In der buntschillernden Handelsmetropole hofft der Geschütz- und Kanonenbauer jenen Ruhm zu erlangen, den ihm die Heimat versagt.
Aber durch den Leichtsinn seiner hübschen Tochter fällt John Hawkwood am Hof den byzantinischen Kaisers in Ungnade. Fortan kämpfen er und seine Söhne auf Seiten der türkischen Sultane. Über vier Generationen hinweg ist das Schicksal der Familie Hawkwood mit denen der großen Osmanenherrscher Memed II. und Suleiman verknüpft. Sie erleben die Belagerung von Wien, die Auseinandersetzung mit Venedig und die Schlacht von Lepanto (1571), und sie kreuzen die Wege berühmter historischer Persönlichkeiten wie Andrea Doria oder Miguel de Cervantes.

Sie erhalten diesen Band im Buchhandel, bei Ihrem Zeitschriftenhändler sowie im Bahnhofsbuchhandel.